PRAZER
PRAZER
PRAZER
VIOLEN
VIOL
VIO

N.BELIKOV

# INCANDESCENTE

Volume I

1ª Edição, 2023

EDITORA EUPHORIA

**CAPA:**
Ana Araújo
Maldição Art & Design

**ILUSTRAÇÕES:**
Ana Araújo
Adobe Stock License: Lucia Fox,
Naddya, Insima, LukaJreym

**PREPARAÇÃO DE TEXTO E REVISÃO:**
Bianca Albuquerque de Araújo
Maria Victoria de Oliveira Lima
Clarissa Rachid
Andréa Santos

**DIAGRAMAÇÃO:**
Nathalia Brandão (N.Belikov)

**[2023]**


CNPJ: 39.317.627/0001-06

Contato: editoraeuphoria@gmail.com

Site: www.editoraeuphoria.com.br

Rio de Janeiro — RJ

**Dados Internacionais de Catalogação na Publicação (CIP)**
**(Câmara Brasileira do Livro, SP, Brasil)**

Belikov, N.
Incandescente : volume I / N. Belikov. --
1. ed. -- Rio de Janeiro : Editora Euphoria, 2023. --
(Incandescente ; 1)
Vários ilustradores
ISBN 978-65-84923-19-5
1. Ficção erótica 2. LGBT - Siglas I. Título. II. Série.

23-182472 CDD-B869.303538

Índices para catálogo sistemático:

1. Ficção erótica : Literatura brasileira
B869.303538
Aline Graziele Benitez - Bibliotecária - CRB-1/3129

# ATENÇÃO

Esta obra possui conteúdo adulto, como cenas de sexo explícito consensual, bondage, práticas de dominação e submissão, sadismo e masoquismo. Não é recomendada para menores de 18 anos ou pessoas sensíveis aos referidos temas.

*Este livro é dedicado a todos aqueles que, um dia, sentiram-se incapazes de serem amados.*

*"Você precisa encarar o teu reflexo*
*para encontrar algo que goste."*

***Adicto, Gabriela Paraizo***

# Prólogo

— BDSM *não se trata de sexo fácil. O sexo é uma consequência* — o experiente *dominador* de BDSM sentenciou com propriedade. Estava sentado em sua poltrona, frente ao novo *submisso* que o serviria.

Nada mais o deixava tão ansioso, nos últimos dias, como treiná-lo logo para que pudesse iniciá-lo em seu mundo. *Ansiava prová-lo do jeito mais prazeroso que conhecia.*

— Não se trata, também, de forçar uma pessoa à sua vontade sem que ela queira — continuou. — O BDSM, em si, é puramente sobre desejo e prazer. Sentir prazer e dar prazer. Isso significa que o seu prazer será a causa do prazer do outro. E para ter prazer mútuo, nada mais exigível do que ser consensual. Se a dor for algo que te dá prazer em sentir e o outro tiver prazer em causá-la, isso é BDSM. Se a submissão à outra pessoa for algo que te excita, ou dominar o seu parceiro e fazê-lo te servir e ceder aos seus caprichos naturalmente, isso é BDSM. Tudo aqui gira em torno do prazer e satisfação mútuos. Por isso, os pilares do BDSM, além do bom senso, são os termos: *São, Seguro* e *Consensual*. O próprio nome é autoexplicativo. Mas vou esclarecê-los.

O aviador se ajeitou na poltrona, a postura ereta e elegante. Tudo nele era natural, gracioso, parecia o tipo de luz que atraía os insetos para seu calor, apenas para queimar suas asas em poucos instantes.

*Ele cheirava a perigo.* Uma bandeira vermelha ambulante. Porque ninguém poderia ser tão sedutor assim e monogâmico, era um padrão social inevitável. Quando se pode ter tudo, por que se contentar com uma coisa só, afinal?

— Vamos à parte do *seguro* — prosseguiu. — A segurança precisa vir em primeiro lugar. Um dominador que não sabe bem o que está fazendo, e acaba ultrapassando os limites de seu submisso, está praticamente cometendo um pecado. Qualquer dominador é visto com maus olhos se, durante uma *cena*, por exemplo, não respeita os limites impostos pelo parceiro, não respeita a *safeword* de forma plena...

— Eu li em algum lugar que a *safeword* precisa ser uma palavra com significado aleatório como... *abacaxi, vinho, micro-ondas...* — o aprendiz de submisso contou, enérgico, como um estudante ansioso por demonstrar seus conhecimentos ao mestre.

— Sabe também o porquê?

— Hum... — Ele alisou o queixo, pensativo. — A *safeword* precisa ser uma palavra que garanta ao submisso que o dominador não irá entendê-lo mal ou confundir um *pare* como incentivo...

— Uma palavra segura — prosseguiu Dominic — é uma palavra que não faz parte do contexto da sessão, especialmente não é de cunho sexual e, por isso, é fácil saber que se trata de um pedido do submisso para encerrarem a prática por ter atingido seu limite, seja físico ou psicológico — disse de modo suave, porque amava ver aquele rostinho curioso absorvendo conhecimento.

— Ah! — Tristan levantou o indicador, e o dominador reprimiu um suspiro, porque todos os movimentos dele lhe pareciam simplesmente genuínos e encantadores. — Eu vi algumas *cenas* lá na boate, mas sei que às vezes são chamadas de *sessões* também, então tenho dificuldade de entender a diferença entre os termos. Quer me explicar? — Ele se sentou de ladinho no estofado, com as duas pernas fortes cruzadas ao lado do corpo e, mais uma vez, o dominador precisou reprimir um suspiro.

— A *cena* é como chamamos uma demonstração das práticas de BDSM em público. — Aprumou-se melhor na cadeira e, calculadamente, soltou os dois primeiros botões da camisa social que vestia, expondo boa parte do torso firme, atraindo imediatamente a atenção do candidato a submisso, que acabou partindo os lábios em uma expressão abobalhada. Ele segurou um sorriso de canto antes de prosseguir: — Geralmente se trata de uma performance, uma *atuação*, onde o *dominador* ou a *dominatrix*, juntamente a um submisso ou submissa, encenam alguma prática. É algo demonstrativo, por isso é previamente planejado, é meio teatral, tudo é combinado, além de, normalmente, não envolver sexo, mas dependendo das intenções de ambos, pode mesmo acontecer. Já a *sessão* é puramente quando Dom e sub se reúnem para praticar BDSM, de modo geral. Normalmente, é privada, mas se for dentro de uma sala de vidro, como as lá da boate, com o intuito de exibição, então será tão pública quanto uma *cena*, mas, ainda assim, não é algo combinado, não é para *demonstrar*, e sim para os praticantes se *exibirem*, pois o que acontece ali é real. Gosto de dizer que, nas *cenas*, o raciocínio é: *aprendam conosco*; enquanto as sessões são mais como: *invejem o que podemos fazer*.

— Acho que entendi um pouco melhor, mas são diferenças sutis.

— *Com a prática fica mais fácil.* — O dominador passou a língua entre os lábios, assistindo, com prazer, ao rapaz mais novo secá-lo com os olhos, amaciando seu ego. — Vamos para o próximo...

Ele se mexeu novamente na poltrona, adorando quando o olhar de seu mais novo submisso o lambeu inteiro. Podia sentir o desejo reprimido dentro dos olhos cor lilás, e aquilo o excitava, porque era incrível se sentir tão desejado como desejava de volta. Especialmente quando era desejado *por outro alfa*. Alfas eram o prato favorito de seu cardápio.

— Todas as regras de segurança sobre como realizar fetiches com risco de danos à saúde, ou seja, aquilo que pode machucar *de verdade* ou eventualmente gerar algum acidente com risco de morte, como *bondage* e *choke play*, por exemplo, precisam de plena experiência e capacidade do dominador para praticá-las sem causar danos ao submisso, pois são práticas perigosas — continuou, tentando controlar a vontade de sair da teoria e avançar de uma vez para a prática.

— *Choke play* é aquela coisa de ser enforcado ou ter a respiração interrompida durante o sexo, né? — o outro indagou, curioso, embora precisasse apenas da confirmação.

— Exatamente. Você gosta? — Encarou-o. Seu olhar deveria ser puramente indagativo, entretanto, era mais como se incinerasse todo o corpo alheio.

*Estava sendo tão difícil esperar... ainda mais quando ambos sabiam o que o corpo um do outro era capaz de fazer.*

— Gosto — respondeu com um leve traço de timidez na voz. — Eu gosto quando... a pessoa vai fundo na minha garganta e por alguns segundos sou incapaz de respirar com um pau inteiro dentro dela — confessou, quase sem fôlego, num pico de coragem.

Não era como se devesse esconder esse tipo de coisa de seu dominador, pelo contrário. Precisava falar, afinal, estavam ali para isso.

O dominador arqueou suas sobrancelhas com um sorrisinho extremamente provocador nos lábios fartos, como se o desafiasse a fitá-lo nos olhos agora.

Para um alfa, o garoto era terrivelmente manhoso. Para um ômega, era faceiro demais. Para o *Alpha Dom*, aquela combinação era perfeita: aquele garoto ruivo, seis anos mais novo, lhe dava água na boca. E ainda nem havia se dado ao prazer de experimentá-lo *lá atrás*.

O mais velho pigarreou e tentou, o mais bravamente possível, ignorar a fragrância deliciosa que adentrava suas narinas à força. Era difícil ser um mestre do controle e disciplina quando sua mente simplesmente não conseguia parar de surrá-lo com imagens de certo ruivinho todo arreganhado e amarrado em sua cama... submisso aos seus toques, seus beijos, sua língua... submisso a todo o prazer que o Alpha Dom almejava dar a ele.

— Isto nos leva de volta à questão dos limites — continuou, cruzando as pernas, uma sobre a outra, na tentativa ridícula de disfarçar seu membro recém-acordado começando a marcar no tecido da calça. — Os limites do submisso jamais devem ser ultrapassados pelo dominador. Se o sub aguenta apenas dez segundos tendo a respiração paralisada, o dominador, em hipótese alguma, deve achar que ele deve ou pode aguentar mais. O *querer* que importa não é o dele, é o do submisso. Isso quase não é notado, mas é o sub quem manda na relação. Ele define os limites. Por isso, os limites de um sub nunca devem ser excedidos ou extrapolados, e se isto acontece, nós saímos da zona de prazer e entramos na zona da punição.

Ele observou com deleite o ruivinho anuir, sacudindo a cabeça de fios ligeiramente ondulados para cima e para baixo enquanto enrolava uma das mechas vermelhas nos dedos compridos, mas logo pigarreou e voltou aos ensinamentos, afinal, sabia que poderia perder-se fácil naquele rosto tão bonito se não se policiasse.

— O que nos leva à parte dos castigos dentro do BDSM — seguiu. — Os castigos fetichistas não estão ligados a punições dolorosas não consensuais. Os castigos devem ser aqueles que dão prazer. O sub deve ter prazer em ser castigado da maneira que ele e o Dom tiverem anteriormente acertado, de forma a ser *disciplinado*. Eu diria que é uma forma de *educar* e *moldar* um submisso aos desejos do dominante. Já a punição, acontece quando o sub desobedece, estando totalmente consciente do erro que está cometendo. A punição não é agradável, é dolorosa, mas, ainda assim, é consensual. Ela faz parte do poder que um submisso confere ao seu dominador, como parte necessária naquela relação. Consegue formular um exemplo? — O dominador o encarou atentamente.

— Hum... Ser estimulado com um oral, mas ter o orgasmo interrompido. É uma forma de castigo — respondeu. Vinha estudando um bocado nos últimos dias, ansioso para estar *pronto*.

— Correto. — E tais palavras de aprovação deixaram o ruivo deleitoso, fazendo-o suspirar satisfeito. — É uma forma de castigo não deixar o sub gozar. E isso será um castigo apenas superficial, já que o sub vai sentir prazer no seu quase ápice. Aquilo o deixará mais excitado. Talvez seja até mais prazeroso do que se o sub, de fato, gozasse. Não é tão difícil de entender, certo? Enquanto o prazer estiver sendo sentido dos dois lados, é válido. Agora, me dê um exemplo contrário. Um em que a punição dada pelo Dom seria algo não prazeroso para o sub.

— Deixe-me pensar... Acho que se um sub diz que sente muita dor com a palmatória dada nas nádegas e, como punição por ter desobedecido a alguma ordem, o Dom o pune com a palmatória, ao invés de prazer, o sub sente uma dor ruim... Então, tecnicamente, ele vai ser punido por ter feito algo errado, e isso não vai gerar prazer algum.

— Exato.

— Eu tenho uma dúvida: quando o submisso estabelece que certa prática não lhe dá prazer, ele a coloca em sua lista de limites. Mas essa prática também pode ser usada para puni-lo? Eu posso, por exemplo, te informar que a prática de tortura genital é um dos meus limites, e ainda assim você a usar para me punir ou castigar?

— Você entende bem, suas pesquisas valeram a pena — ele respondeu. — Toda e qualquer pessoa, antes de iniciar-se no mundo do BDSM deve pesquisar muito. É mais fácil de entender quando alguém te explica se você já tiver um embasamento pelo qual buscou sozinho — o alfa passou a língua nos lábios antes de concluir: — Então, sim, como seu dominador, posso usar esta prática para puni-lo. Se você me disser, no entanto, que tortura genital é um limite por completo, até mesmo para punições, então a prática não acontecerá, por motivo nenhum, dentro dessa relação. E essa questão do prazer é o que define tudo. Enquanto ambos estiverem sentindo prazer nas práticas, estaremos dentro dos conceitos do BDSM. E ter prazer nas práticas não necessariamente quer dizer prazer físico, pois mesmo com a dor, psicologicamente, há quem se sinta vivo. Mesmo numa punição, que tem objetivo de envergonhar o submisso para discipliná-lo, não lhe gerando prazer, ele permite que ela aconteça, porque, inicialmente, foi ele quem permitiu aquela relação com o dominador, compreende? Mesmo durante uma punição, o submisso terá satisfação, de certa forma, pois ele está anuindo, não é contra a vontade dele. Mas daí, o prazer será relacionado à relação em si, à dinâmica de ser dominado e disciplinado. A partir do momento em que não houver prazer para uma das partes, então não estamos mais dentro do BDSM. Estamos dentro do abuso. A relação abusiva em si não entra nas práticas D/s[1], embora, para quem veja de fora, possa parecer que é assim que funciona. Mesmo os *baunilhas*[2] mais interessados, nunca conseguem verdadeiramente entender o que é normal ou não dentro do BDSM.

— Então, não existem regras fixas, certo? É tudo questão do acordo entre as partes, respeitando o óbvio e os limites do parceiro? — Assimilou.

— Exatamente. Já vi alfas, como eu, serem perfeitos submissos de ômegas, assim como betas dominarem alfas e todo o tipo de troca. O BDSM é atrativo em nosso mundo, justamente por quebrar padrões. No BDSM, nós temos as bases, as noções, os conceitos que embasam as práticas de dominação e submissão, mas quem faz as regras são as partes numa relação, o casal é quem decide o que pode e o que não pode ser feito. A regra será aquela que eles decidirem como tal. Por conta disso, acaba havendo uma linha um tanto tênue entre uma relação abusiva e a relação de D/s, porque algumas atitudes, tomadas mediante justificativas equivocadas, podem levar uma relação de BDSM saudável facilmente ao abismo da relação tóxica... Por isso, sempre deve haver um bom tempo de análise por parte do dominador, sobre qual a ação cabível de ser tomada, para cada ato errôneo do submisso. Nada pode ser feito às pressas. Precisa haver uma análise cautelosa antes de se decidir por Castigo ou Punição. Deve-se existir muita conversa entre os praticantes, pois tudo deve ser acordado e claro. Se o sub realmente não teve intenção de errar, então ele precisa apenas ser disciplinado, precisa aprender o certo. Mas se fez de propósito, bem... Então, ele precisa ser colocado no lugar dele.

— E quando nós dois poderemos começar as práticas? Apenas quando eu souber absolutamente tudo? — inquiriu, com um tom claro de ansiedade na voz.

— Não tenha pressa. Lembre-se da disciplina — devolveu, com um sorriso de canto. — Preciso que você saiba exatamente o básico. O resto é aprendido na prática. Mas você deve estar ciente de todos os *poréns*, antes de começarmos essa relação.

O novo submisso fez um biquinho contrariado que o dominador achou encantador nos lábios de alguém de aparência tão forte e selvagem, especialmente com aqueles fios cor de cereja emaranhados e volumosos.

— Vamos falar um pouco sobre *masoquismo* e *sadismo*, que são bem básicos para os iniciantes — murmurou, um pouco enfeitiçado pela ideia de ter aquele garoto à sua frente, em pouco tempo, deitado em sua cama, preso entre suas cordas e correntes, vendado e suado, porque estava confiante de que *sua língua se tornaria a coisa favorita dele no mundo*. — Sabe os conceitos?

---

1 Abreviação de dominação e submissão.

2 Termo utilizado para se referir a pessoas fora do BDSM.

— O *sádico* é aquele que sente prazer em causar dor, e *masoquista* é aquele que tem prazer em senti-la — respondeu de pronto, como um aluno exemplar. — Me parece uma parte meio assustadora, essa coisa da dor.

— Pode ser, quando são muito intensas e beiram os limites aceitáveis, mas vai do gosto de cada um. E é sempre bom lembrar que a dor também pode ser psicológica. Mas vou te dar um exemplo da física. Venha aqui — pediu calmo, dando dois tapinhas em uma de suas coxas enquanto descruzava as pernas e se punha numa postura relaxada. Mas não era como se fosse um *pedido*. Era uma *ordem*. A autoridade fora clara em seu tom, mesmo que falasse de forma tranquila.

— Vamos praticar algo agora? — o submisso indagou, animado, com os olhos brilhando em expectativa.

Dominic soltou uma risada por isso, pois Tristan parecia uma criancinha numa loja de brinquedos. Há quanto tempo o garoto já queria conhecer mais sobre aquele mundo e nada fazia? Era claramente um fetichista e não era como se não tivesse facilidade de acesso aos clubes e casas noturnas de práticas BDSM sendo amigo de um *switcher*[1].

Ao chegar pertinho dele, o submisso o encarou ainda incerto, mas o outro segurou gentilmente sua mão e puxou-o para que fosse em frente e se abaixasse. Posicionou o mais novo em seu colo, com o corpo atravessado por cima do dele, de barriga para baixo. Então, observou a bunda empinadinha em sua direção e salivou. Aquele alfa era tão fodidamente sexy! Sentia seu corpo esquentar como se estivesse com febre, queimando por dentro, somente em olhá-lo. Tristan Wolfgang sequer sabia o quão ridiculamente erótico parecia, com aquele corpo musculoso e o rostinho inocente... ou quando ele ficava animado e fazia uma expressão curiosa, parecendo um filhote que havia crescido demais.

Ah, a sanidade do dominador estava se esvaindo por ele.

— Vai me dar palmadas? — o garoto indagou, espiando-o por cima do ombro, e sorriu de lado, em tom meio brincalhão.

O dominador nada respondeu, apenas agarrou o elástico do moletom junto à cueca dele e os abaixou, deixando os glúteos lisinhos e branquinhos desnudos. A pele era livre de marcas, e isso fez o dominador pensar que, dali a algum tempo, aquela bundinha arrebitada ficaria cheia dos resquícios de seus dedos e chicotadas. Aliás, com qualquer tipo de marca que pudesse fazer. Talvez, até mesmo mordidas. Ah, sim. Mordidas seriam perfeitas.

O submisso mordeu o lábio, fitando o próprio traseiro por cima do ombro.

— Vou apenas te dar um exemplo demonstrativo — disse o dominador, a voz rouca, já começando a sentir-se excitado.

O mais novo soltou um risinho ladino, ansioso para saber o que o outro faria, sem saber exatamente se iria gostar, mas ansiava que sim.

O cheiro da excitação dos dois alfas passou a rodeá-los, o aroma de cereja pesado de Tristan infiltrado por dentro do almíscar seco de Dominic.

---

1 Alguém que costuma tanto dominar quanto se submeter.

O moreno chegou perto das nádegas bonitas, quase salivando. Era tão delicioso que tinha vontade de devorá-lo ali mesmo. Alisou primeiro uma nádega; depois, a outra. E aí, desferiu o primeiro tapa.

O submisso resmungou, com a voz fina, dando um pulinho ao sentir o golpe fraco. Odiava que sua voz soasse tão manhosa, afinal, era um alfa. Mas, diferente da hierarquia social de sua classe, ele não gostava de comandar coisa alguma. Gostava de ser levado, de ser embalado ao som de uma música. Não fazia ideia do que queria na vida, então preferia pensar que, um dia, encontraria alguém que fosse pegá-lo pela mão e liderar o caminho, sem que ele precisasse abrir os olhos para saber se era mesmo a direção certa, porque aquilo era muito trabalhoso. Viver era difícil pra caramba. Queria alguém em quem pudesse confiar e que fizesse as melhores escolhas por ele. Certamente teria prazer em servir a esta pessoa, caso ela cuidasse de si, como ansiava ser cuidado.

O dominante voltou a alisar carinhosamente o bumbum do outro, fazendo um carinho gentil, para, inesperadamente, golpeá-lo novamente, dessa vez mais forte, o som do tapa estalando na acústica da sala de estar.

O mais novo gemeu, surpreso com o deleite que aqueles tapas ardidos causavam em sua libido. Não que já não tivesse tomado uns tapas por aí quando transava. Mas não era daquele jeito específico. Não era com toda aquela preparação antes de bater, não causava aquela ansiedade pela espera. Era só uma coisa feita rapidamente, no calor do momento, que em muitas ocasiões acabava sendo feito de mau jeito e só gerava constrangimento.

O dominador, então, deu um terceiro tapa, com ainda mais força, deixando a ligeira marca vermelha de cinco dedos e uma palma no meio da bunda branca que mais parecia uma obra de arte.

O submisso mordeu o lábio, com pouca dúvida se aquilo era gostoso ou esquisito.

— Gosta? — Dominic indagou com a voz entrecortada. — Gosta desses tapas? Da força dos três? Do mais fraco, do médio, do forte?

— Gosto. Gosto muito. — Estava quase sem ar e com a voz desestabilizada. — Por favor, faça de novo... *meu senhor* — pediu, surpreso em como aquela dor e a sensação de se submeter o tinha deixado excitado. E mais surpreso ainda em perceber o quão naturalmente aquele *tratamento* escapuliu de seus lábios, sem que ele tivesse pensado antes sobre isso. Saiu de forma natural, como se já estivesse acostumado a ter um dominador desde sempre. Ele havia nascido para isso ou quê?

Dominic pareceu aprovar, já que seu cheiro amadeirado de almíscar tornou-se mais intenso. E Tristan, que puxava o ar de um jeito pesado, teve o aroma do outro alfa esmurrando-lhe as narinas. O odor lembrava vinho tinto, aquela coisa rústica, misturada a um doce sutil, com final amargo que queimava a garganta. E se pudesse, ficaria embebedado naquele aroma facilmente.

— Como vou poder te punir se você for um masoquistazinho de merda? — Dominic mordeu o lábio, apertando aquela bunda durinha entre as palmas. Depois, sorriu e voltou a alisá-lo como um devoto, os olhos de serpente presos nos lilases, brigando por poder, antes de desferir mais dois tapas estalados na carne firme.

Tristan sentiu a ardência de cada um, com uma fisgada no baixo-abdômen. Era delicioso, pois Dominic Von der Guth era delicioso. Sentia uma agitação em seu interior, um arrepio em sua pele, seus pelos se eriçavam. Aquela expectativa de quando e como seria o tapa deixava seu estômago rodopiando. Nunca tinha esperado que aquela fosse a sensação, e era maravilhosa.

Finalmente, Dominic alisou um pouco mais a bunda dele, para subitamente parar e subir o moletom, antes de afastar Tristan, pondo-o de joelhos no tapete. Após um momento, levantou-se, enquanto Tristan, ao pé da poltrona, o encarava com expectativa.

— Vê como estou duro? — indagou, com a voz aveludada, apontando para o volume em sua calça apertada.

Tristan apenas assentiu com a cabeça, mordendo o lábio inferior ao que encarava fixamente aquela carne gostosa que Dominic guardava dentro da cueca.

— Você sequer me tocou para que eu ficasse assim — explicou. — Fiquei duro por dar esses tapas em você e te assistir se contorcer de prazer por causa da ardência... — sussurrou. — Você sentiu prazer com a dor da minha mão te estapeando? — seu tom era provocador.

— Sim, Dominic... — Estava aos suspiros. Mal podia manter alguma firmeza na voz, via-se arrebatado, completamente perdido naquela sensação inebriante de desejo e aura sexual intensa pairando entre eles. — Causa uma ansiedade gostosa, uma expectativa. Eu quero... quero mais — corajosamente disse, encarando-o de baixo, de um jeito tão inocente que fazia o Von der Guth sentir-se quase nocauteado com a imagem clássica de submissão, na qual havia posto o rapaz, propositadamente.

*Ele amava ver um alfa de joelhos.*

Dominic se afastou abruptamente, para sentar-se na outra poltrona vermelha na lateral do sofá, o que deixou Tristan desnorteado e confuso, antes de se voltar para trás, ainda zonzo, e sentar-se no outro estofado vermelho, puxando rapidamente uma almofada para cobrir a já absurda ereção entre suas pernas. Seu pau estava duro e molhado e, irritado, ele formava um biquinho nos lábios finos. Dominic era um grande filho da puta, já o estava castigando e ele nem lhe havia desobedecido em nada.

— Não se preocupe, irei recompensá-lo *depois* — o dominador falou manso, como se lendo seus pensamentos. — Não posso terminar a explicação se você estiver anuviado pelo prazer, pois você não prestaria total atenção, entende?

O ruivo bufou, recebendo um olhar repreensivo. O dominador era acostumado com o jeito sem filtro de Tristan, porém, quando se tratava de seus submissos era mais difícil engolir as pirraças sem fazer uma careta.

— Eu entendi, Dominic... — resmungou, ainda frustrado.

— Pois bem. Entendeu a coisa de sentir prazer com a dor e sentir prazer em causar a dor? É claro que existem diferentes níveis. Alguns praticantes preferem níveis mais pesados, que chegam a ser realmente um espancamento. A dor não necessariamente pode ser sentida através de tapas. Pode ser com choques elétricos, puxões de cabelo, amarrações com cordas. Por isso, o fetiche de bater, para obter prazer, nós chamamos de *spanking*. Está dentro do *sadismo* e *masoquismo*, ou seja, do SM — explicou, ao passo que sentia seu pau já começando a abaixar. — Mas são precisos muitos cuidados. Existem inúmeras áreas para se praticar o *spanking*, como nas costas, nos glúteos, nas pernas, no peito, nos braços... O mais tranquilo é, de longe, no traseiro, como fiz com você.

— Estou ansioso, *senhor* — dessa vez, Tristan tinha tom de voz baixo e provocador, mordendo o lábio inferior, enquanto tentava disfarçar o olhar desejoso sobre o corpo definido do outro, sem sucesso, já que seus olhares se juntaram a uma encarada intensa.

O ar até mesmo pareceu esquentar dentro do cômodo.

O corpo de Dominic lhe parecia absurdamente atraente. Não era parrudo, mas, ainda assim, era musculoso e contornado, definido, como todo alfa e, caramba, era fodido de lindo! Seu modo de caminhar possuía uma graça, uma delicadeza, um ar... *majestoso*. Era silencioso, elegante e sorrateiro como uma cobra, e tão perigoso quanto; parecia sempre prestes a dar o bote em quem não tomasse cuidado. Os olhos pequenos de íris vermelhas captavam tudo, como se pudessem ler todos os segredos de alguém sem que a pessoa precisasse dizer uma palavra.

Dominic, ao notar o olhar abusado de Tristan sobre si, sentiu-se mais certo de que, provavelmente, ele não fosse ser tão fácil assim de se submeter ou de ser subjugado — a despeito de sua personalidade constantemente divertida. Alfas sempre eram mais difíceis de submeter-se. Mas Dominic Von der Guth tinha uma vasta experiência naquilo.

Pensou que deveria começar a disciplinar o ruivinho imediatamente. Logo ele, com tantos anos de prática no BDSM — doze, para ser mais exato — não poderia fracassar no treinamento de um iniciante submisso. E era bem sabido o quanto Dominic tinha desinteresse pelos tais *brat*s — aqueles que estavam em posição de submissão, mas não se comportavam como tal, provocando seu dominador até o limite da paciência, com suas teimosias e desrespeito às ordens.

Dominic nunca havia se relacionado verdadeiramente com um *submisso malcriado* antes, embora conhecesse alguns. Mas como um dominador e militar por tantos anos, extremamente apegado às ordens e à disciplina, até então, achava inaceitável o comportamento de um submisso teimoso. Afinal, o conceito de submissão era exatamente o oposto de resistência.

Um *brat* poderia causar desgosto em seu dominador, ao invés de prazer e contentamento. Talvez, *brat*s fossem uma anomalia no BDSM, e para lidar com eles e seus desejos caprichosos e matreiros, era necessário um tipo de dominador diferente. Sim, Dominic já havia passado certo tempo a pensar naquilo. Para que um *brat* causasse satisfação a um dominador, esse dominante teria de ser alguém que gostasse de desafios. Que sentisse um prazer quase tangível em disciplinar um rebelde, fazendo por merecer ser obedecido.

Talvez, tal relação pudesse assemelhar-se à da caça e do caçador. Um cervo não se deixa abater pelo leão da montanha sem tentar fugir ou lutar — ainda que o mais forte e o vencedor sejam claros nesta condição.

Portanto, no meio BDSM, para se lidar com um *brat* de forma satisfatória, o dominador não poderia ser do tipo tradicional, e sim um *domador*.

Assim como no circo, o domador é aquele que doma um leão, fazendo o animal selvagem obedecer-lhe, ao invés de atacá-lo. O domador encanta, e a fera domada, por sua vez, o adora na mesma proporção que o teme.

Por isso, Dominic segurou um sorriso malicioso. Ele era, definitivamente, alguém que gostava de comandar e ser obedecido, detestava malcriação, mas sabia bem, em seu interior, o quanto vinha se sentindo altamente atiçado com a simples ideia de ter que *domar* Tristan Wolfgang, para ser mais específico.

Talvez, nos tantos anos de experiência na carreira militar assim como dentro do BDSM, ter suas ordens e imposições sempre acatadas, estivesse fazendo com que começasse a achar toda a submissão a si um tanto... sem graça. Era rotineira.

Ah, sim, Tristan parecia um delicioso desafio. Dominic esperava não estar errado, porque a percepção o provocava ainda mais. Um submisso malcriado... um *brat*... Ele seria capaz de lidar com algo assim, ou aquilo se tornaria enfadonho e problemático?

Tudo o que importava era que Von der Guth o queria com força. Apenas não havia tentado ir em frente com aquilo em ocasiões passadas por ter erroneamente assumido que Tristan não seria do tipo fetichista.

Ledo engano.

Ver Tristan naquela boate o havia deixado em êxtase. De todas as pessoas do mundo, Dominic jamais imaginava que seu vizinho bobinho e conversador poria os pés ali. Agradeceria ao *Rope* depois.

Pensando nisso, caminhou lentamente até ele, como uma cobra prestes a dar o bote. Tristan o acompanhava com o olhar atento e ansioso. Quase salivava, tamanha a expectativa — esta que era descontada por seus dentes cortando a carne macia das partes internas de suas bochechas. Ele já tinha conseguido entender que boa parte da submissão envolvia expectativa. Havia lido sobre, é claro, mas não tinha realmente entendido. Não até aquele dia. Aquele dia estava sendo perfeitamente esclarecedor.

Ele se sentiu vibrar quando Dominic parou atrás de si e, num movimento rápido, puxou seus fios vermelhos entre os dedos, fazendo o pescoço curvar-se para trás e a respiração acelerar, ao sentir o hálito quente do glorioso dominador chocar-se na lateral de seu rosto. A voz doce, porém altiva e perigosa, soou em seu ouvido esquerdo, onde a boca de Dominic encontrava-se deliciosamente próxima:

— Tristan... Você só deve me encarar... quando eu mandar — a voz era lenta e rouca ao pé do ouvido, e Tristan arfou com cada lufada de ar que rastejou até sua pele junto a cada palavra proferida. — Da próxima vez que me encarar sem pedir permissão, irei castigá-lo. Você vai se arrepender por não ter me obedecido. Fui claro, *alfa*? — finalizou, dando mais uma leve puxada nos fios tingidos, contrastando com a delicadeza de sua voz.

O ruivo segurou um gemido na garganta.

*Tão passivo-agressivo, dizendo coisas rudes com uma voz delicada.*

Aquela pose tão dominante de Dominic o deixava louco. Logo Dominic, seu vizinho sempre tão educado, amável e doce, de voz gentil e sorriso fácil.

Descobrir que Dominic Von der Guth era um experiente dominador de BDSM o havia deixado estranhamente ansioso. No momento em que pôs os olhos nele, dentro daquela boate, Tristan soube que teria que *ser dele*.

Foi com muita força de vontade que tentou impedir que todo o seu sangue fluísse novamente para o membro dentro das calças, tamanha a excitação que a situação lhe proporcionava. Passou tanto tempo perdido em tais pensamentos que acabou demorando a dar sua resposta, o que deixou Dominic irritadiço. Ele, então, puxou novamente os fios vermelhos, dessa vez com mais força:

— Não ouvi sua resposta, *seu malcriado* — repreendeu firme.

Contendo uma expressão de prazer violento ao ter seus fios puxados, porque isso o excitava desesperadamente, Tristan devolveu:

— Sim, *Dominic*.

E é claro, a forma desrespeitosa foi proposital. Era instintivo.

— Errado — o dominador rebateu. — Ponha-se em seu lugar e responda corretamente.

— Desculpe, *meu senhor*. Não irá se repetir — disse do modo certo, desta vez. Embora soubesse que sim, iria. Porque era claro que Dominic, quando desobedecido, ficava mais agressivo. E Tristan adorava aquela rudeza, vinda daquele homem tão gentil e delicado em seu cotidiano.

— Ótimo — o outro respondeu, por fim.

Mas sabia que o submisso mentia.

Era um *brat*, afinal.

# 1

# Talvez eu saiba uma coisa ou duas

Tristan observava a chuva de outono cair, pela janela de vidro, junto à própria imagem emburrada na superfície transparente, afogada em gotículas de água. Os cabelos em tom de vermelho-cereja estavam especialmente revoltos, as ondas largas eriçadas devido ao ar úmido da chuva.

O dia findava claro e cinzento. Nada lhe parecia anormal. Era só o de sempre: como se um monstro enorme de garras afiadas o sufocasse; tudo era tedioso. Nada mais chamava a atenção e a rotina o deprimia. Acordar todos os dias para trabalhar naquela lojinha de conveniências na periferia e receber um salário baixo, que servia apenas para pagar pelo aluguel e as contas básicas da casa, era excruciante... Pouco lhe sobrava exatamente para se divertir — embora trabalhar numa lojinha de conveniências sem câmeras, lhe permitisse furtar muitas garrafas de bebidas e um bocado de guloseimas. Não que ele achasse honesto, mas algo sobre *distribuir a riqueza das oligarquias entre os menos favorecidos* lhe soava uma filosofia tocante e escusa. Especialmente quando o menos favorecido era ele.

Apoiado no balcão, bufou impaciente, fazendo os cabelos tingidos voarem. Seu emprego era tedioso, sua vida era mais ainda, e seus relacionamentos e vida sexual eram um desastre. Não havia nada de muito interessante em Keluar, mesmo ali, na capital, Colina dos Lobos, além de seus únicos dois amigos próximos, alguns colegas de trabalho e um vizinho sedutor que o deixava babando toda maldita vez que aparecia em sua frente, com uma incrível barriga tanquinho de fora e shorts curtos, correndo no início da manhã pelo quarteirão.

Por causa da chuva, ninguém entrava na loja desde o almoço. Por isso, Tristan voltou os olhos para o celular, na aba aberta das pesquisas recentes:

**BDSM – FETICHE – ALFA x ALFA**

Roendo uma das unhas, ele clicou na primeira página e optou por ver imagens sobre o assunto, ao invés de textos. Uma galeria de fotos, majoritariamente em preto e branco, se abriu diante dos olhos grandes e curiosos.

*Havia muito couro, muito látex, muitas coleiras, correntes, algemas, chicotes e um tanto de gente pelada.*

Clicando no zoom de uma das imagens, foi direcionado a uma ala com mais fotos diferentes: nádegas marcadas de roxo ao extremo, pés pisando em rostos, pessoas amarradas e penduradas como carnes no açougue...

Ele suspirou e espiou a porta. Continuava vazio e ainda chovia.

Voltou-se ao celular outra vez. Clicou na galeria de imagens de *alfas*. Lambeu os lábios quando viu inúmeras fotos lascivas de homens de olhos vermelhos se beijando intensamente, um subjugando o outro de um jeito que alfas jamais deveriam ser subjugados. Seu coração acelerou, mas o sininho da porta soou, indicando a entrada de um novo cliente. Do balcão posicionado de frente para a porta, Tristan viu Ethan Nero entrar, com a cara amarrada e os olhos dourados, tão característicos da classe beta, cabisbaixos.

Nero era amigo de Tristan Wolfgang há um bocado de tempo. Tratavam-se como perfeitos irmãos — embora alguns aspectos daquela amizade envolvessem certas coisas que irmãos jamais eram supostos a fazer.

Era do gênero beta, o que significava ser naturalmente atraído pelos dois outros gêneros em que a espécie *lupinos* se dividia: alfa e ômega.

Nero não era musculoso, nem magro demais, a barba bem-aparada, rente à pele preta não-retinta, dava-lhe um ar sóbrio e relaxado, mas intenso o suficiente para atrair qualquer pessoa que quisesse. Os fios de cabelo crespos trançados estavam costumeiramente presos em um coque despojado, que o deixava atraente de um jeito jovial.

— O que foi? Estava fumando alguma coisa? — o alfa perguntou quando Nero se aproximou e pôde, assim, perceber seus olhos rosados de choro.

Ele não abaixou a cabeça para cumprimentar Tristan, como mandava o costume hierárquico social, onde betas e ômegas precisavam demonstrar respeito, curvando a cabeça para alfas. Tristan, há muitos anos, já havia dispensado que seu melhor amigo usasse o tratamento formal consigo.

— Antes fosse — resmungou. — Estou com dor de cotovelo por causa daquele *brat* maldito... — Bufou, pegando uma garrafa de cerveja no refrigerador verde.

— Ah, cara. Você já sabia que ele era problema — Tristan devolveu, sem humor. — Até eu, que não pratico BDSM, sabia que você não aguentaria. O cara nem te obedece. Não é esse o básico de uma relação dessas? Um mandar e o outro obedecer?

— Mas sou um *switcher*, caramba! — Ethan Nero exclamou em tom indignado. — Posso ser tanto *dominador* quanto *submisso*. Eu era a melhor aposta para dar certo com um submisso malcriado. Ou, talvez, eu só tenha confundido muito as coisas... — Ele sacudiu a cabeça de um lado para o outro, visivelmente decepcionado, e esfregou o rosto.

— Talvez você devesse me explicar melhor essa coisa outra vez... — pediu o ruivinho, franzindo o cenho. — Esse negócio de *brat* não é um negócio ruim? Você me disse que era.

— Não necessariamente. Tem gente que gosta, e no BDSM tem gosto pra tudo. — Deu um gole na garrafa de vidro. — O negócio é que dentro desse mundo de dominação e submissão, um *brat* é exatamente o contrário de um submisso. Ele não aceita ordens apenas por aceitar. O dominador precisa fazer por merecer. Só que a maioria dos dominantes não tem o menor prazer em dar ordens e vê-las desobedecidas, é uma afronta. E o *brat* é alguém que desobedece, ciente de que aquilo irrita seu *Dom*, mas a questão é que ele sente prazer em afrontar aquele que supostamente o domina. Em outras palavras: ele gosta de ser assim, gosta de provocar.

— Ah. Então... Você gosta de ser desobedecido, né? — indagou, confuso.

— Não é bem isso, Triz. Mas eu gostava de fazer por merecer. Gostava de mostrar a todos que aquele atrevido safado se submetia a mim. Ainda mais depois do fracasso da relação dele com *ela*... — ao dizer isso, seus olhos foram escurecendo como o céu chuvoso lá fora.

— Hum, a tal Roxy, não é?

Tristan já sabia daquela história.

*E lá vamos nós de novo...* ele pensou ao lembrar-se de que tocar no nome da tal Roxy, como se intitulava a *dominadora* de Nero, era o início de um monólogo desgostoso dele.

*Monólogo* e não *conversa*, já que quando o rapaz de 25 anos entrava naquele assunto, nunca mais parava; iniciava um debate consigo mesmo, ao que Tristan não sabia bem o que responder, já que além de não conhecer Roxy, também não entendia a fundo como funcionava uma relação de BDSM — o que sabia era totalmente básico e superficial, já que Nero era praticante e sempre lhe contava uma ou outra coisa.

Uma delas era sobre Roxy: ômega, praticante de BDSM na posição de *domme*, a qual Nero havia ficado extremamente atraído, por meses a fio, parecia enfeitiçado. Saíram muitas vezes, mas ela não se demonstrou interessada em criar uma relação fixa com ele. Não passaram de encontros esporádicos, regados a intensas sessões de BDSM.

No entanto, Nero queria, e muito, ter algo a mais com ela.

Quem nascia no gênero ômega tendia a ter uma aparência delicada, quase angelical. Ah, pobre coitado, via-se quase arrebatado, olhando para aqueles pares de peitos empinados e pequenos olhos azuis, tão diferentes dos dourados dele. Tudo em Roxy parecia frágil, desde a pele lívida até os cabelos quase brancos e o corpo pequeno. Seria confundida com um anjo se, ao fitar seus olhos, não fosse possível se arrepiar como se mirasse o próprio diabo. Porque, de delicada, Roxy só tinha a aparência. Era uma predadora sagaz, pegava o que queria e saía de cena, deixando para trás uma fila de corações partidos.

Ela, infelizmente, só o tratava com indiferença e sequer ligava para seus dramas. Dizia que ter uma relação de dominação fixa era uma responsabilidade que não queria naquele momento. Entretanto, após míseros dois meses do rompimento da relação com Nero, Roxy surgiu na *masmorra* com um submisso oficial: usava uma *coleira* com o nome dela.

Aquilo partiu o coração de Ethan Nero.

No entanto, das surpresas que o destino preparava, a mais irônica delas era que, atualmente, Nero se relacionava com o ex-submisso de Roxy. Bastien, o submisso antes encoleirado por Roxy, era, agora, submisso de Nero. *Bastien* era apelido para algum nome, mas não era como se Tristan fizesse questão de saber, mas se lembrava de que Nero se autointitulava Rope: algo sobre um fetiche com cordas ou coisa parecida, não sabia bem como funcionava.

Ele sempre pesquisava e pesquisava, porque a coisa das práticas fetichistas de dominação, submissão e sadomasoquismo excitavam-no para um cacete, e Nero, praticante há um par de anos, não parava de falar sobre isso. Tristan também queria transar gostoso como ele, queria testar aquelas coisas que pareciam sujas, perigosas e, acima de tudo, *pareciam que podiam ser o tempero que faltava nas suas relações*, já que nunca havia se relacionado com alguém com quem sentisse *completude*, fosse de natureza sexual ou sentimental. Tudo era... *morno*. Assim como sua vida e todos os dias, que eram iguais e nada acontecia.

Tristan havia desistido de ler ou ver filmes de romance há anos, porque estava convencido de que o destino não guardava nada de bom para ele. Almas gêmeas, chamas gêmeas, destinados, o que fosse... Encontrar alguém que o fizesse sentir-se *cheio*, como no feriado da Última Lua Cheia do Ano, era como tirar a sorte na loteria, e Tristan sequer se enganava: era um azarado de carteirinha.

— Eu me sinto um pouco culpado de ter te incentivado a sair com o ex-submisso dela... — Tristan murmurou sem jeito, coçando a nuca.

— É... foi uma ideia ruim — o outro concordou, cansado. — Mas fui ainda mais burro em achar que daria certo.

— Relaxa. Você é um cara bonitão, certo? Já, já arruma outro... Outro... Como é mesmo que chama? Outro *sub*... — Tristan tentou confortar o amigo, que sorriu aberto para ele, em resposta.

— Se você claramente não fosse um *brat*... — Nero retrucou, em tom de provocação. — Eu te iniciaria no BDSM como meu submisso.

— Ah, sai pra lá! — exclamou, aos risos, enquanto empurrava o braço dele do balcão, para passar pano úmido na superfície suja. — Eu não sou essa coisa aí que você diz. Não sou malcriado. Talvez eu seja um dominador... Quer dizer, quando a gente transa você quase nunca me deixa ser passivo, a não ser quando estou na febre ômega.

Nero soltou uma gargalhada alta, sacudindo o corpo, e jogou a cabeça de cabelos trançados para trás.

— Uma coisa não tem a ver com a outra. Agora, você? Um Dom? — Riu com força, batendo nas próprias coxas, quase se engasgando com a bebida. — Tristan, você é um bebezão manhoso e malcriado!

— Não sou nada! — reclamou indignado, imediatamente cruzando os braços e formando um bico enorme nos lábios finos. — Ninguém manda em mim, e eu não obedeço a ninguém!

Isso fez Nero rir ainda mais.

— Espere, não saia dessa pose, não se mexa! — pediu, às gargalhadas.

Ele sacou o celular do bolso do casaco e bateu uma foto de Tristan, com os cabelos vermelhos arrepiados e os olhos cor de violeta mais forte que o habitual.

— *Neno*, meus olhos... — resmungou, com um biquinho.

— Iti, mas que bebezinho fofo — implicou, apertando uma das bochechas magras.

Tristan era um cara de 24 anos que portava uma aparência forte e vivaz, os fios de cabelo suavemente ondulados e revoltos tão qual a juba de um leão. Por isso, de longe, ele podia parecer o rei da selva, mas quem o conhecia minimamente, sabia que era nada mais do que um pirracento, desobediente por puro prazer, como uma criança muito crescida que, no fim, sempre cedia. Suas expressões cotidianamente eram um bocado infantis e fofas demais para alguém tão grande e musculoso. Os olhos eram tão, tão redondos que o faziam sempre parecer o famoso *cachorro pidão*. Vez ou outra, passava a energia de um cachorro labrador, porque era bobo e um tanto ingênuo em coisas que não deveria, enquanto, em outras, era espertinho *demais*.

— Malcriado! — Nero repreendeu, apertando os olhos, quando Tristan lhe afastou a palma com um tapa.

— Que seja. Para que tirou a foto? Sabe que não gosto que tirem fotos minhas — murmurou, cabisbaixo.

Não era como se Tristan não soubesse que era bonito... *muito* bonito. No entanto, um erro em sua condição genética fazia com que ele, um alfa, cujos olhos comuns à classe eram normalmente de um vermelho-intenso, adquirisse a rara condição de olhos lilases como violetas. E isso sempre gerava uma atenção negativa demais. *Aberração* era a palavra que ele estava certo de ser a primeira a aparecer na cabeça de todo mundo com quem cruzava. Era sempre essa que seus pais usavam consigo.

— Sabe que não costumo postar fotos suas sem perguntar primeiro. — Nero torceu a boca, num gesto reprovador, enquanto assistia a Tristan voltar a limpar o balcão, com um bico enorme nos lábios. — Você já se olhou no espelho enquanto faz birra? Não, né? E nem precisa, olha aqui essa fotinha... — Ele riu enquanto posicionava a tela frente aos olhos do amigo, dando zoom na imagem. — Percebe? Você fica como um leãozinho feroz. Principalmente, depois que pintou esse cabelo de vermelho. Sua cabeça parece uma cereja gigante, só falta a gente colocar um caule verde aí em cima.

— Monte num camelo e vá se foder — Tristan retrucou, virando-se no balcão para ligar a máquina de café.

— Olha a malcriação... — o tom era falsamente repreensivo.

— Não é malcriação se você não me manda — Tristan devolveu com um sorriso sarcástico.

— Mesmo? Engraçado, me lembro de você ter acabado de dizer que, quando a gente transa, *eu quase não te deixo ser passivo*. Só prova que você é mais submisso. Se fosse dominante, teria tentado. E você nem tenta! É um preguiçoso até pra foder.

Sem ter o que responder, Tristan apenas grunhiu, porque era a mais pura verdade: na cama, ele somente obedecia a tudo que Nero propunha. Uma relação de BDSM entre eles nunca foi uma possibilidade, mas os dois sempre faziam piadas sobre isso. Eram amigos há tempo demais para aquilo fazer sentido.

Tristan nunca se dispôs a querer saber com afinco daquele mundo. Todas as suas pesquisas passavam da primeira linha para *imagens*, e aí ele se perdia vendo tudo e lendo nada, porque sua atenção imediatamente dispersava. Sua base de conhecimento mais profunda no que tangia à filosofia se resumia às coisas que Nero contava.

O combinado deles era prático: *deixe suas algemas e chicotes de BDSM longe de mim*, e assim eles seguiam, vez ou outra, transando, não porque queriam tanto, e sim porque, às vezes, era necessário.

Suspirando, Tristan murmurou:

— *Neno*, por que você me odeia?

Nero soltou uma gargalhada antes de dar um último gole na cerveja e largar a garrafa no balcão.

— Ei, a lixeira está bem ali! — o alfa exclamou, indignado.

— Quem trabalha aqui é você, eu sou cliente.

— E que tipo de cliente é esse que não paga? — Ficou suavemente irritado e pôs as mãos na cintura.

— O tipo que tem um amigão, com livre acesso à bebida grátis. — Ele deu uma piscadinha e parou na frente da porta. — Te vejo mais tarde, *brat*.

Tristan sequer respondeu, apenas revirou os olhos e tratou de se livrar da garrafa abandonada.

Algumas horas depois, quase no fim de seu expediente, Tristan aguardava ansiosamente pela entrada de Kara, a subgerente que o substituiria para o turno da noite naquele dia. Só poderia ir embora quando a chefe beta chegasse e, faltando apenas dez minutos para a troca de turno, ela ainda não havia dado as caras.

Tristan gostava muito de Kara, a despeito de ser um alfa forçado a ter uma chefe beta. Na hierarquia social, alfas sempre vinham primeiro, betas depois e ômegas por último. Mas, diferente de todo mundo, Tristan queria mais é que as hierarquias sociais comandadas por genética se fodessem.

De qualquer forma, ele desamarrou o avental preto e o guardou dobrado embaixo do balcão, no exato momento em que o sininho da porta soou, indicando a entrada de um novo cliente. Ele bufou, já agoniado por ter que atender mais alguém no final de seu turno, mas o horário era normal de fluxo na loja, Tristan só estava doido de vontade de largar o expediente logo e sentar-se na sala de casa, com alguns pacotes de biscoitos e refrigerantes, para jogar *videogame*, porque, em uma vida tão tediosa como a dele, jogar um eletrônico era o ponto alto do seu dia, talvez o único dele, exceto por, talvez, ver seu vizinho correndo seminu de manhã cedo no quarteirão.

*Ah, como começar a falar do seu vizinho?*

Para sua surpresa, porém, quando se levantou, viu um homem de cabelos escuros, abaixado, com a bunda empinada, pegando dois engradados de cerveja dentro da geladeira azul. Tinha o *cheiro* de alfa e era um bem conhecido...

Quase hipnotizado, Tristan observou o corpo moderadamente forte e definido, mais baixo que o dele. Aquele tipo de cara, metido em um conjunto jeans, era o tipo que deixava as pernas de Tristan bambas. Ele era como um pecado ambulante, um atentado ao pudor. E o ruivo não pôde deixar de sorrir sem jeito quando ele se virou, revelando a pele branca saudavelmente bronzeada, os lábios cheios e os olhos apertados em tom de vermelho-escarlate emoldurados pelos cabelos armados em um topete liso bem-penteado acima da nuca raspada.

— Von der Guth! — exclamou, alegre, para seu vizinho.

— Boa noite, Tristan — o moreno cumprimentou, andando até o balcão, onde descansou os engradados de cerveja. — Uau... seu cabelo está bonito. Combinou com você, é diferente — elogiou.

— Hum, é, obrigado — agradeceu, sorridente. — Meus amigos estavam fazendo piadas sobre eu nunca mudar o visual... mas acontece que uma vez tentei clarear e o cabelo quase caiu! Não acho que eu ficaria bem careca, sabe. Então, prefiro não dar sorte para o azar.

Era sempre assim: quando via Dominic Von der Guth, sua boca não parava quieta. Não era à toa que o outro sempre o observava bem mais do que falava, sempre atento demais a tudo que Tristan dizia, mas ainda distante o suficiente para parecer *misterioso*, como claramente alguém que tinha coisas demais a esconder — o que não passava nem um pouco despercebido.

Isso e o fato de Dominic ser um alfa, e também não ser muito comum um alfa se interessar por outros alfas. Mas também não era como se o destratasse, pelo contrário: era sempre muito gentil e educado.

Tristan, por outro lado, nadava completamente contra a corrente: era um alfa, mas ômegas nunca o atraíram. Ele deveria focar, então, nos betas, mas não era assim que seu corpo funcionava. Tristan se sentia fortemente atraído por outros alfas. Por betas também, só que por alfas um bocado mais.

Até onde Tristan sabia, Von der Guth era um aviador militar, e os militares não eram conhecidos por defender o amor livre. Pelo contrário, as leis militares puniam severamente aqueles que ousassem relacionar-se com alguém do mesmo subgênero.

Tristan era um pouco fora da curva e temia conquistar a inimizade de Dominic, se o deixasse saber daquilo. Só que era tão difícil de controlar que, vez ou outra, via-se jogando flertes para o outro alfa, antes de rapidamente se corrigir, temendo o pior.

— Seu cabelo não me parece ruim agora... — Dominic foi sincero, observando os fios recém-coloridos. — Acho que você ficou ainda mais... *lindo* — terminou com um sorriso simpático costumeiro.

O problema era que aquele sorriso curvava um pouco para o lado e o olhar felino parecia querer devorar Wolfgang bem ali, em cima daquele balcão, na frente de tudo e todos.

É. Definitivamente era muito mais do que um sorriso simpático, Tristan desconfiava — mas, como sempre, se fazia de bobo. Porque, afinal, o majestoso Dominic Von der Guth não poderia querer nada com ele, poderia?

Não que Tristan se achasse feio nem nada — na verdade, tinha bastante confiança sobre sua aparência — era bonito pra um santo caralho. Tinha o maxilar bem-marcado, um furinho fofo no queixo, lábios pequenos e malditamente bem-desenhados, nariz arrebitado e um par de sobrancelhas grossas e escuras.

Mas qual é? Tristan tinha nascido ao contrário.

Algum erro genético, desses que eram um em um milhão, o havia acometido. Isso mexia com muita coisa em seu corpo, além da cor de seus olhos, como por exemplo, o seu cheiro. A condição que tinha, fazia com que o percentual de genes ômegas em seu corpo fosse um tanto superior ao que um alfa poderia ter. O resultado disso era a mistura de cores em seus olhos, o vermelho alfa junto ao azul ômega formava um tom de violeta, que fazia todo mundo simplesmente perceber que havia alguma coisa muito *errada* com ele. E isso destruía sua autoconfiança em um nível considerável. Você já deve saber que um homem bonito e inseguro é como um herói sem superpoderes.

O aroma exótico só podia ser sentido se cheirassem sua pele ou quando ele ficava excitado. E era *muito difícil* não ficar excitado quando Dominic Von der Guth estava tão perto assim.

Educado como era, Dominic nunca perguntou sobre a estranheza da cor de seus olhos, mas Tristan estava certo de que se sentisse seu aroma excitado, descobriria seu interesse por ele, o que poderia arruinar a pequena relação amigável que tinham.

Naquele momento, Tristan ficou extremamente embaraçado, sentiu o rosto queimar. Não era do tipo envergonhado, mas sentia-se assim perto de Dominic. Seu coração perdia um pouco o ritmo, e ele se pegava encarando demais e escutando nada, porque era impossível focar o assunto ou não babar na camisa quando tinha, na sua frente, alguém tão atraente assim.

Dominic passava setenta e cinco por cento do ano enfiado no quartel e apenas aparecia em casa nas folgas de escala. Mas, também, não passava muito tempo em casa, já que Tristan sempre o via entrando e saindo, em horários aleatórios, mas especialmente à noite, e só voltava no dia seguinte. Dominic parecia ter uma vida agitada fora da Aeronáutica de Keluar.

— Está de folga? — o ruivo perguntou, mas rapidamente quis se dar um tapa na testa. Se Dominic estava ali, e não no quartel, era claro que estava de folga.

— Digamos que sim e não... mas posso te garantir que não estou fugindo — foi evasivo, como de costume, um sorriso brincalhão nos lábios enquanto alinhava os fios da franja que sempre insistiam em soltar do topete cheio de gel.

Tristan achava esse movimento charmoso, porque Dominic sempre fazia, como um tique. A reação dele era sempre a mesma: encará-lo e morder os lábios, sentindo que ficava sempre por um triz de surpreendê-lo com um beijo e deixar acontecer. Ele poderia ganhar outro beijo ou um soco, e talvez nem fizesse diferença, deveria arriscar.

— Talvez estivesse — Tristan murmurou. E ao ver a expressão indagativa do outro, explicou: — Você parece... misterioso. Como se pudesse fazer qualquer tipo de coisa. Meio mandão e rebelde... Talvez fugir do quartel não seja uma possibilidade tão absurda assim.

— Hum... talvez — o outro lhe deu um novo sorriso enigmático. — Mas não sou exatamente do tipo que curte quebrar regras. Não há nada de rebelde em mim. Sou bastante disciplinado e ensino meus subalternos a serem exemplos de disciplina como eu. Esse é o único modo de crescer na carreira militar. Foi assim que cheguei ao cargo de tenente-coronel pouco antes dos 30 anos.

— Um homem de sucesso, dá pra ver — o ruivo retrucou, rindo, ao mesmo tempo que queria que um raio caísse na sua cabeça ou que alguém aparecesse ali com um roteiro planejado de excelentes conversas, porque ele era péssimo puxando assunto quando ficava nervoso. — Meu amigo pratica um negócio chamado BDSM, já ouviu falar? Ele certamente diria que você daria um perfeito *submisso*... Por causa dessa coisa das regras e tudo mais. Quer dizer, gente submissa meio que gosta dessa *parada* de obedecer e seguir ordens — desatou a falar, passando o bipe nos códigos de barras dos engradados de cerveja, um tanto tenso.

Dominic, que portava um sorriso torto, riu mais alto que deveria, jogando o corpo para trás, e cobriu a boca com a mão.

Tristan sorriu satisfeito, sem saber exatamente por que havia causado aquela reação nele, mas, ainda assim, contente em fazê-lo sorrir. Sempre que o via, empenhava-se em fazê-lo rir um pouquinho, já que Dominic carregava sempre uma aura pesada, ainda que fosse um cavalheiro em todas as vezes que se falavam.

Tristan o achava estonteante. Poderia dizer que era o homem dos seus sonhos atrevidos. Não parecia um alfa rude ou *durão*, apenas tinha um jeito mais fechado. E, ao mesmo tempo, algo em sua aura, no modo de falar, mexer nos cabelos ou andar, fazia com que Tristan fantasiasse em tê-lo sobre si, subjugando-o. Porque era aquela imagem que o militar lhe passava... a de alguém muito bom em *comandar*.

Então, é claro, ele apenas estava insinuando que o alfa tivesse vocação para submisso não só porque ainda não entendia tão bem a dinâmica do tal BDSM, mas também porque era natural para ele ser um contrariador. Se Dominic lhe passava uma imagem totalmente dominante, o ruivo claramente dizia o contrário por pura provocação. Queria tirar uma com a cara do vizinho e, com isso, talvez, tê-lo falando mais sobre si mesmo, coisa que Dominic evitava um tanto.

Talvez aquela ideia tivesse sido implantada em sua mente, apenas por já ter visto Dominic Von der Guth em sua farda branca e, por Deus! Aquela visão o deixou salivando. Sequer sabia que tinha fetiches por caras fardados. Só sabia que Dominic, naquela roupa branca, o tinha deixado com uma atração incontrolável.

Ele tentava não criar esperanças, apesar disso, já que, sendo um alfa, Dominic provavelmente só gostasse de ômegas e betas. Mas sempre o viu entrar e sair de casa sozinho. Talvez ele tivesse um ômega e o visitasse em sua casa, como um cavalheiro — era o que Tristan pensava.

O sinal da porta soou novamente, quando Kara entrou na pequena loja.

— Argh, finalmente! Pensei que ia ter que ficar cobrindo você — Tristan resmungou.

— Ainda falta um minuto pro meu turno, larga de ser desesperado. — A colega deu a volta no balcão, antes de abaixar a cabeça para Tristan, de forma respeitosa, já que era beta, e ele um alfa, ainda que fosse sua chefe no trabalho.

Ela cumprimentou Dominic, com um aceno de cabeça um pouco mais demorado, e o militar respondeu educadamente.

— Ei, eu já tô indo — Tristan avisou, dando a volta no balcão. — Amanhã tô de folga, trouxa.

Dominic observava Tristan com uma expressão curiosa no rosto, mas era perceptível o risinho no canto de seus lábios carnudos.

— Não vai finalizar a compra do cliente, garoto? — ela perguntou, enquanto amarrava os fios castanho-claros cacheados num rabo de cavalo e lhe dava uma expressão repreensiva e suas pálpebras unas se apertavam.

— Ah, é. — Ele se deu conta. — Dominic, paga aí pra gente ir junto pra casa... Quero dizer, *andando* juntos pra casa. Você na sua e eu na minha. *Hehe.* — Sorriu amarelo.

Caramba, ele precisava *mesmo* parar de ficar nervoso perto de Dominic, porque isso sempre o fazia parecer um idiota.

— Você está indo pra casa, certo? — balbuciou, receoso e com o rosto mais vermelho que nunca.

O militar soltou uma risadinha.

— Tô sim. — E então, encarou a parede atrás da atendente. — Me dê um maço de cigarros também.

Tristan o encarou curioso.

— Você ainda fuma?

— Não regularmente, apenas quando ando com problemas demais — devolveu em tom cuidadoso e com um suave franzir de cenho.

Kara entregou-lhe a maquininha de cartão, e depois de pagar e guardar o maço no bolso da calça jeans apertada, Dominic pegou um dos engradados, acenando para que Tristan apanhasse o outro. Os dois se despediram da beta antes de sair da loja.

— Você é um menino prestativo — disse a Tristan, sorrindo de forma humorada enquanto caminhavam pelo quarteirão, rumo à ladeira em que moravam, um de frente para o outro, em Colina dos Lobos.

— Me disseram que devo ajudar os mais velhos — respondeu, matreiro.

É claro que insinuar que o outro era *velho* era uma péssima técnica de flerte, especialmente porque só havia seis anos de diferença entre eles, mas esse era o único modo que Tristan tinha encontrado para disfarçar o quanto ficava abobado perto dele. Além disso, tinha um prazer especial em provocar as pessoas, principalmente os colegas, de modo que nunca se segurava, era algo natural, fazia parte de si.

— Você é abusado, hein... — O militar apertou os olhos vermelhos. — Eu nem sou tão mais velho que você assim... Tenho 30 anos, você sabe! E recém-completos. Fiz aniversário no começo do mês.

— Ah, mas eu tenho 24, sou quase um bebê! — rebateu, cheio de falsa indignação.

Dominic sacudiu a cabeça, em negação muda, com um sorriso de canto, e parou de andar para acender um cigarro antes de retomar a caminhada breve.

— Isso mata, você sabe — Tristan reprimiu. — Anda aborrecido com o quê? Quer conversar? — perguntou docemente e com genuína preocupação nos olhos lilases curiosos.

— Você é muito gentil, Tristan. Obrigado. Mas não estou muito no clima de desabafo — foi direto, mas educado. — Esse seu amigo que curte BDSM, o que ele costuma fazer? — mudou o assunto, de súbito, sem se demonstrar muito curioso sobre.

— Ah, ele diz que é *switcher*... Quer dizer que faz os dois: pode ser o mandachuva ou o cachorrinho de alguém — respondeu, rindo. — Você conhece alguma coisa desses fetiches?

— Um pouco... — Ele observou o de cabelos vermelhos atentamente. Algo em seu olhar estava diferente, mais desperto, e não passou despercebido.

Ciente que a expressão de Dominic indicava que ele sabia, sim, de alguma coisa, Tristan disparou:

— Já praticou alguma coisa? — Estava genuinamente interessado, no momento em que pararam em frente às suas casas.

— Honestamente, garoto, talvez eu saiba uma coisa ou duas. — Dominic sorriu de um jeito misterioso e... perigoso. Definitivamente, ele pareceu demais com um *predador*. — Vá dormir, Tristan. — Deu-lhe aquele sorriso oblíquo e soltou uma piscadinha, antes de puxar o engradado das mãos dele e atravessar a rua correndo com o típico rebolado que sempre deixava o ruivinho salivando, porque sua bunda era grande e redonda, e Tristan sonhava em, um dia, enfiar a cara inteira entre as bandas dela.

Ficou ali, observando o mais velho entrar na casa da frente e suspirou. Dominic era sempre tão evasivo. Recusava-se a responder a qualquer pergunta mais pessoal ou profunda. Até se fosse sobre o sentido do universo ou vida alienígena — e isso Tristan sabia, pois já havia tentado conversar com ele sobre vida extraterrestre e coisas parecidas. O alfa fazia parte da Força Aérea do país, deveria saber algo sobre isso. Com certeza, já tinha visto algum Objeto Voador Não Identificado, em algum momento.

Não sabia se a personalidade de Dominic era realmente assim ou se era algo que ele havia aprendido em seu treinamento militar, a ser mais impessoal e evasivo. Mas Tristan queria, e muito, descobrir. Já eram vizinhos e colegas há três anos, afinal. Fizeram amizade desde que Tristan se mudou para o prédio da frente. Já estava na hora de o garoto conhecer um pouco mais sobre ele. E ah, ele o faria. Tristan Wolfgang era teimoso.

Naquele momento, o alfa de genes ômegas decidiu que, definitivamente, queria conhecer os segredos de Dominic Von der Guth. E quando ele botava uma coisa na cabeça... ninguém o impedia de consegui-la.

# 2

# Drama-me

— Nero, pare de arrumar a minha casa! — Tristan exclamou, contrariado, no meio da própria sala de estar, vendo o amigo beta andar de um lado para o outro, enfiando lixos na sacola preta.

— Você vive num chiqueiro, cara, e me dá agonia ver essas embalagens de lasanhas, pacotes de biscoitos, meias e refrigerantes pela casa... — o outro rebateu, indignado.

— Você nem mora aqui! Não sei por que se mete na minha arrumação...

— Não me meto na sua arrumação, me meto na falta dela. — Deu um bufar. — Sabia que achei uma meia sua dentro de um copo com metade de refrigerante?

— Sério? Deve ter sido a Minzy...

— Você é como uma criança de oito anos, colocando a culpa no gato! — Ele balançava negativamente a cabeça. — Triz, ele é um gato macho.

— E daí? Isso é uma imposição social.

Nero não respondeu, preferiu sair para deixar a sacola de lixo na porta, porque Tristan era um cara totalmente do contra, bagunceiro, birrento e que gostava de inverter todas as coisas possíveis do universo. Se pudesse, inverteria até o formato do planeta, que não seria mais redondo.

— Tristan... — chamou, entrando novamente na casa. — Sabe do que você precisa?

— Uh? — murmurou de volta, sem dar real atenção, enquanto fuçava sua geladeira em busca do seu grande vício: confetes de chocolate.

— Você definitivamente precisa de disciplina! — Nero exclamou. — Seus pais te sufocaram e, como resposta, você se rebelou. Tem prazer inconsciente em fazer tudo errado, só pra mostrar que é livre, que pode. Talvez aprendesse um pouco a se comportar e a ter responsabilidades no BDSM.

— Lá vem você de novo... — Tristan estava escolhendo apenas as bolinhas de chocolate vermelhas para comer. Era uma mania. — Eu já li e pesquisei sobre várias coisas desses fetiches que você fala. Achei excitante, mas essa coisa de seguir ordens não é comigo. Ficar mandando nos outros também não é a minha *vibe*, gosto de ficar na minha e cada um cuidar do seu. Simples assim. Fora que tem muita coisa teórica, e ler sobre isso me dá sono.

— Como um submisso, você aprenderia bem sobre disciplina. Aprenderia que, às vezes, é necessário obedecer pra conseguir o que deseja, pra ter alguma recompensa, do contrário, receberia castigos e punições disciplinares — comentou, varrendo o chão.

— Isso não seria tipo me forçar a ser algo que não sou? — Tristan se jogou no sofá, com um potinho cheio dos benditos confetes de chocolate vermelhos.

— Não é nada demais, já que você insiste que seu gato macho é uma fêmea, só porque você quer... — o amigo devolveu, ácido.

— Eu já disse que Minzy... — começou, mas o beta o interrompeu.

— Triz, gatos não falam, você não tem como saber o que seu gato pensa, pare de ser infantil — declarou, batendo com a vassoura nos pés do mais novo, para que os levantasse enquanto varria. — Se queria uma gatinha, era só procurar uma na rua e adotar. Quando você fica chamando o gato no feminino, as pessoas pensam que você é doido.

— Minzy não fala, mas eu sinto. Conheço minha filha... — retrucou, com teimosia, olhando pela janela. — Acho até que ela é alfa também, por isso me adora. Além do mais, eu já a vi tentando amamentar filhotes na rua... Isso faz sentido pra você, ham? Gatos machos não amamentam! E te digo outra coisa: Minzy já entrou no cio.

Nero sacudiu a cabeça e piscou os olhos, o semblante confuso.

— Não entendi. Geralmente, só as fêmeas têm cio. Ele é macho, Tristan, não pode ter entrado no cio.

Tristan negou com a cabeça.

— Machos têm cios também, só não é o mesmo tipo de cio. Quando a fêmea entra no cio, ela faz aquele barulho esquisito, convocando os machos das redondezas pra dar *um trato* nela; o gato macho não faz isso. Tinha que ver como ela miava doida com a bunda pra cima, quando entrou nessa fase.

— É verdade, o gato da minha vizinha é macho e faz esse barulho! — Nero arregalou os olhos dourados, surpreso.

— Caramba, você deveria saber disso, seu pai é médico...

Nero pôs a mão na cintura e suspirou, sem segurar um risinho.

— Meu pai não é médico de bicho, é de gente. — Estalou a língua no céu da boca, aumentando o sorriso divertido.

— Mas a gente é meio bicho!

De fato, alfas, betas e ômegas eram classes genéticas da Nova Raça: os *lupinos*.

A raça lupina foi a primeira espécie a tomar controle do planeta após as guerras biológicas que exterminaram a Raça Humana. Cientistas, no entanto, conseguiram salvar a humanidade da extinção, mesclando seu DNA ao de diferentes animais. Os que tiveram o DNA mesclado aos lobos vingaram. A Nova Raça, porém, embora de aparência humanoide, carregava muitas características físicas e comportamentais dos *canis lupus*.

— Você é tão mais burro que eu que chega a ser fofo — Ethan comentou com um risinho.

Tristan inflou as bochechas e uma lista quilométrica de xingamentos atravessou sua mente. Mas uma pequena movimentação na calçada — mais especificamente na varanda da casa do vizinho da frente — fez com que se esquecesse da discussão infrutífera e voltasse a grudar os olhos na calçada.

E ele sequer percebeu quando Nero o fitou curioso, enquanto ele continuava a encarar fixamente a rua.

— Ainda na esperança de ver seu vizinho gostoso passando na calçada? — o outro perguntou em tom passivo-agressivo.

— Você debocha assim porque nunca o viu. O cara é a coisa mais deliciosa que já conheci na vida! Ele é todo meigo e educado, mas tem um porte ereto, um olhar penetrante, toda uma coisa de alfa... — Sacudiu o corpo, fingindo um arrepio.

— Ainda bem, porque agora que estou solteiro outra vez, se eu vir qualquer alfa bonitão, vou partir pro ataque.

— Você me trairia dessa maneira, seu *fura-olho*? — Tristan estava genuinamente indignado.

— Corta essa, Tristan, já faz três anos! — devolveu, com as mãos na cintura. — Três anos que você se mudou pra cá e nunca teve coragem de chegar nele!

— Amigão, não é assim, o cara é um alfa! Você sabe como esses sujeitos são com os outros alfas... Vai que eu dou uma cantada nele e ganho um soco bem na cara, hum?

Nero sorriu, maliciosamente, decidido a contrariá-lo.

— Eu aposto que ele *faz* com outros alfas, embaixo dos edredons, no dormitório do quartel. Isso de ser alfa não me engana.

Tristan saiu da janela e se jogou na outra ponta do sofá, de costas.

— Eu queria muito um jeito de descobrir isso, sem tomar uma porrada.

— É muito estranho que ele tenha te dado um beijo na bochecha quando te conheceu e não estar interessado.

— Já disse que foi só um cumprimento. Eu beijo qualquer pessoa que conheço.

— Isso é porque você quer *dar* pra qualquer um que conhece.

— Não acredito que você disse isso! — exclamou, com a boca aberta em um *O*.

— E eu tô mentindo? — Nero cruzou os braços e bateu o pé.

Tristan acabou sacudindo a cabeça, antes de rir.

— Não. Eu quero mesmo. Ninguém tem nada a ver com isso.

— É bom você dar um jeito logo, senão esse cara vai voltar pro quartel outra vez e você vai ficar aqui chupando dedo, como sempre.

— Já disse, Nero. Foi só um cumprimento. De lá pra cá, ele nunca mais fez nada assim. Inclusive, ele não ficou mais insistindo em tomar uma cerveja comigo ou um café na padaria da esquina. Eu sou quem fica insistindo demais, porque sou quase como seu cachorrinho, e ele acaba aceitando por pena. Dominic só insistiu na primeira vez e fui um paspalho em negar. Talvez ele estivesse interessado, na época, mas agora não está mais.

— Por que não tenta o velho truque do açúcar?

— Truque do açúcar? — Sentou-se no estofado, penteando os fios ruivos bagunçados, totalmente alerta. — Tá falando do quê?

O beta, então, revirou os olhos e encostou a vassoura na parede.

— Você cresceu neste planeta? — perguntou retoricamente. — O truque do açúcar é aquele dos filmes: você bate na porta do vizinho, com uma xícara vazia nas mãos, e pergunta se ele tem um pouco de açúcar pra te emprestar, porque o seu acabou e você precisa terminar uma receita de bolo, urgente.

— Ah! — devolveu, surpreso. — Mas e se ele não tiver açúcar? Quer dizer, ele nunca fica em casa, nem deve fazer compras direito. Aposto que é daqueles caras de restaurante.

— Inventa alguma coisa que todo mundo sempre tem em casa. Um escorredor de macarrão, talvez. — Deu de ombros.

— Essa é uma ideia... — Pensativo, Tristan coçou o queixo, onde havia um pequeno furinho de nascença. — Uma *ótima* ideia...

— Mas aí, que nota você daria pros eróticos de BDSM a que assistiu? — Nero questionou, voltando subitamente ao assunto anterior, enquanto passava um pano com lustra-móveis na estante, de costas para o alfa.

— Nove. Pra alguns, zero, mas em sua maioria, nove.

— Uau! — Virou-se para ele, alarmado. — Isso é muito. Tem certeza de que não quer visitar o clube? É sério, Tristan, você precisa aprender sobre disciplina.

— Tá legal, *tá legaaal*. — Finalmente se deu por vencido. — Podemos ir hoje?

Era óbvio que sua recusa de sempre era apenas medo. Tinha vontade de visitar a tal masmorra, embora os poucos conceitos sobre as práticas BDSM em sua cabeça fossem todos embaralhados e confusos. Mal sabia diferenciar o papel do dominador e de um submisso, realmente. Parecia muito complexo, e ele não se enxergava encaixando em nenhum dos dois, exatamente.

— Sério? Legal! Hoje, não dá, mas no final de semana sim. Quando é sua próxima folga?

— Daqui a seis dias, já folguei ontem. Agora, larga essa flanela aí, que preciso ir pro trabalho.

Na esquina da loja de conveniências, Tristan avistou Dominic de costas, andando bem mais à frente. Ele empurrou Nero para que se escondessem atrás de um carro estacionado na calçada e este o fitou com uma careta.

— Olha ele ali — sussurrou, apontando para o alfa mais à frente.

— Ele quem? — Nero indagou, olhando para todos os lados.

Tristan deu um tapa na própria testa.

— É pra disfarçar! — devolveu, irritado.

— Mas eu não tô vendo ninguém! Ele tá vestido como?

— Ali, de jaqueta jeans!

Nero continuou procurando, mas não enxergou; o mais novo, então, suspirou, resignado.

— Agora, ele já saiu de vista. Esquece, bobo alegre.

— Pô, não é culpa minha, você que me empurrou pra trás desse carro e ficou difícil de enxergar!

— Agora, já era, deixou passar — devolveu, atravessando a rua, e deixou o amigo para trás.

Era quarta-feira de manhã.

Tristan havia acabado de chegar em casa, cansado do turno da última madrugada. Estava sonolento e, preguiçosamente, foi até o fogão e preparou um pouco de chocolate quente. Depois, o deixou esfriar, enquanto tomava um rápido banho.

Com uma toalha enrolada na cintura e outra na cabeça, sentou-se no pufe em frente à janela, observando a rua lá fora, vazia naquela alvorada, quando o sol ainda nem havia saído.

Com a caneca de bebida quente nas mãos, assoprava o líquido morno, perdido nos pensamentos fantasiosos que vinham se repetindo com mais frequência que o normal, nos últimos dias: imaginava um mundo onde Dominic Von der Guth, um alfa tão bonito e sedutor, também se atraísse por outros alfas, também se atraísse por *ele*. Seria bom demais para ser verdade, e Tristan era acostumado a não ter as coisas sendo tão simples assim em sua vida.

Foi quando notou, pela sua visão periférica, um vulto subindo a ladeira.

Apertando os olhos para enxergar melhor sob o céu nublado, ele se concentrou na figura que vinha trotando lá de baixo, no pé da ladeira, cada vez mais perto. E quando estava perto o suficiente, pôde reconhecer. Os cabelos, costumeiramente alinhados num topete, agora estavam desarmados, úmidos de suor e sacudindo ao redor do rosto, enquanto Dominic Von der Guth vinha correndo...

*Só de shortinho e sem camisa.*

Tinha um porte estreito, ombros não muito largos, mas braços e barriga muito bem-definidos, com músculos marcados sob a pele. Suas pernas eram firmes e grossas e, enquanto ele corria, úmido, uma corrente balançava em seu pescoço; presa nela, uma plaquinha de aço com seus dados cravados, acessório típico da vestimenta militar.

Ele parou em frente à sua casa e apoiou uma das mãos no joelho por um tempo, antes de beber, sedento, da garrafa d'água que carregava na outra. Depois, pôs a garrafinha no chão e se apoiou nos joelhos com ambas as palmas, respirando rápido.

Vez ou outra, Dominic corria, bem cedo, pela manhã, e Tristan, que não era bobo nem nada, vivia de tocaia, na janela da sala, de onde podia observar, com clareza, qualquer movimentação na casa do vizinho e arredores. E, sem coincidência nenhuma, era justamente o que ele vinha fazendo, há alguns dias. Sempre o observando, quieto, deleitando-se com as migalhas que conseguia ao vê-lo de longe.

Aquele não era um dia comum, era um dia de sorte. Ver Dominic, assim, era como um presente divino, relaxava e amolecia completamente seus nervos. Era difícil tê-lo em casa, expondo a figura tão frequentemente assim, e era por isso que Tristan sempre contava os dias para vê-lo fora do quartel. Acompanhava seus calendários mentalmente, tentando provocar encontros falsamente casuais, só pelo prazer de poder trombar com ele algumas vezes, enquanto estivesse de folga.

Ah, era naqueles momentos que se sentia o bobo dos bobos. Aquilo jamais poderia se tornar real, ele e Dominic jamais seriam um casal ou trocariam qualquer tipo de carícia além das breves mãos que, vez ou outra, tocavam uma à outra de um jeito que *esquentava*.

Fantasiar com aquilo era gostoso, mas precisava ter precaução.

Olhando, enfeitiçado, para Dominic, tentando capturar detalhadamente cada pedacinho e contorno do corpo exposto, tão desejável, não percebeu quando o militar se volveu de frente para a sua janela e o encontrou ali, secando-o.

O tenente-coronel tinha um sorrisinho convencido nos lábios quando, demoradamente, Tristan subiu o olhar e chegou ao seu rosto, dando-se conta de que foi pego em flagrante. Ele ficou com as bochechas vermelhas, assim como seu cabelo, e suas orelhas esquentaram um bocado, esticando-se.

Sem saber muito bem o que fazer, e desesperadamente ansioso para desfazer a impressão de que era algum tipo de perseguidor obcecado, Tristan levantou a canhota, meio incerto, e acenou para ele, com um sorriso amarelo, como se estivesse casualmente ali e sequer o tivesse notado há muito tempo.

Ele esquecia que, com aquele cabelo vermelho, Dominic poderia vê-lo de tocaia, a metros de distância.

Já Dominic, por sua vez, abriu ainda mais o sorriso brilhante que tinha nos lábios carnudos e levantou a palma para acenar animadamente de volta.

E, então: um.

Dois.

Três.

Três segundos eram sempre o máximo que Tristan aguentava encará-lo antes de desviar o olhar, nervoso.

Só que, dessa vez, não desviou.

Alguma coisa dentro dele o fez manter o contato visual por mais um tempo. Dominic fez o mesmo. Ele sempre fazia. Tinha costume de buscar o olhar de Tristan, de um jeito que o ruivinho não sabia se era para intimidá-lo ou para... incentivá-lo. Só sabia que, em meio aos flertes desengonçados que dava a ele, vez ou outra, Dominic não repudiava, apenas sorria daquele jeito gentil, o olhava nos olhos por mais tempo que qualquer outra pessoa e, depois, o elogiava de alguma maneira.

Quantas vezes Dominic já não havia dito que Tristan era bonito? Semana passada mesmo, ele não havia dito que o vizinho estava *ainda mais lindo* com a nova cor de cabelo? Isso deveria ser motivo o suficiente para Tristan entender que estava sendo correspondido, não deveria?

Mas Tristan tinha a autoestima semelhante à de uma ameba. Se uma pessoa não dissesse, com todas as letras, que o desejava, que o queria, ele, honestamente, não ia por esse lado. Tinha traumas enraizados demais sobre ser alguém desejável ou não. Saber que tinha uma boa aparência apenas o fazia pensar que aquilo era um desperdício de beleza, já que, geneticamente, era totalmente aversivo. Ele ouviu incontáveis vezes sobre os olhos cor de violeta serem assustadores e sobre cheiro de cereja ser um pouco intenso demais.

Foi nessa linha de raciocínio que Tristan acabou mais imerso na tragédia que era sua vida sexual e amorosa, ao invés de focar no fato de que Dominic continuava ali, parado, olhando para ele, com aquele sorrisinho bonito e convidativo. Talvez Dominic estivesse tentando comunicar, pelo olhar, que ele deveria descer para cumprimentá-lo.

E se Tristan o chamasse para tomarem café juntos na padaria da esquina? Não seria a primeira vez. Eles já haviam tomado café juntos algumas vezes. Mas Tristan estava em parafuso. Era como se ele desse curto-circuito todas as vezes que pensava demais sobre aquilo.

Ele sacudiu a cabeça, afugentando os pensamentos, e quando se deu conta, Dominic já não estava mais ali.

— *Tristan, vai lá!* — Nero exclamou ao telefone. — *Você é muito frouxo! Tá vendo como jamais poderia ser um Dom?* — provocou.

— Ei, eu não sou frouxo, poderia ser um Dom, sim! Sou um alfa, me respeita! — falou com a voz esganiçada.

— *Me dá esse telefone aqui...* — outra voz disse distante, antes de parecer tomar o aparelho das mãos de Nero. — *Tristan Wolfgang!* — Adam Carter, seu amigo ômega, exclamou com a voz estridente que lhe era costumeira.

— E aí, cara?

— *E aí, cara? Uma ova!* — Adam gritou do outro lado da linha. — *Escute aqui, você é um alfa ou um saco de batatas?*

— Talvez eu seja um saco de batatas — Tristan murmurou, conformista.

— *Isso explica muita coisa, já que você também é metade cabeça de vento.* — O amigo suspirou. — *Tristan, aproveita esse rostinho lindo que a genética te deu, esse corpinho todo trabalhado na sensualidade, e faz alguma coisa! Você nem se esforça pra ter esse corpo, só come besteira e vive deitado, com a bunda pra cima, mas tem mais músculos que um rato de academia, essa sorte é de poucos. Vai lá, pede a merda do açúcar e pergunta se ele quer sair com você num encontro, caralho. Não é tão difícil assim, você é lindo. Qualquer pessoa seria incapaz de te recusar, sendo alfa, beta ou ômega...*

— Mas, Adam, e se ele me socar? — supôs com um gemido.

*— Aí, você cospe o sangue no chão e fala: Uau, pra me bater, só na cama e, ainda assim, tem que pagar pelo menos um jantar primeiro, Coronel!* — Adam riu.

— Mas e se ele me bater de novo? — retrucou, ignorando o sarcasmo latente do outro.

Adam bufou outra vez ao telefone, mais impaciente que antes.

*— Olha aqui, garoto: vou te ligar daqui a meia hora e se você não tiver ido falar com ele, juro que eu mesmo vou até aí encher a sua cara de porrada. Tchau!* — E, então, encerrou a chamada.

— Grosso... — Tristan murmurou com um biquinho.

Adam Carter era definitivamente o ômega mais agressivo de Keluar, e olha que eram poucos como ele.

Tristan observou a rua vazia pela janela. Pelo menos, se apanhasse, não teria muita gente assistindo à sua desgraça. Por isso, ele arrumou os cabelos ligeiramente ondulados, num visual despojado. Os fios um tanto compridos, na altura do pescoço, estavam inegavelmente mais revoltos naquele dia, mas ao menos lhe davam uma aparência leonina, e, bem, um leão era sempre o rei da selva. Passou um hidratante labial, para evitar qualquer rachadura nos lábios, vestiu uma calça apertada de cintura alta, que marcava sua cinturinha fina — orgulhava-se muito dela, obrigado — e uma camisa preta com a gola V, que deixava à mostra as clavículas salientes e o peitoral ridiculamente estufado.

Como seu amigo havia pontuado, era sorte dele ter o corpo naturalmente esculpido e musculoso, não era mérito próprio. Tristan era forte, mas era um puta preguiçoso. Não aguentava dar a volta no quarteirão sem choramingar. Tinha o corpo forte porque era um alfa.

Por último, só calçou os tênis e saiu de casa. Atravessou a rua e respirou fundo. Antes de bater à porta, entretanto, lembrou que não tinha levado a maldita caneca.

— Merda! — murmurou entre os dentes.

Voltou ao seu apartamento para pegar a porcelana.

Antes de sair outra vez pela porta do prédio, avistou Dominic entrando em casa, vestido em sua farda branca, após estacionar o carro na calçada da frente, coisa que quase nunca fazia.

Sentiu o coração errar uma batida. Talvez fosse o destino.

Esperou ele entrar, contou dois minutos e aí foi andando devagar, respirando fundo, antes de bater à porta do tenente-coronel.

Segundos, que pareceram uma pequena eternidade, se passaram, até que o outro abrisse a porta. Ele usava a farda completa, o coturno, a gravata, e o quepe branco na cabeça. Havia milhares de broches presos do lado esquerdo do peito, e as asas que representavam a aeronáutica, no direito. Havia, também, o broche de uma pirâmide, indicativo da classe alfa, logo abaixo.

— Oi, Tristan — cumprimentou, com a voz desanimada, o que quase desanimou o ruivinho também, mas ele se controlou e continuou firme.

*Eu não sou um saco de batatas! Sou um alfa!*, exclamou mentalmente.

— Oi, Dom. Desculpe incomodar, você chegou agora? — fingiu-se.

— Sim, nem tive tempo de tirar a farda — o moreno respondeu.

— Ah, é... Você fica... bem... bonitão com ela — arriscou dizer, quase fechando os olhos e esperando tomar um sopapo pela ousadia.

Mas Dominic Von der Guth apenas sorriu de um jeito triste, o que era diferente do sorrisinho despreocupado e misterioso que portava nos lábios costumeiramente.

— Obrigado — ciciou, sorrindo fraco; achou graça do uso da palavra *bonitão* para um flerte. Quer dizer, ninguém usava aquela palavra tentando soar *sedutor* de verdade. — E então, precisa de algo?

— Ah, sim! — Deu-se conta, então, quase esquecendo o plano inicial, já que estava embasbacado demais vendo aquele pedaço de mau caminho fardado. — É que... sabe, vi você chegando com as compras de mercado mais cedo, e coincidentemente acabou um ingrediente enquanto eu cozinhava, então pensei que você provavelmente teria um pouco para me ceder...

Dominic o encarou de cima a baixo, franzindo o cenho, e aí se deparou com a caneca nas mãos do mais novo. Ele retirou seu quepe da cabeça e arrumou os cabelos para trás, realinhando o topete, deixando Tristan outra vez hipnotizado com o movimento. Por que o maldito tenente era sempre tão sexy?

— O truque do açúcar? Sério? — o militar indagou, com um sorriso no canto dos lábios grossos, que pareciam brilhar sob a luz, úmidos e convidativos.

— Hein? — Tristan murmurou, saindo de seu transe. Então, viu o vizinho alternando o olhar entre ele e a caneca em suas mãos trêmulas. — Ah, não, é que... Eu estava fazendo um bolo de chocolate, mas acabou o achocolatado pra cobertura. E você sabe, sem cobertura não tem graça. — Sorriu sem jeito, porque sabia que aquilo era óbvio demais, e sentia que Dominic não ia deixar passar desta vez.

— Por que não compra na loja de conveniências? Você trabalha lá, é no próximo quarteirão — retrucou, encarando-o com uma das sobrancelhas arqueadas.

O ruivo, então, prendeu a respiração.

*Merda! Sabia que não era pra ouvir aqueles dois!*, pensou, praguejando até a quinta geração dos amigos conselheiros.

Em qual universo ele era tão livre assim, para se jogar abertamente em cima de qualquer alfa, sem pensar nas consequências? Ele poderia, sem medo, flertar com betas, como sempre flertava. Mas alfas? Era forçar demais. Ele deveria deixar que alfas fossem até ele, como sempre foi, e não enlouquecer a ponto de ir atrás de um. Ele ia se ferrar, já podia sentir.

— Oh, é mesmo, não pensei nisso — mentiu. — Me desculpe. Mil desculpas! — falou, quase tropeçando nos próprios pés, desesperado para sair correndo dali e esconder-se em seu quarto até que a próxima guerra exterminasse a vida no planeta outra vez.

Mas, quando desceu as escadinhas da entrada da casa de Dominic, ouviu sua risadinha muito característica. Dominic sempre ria daquele jeitinho debochado, e Tristan nunca sabia se estava rindo *dele* ou *com ele*. Então, se virou para trás e o pegou com uma das mãos em frente à boca de lábios apetitosamente fartos.

— Eu estava brincando, Tristan — disse, sorrindo abertamente. — Pensei que você fosse do tipo bem-humorado.

Tristan continuou olhando para ele, aliviado e perdido na beleza daquele alfa. O cara era tão lindo que doía bem na sua alma, ele podia sentir! Não sabia o que responder, estava se sentindo bobo. A sensação era a mesma de um ator que acabou de esquecer a fala bem no meio da peça.

— Eu tenho, sim, tanto o açúcar quanto o achocolatado — o militar declarou finalmente quando parou de rir, ao não ter uma resposta do ruivinho. — Mas você vai ter que entrar e me ajudar a achar, porque mais cedo estava atrasado para um compromisso no quartel e acabei deixando as compras todas espalhadas pela cozinha, nem tirei das sacolas...

— Tudo bem. Sem problemas. Quero dizer, eu preciso mesmo do chocolate antes que meu bolo desande — começou a tagarelar rápido demais, sentindo um alívio colossal invadi-lo. Porque se tinha uma coisa que ele não sabia lidar, era com a rejeição.

Von der Guth abriu espaço e o deixou entrar, fechando a porta logo atrás de si. Era a primeira vez que o ruivinho entrava naquela casa. Já havia tomado cerveja com Dominic algumas vezes, na varanda da entrada, enquanto observavam a rua e falavam mal dos vizinhos, mas nunca, nunca mesmo, havia entrado na casa dele.

Entrou cuidadosamente, observando a sala simples, porém de móveis aparentemente caros. O coronel parecia gostar de coisas no estilo mais moderno e sóbrio possíveis. Tudo era preto, cinza e branco, exceto por dois itens curiosos: um par de poltronas de couro vermelho. Chamavam atenção demais, em meio a tantas cores sem graça. Mas Tristan era suspeito para dizer, já que amava vermelho.

Ainda assim, não deixou de notar o quanto parecia, de certo modo, incoerente. Como se aqueles móveis não pertencessem àquela decoração e nem à decoração da casa de uma mesma pessoa.

Que tipos de gostos inesperados Dominic poderia ter, que contrastavam com toda a personalidade que lhe havia mostrado em três anos?

— Sofá legal — puxou conversa, tentando, a todo custo, manter a calma, para que seu papo fizesse sentido. Se ficasse balbuciando muito, Dominic logo trataria de uma nova evasiva, dispensando-o para não ter que se pôr em uma situação desconfortável.

— Obrigado. Eu quem escolhi. Gosta de coisas de couro? — Ele tinha um tom estranho na voz, que o mais novo não soube identificar; era rouco e genuinamente curioso.

— Acho que gosto. Mas tem aquele tipo de couro que é mais brilhoso, parece meio... molhado?

— Látex — sugeriu, com uma expressão *extremamente* interessada, que passou amplamente despercebida a Tristan.

— Isso! Acho o brilho do látex mais legal — foi simples.

O anfitrião o encarou com as sobrancelhas arqueadas e uma nova expressão que Tristan também não foi capaz de entender. Látex não era um tipo de couro, mas dava um efeito semelhante, por isso ele preferiu não o corrigir. Não era importante naquele momento. Preferia deixar Tristan mais confortável para fazer o que quer que tivesse intenção de fazer ali, desde o começo. Dominic queria observá-lo.

*Nenhum predador ataca sem antes estudar sua presa.*

— Venha, a cozinha é por aqui — chamou, após sacudir a cabeça, como se fosse para espantar os pensamentos indiscretos que imediatamente estavam surgindo, e fez sinal para que o outro o acompanhasse.

Entraram no cômodo após atravessar o balcão. Não era mentira, havia cerca de vinte sacolas de compras em cima de uma mesa de ferro e outras pelo chão.

— Uau! Tá planejando dar uma festa? — Tristan perguntou, já ajudando o militar a desempacotar as compras.

— Não... É que realmente não tinha muita coisa aqui em casa e... — Ele pausou.

— E...? — pediu continuidade.

Mas Dominic continuou silencioso, claramente titubeando sobre o que responder.

Um bico contrariado surgiu nos lábios finos de Tristan.

— Por que você é sempre tão misterioso? Não confia em mim, mesmo me conhecendo há três anos? Achei que... — Ele mordeu a bochecha, chateado. — Achei que fôssemos amigos. Ou quase isso.

— Bem, não é como se eu pudesse esconder por mais tempo, já que você vai me ver em casa todos os dias... — Dominic respondeu, suspirando. *— Estou desempregado.*

— Uh? Como assim? — questionou, em choque, parando seus movimentos.

— Fui expulso. Estou fardado porque hoje foi a minha audiência perante o Tribunal Militar. Fui condenado. Estou oficialmente fora da Aeronáutica.

— Mas, então, você fez algo errado, não foi? Fez alguma besteira? — perguntou, meio assustado. — Socou seu superior bem na cara, né? Esse negócio de receber ordens é complicado...

O tenente-coronel suspirou e o encarou nos olhos lilases, fixamente, o que deixou Tristan desconcertado, mas sem conseguir desviar o olhar do dele, como na última vez, e caramba, quando o vizinho o fitava assim, ele se sentia queimando!

— Antes fosse — o moreno respondeu e o encarou em silêncio por um momento inteiro, e quando Tristan estava prestes a perder a força e desviar o olhar, Dominic disparou: *— Você considera um alfa gostar de outros alfas algo errado?*

Tristan arregalou os olhos, e após os segundos iniciais de choque, tentou segurar o sorriso de felicidade que queria estampar seu rosto, já que sabia que uma risada poderia ser considerada de forma errônea.

— É claro que não. Eu seria hipócrita se achasse, já que gosto bastante. De alfas, quero dizer. — Ah, parecia um bobo, todo enrolado, confessando aquilo. — Gosto de alfas — disse com um suspiro, tentando concluir o raciocínio sem parecer desesperado demais.

O militar sorriu de lado, divertido.

— Isso não é novidade — devolveu, em tom provocador.

— O que quer dizer? Eu não dou tanta pinta assim! — devolveu, indignado. Não podia acreditar que havia se esforçado tanto para esconder o quanto era atraído por Dominic, apenas para descobrir que poderia ter investido nele todo esse tempo!

— Dá sim — Dominic rebateu, rindo.

— Argh... Está querendo dizer que sempre soube que eu gostava de alfas? — perguntou, achando aquilo um tanto inacreditável.

Dominic apenas balançou a cabeça em afirmativa, com aquele sorrisinho brincalhão dançando nos lábios.

— Então é por isso que, às vezes, parecia que você flertava comigo, não era? Pra tirar uma com a minha cara... — Tristan supôs, de olhos apertados.

O, agora, ex-tenente-coronel, deu uma risada sem humor, balançando a cabeça como se não acreditasse no que estava ouvindo.

— Acabei de dizer que gosto de alfas. Acha mesmo que correspondi pacientemente a seus flertes indecisos, todos esses anos, só pra te sacanear? — Levantou uma sobrancelha, questionador.

Tristan piscou algumas vezes, desconcertado e positivamente surpreso. Ele havia ouvido aquilo mesmo? Dominic vinha *correspondendo* aos seus flertes?

— Meus flertes não são *indecisos* — murmurou quase inaudível, com um bico nos lábios, enquanto deslizava a unha nervosamente na tampa de uma embalagem, fugindo do olhar penetrante e escarlate do outro alfa. Estava morrendo de vergonha, mas, ao mesmo tempo, eufórico.

Dominic foi se aproximando, devagar, com passos muitíssimo bem-calculados, lembrando muito um predador espreitando sua presa. Uma *cobra sorrateira*. Tristan se deu conta disso quando sentiu a atmosfera mudar ao seu redor, o ar parecer mais denso, junto à proximidade evidente do moreno. Era como se uma atmosfera pesada transitasse ao redor dele, algo denso. Estava perto o suficiente para sentir o seu cheiro.

*Oh-oh*. Isso queria dizer que, de fato, Dominic Von der Guth flertava consigo por ter algum interesse.

Ah, pobre Tristan. Parecia que estava vendo a explosão do universo, bem diante de seus olhos.

— Seus flertes eram indecisos porque, logo depois deles, você simplesmente parecia se arrepender do que havia dito e mudava de assunto. Não sabia se era seguro dar em cima de mim por eu ser um alfa também, não era? — suas palavras saíram sussurradas, roucas e lentas.

Tristan sentiu o mundo parar quando escutou aquilo, tão direto e tão perto dele que podia sentir o hálito bater em seu rosto.

*Tinha cheiro de almíscar*.

Ficou totalmente sem reação.

E após segundos de um silêncio que começava a ficar constrangedor demais para o ruivo, ele optou pela sua melhor alternativa, diante daquele estado catatônico no qual havia se metido: mudou de assunto, como se a confissão direta não quisesse dizer nada — e como se não tivesse sonhado com ela, pelo menos, uma vez na semana, durante os últimos três anos.

— De qualquer forma — pigarreou —, então é verdade isso de que militares são proibidos de se envolverem com pessoas do mesmo gênero? — Ele se fez de bobo.

— Infelizmente, sim — o outro soltou um muxoxo, ao entrarem naquele assunto ruim, e se afastou um tanto, quase como repelido da presença de Tristan, o que deixou o mais novo amuado. — Para um militar alfa, nada é permitido além de ômegas e betas. As leis civis não proíbem, mas as leis militares sim, então eu respondo por elas, já que não sou um civil. Posso dizer, no entanto, que estou aliviado, de certa forma, porque se fosse em outros países, a pena não seria apenas a exoneração do cargo com desonra, seria de chibatadas ou coisa pior.

O ruivo, aí, engoliu em seco e respirou fundo, fechando os mirantes, compadecido e dividindo a dor do peso daquelas palavras. Seus olhos arderam.

Por que a sociedade precisava ser assim?

Desde que a ameaça de extinção da espécie se tornou muito real, os humanos não economizaram esforços para descobrir um novo modo de salvar a raça. Armas biológicas em mais uma guerra mundial causaram efeitos catastróficos ao corpo humano, gerando esterilidade e, aos poucos, a raça humana foi se esvaindo.

E assim, surgiu uma Nova Raça. Com força e instintos animais, subgêneros definidos por percentuais genéticos e uma nova bateria de características primitivas. A única raça descendente de humanos que restou sobre a Terra.

Com as características dos novos humanos, naturalmente híbridos e geneticamente modificados, as mudanças e novos arranjos sociais aconteceram. Novos comportamentos passaram a comandar a sociedade. E, com ela, novos preconceitos. Novas suposições sociais de certo e errado, moral e imoral.

Naquele mundo, as pessoas se dividiam por seus gêneros, mas isso e as genitálias não eram importantes. O que importava mesmo era em qual subdivisão alguém se inseria: alfa, beta ou ômega.

O cheiro de um alfa nunca era atrativo para outro alfa, apenas para ômegas e betas. Em suma, gêneros diferentes se atraíam, enquanto gêneros iguais deveriam se repelir... Apenas *deveriam*. Na prática, milhares e milhares de pessoas sofriam com o efeito contrário: atraíam-se perdidamente pelos aromas de mesma classe que a sua. E revelar isso ao mundo era quase como um suicídio social. Aqueles que se atraíam pelos de mesmo subgênero que o seu eram considerados anormais. Anomalias.

O garoto bufou, sentindo-se irritadiço. Aquele assunto, para ele, era um bocado delicado.

— Isso é contra tudo o que é certo... — resmungou, inconformado, sentindo os olhos marejarem em empatia.

— Sim, esse foi o argumento de defesa do meu advogado — Dominic respondeu, sem emoção.

— Então, você vai ter que deixar por isso mesmo — assumiu.

— Parece que... sim — o tom dele parecia mais frustrado do que ele parecia disposto a demonstrar.

— Von der Guth... Posso perguntar algo?

— Já está perguntando — devolveu, sorrindo leve, enquanto abria uma embalagem de iogurte de morango, do outro lado da ilha. — Mas não garanto resposta.

— Como você foi descoberto? — Tristan lhe assistiu enfiar um dedo dentro do pote de iogurte cremoso e logo em seguida levá-lo à boca, chupando-o num movimento que, de tão inacreditavelmente lento, era quase erótico.

Ou talvez o ruivo fosse quem estivesse pensando em indecências demais, após ouvir a confissão do outro. Especialmente porque, contra tudo o que a ciência acreditava, lá estava Tristan, mais uma vez, atraindo-se pelo aroma de um alfa.

E o aroma almiscarado de Dominic parecia ficar cada vez mais intenso.

Tristan precisou morder o lábio para conter o suspiro deleitoso que quis escapulir de seus finos lábios, ao sentir tal fragrância. Seus instintos queimavam a todo vapor.

— Quer um pouco? — o mais velho indagou com a voz incrivelmente rouca e baixinha, apontando para o iogurte.

Ainda meio hipnotizado, o ruivo balbuciou um *sim*, mas não porque tinha fome. A verdade era que Tristan nem mesmo gostava de iogurte. Mas todas as forças dentro dele o impeliam a responder positivamente a qualquer coisa que Dominic pedisse. Ele não tinha o controle das próprias ações num momento como aquele.

O militar o observou por um tempo, com uma expressão indecifrável. Tristan esperou que ele abrisse a gaveta e pegasse uma colher para entregar-lhe, ou que talvez lhe entregasse um frasco de iogurte fechado. Mas não eram essas as intenções do ex-tenente-coronel.

Ele se aproximou e parou de frente para Tristan, bem próximo, fazendo as respirações se misturarem; enfiou a ponta do dedo no iogurte novamente e, quando o trouxe para fora, deslizou pelos lábios finos do garoto, delicadamente, sujando-o com o creme rosa.

Tristan, petrificado, não soube o que fazer. Era como se um *zum-zum-zum* tivesse começado dentro de sua cabeça. Em reflexo, semicerrou as pálpebras e colocou a pontinha da língua para fora, timidamente, para lamber o doce posto em seus lábios. Mas o que o músculo macio encontrou foi o dedo de Dominic.

O ruivo subiu os mirantes cor lilás, lentamente, e os olhares se perderam um no outro. Quando encostou a língua quente no dedo alheio, acabou mordiscando o dígito, leve.

Subitamente, era como se o clima estivesse mais quente que o próprio inferno. E o que eles estavam fazendo? Absolutamente nada demais. Quer dizer, o que é uma mordiscada no dedo de outra pessoa? Significa alguma coisa? É um ato sexual? De certo que não. De modo que Tristan começar a sentir suas palmas das mãos suarem e seu coração bater daquele jeito errático — fazendo seu peito doer — parecia absurdo e confuso demais.

Todavia, era exatamente aquilo que acontecia. Dominic o encarava com tanta intensidade, com aqueles olhos vermelhos, apertados e sedutores, que o garoto resfolegou.

Já Dominic se sentia absolutamente enfeitiçado. Estava preso nos orbes redondinhos e curiosos, cor de violeta, que sempre lhe pareceram tão brincalhões e inocentes, mas que, pela primeira vez, soube serem capazes de invadi-lo para desvendar todos os seus segredos mais sombrios.

Dominic o queria. Queria tanto! Sempre teve vontade de segurar o vizinho contra a parede e beijá-lo até perder o ar enquanto apertava a carne malhadinha da bundinha pequena em suas mãos. Tristan Wolfgang era gostoso demais. Se não fosse o autocontrole fodido que Dominic aprendeu a ter na carreira militar, nunca teria sido capaz de se segurar — ou os seus hormônios — quando perto do alfa mais novo.

Tristan continuava a fitá-lo atento, com genuína curiosidade. Dominic, então, mergulhou o dedo novamente no doce e chupou o próprio dígito, devagar. Após isso, abandonou a embalagem, aproximou seu rosto do dele e, mais lentamente ainda, pôs a língua para fora, lambendo o lábio inferior de Tristan, como um felino, limpando o creme dali, sem desviar os olhos dos dele.

A cozinha pareceu menor, como se as paredes tivessem se encolhido. O ar estava tão denso que poderia ser cortado com uma faca. Foi repentino demais, embora o tempo parecesse estar em câmera lenta.

Tristan ficou sem ação, prendendo a respiração e inflando os pulmões, incapaz de fazer qualquer coisa. Estava gritando por dentro, mas seu corpo não era capaz de se mover, havia congelado no lugar.

Viu Dominic dar um pequeno sorriso rápido, antes de, muito lentamente, roçar os lábios grossos nos seus, mas sem beijá-lo. Aparentava se segurar de algum modo. Talvez o estivesse torturando, testando seus limites.

Arfou ao sentir uma das mãos do ex-militar agarrar seus fios de cabelo compridos, e a outra apertar sua cintura entre os dedos, puxando-o para ainda mais perto, mas sem permitir-lhe começar logo aquele beijo: quando o ruivo ia aproximando mais a boca, o maldito alfa recuava, segurando-o no lugar.

Impaciente com aquilo, o mais novo segurou a lapela da farda alheia com as mãos e o puxou mais contra si, trazendo o ex-militar de volta. Seus olhos gritavam: *Me beije logo! Se não o fizer, eu mesmo farei!* Mas, infelizmente, vendo o outro, por algum motivo, fugir, Tristan não se sentiu muito confiante em roubar aquele beijo. Poderia ser rejeitado, e o rapaz tinha pavor de rejeição.

Enquanto isso, Von der Guth precisou segurar a respiração perto dele. Não era de modo consciente, é claro, mas Tristan estava soltando seu aroma de forma mais forte, por estar tremendamente excitado.

Mesmo após 24 anos, Tristan Wolfgang ainda se sentia envergonhado e desconfortável em emanar um odor tão adocicado para um alfa. Sofreu tantos preconceitos por conta daquilo a sua vida toda, que pensava ter nascido ao contrário, como uma criança que ao invés de sair do útero de cabeça para baixo, sai sentada de pernas cruzadas. Ele emanava cheiros confusos: ora amadeirado, ora cítrico. E em boa parte do tempo, subitamente os aromas de alfa e ômega se misturavam, fazendo dele uma confusão.

Percebendo seu cheiro tão forte assim na frente do vizinho, pela primeira vez, teve medo de afastar Dominic de si por isso — alheio ao fato de que ele já estava mais do que ciente sobre sua condição biológica e, inclusive, a apreciava um bocado. Todo mundo sabia que olhos em tom de violeta eram um indicativo de erros genéticos. Pensava que, se Dominic era um alfa que gostava de outros alfas, tecnicamente não se atrairia por um alfa com cheiro de ômega, já que aquele aroma não deveria levá-lo exatamente ao delírio.

Mal sabia Tristan que era justamente aquela mistura que deixava Dominic insano de tesão.

Sim, deixava. Aquele aroma não era novidade, pois, com certa frequência sentia o cheiro ômega de cereja pura em Tristan. No começo, chegou a pensar que o garoto fosse *marcado* ou que, ao menos, andasse por aí transando com vários ômegas, para que o cheiro doce estivesse tão cravado ao fundo das notas de seu aroma. Com pouco tempo, porém, percebeu que não podia ser aquilo, pois a forma como o cheiro de um companheiro se sobressaía no corpo do outro era diferente daquela. Isso e os olhos lilases que gritavam e exibiam toda a verdade. O cheiro apenas confirmava.

Dominic nunca, naquela vida, tinha se atraído por cheiro ômega. A aparência frágil, pequena e delicada, definitivamente não era um charme para seus olhos, pelo contrário: Dominic se atraía fortemente por alfas. E não havia nada de errado em sua genética. Corpos tão grandes ou maiores, que o seu, atiçavam-no. Gostava da força e do aroma forte, quase opressivo, de um alfa. Gostava dos músculos sempre tão bem-marcados sob a pele. Gostava do perigo, gostava de tudo bruto.

E, pela primeira vez, conheceu alguém cujo cheiro não só o deixava atraído, como, também, surpreso. Já tinha conhecido, brevemente, três pessoas de olhos cor de violeta, e o aroma sempre era um pouco sufocante, uma confusão de cheiros que chegava a repeli-lo. Talvez, nem tão por acaso assim, o cheiro de Tristan fosse o único cheiro doce capaz de atraí-lo. E atraía com tanta intensidade que honestamente o deixava assustado. Assustado com até onde aquilo poderia tirar o seu controle, porque se via demasiadamente preso a uma atração forte e incontrolável demais.

As respirações começaram a ficar desreguladas. Dominic, além de aumentar o aperto em seus fios, apertou ainda mais forte a cintura fina de Tristan. O garoto tremeu na base e segurou-se nos braços dele. Se não o fizesse, poderia derreter como sorvete no asfalto quente e deslizar até o chão.

Dominic soltou os fios vermelhos e levou as palmas para as nádegas durinhas do rapaz que arfou ao sentir o aperto forte, mordendo os lábios.

E, ainda assim, os olhos de ambos não se desgrudaram um segundo sequer. Estavam se provocando. Testando as reações um do outro, analisando. Era quase como comer pelas beiradas de um prato, para testar o sabor da refeição, antes de consumi-la por inteiro.

Como as coisas poderiam estar tão intensas se eles sequer estavam sem roupas? Pior, se sequer haviam dado um beijo?

Tudo era carregado de uma intensidade mais quente que mil sóis em brasa. Parecia até absurdo agora que eles nunca tivessem cedido daquele jeito, durante os três anos que se conheciam. Talvez, isso se devesse ao fato de que aquela era praticamente a primeira vez que ficavam realmente sozinhos entre quatro paredes — com exceção do primeiro dia.

O ex-militar o encarou com uma voracidade sem igual e partiu em direção ao pescoço, onde, atrevidamente, brincou com a língua, desenhando pequenos círculos de saliva na pele, de forma lenta e torturante.

Aquilo faria com que Tristan ficasse com o cheiro de Dominic impregnado por horas. Na saliva se encontrava uma das maiores cargas de feromônios possíveis e, tal qual animais, a Nova Raça era impelida a *marcar território*. Havia algumas formas de fazer aquilo, misturando o seu cheiro ao da outra pessoa. Uma delas era distribuir lambidas no corpo de alguém. Pelas doze horas seguintes — ou até o próximo banho — era como se a pessoa estivesse *marcada*.

Ao sentir a língua quente em sua tez, o ruivo deixou escapar um vergonhoso gemido, liberando o ar para fora dos pulmões com uma pesada e forte lufada.

*Era um suspiro de alívio.*

Alívio por, finalmente, poder sentir aquele toque, aquele corpo quente tão próximo do seu, a carne apertada entre seus dedos, real como nunca havia sido em suas fantasias.

A cada movimento da língua alheia, uma parte diferente do corpo de Tristan se arrepiava, à medida que era empurrado às cegas até ter suas costas apoiadas contra a parede.

Tristan já estava vergonhosamente *duro* e, sem temor algum, jogou o quadril para frente, fazendo com que se chocasse com o de Dominic, sorrindo ao perceber que o outro estava tão excitado quanto ele.

O moreno gemeu contido em seu pescoço, e ao sentir a fricção dos membros cobertos, mordiscou o pescoço de Tristan e sugou a pele com mais afinco. E Tristan, a esta altura, já era uma completa bagunça, vendo-se total e completamente entregue.

Dominic, subitamente o puxou para frente e o empurrou em cima da cadeira de ferro da cozinha, onde o ruivo caiu sentado, de olhos levemente arregalados, boca aberta e a respiração desregulada, o que não escapou ao olhar afiado do ex-tenente-coronel, que sorriu malicioso e rapidamente colocou uma perna em cada lado de seu corpo, sentando-se em seu colo.

Tristan segurou-lhe a cintura e o sentiu imediatamente começar a rebolar sobre seu pau desperto, devagar e soltando o hálito quente de seus lábios grossos contra a boquinha sedenta, que se sentia a um passo de beijá-lo.

Enquanto a bunda volumosa de Dominic pressionava seu sexo coberto, Tristan pensou que talvez tivesse morrido. Aquela era a única explicação para o tesão absurdo que estava sentindo naquele momento, sem sequer estar beijando ou transando com o cara. Era só uma maldita provocação que, porra, o estava deixando desnorteado! Não só Von der Guth era tremendamente gostoso, como parecia comandar cada toque. Tristan imaginou que se Dominic lhe pedisse para se jogar de alguma janela, ele o faria. Estava à sua mercê, faria qualquer maldita coisa que o moreno fardado pedisse.

Com isso, sentiu um desejo súbito de agarrar aquela bunda gostosa em suas palmas e assim o fez. Só que, de imediato, Dominic as afastou, segurando seus punhos, tirando as mãos dele dali, antes de encará-lo com uma expressão divertida:

— O que...? O que foi? Fiz algo errado? — ciciou, com a respiração descompassada.

— Você não pediu permissão para me tocar aí — Dominic respondeu simplesmente.

O ruivo franziu o cenho. Não havia entendido bem. Precisava de permissão para isso? Quer dizer, nunca havia precisado exatamente pedir permissão para que pudesse tocar alguém quando estavam... Bem... Ficando? Roçando-se? Não dava bem para definir o que realmente estavam fazendo, mas Dominic estava marcando-o com seus feromônios, e isso significava que o estava marcando como dele. As pessoas sempre deixavam, era natural à medida que o tesão subia. E quando não deixavam, elas apenas avisavam e ele entendia o recado.

O que o alfa queria, então? Um pedido? Era algum tipo de fetiche? Se fosse isso, Tristan lhe daria. Dar-lhe-ia o que quisesse.

Com isso, o ruivinho sorriu ladino e deixou a postura ereta, fazendo com que seu rosto ficasse mais próximo ao do ex-militar, que o encarava de cima.

— *Posso, por favor, apertar essa sua bunda gostosa?* — perguntou com a voz manhosa e abusada, quase que por instinto. Sequer havia pensado muito, apenas dito, sem vergonha nenhuma na cara.

Dominic sorriu em aprovação. Mas ao invés de permitir, ele mesmo segurou as mãos grandonas do garoto e as levou até as laterais de seus quadris, instruindo *como* e *onde* ele deveria alisá-lo. Ele provocou e atiçou, deixando Tristan doido, até finalmente levar as palmas alheias à sua bunda musculosa, onde Tristan apertou com tanta força que as pontas de seus dedos ficaram brancas, enquanto ele unia as sobrancelhas e abria a boca, extasiado.

— Von der Guth... Por que não me beija logo? — finalmente indagou, já desesperado com aquela espera absurda.

Mas o que recebeu foi o mais puro silêncio.

A voz manhosa e sôfrega de Tristan soou nos ouvidos do alfa. E aquela frase ecoou pela cabeça dele.

*Por que não o beijo logo?* Ele se perguntou.

Observou o garoto à sua frente.

Parecia tão inocente...

*Daria um ótimo submisso*, pensou. Isto se não tivesse notado claramente, durante aqueles três anos, que Tristan Wolfgang era tudo, menos submisso.

O garoto era indisciplinado, provocador e de língua afiada. Encarava as pessoas nos olhos, como se as desafiasse — com exceção do próprio Dominic. Com ele, Tristan perdia a guerra de olhares e desviava facilmente, com as bochechas coradas — ao menos, na maior parte das vezes. Em outras, sustentava seu olhar até o fim. Eram raras, mas aconteciam.

— Dominic? — tentou insistir, numa mistura de decepção com embaraço e incredulidade.

Mas o moreno permaneceu em silêncio, antes de levantar-se do colo dele, desamassando a farda com as mãos, superficialmente, enquanto encarava todos os lugares da cozinha, evitando o rosto dele.

— Me desculpe. Eu não deveria ter feito isso — falou o ex-tenente, ainda sem encará-lo nos olhos. — Acabei me exaltando. Minhas emoções estão um pouco alteradas por conta da minha exoneração. Isso não vai se repetir, eu prometo.

Quase indignado, o garoto retrucou:

— O quê? *E se eu quiser que se repita?* — sugeriu em tom agoniado e ansioso, levantando-se da cadeira para encará-lo frente a frente, de modo questionador e altivo, até finalmente ter sua atenção.

Dominic, relutante, o fitou, perdendo-se nos orbes claros do moleque, que agora lhe pareciam um bocado magoados. Xingou-se mentalmente por isso. Não queria magoá-lo. Nunca, nem em um milhão de anos. Ele adorava Tristan. Mais do que tinha coragem de admitir. No entanto, sabia que isso era o certo a fazer. Era um alfa extremamente racional, lógico e disciplinado. Não deixaria suas emoções intervirem, de jeito nenhum. Nem revelaria seus segredos a ele. Não cometeria *esse* erro novamente.

— Mas eu não quero — declarou duro, sentindo seu peito apertar, ao dizer tamanha mentira. Principalmente quando viu a expressão do rapaz, em resposta: cabisbaixo e com os olhos marejados que rapidamente desviaram dos seus, envergonhados.

— Não precisa dizer duas vezes, então — Tristan murmurou de volta, em tom extremamente baixo e absolutamente tristonho, machucado. Seu ego havia sido ferido consideravelmente. — Sei onde fica a saída — disse rápido, e aí disparou para fora tão rápido quanto um foguete, como se pudesse correr da vergonha que sentia. Foi tão veloz que Dominic sequer teve tempo de reagir. Quando piscou, já tinha ouvido a porta da frente bater.

Frustrado, o ex-militar sentou-se na mesma cadeira que o vizinho tinha ocupado há pouco, deixando-se cair pesadamente sobre o móvel de ferro, e suspirou, enquanto passava as mãos pelos cabelos lisos.

Aquele alfa com cheiro de cereja lhe traria problemas, podia sentir. Soube desde o momento em que pôs os olhos nele pela primeira vez.

Toc Toc!

# 3
# Bem-vindo à The Cave

Tristan observava a tela, num misto de humor e descrença. O vídeo era um suposto pornô, mas quem diabos poderia ficar excitado com isso? Claro, sabia que fetiches e preferências sexuais eram muito particulares a cada indivíduo. Porém, não conseguia parar de imaginar o quanto os traumas e vivências de alguém poderiam interferir em sua mente, para desencadear algum fetiche daquele tipo.

Como a coisa de defecar no parceiro, por exemplo. Tristan não conseguia entender como a mente de alguém poderia chegar a isso. A pensar que cocô poderia ser algo excitante bem na *hora H*. Em sua humilde e irrelevante opinião para o resto do mundo, fezes eram a coisa mais broxante.

Mas bem, fetiches não eram exatamente algo consciente, logo não eram algo a ser entendido. Apenas eram. E ele tentava não julgar. Pelo menos não externamente, já que sabia não ter nada a ver com a vida ou as práticas sexuais dos outros. Desde que não fosse crime, não era um problema dele.

Ficou encarando o homem forte sentado na garupa de um sujeito magrinho na tela. Como ele conseguia suportar o peso daquele brutamontes?

Aquela coisa fetichista deixava Tristan sempre intrigado, mas ainda não conseguia ter motivação suficiente para investigar mais a fundo, até algumas semanas atrás. Isso e mais outro motivo: a questão sobre seu cheiro ômega, que ficava muito mais forte quando ele se via excitado. Tinha medo da reação das pessoas, mas o BDSM era a comunidade dos que estavam longe do ordinário, então pensou que, talvez, pudesse ser um estranho a encaixar-se nela também.

Engasgou-se com a própria saliva, quando o cara magrelo fez um barulho estranho: ele relinchou como um cavalo. Mas é claro, era tudo o que faltava para aquela encenação ficar perfeita. Afinal, o garoto magrelo estava vestido com uma roupa de couro apertada, toda preta, que cobria desde seus punhos, até os tornozelos, como uma segunda pele. Nas mãos, havia luvas que imitavam um casco de cavalo, e a cabeça estava coberta por uma touca que era uma cópia da face do quadrúpede, com crina e tudo. E quando o cara grandão, sentado nas costas do *cavalinho* puxou as rédeas da sela — porque, é claro, havia essas coisas também —, o ruivo danou a rir.

— Minha nossa... — gargalhou. — É, eu definitivamente não tenho fetiche nesse negócio.

Ouviu a campainha tocar e se levantou preguiçoso do sofá para abrir a porta. Deu de cara com Adam e Nero, que mal o cumprimentaram e já foram se infiltrando no apartamento pequeno.

Ele nunca disse a Adam que deveria tratá-lo informalmente, sem abaixar a cabeça quando se vissem, mas Adam o considerava um pivete melequento, por ser sete anos mais novo. Para ele, Tristan não era um alfa, apenas um filhote.

Tristan ficou para trás, fechando a porta. E quando voltou à sala, encontrou os amigos olhando para a TV com expressões engraçadas: Adam, com os cabelos escuros caindo sobre a testa, que cobriam os olhos azuis, e tinha a boca aberta em total choque e horror; já Nero, acostumado com algumas bizarrices do BDSM, tinha as sobrancelhas arqueadas e um sorrisinho torto.

— Ah, foi mal! — Tristan se adiantou, correndo para desligar a TV, um pouco sem jeito.

— Mas que bizarrice é essa, Wolfgang? Bateu a cabeça? — Adam exclamou, com a voz engraçada.

— Ah, você s-sabe, bem, é que... E-eu só estava vendo p-por curiosidade — enrolou-se, ficando vermelho, da cabeça aos pés.

— Uau, Triz... — disse o beta, em tom brincalhão. — Você se interessa por *Poney Play*? Isso é BDSM *extremo*. Não sabia que gostava do meu mundo tanto assim... Quem diria, uh? — Ele riu, portando uma expressão faceira.

— Argh! Eu só estava assistindo por curiosidade, pare com isso. Definitivamente, não tenho esse fetiche, não achei *sexy*, só esquisito — apontou para as próprias calças. — Viu? Nenhum volume.

— Você está transformando o nosso filhotinho num fetichista bizarro — Adam ralhou, apontando o dedo no rosto de Nero. — Não quero saber desse garoto dizendo que tem tesão em um alfa mijando na cara dele, pelo amor de deus!

— Adam! — Tristan exclamou, sentindo as bochechas arderem de vergonha.

— Não vou transformar Tristan em nada, vou apenas levá-lo ao lugar onde ele poderá conhecer novas formas de sentir prazer, sem ser *julgado* — Nero repreendeu sutilmente. — E você deveria respeitar o fetiche alheio — finalizou, olhando feio para Adam, que se encolheu levemente.

— Foi mal... é que é estranho — o ômega devolveu.

— Estranho é você ser a fim da Kara — o ruivo murmurou, fazendo Nero cair na gargalhada.

— Isso é verdade — Nero concordou, aos risos. — Ela é *tãaao* sem graça! Parece um dicionário ambulante, sempre corrigindo tudo e todos e falando sobre assuntos que ninguém se importa. Isso tira todo o *sex appeal*, o que é um desperdício, porque ela tem uma carinha bonita e belas pernas. Ninguém gosta de gente sabe tudo. Parece que só você se excita com isso, Adam.

— Ei! — reclamou. — Ela é muito inteligente! Vocês a acham sem graça porque são burros e superficiais, não entendem nada do que ela fala. Kara é profunda demais pra vocês, que têm QI prejudicado — alfinetou, enquanto cutucava as unhas. — É uma gostosa, sim, senhores.

— Você também não entende nada, só fica concordando e sorrindo com tudo o que ela diz, desesperado pra que ela perceba que você está flertando — Tristan foi direto.

— Eu não vou mais debater com vocês — o ômega resmungou, cruzando os braços, e se jogou de qualquer jeito no sofá, com um bico nos lábios. Nem parecia um ômega de 31 anos.

Nero deu uma risadinha, antes de virar-se para Tristan:

— Vim mais cedo, pra te ajudar a escolher sua roupa pra The Cave.

— Como assim? Eu já sei com que roupa vou, não preciso de ajuda — o ruivo devolveu, confuso.

— Ah, existe um código de vestimenta nos clubes fetichistas, Tristan. Não deve ir com roupa normal, você tem que ir a caráter. Tipo com aquelas roupas que eu vou. Você já viu. Quer dizer, você até pode ir vestido como quiser, mas vai se sentir deslocado por lá.

— Ah... Então, se é assim, acho que você vai ter que escolher mesmo — concordou, coçando a orelha.

— Muito bem, vamos lá! — Nero falou em tom animado, indo em direção ao quarto do alfa.

Ao chegar ao cômodo, abriu o armário e começou a bisbilhotar todas as roupas penduradas nos cabides e gavetas.

— Aqui, usa essa boxer preta.

— Tem regras até pra cor da cueca, é? — o alfa resmungou.

— Não. É que você vai usar aquela sua calça rasgada, que te deixa com umas coxas gostosas pra caralho, por cima de uma meia-arrastão, e não quero que a cor da cueca chame mais atenção do que suas pernas.

Tristan franziu o cenho.

— Quer que eu use três camadas de roupas? — grunhiu, com o semblante descrente. — Uma cueca, meia-arrastão e calça de couro? — enumerou nos dedos longos.

Nero jogou a calça por cima do ombro, antes de se virar para o ruivinho:

— Hum... Bem, se achar melhor, vá sem cueca. — Deu de ombros. Depois, pegou a jaqueta de couro preta no cabide e a atirou sobre a cama. — É só isso, vá tomar banho.

— Ficou faltando a camisa — retrucou, ainda parado na sua frente.

— Nada de camisa. Você vai com a jaqueta fechada e, quando chegar lá, deixa aberta.

— O quê? — Ele arregalou os olhos lilases. — Eu tenho que ficar seminu?

Nero riu do amigo, antes de acalmá-lo:

— É o mais comum. Estaremos num clube sexual, afinal. Mas se você for se sentir desconfortável, não precisa. Só pensei que talvez você fosse gostar de se exibir, sabe. Vai ter muita gente, uma mistura de cheiros. Ninguém vai reparar na cor dos seus olhos, no escuro. Além do mais, pode ser até que alguém tenha fetiche com isso. Você poderia, pela primeira vez, se exibir, sem se preocupar com o julgamento das pessoas sobre sua anomalia genética. E você estava reclamando agora mesmo sobre *camadas de roupas demais*. Decida-se, cereja sem caule.

— Ah, que seja, eu decido quando chegarmos lá — respondeu finalmente, seguindo para o banheiro, enquanto repetia, num murmúrio desgostoso, a fala do amigo: *Decida-se, cereja sem caule...*

Caule é o cacete!

Enquanto tomava banho e se depilava — afinal, nunca sabia quando podia encontrar alguém atraente o suficiente para uma noite quente —, Tristan escutou Nero bater à porta e gritar:

— Passa maquiagem!

Tristan assentiu, rindo, e saiu do chuveiro. Quando Nero ia para a tal masmorra de BDSM, a The Cave, costumava esfumar os olhos com sombra preta, o que deixava seu olhar mais atraente. Tristan não costumava usar maquiagens com frequência, mas concordou que parecia mesmo mais bonito, porque era assim que ficava em Nero. Ele parecia um roqueiro do milênio passado, e ficava bem sedutor. Por isso, decidiu experimentar.

Depois de vê-lo pronto, Nero e Adam encararam-no, abismados.

— Uau... — o ômega murmurou, chocado, levantando-se do sofá com os olhos azuis arregalados e os lábios grossos abertos, depois de abandonar o celular no estofado. De repente, a conversa que estava tendo com Kara no aplicativo de mensagens já não era mais tão interessante assim. — Você tem certeza de que não curte ômegas, Wolfgang?

— Adam! — o ruivo exclamou, rindo sem jeito, mas sem poder evitar o ego inflar, porque aquele era um tipo de elogio.

— É sério, olha... Eu poderia fazer o que você quisesse... Você poderia me deixar te ajudar nas suas febres, pra não passar vontade, sabe... — declarou em tom meio maldoso, meio pidão.

Duas vezes ao ano, os gêneros alfa e ômega passam por um período de febre. Um tipo descontrolado de adrenalina surge junto à quentura do corpo, como em uma overdose de substâncias reagindo no cérebro, ao mesmo tempo, levando a um estado de libido praticamente insaciável. Neurotransmissores espalham impulsos elétricos pelo corpo, ao passo que os hormônios sexuais se misturam à corrente sanguínea, atiçando mente e carne. E quando o período chega, não há muito que fazer: a forma mais simples de se satisfazer é ter sexo com alguém de classe oposta.

Graças à similaridade com os períodos férteis no mundo animal, o período de febre foi popularmente apelidado de *cio*, mas só acometia alfas e ômegas, os betas eram deixados de fora. E, por ser, praticamente, um híbrido entre os gêneros, Tristan passava por *quatro* — o que somente o fazia odiar ainda mais a própria condição genética.

Os cios eram um modo de a natureza dizer que precisava haver reprodução, embora apenas pessoas com útero fossem capazes de gerar uma vida dentro de si. Mas o corpo não necessariamente clamava por alguém de genitália diferente. Ele apenas clamava por *alguém*. Alguém de classe oposta. E, estranhamente, essa era mais uma regra biológica que o corpo de Tristan Wolfgang ignorava.

Ele não gostava de ômegas. Não gostava mesmo. O cheiro adocicado lhe causava leve enjoo. Então, sendo um alfa em período de febre, sua alternativa era deitar-se com um beta. E Ethan Nero não se importava nada em presenteá-lo com uma *mão amiga* ou uma *língua amiga* ou... bem, todas as carícias *amigáveis* que cada parte de um corpo pode oferecer a outro.

— Ei! Só quem ajuda Tristan aqui sou eu. Eu, Ethan Nero, sou o parceiro oficial de febre dele, nem vem com essa!

— Argh, parem vocês dois! Já é estranho o suficiente que eu tenha que transar com meu melhor amigo, quatro vezes no ano! Parem de falar disso, estão me deixando constrangido — resmungou, perplexo.

— E por falar nisso, sabe que agora que rompi com Bastien, não estou mais em um relacionamento com ninguém, Triz — o beta declarou, em tom natural. — Posso voltar a te ajudar. Me senti muito mal de tê-lo deixado passar a última febre sozinho. Justamente a febre alfa, que é a mais forte...

— Tá tudo bem, Neno — Tristan respondeu, sem jeito. — Foi desconfortável, mas passei a maior parte do tempo dopado. E não era certo você ter relações comigo, enquanto estava enrolado com o Bastien. Quando era a tal Roxy tudo bem, né, vocês não estavam namorando. De qualquer forma, eu é quem deveria arranjar um parceiro novo. Se pelo menos o Dominic colaborasse... — resmungou, lembrando-se do bendito vizinho alfa com cheiro de almíscar.

— O que quer dizer? — Adam indagou, encarando Tristan curiosamente, assim como fazia Nero.

Tristan bufou e fechou a jaqueta, cobrindo seu tronco.

— Eu fiz o que vocês disseram, fui lá na casa dele pedir açúcar emprestado. Na verdade, perguntei se ele tinha achocolatado... — fofocou. — Aí, ele me chamou pra entrar e contou que havia acabado de ser exonerado do exército...

— *Whoooa!* — os amigos exclamaram, em coro.

— Ele estava vestindo aquela farda branca, com quepe e tudo, acreditam? Tem noção do tesão que é isso? — reclamou, descontente. — E aí ele me agarrou e a gente começou a se pegar com força! Ele me jogou na cadeira, rebolou no meu colo... Fiquei tão duro que achei que meu pau ia partir e se quebrar no meio. Puta merda! — sibilou com a memória, sentindo um calor começar a subir pelo rosto, só de lembrar.

— Tá, tá, mas e aí? — Nero quis saber, cruzando os braços enquanto esperava ansioso pelo desfecho da história.

— E aí ele não me beijou. Acredita nisso? Ele lambeu minha boca, chupou meu pescoço, apertou minha bunda — foi enumerando item por item, com os dedos longos —, rebolou no meu colo e me marcou...

— Ele te *marcou*? Ele mordeu você de verdade?! — Adam se adiantou, horrorizado, as mãos pequenas na frente do rosto e os olhos azuis arregalados.

— Claro que não, seu animal. Se outro alfa tivesse *marcado* Tristan *desse jeito*, estaríamos no funeral dele, agora — retrucou Nero, fazendo Adam respirar aliviado, sem se importar em ser xingado.

— Ele só me marcou com feromônios no pescoço e nas orelhas — esclareceu. — E, depois, nada. Ficou me provocando, com a boca pertinho da minha, e quando perguntei por que não me beijava logo, ele... — Foi ficando sem jeito e um tantinho choroso ao relembrar. Estava realmente magoado com Dominic.

— O que ele respondeu? — o amigo ômega insistiu, ansioso.

Tristan suspirou, amuado.

— Ele disse que não queria.

— Espere — interrompeu Nero, abismado. — *Ele disse que não queria te beijar?*

— Não me beijar ou não me querer, acho que dá tudo no mesmo. — Deu de ombros, como se fizesse pouco caso, mas estava explícito em seu olhar o quanto aquilo o magoava. Tristan era péssimo em mentir e disfarçar seus sentimentos. — Ele disse que aquilo tinha sido um erro dele e que não iria se repetir. Eu ainda tentei contornar a situação, falei que queria que aquilo se repetisse, sim. Fui bastante direto, mas ele disse que não queria. Sério, com todas as letras, ele deixou claro que não me queria. Foi humilhante... — murmurou, sentindo os olhos arderem de raiva e constrangimento pela tão temida rejeição.

— Ah, caramba... tadinho do meu bebê — Nero sussurrou tristonho, passando a afagar as madeixas cor vermelho-cereja que agora estavam muito bem-penteadas, sem fios arrepiados e sem o volume costumeiro.

— Mas que cara escroto! — Adam rebateu indignado, pondo as mãos na cintura. — Se ele não te queria, por que fez uma coisa dessas? Você não pediu explicações?

— Ah, eu... sei como é. Meu cheiro, ele... — Mordeu o lábio, reprimindo-se. — Ele não precisou explicar duas vezes, dei o fora de lá, bem rapidinho. Queria que eu insistisse pra ser ainda mais humilhado? Fala sério! Não preciso de explicação de nada, não. Se ele não quer, tem quem queira! — declarou, empinando o nariz de pontinha arrebitada.

— Não precisa se fazer de durão pro nosso lado — interveio o beta. — A gente sabe o quanto você esperou pela oportunidade de tentar algo com ele. Nossa ideia foi péssima. Desculpe-nos... Mas a gente não tinha como saber que ele ia dar uma de doido assim. Quer dizer, você é lindo, Triz. Tipo, lindo mesmo. Não é como se o cara já não soubesse da sua anomalia de genes, porque ele já cansou de ver a cor dos seus olhos. A gente pensou que, se ele já sabia da sua condição...

— Ele não é burro, com certeza sabia sobre isso. Acho que ele meio que... só tentou me dar uma chance, sabe? Sou um alfa, afinal. E ele confessou que gosta de alfas também, então... Bem, é justamente o oposto. Provavelmente, ele repudia cheiro ômega, assim como eu. Meu cheiro ômega o repeliu como sempre repele todo mundo. Já estou acostumado — comentou, cabisbaixo.

— Eu acho seu cheiro extremamente atraente — alegou Nero, com honestidade inquestionável.

Tristan revirou os olhos, impaciente.

— Você não conta, porque é um beta, e betas são naturalmente atraídos pelos aromas dos dois subgêneros.

— Agora, vê se não dá mais bola pra ele, Wolfgang — falou Adam. — Comece a ignorá-lo e a mostrar que não está afetado por ele ser um otário. Mas vê se finge direito, porque se fizer essa carinha de coitado na frente dele, igual tá fazendo agora, não sei não — brincou, tentando animá-lo.

Já Tristan, soprou um muxoxo triste.

— Eu não falei mais com ele desde então. Não o vi mais até hoje de manhã — contou, com pesar.

— Como assim não o viu mais? Ele mora do outro lado da calçada e nem tá mais no quartel — rebateu Adam.

— É, mas ele sumiu. Pensei até em bater à porta dele, com alguma desculpa esfarrapada, tipo ir buscar a caneca que esqueci na cozinha, mas percebi que não tinha ninguém em casa. Faz quase uma semana. E isso foi ótimo, porque assim não passei a vergonha de ir lá tentar arrumar assunto com ele de novo, mesmo depois de ser rejeitado igual a um saco de merda.

— É... realmente. Se preserva, amigo — Nero concordou.

— Só que hoje mais cedo o vi entrando em casa com um cara um tantinho mais alto que ele. Definitivamente, um alfa. Tinha os braços fortes e andava de um jeito diferente... com a coluna esticada, assim como Dominic. Talvez seja militar, também. Explicaria porque anda com tanta postura. Não deu pra ver muita coisa de longe, mas dava pra ver que era bem bonito e os cabelos eram muito loiros — reclamou, com um bico.

— Acha que é alguém com quem ele está saindo? — Nero sugeriu.

— Provavelmente. — Deu de ombros.

— E se for só um amigo?

Tristan se viu pensativo, por um minuto.

— Quem quer que seja, se era alfa, existe, então, uma possibilidade de ser algo mais que amigo. — Franziu o cenho. — Me sinto um frouxo — finalizou, com a voz fraca e os ombros caídos.

Os rapazes encararam-no com pesar.

— Bem, então esse cara é realmente um fanfarrão — Nero concluiu. — Ele já devia estar saindo com esse daí. Deve ter se sentido tentado a dar uns amassos em você, e por isso ficou naquela esfregação, mas não te beijou porque isso seria oficialmente uma traição.

— E ficar se agarrando com outra pessoa não é traição também? — intrometeu-se o ômega. — Ele literalmente rebolou a bunda no pau do Tristan!

— Sim, mas vai saber o que se passa na cabeça do cara? — retrucou Nero. — Olha, Triz, ele não sabe o que tá perdendo, porque além de você ser um cara ótimo, ainda é muito do gostoso e cheiroso...

Os três amigos, inevitavelmente, se entreolharam e riram juntos. A relação de Tristan e Nero não era exatamente colorida, pois, sim, transavam de tempos em tempos, contudo, somente quando Tristan entrava em seus períodos de febre, fosse alfa ou ômega. Não faziam aquele tipo de coisa em períodos normais.

— É melhor a gente ir, né? — o mais novo desconversou. Falar com normalidade, sobre o fato de que ele e Nero transavam nos períodos de febre, era desconfortável. Mesmo depois de todos aqueles anos.

Àquela altura da noite, Nero já estava arrumado, com uma calça de couro apertada, mas usava um casaco de lã por cima do tronco. O ruivo imaginou que ele tiraria aquilo na boate, porque era uma roupa comportada demais.

— E você? — perguntou a Adam.

— Oh! Minha nossa! — ele exclamou, subitamente, correndo para o sofá, buscando por algo. — Eu larguei o celular, fiquei tão chocado em ver o Tristan todo arrumado que dei vácuo na Kara! Ah, meu deus, vou atrás dela, lá na loja.

— Tem certeza de que não quer ir com a gente? — ofereceu Nero.

— Não, nem morto. Já disse que não gosto dessas coisas esquisitas, coisa de vampiro, sai pra lá. Tchauzinho pra vocês! — Ele pegou o aparelho esquecido em meio às almofadas, antes de sair correndo do apartamento.

Tristan e Nero foram de carro ao clube. O alfa ainda se sentia incomodado com a coisa toda com Dominic, mas resolveu que não pensaria mais naquilo.

— Sabe, Triz, acho incrível que você finalmente tenha tido coragem pra ir lá à boate. É saudável que as pessoas explorem seus fetiches... — disse ao volante. — O que te convenceu?

— Na verdade, só não fui antes porque tinha vergonha de... Você sabe... *do meu cheiro* — o ruivo confessou em voz baixa. Embora não tivesse nenhum segredo que escondesse do Nero, ainda assim não gostava de admitir aquela sua fraqueza em voz alta.

— Já te disse que lá ninguém ligaria para o fato de você ser um alfa com cheiro de ômega. Às vezes, aparecem alguns praticantes com olhos cor de violeta por lá. Na The Cave, tem pessoas que gostam que o parceiro urine na boca delas, o último lugar para se ter preconceitos é num clube fetichista — declarou convicto. — A não ser, é claro, com a coisa dos *brats*. *Brats* são alvos de preconceitos pelos dominadores mais clássicos em qualquer lugar, porque pensam que todo submisso deve ser como um escravo e fazer qualquer coisa que eles mandem, sem pestanejar...

— Agora, você está me assustando — o ruivo grunhiu. — E se alguém lá tirar sarro de mim, dizendo que sou um *brat*, que nem você diz? — indagou.

— Ninguém vai saber que você é um *brat*, Tristan. Você não vai chegar lá transando com alguém ou participando de alguma *cena*...

— Não vou? Ah, eu achei que ia transar hoje — reclamou, fazendo bico. — Me depilei à toa — murmurou baixinho, mas por estarem no ambiente minúsculo e fechado do automóvel, Nero pôde ouvi-lo perfeitamente.

— Não é assim, Triz — explicou. — Você ainda não sabe sobre muitas coisas, não pode simplesmente ir participando de uma *cena* ou sessão com algum Dom, sem ter sido treinado. Até semana passada, você seguia a filosofia do: *mantenha seus chicotes e algemas longe de mim*. Estou um pouco confuso aqui. Você sempre teve vontade de explorar o BDSM, assim?

— É claro que sempre tive vontade — disse, em tom de obviedade. — Você sempre fala sobre suas transas no BDSM, e é claro que foi despertando meu interesse. Do jeito que você descreve, tudo parece tão... intenso. Mesmo quando não se trata de romance, é tudo forte. — Ele subiu as pernas no banco e começou a esfregar os dedos um no outro, como se não fosse grande demais para aquele espaço e ficasse totalmente espremido naquela posição. — Eu também queria... me sentir desejado assim — confessou, num sussurro.

— Ah. — Nero se deu conta. — Você só não queria experimentar *comigo*. — Ele deu um sorriso meio cabisbaixo, porque é claro que aquilo o magoava.

Percebendo isso, Tristan tratou de se explicar:

— Ei, não é um problema com você. Não é porque a gente transa, que seja legal...

Nero engoliu a seco, desconfortável. E ciente de que tinha saído tudo errado, Tristan deu um tapa na própria testa e apertou o braço de Nero, agoniado.

— Desculpe, não foi isso que eu quis dizer, eu... — Ele passava os olhos ansiosamente por toda a figura bonita de Nero, avaliando em suas expressões o quão magoado provavelmente estava. Mas Nero sequer desviava os olhos da pista, concentrado. — Merda, eu falo tudo errado! Meu cérebro não funciona direito, porque sou um burro! — Ele bateu a cabeça no banco, repetidas vezes, e bufou, frustrado.

— Eu entendi... — Nero tranquilizou-o. — Eu sei que a gente só transa, porque você não quer sentir o desconforto de passar pela febre sozinho, e que os remédios dopadores e inibidores de cio não te fazem bem. — Ele deu de ombros, como se não se importasse, mas havia um perceptível tom de mágoa em sua voz que não conseguia esconder.

Tristan o encarou, frustrado, porque era isso mesmo. Não que ele não achasse Nero atraente, porque Nero era um cara extremamente bonito que, assim como outros betas, tinha um aroma fresco e mentolado delicioso. Mas o tinha como um melhor amigo há anos demais para que achasse que fazia sentido ficar transando com ele por aí.

Quando transavam, era sempre gostoso, Nero sabia o que fazer e como fazer. Mas no dia seguinte, Tristan sempre se sentia envergonhado e arrependido, porque seu melhor amigo não era a pessoa com quem queria estar fazendo aquilo. Tinha um sentimento genuinamente fraternal por Ethan Nero que o impedia de aproveitar a situação como deveria.

— Não é que eu não me sinta atraído por você. Sabe disso. Você também estava lá todas as vezes. Sabe que nunca fingi gozar nem nunca dei um mísero gemido que não fosse verdadeiro — explicou, cuidadoso. — O problema é o depois. Na manhã seguinte, me sinto sujo.

O carro parou no sinal, e Nero aproveitou para encará-lo.

— Então, transar comigo é repulsivo pra você? — não disse isso em tom de ataque e sim com confusão.

— Não, não! Você é doido? Já se viu no espelho? — Estava indignado. — Não é isso. Preste atenção: somos melhores amigos. Eu te amo como amaria um irmão. E é assim que me sinto na manhã seguinte: como se tivesse transado com o meu irmão.

Nero fez uma careta, antes de começar uma risadinha, que explodiu em uma forte gargalhada, quando o sinal abriu e ele tornou a arrancar com o carro.

— Voltando ao que eu estava explicando, você nunca praticou BDSM, realmente. É claro que, nas vezes que transamos, eu te dominei por completo, mas...

Tristan arqueou a sobrancelha para ele, confuso e questionador. Nero explicou melhor:

— Era sutil, Tristan. Eu controlava os movimentos, as posições, seu orgasmo... Não é porque fui passivo, na maioria das vezes que transamos, que você estava controlando alguma coisa. Na febre alfa ou na ômega, era sempre eu, montado em cima de você, te cavalgando como se fosse a última coisa que eu faria na vida.

Tristan sentiu as bochechas arderem de vergonha e deu um leve tapa no braço do motorista. Ele era, sim, um safado, mas sempre ficava sem jeito quando se tratava de Nero.

— Como eu dizia, você não tem prática e nem estudo. Vai rolar uma *Play Party* hoje, então é o melhor modo de aprender sobre as práticas: através da observação.

— Traduza. Não faço ideia do que é isso aí que você falou. Pra que tantos termos específicos? Que coisa complicada! Parece que, pra transar, vou precisar voltar pra escola — retrucou.

— Eu já te expliquei sobre isso antes, mas, provavelmente, você não deu atenção, está sempre avoado. *Play Party* é um evento, aonde muitos iniciantes e interessados no universo BDSM vão para observar e aprender as práticas. Vai ter uma área onde as pessoas podem dançar, socializar e beber e, no outro andar, vão rolar as *cenas*, onde terão vários praticantes experientes, fazendo demonstrações. Não de sexo exatamente, embora vá rolar também. Mas vão ter *cenas* de Humilhação, Eletroestimulação, Espancamento, Salas de Exibicionismo, Jogo com Cera de Velas, e até aquela do cavalo e outras mais. É quase como um show — explicou.

— Ah, entendi. Mas e se alguém chegar em mim, pedindo pra ficar comigo, achando que vou saber fazer essas coisas? O que eu falo? — perguntou, ficando nervoso.

— Ah, quanto a isso, tenho uma solução. Abra o porta-luvas — o beta pediu. — Pegue a caixinha de veludo que tem aí.

Tristan abriu o porta-luvas e capturou a caixa, abrindo-a de imediato. Observou o objeto de couro ali e franziu o cenho.

— Uma coleira? — indagou, virando-se para ele, que não tirava os olhos da estrada. A peça possuía um pingente redondo bem grande, com o codinome *ROPE*. — Uma coleira com o seu apelido no BDSM?

— É. Você lembra que as coleiras indicam uma relação entre um dominante e um submisso, certo?

— Sim, eu lembro. Mas por que preciso de uma?

— Porque quando um submisso usa uma coleira com um nome, quer dizer que ele tem um dominador fixo, significa que está numa relação de D/s com alguém. Então, nenhum outro Dom tenta chegar nele, entende?

— Eu devo usá-la para repelir possíveis dominadores?

— Sim. Porque, se você for ao clube sem coleira, as pessoas vão pensar que é um Dom ou um sub não compromissado. Os subs vão ficar flertando com você, e os dominadores vão tentar chegar junto. Então, pra isso não acontecer, você vai usar essa coleira e fingir ser o meu submisso — finalizou, ditando o óbvio.

— Mas e se o tal Bastien vir? Isso não vai complicar as coisas pra você? Quer dizer, vocês terminaram esses dias... — falou. Mas o beta apenas soltou uma risadinha maléfica, o que fez o ruivo entender tudo. — Ah! Seu filho de uma puta, você quer que ele veja e fique com ciúmes, achando que já tem outro, não é? Você é muito vingativo — finalizou, colocando a coleira no pescoço, enquanto checava a própria aparência no espelho do quebra-sol.

A coleira de couro o deixava definitivamente *sexy*. Era preta, do mesmo tom de suas roupas. Apenas o cabelo cor cereja em fios revoltos destoavam, deixando sua aparência extremamente exótica. Além disso, o brilho prateado do pingente era o máximo. Seus olhos maquiados em sombra escura lhe davam uma aparência marcante, embora ressaltassem o tom de violeta das íris. Apesar disso, qualquer um que se sentisse atraído por alfas, se derreteria por ele.

De repente, Tristan viu tudo ficar escuro, quando o carro entrou em um estacionamento coberto, no subsolo.

— Chegamos — Nero declarou, estacionando o veículo.

Dali, já se podia ouvir o som de música abafada pelas portas acolchoadas mais à frente, além do pequeno tremor do som grave das batidas musicais da boate.

Antes de fechar a porta e trancar o automóvel, Tristan assistiu a Nero retirar o casaco e abandoná-lo no banco. E aí, pôde ver que o beta usava um *harness* de couro preto, que parecia bem simples sobre o torso nu: apenas uma tira na horizontal, logo abaixo do peito, e uma tira em cada ombro, na vertical. Mas quando Nero se virou de costas, caminhando em direção à entrada do clube, pôde ver que, nas costas, o *harness* era transpassado, formando um X que cobria sua lombar, emoldurando a cintura fina. As pernas pareciam bem torneadas na calça de couro também.

Tristan, então, abriu sua jaqueta, expondo o peitoral e abdômen trincados, sem vergonha alguma — não tinha exatamente problemas com a *aparência* do próprio corpo, sabia que era atraente, de fato. E agora, vendo que Nero estava seminu, e outras pessoas ali certamente estariam também, sentiu-se absolutamente confortável para fazer o mesmo e se exibir, sem medo. A masmorra estaria, certamente, mais escura do que ali fora, e ninguém perceberia a cor de seus olhos ou seu cheiro mesclado, já que haveria tanta gente. Isso lhe deu coragem e um pouquinho de inesperada autoconfiança para mostrar-se como Nero havia mesmo previsto, o conhecia muito bem.

Os recepcionistas, na porta, eram dois alfas. Ambos vestiam látex, mas a alfa estava de vermelho, enquanto o alfa estava todo de preto, exceto pela coleira e o *harness* brancos.

— Boa noite, senhores — ela cumprimentou. — Me entreguem suas identificações, para verificação de idade.

— Boa noite, Rope — disse o alfa de coleira branca, com um risinho. — Sub novo? Sua fila sempre anda rápido, beta.

Nero soltou uma gargalhada, entregando a identidade à alfa, e Tristan fez o mesmo.

— Não pentelha, Angel — respondeu.

Tristan se perguntou se Angel era apelido também ou se esse era realmente seu nome. Mas, bem, ele não saberia naquela noite. A ideia dos *nicknames* era justamente a de proteger a identidade dos praticantes — o que não excluía a necessidade de verificação de documentos reais na porta de entrada.

— Sei que você sabe as regras, mas já que trouxe um novato, preciso ditá-las pra ele — o submisso avisou, voltando-se para Tristan, que o escutava atentamente. — A área do primeiro andar é a pista de dança, mas também há sofás e mesas, além do bar. Então, você pode dançar ou descansar. A escolha é sua. Já no segundo andar, fica a masmorra, composta por equipamentos de práticas voltadas ao BDSM *São, Seguro e Consensual*, com som ambiente à parte. Se for participar de alguma *cena*, atente-se às regras da The Cave de utilização dos equipamentos, inclusive sobre a regra fundamental de não consumo de bebidas alcoólicas e entorpecentes. As *cenas* só podem ser feitas na masmorra, que é o ambiente apropriado. Áreas sociais, como o primeiro andar, são apenas para socializar, nada de práticas nelas.

A alfa, então, tomou a frente:

— Caso haja descumprimento dessas normas, os participantes serão convidados a se retirarem da casa. Lembrando que, nas *cenas*, o uso da *safeword* é obrigatório. Pedimos que, no início da *cena*, informem a *safe* aos que estiverem assistindo, para evitar possíveis problemas posteriores. Informem, principalmente, aos seguranças. É de bom tom que as *cenas* sejam breves, pois outras pessoas as farão também, e com o mínimo barulho possível. A casa preza pela boa educação e compostura dos membros. Dúvidas?

Ambos negaram. *Safeword* era nada mais que uma palavra de segurança, tanto para o dominante quanto para o submisso, mas principalmente para o submisso, caso quisesse interromper a sessão, se algum desconforto surgisse ou as coisas passassem dos limites aceitáveis.

A alfa devolveu as identidades, e Nero pagou as entradas. Tristan observou um cartaz na porta, onde havia os preços de entrada e o código de vestimenta. Ele concluiu que, naquele meio, poderia vestir qualquer uma daquelas coisas e estava, agora, ansioso para vê-las.

— Preparado? — Nero indagou.

— Muito — respondeu, animado.

O alfa sorriu para eles.

— Bem-vindos à The Cave.

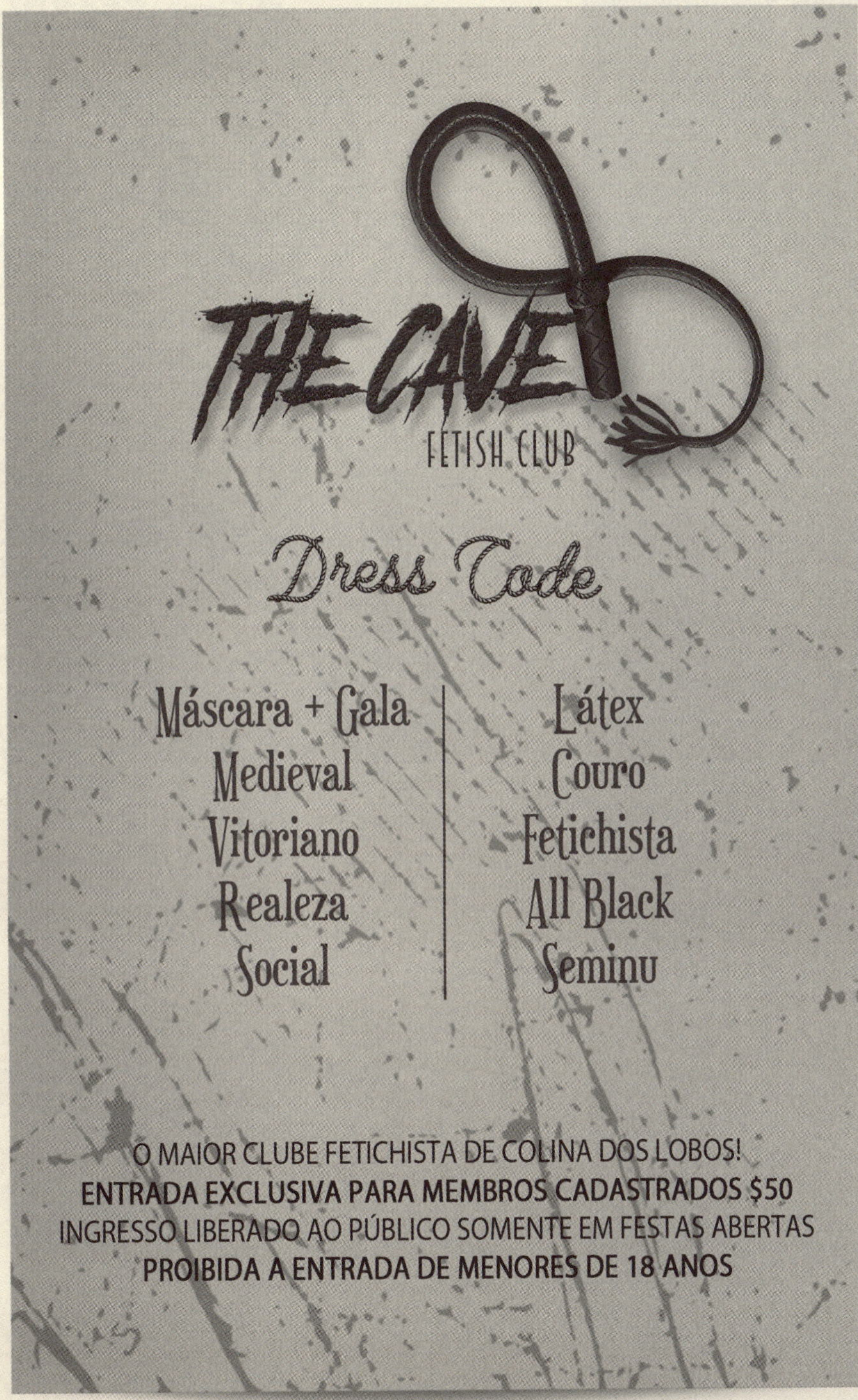
THE CAVE
FETISH CLUB
Dress Code
Máscara + Gala
Medieval
Vitoriano
Realeza
Social
Látex
Couro
Fetichista
All Black
Seminu
O MAIOR CLUBE FETICHISTA DE COLINA DOS LOBOS!
ENTRADA EXCLUSIVA PARA MEMBROS CADASTRADOS $50
INGRESSO LIBERADO AO PÚBLICO SOMENTE EM FESTAS ABERTAS
PROIBIDA A ENTRADA DE MENORES DE 18 ANOS

# 4

# O Dominador de Alfas

Depois de passarem pela recepção e as entradas serem autorizadas, Tristan e Nero adentraram a boate escura, onde gelo seco e luzes roxas e verdes climatizavam o ambiente. Seguiram para a parte onde, junto a mesas, havia diversos sofás de couro espalhados, nos quais pessoas conversavam, bebiam e dançavam distraidamente.

Muitos ali usavam máscaras cobrindo parcialmente o rosto. As paredes vermelhas e as músicas sensuais, de batida forte e obscura, deixavam o clima extremamente convidativo e erótico, além de um tanto sombrio, como uma festa gótica. Tristan pensou que era como uma festa na mansão do Drácula[1]. Tinha a *vibe* vampiresca completa. A música, diferente do que ele esperava, era uma mistura de *darkwave* com rock industrial.

— Vamos beber alguma coisa? — Nero indagou em seu ouvido, segurando-o pela cintura.

O alfa apenas assentiu e foi arrastado para a bancada do bar, onde o amigo pediu refrigerante para ambos. Não iriam participar de nenhuma *cena*, todavia queriam ficar no andar de cima, onde elas ocorriam, e os recepcionistas na entrada já haviam esclarecido ser contra as regras consumir bebidas alcoólicas no segundo andar da casa.

Subiram a escadaria bonita e larga, no centro, coberta por um tapete vermelho, que mais parecia a escadaria de um palácio.

No andar de cima, aconteciam as tão faladas demonstrações de práticas de *bondage*, dominação, submissão, sadismo e masoquismo.

O lugar era muito grande e havia muitas pessoas, todas vestidas nos diversos estilos permitidos no cartaz de entrada. Algumas estavam quase nuas. Parecia haver um segurança a cada cinco metros quadrados, parados como estátuas nos cantos mais escuros, porém com olhos de águia em cada um da multidão.

Havia ômegas como seguranças, o que foi uma surpresa para Tristan, já que normalmente se buscavam aparências mais intimidadoras para aquele tipo de trabalho. No entanto, os ômegas daquele lugar pareciam mais intimidadores que boa parte dos alfas e betas que ele já tinha visto, as expressões firmes, incisivas, cenhos franzidos e maxilares travados, exalando *dominância*. Ali, era visível que gêneros e subgêneros não influenciavam em absolutamente nada.

---

1 Vampiro mais famoso da literatura, de Bram Stoker (1897).

Havia diversos aparelhos sexuais espalhados pelo lugar, como grandes cruzes de madeira com algemas nas extremidades, mesas acolchoadas, cordas presas ao teto, como guindastes, além de diversos acessórios, entre chicotes, dildos, tábuas, cadeiras com amarras, e tudo o que se pudesse imaginar. Parecia, realmente, uma masmorra de tortura. E, ao mesmo tempo que parecia assustadora, era também muito sensual, pois era evidente que aqueles aparelhos funcionavam para dar e receber prazer.

— Neno, as pessoas compartilham esses vibradores? São tipo comunitários? — assumiu, com cara de nojo. Tristan era muito higiênico nesse sentido, estava apontando algo coerente, a despeito do estado costumeiro de bagunça no qual deixava seu apartamento. Mas não era um cara porco, apenas um bocado preguiçoso. E se tratando de sexo, era perfeitamente oposto ao dono de casa desleixado.

— Ah, não se preocupe. A maioria fica ali só pra exposição. Quando alguém vai fazer uma *cena* ou utilizar as salas de exibicionismo, até mesmo as masmorras privadas, levam seus próprios acessórios. É mais higiênico — explicou.

— Menos mal.

Tristan viu uma ômega de corpo curvilíneo, com os seios desnudos e duas fitas pretas em formato de X cobrindo os mamilos, vindo em sua direção. Vestia uma saia apertada, de cintura alta, e saltos finos calçavam seus pés. De imediato, soube que era submissa, pois tinha uma coleira conectada a uma guia, por onde seu dominador, um alfa muito parrudo, a puxava delicadamente como um animal de estimação.

Tristan sorriu, animado com a visão, e encarou Nero, que o observava, sorrindo de volta.

— Gostou? — o beta perguntou.

— Me parece que sim... — respondeu, meio acanhado e um tanto surpreso consigo mesmo.

— Se fosse você ali, acha que iria preferir estar preso à coleira, sendo arrastado ou gostaria de estar puxando alguém? — indagou, curioso.

Após pensar um pouco, o mais novo respondeu:

— Acho que queria ser puxado por alguém... A ideia me excita mais — respondeu, sem nem se dar conta.

E com isso, Nero soltou uma gargalhada.

— Eu não disse que você jamais seria um dominador? — provocou, aos risos.

Tristan abriu e fechou a boca, tentando rebater, mas não teve realmente argumento e então suspirou, derrotado.

— É, talvez eu seja um submisso malcriado, como você fala... um *brat* — respondeu, rindo.

Observaram algumas *cenas* por ali, demonstradas teatralmente pelos praticantes. Mas uma, especificamente, chamou tanto a atenção de Tristan que precisou se aproximar para observar melhor.

Havia uma ômega de olhos miúdos, pele extremamente branca e cabelos loiros ainda mais brancos que ela, que chicoteava a bunda de um alfa de pele marrom clara e cabelos de um tom de rosa tão suave que parecia algodão doce, e tinha os punhos e o corpo quase todo amarrados por cordas no teto, por onde estava praticamente pendurado.

Era interessante observar aquela dinâmica em que um alfa alto, de porte forte, era dominado e diminuído por alguém com uma aparência tão mais frágil quanto uma ômega fêmea. Parecia uma quebra de paradigmas.

A cada chicotada, a ômega xingava o submisso de cabelos rosados, dizendo palavras sujas e de baixo calão. Tristan já sabia que xingamentos daquele tipo eram ditos no intuito de excitar, como já havia visto diversas vezes nos vídeos eróticos fetichistas. Ele mesmo se sentia brutalmente atiçado ao ouvi-las, todas as vezes, e algo dentro de si urgia para ser diminuído, maltratado, humilhado — desde que aquelas coisas não fossem ditas a sério, soavam absurdamente apelativas, de um modo deliciosamente sujo.

Nero explicou que aquela era uma demonstração de prática de *bondage*, e que tal fetiche era relacionado a restringir os movimentos ou sentidos do parceiro, fosse com cordas ou qualquer outra coisa.

Nesse momento, a ômega puxou os cabelos rosados do submisso e o mandou responder à pergunta. Tristan viu, sob o feixe de luz, que aquele que estava amarrado tinha um rosto extremamente bonito, quando este sorriu de forma claramente desafiadora e respondeu um: *Vá se foder!* a sua *domme*.

Ela, inesperadamente, pareceu mais estimulada, acertando com força uma chicotada na bunda desnuda já vermelha do sub, que gemeu de dor e impulsionou o corpo para frente, sorrindo sacana, como se tivesse aprovado a agressão.

Tristan estava se sentindo endurecer dentro das calças ao presenciar aquilo. Não era novidade alguma para ele, gostar de assistir às transas alheias, ainda que aquela não fosse uma foda propriamente dita, e sim uma mera demonstração de *bondage* e masoquismo — os famosos "B" e "M", da sigla BDSM. Ele era um perfeito *voyeur*. Só restava saber se gostaria que as pessoas lhe assistissem tanto quanto gostava de ver. Era provável que sim, já que desde que entrou na boate, sentia-se com o ego amaciado ao ter tantas pessoas observando-o com clara lascívia e desejo. Gostava de ser desejado, de causar aqueles olhares. Gostava que as pessoas o comessem com os olhos, porque aquilo quase nunca acontecia. Estava acostumado demais a reações de repulsa.

— Você gosta de apanhar, não é, seu merda? — a ômega disse ao pé do ouvido do submisso, quase rosnando.

Ele a fitou por cima do ombro, com uma expressão dolorida, mas um sorriso ladino surgiu em seus lábios, provocador. E só aí, Tristan notou que aquela ômega lhe lembrava da descrição da antiga dominadora de Nero.

Por isso, ele se virou para o amigo, encontrando-o com a expressão fechada e o maxilar trincado. De braços cruzados, o beta encarava a *cena* com o olhar furioso. E estava assim desde o começo, embora Tristan não tivesse percebido num primeiro momento.

— Essa é a tal Roxy? — perguntou.

Nero bufou, antes de responder:

— Sim. E isso nem é o pior de tudo...

— E o que é? — Tristan estava confuso.

— O cara que ela está dominando é o Bastien — respondeu, amargo.

Primeiro, Tristan sorriu deleitoso, mas, depois, arregalou os olhos. Então, aquele alfa bonitão era o tal *brat*? Deveria ter notado antes. Nenhum submisso responderia tão grosseiramente, após uma ordem clara de seu dominador. Apenas um malcriado o faria, um *brat*. E Tristan percebeu, internamente, que talvez ele fosse assim também, já que havia ficado satisfeito com a resposta de Bastien para Roxy. Sentiu seu baixo-abdômen formigar quando ela deu uma nova chicotada estalada na bunda do sub. Podia jurar que tinha sentido o couro do chicote arder em sua própria pele, e arrepiou-se com isso.

Como o bom amigo que era, quando percebeu que tanto Bastien quanto Roxy olhavam na direção de Nero, ao seu lado, Tristan encaixou seu rosto no pescoço do beta, dando-lhe um chupão, marcando-o com seus feromônios. Este, pego de surpresa, arfou, e automaticamente segurou sua cintura com força. O ruivo sentiu o amigo estalar um tapa em sua nádega esquerda, incentivando, então continuou seu trabalho no pescoço dele, segurando uma risadinha. Sabia que, para o beta, aquilo não estava sendo de fato excitante, tampouco para ele. Apenas era prazeroso ajudá-lo a fazer ciúmes nos dois ex-parceiros que agora estavam publicamente juntos, mais uma vez.

Quando achou suficiente, Tristan soltou o beta e encarou Roxy e Bastien. Eles dois pareciam perdidos em meio à *cena*, agora que haviam visto Nero ali, acompanhado do ruivo desconhecido. A *domme* parecia mais impassível, melhor em esconder suas expressões. Já Bastien se demonstrava claramente irritado.

Com isso, Tristan sorriu satisfeito e puxou Nero pela mão, levando-o para o mais longe dali. Pararam num canto afastado e Tristan terminou de beber seu refrigerante, largando a latinha num canto.

— Obrigado, Triz — declarou, com a expressão cansada.

— Você ficou mexido, né?

Nero bufou.

— Sim. Infelizmente, quando se trata desses dois, tudo me afeta. Deveria ser só uma relação D/s, mas quando estou com eles, não posso controlar os sentimentos estúpidos em mim. É irritante.

— Não pensa nisso, vamos beber mais alguma coisa, que tal? Talvez uma água com gás? — Sorriu, brincalhão, porque beber aquilo não tinha a menor graça.

— Espere aqui, vou buscar algo pra nós — Nero devolveu, ao pé do seu ouvido, e logo se afastou para pegar uma nova bebida.

Ao longe, Tristan viu pessoas se agrupando em volta de salas com paredes de vidro. Percebeu que dentro de tais salas, as pessoas não só demonstravam as práticas fetichistas, como transavam, de fato. Eram cômodos que se assemelhavam a enormes aquários.

Ele viu uma alfa, vestida com um *corselet* preto e luvas até os cotovelos, sentada com a bunda em cima do rosto de, provavelmente, uma beta, submissa, que estava deitada, toda aberta em uma mesa, com os punhos e tornozelos presos por algemas em cada extremidade.

A submissa parecia prestes a sufocar, então a *domme* se levantava, deixando-a respirar rapidamente para, logo em seguida, sentar-se sobre seu rosto de novo, rebolando em sua face, enquanto a submissa chupava-lhe o sexo.

O rapaz salivou com a visão. Duas se atracando forte daquele jeito, era realmente de tirar o fôlego. Ele via beleza em tudo, ainda que fosse muito exigente com seus parceiros e não escolhesse qualquer um. Desejou ser a beta, deitada na mesa, chupando a outra, enquanto era sufocada.

Olhou em volta, procurando pelo amigo. Queria se aproximar e observar aquelas duas fodendo, de pertinho. Até porque a *domme* tinha os cabelos longos e pretos, que o deixavam ainda mais atraído. Ele, definitivamente, tinha uma preferência por pessoas com fios escuros.

Nero o cutucou, entregando-lhe uma garrafa de energético, e rapidamente o ruivo o puxou pelo *harness* até as paredes de vidro, onde confirmou que a alfa era realmente bonita.

— Gostou dela? — perguntou, e Tristan assentiu. — É Kiko Watannabe. Ela é a dona do clube, a *dominatrix* mais famosa daqui. Se você quiser, pode pedir pra que seja sua *domme* e o treine. Mas ela cobra caro.

— Caro quanto? — Tristan indagou, bebendo da garrafa, ao que considerava realmente pagar para ser iniciado naquilo. Estava ficando bastante animado.

— Caro do tipo que você não vai poder pagar. Ela acredita que um submisso deve ter como meta de vida agradar seu dominador, em todos os sentidos, inclusive o financeiro — disse com uma careta.

— Mas isso não é o mesmo que... prostituição? — questionou, confuso.

— De jeito algum. Um Dom pode cobrar por uma sessão, é normal até — Nero resumiu, dando de ombros. — Sabe, Tristan, a coisa mais legal sobre o BDSM é que cada um combina de fazer o que quiser. Ninguém se julga. Se todo mundo envolvido na brincadeira aceitou, sua decisão é lei. Não importa o que a Mariazinha do outro lado da rua vai pensar, nem o seu chefe ou os seus pais. No BDSM, somos livres. Aqui, você é livre.

O ruivo teria ficado impactado pelo discurso se sua atenção não tivesse sido tirada pela multidão aglomerada em outra sala de vidro. Eram tantas pessoas que, diferentemente da anterior, não era possível ver o que se passava ali dentro, pois os corpos tapavam sua visão.

— Quer ver o que tá rolando na outra sala? Pela quantidade de gente em volta, aposto que é o Alpha Dom — o beta sugeriu, ao acompanhar o olhar do amigo.

— Quem?

— *Alpha Dom* é o apelido de um Dom muito popular aqui, na boate. Ele é um alfa dominador que costuma dominar constantemente outros alfas. Por isso, se autointitula Alpha Dom.

— Ele só domina outros alfas? Nenhum beta?

— Ele domina alfas e betas, mas a maioria é mesmo alfa. É uma delícia de ver. — Deu um sorriso safado.

— Interessante — murmurou, atento.

Se, além de dominador, era um alfa que gostava de alfas, talvez fosse alguém apropriado para Tristan testar qualquer coisa. Ficou automaticamente interessado. *Muito interessado.* E torcendo para que seu cheiro ômega não fosse um problema, já que gostar só de alfas também poderia significar não gostar de cheiro ômega, como era o caso dele próprio.

— Esse cara é meio que uma lenda. Dizem que, uma década atrás, ele começou a frequentar a boate como submisso de outro alfa. Daí, eles foram fazer uma sessão, numa dessas salas de vidro, em uma *play party* como essa. A galera que faz as sessões nas salas de vidro, as fazem para serem observadas pelos *voyeurs* — explicou, voltando a bebericar a garrafinha de energético, enquanto puxava Tristan para a outra parede de vidro.

A multidão abriu espaço, então ambos puderam visualizar duas pessoas, quase completamente nuas, com exceção do *harness* extremamente trabalhado e com várias fitas ao redor do torso do dominador, que tinha abdômen trincado, como uma barra de chocolate, a cintura não muito fina, o quadril estreito, e era dono de um par de coxas grossas.

Era difícil saber sua classe só pela aparência do corpo, pois não era tão robusto como a maioria dos alfas que chegava a ter, muitas vezes, até um metro e noventa. Ele deveria ter um e oitenta, era como um beta, mas seus músculos eram definidos demais para um. E por estar dentro da sala de vidro, não era possível farejar seu aroma.

Estava de olhos fechados, o rosto virado para o teto, enquanto o sub, ajoelhado no chão, o chupava com fervor. Então, também não era possível ver a cor das íris, nem do dominador nem do submisso, que usava uma máscara de látex, cobrindo sua cabeça inteira, como uma touca, deixando de fora apenas o nariz e a boca, a qual engolia com vontade todo o falo do dominador.

Tristan via o sexo duro aparecer e desaparecer profundamente na garganta do submisso, ficando excitado.

E no meio de tudo, quando o dominador abaixou o rosto, Tristan arregalou os olhos.

O ruivo se deu conta de quem era...

Ele conhecia aquele cara...

*Era Dominic.*

*Seu vizinho alfa.*

— Sabia! É ele mesmo. Aquele ali é o Alpha Dom — disse Nero, apontando para Dominic, no aquário. — Como eu estava falando, o boato é que durante uma sessão, nessas salas de vidro exibicionistas, o *Alpha Dom* fez o dominador dele se render. Ele simplesmente subjugou o próprio Dom. E hoje, esse antigo dominador é um *switcher*. Tipo, ele converteu um dominador em *switcher*! Esse cara é realmente bom.

Tristan não respondeu. Ao invés disso, engoliu a seco. Dominic Von der Guth estava ali, recebendo um oral de um sujeito qualquer, dentro de uma sala de vidro, num clube de BDSM. Dominic Von der Guth, seu vizinho gostoso, por quem tinha uma queda fodida, e que o havia dispensado e ferido seu ego já frágil, um bocado de dias atrás. O mesmo Dominic Von der Guth era um dominador de BDSM, um bem popular e icônico na comunidade local, aparentemente. E o mais importante de tudo: ele realmente tinha um parceiro. A teoria de Nero estava certa, afinal.

O novato sentiu seu coração bombear mais rapidamente, era quase doloroso. E então, seu sangue gelou, quando os olhos de cor vermelho-vivo de Dominic se grudaram nos seus.

Primeiro, o dominador demonstrou choque. Os lábios se abriram ainda mais, todavia só fez parecer que era porque o boquete que recebia estava mais gostoso. Os olhos também aumentaram de tamanho, tornando a *cena* quase cômica, se não fosse trágica.

Tristan sentiu os olhos arderem. Estava sentindo um ciúme sem tamanho. Seu instinto animalesco mais profundo o fazia rosnar de raiva e frustração. Era um ciúme tão forte que... *instigava*. E aquela nova sensação o estava deixando surpreso. Desde quando ciúmes instigava tesão?

Nero o encarou, assustado, ouvindo o rosnar baixo e contido que inesperadamente o de cabelos vermelhos soltava ao seu lado, os olhos fixos no casal dentro do aquário.

— O que foi? O *Alpha Dom* te excitou tanto assim, é? — debochou, ao sentir o cheiro doce dos bagunçados genes ômegas do alfa começar a emanar mais intensamente.

Mas Tristan não deu muita atenção à sua provocação.

Estando Dominic de frente para o ruivo, não teve escapatória, a não ser encará-lo. Estava tão sem reação que sequer foi capaz de interromper a sessão e ir atrás dele, de imediato.

Já o mais novo, ao mesmo tempo que queria correr dali, estava se sentindo estranhamente excitado, mesmo se roendo de ciúmes. Estava sentindo calor dentro daquela roupa apertada, seu pau começando a despertar e a ser esmagado dentro da calça *sem* cueca, que havia dispensado ao se vestir, como Nero havia sugerido.

Dominic xingou-se mentalmente. Havia ignorado Tristan a semana toda, porque não queria continuar aquilo com o garoto e acabar tendo que contar, em algum momento, sobre suas preferências de práticas sexuais. Teve medo de que o alfa se assustasse e o visse como uma aberração, já que era isso que a maioria das pessoas achava. Estava absolutamente chocado em ver o rapaz ali.

Quando seu olhar vagou pelo corpo bonito de Tristan que vestia uma jaqueta aberta, mostrando o torso nu de mamilos marronzinhos, e viu a coleira em seu pescoço, o ex-militar sentiu-se *extremamente* desgostoso.

Foi aí que decidiu não encerrar sessão alguma. Se Tristan já tinha outra pessoa, então ele não era obrigado a parar de fazer o que estava fazendo, afinal. A coleira significava que Tristan tinha um dono, um dominador, que possivelmente era o sujeito ao seu lado, que Dominic já conhecia como *Rope switcher*, ex-submisso de Roxanne Von der Guth, sua irmã.

Aquilo o irritou e enciumou de imediato. Tinha dispensado o garoto para isso? Para descobrir que ele era tão — ou até mais — fetichista do que ele? Que o vizinho já estava mais do que familiarizado com o BDSM?

Porra, Dominic estava puto! Aquilo só podia ser uma brincadeirinha de mau gosto do destino.

Queria que Tristan fosse seu e apenas seu. Quis isso desde que conheceu o garoto. Agora, se arrependia de não o ter simplesmente chamado para sair antes, e contado, de cara, sobre seus gostos, suas preferências. Poderiam estar juntos agora. Poderia ser o ruivo ali com ele, curtindo uma boa exibição de como seus corpos provavelmente pegariam fogo quando unidos.

O dominador tentava segurar as pálpebras, pois seus olhos queriam revirar com aquele oral delicioso do submisso. Principalmente, porque só conseguia fantasiar com Tristan naquela posição, com aquela boquinha bem-desenhada, a língua abusada deslizando em sua glande, os olhinhos redondos e lilases encarando-o daquele jeitinho inocente... *O quão brilhantes ficariam aqueles olhos claros cheios de lágrimas ao se engasgar no seu pau?*

Então, foi pensando no ruivo, em seu cheiro de cereja e cerejeira, e nos fios vermelhos volumosos, que o alfa veio com força na garganta do sub, enquanto jogava a cabeça para trás, aliviado.

No momento em que viu Dominic gozar, Tristan correu para fora dali, sem sequer dar atenção aos chamados de Nero, que não estava entendendo absolutamente nada.

Ele encontrou o banheiro mais próximo e entrou em uma das cabines, fechando a porta.

Respirando descompassado, tanto pela corrida, quanto pelas coisas que viu, arriou as calças e encostou-se à porta, alisando o próprio falo, massageando-se. Parecia que iria morrer se não se aliviasse logo, e era tudo culpa do maldito Dominic.

Girou o dedão na cabecinha molhada, espalhando o pré-gozo que a fenda expelia, e suspirou em deleite. E aí, levou a destra em frente à boca e cuspiu nela, voltando a massagear o pênis teso, lubrificando-o com a própria saliva.

Subiu e desceu a mão um bocado de vezes, sentindo-se endurecer ainda mais. Então, fechou os olhos e pensou *nele* — como já fazia há um bocado de anos, desde que se conheceram.

Trouxe de volta à memória a imagem de Dominic pelado.

Dominic fitando-o com toda a intensidade de seus olhos vermelhos intensos.

Dominic rebolando em seu colo.

Ele todo amarrado e imóvel, enquanto Dominic o chupava com aquela boquinha gostosa, lhe dando ordens...

*Ajoelhe-se.*

*Ponha as mãos pra trás.*

*Não deixei você me tocar aí.*

Em sua mente, Tristan Wolfgang já era craque em visualizar o melhor sexo possível com o vizinho militar.

*Talvez tenha sido por isso, então, que Dominic tivesse perdido o interesse*, ele subitamente pensou, criando uma terceira teoria para o comportamento do vizinho. O moreno certamente notou que ele não era do tipo submisso perfeito, então viu que dali não sairia nada de bom. Pelo menos, era o que o ruivo pensava agora. Por isso, resolveu tirar sua mente dali, do contrário, ao invés de gozar, brocharia.

Voltou a fantasiar com ele e Dominic em cenas eróticas demais para serem narradas. Lembrou-se do formato das nádegas durinhas em suas mãos e da barriga chapada. Lembrou-se de como o ex-tenente-coronel o havia deixado sem fôlego, sem nem sequer tê-lo beijado ou tocado tão intimamente, sem intromissão de roupas.

Foi aí que Tristan gozou.

Gozou forte, tremendo, soltando gemidinhos finos e incoerentes, extasiado. Ficou ali por mais alguns minutos, respirando pesado.

Quando se recuperou, limpou-se com papel higiênico, subindo a meia-arrastão e a calça, saiu da cabine, lavou as mãos e, em seguida, arrumou os cabelos no espelho.

Na saída do banheiro, encontrou Nero próximo à porta, sorrindo zombeteiro:

— Uau. Quer dizer que você ficou tão excitado com a sessão do Alpha Dom que teve que correr pro banheiro pra tocar uma punhetinha, hein?

— Não enche, Nero. — Bufou.

— Olha, eu acho que posso conversar com ele sobre você, e talvez ele faça um treinamento demonstrativo contigo hoje mesmo. Eu explico que você já sabe algumas coisas. De repente, ele aceita e faz algo bem leve, tipo um teste... Tenho certeza de que ele vai achar divertido — sugeriu, ainda meio zombeteiro. — Ou vocês podem só beijar na boca e fazer estilo *baunilha*. — Deu de ombros.

— Nero, você não está entendendo a gravidade da situação! — retrucou, com um grunhido, sem sequer prestar atenção no que o amigo havia falado, puxando-o para um canto. — Esse cara é Dominic Von der Guth!

— Uh? Seu vizinho está aqui? — disse, olhando ao redor.

— Sim! Meu vizinho era aquele cara na sala de vidro! O tal *Alpha Dom*! Dominic Von der Guth é o *Alpha Dom*! — exclamou, apontando na direção da sala de vidro onde o outro estava.

— *WHOOOAAA!* — o beta gritou, totalmente pasmo, de olhos arregalados e a boca aberta em formato de *O*. — Tá de sacanagem?! Não é possível! Aquele dominador gostoso do caralho é o seu vizinho alfa, o militar?

— *Ex*-militar. E sim, é ele! Você não percebeu como me encarava?

— Ah... Então era por *isso* — murmurou, suspirando aliviado.

Tristan franziu o cenho para a reação do amigo.

— O que quer dizer?

— É que ele estava olhando pra você o tempo todo, então pensei que estava fazendo isso pra me afrontar. Não que eu seja inimigo dele, mas ele é irmão da Roxy, daí pensei que... Ah, você entendeu.

— Conhece aquele cara? Quem era aquele submisso que estava com ele, lá dentro?

— Hum... — Nero franziu o cenho. — Não deu pra ver o rosto e nem o cabelo, mas acho que reconheço aquele corpinho... Era o submisso fixo dele. Acho que se chama *Honey* ou coisa assim.

Ele suspirou, tristonho. Por outro lado, tinha esperanças de que o submisso naquela sessão fosse só a *foda da noite*, não algo fixo, para que pudesse ter o caminho livre.

— Olha, isso não é bem um problema. Eles estão juntos há anos, mas é uma relação aberta. — Sua fala fez os olhinhos de Tristan brilharem pela possibilidade, ao mesmo tempo que sua boca criava um amargor ao pensar que precisaria dividir com alguém a atenção de Dominic.

— E então? O que eu faço? Acha que devo falar com ele?

— Hoje, não, Tristan — opinou. — Quero dizer, o cara te negou na cara dura, né? Você não deve se humilhar assim... — lembrou. — Quero dizer, humilhação sexual, desde que consensual, tudo bem, mas essa não seria desse tipo, definitivamente, você sabe.

— Mas e se... E se ele só não me quis por achar que eu era... Como você disse agora mesmo? *Baunilha*! — exclamou um tanto esperançoso. — Você já me disse uma vez que *baunilha* é o termo que vocês usam para se referir a não praticantes de BDSM. Não é?

— Sim, é isso mesmo. Mas, hoje, ele já te viu com a coleira e provavelmente pensa que eu e você temos uma relação, então... Bem, ele é um dominador respeitado, não vai dar em cima de um submisso compromissado.

— Ah, merda — reclamou, frustrado, dando-se conta do engano.

— Foi mal, cara, eu não tinha como adivinhar! — justificou. — Mandei você usar a coleira pra te proteger...

— Eu sei, eu sei! — resmungou. — Ah, mas que complicação — gemeu, batendo com a mão na testa.

— Triz, relaxa. Qualquer coisa, eu mesmo explico pra ele. Não que eu ache que ele mereça... — Estalou a língua no céu da boca.

— Acho que quero ir pra casa — o novato declarou, contrariado, cruzando os braços e fazendo biquinho. Estava terrivelmente mal-humorado agora.

— Ai, ai, ai, começou a pirraça... — Nero devolveu, revirando os olhos. — Quer ir embora justo agora? O que você tem em casa? Não acha mais afrontoso ficar por aqui e observar Dominic em seu *habitat natural*? Você vive dizendo que o cara é evasivo e não te conta muita coisa. Você pode só observá-lo por aqui. Pode fazer de maneira discreta ou pode ser na cara de pau.

Tristan pareceu pensar por um breve momento, antes de responder:

— Talvez você esteja certo. Mas é que me incomoda vê-lo com outras pessoas...

— Ué... Tá com ciúmes dele? — concluiu, espantado. — Oh, meu caramba, você tá apaixonado pelo cara? Achei que só queria o corpinho dele!

— Eu não tô apaixonado, não seja bobo — reclamou, desgostoso. — Mas meu ego ficou ferido. Ele não fala comigo desde aquele dia, Nero. Ele me rejeitou e ainda apareceu com outro cara! De repente, é até o mesmo cara com quem estava transando lá na sala de vidro! Qual a classe dele?

— Se for quem estou pensando, um alfa.

— Tudo bate. — Sacudiu a cabeça, decepcionado. — Agora que me viu... Eu não sei se ele mudaria isso. E se Dominic realmente não me quiser? E se ele só falar comigo e, ainda assim, continuar transando com outras pessoas, bem na minha frente?

— Pensei que tivesse ficado excitado em vê-lo fodendo outro cara — Ethan contrapôs, em pura confusão.

— Eu fiquei... — confirmou, incomodado. — E nem sei por que fiquei, já que, por dentro, eu tô muito, muito enciumado. Mas ele não tirava os olhos de mim, e então subitamente me senti quente... como se estivesse no inferno — confessou, suspirando. — Eu te falei que esse cara mexe comigo de um jeito forte demais... — choramingou.

— Rope — uma terceira voz chamou, atrás de Tristan. Ela soou grave e séria, mas também cuidadosa.

Ele se virou e encontrou Bastien e Roxy parados ali, alternando os olhares entre ele e o *switcher*.

— Precisamos conversar com você — ela declarou ao beta. E era muito audível o tom imperioso em sua voz, muito característico de uma pessoa mandona.

— O que esses caras querem com você, *meu senhor*? — Tristan se meteu, fingido, abraçando Nero pela cintura.

Ele sabia sobre a coisa de um submisso ter de se referir ao seu dominante como seu *senhor*, porque era a fala principal de todas as transas que Nero lhe contava e, além do mais, era sempre assim nos filmes eróticos daquele gênero. Eram coisas básicas, que qualquer um que pesquisasse superficialmente saberia.

Bastien, por sua vez, bufou, e Nero riu de nervoso.

— Não acho que meu sub mereça ficar aqui sozinho, para que eu fale com vocês. Digam na frente dele — Nero devolveu debochadamente. — Aliás, vocês deveriam respeitá-lo. Não veem que dei uma coleira de compromisso a ele?

— Rope, eu e Bastien não estamos numa relação, nos unimos apenas para fazer a *cena*, a pedido da Kiko — Roxy falou paciente, sem perder o tom dominante. Havia uma expressão claramente desgostosa em seu rosto bonito contorcido pelo ciúme, embora controlasse bem a voz que parecia livre de emoções. — Ela queria que nós mostrássemos ao público que domar um *brat* também pode ser divertido. Kiko quer atrair um tipo de público mais moderno à masmorra — explicou.

Com isso, Tristan se soltou de Nero e encarou o amigo.

— Quer que te deixe a sós com eles? — sugeriu, em tom preocupado.

Quando o beta assentiu, Tristan foi até a bancada do bar e pediu uma garrafa de água, enquanto encarava o amigo e os outros dois de longe, se perguntando se já conhecia Roxy de algum lugar, pois seu rosto de olhos pequenos e lábios fartos, pessoalmente, era familiar.

Ficou ali, por minutos a fio. Seus olhos vagavam pela boate, mas sempre voltavam aos três do outro lado da masmorra, onde uma conversa acalorada acontecia. E Tristan não perderia uma fofoca em primeira mão.

Nas vezes em que olhava ao redor da multidão, sabia perfeitamente bem quem seus olhos procuravam. E era com pesar que ele volvia o olhar para Nero, por não encontrar a única pessoa que realmente o interessava de verdade ali. Até, inesperadamente, ouvir uma voz macia ao pé do seu ouvido:

— *Ciúmes do seu dominador conversando com dois ex-parceiros?* — a voz de Dominic soou maldosa, mas venenosamente aveludada. — Eu jamais faria algo tão desrespeitoso assim com meu submisso… — provocou, dando de ombros, agora todo vestido.

Tristan, se virou para ele, tremendo de nervoso, dos pés à cabeça. O garçom entregou a ele uma nova garrafa de água, a qual puxou de cima do balcão rapidamente, bebendo quase metade do conteúdo e deixando uma pequena gota escapulir pelo canto da boca. Viu Dominic acompanhar o trajeto da gota com o olhar, como se estivesse faminto, para depois secar, com um dos dedos, a gota fujona, deixando um clima extremamente pesado recair sobre ambos. E quando se deu conta do que fazia, Dominic rapidamente afastou a mão dali.

— Me desculpe — declarou, incomodado, olhando para algo atrás de Tristan. — Não se preocupe, seu dominador não viu nada. Vou me afastar para que você não tenha problemas.

Tristan, num ato impulsivo, segurou o alfa pelo punho, quando este se afastava, recebendo de volta um olhar curioso.

— Ele não é meu dominador, Dominic — disse finalmente.

— Mas e a coleira…?

— Foi só para impedir que outras pessoas dessem em cima de mim — explicou. — Ele é meu amigo; me trouxe aqui para que eu conhecesse e aprendesse um pouco mais sobre as práticas de BDSM. Tenho interesse nos fetiches, mas nunca cheguei a praticar nada.

— Ah… — Dominic exclamou, piscando surpreso. — Então você é um iniciante?

— Sim, eu acho — respondeu sem jeito. — Quero dizer, eu meio que… queria ser um. Quero aprender. — E desviou os olhos, temendo ser atirado demais. Não que Wolfgang não costumasse se atirar verdadeiramente em alguém quando estava interessado, se tivesse certeza de que essa pessoa se atraía por alfas, mas o histórico com o Von der Guth não era bom. Já tinha sido rejeitado, dias atrás, e definitivamente não queria ser rejeitado de novo.

— Quem está te treinando? Rope é seu *mentor*?

— Ninguém, ainda. Eu disse, ele é só meu amigo. Não tenho intenções de… ser submisso dele — murmurou, um pouco acanhado de usar algum termo errado e parecer burro.

Com sua resposta, Dominic foi se aproximando, mudando totalmente a postura, mirando-o de cima a baixo, descaradamente, e lambia os lábios, sem fazer a mínima questão de esconder seu desejo. Se antes parecia estar se contendo a respeito do espaço alheio, agora era como se houvesse apertado um interruptor dentro dele.

— Um mentor é apenas um professor no BDSM — disse Dominic. — Ele te ensina, sem necessariamente ter uma relação D/s com você. Normalmente, o mentor de um sub é outro submisso, assim como o mentor de um dominador é outro dominador experiente. Mas também pode ser de outras formas, com um dominador experiente ensinando a um submisso novato, e o menos popular: um dominador iniciante aprendendo com um sub experiente.

Tristan prestou tanta atenção que seus olhos dobraram de tamanho, como um aluno super aplicado.

— Ah. — Ele piscou rapidamente. — Então, é isso o que ele é, eu acho. Quer dizer, ele nunca usou esse termo comigo, mas faz sentido.

Depois de sua resposta, um silêncio pairou entre ambos. Tristan fingia estar muito interessado nas *cenas* ao redor, nas pequenas multidões se aglomerando em cada canto, quando na verdade, estava muito ciente da proximidade de Dominic, do calor de seu corpo, do cheiro de sua pele. O ruivo sentia o corpo tremer inteiro, nervoso.

— Sabe... — a voz suave de Dominic lhe chamou a atenção. — Se está sem compromisso fixo com alguém, o que acha de irmos embora daqui e conversarmos na minha casa? Vamos terminar o que começamos... — propôs com a voz rouca, em clara provocação, aproximando-se do rosto dele, para dar-lhe um beijo. O primeiro de todos.

Mas, inesperadamente, Tristan virou a face para o lado contrário, fazendo com que os lábios de Dominic encontrassem sua bochecha. Este se afastou levemente e o fitou, confuso.

— Você disse que não me queria — Tristan foi duro e claro, e encarou o ex-militar nos olhos, com uma firmeza que quase nunca tinha.

Após avaliá-lo com os olhos apertados, por quase um minuto inteiro, sem que o ruivo desviasse os olhos de si por nada, Dominic disparou:

— Sabe, Tristan, um submisso não deveria agir assim, tão malcriado para com um dominador... — Havia um leve tom de ameaça na voz. Um tom muito parecido com o de Roxy ao falar com o Nero, momentos atrás.

Tristan apertou os olhos de volta para ele, em óbvio sinal de desafio.

— Mas você não é o meu dominador, não te devo respeito.

Dominic Von der Guth ficou alguns segundos em silêncio, observando o de cabelos cor de cereja muito de perto. Tão de perto que suas respirações se chocavam e a tensão entre eles era quase palpável. Estavam tão próximos quanto no episódio da cozinha.

— Não sou, mas poderia ser — respondeu finalmente, encarando-o nos olhos, profundamente.

O alfa mais alto tremeu na base. O ex-tenente-coronel realmente estava oferecendo aquilo? Porque se fosse, então isso queria dizer que Dominic o queria sim, e que seu cheiro nada tinha a ver com a história. Mas ainda queria saber por que diabos Dominic não havia dado as caras nos últimos dias. Então, decidiu que lhe daria o benefício da dúvida, assim como este fazia consigo. Não seria um belo trouxa que o aceitaria de volta, como um poodle adestrado, depois de ser humilhado e rejeitado. Não mesmo!

— Talvez — foi só o que respondeu. — Agora, preciso chamar o Neno para ir embora comigo — desdenhou, virando-se em direção ao amigo e afastando-se alguns passos do vizinho.

Ele, no entanto, travou no lugar quando viu Nero beijar Bastien furiosamente e, em seguida, beijar Roxy, os dois prensando Bastien contra a parede. Logo, os três davam amassos quentes no canto escuro, enquanto luzes verdes piscavam sobre eles. Roxy tinha as mãos magras de unhas vermelhas afiadas apertando com força a bunda de Nero, enquanto ele acariciava os cabelos platinados, ao passo que Bastien circulava a cintura dos dois em cada braço, o que fez com que Tristan arqueasse uma das sobrancelhas, surpreso e inegavelmente excitado.

— Ora, ora, veja só... — a voz de Dominic soou divertida por cima de seus ombros. — Parece que seu amigo está ocupado *demais* para uma carona, então você terá de vir comigo — disse, exalando confiança, ao que enlaçou a cintura do ruivo e encaixou sua pélvis na traseira dele, que arfou com o contato.

Tristan respirou fundo, mordendo o lábio inferior. Aceitaria a carona, mas não cederia tão fácil, a despeito de estar quase desfalecendo ao sentir o quadril do outro encaixar em sua bunda e o hálito quente de Dominic estar arrepiando seu pescoço.

Mas ainda estava bravo e enciumado.

E não era nenhum segredo o quanto o ruivo gostava de fazer birra.

Fora isso, seu ego estava aos frangalhos e não perdoaria Dominic pelo fora tão fácil assim, sem nem uma mísera explicação. Se o alfa disse que não o queria, e agora, aparentemente, havia mudado de ideia, então teria que o convencer disso e explicar suas motivações. E elas precisavam ser bem convincentes, caso contrário, o mandaria ir se foder. Ele não precisava daquele tipo de coisa, realmente. Queria, sim, ser humilhado e diminuído, mas só *na cama*, e não de verdade.

— Tudo bem, então. Apenas uma carona, Dominic — respondeu, com o nariz em pé.

E foram embora juntos.

# 5

# Veneno de Lobo

Para qualquer um na posição de dominador de BDSM, como Dominic Von der Guth, que já era praticante há pouco mais de uma década, uma relação com uma pessoa como Tristan seria incabível. Porque Tristan Wolfgang não parecia exatamente do tipo que se submetia, que acatava ordens, que aceitava as coisas e se entregava em uma bandeja para ser usado a bel-prazer alheio.

Todavia, o jovem militar tinha uma atração tão absurda pelo rapaz que não sabia como havia sido capaz de se controlar todo aquele tempo. Talvez, por apostar que Wolfgang não era do tipo fetichista. Que embora pudesse ser bom de cama, provavelmente era do tipo *baunilha*.

E era isso que estava segurando o coronel: Tristan não era do BDSM. Tristan, provavelmente, nem sequer era fetichista.

Não que Dominic fosse recusar o bom e velho sexo tradicional, mas após um acontecimento doloroso e traumático em sua vida amorosa, anos atrás, tinha medo de se envolver com pessoas baunilhas, comuns.

E ele não era o tipo de praticante de BDSM que tentava enfiar todo e qualquer parceiro seu naquele mundo. Não que fosse um mundo ruim, pelo contrário, mas Tristan parecia alguém fora de questão para aquele universo. Não parecia ser do tipo que se encaixava naquele tipo de coisa mais suja, mais apelativa, mais perigosa. Para Dominic, tudo em Tristan gritava: *baunilha*!

Poderiam grudar os lábios um no outro e se beijarem com toda a clara vontade e volúpia em seus corpos, sanando o desejo absurdo que tinham um pelo outro? Poderiam. E isso, sem sombra de dúvidas, os levaria a muito mais do que beijos — afinal, eram dois adultos, e nessa idade, ninguém tendia a ficar só nos beijinhos e mãos bobas.

Baunilha ou não, a conexão entre eles e a atração inegável que sentiam um pelo outro era definitivamente forte.

O problema era que se Dominic começasse a transar com aquele alfa, sabia que não conseguiria parar. Entrariam numa relação constante, ficariam juntos sempre, não seria esporádico. E, desse modo, o moreno seria incapaz de esconder seus fetiches, de esconder a dinâmica que tanto apreciava na cama: a dominação absoluta; ter o seu parceiro rendido a si, amarrado, vendado, chicoteado e humilhado, como uma presa sendo abatida. Não seria capaz de esconder o quão fodidamente sádico era, o quanto o excitava degradar seus parceiros e tê-los como uma mercadoria, uma propriedade sua; nem como seu pau latejava só de pensar naquelas coisas, porque Dominic enxergava seus desejos como a parte sombria de sua personalidade, era o extremo oposto do homem gentil, carinhoso e controlado que era em sua vida pessoal, e já tinha desistido de tentar encontrar alguma explicação de causa para o que gostava na cama, para o que inexplicavelmente o saciava sexualmente.

Já havia tentado permanecer numa relação em que a outra pessoa não sabia sobre suas preferências sexuais, e as coisas terminaram muito mal. Esconder parte de quem era e abrir mão de sua essência não foi suficiente. Nunca era. E ele tinha ciência de que seu lado sombrio não podia ser dissociado, suas duas personas não podiam ser separadas e divididas, porque juntas eram uma só.

Tristan Wolfgang era exatamente o seu tipo ideal romântico, todavia Dominic estava certo de que, em algum momento, acabaria se exaltando e deixando transparecer sua verdadeira identidade. E caso o fizesse, sabia que eram grandes as chances de Tristan achá-lo insano. Era isso que todos pensavam, afinal. Que pessoas adeptas do sadomasoquismo, *bondage*, dominação e submissão, ainda que sempre consensuais, eram apenas pessoas com a mente conturbada e traumas sexuais envolvidos.

Dominic não queria ganhar o temor ou repulsa do vizinho bonito, de sorriso fofo. Não queria que as coisas ficassem estranhas entre os dois. Ele se odiaria caso aquilo acontecesse. Assim como aconteceu com o *outro*.

Embora tenha se passado sete anos do rompimento com seu ex-noivo, em sua memória, ainda estava fresca a lembrança dele o abandonando, após descobrir sobre suas práticas fetichistas; após humilhá-lo, deixando claro o quanto as achava repulsivas, declarando que o Dominic deveria procurar ajuda profissional de um psiquiatra, porque, segundo ele, sua mente era conturbada.

Quando recebeu o veredicto de sua exoneração naquela manhã, inclusive, Dominic havia planejado visitar o clube à noite, pois não havia tristeza que não pudesse ser curada com boas doses de sexo e submissos lhe servindo. Mas Dominic não estava apenas triste, estava frustrado. Sabia que sua saúde mental precisava estar sã, caso contrário, acabaria descontando nos submissos e ultrapassando seus limites. E como um dominador experiente, ele jamais faria isso. Tinha responsabilidade, afinal. Era um praticante sério e respeitado.

Quando entrou em casa, naquele fatídico dia, o novo planejamento era ficar por ali mesmo, talvez ir até a loja de conveniências da esquina e flertar com seu vizinho tremendamente gostoso. Mas sequer precisou fazer aquilo, já que o rapaz veio até ele. E Dominic não conseguiu mais se segurar, porque Wolfgang estava, pela primeira vez, desde que se mudou para aquela rua, sozinho com ele, entre quatro paredes. E, ah, não importava seu nível de mau-humor quando Wolfgang estava por perto. O garoto de sorriso fofo e língua afiada tinha um efeito calmante inexplicável sobre Dominic. Bastava olhar para ele que toda a irritação se dissipava. Como uma cura.

Dominic o conheceu assim que Tristan se mudou para o pequeno prédio de três andares em frente à sua casa. Ajudou-o a descarregar as caixas e mobílias do caminhão de mudanças, sempre gentil e prestativo.

Naquela ocasião, o garoto tinha os cabelos ainda mais compridos, na altura dos ombros, e tão escuros quanto a noite. E quando viu o rapaz forte, na época com 21 anos, suando a cada movimento que demandava força ao carregar as caixas pesadas, Dominic se viu perdido na imagem dele; quando percebeu o quanto o corpo parrudo destoava do rostinho delicado, soube que havia perdido ali. Não era uma luta justa, realmente. Soube que ficaria arriado por ele a partir de então, porque se alguém no mundo era capaz de atrair a atenção dele àquele ponto, essa tinha de ser uma pessoa muito acima da média.

Naquela cozinha, ao vê-lo se compadecer de seu sofrimento, Dominic sentiu o coração esquentar. Tristan era um doce. Gostaria imensamente de poder tê-lo para si. O rapaz mais novo, além de cheiroso, bonito e completamente sexy, era um amor de pessoa, o fazia rir como ninguém, causava-lhe uma sensação de euforia, mas que ao mesmo tempo era tão leve, tão exclusiva, que ele não se sentia assim com mais ninguém. Estar na presença de Tristan era bom, era gostoso.

Foi por isso que, contrariamente a seus sentimentos, tomou a decisão: não encostaria mais nele. Não podia estragar tudo. Tinham uma relação boa demais para que pusesse tudo a perder quando tivesse seus segredos desmascarados.

Adorava Tristan Wolfgang e adorava ainda mais tê-lo em sua vida, porque o vizinho fofo lhe fazia um bem danado, embora sequer tivesse uma pista disso. Tristan não fazia ideia de quão ansioso Dominic ficava naquele quartel, esperando o dia de voltar para casa.

Ele também não sabia que as corridas matinais de Dominic pelo quarteirão eram feitas intencionalmente, afinal, a rua atrás da casa do Von der Guth era muito mais apropriada para exercícios do que a rua da frente; muito menos que, na cabeça de Dominic, saber que o alfinha com cheiro de cereja o estaria espiando, mexia *demais* com seus fetiches exibicionistas. E ninguém funcionava melhor com um exibicionista do que um *voyeur*. Dominic se exibia para o vizinho, e o vizinho *amava* espiá-lo devotamente.

Dominic conhecia todos os seus vizinhos, de vista, mas Tristan era o único com quem, de fato, conversava. Costumavam beber cerveja juntos, na porta de casa, ou tomar um café, na padaria da esquina do quarteirão. Sempre faziam isso aleatoriamente, quando se esbarravam, procurando motivos para passarem mais tempo juntos, embora Dominic esperasse que Tristan fosse quem tivesse a iniciativa de fazer um convite. Nenhum dos dois percebia o nervosismo um do outro quando ficavam perto por muito tempo, afogados demais nos próprios sentimentos e receios, a ponto de sequer terem a certeza de que eram efetivamente correspondidos.

Depois daquilo na cozinha, Dominic fingiu que nada havia acontecido. Esperava que o mais alto o tirasse de seu sistema, com o tempo. Claro, depois de tudo, seria mais complicado, Tristan certamente começaria a procurá-lo com certa frequência, doido para terminarem o que haviam começado, ele bem sabia. E Dominic não confiava tanto assim em sua disciplina para se manter afastado, tratando-se daquele rapaz, em especial. Tinha uma queda e tanto por ele. Então, teria que sumir de suas vistas por algum tempo. Resignado, soube que teria que parar, caso contrário, até o fim de um dia, já teria fodido com Tristan Wolfgang um punhado de vezes.

Quando o carro preto parou na calçada vazia, entre a casa de Dominic e o pequeno prédio de Tristan, nenhum dos dois havia dito uma palavra sequer durante o percurso todo. O moreno tinha ligado o som em volume mediano, então nenhum deles se atreveu a falar coisa alguma.

Tristan, naquele momento, quase arrancava a pele dos dedos, já que tinha roído todas as unhas no caminho. Estava nervoso. Muito nervoso. Uma ansiedade o tomava e nem sabia o porquê. Só sabia que estar num cubículo fechado com Dominic Von der Guth, depois dos últimos acontecimentos, era um desafio à sua sanidade.

O mais novo tentou sair do automóvel, mas o dominador foi mais rápido e travou as portas elétricas. Tristan retesou o corpo e, lentamente, virou o rosto na direção de Dominic, que colocou a mão em sua coxa cuidadosamente e foi deslizando-a de modo sorrateiro, fazendo o ruivo sentir uma fisgada no abdômen. Mas, ao contrário do que naturalmente pensou que Dominic faria, ele apenas pegou suas mãos, que descansavam sobre o colo, para observar seus dedos. E aí, comentou, com a voz autoritária:

— Você deveria parar de roer as unhas. Eu gosto de ser arranhado. Conhece esse fetiche? — perguntou, com a voz gemida, como se estivesse fazendo grande esforço para controlá-la. — Chama-se *Scratching*. Gosto que me arranhem até que eu possa sentir o sangue brotar levemente na pele. Principalmente, nas costas, enquanto eu estiver te comendo fundo e forte... — disse a última frase diminuindo a voz, deixando tudo mais intenso e provocante.

Por isso, Tristan arfou, audível e vergonhosamente.

Dominic engoliu um risinho, acariciando a mão maior que a sua, enquanto seus olhos estavam grudados no rosto do ruivo, deliciando-se com suas reações, que variavam entre um rubor envergonhado nas bochechas, e outro tipo de rubor: o irritadiço, que avermelhava até mesmo suas orelhas esticadas, como todo *lupino* quando ficava bravo.

Já Tristan, encarava as próprias coxas, sem coragem alguma de olhar para o moreno. Sabia que se o olhasse, seu instinto tomaria conta e avançaria em Dominic, pouco se importando por estarem dentro de um carro. Apenas começariam uma transa furiosa, esbarrando na buzina diversas vezes, chamando a atenção de todos os vizinhos, que presenciariam o carro chacoalhar e os vidros ficarem embaçados, dando um belo show de atentado ao pudor à vizinhança.

— Você vai querer me agradar, não vai? — o ex-tenente-coronel perguntou com a voz suave, repousando o braço direito por trás do assento do carona, ao aproximar sua boca da orelha do vizinho que, com a tensão, havia fechado os olhos, sentindo o dominador voltar a deslizar a canhota sorrateiramente por suas coxas grossas, numa carícia sugestiva e deliciosa. — Vai querer deixar *seu dominador* feliz, não vai? Eu, certamente, vou te recompensar depois... — E, ao dizer isso, capturou entre os dentes o lóbulo da orelha alheia, levando Tristan ao delírio, quase derretendo no banco.

O mais novo gemeu contido, sentindo a mão ágil de Dominic finalmente se atrever a alisar seu pau semiereto por cima da calça de couro, sem cerimônias.

*E ele ainda estava sem cueca por baixo de tudo.*

Dominic deslizou a ponta do nariz pelo seu pescoço, antes de beijar, lamber e chupar a pele, marcando-o com seus feromônios e sentindo-se cada vez mais instigado com os gemidos que podia ouvir o vizinho travar na garganta, porque quanto mais Tristan se negava a demonstrar o quanto estava gostando das carícias, mais impelido o dominador ficava. Se fosse com outros submissos, ficaria bravo com a relutância, porque Dominic gostava de sentir que estava sendo *servido*, e qualquer coisa ao contrário o deixava sem controle da situação.

Dominic sabia que o garoto estava fazendo de propósito, não querendo lhe dar aquele gostinho, porque seu cheiro excitado já estava tão forte que se sobrepunha até mesmo ao cheiro dele. Era como se tivessem plantado a porra de uma árvore de cerejeira inteira dentro daquele carro. E Dominic não ficava nem um pouco alheio a isso: tão forte como nunca havia se atraído por um cheiro antes, sentia-se um pouco tonto, como se aquele aroma o atraísse a ponto de fazê-lo perder um pouco dos sentidos... *era como veneno de lobo.*

— Você não parece estar gostando, mal consigo te escutar — ronronou, com a voz melodiosa. — Quer que eu pare? — provocou.

Não obteve resposta.

Preocupado, foi tirando a mão dali, devagar. Só que, de supetão, Tristan agarrou seu punho, pela segunda vez na noite, olhando finalmente para ele com seus olhos lilases.

O ruivo permaneceu sem dizer nada, limitou-se a negar com a cabeça, tendo os olhos semicerrados, e recolocou timidamente a mão do dominador sobre sua ereção — este que prontamente apertou, fazendo Tristan finalmente liberar um gemido fraco, encostando a cabeça no banco.

— Von der Guth... — finalmente gemeu, arrastado, com a respiração falhando.

Já conhecia Dominic há três anos, não havia necessidade de chamá-lo pelo sobrenome, como faziam no começo, ao se conhecerem, quando era *Bom dia, Von der Guth* para cá, e *Boa noite, Wolfgang* para lá. Tristan era, sim, um submisso nato, embora malcriado, pois chamá-lo assim, naquele momento, não foi proposital, e sim automático, reconhecendo-o naturalmente como seu superior, assim como um bom sub que sabia reconhecer um dominante quando estava em frente a um.

Dominic continuou com os lábios no pescoço do alfa de cheiro doce, fazendo questão de pôr a maior força possível ali, para que mais tarde, a pele ficasse pintada de marcas. Como dominador, Dominic adorava marcar território. Geralmente, faria aquilo com qualquer outro sub, mas no caso do ruivo, era algo a mais. Queria marcá-lo mais do que na pele; queria deixá-lo com seu cheiro. Queria que Tristan fosse seu e apenas seu. E há um bocado de anos não sentia aquela vontade insana de ter um submisso que o pertencesse *de todas as maneiras que alguém poderia pertencer*.

Ele arfou no pescoço alheio, inalando o fodido cheiro doce mais intensamente. Aquela fragrância frutada o enlouquecia, sentia até mesmo seus pelos se arrepiarem. A mistura de cereja, mesclada ao forte e intenso amadeirado da cerejeira era provocante, fazia Tristan cheirar de um modo único. E só de pensar naquilo, sua boca salivava. Já havia topado com alguns como Tristan, mas nunca havia se sentido tão atraído e eufórico. O cheiro misto era espetacular; o deixava ansiando por ele, desejando-o como um louco. Era completamente afrodisíaco.

Entretanto, Dominic sentiu o cheiro bem fraco de um beta ali. Era único e característico do gênero, mentolado. Certamente, era do amigo de Tristan. Sabia que o tal Rope era beta, então provavelmente ele era o responsável pelo aroma.

Dominic afastou a boca. Aquela era uma das raras vezes que sentia sua sanidade por um fio. Ele não era de se descontrolar, nem mesmo em sua febre mais forte.

Como alguém criado à base de regras, Dominic Von der Guth já havia até chegado a pensar ser um submisso, por obedecer a ordens tão prontamente. Mas foi apenas uma confusão. Gostava de *impor* ordens e vê-las sendo cumpridas, não de recebê-las.

Por conta do treinamento no quartel, entretanto, havia aprendido a submeter-se, só não levava isso para sua vida sexual. Pelo menos, não mais.

— Fica comigo... me deixa ser *seu dono*, Tristan... — ofereceu com a voz mais persuasiva e sensual que conseguia, ao pé do ouvido do rapaz. — Vou te fazer viver de um jeito que você nunca viveu antes... *Vou te comer como nunca te comeram antes.*

Como se acordando de um transe, Tristan voltou à órbita.

Lembrou-se do alfa dispensando-o uma semana atrás, mesmo após confessar que havia dado em cima dele por todos aqueles anos em que se conheciam.

Lembrou-se dele lhe dizendo claramente que não o queria. Com todas as letras.

Lembrou-se deste grande filho da puta fitá-lo diretamente nos olhos, antes de gozar na garganta do sub na boate.

Ah, Tristan estava possesso e... magoado. Seu peito estava corroendo de ciúmes, pois seu ego estava ferido como um caralho.

Quem Dominic pensava que era para tratá-lo assim?

Não deixaria barato. Não mesmo. Que se fodesse Dominic Von der Guth.

O ruivo trincou o maxilar e encarou-o com seriedade; travaram uma guerra de olhares. Ninguém queria dar o braço a torcer. Tristan estava furioso, já Dominic se divertia. O controle era sempre seu, mas agora quem decidiria aquilo seria Tristan.

Estava certo de que o ruivo o queria e estava apenas sendo teimoso... Não estava levando em conta o quanto o ego do rapaz poderia estar ferido.

Por isso, Tristan continuou sem responder e, com uma carranca montada, esticou-se por cima do alfa, clicou no botão que destravava as portas e abriu a do passageiro, antes de pular para fora do carro, deixando Dominic desnorteado.

Não foi necessário muito tempo, no entanto, para que o moreno saísse do veículo também e fosse atrás dele. Quase perdeu o olhar na bunda pequena e nas coxas grossas marcando dentro da calça apertada, enquanto Tristan se afastava rebolando — o que provavelmente era proposital.

Quando o alcançou, puxando-o pelo braço, ficou perdido com a imagem do peito desnudo do outro, subindo e descendo, com a respiração rápida, aparecendo pela jaqueta aberta. E ah, aquele pedaço da meia-arrastão aparecendo pelo cós da calça e marcando a cinturinha era ainda mais... apetitoso.

Ele prendeu os olhos na coleira em seu pescoço, e num movimento rápido, meteu as mãos na trava frágil e atirou-a longe, na calçada escura.

— Ei! — Tristan exclamou, arregalando os olhos.

— Seja meu... — repetiu, em tom pouco contido, soando levemente desesperado. — Seja meu, Tristan — disse, com a voz urgente, espremendo-o contra a parede de tijolos na lateral do prédio. — Seja meu e lhe ensinarei tudo...

Seus olhos vagavam pelo rosto e por todo o tronco exposto do garoto, enquanto falava. O cenho franzido, tentando conter o instinto de apertar aquele corpo com toda a força que podia. Dominic mal podia se aguentar.

Todos os muros e ressalvas que havia estabelecido mentalmente para se convencer a não iniciar uma relação com Tristan, agora, caíam por terra. Não havia motivos para que não começassem aquilo, fosse como um casal de dominador e submisso, fosse só como dois caras que fodiam casualmente.

Já Tristan tremia de excitação, mas não queria dar o braço a torcer. Agora, era uma questão de orgulho.

— Você me magoou, Dominic — sibilou. — Qual a sua desculpa? Pensa que sou o quê? Me provoca, me seduz, me deixa sedento como a porra de um cachorro e depois se nega a me dar um beijo? A porra de um beijo? Você me dá um fora, some por dias, e depois vem cheio de papinho gostoso pro meu lado, só porque me viu num clubinho fetichista? — disse de modo acusador, aumentando a voz. — Eu sou uma piada pra você?

Dominic bufou, mas não foi de irritação, e sim frustração.

Como havia ignorado aquilo? Era claro que Tristan estaria com o ego ferido. Era lógico que tinha feito o rapaz sentir-se rejeitado. Porra, dando-se conta daquilo agora, se sentia tão burro. Sequer conseguia organizar os próprios pensamentos para explicar ao garoto o que se passava em sua mente para tê-lo recusado.

Então, frente ao silêncio do outro, Tristan ficou ainda mais afetado. Pensou que Dominic não tinha uma explicação boa para tudo aquilo, porque era isso mesmo que tinha acontecido: Dominic havia jogado consigo, brincado com ele, feito ele de bobo.

— Foi o que pensei — declarou, então.

Ele empurrou Dominic suavemente pelo peito, ainda mais decepcionado. Virou-se de costas, digitando a senha no teclado numérico do painel de seu prédio. Teve certeza de que Dominic a viu, mas não deu importância.

Quando a porta destravou, o moreno finalmente se pronunciou, chegando perto, mas sem tocá-lo desta vez, mantendo uma distância respeitosa após a negativa:

— Eu fiquei com medo, Tristan — confessou, suspirando cansado.

E aí, tendo capturado fragilmente a atenção do garoto que o espiava por cima do ombro, precisou se expor de uma vez e usar toda a sua sinceridade, se queria mesmo arrumar as coisas com o vizinho:

— Sabia que se fôssemos em frente naquele dia, não teríamos apenas encontros esporádicos. Eu ia querer mais... ia querer você sempre. Então, em algum momento teria de revelar as minhas... *preferências*. E você definitivamente não me parecia alguém desse tipo. Pensei que você fosse baunilha.

Tristan se virou para ele, ainda segurando a porta.

— Baunilha?! — resmungou, sentindo-se um tanto ofendido.

— Baunilha é como chamamos as pessoas não fetichistas. Aquelas que apenas fazem sexo tradicional — explicou.

— Eu sei o que significa. Então, você é desses que só transa se for dentro dos fetiches? — disparou, franzindo o cenho. — Ouvi dizer que não é muito saudável, sabe... E não me parece mesmo.

— De modo algum — Dominic respondeu rápido, utilizando o máximo de seu controle para não demonstrar o suave desespero subindo por sua garganta.

Agora, a coisa parecia feia. Tinha certeza de que o alfa não o iria perdoar. Chamá-lo de baunilha certamente também não tinha ajudado. Estava quase tendo uma síncope, bem ali, no meio da rua. Porque sua decisão foi tomada na tentativa de não ser rejeitado pelo vizinho, mas o tiro havia saído pela culatra e agora o rapaz parecia muito impelido a mandá-lo para a casa do caralho. Nunca tinha visto o mais novo bravo daquele jeito.

Sob o olhar afiado de Tristan, continuou:

— Eu tive medo de que se fôssemos adiante, você descobrisse sobre o BDSM. Apenas não queria correr o risco de você me achar estranho ou algum tipo de aberração, e aí correr para longe de mim. Eu não queria... perder você — confessou, com a voz baixa, sentindo suas mãos suarem. — Não queria perder a relação de amizade que a gente tinha, porque me sinto tão bem tendo você na minha vida que... Porra! — disse, apertando os punhos. — Eu, sinceramente, preferi ter só um pouco de você a me arriscar a ter tudo e acabar ganhando seu desprezo depois, quando as coisas não dessem certo. Não queria viver num mundo onde você e eu fôssemos... bem, *estranhos* — consertou-se, ao perceber que talvez outra frase revelasse o quanto ele dava importância demais a Tristan.

Ele mesmo se viu surpreso com a confissão, pois fazia anos que não se sentia tão vulnerável daquela forma. Nada nem ninguém tinham o poder de deixá-lo assim, não mais. Ele sempre estava no controle, afinal. Seu precioso controle...

Tristan engoliu a seco. Aquela havia sido uma declaração? Quis sorrir. Mas deixaria Dominic sofrer um pouco mais, assim como ele havia sofrido angustiado, após uma semana sem vê-lo, depois de prová-lo.

— Vou levar isto em consideração, Von der Guth. Boa noite — respondeu, finalmente, fechando a porta e entrando no prédio, apenas para deixar um alfa indignado do lado de fora.

— Esse... Esse... — Dominic murmurou, desacreditado que, mesmo depois de uma confissão tão verdadeira e profunda, o garoto o tivesse ignorado completamente. — Esse atrevido! Malcriado! — grunhiu, indignado demais, e saiu batendo o pé, rumo à sua casa, do outro lado da rua.

Quando Tristan entrou no apartamento, quicava como uma bola de pingue-pongue. A euforia era como uma corrente elétrica percorrendo seu corpo. Pura adrenalina, como se tivesse saltado de paraquedas.

É claro, sabia que aquilo teria volta. Se aceitasse a relação de dominação e submissão com Dominic, ele certamente se vingaria do que havia feito hoje. Mas Tristan estava no seu direito, não estava? Precisava dar o troco pelo modo horrível que o outro fez sentir-se dias atrás, quando o tinha rejeitado — ainda que o tivesse feito justamente com intenções contrárias e até mesmo nobres. Estava lhe mostrando que, ainda que viesse a ser seu submisso, não se deixaria ser feito de bobo.

Então, ele correu para o banheiro e se tocou novamente durante o banho, pensando em Dominic, pela segunda vez naquela noite.

Já o dominador, entrou em casa bufando. Sua febre estava tão, tão perto... e passá-la com seu parceiro atual — que, também, era seu submisso fixo — seria o mesmo que nada. Quando Dominic se interessava forte por alguém, todas as outras pessoas subitamente perdiam toda a graça. Tornavam-se frutas de plástico: bonitas de se ver, mas impossíveis de comer.

Ele sequer conseguiu dormir, virou e se revirou na cama, por horas inteiras, frustrado. Só conseguiu apagar quando o sol já estava perto de aparecer, pois sua mente estava a todo vapor... Ao contrário de Tristan que dormiu como um bebezinho, satisfeito.

Naquele momento, não era Dominic Von der Guth quem dominava a situação. Era Tristan Wolfgang. O possível *brat*.

Tristan acordou sentindo algo roçar em sua perna. Levantou-se irritado, ao notar que sua gata estava lhe fazendo carinho. Sabia, de longa data, que Minzy não se interessava realmente por isso, mas sim em pedir comida. Sonolento, abriu o saco de ração e despejou no pote da gata que, faminta, avançou, miando, para cima do pote, antes mesmo que o alfa terminasse de colocar os grãozinhos ali.

— Bom dia pra você também, ingrata — murmurou, infeliz.

Lembrou-se dos acontecimentos dos dias anteriores: Viu Dominic várias vezes parado na porta de casa, como se esperasse alguém aparecer, sentado na escadinha. Certamente, estava ocioso, agora que não tinha mais um emprego. Por isso, Tristan foi até a janela, segurando sua caneca de café morno e observou sorrateiramente por trás das cortinas.

Suspirou.

Talvez o vizinho não merecesse tanta birra, afinal, já lhe havia dito que só estava com medo de que ele o rejeitasse ao descobrir suas práticas sexuais incomuns. Era exatamente o mesmo tipo de medo de Tristan, ele podia entender, tinham mais coisas em comum do que pensava.

Por que, então, continuava com o drama? Se Dominic seria o dominador e Tristan o submisso, não era ele quem deveria estar sendo castigado?

Mas Tristan era, definitivamente, um sádico *e* masoquista emocional. Gostava de sofrer e ver os outros sofrendo junto, sempre esteve ciente disso — embora só agora soubesse que nome dar àquela sensação de satisfação com o próprio sofrimento.

Nada muito pesado, mas algo sobre sofrimento amoroso o fazia sentir-se... *vivo*. Quase excitado. Como se na hora de fazer as pazes, as coisas fossem tornar-se mais intensas. E se mantendo afastado do outro alfa, sem realmente dar-lhe a resposta que colocaria tudo nos eixos e encerraria aquela aflição, era algo que lhe fazia sofrer também. Então, Tristan continuava fugindo e postergando a resolução daquela questão.

Ouvindo o celular tocar, se afastou da janela para atendê-lo:

— Quem perturba?

— *Sou eu, Nero. Tô ligando do telefone do Bastien, o meu tá sem bateria.*

— O que quer? — respondeu, mal-humorado. Odiava quando Minzy o acordava antes da hora, pedindo comida. Somando isso ao fato da coisa com Dominic, só estava mais irritadiço.

— *Grosso*! — o amigo resmungou na linha. — *Lembra que te falei que, aquele dia na boate, acabei indo dormir na casa de Roxy, junto ao Bastien?*

— Uhum... lembro, achei que você já tinha me contado tudo sobre isso três vezes, mas e aí? Faltou algum detalhe sórdido que não quero saber? — murmurou de forma sarcástica, tomando um gole do café.

— *A gente... se resolveu.*

— Como assim? Voltou com um deles? — perguntou, de boca cheia.

— *Hum... eu voltei com os dois, Triz. Estamos namorando.* — Nero tinha a voz exalando felicidade.

— Whoa! Namoro tipo a três? Vocês são o quê? Um trisal? — inquiriu, afobado.

— *Mais ou menos isso* — devolveu, sorrindo de orelha a orelha, embora Tristan não o pudesse ver, mas podia saber só pelo seu tom de voz. — *Eu tô feliz pra caralho, você não tem ideia!* — concluiu, aos suspiros.

— Ah, eu tenho, sim. Você é um filho da puta de sorte! Tinha dois problemas e resolveu os dois de uma vez só. Eu, que só tenho um, não consigo resolver nada — falou, sem humor.

— *Isso é porque você é teimoso* — o beta respondeu, sem rodeios.

Já estava a par de tudo que havia acontecido, pois logo no dia seguinte foi à casa de Tristan, onde ouviu todos os acontecimentos também, em detalhes.

— *Olha, eu sou mais do que a favor do masoquismo durante o sexo, mas masoquismo emocional? Qual é, Triz?! Corta essa! O cara já falou que quer você, já disse que só não foi em frente contigo antes por medo de que você o achasse uma aberração, e mesmo assim você continua fugindo?* — ralhou. — *Eu te escuto falar de Dominic Von der Guth há três anos, não consigo acreditar que agora, que tem ele a seus pés, vai ficar nesse chove e não molha.*

— Para de brigar comigo, Nero, eu sou sensível... — reclamou, fazendo bico, ainda que o outro não pudesse ver, mas aquele era seu costume de fazer manha.

— *Sensível é a cabeça do meu pau, depois de gozar três vezes* — retrucou, impaciente. — *Se não se resolver logo com ele, vai tá sendo um cuzão medroso. Só tenho isso a te dizer... E vai passar a próxima febre sozinho, não se esqueça.*

— Ah, é, tem isso agora... Obrigado por me abandonar — murmurou em desgosto.

— *Bom, diferente de você, eu quero ser feliz. E não é como se você fosse ficar infeliz de não precisar transar com um irmão* — debochou. — *Agora, vê se limpa essa casa, porque aquela panela no fogão deve estar com mofo.*

Tristan caminhou até o eletrodoméstico e abriu a panela que havia deixado suja com o óleo anteriormente usado para fritar carne, dias atrás. Arregalou os olhos ao constatar que o amigo estava certo: tinha mofo ali dentro.

— Como você sabe? — perguntou, chocado.

Nero soltou uma risada desacreditada.

— *Tchau, bebezão.*

— Espere aí, Neno! — exclamou. — Tô com uma dúvida...

— *Ah, aceite ser o submisso do Alpha Dom, que ele te explica tudo* — respondeu, bem-humorado, fazendo referência à situação que lhe foi contada nos mínimos detalhes.

— Se você, o alfa e a ômega estão juntos, numa relação a três... Isso quer dizer que um dominador pode ter vários submissos, e os submissos, mais de um dominador? — questionou, ignorando a indireta.

— *É mais aceito que o dominador tenha mais de um submisso, e o submisso só tenha um dominador, mas cada um acorda o que quer. Os submissos que possuem um mesmo dominador em comum, a gente apelida de irmãos de coleira. Mas como tudo pode ser acordado entre os praticantes em questão, de forma que fique satisfatório para todos, nada impede, na real, que um sub tenha mais de um dominante, contando que todos estejam de acordo.*

— Ah... isso eu não tinha como saber pesquisando na internet — o ruivo murmurou. — Tenho pesquisado muito esses dias, depois da visita à The Cave. Descobri um montão de coisas, para não passar vergonha na frente do Dominic...

Finalmente, havia expandido sua busca além da aba de *imagens*, sem morrer de tédio, veja só.

— *A maior parte dos praticantes de BDSM não aceita um sub com mais de um Dom, mas isso é tudo besteira* — o beta respondeu. — *Aliás, acho absurdo que alguns praticantes tenham certos preconceitos às vezes. Justo no nosso meio, é um comportamento tão hipócrita...*

— Mas e então, quem manda em quem? — Tristan indagou, intrometido. — Você e o Bastien são submissos da Roxy? Vocês dois agora são tipo *irmãos de coleira*?

— *É exatamente esse o nome* — o outro respondeu. — *Eu costumava ser o dominador de Bastien antes, mas agora me submeto a Roxy, por isso Bastien e eu somos irmãos de coleira.*

— Mas não é estranho? Quero dizer, ele não vai perder o respeito por você se estiverem na mesma posição? Isso não confunde um pouco a cabeça? Quer dizer, não deve ser tipo um interruptor, em que você liga o modo sub para, em seguida, facilmente desligar e ativar o modo Dom... — analisou, de modo coerente.

— *Depois a gente conversa mais, Triz. Meus namorados estão tocando a campainha* — comentou, afobado, e encerrou a chamada.

Após a ligação com o amigo, Tristan acabou arrumando as coisas, já que queria distrair a mente do negócio todo com Dominic. Quando terminou, já estava quase na hora de ir para a loja, então se aprontou e saiu de casa.

Viu que o ex-tenente-coronel não estava na porta, então foi rápido, porque não queria acidentalmente encontrá-lo naquele momento e acabar tendo que falar com ele e dar-lhe uma resposta concreta e definitiva, além de ter que encerrar sua pequena retaliação.

Para piorar sua situação, teve que abrir uma infinidade de caixas e guardar montes de produtos que chegaram à lojinha, para reabastecê-la. E Kara era uma destrambelhada. Portanto, as caixas mais pesadas e coisas delicadas, como as garrafas de vidro, ficavam totalmente sob a responsabilidade dele, porque, se dependesse dela, a loja inteira iria abaixo.

— Sabe, o livro diz que não é como se o pecado fosse uma coisa em específico... — ela dizia, enquanto enfileirava os pacotes de biscoitos na prateleira. — Mas, sim, como se...

— Kara, já disse que nunca li esse livro, para de falar dele, por favorzinho! — Tristan interrompeu, fazendo um biquinho fofo, ao que unia as sobrancelhas e as mãos, como se em uma oração.

Primeiro, Kara o fitou com estranheza. Depois, farejou o ar.

— Que foi? Você está perto da febre de ômega, né? Quando tá perto da febre, você fica meio...

— Fofo? — sugeriu, fazendo manha.

— Também — concordou. — Mas eu ia dizer manhoso. Se estivesse em febre alfa, provavelmente me mandaria enfiar o dedo no...

— Tá, tá, já entendi. — Ele bufou, tristonho. — Você não deveria ter me lembrado disso. Eu não sei como vou passar a febre... — murmurou, desgostoso, arrancando as cutículas ao redor das unhas recém-roídas.

— Tristan, larga de palhaçada, pra você deve ser a coisa mais fácil do mundo. Você gosta de alfas e betas. Como diabos deve ser difícil, justo pra você, encontrar um parceiro novo? — Kara rebateu, perplexa.

— Você é tão hipócrita, olha quem fala... — devolveu. — Já que você me arrasou, vou te arrasar também: se acha tão inteligente e fica aí falando sobre esses assuntos filosóficos que, pra você, parecem tão óbvios, mas que, pra nós que temos um QI regular, não faz sentido nenhum. Sabe, a maioria das pessoas prefere gastar o tempo com cultura inútil, tipo jogar *videogame* ou assistir a *reality shows* de subcelebridades...

Kara abriu a boca, mas Tristan fez um sinal de silêncio com a mão.

— Ainda não terminei. Você tem esse QI de 160, mas não consegue enxergar um palmo na frente do nariz, tipo quando certo ômega bonitão fica te ouvindo falar esse monte de bosta de maconheira, sem entender uma porra de nada, mas, ainda assim, sorri e acena, e só você ainda não percebeu que ele faz isso porque tá a fim de você. Acorda! — finalizou.

Kara ficou embasbacada, olhando para ele. Depois de longos minutos em silêncio, arrumando os biscoitos, Tristan pensava que ela já tinha até se esquecido de seu pequeno e súbito *sincericídio* — o ato de ser tão dolorosamente honesto, a ponto de transformar a sinceridade em uma espécie de homicídio.

E embora ele não estivesse mal-humorado por conta da febre — afinal, agressividade só acontecia quando ele estava prestes a entrar em febre alfa — Kara havia tocado na ferida. Porque, é claro, o ruivo não tinha tanta dificuldade para arrumar alguém assim. Ele só tinha medo.

Medo por ser diferente.

Medo por ser claramente um alfa, mas seus olhos terem tom de violeta que classe alguma tinha.

Medo de ser rejeitado justamente por ser quem era.

Um cara que jamais seria um bom submisso, e menos ainda um dominador ideal. Era um sujeito do contra, rebelde, cheio de atitude, mas ao mesmo tempo era tão manhoso, birrento e só desejava um pouco de carinho e compreensão. Era claramente um adulto que, quando criança, teve cicatrizes demais, e aquela criança não estava curada.

Foi aí que percebeu que o medo que Dominic sentia era real e não algo dito da boca para fora, como forma de desculpa. Era um medo tão real quanto o seu. Ao analisar o próprio comportamento, achou-se um hipócrita por não ter levado em conta os sentimentos de Dominic naquilo tudo também.

Por isso, olhou para o relógio. Ainda faltavam três horas para que seu turno acabasse. Planejava ir até Dominic e aceitar sua proposta. E então, o alfa certamente passaria a febre consigo. Ele não recusaria ser seu companheiro de cio, certo?

Impaciente, batucou os dedos no balcão. Viu um alfa, caucasiano de pele mais corada, só um pouco mais baixo que ele, entrar na loja e comprar um engradado de cervejas, falando ao telefone enquanto ria, apertando os olhos cor de sangue. O sujeito não lhe era estranho. Parecia reconhecê-lo de algum lugar. Ele deixou o engradado sobre o balcão, acenando rapidamente para Tristan, enquanto falava ao telefone. Tinha cheiro forte de patchouli.

— Sim, eu peguei a que você gosta... — falava para o aparelho. Tinha cabelos lisos, não muito curtos, em tom de loiro-branco, aparentando serem macios e hidratados, como nenhum cabelo descolorido era. — Eu tô levando a que você gosta, Dominic, é cerveja preta, não enche. Já chego aí — disse, em tom risonho, para depois desligar a chamada.

Tristan paralisou. O sujeito era amigo de Dominic. Foi aí que se deu conta de que esse era o mesmo cara que havia visto entrar com ele em sua casa, no outro dia... E eles pareciam bem... íntimos, enquanto caminhavam pela rua, conversando tranquila e levemente.

Nunca via Dominic entrar em casa com outras pessoas, com exceção dessa vez, recentemente. Era justo aquele alfa. E, bem... pelo que podia constatar, esse poderia ser, definitivamente, o tal submisso fixo, sobre quem o Nero lhe contou.

Para piorar a situação, o cara, além de alfa — um de verdade, que não emitia cheiros confusos — era dolorosamente bonito.

— Não precisa de troco — o loiro declarou, simpático, deixando uma nota de valor maior que o do engradado em cima do balcão, e retirou-se.

Por algum motivo, Tristan sentiu que os olhos vermelhos queimaram por tempo *demais* em cima dele, como se tivesse alguma mensagem, antes de o rosto bonito virar para o outro lado e o olhar intenso desvincular-se do dele. Mas podia ser só coisa da sua cabeça ou o alfa tinha ficado interessado por ele, o que não era bem incomum nas vezes em que não era automaticamente repudiado pelos olhos lilases.

O ruivo sentiu a cabeça girar e o coração martelar no peito.

*Acalme-se, Tristan. Talvez eles sejam apenas amigos. Não é o que você está pensando. Não é isso...*, pensou. Mas era claro que existiam cem por cento de chances de Dominic ter cansado de esperar por sua resposta, afinal vários dias já haviam se passado desde o encontro acidental na The Cave. E o alfa de cabelos claros tinha noventa e nove por cento de chances de ser o submisso fixo de que Nero havia falado.

Além do mais, naquele exato momento, ele se deu conta de outra coisa: Dominic não havia dito coisa alguma sobre trocar de submisso. Disse apenas que o queria como seu. Ponto final. Nada havia dito sobre terem uma relação exclusiva... O que significava que aquele alfa ali certamente seria seu irmão de coleira. E ao se dar conta disso, ele murchou como um balão.

O resto das horas passaram quase se arrastando.

Tristan estava em pânico.

Não sabia se teria coragem de bater à porta de Dominic, porque ele poderia estar lá com aquele loiro, e aquilo o deixaria roído. Tê-lo visto com outra pessoa na masmorra já tinha sido agoniante o suficiente — e se ele fosse a mesma pessoa da masmorra, de fato, então a coisa ficava ainda pior — deixando de lado a excitação inesperada que se apossou de si, na ocasião.

Precisava e queria Dominic para passar a febre, além de desejar intensamente ser o submisso do ex-tenente-coronel. Mas se ele estivesse com outra pessoa... bem, então não. Queria Dominic com ele e apenas ele. Não estava inclinado a dividir nada.

Não deveria se sentir enciumado, eles dois ainda não haviam acordado coisa alguma, realmente. Mas seu interior se revirava, contrariado. E isso era porque o pedido havia ficado suspenso no ar. Tristan odiava dividir suas coisas, qualquer coisa. Mesmo que o moreno não fosse exatamente seu.

Seu ego, contudo, apontava o dedo na sua cara e gritava: *você nunca vai ser o suficiente, é uma aberração! Quem escolheria você, coisa bizarra?* E, bem, ele já havia escutado aquelas palavras muitas vezes, no passado, vindas de quem mais amava.

— Tristan... — Kara se aproximou, tirando o ruivo de seus pensamentos dolorosos. — Você quis dizer mesmo aquilo? O Adam... ele tá a fim de mim?

Tristan suspirou.

— Eu não deveria ter dito, mas, sim, ele é doidinho por você. Então, você deveria fazer alguma coisa quanto a isso — respondeu, direto.

Kara subitamente pulou em cima dele. De início, achou que ela queria agredi-lo, então ficou estático. Mas percebeu ser apenas um abraço apertado. Quando se soltaram, a beta estava sorrindo, os olhos dourados brilhavam e os cabelos cacheados ficaram bagunçados.

— Você não sabe como me ajudou, Tristan! Minha nossa, você deveria ter me contado antes, eu realmente não havia notado, sou meio sem jeito para essas coisas de flertes e relacionamento...

— Não tem de quê — devolveu, sorrindo de leve.

— Olha, eu posso te agradecer, falando com um primo meu, o Mok... ele é um cara legal e bem bonito. É um alfa também, então você poderia passar o cio com ele, né? Aposto que ele não vai negar quando eu mostrar sua foto...

Nesse momento, Tristan teve uma ideia:

— Ei, se você quiser realmente agradecer, me deixe sair agora e cubra o final do meu turno? — disparou, de repente.

— Daqui a pouco os outros chegam para o próximo. Vai lá, eu seguro as pontas — concordou.

Tristan deu um pulo da cadeira e pegou sua mochila no canto, desamarrando o avental afoitamente, e correu para fora da loja, gritando animado que Kara era um anjo, e ela apenas o encarou com a expressão que respondia: *E você é definitivamente doidinho.*

Enquanto caminhava pelo quarteirão até a casa, sentia suas pernas bambas. Estava nervoso e seu estômago revirava. Se Dominic estivesse com esse outro alfa, seria o fim. Tristan ficaria em posição fetal por dias — não só de tristeza e frustração, mas também pelo desconforto da febre.

Subiu a ladeira a passos rápidos, pensando que, a qualquer momento, poderia escorregar e rolar chão abaixo, desmaiado. E quando chegou em frente à sua calçada, deu de cara com algo que não esperava. Definitivamente, uma hipótese que não havia passado pela sua cabeça.

Dominic estava na calçada, olhando em direção à sua janela no terceiro andar, enquanto gritava seu nome de forma enrolada. E ele não parecia exatamente normal. Estava cambaleando e tentando atirar pedrinhas na janela do apartamento, que voltavam e caíam em sua cabeça, devido à mira fraca de um sujeito alcoolizado.

Foi quando uma dessas pedrinhas bateu de volta em Dominic, com força, e ele levou a mão à testa, que Tristan correu para o seu lado, largando a mochila no chão.

— Dom! — exclamou, segurando-o pelo braço.

— Ah! Tristan... — respondeu embolado, observando-o de um jeito engraçado, totalmente risonho e de olhos semicerrados. — Por onde você desceu, coisinha linda? — Soluçou, intercalando o olhar entre ele e a janela, visivelmente confuso.

Tristan revirou os olhos e segurou uma risada.

— Eu não desci de lugar nenhum, acabei de chegar, estava trabalhando, bobão — respondeu.

— Ei, quem é o bobão aqui? Você tem que me respeitar! Não pode ficar chamando seu dominador de bobão, seu *brat*! Senão, vou te deixar amarrado na cadeira, com um vibrador ligado no...

— Dominic, cala a boca! — interrompeu, tampando os lábios gordinhos do outro, com a mão. — Você tá muito bêbado e sua testa tá sangrando. Vamos pra sua casa, vou fazer um curativo nisso e te dar um chá, pra ver se fica sóbrio...

— Eu aceito se for um chá de c...

— Tá legal, eu entendi! Levanta.

Ao invés disso, Dominic botou a língua para fora e lambeu a palma que tampava sua boca, de forma que seu eu alterado julgava ser sensual. E talvez fosse...

— Dominic, que nojo! — grunhiu, segurando o riso. De imediato, tirou a mão dali para limpá-la no tecido de seu jeans surrado.

— Se fosse em outro lugar, você não estaria reclamando... — retrucou, com a voz insinuativa.

Incrível como, mesmo bêbado, Dominic era descarado. E ainda por cima, flertava tão bem quanto se estivesse sóbrio. Já Tristan, se tentasse flertar alcoolizado, pareceria apenas um bobo da corte. Ele já era levemente sem tato, normalmente. O pobre coitado não era nenhum mestre da oratória.

O ruivo pegou sua mochila do chão e foi arrastando o outro para atravessar a rua e entrar com ele na casa; lá dentro, o levou até a cozinha e sentou Dominic na cadeira. Colocou água para esquentar no fogão e alguns cubos de gelo no pano de prato, mandando o mais velho pressioná-lo sobre a testa machucada, enquanto ia ao banheiro procurar remédio antisséptico. Passou algum tempo procurando nas gavetas embaixo da pia, até encontrar remédio, algodão e *band-aid*. Voltou à cozinha correndo, e se deparou com o ex-militar deitado no chão, rindo sozinho.

— Falei pra você colocar gelo na testa, alfa teimoso — exclamou, puxando-o para que se levantasse.

— Não quero! Quero ficar no chão... Quem manda aqui sou eu — Dominic respondeu, com a voz enrolada.

Tristan sentiu vontade de rir e ao mesmo tempo de revirar os olhos. Toda aquela ânsia por controle... Por que diabos alguém gostava de controlar alguma coisa, se não era capaz de controlar a própria vida?

— Argh, aquele seu amigo é uma péssima influência... Veja só como ele te deixou. Apenas meia dúzia de cervejas e já ficou assim? — reclamou.

— Meu amigo? Oh? Você conhece Calebe? — indagou, de boca aberta.

— É, parece que sim. O alfa com cara de modelo, o vi comprar bebidas pra vocês lá na loja. A propósito, cadê ele? — aproveitou para perguntar, curioso, olhando em volta, à sua procura.

— Ahhh... O Calebe foi lá comprar as cervejas pra mim, já que você não queria me ver. Se eu fosse lá, você podia pensar que eu estava te perseguindo... — respondeu, aos poucos, abaixando a voz. — Sabia que você ia fugir de mim... sabia que me acharia uma aberração...

— Ei, Dominic... não é assim — tentou dizer, surpreso.

Estranhou o alfa ser dramático, ele não costumava portar-se deste modo, mas talvez seu eu bêbado fosse mais emotivo.

— Eu sabia... Você não me quer, não é? Porque não sou normal e tenho esses desejos sexuais estranhos na cabeça — Dominic resmungou, agora sentado no chão e encostado na parede. — Estou ciente de que ter um amigo nesse meio é uma coisa; ficar com uma pessoa assim é bem diferente.

— Não é nada disso — Tristan contrapôs, de cenho franzido. — O único estranho e aberração por aqui sou eu... com... esse meu cheiro esquisito e genética errada — retrucou baixinho.

Viu-se pensando na palavra que Dominic havia usado.

*Aberração.*

E aquilo o pegou de jeito, porque Tristan sabia muito bem como era se sentir assim. Eram iguais, de algum modo.

— Mas você é simplesmente perfeito — declarou então, mirando Dominic, sem conseguir disfarçar a admiração em seus olhos lilases e brilhantes. — Eu te quero tanto que você não tem ideia... — confessou, resignado.

Não era como se Dominic fosse se lembrar daquilo quando o efeito da bebida passasse. Então, por que não admitir em voz alta, certo?

Viu o ex-militar fixar os orbes em seu rosto e permanecerem ali, conectados pelo olhar.

Dominic o deixava quente. Não sabia quanto tempo mais conseguiria aguentar sem agarrá-lo. Então, abandonou seu olhar e levantou-se para pegar os remédios e limpar a ferida que o outro tinha feito na testa com a pedrinha, desesperado para quebrar o clima que subitamente havia se instalado entre eles pela segunda vez naquela cozinha.

Viu que a chaleira com água fervendo apitava e desligou o fogo, colocando a água quente numa caneca e um pacotinho de chá dentro dela. Depois de mexer um bocado, jogou algumas pedras de gelo, para esfriar a bebida rapidamente, e lembrou o quanto as pessoas achavam-no estranho por fazer esse tipo de coisa. Principalmente, quando ele fazia aquilo com o café.

Realmente, Tristan era uma criatura anormal em muitos sentidos. Mas nem de longe, essas eram coisas ruins.

Depois, voltou ao chão, sentando-se de frente para o alfa.

Enquanto limpava o machucado com o algodão embebido em remédio, Dominic apenas continuava fitando-o, como se estivesse vendo o segredo do universo ali.

Tristan, em qualquer outro dia, ficaria sem jeito sob aquele olhar tão intenso. Isto é, se ele não encarasse o outro de volta, com tanta intensidade quanto. Era como se a situação lhe desse carta branca para encará-lo sem nenhum pudor, sem fraquejar diante de sua dominância, porque o olhar de Dominic agora era completamente perdido, desfocado, bêbado e quase... admirado.

*Ele não vai se lembrar de nada amanhã*, seu cérebro era insistente em repetir, e Tristan acreditava.

— Colocando gelo na bebida quente para que ela esfrie mais rápido... — o moreno murmurou com a voz suave. — Você é muito impaciente, alfa.

— Ah, não, você está errado. Acho que sou bastante paciente, até — murmurou, antes de morder o lábio, tentando ao máximo se controlar.

Dominic tentou dizer alguma coisa, mas passou tempo demais perdido no rosto bonito que Tristan tinha. A cada sílaba que o garoto falava, Dominic observava, atentamente, o movimento de seus lábios finos, tão miudinhos, logo acima do buraquinho no queixo, que o deixava tão mais charmoso.

— Eu quero você... — Tristan se viu dizer de repente, confirmando sua impaciência, de fato.

Ficaram se encarando por míseros segundos, mas sentiram como se houvesse se passado um longo tempo. A tensão era óbvia. Enquanto se miravam, era possível detectar cada piscada no rosto alheio.

Dominic se aproximou e deslizou a pontinha do nariz pelo dele tão suavemente quanto o farfalhar de asas de uma borboleta. Tristan fechou os olhos e esperou. Pôde sentir o outro suspirar frente aos seus lábios, com hálito alcoólico, antes de uni-los, soltando um gemido de aprovação.

De imediato, suas mãos seguraram o rosto do mais velho. Depois, as deslizou para os fios de cabelo escuros e macios, aproveitando o máximo possível de todo aquele contato. Tinha ansiado por aquilo por tanto, tanto tempo... Parecia estar sonhando acordado.

Os dois suspiraram na boca um do outro, sentindo-se eufóricos e realizados. Definitivamente, as coisas pareciam no lugar. Eram como peças se encaixando.

Para Dominic, o beijo do garoto era mais doce do que esperava — não no sentido de leve, mas, sim, no sentido de absolutamente delicioso. Era simplesmente perfeito, era lento, intenso e... apaixonado.

Ele deslizou as palmas pelos braços musculosos e descobertos pelas mangas curtas da camisa de Tristan, sentindo a pele dele arrepiar sob seu toque. Aquela conexão, aquela eletricidade... era aquilo que faltava. Era exatamente isso que faltava há tantos anos: essa sensação que ia muito além da carne, algo que envolvesse seus sentidos, que brincasse com sua mente, que o deixasse desnorteado e maravilhado com outra pessoa.

É evidente que o desejando tanto e há tanto tempo quanto desejava, seu corpo rapidamente entrou em chamas. Por isso, ele intensificou o contato, avançando sobre o corpo maior que o seu e deitou-se por cima dele no chão onde estavam, enquanto seu beijo rapidamente se transformava de algo lento a uma lambeção feroz, com direito a mordidas, suspiros e quadris se esfregando um contra o outro.

Tristan grunhiu e arranhou com força a nuca do moreno, ainda que não pudesse arranhá-lo de fato, com as unhas roídas. Sugava sua boca como se sua vida dependesse daquilo, acompanhando, sem dificuldade, o ritmo frenético.

Gostava disso.

O único motivo de ter começado aquele beijo mais delicadamente era simples: como Kara apontou mais cedo, a febre ômega deixava Tristan um bocado manhoso. Manhoso e carente. Ele queria foder forte, mas também queria carinho... queria se sentir acolhido e confortável, como se fosse uma pequena louça de porcelana.

Interrompendo o beijo e roçando a boca na do ruivinho, Dominic declarou, com a voz rouca:

— Eu quero te acorrentar... — Lambeu o lábio fino. — Te amarrar... — Mordiscou sua boca. — Te amordaçar... — Beijou sua bochecha. — Te espancar... — Apertou os cabelos vermelhos entre os dedos. — Eu quero, literalmente, te sufocar de tesão e te foder inteiro, até você chorar de tanto gozar... — disse, em tom de voz baixo, sussurrado, soando perigoso.

Tristan quase soluçou. Seu corpo estava mole, como se a matéria estivesse se desfazendo. Queria tanto... queria pra caralho! Precisava daquilo como alguém precisava de ar.

Estava perdido.

Não havia realmente uma escolha, Dominic Von der Guth era seu dono e possuidor desde o início.

*Eles se escolheram.*

E por que negaria?

O que quer que rondasse sua mente sobre os *contras* naquele acordo não eram sequer coerentes. Não quando se tinha o alfa dos seus sonhos, dizendo-lhe, na cara dura, o quanto o desejava, como o queria fazer gozar e gemer, até que ele implorasse para parar por não aguentar mais.

Não fazia sentido negar, não fazia sentido recusar.

Então, quase chorando de ansiedade, com o rosto ardendo e a mente totalmente nublada, Tristan anunciou:

— Eu aceito... eu aceito, Dominic — pôs firmeza na voz, mas saiu como um sopro suave. Por isso, respirou fundo, antes de tomar coragem e completar: — Quero que me ensine. Quero ser seu submisso.

E respirando fundo, tentando lembrar-se de todas as coisas que já conhecia sobre as práticas de D/s e de como um submisso deveria portar-se para com o seu Dom, ressaltou:

— *Quero servi-lo como meu único senhor e a mais ninguém* — reforçou, deixando implícito que *seria só dele*. Esperava que ele quisesse ser *só seu* também.

O moreno suspirou, notavelmente satisfeito e aliviado, antes de responder:

— Eu vou te fazer chorar de tesão — declarou, sussurrado.

Não era uma ameaça. Era um fato.

Então, Tristan sentiu sua espinha arrepiar, de cima a baixo.

*Já podia chorar agora?*

— Vamos lá pra cima... Quero te provar inteiro... — o dominador declarou com a voz por um fio, e já foi logo tentando se levantar, puxando o mais alto consigo.

— Não — Tristan retrucou firme, no entanto, travando-o, e recebeu um olhar confuso. — Você está bêbado. Não quero que nossa primeira vez seja assim. Quero que você esteja sóbrio o suficiente para aproveitar e curtir cada segundo, cada detalhe, cada toque... — falou, sôfrego.

Dominic suspirou, um tanto desapontado, mas sabendo que Tristan tinha razão. Ele mesmo também não achava que deveriam fazer aquilo agora. Não com ele um tantinho entorpecido pelo álcool.

— Você está certo — facilmente concordou. — Desculpe, é que... — tentou explicar, mas não encontrava palavras, então mordeu o lábio.

— Eu sei. — Tristan sorriu fofinho, os olhos formando ruguinhas nos cantos. — Esperamos tempo demais, mas não tem problema. Teremos todo o tempo do mundo agora. Vamos com calma. Já esperamos três anos, podemos esperar mais uns dias, talvez. — E soltou a respiração.

— Você está sendo mais maduro que eu ou é impressão minha? — Dominic zombou, meio atrapalhado, em meio a um bocejo. — Por acaso, acordei num universo paralelo ou o quê? — brincou, olhando ao redor.

Tristan deu-lhe um tapa leve no braço, rindo com a implicância do vizinho — agora seu dominador ou coisa parecida. Aquele título soava tão forte, tão cheio de peso, que o ruivo sentia como se algo muito grande estivesse prestes a acontecer, quando ele nem entendia o BDSM tão bem assim, ainda. Tinha começado a pesquisar mais a fundo, mas era muito recente. Estava ansioso para começar a descobrir.

— Você deveria tomar um banho e dormir. Preciso ir pra casa também, hoje preciso lavar roupa. — Fez uma careta.

— Eu posso lavar com você... — o moreno sugeriu, dedilhando, de modo brincalhão, o peitoral inflado do garoto.

Tristan, no entanto, segurou seus dedos e, ao mesmo tempo, acabaram entrelaçando-os, natural e despreocupadamente. E ao se darem conta disso, se fitaram, outra vez, daquele jeito único. Daquele jeito que dizia que não precisavam colocar nada em palavras, pois era cedo demais para aquilo, mas ao mesmo tempo sabendo o que o outro queria dizer.

— Quer passar tanto tempo comigo assim, *coronel*? — zombou, ainda que contrariamente o encarasse com doçura.

Dominic sorriu e, como era absurdamente raro de acontecer, ficou com as bochechas vermelhas, escondendo o rosto com a mão livre — mas ainda encarando a figura de Tristan através da abertura entre os dedos.

— Ah, não sou assim tão grudento normalmente — tentou se justificar, com uma voz reclamona, que era inesperadamente charmosa, e causou em Tristan uma vontade absurda de apertar as bochechas dele, mas refreou-se, pois talvez pudesse levar um tapa.

— Eu sei... Você é tipo o senhor do mistério, todo evasivo e sedutor, como aqueles personagens de novela que acabam arrastando o mocinho para o perigo.

— Só que você já conhece o perigo bem demais, não é? — Dominic riu.

— Só um pouco. — Ele foi preguiçosamente se levantando, ainda sem soltar os dedos de Dominic, que o acompanhou logo após. — Bem... Estou indo agora. Se precisar de alguma coisa, qualquer coisa... me mande uma mensagem, ok?

— Tudo bem. Se precisar de algo, pode me chamar também.

— Durma bem. — E, mesmo sem muita vontade, foi soltando os dedos alheios dos seus.

— Tristan? — chamou, e o garoto o olhou por cima do ombro quando já estava do lado de fora da casa. — *Quero te ver amanhã* — disse de modo imperioso, antes de lentamente fechar a porta.

As entranhas de Tristan se contorceram, deixando uma coisa clara: *pobre dele se não cumprisse aquela ordem.*

# 7

# Escolha-me

Depois de tanta enrolação e três malditos anos desejando seu vizinho alfa em segredo, Tristan finalmente o teria. Ah, era libertadora a sensação de finalmente conseguir algo pelo qual tanto ansiava! Parecia coisa escrita pelo destino. Tristan finalmente poderia ter o corpo alheio para si e, de quebra, ainda aprenderia sobre os fetiches que sempre o haviam excitado. Não poderia ser mais perfeito.

Não era de hoje que havia se interessado pelo BDSM, mas daí a fazer parte da comunidade e pôr seus fetiches em prática, além de começar a levar a coisa toda como um estilo de vida, já era algo sobre o qual ele não pensava muito. Não gostava da ideia de entregar o poder de seu corpo nas mãos de um desconhecido.

Isso o vinha preocupando nos últimos dias. Ele estava ansioso. Apesar de estar, oficialmente, tendo alguma coisa com o aclamado *Alpha Dom*, o moreno lhe havia dito que primeiro precisaria explicar a teoria de tudo o que pudesse a ele, antes que passassem para a efetiva prática da coisa.

Após o aceite da proposta, Tristan vinha tendo aulas com Dominic, nas quais lhe explicava mais sobre as práticas existentes naquele universo e que, agora, ficariam disponíveis para o ruivo desvendar com sua ajuda. O problema era que, durante as pequenas demonstrações práticas, Tristan ficava sedento, escorrendo, de pau duro e com o corpo quente e suado. E não era nada divertido quando Dominic prometia que o recompensaria *depois*, e esse depois nunca chegava. No fim das contas, o ruivo sempre voltava para casa desesperado para se acabar nas próprias mãos, debaixo do chuveiro, fazendo o que sempre fez de melhor: fantasiar com o alfa, em todas as posições vergonhosas possíveis.

Ah, Dominic Von der Guth era um tremendo filho da puta! Sequer fazia questão de esconder o volume em sua própria virilha depois de provocar brutalmente o mais novo com suas *aulas teóricas*. Como se nada estivesse acontecendo, ele permanecia tranquilamente sentado e mantinha uma conversa didática, até que seu membro murchasse por completo. E quando Tristan cobrava a promessa do tal *depois*, a resposta que ouvia era sempre uma: *Eu não disse quando seria o nosso depois*.

Tristan se sentia quase frustrado. Por que Dominic simplesmente não fodia logo com ele? Não precisava apenas ser algo ligado ao BDSM. Poderiam transar sem isso, certo? Poderiam transar *estilo baunilha*? Não fazia ideia do porquê o alfa continuava se esquivando, se lhe afirmou que transava, sim, fora de uma sessão e fora dos fetiches; que transava *baunilha* também. Tinha até tentado transar com ele, quando estava bêbado. Deveria ter aproveitado quando teve a bendita chance.

Nos últimos dias, para piorar toda a sua situação desesperadora, Tristan vinha sentindo sua febre cada vez mais próxima. E diariamente sentia o cheiro almiscarado de Dominic ficando, também, mais forte... especialmente, porque vivia marcado com o cheiro dele. Queria perguntar se Dominic gostaria de passar o período consigo. Afinal, haviam acordado sobre uma relação D/s, mas nada haviam conversado sobre os períodos de febre.

Isso começava a afetar a cabecinha de Tristan um bocado, porque foi a partir daí que ele percebeu não saber se a relação deles se estendia àquele nível ou se permaneceria apenas na zona cinzenta do jogo de dominação e submissão. Queria perguntar, mas na última semana, Dominic não tinha parado em casa, indo a muitas entrevistas de emprego. Apenas o havia encontrado nos momentos em que ia até a casa dele para receber mais uma aula sobre os fetiches, práticas e acessórios. E é claro, Dominic o provocava da pior maneira possível. Era como se estivesse colocando lenha na fogueira.

Tristan havia gostado muito dos acessórios. Deixou claro quais gostaria que o dominador experimentasse nele preferencialmente, como a palmatória, a chibata, o chicote, as mordaças, as coleiras ligadas a algemas, os anéis penianos, os clips de mamilos, entre uma infinidade de acessórios apresentados, mas não chegou a deixar claro quais não usaria de jeito nenhum. Até então, não tinha visto nenhum assustador o suficiente, para que não ousasse, ao menos, *experimentar*.

Dominic havia explicado direitinho como funcionavam os principais acessórios e os derivados deles que se poderia encontrar, o que permitia que o garoto tivesse uma boa ideia para que serviam e qual seria a sensação de cada um, mesmo que se deparasse com eles pela primeira vez. Sobre muitos deles, já tinha boa noção, viu em filmes eróticos e pesquisas na internet. Mas é claro, tinha ciência de que, na prática real, as coisas seriam um tanto diferentes.

Aliás, Von der Guth deixava claro que todo candidato a se aventurar nas práticas deveria pesquisar e estudar com afinco, por si só, antes de se iniciar, fosse ou não com ajuda de outro praticante experiente. Então, Tristan vinha pesquisando sobre tudo com ainda mais curiosidade e empenho. Pesquisas realmente profundas, como fóruns de discussões *online*, vídeos, blogs de praticantes, todo o tipo de material produzido por membros experientes e iniciantes na comunidade BDSM, dando suas opiniões sobre diversos assuntos naquele meio. Quem sabe se aprendesse mais rápido, Dominic não começaria as coisas mais rápido também?

Ele até mesmo se deu conta de que, sobre certas coisas, não havia um consenso entre os praticantes. Tudo variava de acordo com opiniões, experiências e pontos de vista. Concluiu, também, que BDSM não era apenas a prática de *fetiches exóticos* para sair da rotina, mas sim um estilo de vida que visava causar satisfação psicológica e sexual aos relacionamentos e às suas dinâmicas. Era uma forma diferente de relação, buscando a saciedade da alma e dos instintos, especialmente os mais sombrios e questionáveis.

Dominic prometeu que, naquele dia, daria uma última aula, na qual explicaria sobre os principais estilos de relações de dominação e submissão, e que eles deveriam definir qual seria o tipo de relação deles.

Embora não houvessem tocado no assunto das coleiras, Tristan se perguntava se, em algum momento, ele lhe daria uma. Aquilo significaria algo sério, certo? Mas se repreendia ao pensar naquilo, afinal era muito cedo para querer algo mais sério quando nem haviam começado ainda.

Ao perguntar a Dominic se ele já havia dado uma coleira a algum submisso, o ex-tenente-coronel apenas se esquivou do assunto, como sempre fazia. Dominic continuava um pouco evasivo, embora não tanto quanto antes, e o ruivo não gostava nada, mas deixava passar. *Precisava deixar*. Não o queria pressionar. E era por esse mesmo motivo que nunca tomava coragem para perguntar se ele teria um tal *irmão de coleira*. Honestamente, também tinha medo da resposta.

Pelas suas contas, a febre chegaria em dois dias ou menos, por conta das dores no baixo-abdômen. Seus genes misturados apenas o faziam ter que lidar com a pior parte de ser um ômega, mesmo que ele não fosse um. Já até mesmo havia informado, no trabalho, sua provável falta nos próximos dias.

Tristan odiava a postura manhosa e carente que o ia tomando na semana anterior à febre ômega. Ele morria de vergonha do quanto ficava meloso. Seu corpo ficava mole como um boneco de pano, e ele só queria se aconchegar em um abraço quentinho — de preferência que um dos braços, que o rodeasse, pudesse *tocar umazinha* para ele.

O alfa olhou para o relógio digital ao lado da cabeceira da cama. Já estava quase na hora de encontrar Dominic. Passou sua folga inteira pensando nele; Dominic tinha estado o dia todo fora, em busca de um novo emprego. Todo o plano de passar o dia provocando-o e, finalmente, foder com ele, até as pernas ficarem bambas, havia ido por água abaixo.

Tinha evitado transar com o dominador no dia da cozinha, pois ele estava bêbado. Os dois concordaram que seria melhor esperar um dia, mas agora Dominic vinha exagerando em fazê-lo esperar, Tristan já estava ficando impaciente para um senhor caralho. Seria esse mais um jogo do dominador?

Tristan chutou os lençóis de forma mal-humorada, e seguiu para o banheiro, tomando o quarto banho do dia. Quanto mais próximo à febre, mais calor sentia e mais forte seu cheiro ficava. Por isso, tomava muitos banhos para se livrar do calor e do cheiro doce.

Com os fios molhados, foi até a sala, enrolado na toalha, e ligou a TV, com alguma música. Entretanto, antes que pudesse chegar ao seu quarto para se vestir, ouviu a campainha tocar.

Bufou.

Certamente, era Nero ou Adam, mestres em aparecer sem avisar, o que o irritava fortemente, já que era do tipo que apreciava ficar sozinho. Boa parte de sua infância havia sido assim, de qualquer modo. Detestava visitas inconvenientes, e os amigos eram bastante.

Sem checar o olho mágico, apenas abriu a porta. Quando viu a pessoa ali, arregalou os olhos.

Dominic o encarava com uma expressão perdida, que rapidamente foi substituída por um olhar selvagem, quando mordeu o lábio inferior, *secando* com os olhos o corpo forte e molhado enrolado apenas em uma pequena toalha na cintura.

Após o choque inicial, Tristan esperou que ele se pronunciasse, mas Dominic permaneceu encarando seu abdômen exposto, com o desejo estampado na face.

*Ótimo, ele consegue se afastar e não fazer absolutamente nada depois de me alisar inteirinho e me deixar de pau duro, mas me come com os olhos só por eu estar de toalha. Que cara difícil*, foi exatamente o que Tristan concluiu.

— Dominic? — chamou, mas o moreno sequer pareceu ouvir. — Dominic?

— Uh? — o mais velho chiou, atordoado, com um murmúrio, subindo o olhar perdido nos mamilos alheios, diretamente para o rosto bonito de Tristan.

— Você sabe, meus olhos estão aqui em cima, não ali embaixo.

Dominic sorriu, divertido.

— Você é realmente *uma coisa*. Posso entrar?

Tristan sorriu de volta e deu espaço para que ele adentrasse o pequeno apartamento. Quando Dominic passou por ele, o mais novo pôde sentir o cheiro de almíscar ainda mais forte no suor dele. E aí, caramba, ele imediatamente constatou que, definitivamente, Dominic estava *muito perto* da febre. E que tinha mesmo visto a senha do portão do prédio na outra noite.

— Gostei de como você decorou tudo. Da última vez que estive aqui, só havia caixas de mudança espalhadas pela casa. Vejo que trocou a decoração por embalagens de lasanha e latas de refrigerante — zombou da bagunça, rindo.

Dominic usava roupa social, com camisa de botões e gravata bem-amarrada. Com as mãos dentro dos bolsos, observou rapidamente o cômodo e sentou-se no sofá.

Tristan ficou um pouco sem jeito de Dominic ter de ver a zona de guerra que sua moradia parecia, enquanto a dele própria era tão limpa e bonita. Por sorte, não havia nenhuma meia fedida ou cueca suja jogada pelos cantos. Um par de dias antes, Nero havia passado por ali e feito suas costumeiras arrumações.

E ao pensar nisso, lembrou que o amigo havia colocado suas roupas para lavar na máquina, e que sua única função era estendê-las no varal pequeno. Dois dias se passaram, e Tristan sequer havia se lembrado daquilo. Por que era sempre tão disperso?

— Vamos repassar algumas coisas e vou te explicar os tipos de relações. Eu espero você se vestir — Dominic voltou a falar, depois de não obter nenhuma resposta dele.

Tristan o encarou, confuso.

— Achei que nos encontraríamos na sua casa, daqui a alguns minutos.

— Mudança de planos. — Ao perceber que Tristan o encarava ainda mais questionador, o moreno respirou fundo e decidiu explicar melhor. Sabia que o alfa era teimoso, não arredaria o pé dali enquanto não soubesse todos os *porquês* detalhadamente. — Eu... — começou cuidadoso. — Eu vou entrar em período de febre mais cedo do que o previsto, Tristan.

— Senti mesmo o seu cheiro mais forte — respondeu, meio apreensivo. — Com *mais cedo* você quer dizer... *hoje*?

— Não sei, mas em até dois dias, no máximo. E... Bom, quando isso acontece, costumo ficar na casa de uma... pessoa — respondeu um pouco sem jeito.

O semblante de Tristan ficou completamente murcho. Era como se tivesse levado uma bolada bem na cara, em meio a um jogo de queimada. Doeu. Sentiu uma pequena lágrima querendo se formar no canto dos olhos. Seu ego estava ferido por estar sendo claramente trocado. E era isso. Dominic tinha, sim, alguém, e não o escolheria ao invés do outro. A relação dos dois seria apenas ligada ao BDSM.

Tristan se sentiu incomodado como nunca. Era aquele tipo de incômodo que ia apertando o coração como uma agulha grande e terminava por te deixar sem ar suficiente nos pulmões. Ele começou a hiperventilar e quis empurrar Dominic antes de correr para o quarto chorando, como um adolescente bobinho ao tomar seu primeiro fora. Mas era um adulto, então respirou fundo — o que não foi uma boa ideia, já que o cheiro do alfa adentrou mais fortemente suas narinas, deixando seus instintos em desespero, antes de dizer:

— Tudo bem. Não precisamos ter uma aula agora. Você deve ir encontrar *seu parceiro*, então — disse as últimas palavras com desgosto na voz. — Podemos resolver nossas coisas depois, sem problemas.

O que era uma mentira, pois tinha muito problema sim.

É claro, o tom amargo do alfa não passou despercebido a Dominic, que começou a sentir uma ansiedade estranha, estava explícito em seu tom, porque Tristan era transparente como água. Dominic sentiu como se seu peito estivesse... aquecido. Tristan estava com ciúmes? O que aquilo significava?

Dominic estava ali com uma meta: descobrir se Tristan gostaria de passar a febre com ele. Era claro que não queria passar com seu parceiro usual. Estava louco de vontade de passá-la com Tristan. Mas ao invés de simplesmente lhe perguntar, preferiu insinuar que estava indo para casa de outro alfa, e aguardar a reação do ruivo, ainda que não gostasse daquela conduta, pois precisava ver as reações dele, para entender como o rapaz se sentia em relação ao que começaram. Poderia perguntar, claro, mas palavras podiam ser mentirosas; reações não.

— Eu já senti o seu cheiro e sei que você também vai passar por um período agora, não é? — indagou. — Seus olhos têm ficado mais claros nos últimos dias.

Com isso, a mente de Tristan começou a criar mais mil e uma teorias baseadas em seu medo de rejeição latente, tão intrínseco ao âmago que fazia parte de seu ser.

— Sim... eu vou — devolveu, com a voz sem emoção.

Eles ficaram ali, se encarando por um tempo um tanto desconexo. Tristan não conseguia acreditar que o alfa estivesse falando sério. Realmente não passaria a febre com ele? Que mancada, cara! Ele era assim, tão pouco importante, para que Dominic preferisse ficar com *o outro*? Ou pior: *o outro* era tão importante assim para ele? E, tudo bem, o cara era muito bonito, mas Tristan era novidade. Pensou que pudesse ser mais... *instigante* transar com alguém novo do que alguém com quem Dominic transava sempre. A não ser que... Dominic tivesse sentimentos românticos pelo tal parceiro de febre, que possivelmente era seu parceiro de BDSM também. Aí, sim, seria uma tragédia.

Já Dominic estava com um misto de sensações dentro dele. A primeira coisa era uma corrente elétrica na corrente sanguínea, que parecia arrepiar todos os pelos ralos de seu corpo ao fitar aquele garoto. Ele não conhecia alguém tão adorável quanto Tristan Wolfgang. Para Dominic, o ruivo parecia um bebezão, tão gentil e engraçadinho, de olhos arregalados e brilhantes... Era meio sem noção e pentelho, é claro, mas aquela era só mais uma coisa que o deixava fofo.

A segunda sensação era um instinto protetor. Inexplicavelmente, sentia uma vontade incontrolável de protegê-lo de qualquer coisa. Principalmente quando ele o encarava com aqueles olhinhos redondos cor de lilás. Era tão lindo... Especialmente depois que mudou a cor dos cabelos revoltos para aquele tom de vermelho-vivo. Combinava tanto com ele e o deixava ainda mais bonito.

A terceira coisa era descrença. Sabia o que estava se passando na cabecinha de Tristan: que não o desejava tanto assim. E aí, era Dominic quem se perguntava como diabos Tristan poderia pensar que ele iria preferir passar a febre com qualquer outra pessoa, naquele momento, e não com ele, quando já lhe havia dito, com todas as letras, que o queria. Ele havia falado em outra língua ou Tristan era só inseguro demais? E como diabos alguém poderia ser inseguro, sendo tão bonito daquele jeito? Chegava a parecer uma piada.

Era indiscutível o estado extasiado, quente e fogoso ao qual aquele ruivinho o levava. Seu aroma exótico deixava Dominic com uma ereção bem dura no meio das pernas. Sua garganta queimava, como se tivesse sede, e sua região da virilha ardia e formigava. E isso era só o cheiro. Sequer poderia pôr em palavras o que a aparência gloriosa e o tom de violeta, naqueles olhos, causavam à sua libido. Como tudo em sua vida, Dominic se atraía pelo diferente, pelo oculto, pelo *perigoso*.

Dominic se afastou dele, sacudindo a cabeça em negação. Não tinha sido uma boa ideia testá-lo. Isso mexia com o medo de rejeição no coração do garoto — e Dominic sabia muito bem o quão terrível era sentir-se assim. De modo que encerrou imediatamente o joguinho e decidiu por ser sincero, então:

— Sabe, eu gostaria de passar minha febre com você. Não paro de pensar em quanto seria incrível passar a febre com alguém que esteja em período também e, além do mais... eu nunca fodi alguém com a mistura de genes. — Ele deslizou suavemente os dedos pelo pescoço de Tristan, que se mexeu sutilmente, pois era inevitável que seu corpo respondesse ao dele. — Tenho certeza de que seria... *indescritível* — declarou, ficando sem jeito. Não era de seu feitio sentir-se envergonhado, mas, no momento, era aquilo que acontecia, e sabia bem que o motivo era Tristan. — Imagino que, infelizmente, você já tenha uma pessoa pra isso... — jogou no ar, sondando o terreno.

Tristan se sentiu confuso. Uma pitada de euforia também começou a se alastrar em seu peito. Ele estava mesmo dizendo aquilo? Dominic queria ajudá-lo em sua febre e queria que o ajudasse com a dele? Aquilo era um sonho?

Abobado, ele se beliscou no braço, discretamente. É, estava bem acordado, percebeu, fazendo uma careta de dor.

— Na verdade não, não tenho ninguém — revelou, enfim.

— Como assim? Está dizendo que passa seus períodos sozinho? Dopado? — Dominic o encarou com uma expressão estranha.

— Oh, não é isso, eu... tenho um amigo beta que me ajudava nos cios. Aquele *switcher* que me levou na The Cave.

— O *Rope switcher*... — Dominic assentiu.

— É, o Neno. Quero dizer, ele se chama Ethan Nero, mas o apelidei de Neno.

— Ele, Roxy e aquele *brat* estão em um relacionamento a três, agora. Eles estão namorando realmente, é algo amoroso, não fica restrito apenas à relação D/s. É por isso que você vai passar sozinho? Ele não vai mais te ajudar?

— Isso — confirmou. — Eu não confio em deixar outra pessoa me ajudar nesse período, eu... Bom, não posso confiar que alguém não vá sair correndo enojado, ao descobrir a aberração que sou.

— Wolfgang! — Dominic interrompeu, com a voz desacreditada. — Jamais volte a repetir algo dessa natureza sobre si mesmo. É uma ordem do seu dominador. Fui claro?

Pego de surpresa, o mais alto se encolheu.

— É sério. Não se atreva a desobedecer a uma ordem direta do seu Dom, uh? Não seja um *bratzinho*...

Aquela palavra fez Tristan arregalar os olhos.

— Ah, não, você também? — resmungou, e ao notar o olhar indagativo de Dominic, explicou: — Neno ficava me dizendo isso, que se eu fizesse parte da comunidade BDSM, provavelmente, seria um submisso malcriado. Isso é ruim, não é?

— Para a maioria dos dominantes, ser *brat* é um problema, sim — foi direto. — Os *brat*s não são obedientes com seus dominadores, e isso costuma causar desgosto na maioria, uma vez que procuramos alguém que faça as coisas do nosso modo, que nos deixe liderar porque confia em nós. Os *brat*s não são vistos com bons olhos pela maior parte da comunidade BDSM.

— Isso é um problema pra você também? — Tristan questionou.

— Geralmente, sim. Realmente, detesto ser desobedecido. Eu gosto do controle. Obviamente.

— Oh... — foi tudo o que o ruivo respondeu, sentindo o maldito coração apertar. Aquela porcaria de músculo servia para algo além de bombear sangue, e esta coisa era deixá-lo aflito.

E por que vinha se sentindo daquele jeito o tempo todo por causa de Dominic? Não era segredo que possuía uma inegável atração pelo alfa, já fazia muito tempo. E sim, às vezes o enxergava de forma um pouco... ciumenta e sentimental demais. Mas ficar se sentindo daquele jeito era o cúmulo do absurdo, e Tristan sabia disso. Mas não podia realmente controlar os próprios sentimentos, apenas suas atitudes. E às vezes, nem elas.

— Meu bem, não se preocupe — disse Dominic. — Já tinha reparado nessa sua característica ao longo dos anos. Gosto disso em você. Não acho que teremos problemas. Afinal, nós já conversamos sobre os castigos — disse, com a voz maldosa e um pequeno curvar na lateral dos lábios grossos.

Sim, já haviam falado sobre eles. Tristan tinha ciência de que, ao desobedecer a seu dominador, seria castigado, física ou psicologicamente, mas que não necessariamente os castigos seriam ruins. Seriam incômodos, fosse física ou mentalmente, e serviriam para discipliná-lo, de modo que ele não voltasse a cometer os mesmos erros.

Existiria, entretanto, certo prazer na coisa. Às vezes, pelo próprio prazer advindo da dor, caso ele fosse masoquista — o que Tristan estava certo de ser. Outras, apenas pela satisfação de estar naquela relação em si, e se queria ser um submisso e aproveitar todo o prazer que a relação poderia oferecer-lhe, deveria aprender a portar-se corretamente. Logo, mesmo dolorosos, os castigos seriam para um bem maior, por assim dizer.

Ao mesmo tempo, Tristan ficou todo frouxo com a declaração de Dominic. Aquela não era exatamente uma declaração de amor nem nada, mas já era alguma coisa. Não que ele esperasse ou quisesse declarações românticas, ele negava isso em sua própria mente, a todo custo.

— Você e esse beta... — Dominic se pronunciou de novo. — Vocês tinham... uma relação amorosa? — perguntou em tom falsamente neutro, encoberto.

— Ah, claro que não. Neno é meu amigo. Meu melhor amigo. Se eu pudesse, não faria esse tipo de coisa com ele — respondeu. — Mas é o único em quem confio para isso. E não é como se fosse um esforço, porque, você sabe... Nero é bem bonito.

Dominic, aí, não conseguiu esconder a ansiedade e foi se aproximando novamente, a passos lentos e calculados, até ficarem com os rostos tão próximos que sequer respiravam. O cheiro de Tristan estava forte e deixando-o louco. Já estava ficando impaciente e irritadiço com aquilo, porque Tristan não parecia se tocar de quais eram as reais intenções dele ali. Então, disse, com a voz extremamente rouca:

*— E em mim? Você não confiaria em mim para saciá-lo?* — perguntou, roçando propositalmente os lábios cheios na boca fina.

Tristan sentiu as pernas bambearem. Era aquele tipo de sensação que Dominic Von der Guth sempre causava. Mesmo sendo alguns centímetros mais baixo, o ex-tenente-coronel parecia imponente e misterioso para ele, e o deixava fraco, desde que o conheceu. O moreno era claramente intimidante. E dos últimos tempos para lá, desde que haviam se beijado na cozinha, a influência dele sobre si era ainda maior. Tristan se sentia pequeno, mas não de um jeito ruim. Pequeno do tipo: *Me abrace, cuide de mim, me dê carinho e depois me foda gostoso. Você pode fazer o que quiser comigo... tudinho* — essas palavras soavam em sua mente a todo instante que olhava para o moreno.

— E-eu... — tentou responder, mas ficou sem palavras.

Viu Dominic alternar o olhar incisivo entre sua boca e seus olhos, e aproximar-se, em câmera lenta, até morder seu lábio inferior, puxando a carne entre os dentes, antes de sugá-la, numa provocação. Tristan arrepiou até o último fio de cabelo e seu baixo-abdômen formigou.

Como peças de um quebra-cabeça, as bocas se juntaram, num beijo quente e afoito, com fogo e desejo. O ato era inegavelmente selvagem, com Dominic arrebatando-o, puxando sua cintura com as duas mãos, enquanto Tristan puxava a nuca do moreno em sua direção.

Dominic foi empurrando o ruivo para trás, até que sua cintura batesse no balcão que dividia a sala da cozinha. Em um segundo, o pegou no colo e o sentou sobre a superfície de madeira, ficando entre suas pernas. Logo, a boca foi em direção ao pescoço marcado de outras ocasiões, sugando com força a pele ainda úmida pelo banho recém-tomado.

A toalha na cintura de Tristan já estava frouxa, e ele muito ciente de que era apenas o tecido felpudo que separava seus corpos quentes.

De súbito, Dominic pausou o beijo e, com as respirações ofegantes, se olharam, bagunçados.

— Ainda não me respondeu, *alfa*... — o dominador sussurrou, dando ênfase ao modo como o chamou. — Você não me quer como parceiro de febre, uh?

— E-eu... — Tristan estava inebriado, não só por sua excitação, mas também pelo cheiro cada vez mais forte dele, que parecia rasgar seu nariz de um jeito delicioso. — *Se você quiser, eu quero* — respondeu, em voz baixa.

— Não é o bastante — rebateu, mas em tom manso. — Você precisa querer. Querer de verdade.

Tristan sugou o ar, antes de responder:

— Eu quero, Dominic. Eu quero você. Merda, passe sua febre comigo! Eu quero você demais — confessou, com a voz levemente manhosa, porém decidido, movendo os orbes cor de violeta pelo rosto do outro.

O alfa sorriu satisfeito e, completamente aliviado, declarou:

— *Eu vou te foder com força.*

Essas foram suas últimas palavras antes de arrancar a toalha para fora do corpo musculoso.

# 8

# Fogo Encontra Gasolina

Quando Tristan acordou, sua cabeça doía. Doía como se estivesse no meio de uma cirurgia cerebral. Além de tudo, ela pesava. Era como se houvessem trocado sua massa encefálica por uma bola de ferro. Virou-se de lado na cama, segurando a cabeça. A fronha de seu travesseiro tinha o cheiro de Dominic. Aquele cheiro fraquinho de xampu, mesclado ao cheiro de almíscar. Dominic tinha estado ali.

Tentou se levantar, mas sentiu uma pontada no baixo-abdômen, que o fez assobiar de dor. Merda de febre. Sem alternativas, deitou-se com cuidado na cama, outra vez.

Onde estava Dominic? Até onde se lembrava, o alfa havia dormido com ele, na mesma cama. Será que tinha desistido de estar com ele no cio? Algum imprevisto ocorreu? Porque era isso que sempre acontecia quando eles estavam *quase lá*. Algo os impedia. Geralmente, esse algo era o próprio Dominic. Como no dia anterior, por exemplo:

*Dominic chupava a pele do pescoço do ruivo, como se sua vida dependesse daquilo. Tristan gemia e sugava o ar entre os dentes, desesperado. Dominic estava prestes a levá-lo à loucura de tanto tesão. Tristan sequer aguentava mais. Não seria capaz de aguentar nem se quisesse. Com a febre tão próxima, seus hormônios estavam uma grande bagunça e qualquer toque o excitava mais que o normal.*

*Já Dominic não estava em situação diferente. Normalmente costumava ficar excitado com uma simples encarada no brat, quem diria agora que estava a apenas algumas horas do início de sua própria febre. Isso e o fato do cheiro da pele de Tristan ser insanamente convidativo. Os feromônios do garoto o faziam enlouquecer, convidando-o a possuí-lo, tomá-lo para si.*

*Os gemidinhos baixos, que o ruivo dava, iam, cada vez mais, fazendo-o entrar num estado de completa combustão, como fogo quando encontra gasolina. A boca de Dominic salivava e o pau também, começando a deixar sua cueca molhada.*

*Não queria esperar mais nada, queria foder Tristan ali mesmo, na bancada da cozinha. Que alfinha gostoso do caralho! Nenhum outro, com quem havia fodido, o tinha deixado com uma vontade tão selvagem e um desejo tão absurdo.*

*Já Tristan, sentindo-o abraçar seu corpo com tanto aperto, queria chorar de tesão. Dominic lhe causava aquela coisa louca, mesmo em tempos normais. Ah, o ruivo estava absolutamente sedento. Sua boca estava aberta num perfeito O, com a cabeça jogada para trás e os olhos fechados, enquanto sons necessitados saíam de sua garganta.*

*Só que, como num filme de suspense, algo tinha que acontecer.*

*O maldito celular do moreno começou a tocar estridente, assustando-os.*

*Dominic abandonou a sucção no pescoço de Tristan e olhou para o bolso da própria calça, que brilhava com a luz do aparelho.*

*— Não é importante — falou sussurrado e então avançou para os lábios do alfa, beijando-o afoito e saudoso.*

*Só que o telefone tocou e parou de tocar, pelo menos três vezes. Na quarta, Tristan empurrou-o sutilmente para trás, e separou os lábios, bufando impaciente.*

*— Atende logo. Pode ser importante.*

*— Não quero — Dominic rebateu, com a voz levemente manhosa, como de uma criança ao dizer que não quer tomar banho. E aí voltou a deslizar a língua no pescoço alheio, abraçando o corpo maior com mais força.*

*Tristan quase fechou os olhos, entregando-se ao prazer, mas o toque do celular o irritava profundamente, tirava sua concentração. Além do mais, não queria que o outro perdesse algo importante por sua causa, se sentiria culpado depois.*

*— Dominic, atenda. Pode ser sobre trabalho. Alguma resposta às entrevistas de emprego — palpitou.*

*Só aí, o mais velho, a contragosto e parecendo lembrar-se daquele detalhe apenas naquele momento, bufou e enfiou a mão no bolso da calça, afastando-se muito levemente; olhou a tela brilhosa do aparelho e fez uma pequena careta, antes de atender.*

*Tristan pulou do balcão e foi em direção ao quarto, para dar-lhe mais privacidade. Não queria que pensasse que ele era bisbilhoteiro ou que não respeitava o espaço alheio — embora ele fosse um fofoqueiro do caralho, sim. Só que no meio do caminho, pôde ouvir a voz de Dominic, e sua curiosidade naturalmente acabou falando mais alto:*

*— Alô...? — ele atendeu, com a voz um pouco falhada. — Sim... Ah, sobre isso... Acho que vou ficar por aqui mesmo... É, eu estou com ele. Tristan vai entrar em período de febre ao mesmo tempo que eu. Decidimos passar juntos. Sim, ia te avisar, mas nós estávamos meio... err... você sabe... Não vai ficar chateado, né? Eu sei, você sempre me entende. Uhum... Não estou te trocando, dramático — disse com a voz engraçada, soltando uma risada escandalosa que era, na verdade, de nervoso. — Eu sei, quando a semana da febre passar, vou te visitar, ok? Se cuida! — Então, desligou a chamada.*

*Foi aí que Tristan sentiu toda a sua ereção brochar imediatamente. Porque era óbvio que Dominic estava falando com aquele alfa. Era o tal Calebe, se lembrava claramente de Dominic tê-lo chamado assim, quando o encontrou bêbado na calçada. O mesmo das cervejas. O único que já tinha visto entrar na casa de Dominic. E eles pareciam tão... próximos. Tristan estava certo desde o começo. O tal era, também, o submisso fixo do Alpha Dom. Eles não eram só parceiros no BDSM, como eram parceiros de febre. Claramente, a relação deles era pessoal demais, embora aberta, ainda que o ruivo não tivesse como saber se era romântica ou não... apenas aberta. Mas agora eles estavam juntos, e Dominic ainda não havia dado indícios de que ficaria apenas com um deles dois. Ele acabara de dizer que não trocaria Calebe, afinal.*

*Talvez Calebe fosse para Dominic, como Nero era para si: um auxílio. Sabia que não era certo se enciumar com aquilo, mas o rapaz tinha um quê bem forte de possessividade em si. Então, respirou fundo e bufou, sentindo sua excitação evaporar e suas orelhas ficarem esticadas e vermelhas. Mesmo sabendo que não era direito seu ficar chateado com aquilo, não podia se impedir de sentir tal coisa. Ele claramente não voltaria a se excitar, ainda que o dominador o devorasse, porque, veja bem, a coisa de saber que Dominic saía com outra pessoa o incomodava pra cacete. Tristan não era do tipo que achava maneiro dividir nada. Especialmente dividir alguém com um alfa perfeito que julgava ser muito superior a ele.*

*Portanto, tendo tudo isso em mente, ainda tão fresco, nada o faria ficar duro de novo, nem mesmo as carícias maravilhosas de Dominic. Pensar que ele era mais como um ômega fajuto o sufocava, porque ele não queria ser ômega nem pela metade e nem por inteiro. Ele conhecia pessoas transgênero também e sabia que não era o caso dele; ele era alfa e se sentia confortável sendo um. Não se sentia um ômega por dentro e nem por fora.*

*Desgostoso, entrou em seu quarto e vestiu uma roupa. Quando estava prestes a sair, o moreno apareceu, encarando-o confuso.*

*— Por que se vestiu? — perguntou, escorado no portal.*

*— Ah, é que... acabou o clima — Tristan ficou sem jeito.*

*Dominic caminhou para perto dele, puxando-o com a mão espalmada na bunda durinha, trazendo-o para si, até os peitos se chocarem. Tristan era mais alto, de ombros mais largos, e aquilo excitava Dominic muito mais. Dominar um homem de porte maior era instigante. Isso era o que mais o atraía nos alfas, o fato de a maior parte daquele gênero ter um corpo maior e mais largo, mais forte, mais musculoso.*

*— Eu posso dar um jeito nisso, você sabe... — declarou, com a voz rouca, aproximando os lábios.*

*Mas Tristan o empurrou levemente, ainda muito sem jeito.*

*— Hum... Realmente não estou mais no clima agora... Não vai ficar chateado comigo, né?*

*O moreno piscou algumas vezes e, então, se afastou, com a expressão tranquila.*

*— Claro que não. Tá tudo bem. — E então, deu um rápido selo nos lábios finos do ruivinho. — Você já comeu?*

*— Ainda não... ia comer depois do banho, mas aí você chegou.*

*— Vou cozinhar algo pra você.*

*— Não, não precisa se dar ao trabalho, eu...*

*— Sou seu dominador agora, é meu dever cuidar de você. É uma troca. Você me dá o poder e faz de tudo pra me agradar, e eu cuido de você, em contrapartida — disse, sorrindo, com as mãos enfiadas no bolso da calça social, de modo despreocupado, totalmente alheio ao incômodo de Tristan.*

*— Tudo bem, então — o garoto respondeu, vencido, e sorriu.*

*E aquele sorriso... Ah, que sorriso mais lindo. Era um sorrisinho torto, de lado, meio sem jeito. Dominic queria mordê-lo. Toda vez que via aquele maldito sorriso, ficava encantado, desde o dia em que viu o garoto se mudando para aquele prédio e o ajudou a subir com as caixas pesadas para o apartamento.*

*Naquele dia, quando o novo vizinho sorriu para ele, Dominic se permitiu ser arrebatado. Só conseguia pensar no quanto aquele alfa era lindo e fofinho, a despeito do físico sexy, forte e selvagem. Foi logo dali que a ideia de que Tristan jamais poderia ser do tipo fetichista havia se instalado.*

*— Você gosta de macarrão com molho de qualquer coisa? — perguntou, fazendo um carinho despretensioso na cabeça do mais novo, que tinha se sentado na cama.*

*— Gosto muito — o quase submisso respondeu, não conseguindo evitar o sorriso bobo, ao sentir aquele carinho vindo abertamente de Dominic, pela primeira vez.*

*— Fique aí. Vá escolhendo alguma coisa pra gente assistir. Eu gosto de filmes de ação. Ou de super-heróis. Escolha algum — falou, ainda fazendo carinho nos cabelos tingidos.*

*— Prefiro super-heróis — disse, animado.*

*— Você é muito fofo — foi só o que lhe respondeu, antes de sair do quarto e deixá-lo sozinho no cômodo.*

*Enquanto assistiam ao primeiro filme, os dois se alimentaram bem. E, quando começaram a assistir ao segundo, deitados na cama, Tristan começou a sentir uma dor de cabeça forte.*

*Acabou vomitando toda a refeição no banheiro.*

*Suando frio, bebeu um pouco da água que Dominic ofereceu, e deitou-se na cama, embrulhado pelo companheiro em um pesado edredom.*

*O moreno tinha desligado a TV e todas as luzes do quarto, deitado ao seu lado e feito carinho em sua cabeça até que dormisse.*

Agora, acordando sozinho, o ruivo não conseguia parar de pensar que talvez o outro tivesse mudado de ideia e o deixado ali, para ir atrás do alfa com quem passava seus períodos.

Rosnou de raiva de si mesmo. Por que diabos tinha que sentir aquele tipo de coisa sempre? Nunca confiava em ninguém, esperava constantemente pelo pior. É claro, tendo um passado como o seu, era esperado que tivesse se tornado aquele tipo de pessoa desconfiada, que sempre pensava que seria abandonada, sempre insuficiente para alguém, sempre passada para trás.

Ouviu a porta da sala bater e se retesou, até notar Dominic abrir a porta do quarto com uma mochila nas mãos.

— Acordou? — ele indagou, apertando os olhos em sua direção.

— Sim... Pensei que você tivesse ido embora — declarou, sentindo-se envergonhado.

Sabia que, no escuro, Dominic ainda podia enxergá-lo bem, pois alfas, assim como eles, possuíam uma camada ocular espelhada, que refletia a luz de volta ao olho, tornando a visão noturna muito mais nítida do que em betas, ômegas e, também, nos antigos humanos.

— Só fui em casa buscar algumas coisas, meus produtos de higiene, cuecas, esse tipo de coisa... Preciso cuidar de você até a febre chegar.

Tristan sentiu seu peito aquecer.

— Isso é muito atencioso — declarou encantado. — Mas... você também vai entrar na febre...

— Sim, mas eu aguento. Você é a prioridade agora — respondeu, com firmeza. — Ainda sente dor?

— Sim, minha cabeça dói muito — confessou, fazendo uma careta, ao que Dominic acendeu a luz do abajur, tendo o cuidado de não acender a do teto, para não incomodar seus olhos doloridos.

Dominic se aproximou do garoto e pôs a mão em sua testa, sentindo-o muito quente. Suspirou.

— Está muito próximo agora. A febre está alta. Eu lhe darei um antitérmico e mais outro comprimido para dor, ok? Trouxe alguns mais fortes do que os remédios que você tinha aqui — falou, pegando uma pequena *necessaire* dentro da mochila.

Entregou os comprimidos a Tristan e foi até a cozinha, voltando com uma garrafa de água, que deixou sobre a mesinha de cabeceira. Depois que ele tomou os comprimidos, Dominic afastou as cobertas pesadas e puxou-o delicadamente para que se levantasse.

— Venha, você precisa de um banho gelado pra ajudar a diminuir a temperatura do corpo.

— Me leva no colo? — Tristan pediu manhoso, fazendo um biquinho fofo com os lábios e uma carinha de coitado, que fez o coração de Von der Guth palpitar, soltando um risinho.

— Você sabe que é bem maior que eu.

As bochechas de Tristan arderam e ele acabou usando o único mecanismo prático que poderia para escapulir:

— Está dizendo que não aguenta me carregar? — rebateu, zombeteiro, para contornar a vergonha que foi ter falado de um jeito tão manhoso daqueles.

Dominic rosnou, levemente irritado.

— Fique quieto e se levante logo, alfa. Não me provoque, senão te deixo sozinho e só volto quando a febre realmente começar — ameaçou, mas não falava realmente sério.

Rapidamente, Tristan se levantou, às gargalhadas. Era tão divertido provocar Dominic, vê-lo fechando a cara e fazendo um biquinho irritadiço.

Devaneando, o ruivo teve plena ciência de que era por conta dessas suas atitudes propositais de embate que tanto Nero quanto Dominic consideravam-no um *brat*.

Ele seria capaz de mudar isso? Ele queria mudar isso? Porque a resposta para a primeira pergunta era *talvez*; já para a segunda, era um grande e agudo *não*.

Ambos seguiram para o banheiro, onde Dominic delicadamente retirou suas roupas e as dele, entrando junto debaixo do chuveiro de água fria. E enquanto o moreno o despia, Tristan se sentia como uma obra de arte apreciada no museu mais famoso do mundo, porque o jeito que o ex-tenente-coronel devorava com os olhos cada centímetro de sua pele nua era... de arrepiar.

Por sua vez, quando ele observava, sem nem mesmo piscar, a cada peça de roupa que deixava o corpo compacto do moreno, seu coração pulsava — e seu sexo também, porque Dominic era todinho lindo, da cabeça aos pés.

— Dominic — chamou, enquanto sentia as mãos dele deslizarem com sabonete por seus ombros largos. — Você não quer me explicar a coisa dos tipos de relações? Talvez eu deva saber, já que vamos entrar na febre agora e...

— Nós não vamos praticar os fetiches durante a febre — declarou, massageando os fios coloridos embaixo da água.

— Não? — indagou, confuso, com os olhinhos fechados, o cenho se franzindo e deixando sua expressão adorável. — Por que não?

— Porque, na febre, nenhum de nós fica *são*. E nós dois estaremos nela. Você lembra que as práticas devem ser sãs, certo?

— Ah, sim. Faz sentido.

— Além do mais — continuou —, a sua primeira sessão como submisso deverá ser feita com mais cautela. Eu não irei te amarrar ou amordaçar. Não é cabível fazer qualquer coisa que imobilize o sub ou o impeça de falar a *safeword* na primeira sessão. Essa primeira é tipo um teste, para você saber se gosta mesmo. Eu também não causarei nenhum tipo de dor muito forte.

— Então, qual a graça? Eu quero tapas, Dominic... — resmungou, arrancando uma risada do outro.

— Hum... posso abrir uma exceção pra você, mas nada que ultrapasse a força leve, ok? — declarou em tom ameno. — Futuramente, nós podemos aumentar, mas não na primeira sessão.

— Eu não sabia disso — murmurou, decepcionado. — Achei que... Eu não sei, seria como as coisas que vi nos filmes e lá na The Cave.

— Não é recomendável. Nós temos algumas regras para a primeira sessão de um sub, visando o bem-estar dele. Por exemplo, nós deveríamos chamar pessoas de confiança, como Nero e Roxy, para que fiquem no local, enquanto realizamos a sessão. É de praxe. Serve para evitar que alguns ditos dominadores não acabem passando dos limites e o sub fique sem ter a quem pedir ajuda. Existem alguns sádicos que ultrapassam os limites saudáveis, compreende?

— Mas eu confio em você pra isso, Dominic. Nós já nos conhecemos há alguns anos — Tristan respondeu bobamente.

— É diferente. Estar em uma sessão de BDSM é entrar nos personagens de dominador e submisso, sádico e masoquista.

— E se eu discordar?

— Discordar do quê? — devolveu intrigado.

— Se eu discordar que eles estejam presentes... — provocou, virando-se para encará-lo nos olhos de um jeito intenso que queimava. — Se eu disser que não quero mais ninguém por perto, além de você.

— Quer tanto assim estar sozinho comigo? — Dominic retrucou, largando o sabonete para trazer o corpo forte e nu para perto do seu, que queimava em um calor febril.

Tristan lambeu os lábios e, sem vergonha, forçou o quadril contra o de Dominic, sentindo os membros semidespertos roçarem um no outro, o que trouxe um arrepio gostoso nos dois, que já quase não tinham mais forças para se segurar, em especial Tristan, que nunca teve muito controle de nada.

— Não está sentindo como eu quero? — sussurrou e apertou-o nos ombros, decidido a provocá-lo, com a boca rente à dele.

— Não brinque com fogo, Tristan... — o outro rebateu, enchendo as palmas com a bunda pequena.

Tristan se esfregou mais ainda nele, deliciado em ser tão rudemente apertado, e aproximou a boca do ouvido de Dominic, para dizer:

— Quero saber que não vai ter ninguém pra te impedir de *me quebrar inteiro* se eu não me comportar. Então, sim, quero que sejamos só você e eu, *coronel.*

Dominic, dessa vez, não conseguiu conter o suspiro quente que escapuliu pela boca entreaberta. Sua respiração estava pesada e seu pau começava a pulsar dolorido. Ou ele saia dali em meio minuto ou começaria a foder o garoto agora, sem ainda terem se preparado para o exaustivo período de febre.

Sabendo que precisava ser o responsável ali, Dominic soltou o ar preso e deu um passo para trás, tirando as mãos de Tristan, que não conseguiu evitar a expressão cabisbaixa.

— Ah, Tristan... Essa é uma questão do *São, Seguro e Consensual* da qual prefiro não abrir mão, por mais tentador que seja — determinou. — Quero que você se sinta seguro, para eu me sentir seguro também.

Tristan apenas assentiu com um movimento de cabeça, um tanto amuado, porque sempre ficava assim quando não tinha suas vontades atendidas.

— Isso nos leva à coisa dos tipos de relação que eu queria te explicar. Vamos sair do chuveiro e sentar lá na sala pra comer alguma coisa. Preciso tomar um comprimido também, porque estou sentindo minha febre chegar. Seu mal-estar já está passando?

— Sim, está... Tô começando a sentir só... *tesão.* — Ele sorriu daquele jeitinho torto característico.

Dominic desligou o chuveiro e puxou as toalhas para secarem os corpos e saírem do box.

Já secos e vestidos, sentaram-se ao balcão da cozinha, um de frente para o outro, com pratos de cereais mergulhados em leite.

Enquanto tomava os analgésicos e antitérmicos, o moreno viu Tristan colocar cinco colheres cheias de açúcar na tigela e arregalou os olhos.

— Você come tudo isso de açúcar? Eca! — exclamou, sentindo um pequeno calafrio de nervoso.

— Gosto bem doce. Você não?

— Não. Detesto coisas doces demais — devolveu, sem pensar.

O ruivo se remexeu incomodado na cadeira. Ele tinha cheiro doce. Um cheiro doce que odiava. Dominic odiava seu cheiro ômega também?

Antes que pudesse esboçar uma reação, Dominic notou e foi rápido em se desculpar:

— Eu não quis dizer nesse sentido, Tristan. Não gosto de comer coisas doces, mas seu cheiro me encanta — disse, deixando a voz mais suave, cantarolada. — São coisas diferentes.

Tristan deu um sorriso fraco, porque seu *eu* inseguro não conseguia acreditar naquilo. Sua expressão vacilou, e Dominic notou na hora.

— Ei... — Segurou a mão grande e delicada do ruivinho entre as suas palmas. — Não estou dizendo isso para te fazer bem. Estou dizendo porque é a verdade. E, caso, nessa sua cabecinha teimosa de *brat*, esteja desobedecendo às ordens do seu dominador, de não falar ou pensar que é uma *aberração*, então, bem... — Ele se esticou na bancada e aproximou os lábios do ouvido do mais novo: — Então, saiba que você é, agora, minha coisinha favorita — terminou, dando uma piscadinha, e ambos gargalharam, num clima totalmente descontraído.

Tristan sorriu torto de novo, a expressão totalmente convencida e surpresa. Aquele foi um elogio engraçado, meio esquisito, mas muito, muito fofo. O que era aquilo? Borboletas em seu estômago? Precisava matá-las o mais rápido possível, do contrário estaria muito encrencado em poucos meses.

— Não me torne um alfa convencido... — murmurou, sacudindo a cabeça, com um risinho de lado. Suas bochechas estavam quentes e rubras.

— Você sabe que é lindo pra cacete, Tristan, corta essa — devolveu, descrente da afirmação mentirosa do outro.

— Ah, só um pouco. — Fez um sinal de *pouquinho,* unindo a ponta dos dedos indicador e polegar. — Acho que a maioria dos alfas realmente tende a ser um pouco mais cheio de si. Acho que isso é porque nós somos mais fortes fisicamente, mais altos, mais robustos. Apesar de você ser um alfa pequenino — falou tranquilamente, mas não de um jeito inocente.

— Eu vou virar essa tigela na sua cabeça, pivete — Dominic respondeu, grunhindo. Detestava que mencionassem sua altura. Alfas geralmente eram maiores que os demais, realmente, mas alguns poucos tinham tamanhos entre um metro e setenta e um metro e oitenta, considerados alfas mais compactos, de baixo porte, porque a maioria estava sempre acima disso.

— Ah, isso te irrita, eu sei — Tristan rebateu, em tom zombeteiro. — Mas você fica tão fofinho irritado...

Dominic bufou e revirou os olhos; depois, sorriu maldoso, antes de retrucar:

— Não há dúvidas de que você vai se revelar um *brat* — comentou provocador, lambendo a colher. — Não um *bratzinho*, mas um *superbrat* mesmo. Sabe, um submisso malcriado adora desafiar e, falando de forma crua, um *brat* enxerga o jogo entre ele e o Dom como um embate imaginário, que ele pensa que pode ganhar e que se ganhar, vai mostrar ao dominador que ele, sim, está em posição superior. O *brat* é a pessoa que sente prazer em se submeter, mas sem admitir que se submete. Ele pensa que pode e deve vencer o *senhor* dele, mas quando estão frente a frente, o *brat* se deixa ser domado, pois a sua natureza quer se entregar inteira, deixar-se domar.

Tristan apertou os olhos, com aquela indireta bem direta. Não duvidava que gozaria como nunca e ainda acabaria obedecendo a Dominic, como um cachorrinho adestrado.

— Um domador é o mesmo que um dominador? — perguntou, então, interessado.

— Não. Os dois estão na mesma posição, mas funcionam de modos diferentes. Um dominador detesta ser desobedecido, só se sente satisfeito quando um sub acata suas ordens, sem questionar, sabendo que se entregou o poder nas mãos dele, ele é quem saberá tomar as melhores decisões — explicou, levantando-se para ligar o ventilador de teto antes de voltar a se sentar. Os comprimidos estavam impedindo o mal-estar, mas a febre estava vindo, de qualquer modo. — Já o domador é aquele dominante que entra numa relação com um *brat*. Um domador não se importa muito que o *brat* lhe desobedeça, porque vê aquilo como um desafio. Ele sabe que, para que o *brat* obedeça, terá que conquistá-lo, terá que provar que é bom o suficiente pra tal. Isso acaba sendo instigante para o joguinho de poder dos dois.

— E você já lidou com outros *brats* antes? — sorrateiramente investigou.

— Nunca verdadeiramente, eu os dispensava na primeira demonstração de desobediência, para não ter que lidar com o estresse... Você é o primeiro que não quero dispensar, pelo contrário: estou ansioso para vê-lo em ação — respondeu, observando a expressão surpresa de Tristan vacilar. — Sempre detestei que minhas ordens fossem questionadas, tanto no trabalho quanto no BDSM. Mas lembro que, no quartel, às vezes, sentia prazer em disciplinar alguns soldados desobedientes e rebeldes. Era como se estivesse esfregando na cara deles que eu sempre tinha razão. Era divertido vê-los abaixarem os olhos e se submeterem às minhas ordens, com o olharzinho perdido e arrependido — admitiu, rindo. — Eu não sei por que, mas a submissão completa não combina com você, seria como tirar todo o seu brilho.

— Tomara que você tenha sorte comigo. Posso ser um pouco teimoso... — disse, arrancando uma risada de Dominic.

— Por falar nisso, vamos relembrar que, durante as sessões, quero que me chame de *senhor*. No dia a dia, me chame de Dominic ou como preferir — esclareceu, comendo seu cereal não muito adocicado. — Também gosto muito de *Dom* — confessou. — Fique à vontade pra me chamar assim mais vezes, quando quiser.

Ele sorriu tão galante que Tristan se viu sem fôlego.

— Agora, vamos falar sobre os tipos de relações de D/s — começou, empurrando sua tigela para o lado. — Existem diferentes trocas de poder; essa troca de poder pode ser mental, sexual e romântica. E dentro dessa troca, elas podem ainda ser uma troca total ou uma troca parcial de poder. Ou seja, você pode dar todo o poder sobre seu corpo e/ou sua vida para seu dominador, ou pode lhe dar apenas parcialmente. Você pode entregar este poder apenas na parte sexual, na relação interpessoal, ou ambos. Os estudiosos apontam para três tipos de submissão: a primeira se chama *submissão erótica*. É um tipo de relação apenas sexual, sem nenhum envolvimento emocional entre os praticantes. Pode haver, ou não, uma troca de parceiros, o submisso pode transar com outros dominadores, e vice-versa. Pode ser algo esporádico ou eles podem ter uma relação D/s fixa, mas ainda sem nenhum tipo de envolvimento emocional. Nesse caso, a relação é apenas um jogo, em que o sub está sempre disponível para aquele mesmo Dom. Aqui, claramente, a troca de poder é sexual e mental, não romântica. E, claramente, é uma troca parcial de poder.

Vendo que Tristan assentiu, prosseguiu:

— A segunda é comumente chamada de *submissão de alma*. O submisso de alma se submete na parte sexual e mental, exatamente como na *submissão erótica*, mas busca um envolvimento emocional maior com seu dominante. E ele é chamado assim porque acredita que está na essência de sua alma servir. É como algo inerente à personalidade dele, à sua identidade. Esse submisso é submisso em todos os campos, praticamente. Ele aceita seu Dom como alguém mais capacitado que ele, para fazer suas escolhas. E não só isso, ele idolatra seu dominador de tal forma que o excita profundamente ser controlado. Ele prefere não ter que escolher muitas coisas, prefere que seu dominante as faça por ele. São submissos sensíveis, pessoas emocionalmente mais delicadas, então é necessário um cuidado maior ao lidar com eles. Esse tipo de sub dificilmente vai querer apenas sexo, eles querem um entrega romântica, também, e entregam todo ou quase todo o poder nas mãos do seu senhor; uma alma em troca da outra. Para dar sua alma ao dominador, ele exige a alma do dominante de volta.

— Hum... Eu vejo nossa relação mais parecida com a *submissão erótica* fixa. E sobre essa troca de poder... Eu não quero te dar todo o poder sobre meu corpo ou sobre minha vida, só um pouco já é satisfatório. Mas, ao mesmo tempo, quero receber carinho. A gente não tem nada emocional, mas já que vamos estar juntos...

Quando percebeu o olhar intenso do moreno queimando sobre ele, desistiu de tentar. Nem em um milhão de anos conseguiria ficar ali, na frente dele, mentindo na cara dura sobre eles dois *não terem nada emocional*, quando estava mais que claro que havia, sim, alguma coisa sentimental pairando, e já fazia tempo. Não tinha um rótulo ainda, mas estava no ar, nenhum dos dois precisava dizer, estava explícito.

Pensar em ter Dominic para ele, *e só pra ele*, causava-lhe sensações muito intensas ao ponto de começar a evitar pensar a respeito, porque sua cabeça não parava de bombardeá-lo com cenários dos dois juntos, como um casal de verdade. Era irritante. Por isso, ele só enfiou o rosto na tigela de cereal e entupiu a boca:

— Eu não sei explicar.

— Eu concordo — o outro seguiu, então. Estava observando as reações de Tristan atentamente. — Vou te explicar a última, mas acredito que nossa relação se encaixe na troca parcial de poder — Dominic declarou sob o olhar atento.

Tristan ficou contrariado em ter que seguir com o assunto, sua expressão dizia que ele queria falar sobre aquilo ali, sobre terem algo sentimental, sobre estarem, sim, emocionalmente se conectando.

Mas Dominic não podia. Não era o momento. Ele pigarreou, antes de voltar ao assunto principal:

— A terceira é a *submissão 24/7*. Necessariamente, ela é uma relação de total entrega de poder. Essa, certamente não seria a nossa, porque eu mesmo não me agrado muito com ela e tenho certeza de que você também não. Como o próprio nome já diz, essa relação de submissão é ininterrupta, acontece todos os dias, o tempo todo, vinte e quatro horas por dia, sete dias na semana. É muito comum encontrarmos essa relação entre os praticantes de BDSM. É como o Santo Graal das relações, porque, geralmente, pra se chegar a uma relação nesse nível, os praticantes quase sempre também estão envolvidos romanticamente. É complexo, porque se torna uma relação de servidão, em que o dominador acaba se portando como *dono* do sub, e o sub como um *escravo*, uma propriedade. E, é claro, o sub pode ser do tipo obediente, um escravo totalmente fácil de se lidar, que gosta de obedecer, assim como ele pode ser o tipo que gosta de ser forçado a obedecer. Tudo vai depender da dinâmica do casal.

— Definitivamente, eu não gostaria de ser o escravo de ninguém — Tristan disse, com uma careta. — Eu mal consigo fazer as coisas pra mim, quem dirá pros outros.

Dominic deu uma risadinha divertida. O ruivo era tão engraçadinho... um engraçado fofo. Principalmente quando sorria, porque sua expressão meiga beirava o juvenil.

— Eu também não gosto. Imagine só, ter uma pessoa ali te servindo, como um empregado... É um pouco sufocante.

— Então você nunca tentou? — indagou.

— Sim, eu já tentei. Tive um sub, uma vez, que queria me servir todo o tempo. Até tentei deixar, mas me senti realmente incomodado que ele vivesse junto a mim. Era quase como se estivéssemos casados, era estranho, considerando que eu não estava apaixonado por ele. Por isso, apenas encerrei a relação depois de um mês, mais ou menos.

— E você... tem algum contato com ele ainda? — perguntou, levemente enciumado, mas Dominic não pareceu perceber. O tal sub seria Calebe?

— Não. Na verdade, nunca mais o vi. De qualquer forma, falemos da *nossa* relação — mudou rapidamente o rumo da conversa.

Bem, se não era Calebe, então era outro. O que não diminuía os ciúmes em nada.

— Obviamente, nós teremos uma relação fixa. Sendo vizinhos, é claro que teremos facilidade em estarmos juntos com frequência. E eu sou o seu *mentor*, seu professor, então é claro que não poderia ser esporádico. Nós também não temos um romance... — Ele analisou bem Tristan antes de dizer: — Embora estejamos um pouco encantados um com o outro — riu rapidamente, como se não estivesse dando muita importância àquele fato curioso.

O que era uma grande mentira.

Ele sentia algo, indubitavelmente, que era fruto de todo aquele desejo incubado ao longo dos anos. Dominic sabia que, quanto mais desejava uma coisa que não podia ter, mais seu interesse aumentava, e era aquilo que vinha acontecendo entre eles. Agora que a coisa toda estava sendo permitida e os sentimentos explorados, não era como se eles fossem ser capazes de controlá-los. Mas estava decidido a não deixar aquilo às claras para não assustar Tristan. Afinal, eles mal haviam começado aquela relação.

— De qualquer modo — continuou —, se estivermos em uma relação fixa, é claro que irei te dar carinho, não se preocupe.

Ah, é claro que daria. Sua vontade era de espremer o garoto em apertados abraços, beliscões nas bochechas e fungadinhas no cangote, mas se conteria, por hora. Ainda não podia se mostrar tão abertamente, sem estudar o terreno. Dominic era muito cuidadoso quando se tratava de sentimentos. Há muito tempo não os sentia daquele jeito.

— Talvez eu tenha parecido um pouco frio, durante o tempo em que nos conhecemos, mas sou bastante carinhoso. Então, não se preocupe, cuidarei de você e irei mimá-lo, de acordo?

— De acordo, Dominic. — Tristan sorriu bobo. — Você nunca me pareceu frio, na verdade. Só era meio misterioso. Não queria que eu descobrisse sobre o BDSM.

— Você aprende rápido...

— Mas eu tenho uma nova dúvida. Sobre você.

Dominic se ajeitou na cadeira, atento.

— Você, aparentemente, só entra em relações de *submissão erótica,* com trocas de poder parciais. Sempre preferiu submissos obedientes, fáceis de lidar, mas quando apareciam submissos dispostos a servirem por completo, você não os aceitava. Isso não é contraditório? Você não deveria apreciar a *submissão de alma*, pelo menos? Não deveria querer alguém que desse todo o poder a você e o colocasse como prioridade na vida?

Dominic sorriu de lado, porque suas concepções acerca de Tristan sempre estavam corretas. Ele era evasivo porque sabia que, a despeito de parecer tão avoado, Tristan era muito observador e, para bom entendedor, meia palavra bastava.

— Eu já não expliquei de modo implícito? — Arqueou uma sobrancelha.

— Sim, mas quero ouvir as palavras exatas saírem da sua boca.

— Por quê?

Tristan suspirou e desviou os olhos para o outro lado da sala, deixando-os desfocados.

— Porque eu acho que sou um masoquista do caralho e quero te ouvir dizer, com todas as letras, que detesta relacionamentos e que a única coisa que te interessa, em alguém, é sexo; e que eu estou terminantemente proibido de achar que sinto qualquer coisa por você, porque se isso acontecer, você vai me dispensar como todos os outros.

O dominador sorriu satisfeito e, em seguida, se levantou, recolhendo as duas tigelas para colocar na pia, mas antes soprou no ouvido dele:

— Pra mim, você nunca será como os outros, Tristan.

Ele o deixou ali, embasbacado, e cruzou o balcão da cozinha.

No meio do curto caminho, no entanto, sentiu uma forte dor no corpo e uma tontura que quase o levou ao chão se não fossem os braços fortes de

Tristan, que o seguraram com firmeza, quando notou que estava derrubando as tigelas e perdendo o equilíbrio.

— Dominic! — exclamou, nervoso.

Num movimento rápido, pegou o alfa no colo e o levou para o quarto, desviando dos cacos de porcelana espatifados no chão. Deitou-o cuidadosamente na cama e correu até o banheiro, trazendo uma toalha de rosto. Voltou à cozinha e encheu uma panela com água e gelo, antes de voltar para o quarto.

Imergiu a toalha na água fria e a torceu, antes de deslizar o tecido frio em todas as partes nuas do corpo alheio, como braços, pernas e rosto. Abandonou a toalha felpuda dentro da panela com água gelada de novo, e levantou o corpo menor sem dificuldades, para retirar-lhe a camisa. Em seguida, se livrou da bermuda, deixando-o apenas em sua boxer azul. Pôs a toalha gelada dobrada retangularmente sobre a testa dele e, por fim, ligou o ar-condicionado e deixou Dominic ali, sabendo que aquilo poderia demorar.

Durante a madrugada, Tristan ficou na sala, jogando *videogame*, enquanto tentava distrair-se da dor e calores causados pela febre. Por conta dos remédios, as sensações estavam um pouco controladas.

De meia em meia hora, ia até o quarto verificar o estado de Dominic, que tinha a pele cada vez mais quente. Enquanto isso, repetia o processo com a toalha fria, por todo o corpo exposto, para aliviá-lo, pois sabia que, mesmo inconsciente, deveria estar sentindo desconforto.

Em algum momento, com sono e sentindo seu corpo contrair de forma desesperada — especialmente em todo o quadril — Tristan deitou-se na cama, ao lado de Dominic, sendo agraciado pelo ar gelado. Não tinha forças para tirar as roupas, então apenas adormeceu.

Teve a impressão de ter dormido por horas a fio e ter sido atropelado por um caminhão. Ao acordar, com o sol iluminando a janela por trás das cortinas finas, percebeu que seu corpo estava mais quente que nunca.

*Agora, sim, a verdadeira febre começava.*

# 9

# A Tolhe

Não era novidade que ômegas e betas podiam ficar completamente enfeitiçados quando atingidos pelos aromas amadeirados fortes de alfas em período de febre. O cheiro os atraía, mostrando-lhes qual seria sua função ali: a de satisfazer seu companheiro, e vice-versa.

Alfas tendiam a ser mais controladores, enquanto ômegas eram mais submissos. Já os betas adequavam-se aos seus parceiros. Não era uma regra, mas era uma inclinação. Por conta disso, o mundo BDSM era tão atrativo: alfas submetiam-se, assim como ômegas dominavam. Era uma quebra de paradigma deliciosa e libertadora. No BDSM, eles poderiam ser o que quisessem, independente de suas inclinações biológicas, e sem que houvesse julgamento moral acerca disso.

Tristan *amava* ser controlado na cama. O tempo todo. Ele sentia que seu prazer era sempre aumentado quando o trabalho todo não era dele. Por isso, quando se virou no colchão, buscando o corpo do alfa, esfregou seu sexo duro contra o lençol, desesperadamente querendo um carinho mais *quente*, mas Dominic ainda estava desacordado.

Sendo assim, aos tropeços, Tristan caminhou até a cozinha e se apoiou na pia, enquanto sorvia uma garrafa inteira de água gelada. Estava com muita, muita sede. Demorou algum tempo até que a garrafa estivesse vazia. E foi quando apoiou a garrafa leve sobre a pia, que ouviu passos no curto corredor, junto ao cheiro almiscarado se aproximando. Durante a febre, a pele exalava um cheiro tão forte que era possível senti-lo num cubículo fechado, especialmente para os lupinos, que tinham o olfato extremamente sensível.

Ele sentiu as pernas bambearem. Estava queimando de desejo, a ponto de seu corpo perder as forças. Quanto mais Dominic chegava perto, mais ele sentia seu calor. E pareceu uma eternidade até aquele outro corpo quente chegar até o seu.

Um pequeno gemido escapuliu de sua garganta quando o sentiu colar em suas costas e aquela coisa dura esfregar-se em sua traseira. E foi com deleite que, com aquele contato, ele percebeu: Dominic estava *completamente* nu agora.

O peitoral bem definido roçava em suas costas, o membro excitado roçava entre suas bandas, as mãos firmes apertavam sua cintura com uma força deliciosa. A língua molhada, ainda mais quente que o resto do corpo, deslizou lentamente pela extensão de seu pescoço e desceu para o ombro.

Tristan sentiu-se arrepiar por inteiro quando uma das mãos do ex-militar desceu de sua cintura e alcançou seu pênis ereto, por dentro da bermuda. Ele soltou o ar, com força, jogando a cabeça para trás, enquanto rebolava contra a palma alheia.

Lentamente, virou o rosto por cima do ombro, encontrando os olhos de Dominic. E naquele momento, em meio à claridade que a janela aberta trazia, ele pôde ver: os olhos de Dominic atingiram um vermelho-puro mais forte do que nunca; pareciam brilhar, acesos, como lava incandescente, puramente dominante, completamente quente.

Os olhos tão mais vermelhos que o comum causaram um rebuliço em seu estômago. Era quase como se ele pudesse sentir uma descarga elétrica surgir em sua nuca e trilhar lentamente o caminho até o final da coluna. Era novidade.

Já Dominic fitava os lumes de Tristan, embasbacado. Os olhos estavam mais claros que nunca, mais frios, mais azulados que lilases. E ao ter o olhar dele sobre si, só teve mais certeza de que estava com alguém raro e que era um sortudo do caralho por ter encontrado alguém tão único assim.

O corpo de Tristan queimava pelo de Dominic. O calor era insuportável, seu baixo-abdômen parecia ser rasgado por dentro. *Seu lado ômega queria saciar-se.*

Dominic o virou rapidamente de frente para si, em um só movimento, certeiro, como se ele fosse um boneco de pano. Tristan sentiu o membro roçar no seu e viu o corpo de Dominic brilhando de suor; mirou lentamente a barriga lisa, com as entradas marcadas nas laterais, as coxas grossas, as panturrilhas desenhadas, alguns pelos ralos abaixo do umbigo, a pélvis depilada, as clavículas aparentes e os braços não tão musculosos, mas definidos. Aquele era o corpo de um soldado hábil.

Depois, Tristan foi arrastado até o sofá, onde o dominador o atirou de costas, com uma brutalidade deliciosa. Ele pôde sentir, apenas com aqueles toques, quem é que estava no comando ali. E claramente não era ele — o que só serviu para deixá-lo mais excitado, porque uma coisa que para Tristan Wolfgang era inegável, e por isso fazia parte de seus fetiches mais secretos, é que *ele gostava do bruto*.

E em meio ao caos que sua mente — e libido — estavam, ele percebeu que, talvez, se tentasse combater o outro alfa, o provocaria a fazer *mais bruto*. Uma briga pelo controle faria o moreno lhe dar exatamente o que queria, o próprio Dominic havia falado sobre este ser o comportamento de um *brat*.

Foi pensando nisso que rapidamente o ruivo inverteu as posições, forçando Dominic a se deitar no sofá enquanto ele se punha por cima, em seu colo. O moreno tentou empurrá-lo, mas Tristan não queria ficar embaixo de modo algum. Estava insano. Rosnava em seu ouvido, farejando-o, e rebolava em seu colo, sem se penetrar, apenas deslizando o quadril em seu pau, tentando satisfazer-se minimamente.

A pressão daquela bunda fazia o membro de Dominic formigar, mas ainda havia tecidos demais ali. Por isso, ele rosnou e num movimento certeiro arrancou a camisa que Tristan vestia, para logo em seguida rasgar o tecido da bermuda fina.

Sentiu seu pau pulsar quando, em meio ao tecido destruído, percebeu que ele sequer usava cueca.

Levou a destra para a nuca do ruivo, trazendo o rosto bonito para perto do seu, imediatamente o beijando e sendo correspondido com paixão. Os lábios grossos colaram-se aos de Tristan de forma bruta e quase animalesca. Beijava com volúpia e fervor, em total desespero, como se quisesse arrancar algo de dentro dele.

E nem de longe aquele era um movimento ruim. O beijo faminto era ainda mais excitante. Afinal, Tristan gostava daquele jeito, daquela pegada bruta. Ele teve de se esforçar para acompanhar o ritmo acelerado, já que seu corpo tinha ficado automaticamente mole em cima do moreno, enquanto era *domado* por ele, mesmo que Tristan fosse quem estivesse por cima, no topo. Sua jogada havia sido certeira, pois Dominic deu-lhe exatamente o que queria.

Tristan se sentia em transe. O cheiro almiscarado de Dominic estava no auge, tomando-lhe os sentidos e deixando-o à mercê do alfa. Seu lado ômega implorava para que fosse fodido, sem demora.

Dominic não poderia se deixar ser subjugado, de jeito nenhum. Então, em um rápido movimento, derrubou o de fios revoltos no chão duro, pousando por cima dele. E foi fácil, pois o ruivinho não ofereceu resistência dessa vez.

O estalo do corpo no chão soou, mas Tristan não pareceu se importar. A excitação certamente o deixava alucinado, de modo que, provavelmente, fosse incapaz de sentir dor ao ser atirado no chão.

Dominic rosnou e avançou com os lábios para o pescoço cheiroso, chupando e sugando a pele quente.

Tristan gemia e rebolava no chão, tentando ao máximo manter a sanidade, enquanto sentia a língua macia, quente e gostosa do alfa em sua pele. E a cada gemido que dava, Dominic ia ficando mais duro. Só que as ereções já se encontravam no limite, expelindo pré-porra e pulsando desesperadas. Dominic investia sobre ele, calculava cuidadosamente os movimentos, para que sua glande melada deslizasse na glande do outro; e quando isso acontecia, ambos arfavam, enlouquecendo de tesão.

Foi então que Tristan começou a sentir outro tipo de arrepio subir por sua coluna: aquele que anunciava seu prazer querendo ser despejado.

Mordeu os próprios lábios, tentando descontar a sensação que queria rasgar seu corpo, já que não havia lençóis ali, para que pudesse apertar. E aí suas mãos foram parar diretamente nas costas do alfa. Apertou a pele, e quando foi sentindo seu gozo fazer o caminho para fora do corpo, tudo ficou em câmera lenta. Suas unhas, já um pouco crescidas, deslizaram com toda a força pelas costas do ex-tenente-coronel, da nuca até a bunda.

Dominic sugou o ar audivelmente, jogando a cabeça para trás, num som misto de prazer e dor, ao que sentiu os cortes superficiais rasgando-o. E quando Tristan apertou a carne durinha e volumosa das nádegas alheias em suas mãos com fervor, Dominic acelerou as investidas em cima dele, aumentando o atrito dos corpos e dos paus tesos.

Então, o ruivo gozou, gozou tão forte que sentiu como se seu corpo estivesse entrando em chamas. O calor aumentou, era como se a febre tivesse atingido o seu pico. Sentia claramente o suor saindo pelos poros, as veias do corpo bombeando sangue rapidamente, o cérebro quase dando pane e a mucosa das gengivas coçando e ardendo.

Dominic voltou a sugar o pescoço dele com ainda mais força, gemendo abafado contra sua pele, e sentiu a porra quente melando sua barriga, soltando aquele cheiro cítrico ainda mais forte, que o fez perder o controle. Ele quase chorou em desespero. Seu nariz estava onde o aroma era extremamente forte. E isso, somado ao cheiro de seu prazer liberado, eram o ápice olfativo.

Num rompante, Dominic virou o corpo mole de Tristan no piso, deixando-o de costas para si. Esfregou-se nele, com o pau teso deslizando entre as bandas.

Tristan estava ficando louco! Estava, sim, ainda meio atordoado pela explosão rápida de prazer, mas aquele era um período de febre, afinal. Não seria uma única gozada que o satisfaria. O pênis permaneceria firme como rocha, ainda que o líquido branco expelido segundos atrás ainda estivesse quente e colado em sua barriga. Estava ainda mais excitado que antes. Queria sentir sua entrada ser invadida e alargada. Queria sentir a cabeça do pau de Dominic o cutucando, massageando sua próstata, levando-o ao delírio, enquanto sentia aquele ponto ser atingido, uma, duas, mil vezes.

Já Dominic, queria se enfiar no ruivo de uma só vez, rasgá-lo, arrombá-lo, sentir-se esmagado pelas paredes internas, e assim o faria, certamente e com rudeza. Seu lado dominador inerente era ainda mais forte quando seus instintos alfas comandavam.

Entretanto, mesmo que seus corpos tivessem pressa, Dominic queria provocar Tristan ainda mais. Queria usar o restinho de sanidade que ainda possuía, para vê-lo implorando para ser tomado e fodido com gana.

Ter qualquer pessoa implorando por si e louvando-o era um grande fetiche de Dominic. E se a pessoa a implorar fosse Tristan Wolfgang, ah...! Então, ele estaria no paraíso. Eram incontáveis as noites que havia passado se masturbando, pensando em seu vizinho gostoso, de cheiro apetitoso e volume aparente dentro das calças — porque, sim, Dominic havia reparado naquilo com bastante frequência ao longo dos anos, mais do que gostava de admitir para si mesmo.

Naquele momento, Tristan estava totalmente submisso e entregue a ele. Rebolava no chão, gemendo baixinho e tentava empurrar seu quadril contra o caralho duro de Dominic entre suas carnes, com pressa de ser empalado, mas o moreno queria vê-lo implorar.

— Pede... — falou, então, sussurrando. — Pede o que quer que seu *alfa* faça e farei agora, hum? — Esfregou a ponta do nariz pela pele exposta da nuca alheia. — Pede, *malcriado*...

Tristan sugou o ar com força, inebriado. Não queria ter que pedir. Sentia-se humilhado em pedir tal coisa. Talvez apenas envergonhado, mas era tudo muito confuso naquele momento. Ainda mais quando o caralho melado do moreno roçava em sua entrada enrugada, que piscava ansiosa e desesperada.

— Pede! — Dominic rosnou, segurando a base do próprio pênis e batendo várias vezes o topo da carne pesada na entrada alheia, fazendo-o tremer dos pés à cabeça, de puro tesão, principalmente por conta dos barulhinhos estalados do choque da glande inchada batendo contra a fenda aberta.

E aí, deixando com que toda a sua consciência se esvaísse, Tristan preferiu dar voz aos seus instintos. Que se fodesse a vergonha! Ele queria sentir o máximo de prazer que aquele homem poderia lhe dar. Por isso, grunhiu, desesperado:

— Me fode!

— Ah, que alfinha mal-educado, tsc, tsc, tsc... — o moreno zombou, afastando-se.

E Tristan quis chorar de desespero.

— Me fode, por favor... — pediu manhoso, rebolando a traseira empinada, provocador. — Por favor... *Meu senhor* — finalizou, fitando o alfa de forma abusada por cima do ombro.

Dominic sorriu ladino e satisfeito, com os olhos vermelhos brilhando.

— É assim que eu te quero... bem manhosinho.

Ele se aproximou novamente, puxando o quadril de Tristan para trás; cuspiu forte na própria palma e apalpou seu sexo, lubrificando-o com saliva, antes de encaixar a glande molhada na entrada do outro.

— Você merece ser recompensado. Então, vou te comer tão gostoso como ninguém comeu na vida — declarou, e finalizou com uma lambida na orelha alheia, empurrando-se para dentro, bem lento.

A cada centímetro de pele que era engolida pelo ruivo, ambos gemiam em uníssono.

Então, era assim? Tristan detestava ficar manhoso, mas Dominic queria que ele ficasse. Subitamente, ficar manhoso já não lhe parecia tão ruim... Quer dizer, se comportar-se daquela forma faria o moreno ficar ainda mais excitado com ele, então, talvez, o ruivinho estivesse começando a pensar seriamente sobre se deixar ser levado pelos instintos ômega com mais frequência...

Após estar por completo dentro do garoto, Dominic respirou fundo, tentando se concentrar em alguma coisa, qualquer coisa, para que desse tempo do outro se acostumar com seu caralho latejando no interior. Mas como pensar em algo fora dali, se o canal apertado e quentinho do mais novo pulsava ao redor de seu pênis necessitado?

Dominic soltou uma lufada de ar, buscando o próprio autocontrole, mas não funcionou. Logo, se viu metendo forte, fundo e rápido na entrada quente, de tal forma que o corpo alheio sacudia com os movimentos, saindo do lugar.

De início, Tristan já se engasgava. Ninguém jamais havia feito gostoso daquele jeito. Nenhum outro alfa ou beta. Nem mesmo os ômegas com quem, infelizmente, já havia se deitado, em um tempo distante, quando ele ainda tentava se forçar a gostar de um.

Dominic era rude, investia duro, mas não o machucava. A cada enterrada, o alfa surrava sua próstata com a cabeça do pau grosso, obrigando a garganta de Tristan a soltar urros de prazer contra a sua vontade. Queria gemer baixo e contido e não demonstrar o quanto estava sendo delicioso pra cacete, quando eles mal tinham começado, mas sua voz o traía. E o dominador, por sua vez, amava ser louvado daquele jeito.

— Isso... assim... — manhou, sem o menor pudor. — Aí, aí... Dominic... — sussurrou com a voz grave rouca, sugando o ar entre os dentes, a cada estocada nervosa do dominador.

— Porra, Tristan! — o mais velho sussurrou com a voz entrecortada, ao pé de seu ouvido. — Esse rabo é tão quente...

Dominic já não estava mais em si, estava louco de tesão; faria Tristan lembrar-se daquele cio pelo resto de sua vida. Ele o foderia tão fundo e intenso que o mais novo consideraria aquela febre a mais memorável de todos os tempos.

Tristan era apertado, cheiroso e manhoso. A soma de tudo isso só deixava Dominic mais necessitado e insano. Seu cacete pulsava no interior dele, gostando muito de estar ali. Era tão gostoso que sequer parecia ser real. Tristan era bom demais; sempre desconfiou e agora tinha certeza. Então, parou de arremeter contra o mais novo, saindo de dentro dele e puxando-o pelos cabelos cor de cereja, de modo que o alfa levantou-se meio desengonçado, de joelhos e com os olhinhos semicerrados, forçando-o a quase engatinhar pelo chão antes de conseguir se pôr de pé.

O moreno o empurrou com o rosto contra a parede e puxou seu quadril na direção contrária, empinando-o e trazendo a bunda perfeitamente durinha para si. Tristan automaticamente espalmou as mãos na parede fria e colou a bochecha ali, respirando rápido, totalmente sem fôlego e ansioso. Fechou os olhos bem apertados ao sentir a glande inchada roçar em sua entrada novamente, e Dominic o empalou mais uma vez. Sua entrada o engoliu de forma gulosa, já sentindo saudades, pelos breves segundos em que se desconectaram.

— Ahhh... *tão* apertado — elogiou Dominic. — É como se ninguém tivesse entrado aqui antes, só eu... — sussurrava, soltando o hálito quente em sua orelha. — *Agora, você é todo meu, Tristan, só meu...* — Sua destra serpenteou até o pescoço delgado, onde apertou firme.

Tristan gemeu, sentindo o pescoço e também a cintura fina serem pressionados com mais força pelo alfa que não parava de pensar que aquela cinturinha fazia um belo conjunto com a bunda pequenininha e empinada, junto às coxas ridiculamente grossas. Era como um belo quadro combinado a uma perfeita moldura. Para Dominic, pessoas com aquele tipo de corpo eram perfeitos passivos. Contudo, o membro grande e grosso do outro o fazia imaginar que delícia seria ser invadido por ele também.

Dominic ia e voltava, metendo-se no buraco quente com tanta força e velocidade que sua pélvis batia contra a bundinha branca, que já ficava vermelha pelo contato bruto das peles se chocando. E quanto mais barulho seus corpos faziam, mais insana e animalesca a coisa toda ficava.

Passou, então, a estapear a bunda bonita, tendo que diminuir um pouco a velocidade das estocadas para isso, mas ficando ainda mais satisfeito ao ouvir Tristan gemendo mais necessitado a cada palmada. As porradas eram tão fortes que sua própria palma ardia.

— Porra, você me enlouquece... É ainda mais gostoso do que eu pensava... — Dominic sussurrou, desacreditado.

O ruivo não pôde conter o sorriso. Saber que Dominic ficava tão louco por si quanto ele o deixava era tão satisfatório que o fazia sentir-se pleno. Então, abriu os olhos e mirou os orbes cor de sangue por cima do ombro, com um sorrisinho malicioso moldando seus lábios finos:

— É só isso que consegue fazer, *alfa*? — disse, provocando o outro. A intenção não era irritá-lo, apenas instigá-lo.

Assim que Dominic ouviu aquela pergunta, fechou o semblante, rosnando, agora mais incentivado a arrebentar aquele alfa abusado. Escorregou, imediatamente, para fora dele e puxou Tristan por um dos cotovelos, virando-o de frente para si, sem delicadeza alguma no movimento.

— Você acha pouco, *seu merdinha*? — rosnou, aproximando os rostos, grudando seus narizes.

Ah, gostava tanto de xingar e humilhar seus submissos. Mas não estava realmente com raiva. Embora tivesse optado por não manter envolvimento com outros *brats* antes, sabia que aquele comportamento provocador era típico de um malcriado como Tristan. Era seu modo de instigá-lo. E bom, Dominic Von der Guth amava uma degradação justamente provocada.

Já Tristan sabia que aquela provocação não sairia barata. Tinha feito sem sequer pensar nas consequências, foi instintivo. Achava que Dominic apenas ficaria bravo e instigado a fodê-lo mais forte e mais bruto, não que fosse encará-lo com a face distorcida como o próprio Diabo.

Engoliu em seco, totalmente tenso, começando a se arrepender da provocação. Não sabia o que o mais velho seria capaz de fazer agora. Principalmente ao ter um alfa rosnando para si. E por mais estranho que pudesse parecer, sentiu certo medo que o excitou ainda mais, de forma que nunca havia acontecido.

Tristan nunca pensou que o medo pudesse excitá-lo. Mas Dominic Von der Guth, a cada dia mais, lhe causava sensações novas e mostrava formas diferentes de sentir prazer, sem nem mesmo se esforçar muito para isso.

Dominic o puxou da parede e foi empurrando-o para trás, em direção a algum lugar que o de genes ômegas não era capaz de ver, já que de costas, andava às cegas. A cada empurrão que Tristan sentia em seu peito, fazendo-o andar a passos erráticos, seu pênis duro dava uma fisgada ansiosa. Dominic rosnava ameaçadoramente, de modo que seu peito vibrava. Lembrava um lobo faminto.

Quando sentiu o final de suas costas ir de encontro à janela aberta, o ruivo arregalou os lumes, àquela altura, muito azulados, olhou para trás de si e se deu conta dos não muitos metros de altura que o distanciavam de uma queda do terceiro andar.

A voz de Tristan não saiu, então ele apenas arregalou mais os olhos e sacudiu a cabeça de um lado pro outro, enquanto sua garganta soltava um pequenino muxoxo, negando. Mas Dominic puxou seu rosto pela mandíbula, de modo firme, segurando-o e trazendo-o para perto de si, com os narizes se encostando.

Os instintos primitivos os tomavam tanto que era como se apenas os olhares e as expressões pudessem dizer tudo.

— Quero te mostrar o que é *prazer de verdade*... Me deixa mostrar *tudo* pra você... — o moreno sussurrou.

Não estava são nem de longe, porque aquele era um jogo perigoso.

Mas Tristan assentiu, balançando a cabeça veementemente. O alfa lhe deu um puxão, segurando-o no colo, enquanto o rapaz se apoiava com as palmas no parapeito atrás de si.

Outra vez o encarou num misto de medo e apreensão, mas algo, em sua mente, lhe dizia que se Dominic o segurava firme pelas coxas, não havia nada a temer. A adrenalina causada pelo medo o estava atiçando, ele só não conseguia ultrapassar aquele medo que o prendia sozinho.

Dominic, que estava entre suas pernas, apertou-o pelas coxas, verificando que o maior estava firme; então, entrou nele e estocou duas vezes, fazendo uma pequena parte do corpo do ruivo quicar quase para fora da janela aberta.

A adrenalina percorreu as veias de Tristan, fazendo-o separar os lábios, surpreso. Nunca tinha feito nenhum tipo de sexo *perigoso* daquele jeito, o máximo perto disso foi transar dentro de um carro, temendo que alguém percebesse o que acontecia ali dentro. Não tinha certeza se era culpa de seus instintos estar ficando tão excitado pelo medo daquele jeito, ou se era apenas Dominic quem o estava levando a sentir aquilo. Talvez fosse um pouco de ambos.

Dominic passou os braços ao redor daquela cintura, segurando-o firme, para que começasse a puxar seu corpo para frente, fazendo com que a entrada do ruivo deslizasse sobre seu caralho ereto e não ao contrário.

Tristan sorriu, surpreso. Sequer imaginava que ele pudesse ter tanta força para segurá-lo daquela forma, com tanta segurança, e ainda mover seu corpo pesado para cima e para baixo, já que Dominic havia se recusado a carregá-lo no colo horas atrás. Era claro que grande parte da força do ruivo também era demandada, uma vez que seus braços se flexionavam para trás do corpo, segurando-o na beirada da janela, fazendo uma flexão a cada investida do moreno. Era certo que ficaria dolorido ao fim daquele cio, mas valeria a pena. Ah, se valeria.

Dominic puxava seu corpo e ondulava o próprio quadril, fazendo-o gemer fininho a cada estocada. Os sons das peles se chocando eram ainda mais excitantes, e o pau duro de Tristan quicava com violência, para cima e para baixo, batendo entre seu próprio abdômen e o de Dominic. E por conta da força com a qual o membro batia, uma dorzinha deliciosa surgia ao sentir a glande estalando contra o abdômen de Dominic ou do seu próprio. O choque da pele no falo pesado doía de uma maneira totalmente gostosa.

Sentindo os músculos de sua panturrilha quase atrofiarem num tremor, ardendo, pinicando, e também os músculos no baixo-abdômen tensionarem, Tristan fechou os olhos e gemeu alto, de modo que toda a vizinhança foi capaz de ouvir, explanando seu prazer, em plena luz do dia. Sua mão direita abandonou o equilíbrio do parapeito, para agarrar-se ao tecido pesado e grosso da cortina vermelha entreaberta, exatamente na mesma hora que sua porra saiu em jatos longos e quentes, sujando todo o seu abdômen e o de Dominic de branco.

Alguns jatos alcançaram o queixo do moreno, e uma pequena gota atingiu seu lábio inferior. E foi aí que o ruivinho quase desfaleceu ao ver a língua rosada do outro deslizar lentamente para fora e lamber aquela gota de porra, com um sorriso sacana brotando nos lábios grossos, enquanto continuava a puxar seu quadril para frente e para trás, sem parar, estocando dentro dele, prolongando seu orgasmo e fazendo-o revirar os olhos, perdido em prazer.

Quando o corpo do ruivo foi ficando mole e quase perdeu a firmeza, a cortina cedeu, de súbito, fazendo os carretéis que seguravam o tecido pesado correrem do trilho, rasgando o tecido no processo.

Tristan assustou-se, levantando a cabeça com uma expressão de pânico, ao ver que perderia o equilíbrio e que, de quebra, estava destruindo a própria casa. Mas antes que seu corpo fosse ao chão, Dominic o abraçou de frente, levando um dos braços às suas costas e o outro encaixando em sua bunda, para tirá-lo dali no colo. Tristan só teve tempo de rodear os braços no pescoço do alfa para se segurar, surpreso com o quão rápido seu corpo foi levado ao outro lado da casa.

Em poucos segundos, sua bunda encontrou a dureza do mármore da pia da cozinha. E quando Dominic se enterrou dentro dele outra vez, arremetendo em seu buraco ardido, rude, sua cabeça começou a bater no armário de pratos acima da pia. A cada estocada, a cabeça balançava o móvel, mas a dor realmente não era uma preocupação agora. Apenas os tremores em seu ânus sensível pelo orgasmo recente eram sentidos.

Em câmera lenta, ouviu o armário, em que batia, anunciar a queda, mas sequer teve tempo de fazer algo quanto àquilo, já que Dominic moveu seu corpo dali rapidamente outra vez, atirando-o em cima do balcão, onde os objetos que ali repousavam foram ao chão.

Ouviu o barulho do armário despencar atrás deles e as louças de vidro se espatifarem no piso, mas não pôde ver nada, já que Dominic empurrou seu rosto de encontro à superfície gelada do balcão, onde a pele de sua bochecha se encostou num estalo doloroso, fazendo o corpo maior curvar-se de bruços sobre o móvel.

Novamente, a dor era sua menor preocupação. Ela era estranhamente prazerosa.

Sentiu a mão do alfa segurar sua cabeça ali, impedindo-o de se levantar, enquanto a outra puxou seus braços para trás, imobilizando-o pelos punhos. As estocadas retomaram velocidade, cada vez mais fundo e forte.

Tristan se deixava ser dominado com certa facilidade, mas Dominic sabia que era por conta dos instintos ômegas. Quando o mais novo fosse tomado pela febre alfa, as coisas seriam bem diferentes, e ele até mesmo ansiava por isso; pela disputa de poder que certamente aconteceria.

Aquilo era insano. O corpo de Tristan pegava fogo e seu pau já estava duro de novo, rápido como nunca. Foi quando ouviu Dominic rosnar alto, como um animal selvagem, enviando vibrações por todo o seu corpo e fazendo sua espinha arrepiar-se e seus pelos eriçarem outra vez, *até que a porra quente de Dominic o inundasse com uma última estocada funda.*

# 10

# A Mil Por Hora

Tristan acordou com forte dor no estômago. Vazio era o que estava sentindo naquele momento, já que, nos três dias inteiros de febre, mal havia se alimentado.

Quando ele e Dominic finalmente paravam para comer alguma coisa ou até para beber água, a comida acabava abandonada pela metade, já que seus corpos entravam em combustão, quase que literalmente, com o calor da febre subindo, e os membros constantemente eretos e sensíveis.

A febre era tão instintiva que ignorava a fome, a dor, a sede, e qualquer outro tipo de necessidade biológica, apenas para se saciar sexualmente.

Mas todo o descaso era sentido ao fim do período. O corpo inteiro doía, ficando mole e fraco. Talvez aquela fosse a parte mais animalesca da natureza da Nova Raça.

O ruivo abriu os olhos, procurando pelo vizinho, e fitou, surpreso, o alfa dormindo abraçado a si, com as pernas entrelaçadas nas suas.

Com muito cuidado, foi afastando os braços e o corpo todo de Dominic do seu, para que pudesse sair da cama, mas era um pouco complicado e, ao tentar usar as mãos, encontrou seus punhos presos num aperto.

Ao tentar entender o motivo, viu que ambos estavam unidos por um pano amarrado.

Aquilo era uma camisa?

Olhou atentamente e teve certeza: era a camisa social de botões de Dominic, a mesma que ele usava quando chegou ao seu apartamento e o convidou para passar a febre. As mangas, amarradas uma à outra, restringiam eficazmente seus punhos.

Tristan acabou deixando um sorriso sacana repuxar seus lábios finos. Quando finalmente conseguiu levantar-se, com os punhos ainda amarrados pela camisa, e sem acordar o dominador, parou para observar o quarto.

Parecia que um furacão havia passado por ali.

Sua escrivaninha estava torta, e muitas de suas revistas em quadrinhos jogadas no chão; os travesseiros todos rasgados, com as penas espalhadas por todo o canto, algumas ainda flutuando no ar.

Em qual momento haviam rasgado os travesseiros? Tristan certamente não era nenhum sujeito bem de vida para se dar ao luxo de rasgar travesseiros assim, especialmente porque aqueles eram de penas, mais caros e confortáveis, que havia roubado da casa dos pais quando se mudou. E agora, dormiria com a cabeça em cima de quê? Do próprio braço, certamente. Era o que restava. Comprar travesseiros novos estava fora de cogitação para o seu limitado orçamento daquele mês. Ele nem sabia se, com o dinheiro que tinha na conta, daria para fazer compras de mercado que durassem até o fim da próxima semana.

Saiu do quarto silenciosamente, pelo corredor, e notou alguns quadros tortos na parede. Um *flash* dele e de Dominic se beijando e se tocando com urgência, esbarrando em todas as paredes, e consequentemente bagunçando os quadros, colapsou sua mente.

Franziu o cenho, um pouco preocupado, mas ao mesmo tempo admirado. Tinham fodido tão intensamente como nunca havia feito antes. As memórias todas ainda estavam falhas, mas vinham aos poucos, à medida que seu cérebro ia lentamente acordando.

Desviou de um porta-retratos quebrado no chão, para que não se cortasse com o vidro, e entrou no banheiro. Mas o que viu ali o fez arregalar os olhos em espanto e descrença: o vaso sanitário estava quebrado, caído de lado, com o buraco no chão aberto.

Lembrou-se de ter apoiado um dos pés nele, enquanto Dominic o fodia no chuveiro. Viu a pia, também quebrada, com vários de seus remédios e cosméticos jogados no chão. Bateu com a mão na testa, ainda com os punhos presos pela camisa. Como usaria o maldito banheiro agora?

Precisando urgentemente urinar, passou um bom tempo mordiscando o nó do tecido amarrado nos punhos, até finalmente tê-los livres. Dando uma rápida olhada na camisa amassada, viu a etiqueta de marca cara. Uma camisa daquelas custava quase todo o seu salário. E Dominic usou algo daquele valor para amarrar punhos alheios durante uma foda, veja só. Um perfeito *playboyzinho* — o ruivo se deu conta, rindo. Eles eram farinha do mesmo saco, porque Tristan era pobre agora, mas nasceu em berço de ouro, acostumado a ter tudo do bom e do melhor.

Acabou tendo que se aliviar no chuveiro, na falta do vaso de cerâmica, aproveitando para tomar um rápido banho.

Enquanto se lavava, sentiu sua entrada arder, dolorida. Não se recordava de ter tido uma febre tão brutal assim antes, com alguém. Se a função de um alfa era procriar e liderar, ele o faria com louvor, mas talvez, apenas talvez, parte da culpa fosse sua, já que se lembrava nitidamente de ter provocado o mais velho com o intuito de vê-lo mais instigado.

Bom, ele tinha conseguido. Mas o resultado disso foi a destruição parcial de sua casa e seu ânus tão ardido que teve de procurar um comprimido para dor, em meio aos frasquinhos caídos no chão do banheiro.

Já não foi surpresa nenhuma quando chegou à sala e deparou-se com a cortina da janela rasgada, o trilho caído no chão, a estante com algumas prateleiras quebradas, e sobre a pequena cozinha, então, nem era necessário tecer comentários. Apenas pensava em como prepararia um café da manhã se todos os copos e pratos estavam espatifados no chão. Sequer dava para chegar perto da pia.

Bufou, quase arrependido.

Como diabos pagaria pelo conserto de tudo aquilo?

Assustou-se ao sentir algo peludo roçando em sua perna, mas durou apenas um segundo, pois se lembrou da gata.

— Oh. Você voltou — murmurou para o felino que respondeu com um miado. — Eu sei, você está com fome. Queria saber onde a senhorita se mete quando estou na febre — resmungou, enquanto despejava ração no pote de comida da gata e trocava a água.

— Tristan? — ouviu o alfa chamar do corredor, a voz soando rouquinha após acordar.

Dominic observou cada canto da casa com uma expressão de desaprovação, o cenho franzido.

— Bom dia — respondeu, um pouco sem jeito por causa do estado das coisas.

— Não acredito que perdi o controle assim. Meus períodos são brutos, mas nunca destruí tanto as coisas dessa forma. Acho que exagerei um bocado — o moreno declarou, aparentando extrema chateação. Contudo, ao sentir a gata peluda em suas pernas pedindo-lhe carinho, seu semblante suavizou-se, ao passo que se abaixou para acarinhar o bichano.

— Foi culpa minha também, Dom. Eu te provoquei... — o mais novo contrapôs, levemente envergonhado.

— Mesmo assim... — Ele sacudiu a cabeça, de um lado para o outro; depois, passou um minuto fitando o nada, com um bico enorme e chateado nos lábios fartos, enquanto o ruivinho se limitava a observá-lo. Até que, mudando sua expressão para uma bem firme e decidida, disparou: — Olha, Tristan, arrume suas coisas. Ponha tudo o que precisar em uma mala. Você vai ficar lá em casa até arrumarmos seu apartamento. E traga o gatinho também — declarou simplesmente.

Tristan arregalou os olhos. Ele havia escutado bem? Teria de *morar* um tempo com o vizinho? O vizinho que foi protagonista de noventa por cento dos seus sonhos eróticos, durante os últimos três anos?

— É gata, no feminino — corrigiu primeiramente. — E isso não é necessário, Dominic — tentou dizer, mas logo foi interrompido.

— Tristan, me obedeça. — Ele se aproximou e puxou-o pela cintura, de forma a grudar seus peitorais um no outro, e aí sussurrou pertinho de seus lábios: — E você sabe que sua gata é macho, certo?

Tristan deu uma pequena bufada impaciente e resmungou em resposta:

— Estou ciente das condições da minha filha. Ela é menina e ponto! — Fez um bico.

Dominic rapidamente lhe deu aquele olhar intenso de sempre antes de voltar ao assunto:

— Você já viu o quanto está marcado, uh? Cheio de manchas roxas? — perguntou.

Tristan franziu o cenho. Não havia reparado. Bem, não era a primeira vez, de qualquer modo. Quando Dominic o encheu de chupões no carro, na volta da The Cave, Tristan ficou um par de dias com manchinhas na pele clara do pescoço.

Dominic deslizou suavemente as mãos até sua bunda e apertou devagar, mas o ruivo soltou um gemidinho dolorido e desaprovador.

— Viu? — voltou a dizer, sussurrando perto de sua boca. — Sua bunda está completamente roxa e machucada. Eu nem me lembrava de ter te apertado tão forte. Sua entrada deve estar muito dolorida, não está? — indagou.

— Um pouco — respondeu, mentiroso. Mas ao ver Dominic encará-lo divertido, com as sobrancelhas arqueadas, suspirou vencido e revirou levemente os olhos. — Tá bom. *Muito*. Tá bem ardida — confessou baixinho.

— Me desculpe por isso, *Tetê*. Pelas marcas, pela casa. Quero dizer, você certamente vai passar a apreciar as marcas, quase todo submisso gosta delas, por trazerem memórias boas, mas... só irei fazê-las quando você me disser que posso. Vou cuidar de você, está bem? — Deu um selinho estalado na bochecha do ruivo, que suspirou em deleite.

— Fala de novo... — Tristan pediu, num murmúrio fraco e encantado. — Me chama desse jeito de novo...

— Ah, sim. — O moreno sorriu, sedutor. — *Tetê* — pronunciou lentamente. — Não perguntei se podia chamá-lo assim, me desculpe se tiver passado do limite.

— Eu amei — respondeu, num segundo. — *Me chame do que você quiser*.

— Venha aqui. — Entrelaçou os dedos nos de Tristan, puxando-o pelas mãos até o quarto. — Deite-se — mandou, já em frente à cama.

Ao ver Tristan encará-lo confuso, sorriu de leve e explicou:

— Nós não vamos transar. Já disse que irei cuidar de você. Aliás, essa é uma das regras no BDSM. Depois de uma sessão, o dominador deve cuidar do seu submisso, tratar dos locais onde ele tiver apanhado e coisas do gênero. Nós chamamos essa parte de *aftercare*, é um momento de cuidado com quem confiou os limites de seu corpo a nós. É o *cuidado depois de tudo*.

Tristan pareceu ainda mais confuso.

— Mas nós não praticamos BDSM.

— Isso não importa. Nós transamos, você está machucado, e eu sou seu dominador. Logo, é minha obrigação cuidar de você. Ande, faça o que falei e deite-se na cama de bruços — disse suave, ao que se agachou e mexeu na mochila abandonada no chão do quarto.

Tristan deitou-se e, após um minuto, sentiu Dominic sentar-se na cama, ao seu lado. Ouviu o barulhinho de zíper da *necessaire* sendo aberta. As mãos dele afastaram suas nádegas, e o movimento, mesmo fraco, fez com que soltasse um gemido de dor, já que suas pregas assadas se esticaram com a movimentação. Então, olhou para trás, querendo ver o que ele estava fazendo, encontrando-o com um dedo sujo, com um creme branco, que levou em direção à sua entrada ardida, dando uma sensação fria na pele.

— Essa é uma pomada de assaduras — Dominic explicou. Sua voz estava tão suave que o ruivo sentia como se o som fizesse cócegas em sua pele. — Irei passá-la em você toda vez que você for passivo. Sua entrada ficou bem vermelhinha, então a pomada irá ajudar com a dor e fará ela se recuperar logo, pra que a gente possa *brincar mais um pouquinho, em breve* — finalizou, deslizando o creme com o dedo nas pregas judiadas.

Em seguida, aplicou outro tipo de loção em Tristan, dessa vez uma transparente, em toda a pele das nádegas.

— Essa outra é uma loção calmante de *Aloe vera*. Vai ajudar com a vermelhidão e a dor na pele, além das marcas roxas. Em menos de uma semana, sua pele estará lisinha de novo — declarou. — E já que você vai estar lá em casa nos próximos dias, quero que deixe que eu faça isso. Eu mesmo vou aplicar a loção e a pomada em você, não quero que faça sozinho, me entendeu? — E pelo tom autoritário na voz, ainda que calmo, Tristan assimilou que aquela era claramente uma ordem.

— Sim, *Dom* — respondeu em voz baixa, assentindo levemente com a cabeça.

A despeito da vergonha arrebatadora que o tomava ao ter alguém vendo sua bunda tão aberta daquele jeito, tê-lo cuidando de si, de forma tão preocupada e carinhosa, havia, surpreendentemente, deixado o ruivo contente. O coração parecia aquecido.

Não que estivesse se iludindo e pensando que aquele cuidado era exclusivo para si, o dominador havia acabado de explicar que o tal *aftercare* fazia parte da relação de um dominador para com o submisso. Mas ainda lhe dava uma sensação inexplicável de conforto. A febre havia acabado, mas Tristan continuava manhoso.

Dominic, por sua vez, sorriu satisfeito.

— Bom garoto — falou, deixando um beijo estalado em um dos ombros de seu novo submisso. — Agora, vamos colocar suas roupas em uma mala e iremos lá para casa. Estou morrendo de fome — terminou, levantando-se.

— Dominic... — Tristan chamou, sentando-se na cama com cuidado, e encarou o chão.

— Uh?

— Não vai achar estranho que eu fique na sua casa? Você disse, naquele dia, antes de entrarmos em febre, que tentou isso de morar junto a um submisso, mas não gostou... E se... E se isso te fizer enjoar de mim? — perguntou com os olhinhos arregalados e temerosos, que haviam voltado ao tom de lilás natural.

Dominic sorriu, achando a expressão do garoto extremamente fofa.

— Não se preocupe com isso, Tristan. Não tem a menor possibilidade de eu enjoar de você. Principalmente depois dessa febre. Você fode *tão* gostosinho... — provocou com a voz baixinha e maldosa, junto a uma expressão safada no rosto, fazendo Tristan rir com as bochechas coradas ao lembrar-se do sexo animalesco que tiveram juntos naqueles dias, e no tanto de sem-vergonhices que foram ditas ao pé do ouvido. — Vamos começar a arrumar suas coisas — disse, levantando-se de prontidão.

No momento em que ele se virou para o armário para capturar as roupas do ruivo e começar a colocá-las dentro da mala, que tinha visto guardada em cima do móvel, Tristan notou os arranhões fortes nas costas dele e ficou tenso. Aquilo deveria ter ardido. Embora Dominic tivesse pedido que deixasse suas unhas crescerem, justamente para arranhá-lo, se preocupou em ter passado dos limites, já que os arranhões eram muitos, além de parecerem mais fundos do que seria considerado normal. Sequer se lembrava do momento exato em que havia feito aquilo. Talvez tenha sido quando Dominic o havia fodido de frente ou enquanto deitados na cama, no sofá, no chão, no chuveiro...

— Dom... — chamou novamente, vendo o alfa virar-se para si, despreocupado. — Eu acho que te machuquei. Na verdade, tenho certeza de que machuquei — disse temeroso.

Dominic, dando-se conta, acompanhou o menear de cabeça de Tristan em direção às suas costas; observou sua traseira no espelho da porta do armário. E então, sorriu ladino, voltando a fitá-lo.

— Pelo menos, em uma coisa você me obedeceu, uh? — falou em tom zombeteiro. Mas vendo sua expressão chateada, Dominic aproximou-se dele, segurando as bochechas macias entre suas palmas e encarou-o. — Ei, olhe pra mim... — E ao ter os olhos redondos de Tristan presos nos seus, continuou: — Eu disse que curtia ser arranhado, não disse? Eu mesmo pedi que deixasse suas unhas crescerem para que pudesse me arranhar, não foi?

— Mas eu exagerei... — murmurou de volta.

— Se eu tivesse me incomodado, teria pedido para parar. E não me lembro de ter pedido algo assim — terminou, fazendo um carinho na bochecha alheia, e então soltou o rosto do mais novo, voltando a tirar as roupas do armário. — Além do mais, detesto sentir dor, com exceção da dor do *scratching* e de... Bem, você sabe — disse em tom suave.

Mas Tristan realmente não havia entendido e permaneceu encarando as costas do alfa, de cenho franzido.

— Não sei, não. O raciocínio aqui é lento — disse bem-humorado, já mais tranquilo de não ter chateado o alfa com a coisa dos arranhões.

O ex-tenente-coronel se virou para ele, fitando-o com os olhos apertados.

— A dor da penetração — esclareceu.

— Seu pau dói quando penetra alguém? — perguntou, ainda confuso. Mas dê um desconto a ele, o pobre coitado havia acabado de acordar.

Dominic sacudiu a cabeça, desacreditado.

— Não, Tristan. Me refiro à dor de *ser penetrado.*

— Ah! — ele exclamou, arregalando levemente os olhos. — Então, você...

— É claro que sim. Ser dominador não me obriga a ser apenas ativo. Posso ser passivo e ainda dominar. Se você sempre fica com alfas, quer dizer que nunca...?

— Fui o ativo? É, nunca. Pelo menos, não com alfas homens — respondeu amargo, levantando-se. — Parece que os outros machos de nossa classe pensam que, por eu ter genes ômegas, estou apto apenas a ser passivo. Os únicos machos que pude penetrar eram ômegas e betas, mas já te falei que não sou chegado a ômegas. Apenas ficava com alguns no início, durante as febres e só. Hoje em dia, não mais. Também já fui ativo com mulheres de todos os subgêneros. Mas prefiro ficar sozinho ou com betas. Cheiro ômega não me atrai. Alguns até me enjoam, com exceção do meu próprio.

Dominic caminhou até ele, segurando-o delicadamente pela cintura fina, agora que o outro estava de pé na frente da cama, roçando levemente seus membros adormecidos, causando um arrepio no mais novo, que suspirou com o toque e proximidade, por ainda estarem nus.

— Então, parece que serei seu primeiro em alguma coisa, Tristan... — disse malicioso e profundamente satisfeito.

O mais alto mordeu os lábios, atiçado. Se estava entendendo bem, e estava, Dominic queria dizer que embora fosse um alfa e um dominador, deixaria Tristan penetrá-lo. Só de imaginar, já sentia seu corpo esquentar e seu pau despertar.

— Mas não se anime muito, alfa — falou, divertido. — Você será o ativo, mas quem continua a mandar aqui sou eu. Você não vai controlar nada. Talvez eu até te amarre de novo para impedir que me desobedeça — terminou, dando um toque brincalhão no queixo furadinho do ruivo, e voltou a catar as roupas no armário.

— Me amarrar como fez ontem? Com a camisa? — retrucou com um sorriso de lado, cruzando os braços e mirando-o de cima a baixo.

— Sim. Se você não se comporta, eu faço com que se comporte — o moreno rebateu em tom provocador igual ao dele. — Agora, me ajude com isso aqui, não sou seu empregado.

Os alfas entraram na casa da frente, ambos carregando mochilas e malas, com os principais pertences de Tristan, além de algumas sacolas com a pouca comida que restava em sua geladeira e, é claro, o gato que era gata ou, bem... quem poderia ter certeza?

Dominic tomou as sacolas de comida de suas mãos e as deixou na cozinha, mas logo voltou até a sala para ajudar Tristan com as bagagens, direcionando-o para o andar de cima.

O ex-militar abriu a portinhola da casinha e a deixou no chão, para que Minzy saísse à vontade, o que o bichano imediatamente fez, percorrendo curiosamente o ambiente.

O ruivo estava um pouco nervoso. Nunca tinha sequer visto a escada da casa de Dominic. Conhecia bem a fachada, a cozinha e a sala. Mas no máximo havia ido até o banheiro, no dia em que o encontrou bêbado na rua e precisou fazer um curativo na testa cortada pela pedrinha. Contudo, não tinha se atentado a nada. Agora que a parte do corredor, onde havia a escada, lhe era revelada, Tristan tinha os olhos dobrados de surpresa.

As paredes eram cinza como as da sala, e a escada tinha os degraus suspensos na parede, como prateleiras transparentes, dando a impressão de que se estava pisando no ar. O corrimão era vermelho e brilhoso, como uma lâmpada neon acesa. Era tão *high-tech* que chocava.

— Uau — exclamou impressionado, subindo a escada com um sorrisinho desacreditado no rosto. — Dominic, esse lugar é incrível. É ainda mais bonito aqui atrás do que nos primeiros cômodos — ficou maravilhado.

— Ainda bem — devolveu. — Gastei um ano inteiro de salário em material, mão de obra e um *designer de interiores* metido à besta — declarou rindo. — Mas vejo isso como um investimento. Agora, a casa vale o dobro.

Quando chegaram ao fim da escada, começaram a caminhar pelo corredor não muito extenso que também possuía as paredes cinza e abrigava quatro portas.

— Esse primeiro quarto é o de hóspedes... Não que eu receba muita gente pra passar a noite dormindo — disse risonho, apontando para a primeira porta da esquerda. — Você poderá ficar nele, mas não há um banheiro. O banheiro é nessa porta ao lado do quarto.

Tristan ficou um pouquinho aliviado. Estava se sentindo incomodado de ter que dividir o quarto com Dominic, como se fossem um casal, afinal não estavam envolvidos assim *ainda*, embora seu coração desse fortes disparadas na presença dele.

— A porta da frente é o meu quarto. Não vamos dividir o banheiro do corredor, então pode deixar seus cosméticos espalhados se quiser, mas não exagere na bagunça — falou rindo, com os olhos vermelhos se fechando de um jeito adorável. — Também pode usar o banheiro lá de baixo, mas ele não tem chuveiro, é só um lavabo.

— Tudo bem — Tristan respondeu tranquilo, vendo o outro abrir a porta do quarto de visitas onde agora ele dormiria. Mas antes de entrar, reparou que havia uma porta sobre a qual Dominic não havia explicado. — Dominic... — chamou, vendo o alfa, que deixava as bolsas no quarto, olhar para si. — E aquela porta no fim do corredor, de frente pra escada? — indagou, apontando para ela com o queixo furadinho.

— Vá até lá — o ex-tenente-coronel respondeu com um sorriso suspeito surgindo nos lábios.

Tristan soltou as bolsas e a mala no chão de seu novo quarto e foi em direção à porta. Ansioso, abriu rapidamente, prendendo o ar e arregalando os olhos em total surpresa, ao deparar-se com a decoração: *era um quarto decorado apenas com apetrechos e móveis de práticas de BDSM*.

— Essa é a minha masmorra — ouviu a voz suave de Dominic falando atrás de si. Tristan virou-se para ele com um olhar pidão, que logo entendeu. — Pode ir. Mexa no que quiser. Preciso que se familiarize mais com os acessórios.

Tristan, então, caminhou pelo quarto, tocando delicadamente nos móveis de couro expostos, admirado. Em um canto havia algo que parecia uma rede de balanço, com tecido de couro, pendurado no teto por correntes grossas de ferro, dos quatro lados, em frente a espelhos. Virou-se para Dominic, com a expressão indagativa, mas antes que verbalizasse sua dúvida, o alfa se adiantou:

— Esse é um balanço erótico. Tem a mesma função da cama, é pra transar. A diferença é que enquanto o submisso fica deitado nele, o dominante fica de pé, estocando. E dá mais facilidade aos movimentos, já que é um balanço, então posso apenas puxar as correntes para que seu corpo vá para frente e para trás, movimentando-se enquanto fico parado. Quase como fizemos na janela.

Tristan assentiu, voltando a observar o resto do quarto, curioso.

As paredes eram cinza ali também, mas as lâmpadas vermelhas espalhadas, nos cantos entre o teto e as paredes, faziam parecer que o cômodo era todo vermelho, um ambiente perfeito para a prática de atividades sexuais, tudo muito sensual.

No meio da masmorra, havia algo que parecia uma maca de couro acolchoada, e a parte debaixo dela era envolta por grades de ferro, como uma jaula. Tristan levantou uma das sobrancelhas ao imaginar que Dominic já havia prendido pessoas dentro dela, durante um *pet play* certamente, já que, nesse fetiche, uma das pessoas vestia-se e comportava-se como um animal, e o uso de jaulas era comum nas encenações, ele tinha visto em pesquisas recentes.

Sentiu-se levemente incomodado... Aquilo era... ciúmes outra vez? Preferia que fosse apenas palpitação cardíaca.

Mordendo a parte interior das bochechas de modo nervoso, voltou-se ao mais velho, perguntando disfarçadamente:

— Você já trouxe muitas pessoas aqui, não é?

Mas o tom de sua voz não soava tão despreocupado quanto gostaria.

Dominic passou alguns segundos parecendo procurar as palavras certas para responder:

— Nunca tive tempo para trazer submissos aqui. Estava sempre no quartel, você sabe. Quando aquele sub morou comigo, não tinha construído esse quarto ainda. Na verdade, construí apenas recentemente, alguns meses antes de sair do exército, mas só ficou pronto um mês atrás.

— É recente, então. Mas não me lembro de ter visto carros ou movimentação de materiais na sua porta... — Logo tratou de voltar a circular pelo quarto. Não queria que Dominic notasse seu desconforto com aquele assunto e entendesse de maneira errada.

— Tem outra entrada nos fundos da casa. — Ele apontou, com o dedo, na direção. — Fica na garagem, foi por lá que os pedreiros entraram e saíram com material.

— Ah, mesmo? — Ficou surpreso. — Eu não fazia ideia de que tinham casas assim por aqui, com entrada em duas ruas.

Se Dominic tinha construído aquela masmorra na mesma época em que se afastou da Força Aérea, isso queria dizer que foi um pouco antes de ficarem juntos pela primeira vez. Porém... a primeira vez que viu Dominic entrar com alguém, em sua casa, foi justamente depois de terem aquela pegação na cozinha. Logo, se viu pensando que, talvez, ele tivesse estreado a masmorra com o tal Calebe.

Quis rosnar de raiva, mas respirou fundo, repetindo mentalmente: *Nós dois não tínhamos e ainda não temos nada. Controle-se, Wolfgang, seu possessivo do caralho!*

Percorrendo o largo cômodo, notou que um belo tapete vermelho enfeitava o meio do lugar e, em outro canto, existiam chicotes, *harness*, cordas e palmatórias penduradas na parede. Havia também uma estante toda de vidro, onde diversos acessórios repousavam, alguns parecendo extremamente assustadores, como se fossem objetos de tortura, além de alguns vibradores. A maioria já havia visto durante os treinamentos com Dominic. Mas claramente havia uma infinidade maior ali.

— Não se assuste, todos são para seu máximo prazer, e só machuca se você quiser — Dominic disse bem-humorado.

— Isso parece uma aranha — Tristan apontou para um objeto de aço, que possuía várias pontas finas, lembrando um aracnídeo.

— Parece, por isso se chama *spider gag* — esclareceu, com a voz suave. — Ela mantém a boca do submisso bem aberta, de modo que ele não possa fechá-la, apenas mexer a língua.

— Pra quê serve? — indagou, genuinamente curioso.

— Não consegue adivinhar? — ele devolveu, em tom malicioso.

O mais novo fitou o acessório por alguns minutos, antes de exclamar, surpreso:

— Para sexo oral?

— Não um sexo oral qualquer... — Dominic sorriu torto. — Um sexo oral *muito* profundo.

— Mas ficar com a boca aberta assim não faz a pessoa ficar babando sem parar? — perguntou com uma careta.

— Esse é o ponto — respondeu o dominador, dando de ombros, junto a uma risadinha pela comparação. — Mas a saliva serve pra lubrificar, além de ser excitante ver alguém babar com a boca cheia do seu pau, não acha?

Tristan deu de ombros também, mas era para esconder o quanto aquela imagem, formando-se na sua cabeça, do pau de Dominic enterrado *inteiro* na sua garganta mexeu com ele.

— Você gosta quando vão fundo na sua garganta, né? Você disse que curtia, e durante a febre, confirmei...

— Você sabe que sim — Tristan quase ronronou.

— A *spider gag* serve para isso. A *ring gag* também, percebe? — Apontou para um objeto parecido, que consistia numa mordaça, com um anel de circunferência grande no meio. Grande o suficiente para passar um pênis por dentro dele.

Havia também outros tipos de mordaça, de diferentes materiais: silicone, aço, pano, além de vendas em diferentes formatos e cores, plugs anais coloridos, coleiras com guias, anéis penianos e algemas. Era uma infinidade de acessórios que, nem se ele quisesse, teria tempo de catalogar tudo o que havia ali. Alguns já conhecia, pois Dominic os tinha mostrado nas aulas preparatórias que tiveram nas últimas semanas. Entretanto, a maioria ele não conhecia ainda, e os objetos pareciam novos.

— Você colecionou tudo isso ao longo dos anos? — o ruivo indagou.

— Não. Alguns, claro, são antigos. Mas a maior parte é de acessório novo, por uma questão de higiene. Não vou usar um estimulador de próstata, em você, que já tenha usado em outra pessoa, por exemplo. Seria anti-higiênico. Já alguns itens, como as palmatórias, por exemplo, já usei com outras pessoas, pois eles não tiveram contatos com áreas íntimas ou sangue. Sempre os esterilizo apropriadamente.

— Está dizendo, então, que comprou boa parte pra... usar comigo? — questionou incerto.

— É claro. — Dominic ofereceu um sorriso surpreendentemente doce. Tão doce que algo no peito do ruivinho derreteu.

Em um armário branco, posicionado entre a estante de vidro e um enorme espelho, Tristan encontrou lubrificantes, velas aromáticas, incensos, isqueiros e aparelhos que pareciam ser eletrodos. Entendeu rapidamente, já tendo assistido a vídeos sobre estimular o parceiro com choques, e sentiu um arrepio na espinha.

— Você não vai usar esse negócio de choque em mim, né? — indagou assustado.

— Só se você quiser — Dominic respondeu tranquilo. — Já falei que só faremos o que tivermos acordado antes. Se você quiser experimentar os choques, faremos. Eles são fraquinhos, eu já testei. Na verdade, causam mais adrenalina, pelo medo da coisa. Dependendo da intensidade e carga do choque, pode-se causar uma ereção. Manusear um aparelho de choque é algo que requer muito estudo, e demorou muito tempo para que eu aprendesse da maneira correta. Mas se você não quiser, não usaremos, fique tranquilo.

— É, eu acho mesmo que não quero.

Tristan observou, pelo espelho, um suporte de madeira num formato de X. Foi uma das primeiras coisas em que havia reparado no quarto, porque já fazia uma boa ideia para que servia, uma vez que este elemento aparecia com muita frequência em vídeos eróticos de BDSM, mas deixou para vê-lo por último. Andou até ele, deslizando as mãos pela madeira grossa, tocando as algemas de couro ali acopladas. Um pouco acima, no teto, notou que existiam suportes esquisitos. Buscou o olhar do dominador, que logo entendeu e lhe explicou:

— Servem para suspender o parceiro com cordas. A prática de imobilizar o parceiro está dentro do *bondage*. Eu ainda não cheguei a lhe explicar sobre *bondage*, certo?

Ele abaixou sutilmente a cabeça, em sinal de submissão, e olhando para os próprios pés, respondeu:

— Não muito profundamente, *meu senhor*.

Notavelmente, Tristan ia aprendendo a se portar diante de seu dominante e como se dirigir a ele, quando o personagem de dominador começava a surgir; e quando este surgia, o ruivo automaticamente entrava no seu próprio de submissão.

— Como você já sabe, o B de BDSM é de *Bondage*, o D Disciplina, o S de Sadismo e, por último, o M de Masoquismo. Há quem diga que o D e o S, na sigla, significam Dominação e Submissão, mas, a meu ver, *dominação* e *submissão* estão inseridas dentro do D de Disciplina. Nas práticas de sadismo e masoquismo, estão os fetiches de causar dor ou senti-la, seja de forma física ou psicológica. Já o *bondage* é completamente relacionado à restrição de movimentos do sub e também à privação dos sentidos, como usar uma venda, por exemplo. Eu posso imobilizá-lo com algemas, numa cadeira, nesse objeto de madeira... Aliás, chama-se *Cruz de Santo André*, porque, como viu, parece uma cruz, mas é em formato de X. A imobilização pode ser feita de diversas formas e com incontáveis materiais, como *silvertape*, que é algo mais rústico, eu diria, ou uma mordaça, como a *ball gag*, a *spider gag* e qualquer restrição da fala em geral, também fazem parte do *bondage*, percebe? Também temos a imobilização por cordas...

Despreocupadamente, o dominador sentou-se numa poltrona de couro cor preta mais adiante, fazendo sinal para que Tristan se sentasse na outra, de frente para ele.

— O *bondage* é derivado do *shibari* japonês; é uma técnica advinda da arte marcial de amarrar e restringir os movimentos de um prisioneiro. No BDSM, além de amarrar os braços, as pernas, os punhos, ou até mesmo amarrar o sub em uma cadeira ou mesa, há também o *bondage* de suspensão, quando a pessoa é amarrada e suspensa no teto, ficando com o corpo livre para exploração do dominador. Foi para isso que pus aqueles suportes lá em cima.

Tristan observou que, no último canto do quarto, havia uma cama maior que uma de solteiro, mas não tão larga quanto a de casal, que possuía dossel de ferro. Estava bem forrada, com um lençol vermelho e dois travesseiros de mesma cor. Certamente, era uma cama apenas para sexo.

Engoliu em seco, incomodado novamente, ao pensar em Dominic transando com outra pessoa, mais especificamente com o tal Calebe. Mas se ele mesmo havia declarado que a masmorra era recente e que não havia levado alguém ali ainda, Tristan precisava deixar suas desconfianças de lado.

— O mais importante é saber fazer as restrições de movimentos. Não se deve amarrar as articulações e nervos do submisso, por exemplo, porque isso pode trazer resultados ruins, será algo malfeito. Alguns dominadores usam justamente esses pontos perigosos quando precisam punir os subs. É uma irresponsabilidade, porque algo pode dar realmente errado nesses casos — disse sério. — As cordas são de algodão, para não machucarem muito a pele com o atrito. Aquele que gosta de ser amarrado, especificamente por cordas, é chamado de *rope bunny*, e o Dom, que gosta de amarrar alguém com cordas, é chamado de *rigger*. São apenas rótulos, não necessariamente você precisa decorá-los, estou apenas explicando para que saiba. De qualquer modo, não esqueça que, mesmo as imobilizações podendo ser feitas com diversos materiais, estes precisam ser específicos para não machucarem o submisso.

— Eu vou poder te amarrar? — Tristan indagou, animado, e Dominic riu, pateticamente escandaloso, achando a inocência do garoto uma fofura só.

— É claro que não, *bebê*. Sou um dominador e necessariamente um *rigger*. Se eu deixar você me foder, não deixo de ser dominador, mas se eu deixar você me amarrar, ficaria submisso a você, entende?

Tristan assentiu, um pouco brochado. Mas pensou que, se tivesse a oportunidade de amarrar Dominic, não saberia o que fazer depois. Teria de comandar as coisas, e Tristan não era do tipo que sabia comandar coisa alguma. Preferia não ter o trabalho, tampouco ser responsável de nada, não tinha confiança para isso. Certamente, se aprendesse a ser alguém confiante, se atrevesse a dominar alguém, mas não era sua preferência.

Dominic levantou-se e caminhou tranquilamente pelo quarto de iluminação vermelha. Tristan acompanhou cada passo do dominador com devoção em seus olhos redondos. Costumeiramente, Dominic já possuía uma postura altiva, mas, ali dentro, era como se ele entrasse no personagem dominante com ainda mais convicção.

— Voltando ao *bondage* — continuou a explicar —, você, como sub, necessariamente será um *rope bunny*, caso goste de ser amarrado. Algumas daquelas cordas já vêm com os nós feitos, para que eu apenas a encaixe em seu corpo. Posso amarrar qualquer parte sua, desde os tornozelos até suas bolas, por exemplo, evitando as áreas críticas que já citei. Amarrar as bolas, nesse caso, serviria como um anel peniano, retardando seu orgasmo. Prender o sub no teto é um pouco mais doloroso, já que seu corpo fica suspenso pelas cordas e elas podem machucar um pouco.

— Quero tentar. Lembro-me de ter visto a Roxy e o Bastien fazendo naquela noite, na The Cave.

Dominic assentiu, animado. Tristan estava realmente interessado em muitas das práticas, era um experimentalista. Gostava de testar um pouco de tudo, embora deixasse claro os limites que não ultrapassaria. Mas nada que um bom esclarecimento da parte de Dominic não pudesse, talvez, mudar a mente dele para, pelo menos, tentar uma vez. Sabia que, principalmente por ser um iniciante, ainda que fosse aberto demais para experimentar as coisas, Tristan teria medo de outras, por isso daria o seu melhor para despertar o interesse do ruivo no que o assustasse inicialmente, assim como tinha feito na coisa da janela.

— Dominic... — o garoto chamou, com uma caretinha engraçada. — Quando vi a *cena* do Bastien com a Roxy, ele desobedeceu a uma ordem, mas não foi de forma suave... Ele realmente disse que ela devia *ir se foder*. Isso não é meio que desrespeitoso? — perguntou com os olhos cor lilás bem abertos de curiosidade.

Dominic soltou uma risadinha, porque aquele garoto conseguia deixá-lo encantado com todas as suas expressões e o jeitinho engraçado. Alguma coisa na personalidade do alfa mais alto o atraía, mas não sabia dizer exatamente o quê; certamente era tudo. Tudo sobre o dono dos fios vermelho-cereja e de aparência leonina lhe era fascinante. E aquele sorriso junto às ruguinhas, nos cantos dos olhos, eram uma fofura só. Tristan era muito meigo, sem perceber. E manhoso na medida certa. Dominic não curtia submissos carentes, mas adorava um submisso manhosinho.

— Seria desrespeitoso, sim, mas o negócio é que, naquela *cena*, tudo foi previamente acordado — ele respondeu tranquilo. — Isso é porque a Roxy tem fetiche em ser xingada. Ela é uma *degradee*, mesmo sendo dominante. Ela é como um oposto meu. Enquanto eu gosto de ser elogiado, Roxy gosta de ser afrontada, não só com xingamentos. Isso acaba fazendo dela uma verdadeira domadora de *brat*s, só não se nomeia desse modo, porque ela curte vários tipos de submissão, ainda que prefira a afronta.

— *Whoa!* — Tristan exclamou espantado. — Nero nunca me explicou isso sobre a Roxy profundamente...

— Isso é porque nem ele sabia. A real é que a Roxy sempre gostou muito da personalidade daquele beta, mas o achava submisso *demais* nas sessões. Então, para ela, que tem preferência maior em ser domadora, as coisas ficaram sem graça. Ela sempre evita ficar com submissos perfeitos, prefere os *switchers*, porque um *switcher* tem uma parte da natureza dominante, e isso consequentemente se sobressai quando ele tenta submeter-se, ou seja, uma parte dos *switchers*, quando submissos, acaba sendo malcriado. Mas o Rope não. Ele agia como o submisso perfeito. Ele faz parte da outra parcela de *switchers*, que justamente por saber bem como é estar no outro lado da relação, se porta perfeitamente bem. Por isso, Roxy o deixou pelo Bastien.

— Então, se eles se resolveram e estão juntos agora... — Tristan ponderou lentamente, raciocinando, antes de abrir um sorrisinho debochado. — Isso quer dizer que o Neno está sendo um submisso malcriado para agradá-la? Minha nossa, alguém vai ser muito zoado! — Riu e jogou a cabeça para trás.

Dominic sorriu de lado, metendo as mãos nos bolsos de sua calça moletom, e observou-o. A risada de Tristan era engraçada, lhe dava vontade de sorrir também. Ele conseguia ser fofo, até sendo escandaloso, e isso era algo que sempre reparou no garoto e considerava um charme.

Precisava tomar cuidado para não se deixar levar por Tristan Wolfgang, porque uma coisa era certa: desde o fim de seu noivado, o ex-militar nunca ficou exatamente encantado com ninguém. No máximo, sentia uma coisinha aqui e outra ali, já que não tinha coração de gelo, mas nada ia à frente, enjoava fácil e a pessoa perdia a graça... E aí veio Tristan. O novo vizinho, de cheiro intrigante, olhos lilases, como quase ninguém tinha, rosto lindo de expressão inocente, junto a uma personalidade cativante.

Enquanto se mantinha num nível superficial de interação com o garoto, estava protegido. Mas, agora, próximos desse jeito? Seria difícil controlar aquele calorzinho irritante subindo em seu peito. Até porque, sempre o adorou.

Dando-se conta dos absurdos que estava pensando e no quão idiota devia parecer ao encarar o ruivo, o ex-tenente-coronel aprumou-se e voltou a falar, todo *negócios*:

— Durante nossa febre, acho que você pôde notar alguns fetiches meus — disse. Não estava ali para ficar falando sobre Rope, era claro. Até porque, sentia certo ciúme de seu novo sub com aquele sujeito. O beta era um bom dominador e o Alpha Dom sabia disso. Não queria pensar na possibilidade de perder seu maior almejo para outro. — Me diga quais fetiches acha que tenho, pela sua observação.

— Hum... Além de ser arranhado, me parece que você gosta muito que implorem por você — Tristan foi astuto.

— Só isso? — insistiu, com uma sobrancelha arqueada.

— Além de mandar, obviamente, você também gosta de castigar... Aquilo que fez comigo na janela foi um castigo, certo?

Dominic balançou a cabeça, negando.

— Não, meu bem. Eu não te castigaria durante a febre. — Ele sorriu suave. — O medo pode ser um ótimo estimulante. Você sentiu medo de cair da janela, e a adrenalina em seu corpo te fez ficar mais excitado, não fez? — checou, observando Tristan atentamente.

— Hum... Muito, na verdade. Mesmo sabendo que você não me deixaria cair de propósito, sabia que algum acidente poderia acontecer...

— É muito fácil te ler, Tristan — disse com a voz provocadora outra vez. Aliás, o dominador parecia gostar de usar aquele tom com ele, noventa por cento do tempo.

— Está dizendo que sou previsível? — questionou incomodado.

— Não. Eu sempre me surpreendo com você. Mas consigo adivinhar quais fetiches te agradam, justamente porque eles parecem combinar muito com os meus. Nesses três dias de febre, pude notar como nos encaixamos bem. Você me tocava exatamente como eu queria ser tocado e vice-versa. Nós faremos uma boa dupla — soltou uma piscadinha galanteadora para o ruivo, que sentiu seu interior fisgar.

*Tinha algum minuto do dia em que aquele sujeito não fosse seduzi-lo daquele jeito?* Tristan se perguntava.

— Tendo isso explicado, você deve ter entendido que te causar medo, pelo perigo durante o sexo, significa que não era algo seguro. Certo?

— Certo. Mas não estávamos praticando BDSM, então acho que não conta. Ou conta?

— Conta. — Dominic balançou a cabeça. — Existem outras vertentes do BDSM, além do SSC. Usar o medo como tempero excitante no sexo se encaixa na vertente do RACK, que significa *Risk Aware Consensual Kink*. Quer dizer que é uma prática não segura, mas que os praticantes estão cientes do risco e aceitam praticá-la, como você aceitou que eu te pendurasse na janela. Tem risco, mas permanece consensual. Mas, agora, chega de BDSM. Vamos tomar café da manhã — chamou, puxando-o pela mão.

E enquanto desciam as escadas transparentes, o ruivo não conseguia parar de sentir seu coração bater de forma errática no peito. Cada toque de Dominic deixava seu corpo mole. E ele era tão cuidadoso e bondoso que o rapaz sentia borboletas no estômago, embora tivesse vontade de matar todas elas. Desejava servir aquele homem, mais do que qualquer outra coisa, nos últimos tempos. Queria tê-lo em cima de si, fazendo o que quisesse consigo, e ele aceitaria de bom grado. Se fosse para ter Dominic cuidando dele daquela forma, faria o que o outro quisesse para agradar. Até mesmo beijaria seus pés — não que Tristan tivesse fetiche por isso, mas pensar em como seria ajoelhar-se no chão e literalmente beijar os pés de Dominic dava-lhe uma sensação estranhamente gostosa, de satisfação.

Riu internamente. Estava se saindo um baita submisso. Nero sempre esteve certo, era claro agora. Muito claro... assim como o fato de que estava ficando caidinho por Dominic Von der Guth. E aquilo, talvez, fosse um grande problema.

*É só sexo, Tristan*, repetiu para si mesmo. Talvez, assim, seu cérebro se convencesse a parar de se apaixonar a mil por hora.

# 11

# Decida-se

Tristan sentiu algo macio tocando em seu pescoço, de forma suave e carinhosa, mas era notável que aquele carinho tinha intenções de fazê-lo despertar. Sonolento, resmungou algo incompreensível e virou-se para o lado oposto, encolhendo o corpo, trazendo os joelhos para a altura do peito, encolhido como num casulo, puxando o lençol com cheiro de amaciante para cobrir-se mais.

— Hora de acordar, garotinho — ouviu a voz doce de Dominic dizer.

Ignorou.

Nada nem ninguém tirariam de seu soninho confortável. Aliás, sua mente nem mesmo conseguia assimilar o que diabos Von der Guth fazia ali, ainda não havia se acostumado com outra pessoa acordando-o.

O tecido quentinho foi arrancado de seu corpo, fazendo-o franzir o cenho, incomodado.

— Vamos, sem manha — disse o moreno e, em seguida, estalou um tapa em sua traseira, o barulho ricocheteou alto no silêncio do quarto.

O mais novo fez um bico e lentamente abriu os olhos, estranhando os móveis. Alguns segundos foram necessários para que assimilasse onde estava, por que estava e com quem estava. Suspirou, virando-se de barriga para cima, e espreguiçou-se de forma desengonçada, soltando bocejos vergonhosos junto a gemidos engraçados.

Dominic prostrou-se ao pé da cama, segurando o dossel de ferro enquanto observava o garoto voltar à realidade.

Tristan, então, levantou o tronco, sentando-se no colchão, mas com os olhos ainda fechados e uma careta incomodada, ainda muito fora do ar.

Dominic segurou uma risadinha, observando os cabelos cor de cereja completamente armados, junto a uma carinha inchada, o cenho franzido e um bico chateado nos lábios, que o deixavam ainda mais bonitinho.

Mordeu o lábio inferior, reprimindo-se. Ninguém acordava bonito, as pessoas acordam com a pele brilhando de oleosidade, olhos inchados e fios de cabelo parecendo resultado de choques elétricos. Em contrapartida, por algum motivo — o qual ele preferiu não pensar muito sobre — Tristan Wolfgang, mesmo acordando deste modo, parecia a coisa mais graciosa do universo.

Ele sentiu algo em seu estômago dar uma guinada e conteve a vontade de suspirar. Por que infernos esse alfa tinha que o deixar tão... *arriado*? Sua cabeça estava lhe pregando peças, aquilo tudo estava indo rápido demais, e não era isso que queria. Não teria uma relação romântica com Tristan, ele não deveria ser diferente dos outros submissos que já tinha tido.

Sequer haviam começado a praticar BDSM *de verdade*, apenas explorado sutilmente alguns fetiches, como quando amarrou os punhos do garoto com sua camisa cara, ou quando o fez sentir um pouco de medo, provando do tesão que a adrenalina no sangue lhe causaria.

Admirar Tristan Wolfgang como uma joia rara, no entanto, o deixava apreensivo. Dominic não tinha sentimentos muitos fortes há muito tempo, já que após o rompimento de seu noivado, anos atrás, com Louis Yang, ficou temeroso quanto a entregar-se para alguém.

Não era medo de sentir, mas sim de decepcionar-se, de modo que sua mente o impossibilitou de sentir qualquer coisa mais forte por qualquer pessoa. Criava, sim, um carinho por seus submissos, mas era algo que apagava tão rápido quanto se acendia, assim como a chama de uma vela em meio à umidade.

Não que passasse a odiá-los, mas era como se as coisas perdessem a magia após um par de meses. Até mesmo o sexo se tornava sem graça. E, desse jeito, nenhum submisso durava tanto em uma relação com o Alpha Dom. Vivia feliz desse modo, tranquilo, sem sentimentos sufocando-o e lhe tirando o controle.

Porque Dominic Von der Guth odiava perder o controle.

Aparentemente, apenas Tristan podia bater de frente com ele sem deixá-lo verdadeiramente furioso.

Desde os primeiros contatos que os dois tiveram, basicamente em tudo que o ruivo o contrariava, ele achava simplesmente uma graça, como se fosse uma espécie de charme pessoal. Não sabia se era porque o garoto era mais novo, se era porque tinha aquela carinha de inocente, ou se apenas se deixava levar pelos olhinhos lilases curiosos. Mas o fato era que Tristan simplesmente parecia um gatinho filhote, desses que sempre fogem de carinho, mas que quando você menos espera, enroscam-se na sua perna, pedindo atenção. E *ai dele* se não lhe desse atenção.

O ex-tenente-coronel deu uma pequena tossida e falou ao ruivo, com a voz mansa:

— Vá se lavar e desça para tomarmos café.

— Que horas são agora? — o rapaz indagou, já tentando abrir os olhos, ainda com uma grande careta no rosto.

— 9h — respondeu-lhe.

— E por que está me acordando tão cedo, Von der Guth? Eu só trabalho às 4h da tarde! — resmungou, enquanto massageava os próprios ombros.

— Eu sou seu dominador, devo estabelecer seus horários para que você tenha disciplina — respondeu.

Tristan abriu bem um dos mirantes, mantendo o outro ainda fechado, sem desfazer a carranca. Odiava ser acordado. Odiava com todas as suas forças.

— Até onde entendi, nossa relação não se estende tanto assim. Eu não gosto de ser acordado, nem de ter meus horários controlados. Aí já é demais, isso me deixa mal-humorado...

Dominic deu uma risadinha, mas não tinha gostado muito da resposta, havia ficado um pouco sem jeito ao ser bloqueado. De fato, não haviam acordado em uma relação de total troca de poder, para que delimitasse os horários do mais novo, contudo, morando na mesma casa, ainda que temporariamente, seria necessário que tivessem horários iguais.

— A disciplina é algo que você não quer ter, mas precisa, para conseguir o que quer. E é só enquanto você estiver por aqui, garotinho. Nós precisamos ter horários semelhantes, entende? — contrapôs, calmo. — Não aproveitaremos nada se você passar o dia todo dormindo enquanto estou acordado, e vice-versa.

— Ah... — Tristan grunhiu, entendendo. — Tudo bem... Mas olha, não tem como me acordar um pouquinho mais tarde? Normalmente trabalho até meia-noite, e duas vezes na semana cubro folgas no turno da madrugada. Se acordar tão cedo assim, vou ficar destruído — disse com um biquinho.

— Não se preocupe — Dominic sorriu. — A partir de amanhã, te acordarei às onze, de acordo?

O mais novo assentiu, levantando-se preguiçosamente da cama:

— De acordo... — murmurou, caminhando em direção à porta, enquanto coçava os olhos.

— Estou te esperando lá embaixo — o ex-tenente-coronel cantarolou, passando na sua frente. — Não demore — finalizou, deixando um rápido carinho na orelha alheia, e aí se retirou do quarto.

Tristan suspirou relaxado. O carinho despretensioso do moreno lhe agradou. Não era a primeira vez que o recebia, mas era tão sutil que o deixava desnorteado. Gostando ou não era naturalmente manhoso, gostava de carinho, gostava de sentir-se cuidado. Aquilo o enchia de satisfação, e a única coisa que sua mente apontava era o quanto queria agradar de volta quem lhe dava o que queria. E essa pessoa era Dominic.

Coçando a nuca preguiçosamente enquanto bocejava, entrou no banheiro do corredor, olhando-se no espelho grande acima da pia. Fez mais uma careta. Era desse jeito que o glorioso Alpha Dom o tinha visto? Ah, mas que grande merda! Ninguém deveria ser obrigado a ver sua cara amassada e o cabelo vergonhosamente armado daquele jeito.

Bufou, inconformado. Trataria de fazer algo quanto à sua aparência antes de dormir se Dominic fosse acordá-lo todo dia. Se o outro o visse desleixado daquele jeito com frequência, temia que ele perdesse totalmente a atração. Aliás, era assim que parte dos casamentos acabava, certo?

Escovou os dentes preguiçosamente antes de tirar a roupa, tão preguiçosamente quanto. Mas antes de entrar no chuveiro, observou seu reflexo no espelho. Observou cada milímetro da pele branca, pintada de marcas roxas, vermelhas e esverdeadas, principalmente no peitoral, pescoço e clavículas. Notou como algumas estavam aparecendo só agora, concentradas no encontro de seu pescoço e ombros, e também nos mamilos. Os biquinhos e aréolas eram normalmente marrons, mas seus entornos tomavam um roxo-azulado incrível.

Recordou-se dos momentos em que aquelas manchas foram pintadas pelos lábios macios do alfa dominador, e então estremeceu. Seu baixo-abdômen formigou, e era quase como se pudesse sentir as sucções do alfa em sua tez outra vez.

Um sentimento estranho começou a se alastrar em seu ser, tomando forma lentamente. Nunca foi muito de curtir que deixassem marcas, achava tão imaturo... Entretanto, agora, o sentimento definitivamente era oposto a esse. E era oposto porque eram as marcas de Dominic na pele dele. A prova viva de que, mesmo que por breves momentos, eles se pertenceram.

Lembrou-se das marcas no traseiro, sobre as quais Dominic havia comentado anteriormente, então se virou de costas para o espelho rapidamente, arregalando os olhos ao perceber os pequenos círculos com as marcas dos dentes do alfa em todo o lugar de suas nádegas, além de, é claro, as manchas roxas e esverdeadas em conjunto.

Percebeu que, atrás das coxas, existiam leves vergões vermelhos, dando-se conta de que eram frutos dos arranhões de Dominic enquanto metia fundo dentro dele. Resfolegou com a memória, mordendo os lábios, e então encostou a testa na parede de azulejo frio. Seu corpo estava ficando quente só com aquela recordação, e todo o seu fluxo sanguíneo começava a se direcionar ao pênis.

Até o dia anterior, as marcas não estavam tão fortes, mas o normal era que piorassem, para atingir o pico da coloração arroxeada e começarem a desaparecer, deixando manchas amareladas.

Olhou novamente para o espelho e sorriu. Aquelas marcas o estavam fazendo sentir-se satisfeito... Até que entendeu que o sentimento estranho que invadia seu corpo era o de orgulho. As marcas eram uma forte ligação entre ele e Dominic, e lhe davam um sentimento de posse em relação ao alfa. De pertencer a ele. E aquilo o deixava praticamente derretido.

— Fodam-se os clientes da loja — murmurou, encarando o próprio reflexo, com um sorriso ladino. — Vou deixar essas marcas bem à mostra. Agora, pertenço a Dominic Von der Guth... — Então riu, ainda mais abertamente, como um bobo, sentindo aquela sensação diferente causar um frio divertido em seu estômago.

Pensou seriamente em se masturbar no chuveiro, mas aquilo demoraria. Cogitou chamar Dominic para resolver seu pênis inflado, afinal a culpa era dele. Mas seu estômago roncou faminto. Não tinha o costume de banhar-se antes de comer, preferia fazer o contrário, mas resolveu que faria logo o que o mais velho lhe havia implicitamente ordenado, não querendo irritá-lo àquela hora da manhã. Até porque, teria de morar na casa dele, o que imaginava ser por algumas semanas; não seria bom irritá-lo enquanto estivesse sob a dependência dele, ainda que a culpa fosse sua.

Quando saiu do chuveiro, todo limpinho e cheiroso, foi até o quarto e fez o que tinha que fazer, para depois descer, vestido, até a cozinha, com os fios úmidos. Achava a coisa mais estranha descer aqueles degraus transparentes, que lhe davam a impressão de que cairia no chão a qualquer momento. Dominic devia ter realmente um bom dinheiro. Mas já era de se esperar, era um tenente-coronel da Aeronáutica anteriormente. E militares ganhavam muito bem.

— Bom dia — murmurou com um sorriso singelo, que imediatamente foi correspondido pelo alfa encostado no balcão da cozinha, enquanto assistia ao noticiário matinal. Ele se virou para o hóspede, estendendo-lhe uma caneca vazia para, então, a encher com o líquido preto fumegante que serviu para si mesmo também.

Tristan rapidamente bebericou o café para, em seguida, fazer sua, talvez, décima careta do dia.

— Dom, isso tá amargo...

O moreno o observou de cenho franzido, para depois se dar conta e soltar uma gargalhada.

— Oh... me desculpe. É que está sem açúcar... Já disse que prefiro coisas não muito doces... com exceção de você — terminou com uma piscadinha; o que fez Tristan sorrir de volta para ele, aceitando o flerte. — Tome, aqui está o adoçante. — Entregou-lhe o frasquinho transparente.

— Obrigado. — O ruivo adoçou a bebida quente, vendo-o pôr um enorme prato de ovos mexidos à sua frente, junto a algumas torradas.

— Bom apetite — declarou Dominic, dando a primeira garfada nos ovos. Aparentemente, dividiriam o mesmo prato, por isso a quantidade de comida ali.

Em um silêncio estranhamente confortável, os dois comiam e, não raramente, se fitavam. Na verdade, raro era não estarem se observando. Principalmente Dominic, que mirava atentamente e de forma não muito discreta as marcas roxas pelo corpo de Tristran, tendo a já conhecida satisfação de ver suas marcas de posse no corpo de um submisso. Por algum motivo, sentia-se ridiculamente satisfeito em dobro ao admirar suas marcas pelo corpo de Wolfgang. Ele suspeitava do motivo, Dominic Von der Guth não era bobo, se conhecia muito bem.

Sem se abalar com o olhar minucioso do outro sobre ele, Tristan puxou uma conversa:

— Não acho que você deveria me acordar todas as manhãs... — disse de boca cheia.

— Te incomoda muito? — indagou, observando-o com atenção.

— Na verdade, é que... não quero você me vendo com aquela juba de leão... — Ele riu. — Assim fere meu orgulho.

Dominic sorriu, sacudindo a cabeça enquanto passava manteiga na torrada para, então, a estender cuidadosamente em frente aos lábios de Tristan, que entendendo a deixa, abocanhou rapidamente o alimento oferecido.

— Não se preocupe com isso... Eu achei uma graça. Você fica muito fofinho descabelado, parece um fósforo. Talvez você seja a pequena luz na minha escuridão — falou comicamente, com uma das mãos no peito, numa péssima encenação de filme romântico.

— Ei! — Tristan retrucou, com uma bochecha mais inchada que a outra, por conta da comida, ao mesmo tempo que tentava não rir das gracinhas do alfa. E uma coisa que sabia, era que Dominic o fazia rir tanto quanto ele o fazia sorrir também. Era simplesmente incrível como se davam bem desde o começo.

O moreno gargalhou, cobrindo a boca e jogando a cabeça para trás, como sempre fazia, mas, dessa vez, ainda mais solto que de costume. A presença constante de Tristan o fazia relaxar e mostrar mais de sua verdadeira personalidade, agora sem medo algum de que o vizinho se aproximasse e viesse a descobrir sobre suas práticas incomuns. Já não tinham mais segredos... Com exceção de uma coisa, mas esta continuaria mantendo em segredo e rezaria para que o garoto jamais descobrisse, ainda que não estivesse fazendo exatamente algo errado. Apenas queria evitar um possível conflito. Submissos costumavam ser delicados nessas questões e não sabia *o quanto* Tristan era ciumento, todavia já tinha notado algumas características no alfa que demonstravam que ele não aceitaria dividi-lo. Precisava eliminar aquele problema o mais rápido possível, para não precisar ter aquela conversa com ele.

— Você é um bobalhão — resmungou o mais novo, fazendo Dominic automaticamente cessar a risada e aprumar a postura, levantando uma das sobrancelhas, numa repreensão muda.

— Não me provoque, Wolfgang — disse com a voz perigosa, fazendo o outro engolir em seco, mas sentindo um arrepio de excitação. Estava adorando ver o mais velho todo soltinho, mas adorava ainda mais quando ele tomava uma postura ameaçadora e dominante.

Tristan sorriu de lado e deu uma rápida sacudida de cabeça. Dominic capturou mais uma torrada e a levou em direção aos lábios dele, ao mesmo tempo que Tristan lhe estendia o garfo cheio de ovos.

Confusos, cada um abocanhou a comida oferecida, meio desengonçadamente, mas depois riram cúmplices. Era muito fácil estarem juntos. Eles já haviam reparado na facilidade e suavidade que tinham em se relacionar tranquilamente quando estavam na companhia um do outro.

— Ei, Dominic — chamou, após engolir a torrada e bebericar seu café adoçado. — Nós parecemos aqueles recém-casados — fez uma careta engraçada.

O moreno riu divertido, concordando:

— Também pensei nisso... — admitiu. — Quem sabe seja um *insight* do futuro — disse brincalhão, com uma piscadinha.

Era só uma brincadeira, mas Tristan se viu estático, enquanto seu coração bombeava sangue com mais força. Ah, que maldade dizer uma coisa daquelas para alguém que tinha uma quedinha por você há tanto tempo... Não que Tristan admitisse. Tentaria, até o fim, matar todas aquelas malditas borboletas em seu estômago, pois Dominic era inalcançável. Não poderia, jamais, confundir as coisas ali. Ter sexo com o cara, ser seu submisso, não era uma garantia e nem mesmo uma chance de romance sério com ele. Sabia bem disso e optava por *tentar* não se deixar entrar naquele tipo de ilusão.

— Escute, terei que sair agora para uma entrevista de emprego, mas volto antes de você ter que ir para o trabalho, sim? Me espere, irei levá-lo até lá.

Tristan parou de mastigar para fitá-lo, confuso.

— Por que quer me levar lá? É aqui do lado — disse de boca cheia.

Dominic deu de ombros. Não existia exatamente um motivo para levar o garoto até o trabalho, já que a lojinha ficava há poucos metros dali, mas sentiu essa necessidade. Queria cuidar dele, sentia urgência em protegê-lo, em rondá-lo e em ficar atento a qualquer um que pudesse se aproximar para machucá-lo. Era seu instinto dominador falando.

— Porque eu quero — respondeu simplesmente, junto a um curto dar de ombros. — E vou aproveitar para comprar algumas caixas de cereais pra você. Sei que gosta disso como café da manhã — finalizou com mais uma piscadinha, enquanto limpava a boca em um guardanapo e observava a hora em seu relógio de pulso. Bufou ao perceber que precisava sair imediatamente de casa, para que não se atrasasse. — Me desculpe por não ficar com você até terminar, mas realmente preciso sair agora.

Ele deu mais uma bebericada na bebida fumegante, pegou seu celular e as chaves no balcão, enfiando-os dentro do bolso da calça social. Deu a volta e parou ao lado dele, segurando seu rosto delicadamente entre os dedos cheios de anéis prateados para, então, selar carinhosamente sua testa, de forma extremamente suave e gentil.

Automaticamente Tristan fechou os olhos, aproveitando o carinho para, então, deixar um pequeno bico tristonho se formar em seus lábios, quando o alfa se afastou.

— Até mais tarde — Dominic se despediu suavemente, fazendo-lhe um último carinho na nuca, e andou em direção à porta da garagem.

— Dom... — chamou, e imediatamente o ex-militar volveu-se para observá-lo. — Boa sorte. Você consegue! — exclamou com os punhos cerrados.

Dominic sorriu abertamente e murmurou:

— Filho da puta fofo... *Argh!* — Então, deu um sorriso e saiu dali, balançando a cabeça.

A fofura de Tristan era demais para aguentar. Os olhos falsamente inocentes cor de violeta e o sorrisinho tímido e torto deixavam-no com uma aparência tão dócil que, para Dominic, era impossível não sentir o peito explodir de carinho pelo rapaz de quem já se via íntimo.

Tristan, por sua vez, permaneceu encarando o local por onde ele havia saído, totalmente extasiado. Quando Dominic amaciava a voz daquele jeito, abaixando a guarda, Tristan sentia que podia derreter.

Por que diabos o sujeito mexia tanto assim com ele? Quanto mais perto ficava, mais necessidade sentia de estar. Não queria ficar tão submisso à outra pessoa a esse ponto, no nível sentimental. Ser submisso na parte física era uma delícia e estava de bom tamanho, pois era claro que ficar dependente emocionalmente poderia complicar as coisas.

Dominic já tinha deixado bem claro que não se permitia envolver romanticamente com alguém, certo? E muitos tentaram. Ele tinha aquela bandeira vermelha pairando sobre sua cabeça, um aviso bem claro de que era um espírito livre e que jamais poderia estar preso a alguém... um confesso destruidor de corações. Ele era bom demais para pertencer a uma pessoa só, e Tristan sabia.

Pensando nisso, sacudiu a cabeça, tentando espantar os pensamentos para voltar a comer. Ao finalizar, lavou a louça e foi até o quarto, disposto a instalar seu *videogame* na TV da sala e ficar jogando alguma coisa antes de dar o horário de ir trabalhar.

Enquanto conectava os cabos, sentiu uma leve náusea, mas sentou-se no sofá, esperando passar. Só que não passou. Foi ficando cada vez mais incômodo e a sensação foi acompanhada de um forte enjoo, fazendo-o correr para o banheiro e vomitar.

Tomou remédios, mas diferente do que esperava, as horas foram passando e a situação só piorava. Foi sentindo a cabeça pesar e o corpo esquentar, ao mesmo tempo que sentia frio. O sono inevitavelmente o tomou e seus olhos pesaram.

Enviou uma mensagem à Kara, avisando sobre sua ausência no turno. Não poderia trabalhar daquele jeito, nem se quisesse. Então, foi para o quarto e se enfiou debaixo das cobertas, sentindo as dores aliviarem, quando finalmente pôde fechar os olhos e cair na inconsciência.

Dominic estava frustrado. Se soubesse que aquela entrevista era para isso, não teria se dado ao trabalho nem de sair de casa. Enquanto dirigia, queria bater com a cara no volante de tanta raiva. Piloto de avião? Mesmo? Nem fodendo! Se fosse trabalhar assim, viveria viajando o tempo todo. E uma coisa era certa: não queria mais viver longe de casa. Principalmente agora que tinha um motivo e tanto para voltar. E esse motivo tinha cabelos vermelhos e cheiro doce.

Supostamente, seu mais novo parceiro de BDSM não era alguém com tanta importância em sua vida assim, a ponto de recusar um trabalho por ele, embora não apreciasse de modo algum a ideia de separar-se dele agora. Todavia, estava cansado. Fez parte da Aeronáutica por metade da sua vida, praticamente. E era um trabalho pesado. Então, não tinha sido de todo ruim ter sido expulso agora.

Contudo, uma exoneração não era o mesmo que uma aposentadoria compulsória. Numa dessas, continuaria a receber dinheiro mensalmente, mas, em seu caso, era apenas mais um desempregado, sem fonte de renda.

Embora ainda tivesse um bocado de dinheiro guardado, não duraria para sempre, especialmente nas mãos dele, que adorava viver de luxos e, apesar de ser extremamente disciplinado em grandes áreas de sua vida, a financeira, ironicamente, não era uma delas. Dominic tinha quase uma compulsão em gastar dinheiro sem parar, seu estilo de vida seria difícil de manter se não resolvesse as coisas rapidamente.

Todas as suas economias estavam sendo gastas nesse período de desemprego. Daria para passar cerca de dois anos usando o dinheiro guardado em sua poupança, porém gastou boa parte com a construção da masmorra. Não era o melhor momento para ter tido esse gasto, mas a construção de um quarto para suas práticas fetichistas era algo que sempre quis fazer.

O pior era que teria de realizar mais um gasto absurdo consertando o apartamento de Tristan, que haviam quebrado juntos na febre. Se fosse antes de ficar desempregado, certamente daria até mesmo um apartamento novo a ele — o que era só mais uma prova de que todo o seu descontrole era direcionado ao dinheiro. O ex-militar sempre apreciou dar presentes caros às pessoas de quem gostava. Mas sua situação atual não permitia tanta coisa assim.

Tinha pesquisado os preços de armários novos, tintas, mão de obra, e o total somado era alto demais para sua situação — isso porque não queria dar a Tristan coisas de baixa qualidade. Ah, não. Mesmo sabendo que tudo no minúsculo apartamento do alfa era ridiculamente barato, Dominic não lhe daria absolutamente nada que fosse abaixo do excelente. Era uma questão de honra — sob sua concepção de pessoa um tanto soberba e acostumada a certos luxos.

Quando estacionou na garagem de casa, tentou melhorar sua expressão derrotada, não queria que Tristan o visse assim. Tampouco era uma postura que deveria ser adotada frente a um submisso; isso seria demonstrar fraqueza demais, o que não era ideal.

Estranhou quando entrou na casa e ouviu apenas silêncio. As luzes estavam apagadas, embora não estivesse escuro, por causa da luz do sol da tarde que adentrava as janelas.

Tristan teria voltado a dormir? Sentiu-se culpado. Realmente não tinha pensado muito que, ao acordar o garoto cedo, o prejudicaria. Dominic era militar, o que significa que estava acostumado a acordar imediatamente ao raiar do sol. Bufou ao dar-se conta de que havia cometido um erro, e o pensamento deixou-o ainda mais frustrado, pois havia prejudicado Tristan por puro egoísmo de querer interagir com ele pela manhã.

Passando em frente ao quarto de hóspedes, notou que o mais novo dormia com a porta aberta. Olhou o relógio em seu punho, notando que teria que acordá-lo outra vez, caso contrário, o garoto se atrasaria para o trabalho, faltavam quinze minutos para as quatro da tarde.

Não lhe parecia muito surpreendente que Tristan fosse irresponsável nesse quesito. Então, acendeu a luz do ambiente e agachou-se em frente ao rosto tranquilo, estranhando os fios úmidos colados na testa e a pele brilhando de suor.

Repousou a destra na testa suada, notando o quão quente ele estava, e então estalou a língua no céu da boca. Tristan estava obviamente com febre, o que significava que estava doente, porque o período de cio já estava definitivamente terminado. Teria que o levar ao médico, mas deixaria para fazê-lo quando ele acordasse. Então, apenas tirou os anéis e pulseiras das mãos, depositando-os na cômoda do quarto e, em seguida, tirou também suas roupas, permanecendo de cueca para deitar-se atrás de Tristan, sem abraçá-lo, e adormecer ao lado dele, para vigiá-lo.

Mais tarde, sentiu o garoto se remexer no colchão, enquanto tossia, o que o fez despertar e perguntar como ele estava. Após uma rápida conversa, acabou levando-o ao hospital mais próximo, onde descobriram tratar-se apenas de uma gripe. Não era nada com que tivessem que se preocupar. Apenas teria que lembrar ao ruivinho os horários certos de tomar os remédios, e entre cinco dias a uma semana, ele estaria curado... o que Dominic fez com todo o gosto.

E foi aí que notou o quão manhoso Wolfgang poderia ficar, mais do que imaginou naqueles três anos em que o conhecia. A fala manhosa e fanha, por conta das dores e nariz entupido, era adorável. Quem ficava charmoso, até mesmo todo congestionado, com as narinas vermelhas escorrendo catarro?

Dominic quis se bater. Estava caindo fácil na ladainha daquele abusado. E o mais novo era bastante sacana, aproveitando-se de todas as situações para mantê-lo vinte e quatro horas ao seu lado, apenas se separavam para dormir cada um em seu quarto. Não havia motivos para que dormissem juntos, não eram um casal, nem estavam declaradamente apaixonados, embora a atração e admiração mútuas fossem inegáveis. Quando dormiram juntos na casa de Tristan, foi uma exceção, algo propício ao momento. Estavam em cio, os dois. Os corpos necessitavam do calor alheio, queriam estar perto o tempo todo, mas havia toda uma necessidade sexual... O que não se aplicava agora, principalmente se tratando de um Tristan catarrento e que roncava.

E roncava muito!

Durante aquela semana, Dominic chegava a levantar algumas vezes durante a noite, para ir até o quarto dele e virá-lo de lado no colchão. Os roncos eram tão altos que não sabia como o garoto não tinha se engasgado ainda — ou acordado com o próprio barulho. Ele não se lembrava de tê-lo ouvido roncar antes, durante os dias da febre, então torcia para que os sons estivessem sendo causados pelo nariz congestionado e, por conta disso, Tristan vinha passando por maus bocados para respirar. Se depois de passado o resfriado, ele continuasse a roncar, isso seria um problema. Dominic tinha sono muito leve, e mesmo com as portas dos quartos fechadas, era possível ouvir o ruído.

Se aquilo o faria desgostar do submisso-nada-submisso? Provavelmente, não, mas seria um bom material para tirar sarro com a cara do alfa ao mesmo tempo que seria a causa dele acordar mal-humorado pela manhã.

No sexto dia, quando se despediu de Tristan com um beijo na testa, cobrindo-o para que dormisse aquecido, Dominic caminhou até o próprio quarto e deitou-se na cama, encarando o teto, pensativo.

Sua relação com o vizinho estava definitivamente ultrapassando qualquer coisa que já tivesse tido com algum submisso. E o engraçado era que sequer haviam começado a praticar algo sexual naquele sentido. Haviam, sim, transado na febre, e feito uma ou outra coisinha quente antes disso. Mas depois que Tristan se mudou para sua casa temporariamente, eles não fizeram mais nada, nem mesmo trocaram beijos, uma vez que o garoto estava doente e indisposto todo o tempo.

Com toda a sua experiência nos jogos de BDSM, Dominic tinha ciência de que eles já haviam iniciado, sim, a relação D/s, por mais que Tristan certamente não tivesse se dado conta disso. Eles dois já agiam como submisso e dominador. O ex-tenente-coronel cuidava dele, de forma preocupada, carinhosa e dedicada. E, em troca, o ruivo lhe obedecia em tudo que ele mandava, desde as ordens para dormir, comer, banhar-se e outras mais.

De vez em quando, Tristan tentava contrariá-lo, mas não era como se estivesse realmente em condições de perturbar, já que estava doentinho. E a dinâmica daquela troca de poder, a essa altura, estava clara: Tristan se submetia a Dominic Von der Guth, ainda que gostasse de desobedecer-lhe de vez em quando. Ainda assim, estava entregando parte do poder de controlar sua vida e seu corpo ao moreno, indo até mesmo além do que tinham inicialmente acordado. E isso se devia ao fato de que, quando decidiram os limites de sua relação, não planejavam morar sob o mesmo teto. Como agora a situação era diferente, naturalmente a relação dos dois se adaptava à novidade, de modo totalmente consensual.

Dominic sorriu, satisfeito, e girou no colchão, todo bobo, com um sorriso no rosto, e sacudiu as pernas no ar. Sentiu-se como um adolescente, algo que se lembrava bem de ter sentido só algumas vezes na vida. Nem quando era moleque tinha o costume de se sentir tão... arriado assim. A última vez que se viu daquele jeito, tinha saído com o coração tão partido que nunca mais se atreveu a sentir algo grande novamente.

Mas, agora, embora ainda tivesse algo a perder, Dominic sabia que não seria capaz de controlar seus sentimentos. Não desta vez. Porque esse era o efeito que Tristan Wolfgang tinha sobre si: tirar o seu controle e ainda fazê-lo gostar disso.

Então, respirando fundo, decidiu que resolveria o tal segredo que escondia de seu, oficialmente agora, submisso. Não deixaria que nada se pusesse entre os dois. Ele ficava adiando aquela situação e sabia bem que, futuramente, quando as coisas explodissem, isso seria muito mal interpretado.

Não sabia se Tristan também teria o desejo de ficar só com ele, mas uma coisa era certa: não queria estar numa relação aberta. Fosse dentro ou fora do BDSM, o Alpha Dom queria ficar apenas com Tristan Wolfgang e ninguém mais. O problema seria resolver certa situação alheia ao rapaz de cabelos revoltos para conseguir isso.

# 12

# Irmão de Caldeira

Tristan deu um pulo da cama, atordoado. Os miados de dor, à distância, deixaram-no em total alerta. Calçou as pantufas brancas, enfeitadas por um colorido chifre de unicórnio na ponta — presente de Nero, no seu aniversário de 20 anos —, mas que, pelo decurso do tempo, já estavam tão gastas que era como andar descalço, realmente. As pantufas ainda permaneciam brancas só porque ele as lavava sempre com cloro.

A madrugada tinha um clima muito frio e seco. Era dezembro e o inverno no fim de ano era rigoroso em Colina dos Lobos. Sentindo as pontas dos dedos geladas, assim como seu nariz, deu meia-volta, quando já estava na metade do caminho para sair do quarto, apenas para pegar o roupão felpudo pendurado na porta. Um roupão não era exatamente um sobretudo, mas o aqueceria o suficiente para que pudesse ir ao lado de fora naquele frio, caso fosse Minzy quem estivesse na rua, arrumando briga — o que deixava seu dono inevitavelmente preocupado.

Quando abriu a porta do quarto, viu que a de Dominic estava aberta também, mas não pôde parar para verificar o motivo. Apenas desceu as escadas transparentes, chamando pela gatinha.

— Psiu, psiu, psiu... Minzy! Cadê você, nenê? Vem pro papai, vem! — chamou. Mas não obteve resposta. Começou a procurar pela casa toda, ficando tenso. — Tchu, tchu, tchu... Minzy! — chamou outra vez, estalando os dedos estendidos para frente.

— *Tchu, tchu, tchu* é pra cachorro, Tristan — a voz rouquinha de sono do mais velho agraciou seus ouvidos. — Pra gatos, se faz *psiu*. Por que você gosta de ser todo ao contrário? — disse em tom divertido.

Tristan, que estava com o corpo levemente curvado para enxergar embaixo dos móveis, aprumou-se e então se volveu para o ex-tenente-coronel, tendo um biquinho contrariado no rosto.

— O que importa é que minha filha atenda ao chamado. Você não ouviu aqueles miados altos na rua, ainda agora? E se for a Minzy? E se alguém a machucou, uh? Me ajude a achá-la!

Ele não deixou de reparar nos olhos inchados e no rostinho amassado pós-sono de Dominic. O alfa era lindo de qualquer jeito, e aquilo deixava Tristan mais revoltado que qualquer coisa. Realmente, não era justo alguém ser tão bonito e envolvente assim.

Dominic estalou a língua no céu da boca, jogando os cabelos escuros e lisos — sem gel! — para trás, com uma expressão matreira no rosto, como se soubesse de algo.

— Venha cá — pediu, estendendo a destra para que Tristan a pegasse. O ruivo encarou sua mão, desconfiado, mas lentamente a apanhou. — Vou te mostrar onde Minzy está... Acho que você vai ter uma surpresa, *bebê* — falou quando já estavam de mãos dadas, puxando o mais alto em direção à porta da garagem.

Tristan não pôde deixar de notar que Dominic o havia chamado carinhosamente de bebê. Na primeira vez, na masmorra, não deu importância, mas essa já era a segunda e ele não achava justo ser chamado de bebê por alguém que não o queria ter apaixonado. Droga, por que Dominic precisava ser tão conquistador?

Ele ainda não tinha visto bem a garagem, apenas sabia que o ex-tenente-coronel tinha um carro preto, pois o estacionava algumas vezes na porta da frente, deixando-o na calçada. Contudo, o que lhe queria mostrar não estava na garagem, e sim, fora dela, na rua detrás.

Assim que o mais velho abriu o portão automático que dava para a rua traseira, o ar frio os pegou, fazendo Tristan se encolher e bater os dentes. O chão começava a ficar branquinho, por conta da fraca neve que caía em suaves flocos no chão. Ele observou, maravilhado, o tapete branco cobrindo as calçadas, quando a voz de Dominic o despertou, tendo a mão macia ainda colada na sua. E aquilo estranhamente lhe dava uma sensação de paz... De pertencer a alguém. De estar no lugar certo e com a pessoa certa. Era algo realmente novo, aquele sentimento. Jamais se sentiu parte de coisa alguma antes, sempre se sentiu à margem, diferente de todos.

— Eu queria te trazer aqui fora para vermos juntos a primeira neve cair... — o moreno tinha a voz doce e o encarava com um sorriso meigo, até seu rosto se transformar numa risadinha divertida. — Mas parece que sua gata decidiu comemorar antes de mim — revelou, apontando para o muro da casa ao lado.

Tristan franziu o cenho, seguindo a direção que o indicador apontava. Ao deparar-se com a cena, arregalou os olhos.

— Minzy, não! — exclamou, soltando a mão de Dominic e correndo em direção ao bichano. Mas Dominic deu uma risada antes de correr atrás dele, e segurou-o pela cintura, quando ele começou a se debater fracamente, teimando em ir atrás do *pet*. — Me solta, Dominic! — reclamou, tentando se desvencilhar do aperto gostoso do dominador, mas não tão decididamente, já que, naquele frio, o calor alheio lhe era ainda mais irresistível. — Dominic, eu preciso fazê-la parar de fazer aquilo já! Por que está me impedindo? — indagou com as bochechas infladas, e Dominic riu mais gostosamente em resposta.

— Ele está acasalando, Tristan — respondeu-lhe. — Por que você não castrou o gato antes?

— Eu já disse que é gata, no feminino! — ralhou com um bico e o costumeiro olharzinho infantil contrariado em seu rosto.

Dominic, a esta altura, tinha tirado os braços de sua cintura, para envolvê-lo pelos ombros, ficando na ponta dos pés para ganhar um pouco mais de altura e poder enxergar por cima do tronco dele.

— Tristan, chega disso — falou, encostando o queixo em seu ombro direito. — Minzy pode ser os dois, tá bem? Você deve aceitá-lo como ele é — declarou, entrando na brincadeira.

— Ah, não... Impossível! Ela amamenta os gatinhos na rua! — Tristan aumentou o bico. — Não quero mais ver isso, é traumatizante. — E então, se virou de frente para o moreno, encarando-o com a face desgostosa. — Vamos voltar lá pra dentro.

Dominic deu de ombros e sorriu ainda mais, puxando Tristan pela cintura, para que entrassem de volta na casa. Lá dentro, bateram os pés no tapete, para secar o molhado da neve em que pisaram, e então ficaram se entreolhando, até que caíram na gargalhada, escorando-se na parede do corredor, um de frente para o outro. Dominic foi o primeiro a falar:

— Por que não o castrou? — questionou, ainda risonho.

Tristan estalou a língua no céu da boca e interrompeu a risada, embora o sorriso permanecesse em seus lábios.

— Eu não tinha dinheiro para pagar o procedimento e os medicamentos. Então, pensei que, com Minzy dentro de casa, não tinha problema. Quero dizer, ela só saía quando eu entrava na febre. Ela não costuma ter muito contato com outros bichos, então...

— E quando você o viu tentando amamentar outros gatinhos?

— Ah, sim, às vezes, eu a levo pra passear no parque.

O moreno franziu o cenho.

— Leva? Como?

— Com uma coleira, ué! — disse como se fosse óbvio.

Dominic segurou a risada, com força. Se havia uma pessoa no mundo que pudesse ter a brilhante ideia de levar um gato para passear no parque, usando guia e coleira, como se fosse um cachorro, essa pessoa era Wolfgang, é claro... O garoto que havia nascido ao contrário.

— Escuta... Eu posso providenciar isso, bebê. A castração do gatinho.

O ruivo abriu a boca, deixando o queixo cair, enquanto o fitava com uma expressão levemente chocada, que logo foi misturada à de incômodo.

— Não, não, Dominic. Não posso deixar que faça isso — disse sem jeito. — Você já vai ter que consertar as coisas lá no meu apartamento, e são muitos gastos. Eu...

— Vou consertar o apartamento, pois fui eu quem quebrou — respondeu. — Mas, quanto ao gato... é necessário. Não quero vizinhos batendo à minha porta pra dizer que Minzy engravidou ninguém. — Riu. — Então, digamos que estou te fazendo um favor, e você vai ficar me devendo...

— Mas não tenho como pagar isso, Dominic... A não ser que eu pague em parcelas — avisou seriamente. — Não me sobra muito do salário, depois que pago as contas e o aluguel... — murmurou. — Posso me comprometer a pagar aos pouquinhos e... — Sua voz morreu quando viu que Dominic aproximou-se sorrateiramente, parando quase colado ao seu corpo.

— Sabe... — sussurrou, alternando o olhar entre seus olhos e os lábios. — Você pode me pagar de outro modo... — Depositou um selar no cantinho de sua boca.

Tristan resfolegou e ficou molinho, imediatamente. Como uma conversa, sobre capar as bolas de seu gato, podia se transformar naquela provocação? Dominic Von der Guth era quase como o filho da deusa Afrodite, inevitavelmente sedutor, e olhar em seus olhos era como se perder em um feitiço. Mordeu o próprio lábio, encarando o moreno, perdendo-se na beleza de seu rosto, pela provável milésima vez.

— Eu não costumo me vender assim... — Tristan provocou. — Nunca quis fazer esse tipo de coisa — fingiu.

Dominic encostou os lábios nos dele, roçando-os de leve.

— Não se preocupe... — mordiscou o lábio inferior do ruivo, que sugou o ar. Mas antes que pudesse continuar a provocação, ouviram mais um miado estridente. Então, o mais novo empurrou-o bruscamente pelo susto, e abriu a porta que dava para a garagem. — Tristan, deixa o gato ser feliz... — resmungou frustrado. Estava com uma ereção se formando no meio das pernas, detestava esses tipos de interrupções.

— *Cala a boca, Dominic...* — ouviu a voz do ruivo lá de fora. — *Já pra casa, Minzy! Você fez o suficiente por hoje!*

Seguiu-se um barulho agitado, como passos correndo, e aí um gritinho de Tristan. Então, preocupado, Dominic correu para o lado de fora também. Antes que saísse da garagem, viu o gato correr pela porta aberta, passar por entre suas pernas e entrar de volta na casa. E quando chegou à calçada, pôs-se a rir novamente, pois Tristan estava caído no chão, derrapando toda vez que tentava se levantar do asfalto coberto de gelo escorregadio. Ele dava impulso atrás de impulso, mas continuava deslizando, sem conseguir sair realmente do chão coberto de neve. E Dominic ria mais ainda.

— Ei! — bradou, embora não estivesse realmente bravo. Mas estava com frio. — Ajuda aqui, *cara*!

Dominic, que já dava os passos para alcançá-lo no chão, travou-se bruscamente ao ouvi-lo chamá-lo de *cara*. Cruzou os braços e arqueou a sobrancelha. Ele chamava o garoto de *bebê*, para ser tratado como *cara*? De jeito nenhum.

— Você sabe que não é assim que pede, Tristan — implicou. — Peça com jeitinho que o *seu alfa* te ajuda.

O mais alto bufou, desistindo de tentar levantar-se, e então se sentou de bunda na neve, cansado. Fitou Dominic, parado ali, à sua frente, vendo o corpo definido e menor que o seu, totalmente imponente, usando apenas uma blusa de mangas e uma calça de moletom de alguma marca esportiva cara. Não importava se Dominic era menor que ele ou se tinha uma aparência mais delicada. O sujeito simplesmente tinha um ar de autoridade inegável, enquanto Tristan era quem parecia um bobão. Consternado, passou a língua por dentro da bochecha e pediu:

— Dom... por favor, ajuda seu *subzinho* a se levantar, uh? — Fez carinha de coitado. — Estou com friozinho na bunda.

Dominic tentou permanecer sério.

Os deuses sabem que tentou.

Mas Tristan era um filho da puta, engraçado pra cacete.

*Estou com friozinho na bunda*. Quem dizia uma coisa dessas seriamente?

Então, o moreno gargalhou mais uma vez, e foi até Tristan, que também sorria satisfeito, por tê-lo feito sorrir. Aquela era uma de suas coisas favoritas no mundo: agradar Dominic.

O ex-tenente-coronel estendeu as mãos e o ajudou a levantar-se; bateu a destra na bunda dele, removendo a neve que colava na parte detrás.

— Ainda bem que é um roupão... Não deve ter molhado sua roupa. Você está doente, não pode se expor assim. — Fitou Tristan de cima a baixo. — Por que está de roupão mesmo?

— Ah... — Ele se deu conta. — Foi a primeira coisa que vi na frente.

— Vem, está frio — chamou, balançando a cabeça, e puxou-o, outra vez, pela mão.

Entraram novamente na casa, dessa vez, com Dominic trancando a porta, e tendo a certeza de que se o gato estava lá dentro, ninguém mais precisava ir lá fora. Virando-se de frente para Tristan, ele o encarou parado ao pé da escada; parecia meio perdido, e Dominic logo entendeu o porquê. Ele mesmo estava assim também.

— Perdeu o sono, né?

— É...

— Quer tomar um leite quente? Podemos assistir a algum filme ou ficar conversando no sofá, até o sono voltar — sugeriu.

Com isso, Tristan abriu um dos seus sorrisos mais sinceros, genuinamente satisfeito.

— Quero, sim.

Foi inesperado e completamente espontâneo quando o dono da casa se aproximou dele e, subitamente, depositou um beijo estalado em seu rosto, deixando Tristan zonzo, antes de seguir para a cozinha, com ele logo atrás, cambaleante.

Dominic esquentou a bebida e indicou para que fossem em direção à sala, sentando-se no sofá de couro que, diferente do que parecia, não era nem um pouco confortável. Tristan remexia-se sem parar, procurando uma posição para descansar no estofado, mas era praticamente impossível.

— Dom, eu definitivamente não gosto de couro... — murmurou contrariado, com o bico usual, e deixou a caneca com o leite quente na mesinha ao lado do sofá.

Dominic sorriu matreiro e sussurrou perto de seu ouvido:

— Prometo te fazer mudar de ideia... — terminou com uma piscadinha, voltando a beber o próprio leite.

O garoto suspirou. Era surreal como Dominic tinha a capacidade de entrar naquele modo sedutor, em um piscar de olhos. E aquele talento não só deixava o ruivo intrigado, como também fazia seu coração palpitar. O *baixinho* o tinha na palma das mãos e nem sabia.

Tristan levou, novamente, a caneca aos lábios, totalmente perdido, desviando o olhar do dele, que o fitava com intensidade. E Dominic, dando-se conta da tensão do rapaz, levantou-se e ligou a TV, para terem uma distração e amenizar o clima.

— Esse filme parece divertido... — o ex-tenente-coronel desconversou.

Ao receber apenas um murmúrio de Tristan como resposta, terminou de beber seu leite num último grande gole e, abandonando sua caneca sobre a mesa, colocou uma almofada no colo dele e deitou a cabeça por cima. Pôde ver Tristan arregalando os olhinhos lilases e engolindo uma boa quantidade do leite para, então, o fitar meio incerto, deitado sobre suas pernas.

— Me faça carinho — Dominic praticamente ronronou. O que não queria dizer que aquele fosse um pedido. *Era uma ordem.*

Então, timidamente, Tristan levou a destra aos cabelos do ex-militar. Sentiu nos dígitos a maciez dos fios, e suspirou novamente quando lhe assistiu fechar os olhos, deleitando-se em suas carícias.

Tristan sentiu-se um bobo. Não conseguia entender por que qualquer atitude dele o afetava tanto. Achava inaceitável que o alfa conseguisse deixá-lo tão tenso, com alguns pequenos comentários ou suaves atitudes. Estava começando a se apegar demais a ele, e isso o assustava. Sabia que seria um erro e tanto, um submisso apaixonar-se por seu dominador, quando o acordo era que se relacionariam apenas como praticantes de BDSM. Não deveria se deixar levar além disso, nem esperar nada de Dominic em troca.

Era nítido que Tristan não tinha vergonha alguma de Dominic quando se tratava de sexo, mas fora daquele cenário, qualquer sentença ou ação dele o deixava desnorteado. Estava assustado com a possibilidade de seus sentimentos crescentes pelo vizinho. E mais assustado ainda com a possibilidade de ser rejeitado por ele, na parte sentimental.

Perdido em pensamentos, mal se deu conta quando ele adormeceu em seu colo, ali mesmo. Quis apertar o rosto dele em suas mãos. Deus, como era lindo! Dominic possuía extremos impressionantes. Conseguia ter a aparência meiga como a de um anjo, e inesperadamente se portar como um demônio sedutor. E aquela dualidade deixava Tristan aos seus pés, porque ele amava como Dominic podia ser sempre tão delicado, mas tornar-se deliciosamente bruto quando o momento perfeito chegava.

Sem querer acordá-lo, Tristan acabou dormindo daquele jeito mesmo: com a cabeça jogada no estofado duro e o homem, que vinha dominando o seu corpo e todos os seus pensamentos, descansando sobre ele.

Pela manhã, Tristan acordou quentinho em meio às almofadas e notou que um pesado edredom cobria seu corpo, naquele tempo frio. Olhou ao redor, dando-se conta de que estava deitado no chão da sala, em cima do tapete felpudo. Como tinha ido parar ali, afinal?

Buscou Dominic com os olhos, vendo a cabeleira preta e já tão bem-penteada num topete firme aparecendo por cima da porta da geladeira aberta. Levantou-se sorrateiramente para ir até o banheiro, arrumar os cabelos, escovar os dentes e tornar-se mais apresentável. E ao voltar de lá, encontrou o dono da casa girando na sala, buscando algo pelas prateleiras.

— Está procurando o quê? — indagou curioso.

Dominic virou-se no eixo para fitá-lo.

— Ah, você está aí... — disse sorrindo. — Bom dia, bebê.

Tristan sentiu um friozinho no estômago com a coisa do *bebê*. Já devia ser a quarta vez. Ou seriam as malditas borboletas? Não sabia dizer, mas era uma sensação boa essa que Dominic lhe dava.

— Bom dia — respondeu alegrinho e meio sem jeito, coçando a nuca. — Perdeu alguma coisa?

— Ah, minhas chaves da porta da frente — respondeu. — Acabou o leite, preciso ir à padaria comprar mais, pra gente tomar café.

— Oh... Elas estão penduradas ao lado da porta. Eu coloquei lá pra você não perder.

O mais velho piscou os olhos e sorriu novamente, mas lhe deu um olhar estranho. Nada reprovador, era apenas um olhar diferente que Tristan não soube identificar o significado.

— Obrigado, bebê.

Tristan sentiu as borboletas baterem asas de forma louca! Que nova mania era aquela, de Dominic chamá-lo de *bebê*?

Enquanto o ruivinho perdia-se nas sensações romanticamente desesperadoras que o dominador lhe causava, Dominic o observava atentamente. Ele foi em sua direção, pôs a destra em sua cintura e a canhota na nuca, aproximando seus rostos, como se fosse beijá-lo...

E beijou.

Mas não onde Tristan esperava.

Ele fechou os olhos e esperou pelo selo nos lábios, mas recebeu um beijo carinhoso na bochecha, e Dominic puxou seu corpo para si, envolvendo-o num abraço terno logo após, seguido de uma fungada no pescoço que o arrepiou inteiro. E bastou aquela carícia para que tivesse Tristan todo molinho em seus braços, e o rapaz, outra vez, se viu tão leve que era como se flutuasse.

Quando o dominador se afastou — cedo demais, em sua concepção — fez um carinho em sua mandíbula, encarando-o como um bobo.

O olhar de Dominic queria dizer alguma coisa, mas Tristan continuava inseguro, porque não podia apenas concluir coisas sem que Dominic as dissesse claramente. Aquele homem o confundia, porque o tratava com muito carinho e atenção, mas ele já havia dito que era normalmente assim com seus submissos, assim como deixava claro o seu histórico de falta de sentimentos e negativa a relações D/s de alma e 24/7. Com ele, somente a submissão erótica funcionava e aquilo era tudo o que Tristan teria dele.

Tê-lo dito que *ele não era como os outros submissos* não passava de charme, o ruivo já estava convicto disso, porque podia até parecer ingênuo, mas não era nada bobo.

— Você pode recolher os edredons e levar lá pra cima? — Dominic indagou. Não era uma ordem, era apenas um pedido, Tristan percebeu pelo sutil tom de sua voz.

Talvez, se houvessem começado aquela relação de dominação e submissão sem já se conhecerem antes, Tristan talvez não fosse capaz de identificar, de cara, as sutis mudanças no tom ou no comportamento de Dominic, mas as conhecia muito bem, uma vez que era mestre em observá-lo.

— Tudo bem — confirmou, abaixando-se para recolher as cobertas. — Como vim parar no chão? — lembrou-se de questionar, fitando-o.

Dominic sorriu doce, encarando-o com uma expressão frouxa.

— Não se lembra?

Tristan balançou a cabeça em negativa.

— Eu acordei e te chamei para irmos lá pra cima, mas você estava com tanto sono que levantou de olhos fechados e se deitou no chão, e ainda me puxou junto.

— Como assim? — indagou, confuso. Não se lembrava, realmente. Quando era acordado em meio ao sono, fazia e dizia coisas das quais se esquecia depois. Nada muito alarmante, mas sua mente ficava nublada por algum tempo.

— Você me abraçou e puxou minha cabeça para o seu peito, como um coala abraça uma árvore — contou, rindo torto. — Pediu que eu ficasse aqui com você, e então, eu fiquei... — Suspirou. — É um pouco difícil dizer não pra alguém tão fofo... — confessou, mas não de forma despretensiosa, e sim para propositalmente deixar o outro sem jeito. Queria, uma vez mais, estudar as reações do vizinho quando ele agia daquele jeito, como se estivesse... *apaixonado.*

Tristan sentiu aquele giro na barriga novamente, mesclado a um pouco de euforia e um pouco de vergonha. Sorriu de lado e voltou a dobrar os lençóis, ignorando Dominic, que sorriu mais ainda com a reação, porque era nítido que Tristan gostava das coisas que ele falava. Depois, lhe deu um último carinho na cabeça e se virou para sair:

— Estou indo. Não vá lá fora — disse em tom preocupado. Dessa vez, era clara a sua ordem. — É início de inverno e está frio, embora faça sol, e ontem você já se expôs demais ao sereno e à neve. Você está melhorando após uma semana doente. Não pode abusar, ok? Fique aqui dentro e me espere. Eu já volto — finalizou, antes de sair pela porta.

Quando Dominic virou a esquina de sua rua, de volta para casa, com a sacola de compras na mão, a primeira coisa, que viu, foi um nariz arrebitado e cabelos vermelho-cereja brilhando sob o sol, e uma bola de pelos cinza circulando entre as pernas do rapaz, enquanto miava pedindo-lhe atenção. Riu com o pensamento, e quando se aproximou, o segurou por trás, sentindo o mais alto dar um pulinho assustado. Então, disse com a voz repreensiva:

— O que está fazendo aqui fora? Pensei ter dito pra que não saísse, Wolfgang. Você está doente.

— Eu só vim jogar o lixo fora — o ruivinho respondeu dócil. — E, também, Minzy queria pegar um solzinho. — Ao dizer isso, ele mostrou a guia da coleira que prendia o gato, enrolada em seus dedos longos.

— Você não joga o lixo fora nem na sua casa, não esqueça que já vi a bagunça do seu apartamento — rebateu.

— Mas eu não quero incomodar... — confessou, virando-se para olhar o moreno, que foi empurrando-o sutilmente em direção às escadas da entrada. — Desde que vim pra cá, tenho te dado tanto trabalho... Você faz sopa pra mim, me acorda pra dar remédio, cuida da Minzy... Assim, você parece meu pai.

— E qual o problema disso? Suponho que *parecer o seu pai* signifique que estou cuidando de você, certo? — indagou divertido, sorrindo torto enquanto subia os poucos degraus da entrada.

Tristan ficou sem resposta por alguns segundos, antes de apertar os olhos lilases na direção dele e perguntar:

— Isso é algum dos seus fetiches?

Ele não contaria a Dominic agora que, na verdade, seus pais nunca haviam *cuidado* realmente dele, e que a vida toda ele se sentiu mais como um rato de laboratório do que qualquer coisa, e que seu pai nunca foi um pai de verdade, estava mais para cientista louco.

Alheio ao passado cheio de cicatrizes de Tristan, Dominic riu abertamente, para depois morder os lábios dele e puxá-lo pela mão livre.

— Não diria que ser naturalmente paternal é um fetiche. Mas, lá dentro, a gente conversa melhor, vamos. Meu garoto precisa se alimentar pra ficar bonzinho logo.

Subitamente, ele deu em Tristan um beijinho na bochecha, fazendo o coração do rapaz vergonhosamente disparar, acelerado, e seu rosto inteiro queimar de vergonha. Enquanto entravam na casa, o coração de Tristan batia tão forte que ele precisou soltar a mão de Dominic para disfarçadamente alisar o peito agitado.

Na cozinha, eles prepararam café da manhã enquanto conversavam descontraidamente. Para Tristan, tê-lo tão aberto e falante assim era incrível e inesperado. O ex-tenente-coronel sempre foi extremamente educado e simpático, entretanto enigmático, suas conversas com ele eram costumeiramente superficiais, nunca envolviam assuntos muito profundos ou particulares. E Tristan, sendo a pessoa transparente que era, não gostava de gente que agia como um agente secreto. Aquilo o deixava irritado, pensando que a pessoa não apreciava sua amizade o suficiente para abrir-se minimamente.

Mas, sim, sabia que Dominic tinha motivos para manter-se tão misterioso. Só que agora, aquela relação era como o grande banquete tradicional do feriado mais importante do ano para os lupinos: o feriado da Última Lua Cheia do Ano. Porque o moreno era sincero e aberto com aparentemente tudo, agora que ambos compartilhavam sobre as práticas fetichistas e o estilo de vida D/s.

Tristan estava sentado no banco ao redor da ilha da cozinha, enquanto comia cereais mergulhados em uma tigela de leite, como era costume. Já Dominic comia alguns biscoitos e tagarelava de boca cheia, enquanto ligava a panela elétrica para que pudessem montar a comida do almoço.

— Dom, já falei que estou bem, não preciso mais de remédios — murmurou com a boca cheia, deixando escorrer um filete de leite pela lateral, exatamente no momento em que Dominic virou para sentar-se à sua frente.

E é claro que ele ficou muito concentrado em observar a sugestiva gota branca traçar um caminho pelo queixo do rapaz, aglomerando-se no suave furinho do queixo. Após alguns segundos de hipnose, foi que rebateu:

— Você ainda não está cem por cento, Tristan. Só está dizendo isso porque não quer que eu te acorde às 6h da manhã pra tomar o antibiótico...

— Eu já falei que estou bem, não tô nem tossindo mais!

Dominic revirou os olhos. Tristan era tão teimosinho e birrento. Era mesmo um bebê.

— Vou fingir que acredito. Sobre o fetiche de que falamos lá fora... — subitamente entrou no assunto, recebendo imediatamente a atenção dele. — Nós não temos e nem teremos uma relação de pai e filho, contudo... eu cuidarei de você, porque isso me agrada, me ajuda com a sensação de controle e dominação.

— Então... quando você faz essas coisas, quando cuida de mim... — Ele mordeu o lábio e se encolheu no banco, cabisbaixo. — Quer dizer que só estamos praticando um fetiche?

Tristan tentou disfarçar, mas Dominic viu seus olhos se apagarem, e ficou automaticamente tenso.

— De modo algum. — Ele se aproximou e tocou o rosto de Tristan, jogando uma mecha vermelha para trás da orelha, antes de acariciar a pele macia gentilmente. — Significa apenas que meus instintos de cuidado ficam mais aflorados quando estou perto de você. — Ele se afundou nos orbes cor de violeta. — Você merece tanto carinho, Tristan... — sussurrou, deixando que a língua entregasse o que a boca não queria dizer.

Tristan, por sua vez, piscou os olhos, surpreso, e não pôde evitar amolecer em seus braços, esfregando suavemente o rosto contra a palma dele.

— Eu gosto que você cuide de mim... — murmurou, encarando os olhos cor vermelho-incandescente que clamavam por ele. — Por favor, continue assim.

Dominic deu uma risadinha e mordeu os lábios, encarando o ruivo de maneira intensa.

— Isso. É meu papel natural — concordou, divertido, e soltou uma piscadinha. — De qualquer forma, você é muito manhoso e sempre notei.

Tristan riu, meio envergonhado. Sabia que agia como um grande pirracento quando tinha seus rompantes de teimosia, Nero vivia zombando disso. Ele assentiu, não falando nada por estar com a boca cheia, mas Dominic passou outra vez a mão nos fios ruivos e úmidos pós-banho.

— Eu vou te mimar todinho, sabia?

Tristan arregalou os olhos e abriu a boca cheia de comida. Dominic riu e empurrou seu queixo para que o garoto a fechasse.

— Você vai criar um monstro, Dominic — respondeu de boca cheia.

— Não tem problema. Já sei lidar muito bem com o *meu monstrinho.*

Ele tirou a colher da mão de Tristan, para pegar um pouco do cereal com leite e levar o talher em direção à sua boca, mas Tristan virou o rosto rapidamente, percebendo o que ele queria fazer.

— Ah, não. Nem vem. Você não vai me dar comida na boca.

— Hum, como meu bebê é malcriado... — rebateu com a voz manipuladora. E ah, aquilo era demais pra Tristan. — Por favor... — insistiu, roçando o nariz no pescoço dele. — Por favor... Me deixa cuidar de você, uh? Você disse que gosta de quando cuido de você...

— É, m-mas... assim é vergonhoso... — gaguejou, constrangido.

— Você não reclamou das outras vezes.

— Eu não tinha percebido — murmurou, mas estava quase cedendo, porque era impossível resistir a Dominic quando ele fazia daquele jeito.

— Mas não tem ninguém vendo... Por favorzinho, Tetê! Deixa o seu Dom te alimentar direitinho. Prometo que não te obrigo mais a tomar o remédio.

Ah, mas que merda! Dominic o estava manipulando com aquela vozinha fina de cachorro pidão e ainda jogava baixo, chamando-o por apelidos. Mas o que poderia fazer? O moreno nunca agia tão manhoso assim, e vê-lo agindo daquele modo era uma novidade. Não sabia que esse era o jeito de um dominador, de fato, *controlar* seu submisso, imaginava que fosse mais uma questão de imposição, um autoritarismo. Mas Dominic era completamente fora da curva. Ele *amaciava* antes de *dobrar*. Não dobrava ninguém à força. Ele conquistava o respeito e a submissão, sendo dócil nos momentos oportunos e rude nos necessários.

Tristan lhe daria o mundo se pudesse.

Suspirando, o garoto cruzou os braços, em claro sinal de birra para, então, fitar o mais velho e abrir a boca, contrariado, ficando com o rosto corado.

Cuidadoso, Dominic deu comida a ele, sorrindo abertamente, não conseguia conter a satisfação. E enquanto o garoto mastigava de boca fechada e com a cara emburrada, Dominic lhe deu um selo nos lábios, deixando o submisso mais vermelho ainda.

— Você é tão bonzinho — disse ao pé do ouvido, com a voz suave. — Mais tarde, seu dominador irá recompensá-lo.

Tristan engoliu a comida nervosamente. Não podia esquecer que era assim que funcionava. Se fizesse o que Dominic queria, o moreno o recompensaria.

E estava certo de que a recompensa seria boa.

Então, interesseiro e malandro, resolveu continuar a brincadeira. Poderia manipular o alfa a fazer tudo que ele queria se agisse de maneira doce de volta. Faria com o moreno o que ele fazia também. Nada mais justo. Por isso, deitou a cabeça no ombro dele e sussurrou de forma manipuladora:

— Eu tô com muita fominha. Queria almoçar agora.

— Mas estamos no café, Tristan...

— Mas eu quero comer agora e no almoço também. Por favorzinho... Eu tô com fome.

Dominic riu contido e mordeu o lábio. O vizinho era esperto, já devia ter notado que ele o manipularia na base da manha, então estava fazendo o mesmo, tinha aprendido rápido. Dois manipuladores juntos? Ou seria uma grande confusão, ou seria absurdamente perfeito. Bastava aguardar para ver. Veneno de cobra, para eles, era como um *drink*.

— Hum... Tudo bem. Você pode comer o que quiser — concordou, dando outra colherada ao submisso e depositando um selar na cabeça de fios coloridos.

E foi assim que Tristan percebeu que, a cada colherada que aceitava, Dominic depositava um beijinho casto em alguma parte de seu rosto, ou acariciava sua cintura ou sua orelha.

Quando terminou de mastigar a última porção do cereal, ele mesmo deu um beijinho estalado no pescoço do moreno, que riu de maneira delicada. E foi quando Tristan inalou um cheiro diferente vindo dele.

— Dom, que cheiro é esse?

Dominic retesou, contendo o ímpeto de afastar-se para impedir que o rapaz continuasse farejando-o, porque isso, sim, soaria mais suspeito ainda.

— Andou abraçando alguém na rua? — perguntou, sem de fato demonstrar alguma insatisfação. — Você cheira a ômega e alfa. Eu conheço esses cheiros... os dois, na verdade — Franziu o nariz, incomodado.

— Sim, eu... — Dominic queria correr dali. O que diabos diria?

Tristan preferiu ser sorrateiro:

— O cheiro ômega é da Roxy, estou certo? — começou. — O Nero vivia com o cheiro dela, quando estavam juntos... Fazia tempo que eu não sentia essa coisa doce — terminou com outra careta. Não via o beta há alguns dias, mas isso não o impossibilitava de contar todas as novidades ao amigo, via mensagens e conversas telefônicas.

Dominic deu uma risada aparentemente descontraída, mas no fundo estava nervoso. Não havia feito nada errado, muito pelo contrário: finalmente tinha feito a coisa certa. Tinha resolvido a situação alheia a Tristan, que ele sabia que lhe traria problemas. Por mais esquisito que tudo pudesse futuramente parecer, ainda assim, não agiu de má-fé.

Começou a amolecer o corpo, acalmando-se. Não estava fazendo nada de errado, afinal — com exceção da parte que escondia as coisas do outro; que escondia certa particularidade de sua relação com Calebe. Aquilo, talvez, não fosse exatamente um exemplo.

*— Então, você encontrou com o Calebe também, quando foi comprar o leite? Percebi que demorou* — disparou subitamente o ruivo, como quem não queria nada. Mas ele queria saber de tudo. Já estava com sua desconfiança batendo a mil e seu coração saltava dolorido, a mágoa despontando em seus olhos lilases.

O ex-tenente-coronel arregalou os olhos, num misto de surpresa e pavor.

— Como sabe que encontrei Calebe? — perguntou, abismado. Os olhos carmesins haviam, inevitavelmente, dobrado de tamanho. Foi um erro seu esquecer que Tristan já havia conhecido Calebe, na lojinha de conveniências, e que certamente teria gravado o seu cheiro.

Tristan deu de ombros, como se fizesse pouco caso.

— Conheço o cheiro dele, é bem forte. Ele cheira a *patchouli*. Me lembro do cheiro, do dia em que ele foi lá à lojinha comprar cerveja pra você.

— Ah... — foi só o que ele respondeu, sem saber o que dizer.

Sem ter uma resposta dele, Tristan finalmente disparou:

— Não precisa ficar tenso assim, Dominic. Eu sei que o Calebe é o alfa com quem você passa seus períodos de febre. E suspeito que seja seu submisso fixo, estou certo?

E ,outra vez, o moreno se viu arregalando tanto os olhos vermelhos que eles quase saltaram da cavidade ocular, porque estava realmente surpreso.

— C-como você...? — balbuciou.

— Eu meio que... ouvi sem querer, você falando ao telefone com ele, aquele dia, lá em casa — ele declarou sem jeito.

Dominic apertou os olhos e soltou um sorrisinho debochado.

— Então, você é do tipo fofoqueiro, hum?

O mais novo sacudiu a cabeça, negando, embora fosse, sim, bem fofoqueiro mesmo. Mas jamais admitiria isso. Não para ele.

— Não é assim. Você sabe que minha casa não é exatamente espaçosa — escusou-se. — Em qualquer canto dela, eu poderia escutá-lo. Não é como se você falasse baixo também — alfinetou, tentando jogar a culpa nele.

Com isso, Dominic riu, sacudindo a cabeça. Aquele garoto era um cara de pau. Mas realmente, a casa era pequena.

— Tudo bem... Eu não queria esconder a ligação, também — finalizou, tirando a tigela vazia do balcão e levando-a à pia, onde começou a preparar a salada do almoço, sem evitar agir do modo evasivo de sempre, embora tudo dentro dele gritasse para não o fazer.

— Dominic — chamou timidamente. O alfa parou tudo o que fazia para dar-lhe atenção. — Você... Você e o Calebe ainda vão passar as febres juntos? — foi direto, fitando o chão, sem coragem de mirá-lo no rosto.

Estava morrendo de medo de que o alfa dissesse que sim, que ficaria com ambos. Afinal, haviam conversado sobre qual era a relação de BDSM na qual eles se inseriam, contudo, não chegaram a decidir se seria algo exclusivo ou não.

O mais baixo piscou algumas vezes, tentando entender como diabos Tristan sabia de tanta coisa, sem que ele tivesse contado nada. Só que, então, percebeu que se o garoto havia escutado a conversa, talvez tivesse ouvido o nome de Calebe nela.

— Em qual momento você assimilou que Calebe era o alfa que me ajudava nas febres? Ou que era meu parceiro de BDSM? Eu nunca te disse algo sobre isso — perguntou para ter certeza. Porque do jeito que as coisas estavam, era capaz de Tristan até mesmo saber sobre a parte disso que ele escondia.

— Eu não sou tão desatento quanto pareço, Dominic. — Ele o encarou incisivo, deixando claro nos olhos lilases que não deveria ser feito de bobo.

Tristan o estava *observando*. Ele detestava mentiras.

— Então... te incomoda? Que eu seja amigo de alguém com quem costumava transar?

Tristan o encarou por alguns segundos, sem saber o que responder. Porque era óbvio que incomodava. Sempre foi um menino ciumento. Mas, então, acabou respondendo à pergunta com outra pergunta:

— Eu não sei. Te incomoda que eu seja amigo de Nero, sendo que ele também era meu parceiro de cio?

O Dom não titubeou, antes de responder:

— Sim. É claro que me incomoda. Mas não devo, não posso e não quero exigir que você se afaste dele ou qualquer coisa assim. Primeiro porque isso seria um abuso, não é deste modo que terei uma relação com você. Eu mando em você, sim, mas... *na cama* — brincou pra descontrair. — Exigir tal coisa não seria te domar, seria te forçar.

— Boa parte das relações de BDSM é assim, não é? — ele retrucou. — Um dominante pode não só determinar com quem seu submisso pode interagir, como pode, também, dar a ele um *irmão de coleira...* — insinuou, assistindo ao rosto de Dominic perder a cor.

De qualquer modo, não era como se eles tivessem um relacionamento amoroso. Tinham passado a febre juntos, e agora formariam uma relação de dominador e submisso. Não era bem um namoro, era algo explicitamente diferente, ligado a prazer, físico e mental, nada além. Nada *sentimental*. Então, com um sorriso amarelo no rosto, continuou fitando Dominic, sem dizer nada.

Dominic, que não estava nem perto de ser desatento, captou suas insinuações e encarou-o com firmeza nas íris lilases, usando toda a sua intensidade para reforçar a mensagem em seus olhos.

— Eu só me relaciono com você, Tristan. *No BDSM e fora dele*. Minhas febres serão satisfeitas apenas pelo meu *bratzinho*, uh?

Ele não estava mentindo. Omitindo uma parte? Sim, com toda a certeza. Mas sentia que ser totalmente honesto sobre sua relação com Calebe traria inseguranças a Tristan. E, de qualquer forma, ele já havia resolvido a situação. Ou esperava que sim. Da sua parte estava tudo certo.

O ruivo inevitavelmente sorriu tão aberto que sentiu sua boca quase se rasgando nos cantinhos.

— Você está dizendo que somos exclusivos? — perguntou meio abobado e um tanto desconfiado. E o tal Calebe? Dominic estava com o cheiro *dele*. Se não ficariam mais juntos, se Dominic estava apenas com Tristan, por que tinha ido encontrar com ele?

— Sim, é o que eu quero. Se você quiser, é claro. Eu sou um pouco ciumento... muito, na verdade.

— Não parece. Você parece tão tranquilo e confiante — comentou.

— Isso é porque sei me controlar. Não acho certo agir de modo imaturo, dando crises ciumentas por aí. Mas é claro, nós devemos agir de forma respeitosa um com o outro. Não quero que você sinta ciúmes quando me vir com alguém e acabe indo flertar com outra pessoa para se vingar, do mesmo modo que não farei com você. Quando eu estiver conversando com alguém na The Cave, por exemplo, e você se sentir ameaçado... Não precisa ficar incomodado, você pode apenas chegar perto de mim, me abraçar e exibir sua coleira.

— Vai me dar uma coleira? — o rapaz retrucou pasmo, lembrando-se do que Nero o havia explicado sobre o significado das coleiras no BDSM. — Isso não é tipo... um casamento?

Dominic franziu o cenho.

— Você conhece todos os tipos de coleira?

— Tem mais de um tipo? — rebateu confuso.

— Ah... Eu achei que você sabia tudo, já que estava usando uma lá na The Cave. O que sabe sobre elas?

— Nero me disse que as coleiras são tipo alianças de casamento, que elas demonstram que há uma relação entre um sub e um Dom.

Primeiro Dominic permaneceu com uma expressão séria, assustando Tristan inicialmente. Até que se pôs a rir, deixando as bochechas vermelhas. Com isso, Tristan sentiu o rosto queimar, ficando vermelho também. Tinha dito alguma coisa muito errada e agora ele estava rindo da sua cara?

— O que foi? Eu disse algo errado? Você deveria me ensinar! — ralhou.

— Não, bebê... — Aproximou-se e tocou as bochechas do outro. — O significado de uma delas é esse mesmo. Mas existem muitos outros, há vários tipos de coleiras e cada uma tem um significado. Só estou rindo porque... você pareceu muito animado quando pensou que se eu te desse uma coleira, estaríamos numa relação como a de casamento.

O rosto de Tristan estava pegando fogo, e ele, completamente envergonhado. Então, agora, Dominic estaria ciente de que ele era um bobo ficando *apaixonadinho*. Mas que porra...

— Já te conquistei assim? — o moreno questionou com a voz rouca, porém ainda muito brincalhona, em clara provocação. — Está fantasiando como seria se casar comigo? — Seu sorriso era insinuador, enquanto descia as mãos para apertar Tristan na cintura fina.

Tristan piscou algumas vezes, com a carinha travada numa expressão cômica. Até que voltou a si e empurrou Dominic para longe. Não que tivesse intenção de machucá-lo, mas o garoto era um pouco bruto, como alguém muito forte que não tem noção da força que tem.

— Eu não! — respondeu rápido, com o braço esticado para mantê-lo longe. — Sou muito novo pra casar, não viaja, Von der Guth. Não sou nenhum carente — mentiu. Era sim.

Dominic virou a cabeça para trás, enquanto explodia numa nova gargalhada.

— Oh, minha nossa! — disse alto. — Você é tão fofo! Negando bravamente que tá caidinho por mim. Ah, Tristan Wolfgang, você é a coisa mais bonitinha que já vi na vida — terminou, correndo em direção ao garoto, com as mãos estendidas para apertar suas bochechas outra vez.

Mas o ruivo foi rápido em dar a volta na bancada, fugindo dele.

— Você está me deixando com vergonha, para! — bradou, nervoso. Seus olhos estavam apavorados.

— E qual seria a graça de não fazer isso?

— Você não era assim, Dominic!

E foi necessária apenas essa frase, para que o dominador murchasse como uma rosa. Estava se abrindo tão rápido para ele, agindo da maneira meiga e brincalhona que agia com aqueles mais íntimos, que se esqueceu de que era sempre tão misterioso com o rapaz, e ele poderia estranhar aquela mudança brusca em sua personalidade. E ainda havia uma enorme possibilidade de que Tristan, talvez, gostasse dele sendo mais distante e evasivo. Pelo menos, era o que ele pensava. Era um pensamento intrusivo que Dominic não pôde controlar. Afinal, era aquilo que atraía todo mundo, não era? A figura do alfa rígido, dominante, sedutor, distante e não tão interessado. O alfa carinhoso e apaixonado não era de quem as pessoas corriam atrás.

Não estava chateado com ele, estava chateado consigo mesmo. Não deveria ter se aberto tanto, nem tão cedo. Não deveria. Era sempre tão atento para que aquilo não acontecesse. Aquilo era uma falha. Havia se soltado demais, pois com Tristan não queria ser um personagem, queria ser ele mesmo, mostrar todas as suas facetas, pois achava que Tristan as compreenderia.

Então, deixou a postura ereta; alisou a própria camisa, desamassando um amassado que sequer existia, e ajustou o topete emplastado de gel antes de voltar à pia, para dar continuidade ao almoço, sem dizer uma palavra.

E é claro que Tristan notou a mudança de postura, sentindo-se um otário por ter dito aquilo. Ansiou pelo vizinho durante todos aqueles anos, rezando para que o mais velho deixasse de ser tão fechado, que deixasse de tratá-lo superficialmente e lhe permitisse chegar mais perto, porque sabia que se tivesse a chance, poderia conquistá-lo, e se esforçaria para tal. Contudo, agora que finalmente começava a tê-lo agindo mais abertamente, criticava o jeito dele, mesmo que sem querer. Bateu com a mão na própria testa, frustrado e arrependido, ao se dar conta do que uma simples fala sua poderia ter causado.

— Dominic...

— Vá para a sala esperar que eu termine o almoço — a voz soava neutra.

— Não, Dom, escuta, eu... — tentou se desculpar.

— Eu dei uma ordem, Tristan. — Encarou-o sério, a voz inegavelmente mais rígida.

Tristan odiava ser chamado a atenção. Sentia vontade de chorar toda vez que alguém fazia aquilo. Só não chorava por ser um puta orgulhoso do caralho. Então, engolindo o choro, deu as costas e saiu da cozinha, puto. Tinha estragado tudo, justamente quando as coisas pareciam bem.

Foi aí que teve a certeza de que ele não era o tipo de pessoa que pudesse dar certo com alguém... Talvez, a melhor opção para alguém como Tristan fosse estar sozinho. Eternamente sozinho.

# 13

# Arrepia Minha Pele

Já fazia um punhado de dias que Tristan não via Dominic direito. Desde o episódio na cozinha, o ex-militar saía de casa em busca de um novo emprego e Tristan ficava junto à própria companhia, bravo consigo mesmo. Ele sabia exatamente o que o havia afetado: Dominic *recuou*. Tinha se retraído novamente, voltando para dentro de sua *casca*. Não deixava de dirigir a palavra a Tristan, tampouco o tratava mal. Todavia, falava apenas o básico, o superficial, fugindo sempre de qualquer interação mais profunda. Basicamente, Dominic voltou à sua típica personalidade evasiva.

Eles não se beijaram mais.

Eles não se abraçaram mais.

Eles não se olhavam nos olhos com aquela intensidade que queimava, porque Dominic claramente criava uma distância segura entre eles.

Aquilo era uma punição? Um castigo? Ou era apenas a forma de Dominic agir quando magoado, afastando-se de quem lhe tinha causado dor?

Tristan não sabia.

Aliás, sabia que castigo e punição, no BDSM, não eram a mesma coisa. De acordo com tudo que o Alpha Dom lhe havia ensinado, aparentemente, um seria prazeroso e o outro doloroso, e não necessariamente a dor seria física.

Tristan estava quebrando a cabeça, pensando num modo de voltar às boas com o dominador. Sentia-se envergonhado pelo que havia dado a entender, ainda que não parecesse nada demais, para quem visse de fora. Nem mesmo de *bebê* Dominic o vinha chamando, como tinha virado costume.

Naquela tarde, Dominic estava fora. E Tristan o esperava tão ansioso que parecia existir uma corrente elétrica percorrendo todo o seu corpo. Quando o moreno estava longe, Tristan sentia quase uma dor física. Precisava se controlar para não agarrar Dominic e enchê-lo de carinho assim que pusesse os olhos nele. Precisava aguardar a hora certa.

Ele vinha planejando um modo de encurralar o dominador e fazê-lo ceder. Por isso, vinha pesquisando sobre diferentes práticas de BDSM, para que pudessem começar aquilo que haviam planejado. Estava disposto a surpreendê-lo. Se o Alpha Dom não queria começar *de verdade* o jogo, então seu submisso o faria.

Por isso, se apressou a abrir o *notebook*, pela quarta vez naquele dia, para pesquisar um pouco mais, quando encontrou o *Wax Play*: uma brincadeira com cera de velas.

Primeiro, ficou receoso. Por mais que Dominic fosse um dominador experiente, fogo era fogo, e uma queimadura era eterna.

As fotos com ceras coloridas derretidas sobre corpos nus que apareciam em todos os cantos da tela, convenceram-no de que a prática poderia ser atraente o suficiente para fazer com que lhe desse um pouco de atenção.

Primeiro, viu vídeos da prática. Ninguém parecia sentir dor. Depois, procurou por instruções sobre como iniciar as coisas, os materiais, o modo como deveria se portar e todos os detalhes necessários. Queria surpreender seu dominador. Mais do que tudo, queria agradar-lhe. Estava envergonhado pelo desentendimento recente.

A brincadeira com cera de velas não envolvia verdadeiras queimaduras, e ele foi se dando conta disso aos poucos. As velas usadas na prática deveriam ser de materiais especiais, alguns praticantes indicavam parafina pura; outros, soja, desde que o material derretesse em uma temperatura abaixo de 65ºC pelo menos, para que não pudesse causar queimaduras, e assim, os praticantes descreviam que o prazer de sentir a cera morna escorrer pela pele atiçava muito bem o sensorial. Era uma prática muito realizada no sadomasoquismo, e Tristan se sentia especialmente *atiçado* com esse núcleo.

Instigado, pesquisou mais a fundo, e assim permaneceu por horas a fio. Decidido, o ruivinho saiu de casa com seu cartão de crédito. Ele sabia que já existiam algumas velas coloridas na masmorra, mas Dominic não o tinha autorizado a usá-las. Se lhe pedisse permissão, já não seria mais surpresa. Por isso, de ônibus, foi até o centro comercial, onde entrou e saiu de lojas e mais lojas.

Subitamente, lembrou-se de que não tinha avisado a Dominic que sairia de casa. Seu coração foi à boca só de imaginar que poderia pôr tudo por água abaixo. Então, rapidamente sacou o aparelho celular e enviou-lhe uma mensagem. Mas seria melhor mandar apenas uma mensagem ou telefonar? A ligação demonstraria mais respeito? A troca de poder naquela relação era parcial, mas avisar quando saísse de casa fazia parte do acordo? Ficou na dúvida. Ele gostava quando Dominic dizia exatamente aonde ia, mesmo que não precisasse. Fazia com que Tristan se sentisse importante para ele. Acabou telefonando, mas a ligação foi para a caixa postal. Sem alternativas, acabou enviando uma mensagem:

**Dom, fui ao centro fazer compras**
**seu telefone estava desligado**
**foi mal não ter avisado antes de sair**

Após cerca de quarenta minutos, enquanto caminhava para fora da última loja, seu telefone tocou. Viu o número de Dominic na tela. Mordeu o lábio, apreensivo. E se ele fosse reclamar? Tristan não gostava que gritassem com ele. Nadinha. Seus pais costumavam chamá-lo de *alfa frouxo*, pois não podia ouvir uma leve repreensão que já desatava a chorar. Bufou e, com o coração batendo rápido, atendeu com a voz temerosa:

— O-oi.

— *Oi. Vi sua mensagem. Onde está?*

Tristan respirou tão aliviado ao ouvir a voz tranquila do alfa que até parou de andar.

— Ainda no centro, fazendo compras. Ai, que alívio. Pensei que você fosse brigar comigo por...

Uma alfa forte, que vinha caminhando atrás, acabou por esbarrar nele, ocasionando numa leve trombada e xingamentos entre os dois.

— *Tristan? Você está brigando na rua? Tá tudo bem?* — a voz metálica saiu do aparelhinho eletrônico, preocupada.

— Ah, tá tudo bem. Foi só uma rabugenta mal-educada. Estou fazendo compras ainda — repetiu.

— *Por que pensou que eu brigaria com você? Fez algo de errado?* — ele indagou, com a voz em alerta.

— Pensei que você ficaria bravo se chegasse em casa e eu não estivesse lá... — respondeu, fazendo um pequeno bico.

Dominic soltou um risinho, entendendo.

— *Nós não temos uma relação de total troca de poder, Tristan, embora, sim, eu prefira que você me diga onde está, pois ajuda na relação de controle, mas não é necessário me pedir permissão para fazer coisas normais no seu dia a dia.*

— Faz sentido. Mas é bom que eu te conte o que faço. Eu gosto... Gosto de estar sempre assim... ligado a você — disse, brincando com o zíper do casaco.

Dominic emudeceu por um momento, antes que Tristan escutasse um suave suspiro na linha, como alguém que dava o braço a torcer:

— *Eu também gosto de me sentir ligado a você...* — devolveu o moreno, com a voz doce, mas apreensiva.

Tristan podia sentir, mesmo de longe, que havia conseguido rachar o muro que, outra vez, Dominic havia levantado ao próprio redor. E uma rachadura era o primeiro passo para a quebra.

— *O que foi comprar?*

— Isso não vou contar. É um segredo, uma surpresa pra você. Esteja preparado — falou com a voz matreira.

— *O que você está aprontando, garotinho?* — rebateu tão divertido quanto.

— Você vai gostar, eu prometo.

— *Vou confiar em você. Daqui a duas horas devo estar em casa. Vamos jantar juntos?*

— Sim. E eu tô com fome! Muita.

— *Isso não é uma novidade. Você sempre está com fome.* — Riu. — *Então, nos vemos mais tarde. Se cuida direitinho e não arruma confusão na rua! Não quero ter que precisar bater em alguém pra defender você, pestinha.*

Eles encerraram a ligação sorrindo, embora um não pudesse ver o outro.

Um minuto depois de ouvir a porta bater lá embaixo, Tristan se jogou na cama do quarto de hóspedes, com um livro de Dominic, sobre BDSM, aberto nas mãos, e uma pose que julgava ser sedutora o suficiente, o fino tecido da bermuda de pano levantado propositadamente para expor as coxas musculosas.

A cama estava forrada com um lençol velho que havia buscado em casa, para evitar que a cera derretida das velas fizesse uma lambança nas coisas de Dominic. As velas coloridas estavam espalhadas pelo quarto, e ele já as havia acendido um minuto antes de se deitar. Uma luz suave também entrava no cômodo, deixando-o com uma claridade confortável.

Ele estava morrendo de ansiedade para ficar à mercê do Alpha Dom. Imaginar Dominic fazendo *qualquer coisa* com o seu corpo o deixava vibrando. Estava confiante de que aquela emboscada funcionaria, porque nem em um milhão de anos Dominic seria capaz de resistir ao seu garoto todo *derretido*. Mas depois de quinze minutos sem que os passos de Dominic soassem na escada, Tristan decidiu descer, e encontrou o mais velho de costas no fogão, preparando comida. Ele cantarolava junto à música que saía de seu celular, em cima do balcão.

Quando o moreno se virou, com uma panela nas mãos, imerso em sua cantoria, quase deixou tudo ir ao chão, deparando-se com o outro ali: ele gritou de olhos arregalados, fazendo o ruivo cair numa risada escandalosa.

— Caramba, Tristan! Quer me matar do coração? Por que entrou tão silencioso? — Pôs a mão no coração, de um jeito totalmente dramático.

— O que foi? Tá com medo de quê? *Pensou que eu era um fantasma?* — sugeriu, divertido.

— E se pensei? Não julgue as crenças alheias.

— Ah, esse alfa, sinceramente... — resmungou balançando a cabeça de modo reprovador.

Dominic apertou os olhos para ele.

— Estou preparando o jantar, não percebi que você já estava em casa, aqui embaixo tudo estava apagado. Já tomou banho?

— Sim, senhor, capitão, coronel Von der Guth! — disse com a voz engraçada, batendo continência.

Dominic conteve mal demais uma crise de riso, porque ele achava Tristan tão engraçado que quase não restavam dúvidas de que seria um perfeito *brat*. E o melhor de tudo era que ele, pela primeira vez na vida, achava divertido alguém que o confrontasse daquele jeito. Por algum motivo, quando Tristan agia daquela forma zombeteira, ele não se irritava, pelo contrário: achava um tipo de charme. Jamais conheceu alguém tão doce. Tristan Wolfgang era um sujeitinho peculiar.

Dominic continuou preparando o jantar de forma despreocupada, e dispensou a ajuda de Tristan, que parecia inquieto com alguma coisa, mas voltou para o andar de cima, esperando que o chamasse para jantar.

Dominic aproveitou, enquanto parte da comida cozinhava, para pôr a mesa. Ele não era o tipo de pessoa que tinha cinco tipos de louças diferentes, mas tinha ao menos duas: uma simples e outra mais fina, que somente costumava usar em festividades quando, vez ou outra, recebia visitas. Nas vezes que passava as festas de fim de ano fora do quartel, não era como se passasse em casa, de qualquer modo. Geralmente, ia para a casa dos pais, junto a Roxy.

Ele decidiu, então, que usaria as louças finas, finalmente. Tristan era especial demais para ele, muito mais que possíveis convidados do feriado da Última Lua Cheia do Ano, estava certo disso.

Ao fazer isso, algo o atingiu em cheio. Como *flashes*, todas as vezes que sentiu coisas fortes demais ao pensar em Tristan ou que deu importância demais a ele, tomaram-no. Ele precisou sentar-se na cadeira por um momento, atordoado.

— Porra... — murmurou. — Eu sabia que isso ia acontecer. Sabia que esse garoto ia me deixar balançado.

Deu três tapinhas na cabeça, irritado. Porque, sim, naquele punhado de dias depois do leve desentendimento com Tristan na cozinha, Dominic tinha se fechado e se mantido afastado, por autoproteção. Saía para algumas entrevistas de emprego que nem demoravam tanto assim, mas, então, ia para a loja de eletrônicos de Roxy, e lá ficava o resto do dia, para não ter que lidar com Tristan. E quando o ruivo chegava do trabalho, Dominic já estava dormindo.

Ele não tinha ficado com raiva do que o mais novo havia dito. Sabia que tinha sido um pouco dramático demais no calor do momento. Tristan descontrolava suas emoções. Mas o problema era outro: Dominic Von der Guth estava se achando um completo bobo por estar criando carinho e apegos fortes demais pelo alfinha malcriado. Ele sabia que seus sentimentos, àquela altura, já haviam ultrapassado os limites do que considerava *adequado* ou *seguro*.

Ele não queria se sentir daquele jeito. Não queria se machucar e, por isso, não se dava uma brecha para se apaixonar verdadeiramente há anos. Com o tempo, tornou-se naturalmente uma pessoa fria de sentimentos, embora carinhosa com aqueles com quem se relacionasse. Todavia, Tristan, magicamente, e sem esforço algum, vinha destruindo os muros que Dominic demorou tanto a construir ao seu redor.

Colocou duas taças de cristal na mesa, os pratos de louça cara, os talheres de prata, os guardanapos de pano e acendeu as três velas trançadas do castiçal. Afastou-se um pouco para observar de longe e constatou: *parecia a porra de um jantar romântico*. Se Tristan ainda não soubesse suas verdadeiras intenções, saberia agora. Definitivamente, fariam as pazes com isso ou deixariam tudo ainda mais estranho entre eles.

Observou o relógio em cima da pia. Fazia trinta minutos que Tristan tinha subido. Onde estava? Dominic subiu as escadas, indo atrás dele.

— Tristan? — chamou.

Não obteve resposta. Estranhou. Foi, então, até a porta fechada do quarto de hóspedes que o garoto ocupava em frente ao seu, e deu três batidinhas rápidas. Esperou um momento antes de abrir, e se deparou com Tristan sentado sobre a cama, os cabelos compridos cor de cereja presos num coque um pouco bagunçado, e o corpo, de pernas cruzadas, *completamente nu*. Não estava escuro nem claro demais, velas coloridas estavam espalhadas ao redor do quarto, acesas, exalando cheiros frescos, e Tristan parecia esperá-lo.

— O que é isso? — perguntou com um sorriso admirado, de canto, os olhos de serpente dançando.

— Eu pesquisei. Queria encontrar uma forma de me aproximar de você de novo — declarou, antes de morder o lábio, animado.

— *Wax Play*? — Dominic murmurou, observando a arrumação e os itens ao seu redor. — Quer começar com *wax play*, agora?

— Uhum... — Ele se levantou e foi, lentamente, até Dominic, parado ao pé da cama, e suavemente dedilhou os botões da camisa dele e aproximou os rostos, para que seu hálito quente encontrasse os lábios dele. — Eu quero me entregar pra você. Quero muito... — sussurrou. — Quero sentir você controlando a minha mente, instigando o meu corpo, arrepiando a minha pele. *E eu quero agora*.

Dominic sentiu-se pulsar.

— E desde quando é você quem decide as coisas por aqui? — ele retrucou com a voz fraca, inebriado na aura de sedução que a pessoa por quem tanto ansiava o havia colocado. Apertou-o na cintura e mordiscou-o no lábio, dando início a uma briga pelo controle que só Wolfgang era capaz de lhe oferecer.

Tristan sacudiu a cabeça, negando.

— Claro que não... Você manda em tudo. *Tudinho*. Mas o que mais eu podia fazer? Estava a ponto de implorar pra você me pegar logo de jeito...

— E eu já não te peguei de jeito, naquela febre, hum? — Ele lambeu a boca do ruivinho, que estremeceu, arrepiado, porque fazia dias que não sentia aqueles toques.

— Quero que pegue *mais*. Eu passo todos os dias com você, isso é muito pouco. — Fez um biquinho manhoso.

Dominic grunhiu, excitado, antes de ordenar:

— Deita na cama.

Tristan imediatamente se voltou em direção ao estofado e deitou graciosamente sobre o lençol. O corpo nu brilhou sob as chamas das velas crepitando. Dominic subiu no colo dele e alisou, lentamente, o peitoral definido, enquanto beijava delicadamente cada pedaço da pele exposta, olhando-o com firmeza, provocador ao extremo.

— O que você andou comprando, hein, bebê? — perguntou, entre os beijos.

Tristan sabia que o plano estava funcionando porque, finalmente, estava sendo tocado e, também, chamado de *bebê*.

— Hum... comprei... velas de soja... — Suspirou, sentindo o peito explodir, acelerado, subindo e descendo a cada beijo da boca macia. — Elas têm sabor e são comestíveis...

— Ah, como você é safado... — ciciou, a voz morna. — Já fez tudo de caso pensado, não é? *Tsc, tsc, tsc*. — Ele sacudiu a cabeça de um lado para o outro. *— E onde será que você quer sentir a minha boca?*

— Porra, Dom... — xingou, puxando os lençóis entre os dedos, não ousando tocá-lo. — Em qualquer lugar. Por favor, me beija onde quiser, só beija — pediu, exasperado.

— Tem algum lugar que prefira que não pingue a cera? — perguntou, atento, enquanto o massageava nos ombros e braços, quase despretensiosamente.

— Não. Nenhum. — Sacudiu a cabeça.

— Mesmo? — Arqueou uma sobrancelha.

— Mesmo. *Eu confio em você.*

Dominic sorriu delicado e deu um beijo na bochecha dele.

Ele se esticou para apanhar uma vela cor-de-rosa, sobre a cabeceira. Afastou-a bem do peito de Tristan e ameaçou derramá-la, mas travou-se e fitou o garoto mais uma vez, por segurança. Tristan acenou com a cabeça, confirmando, e um segundo depois, sentiu as primeiras gotas mornas na barriga. Depois, elas foram chegando ao peito, e uma delas caiu exatamente sobre o mamilo duro. Tristan arqueou a coluna.

— Porra... — Mordeu o lábio, observando a cera rosa-neon ir, aos poucos, endurecendo sobre sua pele.

— Tudo bem? — o Alpha Dom indagou, preocupado.

Tristan sorriu genuíno.

— *Tudo perfeito*. Por favor, não pare, *meu senhor* — sussurrou.

Dominic ficou extasiado.

Abocanhou o mamilo coberto de cera, com gosto de tutti frutti, e o lambeu com vontade, enquanto esfregava o pau duro, coberto pelas roupas, no de Tristan, despido e tão rígido quanto.

Com tesão, o ruivinho levou as mãos para os fios escuros de Dominic, arruinando o trabalho do gel quando os puxou entre os dedos, sem controle.

Dominic não se importou.

Afastou-se para apanhar uma nova vela, de cor amarela que, assim como as outras, parecia brilhar na semiescuridão, vívida. Pingou a cera morna, outra vez, sobre o peito de Tristan, fazendo caminhos aleatórios pela barriga e ombros. O submisso se remexia abaixo dele, inquieto, e o sorriso na lateral dos lábios bonitos era aberto, aprovador e convencido. Sentia como se a cera ameaçasse queimar, mas em meio segundo não havia nada além do calor agradável.

Dominic foi usando quase todas as cores: azul, laranja, vermelho, roxo, preto e branco... Pintou-o como um quadro, sua própria obra de arte, *amor em tela*, as costas largas e ombros firmes enfeitados de traços coloridos, caminhos sem destino, coloridos e vibrantes na tez macia. Gravou aquela imagem na memória, para que nunca mais se esquecesse do dia em que pôde fazer arte no corpo dele.

Tendo Tristan completamente sujo de cera, beijou cada centímetro de pele, borrando e derretendo, tocando-o como Tristan queria ser tocado, até chegar à última vela. Era de um verde bonito.

Tristan, agora, estava de bruços, e o Alpha Dom, sentado sobre a parte posterior de suas coxas. Ele pingou, lentamente, as gotas verdes pela linha da coluna, até chegar às nádegas. A mão lentamente separou as bandas, e Tristan fechou os olhos esperando vir.

A cera morna deslizou ternamente na pele sensível de seu ânus, traçando um caminho quase carinhoso. Outras gotas tocaram e aqueceram novos pontos da pele fina, e ele se remexeu, deliciado.

A próxima coisa que sentiu foram os lábios de Dominic, beijando carinhosa e lentamente suas nádegas, antes de enfiar a língua dentro dele, com aquele carinho tão delicioso. As mãos brutas do ex-tenente-coronel apertaram a carne com malícia, era rude, desejoso. Ele arranhava e espancava a pele tenra, ficando cada vez mais excitado com todas as marcas certeiras que causava, o quadril de Tristan rebolando em seu rosto como uma aprovação clara, gemidos grossos tocando como música em seus ouvidos.

Ainda não havia se dado o prazer de chupá-lo lá atrás, de sentir seu sabor. E agora, era como se a mistura mais deliciosa explodisse em sua boca. O gosto do Tristan era como o seu cheiro: cereja e madeira.

A voz de Tristan foi perdendo força e seu quadril o ritmo, antes que pudesse evitar: sua porra manchou todo o lençol em jatos quentes que pareciam nunca acabar de jorrar.

Dominic se deitou, sem fôlego, sobre o corpo dele. Cansados, compartilharam o ritmo da respiração.

Após um minuto inteiro em silêncio, Tristan precisou dizer:

— Aquilo não foi uma crítica, Dominic — murmurou, com a voz suave. — Os últimos dias foram incríveis entre nós. Pude conhecê-lo de um modo mais profundo e gostei do que vi. Eu sonhava com o dia em que você me deixaria entrar, sabia? — sussurrou, virando-se de frente para o moreno que lhe deu espaço para se mover, antes de se encaixar nele outra vez, a respiração pesada.

Os olhares dançavam pelo rosto um do outro, vermelho e lilás, como numa valsa.

A palma de Dominic, imediatamente, agarrou a pele de sua cintura, puxando o corpo maior para mais perto.

— Não se afasta mais de mim, não — Tristan pediu, manhoso, os olhos quase fechando. — Por favor. Eu quero você perto. Muito perto.

Dominic grunhiu antes de tomá-lo em um beijo bagunçado, sugando-lhe o ar, furioso.

Estava ganho. O muro de concreto havia ruído, pois Wolfgang era sua bola de demolição particular.

As unhas arranharam com força a pele de Tristan, antes de os dedos envolverem seu pescoço e apertá-lo, recebendo dele um olhar extasiado, como se houvesse clamado por aquilo o tempo todo.

Com um sorriso entre o beijo melado, Dominic girou o corpo maior no eixo e o colocou de costas outra vez, deslizando a bunda desnuda contra o pau ridiculamente duro.

Tristan viu estrelas. O cheiro excitado de Dominic se forçava para dentro de sua garganta, deixando-o louco. Por isso, ele o fitou por cima do ombro e gemeu:

— *Fode, Dom. Fode, por favor...* — Se jogou para trás, deslizando a bunda com mais força, enquanto tentava, por cima do ombro, lamber a língua de Dominic, que pendia para fora à procura da sua.

— *Me põe na boca* — Dominic ordenou, ao invés, a voz lenta e descarada. — Me deixe te ver me engolindo *inteiro*.

Tristan não pensou sequer duas vezes, pois seus joelhos foram mais rápidos em fazê-lo saltar da cama e agachar no chão, de frente para seu dominador, levando imediatamente as mãos afoitas ao cinto, na calça do moreno, desafivelando-o.

Quando o pau teso pulou para fora, Tristan suspirou, antes de deslizar o rosto nele, dando beijinhos delicados sobre a pele fina, quase como se o adorasse. *E adorava.* Suas mãos se esticaram para apanhá-lo pela base, antes que Dominic travasse seus punhos e dissesse, com a voz rouca:

— Sem as mãos, garoto. Mostra o que você pode fazer só com essa boquinha... — Ele deslizou o polegar pelos lábios macios do ruivo que o mordiscou, segurando um intenso contato visual.

Tristan pôs as mãos para trás e seus lábios buscaram a glande inchada do membro duro, antes de abocanhá-lo lentamente, fechando os olhos.

O aperto de Dominic em seus fios aumentava à medida que ia se sentindo cada vez *mais pra dentro* da garganta gostosa.

— Guloso do caralho — Dominic murmurou, orgulhoso, quando sentiu a cabecinha tocar o fundo da garganta.

Ele se afastou suavemente, antes de voltar mais rápido e repetir até que a velocidade aumentasse. Rebolava contra o rosto de Tristan, e não parava de admirar o quão sexy era aquele rapaz com a boca ao seu redor. Tristan era fantástico, fazia com que se sentisse como um adolescente apaixonado e cheio de hormônios.

Safado, Tristan deixava que sua garganta engasgasse, para atiçá-lo, o que funcionava perfeitamente bem. Dominic se sentia prestes a *enchê-lo todo*, quando um cheiro de queimado, que começou suave, foi subindo suas narinas, até que ele abrisse os olhos e se afastasse bruscamente de Tristan, que soltou um muxoxo ao ter a boca vazia.

— A comida! A panela! Tá queimando! — Dominic olhava de um lado para o outro, como se pensando seriamente se a panela era perigosa o suficiente para que ele precisasse interromper o que estavam fazendo. — Porra! — resmungou, contrariado, antes de encarar Tristan, de olhos angustiados, e disparar escada abaixo, abotoando as calças.

Tristan deu um resmungo triste, antes de se levantar do chão e se jogar na cama, bufando frustrado.

— Porra, a gente estava tão perto... — Ele encarou o próprio pau gozado, caído sobre a barriga.

Não tinha sequer palavras para descrever o quão delicioso era sentir aquele pau grosso na boca e o quão frustrante era não poder senti-lo explodir em sua língua, como ansiava.

Brochado, ele se lavou no banheiro e depois procurou preguiçosamente por uma roupa no guarda-roupa, antes de descer para a cozinha.

Encontrou Dominic retirando a mesa. Havia taças de cristal e talheres de prata, junto a castiçais com velas decorativas e fumaça que empesteava o cômodo, além de um Dominic cabisbaixo guardando as coisas.

— Eu acho que... temos uma mudança de planos — murmurou o ex-tenente-coronel, desgostoso. — Escolhe uma comida legal pelo aplicativo enquanto eu tomo banho? Aparentemente, nossa brincadeirinha arruinou o jantar de hoje. — Ele riu sem jeito, antes de dar um beijo na bochecha de Tristan e disparar escada acima.

Ao alcançar o segundo andar, Dominic sentiu o telefone tocar no bolso. Viu o nome de Roxy na tela e bufou. Não que não gostasse de receber ligações da irmã, apenas se decepcionou por não ser alguma resposta das milhares de entrevistas de trabalho que vinha fazendo. Precisava de um emprego o mais rápido possível. Suas reservas de dinheiro não durariam para sempre, embora fossem suficientes para durar dois anos inteiros, pelos seus cálculos, caso parasse de gastar dinheiro compulsivamente.

— Oi.

— *E aí, Mirradinho?* — ela falou na linha.

— O que é? Tá carente?

— *Como poderia? Tenho dois submissos* — respondeu divertida. — *Nero quer ir aí ver o Tristan. Ele tá ligando e mandando mensagens, mas o bratzinho não atende o celular o dia todo. Estão ocupados?* — perguntou.

— Ah, você não faz ideia... — Ele sorriu, todo alegrinho. — Pode ser outro dia?

— *Hum... Decidiram começar as coisas?*

— Não sei bem... Quer dizer, ele estava me dando um boquete gostoso pra cacete, quando a panela começou a queimar na cozinha e estragou o clima todo. — Ele bufou, frustrado. — Mas fizemos *wax play*.

— *Jura*?

— Uhum. Tava uma delícia. Porra, ele é tão expressivo, parece um... Porra, ele parece um pornô! Um pornozão ambulante, daqueles pesados e proibidos em metade dos países por ser sujo demais!

— *Meus parabéns. Era pra me fazer sentir inveja? Já disse que tenho dois, cara.*

Dominic bufou, entrando no banheiro da suíte, fechou a porta e sentou-se sobre a privada tampada, puxando os fios de cabelo que soltavam do gel e caíam sobre a testa.

— Eu tô fodido, Roxy. — Ele sacudiu a cabeça, de um lado para o outro. — Tristan tá me deixando louco... — Suspirou pesado, esfregando o rosto.

— *Porra, nem fodendo. Tá ficando apaixonado, Mirradinho? Tipo, sério mesmo?*

Dominic bufou outra vez e pôs o telefone no alto falante, enquanto se levantava para remover as roupas.

— Não sei o que fazer. Amar me deixa frouxo. Esse garoto vai conseguir o que quiser de mim... Eu não estou mais no controle, Roxy, ele é quem está — confessou, num resmungo contrariado.

Ela soltou uma gargalhada divertida.

— *Cuidado pra não tropeçar na sua coleira* — ela debochou. — *E, Dom, não se joga demais sem ter certeza de que... De que é isso que ele quer também, entende?*

— Não é como se eu pudesse controlar — falou, apreensivo. — Mesmo que ele não sinta nada parecido por mim... não posso. Eu tô... — Dominic fechou os olhos, atordoado. — *Eu tô apaixonado por ele*. Acredita que se não fosse a panela queimando, eu teria me prestado ao papel ridículo de me declarar com um jantar romântico, logo depois de uma sessão?

Ele ouviu um barulho de passos mais longe, e soube que era Tristan subindo as escadas.

— Preciso desligar — avisou.

*— Ah, eu acredito. Você não é tão durão quanto finge, te conheço desde a barriga de mamãe. Manda mensagem mais tarde, ok?*

Ele assentiu e desligou o aparelho, antes de entrar debaixo do chuveiro morno.

Durante a madrugada, Tristan acordou com o barulho de um alto trovão, que o fez dar um pulo assustado. Não costumava ter medo dessas coisas, mas o som foi muito estrondoso. Puxou o edredom pesado que o cobria juntamente ao travesseiro fofinho. Eles não estavam ali quando adormeceu no sofá, vendo TV, então, certamente, Dominic os tinha deixado ali.

Podia continuar dormindo, mas se lembrou de algo curioso sobre Dominic Von der Guth: *ele tinha medo de trovões.*

Um dominador que tinha medo de raios. Era engraçado, não era? Tristan achava. Mas não pensava que Dominic era fraco por isso. Achava fofo. O mais velho possuía uma dualidade chocante. E, de qualquer modo, onde dizia que um dominador, um alfa, não poderia ter medo de alguma coisa? Ele era uma pessoa, afinal. E as pessoas tinham medo de coisas. Cada um tinha algo particular que o aterrorizava.

Tristan nunca teve medo de muitas coisas. Na verdade, um dos poucos medos que possuía era o do preconceito. De sofrer alguma maldade pela peculiaridade de seus genes. Do abandono. Ele temia a rejeição desesperadamente. Se seus próprios pais o haviam maltratado por conta disso, imagine as pessoas.

Nunca tinha contado isso a Dominic, pois era pessoal demais. Além do mais, apenas recentemente Dominic havia começado com aquela abertura maior com ele.

Há muito tempo, Dominic lhe havia contado que odiava trovões. Disse que ficava assustado, por mais bobo que parecesse. Nunca lhe disse o motivo, só que não gostava. E ele nem parecia ter contado porque queria. O mais novo tinha notado, na época, que o outro tinha soltado a informação sem querer. Tanto que, depois disso, ele se levantou da escada onde estavam sentados, na porta de sua casa, dizendo que precisava entrar, e encerrou subitamente a conversa dos dois ali.

E era sempre assim. O ex-tenente-coronel encerrava o contato quando as coisas pareciam fluir bem.

Mas isso era *antes*.

Antes de Tristan descobrir sobre seu segredo.

Antes de começarem uma relação mais quente que o inferno.

Antes da confusão de sentimentos inundar a cabeça de ambos.

Tristan levantou-se do sofá, onde tinha cochilado, e subiu as escadas transparentes, trazendo junto o travesseiro e o cobertor. Bateu levemente à porta de Dominic, abrindo-a sem esperar resposta.

Viu-o sentado no canto, enrolado e encolhido num grosso edredom. Ele parecia extremamente desconfortável, o que fez Tristan correr imediatamente para ele, abandonando tudo que trazia no chão.

— Dom? Eu tô aqui... tá tudo bem — disse, imediatamente o abraçando. E, com o abraço, pôde sentir que ele tremia levemente, o que o deixou extremamente preocupado.

— Você... Não deveria me ver assim... — Dominic disse num fio de voz. — Me deixe sozinho.

Por um momento, Tristan pensou em obedecer, mas seu cérebro foi rápido em se dar conta, de que o moreno não o queria realmente fora dali. Apenas não queria que o visse assustado, porque aquela certamente não era uma imagem que um dominador gostaria de passar ao seu submisso. Então, munido de uma coragem altamente protetora, Tristan o aninhou mais confortavelmente em seus braços.

— Eu não vou sair daqui, *meu senhor* — fez questão de usar o tom respeitoso para demonstrar que aquela não era uma simples malcriação.

Dominic se afastou para fitá-lo, com a expressão contrariada que Tristan rapidamente notou e se adiantou a explicar:

— Você cuida de mim e eu cuido de você — disse em voz baixa. — Não vou te deixar aqui sozinho com esses trovões, sabendo que você tem medo.

Dominic franziu o cenho e o encarou bem de perto, fitando-o surpreso e, ao mesmo tempo, admirado. Seus próprios olhos brilhavam o mirando em retorno.

— Você se lembra disso? — questionou com a voz fraca.

Tristan piscou lentamente antes de assentir:

— Eu me lembro de tudo sobre você. Todas as conversas por mais superficiais que fossem. Até mesmo me lembrei de que seu cantor favorito tinha cabelos vermelhos... Então, eu meio que... Me inspirei nisso recentemente — declarou, envergonhado.

Dominic ofegou, encarando-o, com um sorriso abobado no rosto.

*— Você pintou o cabelo por minha causa?* — questionou, desacreditado.

O mais novo suspirou, rendido. Não podia acreditar que estava revelando aquilo, porque essa coisa deveria morrer com ele.

— Eu queria chamar sua atenção — confessou. — Mas vermelho é minha cor favorita também, sabe...

O moreno encarou-o por longos segundos que pareceram congelar o tempo. O clima entre eles estava pesado, mas não de um jeito ruim. Havia uma tensão no ar, que ia muito além da sexual, enquanto os alfas se fitavam com as faces muito próximas e as respirações se abraçando entre os rostos.

— Você nunca passou despercebido pra mim, Tristan. Sempre flertei com você, embora eu realmente flerte com muita gente — declarou sincero, com uma pitada de humor, encarando profundamete os olhos de pedra ametista. — Sempre desejei você. Com qualquer cor de cabelo.

Tristan arregalou os mirantes, o rosto em confusão e choque estampados nele. Abriu a boca algumas vezes para tentar responder, mas nem sabia o que dizer realmente.

Diante do silêncio dele, Dominic ficou tenso. A sensação de que seria rejeitado era grande. A lembrança do término de seu noivado inundou sua mente. Mais uma vez, ele se sentiu daquele jeito. Engoliu em seco. Mas tomou coragem para fazer ali o mesmo que se faz para arrancar um *band-aid* de um machucado: rápido e de uma vez só.

— Eu sempre me interessei por você, Tristan — disse, aparentando tranquilidade. Contudo, por dentro sua mente era um misto de nervosismo, euforia e desespero. — Mas não podia investir em você, sabendo que você era um baunilha, entende? Você já está familiarizado com o termo, sabe o que significa.

O ruivo uniu as sobrancelhas, fazendo um biquinho incomodado.

— Você não ficaria com uma pessoa fora do BDSM ou não fetichista? — indagou com um leve tom de julgamento na voz. — Isso não é saudável, Dominic. Já te disse isso em outra ocasião.

O mais velho sacudiu levemente a cabeça em negativa.

— Não é pelo motivo que você está pensando. Já te disse que posso transar com alguém fora dos fetiches e fora da relação D/s. Eu transei com você na febre, não foi? Eu posso transar de modo baunilha, não tenho problema com isso.

— E então...?

Dominic suspirou, vencido. Outro trovão alto ressoou lá fora, fazendo-o dar um leve pulinho de susto. Tristan segurou seu rosto entre as mãos, acariciando sua bochecha, suavemente.

— Eu tô aqui. Eu protejo você — sussurrou para acalmá-lo.

Dominic sorriu, sentindo a tensão se esvair lentamente, trazendo alívio. Podia confiar no garoto. Podia se abrir para ele. Claro, não conseguiria dizer tudo agora, assim, de cara, mas ao menos diria algo resumido. Já eram colegas há tanto tempo. Não havia mais motivo para se fechar tanto para ele. Seu segredo já estava escancarado, afinal.

— Há alguns anos, eu tive um noivo chamado Louis Yang. Um beta. Nossa relação durou dois anos. Eu já tinha sido iniciado como dominador no BDSM há um tempo, naquela época, mas ele não fazia parte da comunidade. Sequer era fetichista. E ele também não sabia sobre as minhas práticas, embora eu claramente o dominasse na relação. Ele só não percebia, não entendia o conceito ou o rótulo. Minha dominação não era escancarada ou com acessórios. As vezes que tentei apimentar mais as coisas, com vendas ou algemas, Louis nunca gostou muito. Ele preferia sem muitos floreios, embora curtisse instigar as coisas com cenas de ciúmes. Ele achava que sexo não precisava dessas coisas. Acreditava que fetiches desse tipo eram coisas de pessoas mentalmente doentes. Por isso, precisei manter essa parte de mim escondida. Só que, um dia, ele descobriu tudo.

— Como? — Estava curioso e interessado, embora sentindo pesar.

— Um pouco antes da data marcada para nos casarmos, subi de patente. Então, decidimos morar juntos. Nessa casa aqui. Eu guardava meus poucos acessórios numa bolsa grande de couro, no meu antigo apartamento. Ela ficava no fundo do *closet*, escondida.

Tristan automaticamente olhou ao redor, fitando o espaço, e Dominic prosseguiu, antes de perder a coragem:

— Como eu estava sempre no quartel, Louis ficou encarregado de encaixotar a maior parte das minhas coisas para a mudança. E quando ele esvaziou o *closet*...

— Ele encontrou a bolsa com todos os acessórios, né? — Tristan assimilou.

Dominic balançou a cabeça em afirmativa, com uma expressão desgostosa.

— Eu não deveria ter guardado aquelas coisas ali. Já estava em uma relação baunilha há dois anos, não precisava de nada daquilo, mas parecia que uma parte de mim ainda tinha esperanças de apresentar o meu mundo a ele e de podermos ter prazer sem medidas, juntos... E foi horrível, Tristan. Nós brigamos por dias. Ele me disse coisas horríveis. Me fez sentir um nojento, um depravado. Ele terminou nossa relação em definitivo. Como eu já havia pagado o valor de entrada da casa, acabei vindo para cá, de qualquer modo. Mas nunca gostei daqui. Demorei seis meses pra começar a tirar meus pertences das caixas e arrumar tudo. Por seis meses, as caixas ficaram espalhadas pela casa, porque eu só queria ir embora. Então, depois de um ano morando aqui, vi que jamais superaria o fim do meu relacionamento se continuasse nesta casa. Embora não houvesse lembranças de Louis aqui, já que ele nunca chegou a morar nesse lugar realmente, saber que essa deveria ser *a nossa casa* era como cutucar uma ferida não cicatrizada. Então, fui embora.

— Foi embora? — Tristan indagou de cenho franzido. — Oh, espere aí, eu me lembro... Quando vim visitar o apartamento com o corretor, vi a placa de *aluga-se* aqui nesta casa. Lembro-me de pensar que se eu tivesse um trabalho decente, gostaria de tê-la alugado, mas como não era o caso, só me conformei com o cubículo do outro lado da rua. O que te fez voltar?

Dominic deu um sorriso misterioso como se esperasse por aquela pergunta mesmo.

— Eu aluguei a casa para uma família de ômegas e fui morar com a minha irmã. Não era como se eu ficasse muito tempo fora do quartel, de qualquer forma. Mas quando o período do contrato de locação daqui acabou, a família não quis renovar. Eles eram muitos, uma família de seis pessoas, e precisavam de um lugar maior. Quando se mudaram, fiquei dormindo uns dias aqui, porque coloquei a casa para alugar de novo, então alguns interessados vinham visitá-la constantemente, e eu mesmo havia decidido mostrá-la, sem precisar pagar por um corretor de imóveis. Não sentia mais nenhum tipo de aversão pela casa, não associava mais o lugar a Louis, porque os anos passaram e, com isso, meus sentimentos sobre nossa relação fracassada sumiram... Eu superei. E aí, num desses dias, um pequeno caminhão de mudanças amarelo parou na calçada do prédio da frente — disse com um sorriso bobo.

Tristan franziu o cenho, sem entender por que o alfa o encarava com uma expressão engraçada, até que se deu conta:

— Meu caminhão de mudanças! — exclamou com a boquinha aberta. Afinal, não havia muitos caminhões de mudança na cor amarela por aí.

— Sim. Era você — Dominic assentiu. — Primeiro fiquei confuso. Eram 5h da manhã. Quem se muda de madrugada? Você sempre foi completamente oposto ao tradicional — declarou em tom de elogio.

— Eu não estava tentando ser diferente daquela vez — Tristan explicou envergonhado, enrolando os dedos uns nos outros. — É que eu não tinha muito dinheiro. E essa empresa de frete cobrava metade do valor se a mudança fosse feita de madrugada.

— Ah. — Dominic fez um biquinho.

Tristan ficou encarando a boca carnuda, pensando em como já estava com saudade de beijá-la.

— Mas você precisa saber, Tristan... Eu realmente desisti de alugar a casa, depois que você veio pra cá. Eu te achei... interessante *demais*. Então, resolvi voltar a morar aqui.

— Mesmo? Você voltou a morar aqui só por minha causa? — perguntou com os olhinhos brilhantes.

Estava ridiculamente surpreso. Temeu que Dominic estivesse lhe dizendo aquilo como forma de lhe agradar, sem nenhum fundo de verdade. Mas o olhar determinado do outro lhe dizia que ele estava sendo sincero. *Sincero até demais.*

— Sim. — Ele suspirou, rendido. — Digamos que você tenha sido um gatilho de convencimento, algo como a cartada final. A ideia já vinha circulando minha mente...

— O que você estava fazendo às 5h da manhã, fora de casa, pra ter me visto chegar? — subitamente perguntou, curioso. — Sempre achei bizarro o fato de um vizinho simplesmente oferecer ajuda com uma mudança de madrugada. — Ele sorriu. — Mas... te achei tão bonito que sequer pensei no perigo de deixar um desconhecido entrar no meu apartamento... — Ele sacudiu a cabeça, lembrando-se do próprio ato com reprovação, mas, ainda assim, divertimento. — Quer dizer, você podia ter me matado lá dentro! E se fosse um *serial killer*?

Dominic sacudiu a cabeça, negando, mas um sorriso frouxo escapulia de seus lábios fartos.

— Você foi mesmo irresponsável. Para sua sorte, eu era só um bobo encantado por você. Só te vi, porque estava fumando na varanda. Não queria deixar a casa com cheiro de cigarro, porque pela manhã, bem cedo, uma família viria visitá-la. E eu vinha pensando que, caso eles não a alugassem, talvez fosse melhor desistir e continuar morando nela, eu mesmo. Mas, então, vi um garotinho musculoso, de nariz arrebitado e cabelos escuros, que parecia meio perdido. Eu quis me aproximar... Aí me ofereci para ajudá-lo com as caixas. Vi que estava sozinho, só tinha a ajuda do motorista do caminhão, então... — declarou com um sorriso sapeca.

Outra trovoada alta soou, mas, dessa vez, ele não pareceu tão afetado. Apenas apertou uma das coxas de Tristan e respirou fundo.

O ruivo, então, abriu um sorriso enorme, maravilhado com a confissão. Seu peito pulava, palpitava num ritmo frenético, como as batidas de uma música animada.

— O que eu quis dizer com isso tudo é que... — Dominic voltou a falar. — Fiquei de coração partido após ser abandonado pelo Louis. E isso fez eu me fechar. Tudo perdeu a graça pra mim, e os sentimentos não eram uma prioridade. Eu tentava suprir tudo com sexo. Com minhas relações de dominação sobre outros. Principalmente, outros alfas que são mais fortes e mais difíceis de se submeter.

— Você teve muitos submissos depois disso? — perguntou curioso.

O mais velho mordeu o lábio inferior, pensando por um momento, antes de responder:

— Sim. Muitos — confessou. — Nenhum durou muito tempo. Por culpa minha, admito. Em algum momento, meus submissos criavam um sentimento romântico que eu não era capaz de retribuir, então tudo acabava...

O mais novo sentiu sua garganta fechar. Sendo assim, jamais poderia contar a ele que estava... se apaixonando. Não podia repetir os mesmos erros dos submissos anteriores; isso faria a relação chegar ao fim, e ele não poderia mais tê-lo consigo. E tudo o que Tristan queria era pertencer a Dominic.

Ele engoliu a bola na garganta, alheio ao fato de que, sim, ele era correspondido e de que Dominic estava a um passo de declarar sua paixão. Piscou e expulsou a ardência em seu rosto. Não que fosse se debulhar em lágrimas, mas seus olhos queriam marejar. Aquela declaração de Dominic havia doído, porque podia significar um monte de coisas.

Tristan pensou no tal Louis Yang, por um momento. Aquele cara era um completo babaca. Primeiro, por ser um puta preconceituoso fodido. Segundo, porque teve a impressão de que o tal beta talvez não amasse tanto Dominic quanto Dominic o amava. Afinal, Dominic aceitou tranquilamente reprimir e abdicar de suas práticas, para se encaixar no gosto comum do noivo que, ao descobrir sobre as preferências dele, o tratou como lixo.

É claro, Louis tinha todo o direito de não gostar das mesmas coisas que ele, mas o modo como agiu foi totalmente egoísta e incompreensivo. E não é isso que alguém espera de um relacionamento. Então, no fim, Tristan percebeu que Dominic estava certo em não criar mais sentimentos românticos por ninguém.

Para fugir do assunto, voltou a fazer perguntas:

— Por que tem medo de trovões?

O mais baixo suspirou e lhe lançou um sorriso suave.

— Isso, eu talvez conte futuramente. Já revelei segredos demais por hoje — rebateu em tom levemente humorado.

Dominic realmente não se deu conta de como suas declarações poderiam soar. Não percebeu que dizer ao homem por quem estava interessado romanticamente que nunca se apaixonava e ainda terminava o relacionamento com seus submissos quando eles se apaixonavam por ele era como colocar um *outdoor* em sua cabeça, que dizia: *não estou disponível emocionalmente para relações amorosas, afaste-se.*

Esse erro o faria arrepender-se um bocado.

Tristan assentiu, sentindo o clima ficar mais leve, embora seu coração ainda apertasse, devido às suas conclusões equivocadas.

— Posso dormir hoje aqui com você? — pediu. — Pra te proteger dos trovões.

Mesmo chateado e sem esperanças, queria cuidar de Dominic. Não queria lhe fazer bem na esperança de conquistá-lo, queria lhe fazer bem pura e simplesmente porque se preocupava com ele e, querendo ou não, a cada dia mais, sua paixonite aumentava. Sequer poderia continuar intitulando seus sentimentos apenas como *quedinha*, eram algo maior, ele sabia, embora se recusasse a admitir para si mesmo. Como se a não admissão tornasse a coisa toda menos real.

O moreno sorriu grande, alheio aos sentimentos de Tristan, e fez um carinho na cabeça dele. Estava se sentindo bem em ter se aberto outra vez, de ter revelado finalmente que seu interesse por ele já vinha de algum tempo, e de ver o carinho que o garoto retribuía. Pensava que, com a revelação, Tristan tivesse se dado conta de que nutria sentimentos românticos por ele. Não havia previsto que a cabecinha confusa e a baixa autoestima do ruivo apenas focariam na parte que Dominic dizia que nunca se apaixonava e ainda terminava as relações D/s que tinha, quando seus subs faziam isso.

— Pode e deve. Quero você aqui comigo — respondeu, então.

Levantaram-se do chão e deitaram-se na cama, de frente um para o outro. Continuaram conversando até que o sol aparecesse, levando a chuva embora, o que finalmente fez Dominic dormir tranquilo. E apenas quando teve certeza de que ele estava bem, Tristan pôde cair no seu sono também. Ele cuidaria de Dominic, assim como Dominic cuidava dele. Ainda que seu cérebro dissesse o quão fodido e imprestável ele era, pensando que, no fim das contas, pessoa alguma seria capaz de amá-lo. Seus pais não o fizeram. Era ilusão achar que aquele alfa que tinha tudo nas mãos o faria.

Ao menos já estava acostumado com a rejeição.

Não doeria tanto.

Mas Tristan estava errado... Aquilo poderia doer *pra caramba*.

# 14

# Brincando Com Fogo

Tristan havia acabado de chegar do trabalho. Como vinha virando costume antes de terem a pequena briga, o ex-militar foi buscá-lo, assim como também o levava à lojinha. Embora não houvesse necessidade daquilo, Tristan se sentia protegido. Não que precisasse de proteção para alguma coisa, também. Era forte como um lobo, veloz e sagaz, ganharia uma briga corpo a corpo muito fácil. Mas aquela sensação de ser cuidado, de ter alguém se preocupando tanto, como Dominic fazia agora, fascinava e... *viciava*. Ele se sentia adicto aos carinhos do Alpha Dom, e quando não os tinha, entrava em abstinência.

Tristan se pegava pensando sobre como tudo o que Dominic fazia o dragava mais para dentro daquele tornado dramático de sensações românticas pelo dominador. E não deveria ser assim. Sabia que não deveria se deixar envolver romanticamente com uma pessoa com quem combinou apenas uma relação de dominação e submissão, ainda que exclusiva. Romance e BDSM raramente se misturavam, a despeito dos milhares de livros ficcionais de romance sobre o assunto.

Como se não bastasse, Dominic tinha contado que, após o trauma do fim do seu noivado, por conta dos preconceitos do ex-noivo relacionados ao BDSM e fetiches, ele não costumava se envolver romanticamente com ninguém, e não o fazia há um bocado de tempo.

Tristan considerava como se estivesse pedindo para se machucar. No entanto, conhecendo bem sua inclinação para apreciar um sofrimento psicológico, sabia que não abandonaria aquele barco tão cedo. Infelizmente.

Já para o dominador, que estava completamente alheio ao modo que Tristan vinha interpretando as coisas que ele havia dito, tudo parecia estar fluindo tranquilamente. Pensava que, ao revelar um pouco sobre aquela parte íntima e fracassada de sua vida, o garoto entenderia que, desde o começo, ele esteve interessado, que sempre esteve. E que agora, graças ao ruivo querer fazer parte da comunidade e praticar efetivamente o BDSM, Dominic estava aberto para se deixar sentir emoções mais profundas por ele. Não fazia ideia de que o mais novo tinha entendido tudo ao contrário.

O glorioso Alpha Dom estava, definitivamente, apaixonado por seu mais novo submisso. Era um sentimento meloso, do tipo que parecia chocolate derretendo na pele: difícil de remover e estranhamente excitante.

Bem, é sabido que a declaração romântica que faria no jantar, tinha ido por água abaixo. Mas, ao menos, já havia deixado claro que queria uma relação exclusiva e não aberta. Ainda não era um namoro.

Tinham uma relação D/s exclusiva, mas fora dos personagens de dominador e submisso, o que eles tinham?

Tecnicamente, nada.

E Dominic sabia muito bem disso. Seu coração, no entanto, enxergava Tristan de maneira diferente: ele o via tal qual um *namorado*. Para ele, Tristan era *o único*: seu submisso, seu parceiro de febre e seu namorado. Mesmo que não tivesse tomado a frente para deixar claro algum pedido. Atualmente, ele gostava de fingir que Tristan tinha uma bola de cristal ou coisa parecida.

— Não coma deitado, faz mal pra digestão — repreendeu, tirando a barrinha de cereal da mão do ruivo para, então, se sentar no sofá onde as pernas do garoto repousavam.

Nem é preciso dizer que Tristan ficou bravo de ter tido o alimento roubado. Então, levantou o tronco, sentando-se de pernas cruzadas no chão, para teimosamente arrancar a barrinha das mãos de Dominic de volta. Depois de dar uma segunda mordida e manter-se com uma expressão pensativa, Tristan engoliu e, depois, deu um gole na garrafa de água que repousava no tapete. Dominic apenas piscou lentamente, ainda atento a ele, mas sem esboçar reação.

— Não me olhe assim, esse é o meu jeitinho — Tristan se defendeu e fez biquinho.

— Certo — ele devolveu, dando um sorriso oblíquo.

Todos os alertas de Tristan ativaram-se, sabendo que aquele sorriso de Dominic sempre queria dizer que ele estava escondendo alguma coisa. Porém, preferiu não perguntar, então só desviou o olhar e voltou a comer a barrinha de cereal.

— Então... você está gostando de passar um tempo aqui? — o anfitrião perguntou, sorrateiramente.

Tristan tentou reprimir um sorriso bobo, mas falhou.

— Sim. Muito. — Mordeu o lábio. — Mas eu poderia gostar mais... *sabe*? — insinuou.

Desde aquele dia, quando teve Dominic inteiro na boca, Tristan vinha sonhando acordado em tê-lo *dentro*, de novo. Mas Dominic parecia fugir dele, evitando qualquer interação mais *carnal*. O moreno, como sempre, escapulia de suas indiretas.

O ex-tenente-coronel cruzou as pernas, mas continuou encarando-o fixamente, sem desviar.

— Também gosto quando você me dá comida na boca — Tristan murmurou um tanto envergonhado. — Você é sempre tão carinhoso que me faz ficar com o coração esquisito — confessou, fitando o rosto de Dominic, tentando guardar cada detalhe daquela beleza na memória. Queria sempre poder lembrar-se, de forma vívida em sua mente, como o alfa se parecia. — Não quis criticar você por estar agindo mais aberto comigo aquele dia, me desculpe. Eu só me assusto um pouco, quando você age tão... tão... — Bufou, sacudindo suavemente a cabeça de fios vermelhos em fase de desbotamento. Não teria coragem de dizer. Ainda mais tendo o olhar afiado do outro sobre ele, fazendo suas bochechas queimarem, o que o levou a encarar o chão, arrancando os pelinhos do tapete com os dedos, como forma de distração.

— Tão...? — Dominic exigiu continuidade.

Era claro que queria saber tudo, cada detalhezinho. Se pudesse entrar na mente de Tristan, o faria. E para sua sorte, Tristan era muito transparente em suas ações, além de ser bem direto, praticamente sem filtro. Ele não era muito bom com palavras, porque as dizia sem delicadeza, mas, ao menos, se fazia entender.

Dominic era muito observador, sim. Sabia entender o que uma pessoa estava sentindo ao observá-la bem. Mas dizem que o amor cega, e era por esse motivo que, mesmo Dominic sendo muito atento, e Tristan muito direto, os dois permaneciam cegos aos reais sentimentos um do outro. Ambos tinham um medo avassalador da rejeição e eram extremamente parecidos nisso.

Isso os fazia cegos à luz do dia.

— Bebê, não precisa ter medo de me dizer as coisas, sim? Eu quero que me fale — sua voz era doce. Ele deslizou do sofá para sentar-se no chão também, ao lado dele. — Fala pra mim... — pediu manso, levando a canhota até a nuca de Tristan, para acariciá-la.

Aquilo era golpe baixo. Tristan se derretia todo com aquele carinho. Qualquer carinho de Dominic o desmontava, especialmente quando ele o tocava delicadamente na nuca, o garoto se via totalmente entregue.

— Eu... — tentou dizer, com um suspiro. Então, decidiu aproveitar que tinha fechado os olhos para apreciar o carinho, e explicar ao menos alguma coisa: — Sou um pouco sentimental — disse cuidadoso. — E você é muito... acolhedor. Não estou acostumado a ter tanta atenção assim, e... hum...

— Não precisa ter medo, pequeno, pode dizer.

Tristan piscou um par de vezes, após ser chamado de *pequeno*. E aí mudou a postura, deu um risinho afrontoso e, arqueando uma das sobrancelhas, fez o que melhor sabia fazer para fugir de situações que o deixavam desconfortável.

— Por que me chamou de pequeno se o único pequenininho aqui é você? — provocou com um sorriso matreiro.

Dominic fechou a cara e fez o maior bico que podia, antes de dar um beliscão, de brincadeira, no braço de Tristan que riu com a língua entre os dentes. Era exatamente como uma criança zombeteira mesmo.

— Seu moleque... — murmurou contrariado, puxando a mão de volta. — Não mude de assunto, eu quero saber do resto — insistiu.

Tristan foi parando de sorrir, vendo que não tinha escapatória. Agora que abriu o bico, tinha que ir até o final. Começou a morder o lábio, nervoso, como já era seu costume. Estava tentando pensar em outro jeito de dizer aquilo, sem deixar óbvio que estava *se apaixonando*. Afinal, em sua cabeça, se contasse aquilo ao dominador, ele faria o mesmo que fez com seus submissos anteriores: encerraria a relação ali. E Tristan não estava nem um pouco disposto a terminar aquilo agora. Queria ser feliz só mais um pouquinho, antes de sua vida voltar para aquela rotina cinza e vazia.

Vendo a relutância e demora dele em responder, Dominic bufou e começou a se levantar.

— Tudo bem, se você não quer se abrir, eu...

— Não! — Tristan disse em voz alta, puxando-o pela barra da camisa. — Não é isso, Dom...

O moreno foi se sentando novamente e encarou-o com atenção.

— Se eu disser, promete que não vai... *terminar* comigo? — pediu, tenso.

— Por que eu faria isso? Você fez algo errado? — Franziu o cenho.

— Só prometa.

— Tá... — assentiu, ainda meio desconfiado. — Eu prometo.

E ele estava bem temeroso sobre o que podia sair dali.

— Me dá seu dedinho aqui — pediu, puxando a mão do outro, que acabou sorrindo com a atitude infantil ao que o ruivo entrelaçou ambos os mindinhos, tornando aquela uma promessa. — Você não pode quebrar promessa de mindinho.

O ex-militar sorriu e depois fitou o garoto numa expressão suave. Como ele poderia terminar com uma coisinha fofa daquelas? Se dependesse dele, nunca!

— Para de enrolar, Tristan.

— Ok. Eu te tratei daquele jeito não porque não apreciasse o seu jeito mais aberto comigo... Na verdade, essa sua coisa de ficar sendo evasivo e misterioso o tempo todo sempre me irritou — foi sincero.

— Mesmo? Achei que talvez você gostasse mais de mim sendo misterioso... — comentou, surpreso. — Quero dizer, essa coisa de alfa misterioso geralmente é um charme, né?

— Dominic, quer fazer o favor de me deixar falar logo? — reclamou, impaciente, porque se demorasse demais, perderia a coragem.

O moreno lhe deu um olhar repreensivo, deixando-o sem jeito outra vez.

— *Err*... desculpe. Como eu dizia... ninguém nunca me tratou tão bem ou foi tão carinhoso assim comigo. Pelo menos, ninguém com quem eu costumava ter uma relação, entende? Você é tipo um príncipe encantado, então fica um pouco difícil separar as coisas. E quando digo separar as coisas, quero dizer não começar a... ficar muito sentimental sobre isso — disse, encarando o chão, sem coragem alguma de fitá-lo.

Dominic permaneceu parado, o encarando. Não entendia por que Tristan estava receoso quanto àquilo. Ele pensava ter deixado explícito, em suas falas e ações, que vinha sentindo alguma coisa por ele, então por que Tristan teria vergonha de admitir estar sentindo algo de volta?

— Deixe-me ser mais sucinto — falou novamente, querendo acabar com aquilo logo de uma vez, como tomar remédio de gosto ruim num gole só. — É realmente difícil não me *apaixonar* por você quando você é tão bom comigo assim, entende? Mas não se preocupe com isso, juro que não vou ficar apaixonado! Farei o meu melhor — obviamente mentiu, ainda sem conseguir fitar Dominic, afinal, quando mentia, não conseguia mesmo encarar ninguém. — Sei que você acaba rompendo com seus submissos quando eles se apaixonam, porque você tem aquele trauma sobre seu noivado e não está aberto pra sentimentos, então não se preocupe mesmo, ok? E não termine comigo por isso. Tô aprendendo a separar as coisas; sei que esse seu jeito atencioso é a sua forma de dominar e tratar seus submissos e, talvez, eu só seja um carente de merda, porque...

Mas o monólogo foi interrompido pelo dedo de Dominic sobre seus lábios, calando-o, antes de partir suavemente para cima dele, o fazendo perder o equilíbrio e cair no tapete de costas, soltando a barrinha de cereal de qualquer jeito no chão ao ter Dominic deitado em cima dele.

Quando o mais velho se aproximou devagar e começou a dar beijinhos delicados em seu pescoço, Tristan ficou estático. Ele estava bem confuso no momento, porque aquela reação não era realmente esperada.

Dominic deitou a cabeça ali onde estava, encaixando-a no vão entre o ombro e o pescoço de Tristan, parecendo farejar disfarçadamente o cheirinho de sua pele, buscando conforto.

— Me abraça — ordenou, com a voz abafada.

Mas o ruivo permaneceu parado, num conflito interno.

Diante da falta de movimentação dele, Dominic insistiu:

— É uma ordem, Tristan Wolfgang — falou autoritário. — Abrace seu *domador*, malcriado do caralho!

E ao sentir o hálito quente de Dominic em seu pescoço, somado ao tom de voz dominante, Tristan se arrepiou, ficando imediatamente excitado, ainda que contra a sua vontade.

Meio sem jeito, rodeou a cintura do moreno, num aperto que, timidamente, foi aumentando a pressão para, aí, finalmente, deslizar as mãos pelas costas de Dominic, num carinho delicado e sincero, cheio de sentimentos reprimidos. Sentiu-o suspirar contra sua pele e, lentamente, retirar o rosto dali, para um beijo demorado em sua bochecha esquerda. Provocando, Dominic passou os lábios a um milímetro de distância dos dele, apenas para alcançar a outra bochecha e depositar ali um novo beijo estalado, sem desviar os olhos dos dele.

Tristan reprimiu um suspiro. Precisava reprimir, não fazia ideia do que o moreno estava fazendo, era inaceitável que seu coração batesse tão acelerado no peito. O ruivinho sequer conseguia mover um músculo.

Dominic sorriu, e em sua testa para deixou um novo selar suave, seguido de outro na ponta do nariz arrebitado e, por fim, um no queixo furadinho. Então, roçou a ponta de seus narizes, fechando rapidamente os olhos, para abri-los novamente e mirar Tristan de pertinho.

— Você é muito bobinho... — o dominador brincou com a voz baixa.

Tristan fez uma careta. O maldito já ia zombar dele de novo?

— Você me fez contar, pra ficar zoando com a...

Mas não conseguiu concluir.

Isso porque Dominic segurou seu rosto, pressionando o dedão num lado de sua bochecha e o indicador do outro, impedindo-o de mover a face para, então, beijar sua boca com intensidade.

Não era um beijo de língua, Dominic tinha a boca fechada, mas era um beijo com pressão, que se findou com um estalo, apenas para se seguir de mais outro, outro, e mais um, até que o moreno mordiscou o lábio inferior do *brat* e deixou mais um selinho. Depois, ele voltou a abrir os mirantes, com a expressão calorosa.

— Você não entendeu nada do que eu disse ontem, não foi? — Deu-se conta, com a voz mais meiga que de costume, parecia até *melosa*.

— Não sei o que você quer dizer — Tristan rebateu em pura confusão.

Dominic sorriu contra seus lábios, dando, agora, um beijo no cantinho de sua boca.

— Eu não quis dizer que você não deveria se apaixonar por mim, Tetê... — disse docemente. — Quis dizer que você foi a única pessoa que me despertou um interesse tão imediato, desde o fim do meu noivado, sete anos atrás. E que, de todo mundo que conheci e me relacionei de lá pra cá, você é o único por quem me atrevi a sentir alguma coisa. *Eu tô doido por você, não percebe?* — sussurrou.

Tristan entrou em pânico. Se seu coração já batia freneticamente dentro do tórax antes, agora parecia a caixa de som de uma festa rave. Ele arregalou os olhos, desacreditado, e engoliu em seco. Suas mãos suavam e seu lábio inferior tremia levemente. Era como se estivesse prestes a ser arrebatado e nem sabia para onde.

O ex-tenente-coronel sorriu outra vez, arrastando a ponta do nariz pequeno pela bochecha macia e, sem medo algum de revelar seus sentimentos, agora que sabia serem recíprocos, disse:

— Tô dizendo que gosto de você, Tristan — declarou, finalmente, como se não pudesse guardar aquele segredo por nem mais um minuto. — Não sei classificar esse sentimento, mas sei que gosto muito, e foi por isso que sugeri que a gente ficasse junto, só nós dois, exclusivos, lembra?

O ruivo apenas moveu a cabeça lentamente, em uma afirmativa fraca, encarando o rosto de Dominic, pairando tão perto do seu.

— Então, você pode, sim, gostar de mim, meu bebê... Eu deixo — adicionou, rindo, o coração batendo rápido no peito como há anos não batia. — Mas você já gosta, não gosta? — perguntou realmente curioso, com o tom leve e brincalhão, porque já sabia a resposta agora, só queria mais uma confirmação.

A boca de Tristan secou como o deserto. Sequer conseguia falar. Sua mente estava dando pane. Ele continuava parado, fitando Dominic de olhos arregalados, como se em sua cabeça estivesse dando a tela de *ERROR 404*.

Dominic, temeroso, foi cessando o sorriso e mordeu o lábio inferior, apreensivo. Não queria que o garoto se sentisse obrigado a aceitar seus sentimentos, nem a dizer que *realmente* gostava dele de volta, só queria que o outro soubesse que, para ele, era ok que eles deixassem os sentimentos fluírem.

— Desculpe, estou te pondo contra a parede, não é? — concluiu, sem jeito, e, inconscientemente, afastou de leve os corpos.

Só que o mais novo sentiu aquilo. O menor sinal de afastamento fez com que puxasse Dominic de volta para si, com um aperto possessivo.

— Não... não se afasta — foi a única coisa que conseguiu dizer. Ele passou a língua entre os lábios, tentando, inutilmente, umedecê-los. Não conseguia pensar numa resposta verbal que não fosse tão crua, nunca foi um mestre da oratória.

Além do mais, ele também não conseguia definir bem aquilo que sentia por Dominic, se afinal de contas era uma quedinha, paixonite, apego, querer ou só uma porra de tesão fodido acumulado e reprimido por um trio de anos. Estava confuso com aquela avalanche sentimental. Principalmente, porque sabia que aqueles sentimentos iriam ferrá-lo, de modo que vivia tentando reprimi-los, desde que conheceu o vizinho.

Mas o que ele sabia era que, só de olhar para Dominic, seu corpo esquentava, querendo aquele alfa, tê-lo como seu, uni-los em um laço único, sentir a boca de Dominic o marcando, o corpo musculoso entrelaçado ao seu, o cheiro inebriante de almíscar, a presença dominante, o modo como cuidava dele com tanto cuidado e carinho.

O ruivinho ficou atordoado. Estava bobamente *apaixonado*. Essa era a palavra. Então, decidiu que responderia do modo que sabia responder: com ações e não palavras. No fim, as palavras não serviam de nada.

Ele subiu a destra para a nuca de Dominic, trazendo seu rosto. Ambos fecharam os olhos e perderam-se no início de um novo beijo, dessa vez, com as línguas se encontrando intensa e imediatamente. Cada deslizada causava um novo arrepio. Era uma sensação carinhosa e mútua que se expandia até o último fio de cabelo, queimando todos os nervos. Toda a penugem de seus corpos se eriçava, como uma corrente de eletricidade tomando conta de tudo.

Dominic foi o primeiro a intensificar a carícia, sugando a língua alheia com mais força e começando a ondular o quadril em cima do *brat*. E Tristan foi rápido em enfiar a canhota por baixo da blusa dele, arranhando-lhe as costas, e ele gemeu em sua boca, em resposta ao estímulo que Tristan já sabia que ele gostava.

Dominic já estava quente. Ao longo dos anos, quase se esqueceu de quanto era gostosa a sensação de estar começando a se apaixonar por uma pessoa *de verdade*, e como tais sentimentos tornavam a intensidade do tesão em algo quase surreal de tão bom.

Deixando seu corpo agir de acordo com as emoções, Tristan soltou os braços que envolviam o moreno para, então, os repousar de qualquer jeito no chão, abertos, o corpo inconscientemente se abrindo e se deixando à mercê de seu *domador*. Aquela era a linguagem corporal que dizia: *Você pode fazer o que quiser comigo*. E podia mesmo. Ele se encontrava totalmente entregue.

Dominic afastou a mão que segurava o rosto de Tristan e a deslizou por um dos braços caídos no tapete, achando automaticamente o caminho para a canhota dele. E quando as palmas se encontraram, uniram-se perfeitamente, entrelaçando os dedos e sentindo o calor da pele um do outro. Era confortável e perfeito. Como se elas tivessem sido feitas para encaixar uma na outra.

Quando Tristan sentiu a mão de Dominic apertando a sua, não foi capaz de reprimir um pequeno suspiro. Nada era mais gostoso e confortável para ele do que estar com alguém que retribuísse seus sentimentos, e isso raramente acontecia.

Como se tendo suas mentes presas num mesmo espaço imaginário, Dominic sentiu exatamente a mesma coisa. Quanto tempo fazia desde que não pegava nas mãos de alguém que realmente queria? Ele achava o toque das mãos algo íntimo demais. E era. Num mundo onde os corpos se usavam sem necessidade de algum sentimento amoroso prévio, sexo era algo realmente banal e impessoal. Já as mãos entrelaçadas, transmitiam algo puro e genuíno, como o gostar de alguém.

Por esse mesmo motivo, Dominic raramente segurava nas mãos de algum submisso ou de alguém com quem estivesse envolvido. Preferia andar ao lado de seus subs, tendo um dos braços envoltos na cintura alheia, numa posição de proteção e dominação ou, às vezes, andando um passo à frente, como se servindo de escudo e nada além disso. Contudo, segurar as mãos de Tristan foi algo que fez porque sentiu necessidade e aproveitou o toque. Amou ter suas mãos unidas calorosamente assim. Seu coração deu várias batidas erráticas.

Sentindo tanto o ruivo quanto ele mesmo, com as ereções já enrijecendo consideravelmente por dentro das calças, Dominic se moveu sensualmente por cima dele, fazendo com que os pênis ficassem tesos e se pressionassem mais. Levou novamente os lábios ao pescoço liso, mordiscando e chupando a pele sensível, e, satisfeito, ouviu murmúrios de prazer.

Dominic obrigatoriamente teve de soltar as mãos de seu garoto para fazer o que queria fazer, mas não deixou de ouvir um suspiro insatisfeito. No entanto, usou as mãos para subir a camisa dele, deixando-a enrolada acima do peito, de modo que os mamilos marrons ficassem à mostra. Ele o encarou intensamente para, então, de forma totalmente provocadora, deslizar a língua molhada em um dos biquinhos eriçados, circulando-os, antes de sugá-los entre seus lábios grossos.

O ruivo gemeu alto e manhoso, levando a canhota imediatamente para os fios escuros de Dominic, mas sem puxá-los, apenas acariciando o couro cabeludo, quase como se fazia carinho em um gatinho. E Dominic não o afastou, deixou que repousasse a mão ali.

Deu algumas mordiscadas no bico, antes de assoprar suavemente contra a pele molhada, para propositalmente causar arrepios no corpo alheio, deixando-o ainda mais sedento.

Encarando o rapaz dali debaixo, moveu o rosto em direção ao outro mamilo, repetindo o mesmo processo de lamber, sugar, morder e assoprar, sentindo os dedos de Tristan pressionarem mais fortemente em sua cabeça.

Desceu lentamente os lábios carnudos pelo peitoral e a barriguinha trincada de seu garoto, fazendo questão de morder cada gominho bem trabalhado para, então, abrir o zíper da calça dele, deslizando-a de pronto pelas coxas grossas e lisinhas, junto à cueca boxer.

Quando teve que se afastar para terminar de despi-lo, parou um momento para admirar aquele corpo perfeito. Tristan era lindo. O peitoral estufado, com os mamilos excitados, o abdômen bem-esculpido, a cintura fina, as coxas grossas, o baixo-abdômen enfeitado com veias grossas, que preparavam para a visão do caralho duro e veiudo, já pulsando, caído sobre a barriga do dono.

Era simplesmente perfeito. E a constatação fez Dominic salivar.

— Você é tão, tão gostoso... — murmurou, fitando o outro com os olhos brilhantes.

Naquele momento, Tristan não tinha vergonha nenhuma do olhar dele, pelo contrário, sentia-se pleno, sendo assistido com tanta devoção pelo homem que desejava na mesma intensidade.

— Assim você acaba com qualquer traço de sanidade em mim... — Dominic continuou. — Me deixa completamente louco — confessou com a voz rouca. E não era a primeira vez que confessava aquilo, embora estivesse usando palavras um pouco diferentes.

Dominic tirou a própria camisa, tentando aliviar o calor em seu corpo. Levantou uma das pernas do ruivo pela panturrilha, mordiscando a parte interna, intercalando com beijos macios. Devagar, ia massageando as pernas e vindo com a boca logo em seguida, descendo as carícias até a virilha de Tristan. Sua língua desenhava círculos de saliva na pele, fazendo com que o submisso remexesse o quadril inquieto.

Para o *brat*, Dominic estava muito perto de seu membro atiçado para que pudesse se controlar, as mãos apertando os pelos do tapete para descontar o tesão furioso que o possuía rapidamente. É claro, nenhum de seus movimentos passavam despercebidos pelo domador, sempre atento às suas reações. Afastando os lábios da pele desnuda, e com o hálito quente batendo no mastro duro e molhado, Dominic estalou a língua no céu da boca, em reprovação:

— *Tsc, tsc, tsc...* tão sedento... — zombou. — Pare de se mexer. Se o fizer, serei obrigado a parar o que estou fazendo aqui. E você não quer que eu pare, quer? — indagou com provocação.

Tristan resfolegou, apertando os olhos com força.

— Não — respondeu. Mas Dominic estalou um tapa na lateral de sua coxa, fazendo o ruivo abrir os olhos no susto, e então encontrar o olhar dele colado em seu rosto. — Eu quis dizer *não, meu senhor* — corrigiu-se, recebendo um sorriso maquiavélico e aprovador de Dominic.

E foi assim que ele sentiu várias de suas amarras mentais irem se soltando. Era como uma marionete sendo finalmente libertada. A aprovação de Dominic o deixava em êxtase.

E sim, ele amava provocar para receber atenção, mesmo que nem sempre acabasse por ser positiva. Mas toda vez que se via naquela situação, com seu dominante, ficava completamente submisso e entregue às suas carícias. Naquele momento, ele não tinha intenção alguma de provocar nada, queria apenas ter seu corpo explorado e utilizado pelo Alpha Dom, a seu bel-prazer, porque aquela era sua definição de satisfação extrema.

Dominic levou a boquinha experiente à parte interna da outra coxa de Tristan, lambendo e chupando delicadamente a pele sensível e imaculada, deliciando-se com os gemidos que a garganta do ruivo produzia, além de aproveitar a belíssima visão do cacete teso e com a glande brilhando, bem na altura de seus olhos.

Com uma mordida, se despediu da coxa em que se divertia para, então, aproximar os lábios das bolas dolorosamente inchadas e, felizmente depiladas, do ruivo, soltando o hálito ali. A ação fez o pau do garoto mover-se sozinho, pulsando, desesperado por qualquer toque.

Tristan o encarava lá de cima, com os olhinhos pidões, implorando com o olhar, para que Dominic o abocanhasse de vez, mas o domador queria vê-lo sedento ao máximo, e aquilo tinha sido muito pouco. Não era nem metade do que ele planejava fazer. Por isso, maldosamente, se afastou, notando de imediato o biquinho contrariado e decepcionado nos lábios de Tristan, o que o fez sorrir satisfeito.

— Fica de quatro pra mim, *bebê*... — ordenou com a voz mansa e baixinha.

Meio desnorteado, Tristan obedeceu. Não queria fazer a linha de malcriado agora. De costas e completamente exposto, sentiu o rosto de Dominic aproximar-se de suas nádegas arreganhadas, então prendeu o lábio entre os dentes, ansioso.

— Lembre-se de não se mexer por mais que queira muito. E acredite, você vai querer demais. Mas precisa me obedecer, Tetê...

— Sim, senhor.

O ex-militar apenas deixou um beijo estalado na banda direita e outro na esquerda, antes de se afastar novamente e estalar um tapa ardido, que ressoou no cômodo e fez o corpo de Tristan balançar rapidamente para frente.

— Quero que se abra pra mim, *bebê*... — murmurou, ainda com a voz autoritária, porém suave.

Tristan inspirou profundamente, excitado pra um caralho, como quase nunca esteve na vida. A voz de Dominic era sempre provocadora e aveludada demais, como se pudesse sentir as palavras deslizando por sua pele. Encostou a lateral do rosto no tapete, para ter algum equilíbrio, e então levou as mãos até as próprias nádegas, afastando as bandas e deixando a própria entrada vergonhosamente arreganhada.

— Isso, meu bem... — Dominic aprovou. — *Bom garoto*.

O ruivo sentiu-se arder entre as pernas. Cada comentário positivo dele o atingia nas partes mais profundas de sua mente — e de seu corpo também.

Dominic capturou o membro grosso que balançava entre as coxas do submisso. Deslizou a mão sobre ele, estimulando-o para, então, o trazer para si, de modo que ficasse voltado para trás, e ele livre para tocá-lo dali. Levou a língua para a glande encharcada de pré-sêmen, limpando-a delicada e deliciosamente.

Tristan gemeu deleitoso, ao sentir o músculo molhado do outro deslizar sobre a cabecinha inchada de seu membro, controlando-se ao máximo para não se mover e desobedecer ao domador, que subiu a língua em linha reta pelo seu caralho, até chegar à base e seguir caminho pelas bolas inchadas, colocando uma a uma dentro da boca, sugando com cuidado.

O ruivo esfregou o rosto no tapete, quase perdendo o equilíbrio. Dominic adorava torturá-lo com aquela lentidão maldita, mas ele não estava reclamando, pelo contrário. Era delicioso que o mais velho gostasse de lamber e chupar cada pedaço de sua pele antes de tê-lo por inteiro.

O ruivo soluçou ao sentir a boca abandonar suas bolas, para finalmente continuar seu caminho, agora deslizando pelo períneo, causando arrepios avassaladores, e então encontrar sua entrada. E quando a língua aveludada encostou ali, escorrendo saliva em suas pregas, Tristan não aguentou mais, sentindo-se piscar dolorosamente, louco para engolir aquele pau *inteiro* dentro dela.

— *Hummm*... Dominic... por favor... — clamou. — Por favor, deixa eu me mexer, não tô aguentando mais...

Dominic afastou o rosto levemente, ainda masturbando o caralho do alfa na palma, para sorrir e dizer:

— Você foi tão obediente, bebê... *Seu senhor* vai deixar que você se mexa agora. — Então, deu um selinho na nádega direita e, depois, voltou a lamber com vontade o cuzinho que piscava só para ele.

Deliciava-se no aroma docinho e nos gemidos escandalosos que Tristan soltava ao ser chupado. Sem demora, colocou a pontinha da língua no buraquinho pequeno, forçando-a mais para dentro até que pudesse estocá-la, simultaneamente às bombeadas que sua mão dava no pau do submisso. Foi exatamente para isso que ordenou que Tristan se abrisse para ele.

O *brat* segurava as próprias nádegas com tanta força que as pontas de seus dígitos estavam brancas. E foi aí que ele perdeu a linha: os cantinhos dos olhos ficaram úmidos, o rosto ardeu, os quadris rebolando no rosto do dominador, tentando amenizar aquela coisa dolorida que era a vontade de gozar forte.

O fato de ainda estar vestindo a camisa branca, enrolada em seu peito, fazia seu corpo ficar ainda mais quente. O som de sua voz era grosso, mas não deixava de ter um tom completamente manhoso e submisso, o que atiçava ainda mais Dominic a dar-lhe o que queria.

Ele masturbou o caralho do garoto com ainda mais velocidade, enfiando a língua no buraco apertado, no mesmo ritmo; sua saliva pingava, molhando mais ainda a entrada sedenta.

— *Vem pra mim, meu bratzinho... Goza pro seu domador, goza* — ordenou com a voz rouca, logo voltando a estocar o rabo do outro com a língua.

E Tristan não resistiu àquela ordem. Não resistiu àquele tom autoritário, não resistiu àquela carícia fodidamente maravilhosa: soltou as próprias nádegas e gemeu, puxando os pelos do tapete entre seus dedos, arrancando-os. O baixo-abdômen formigou, os dedinhos dos pés se contorceram, os lábios se separaram e um grito mudo morreu em sua garganta seca. Gozou com força e intensidade, vindo à mão de Dominic, que parecia pequena rodeando o pau ridiculamente grande do outro alfa.

Dominic aproveitou a porra melada em sua mão para deslizar mais facilmente sobre o pênis alheio, e quando viu o orgasmo do garoto acabando, apertou bem a região abaixo da glande, de modo que todo o sêmen fosse expelido, como se espremesse até a última gota.

Após o ápice, Tristan tinha a respiração acelerada, o sangue correndo rápido abaixo da pele clara que, em várias partes, já começava a ficar avermelhada por conta dos chupões.

— Pode descansar, meu bem — disse Dominic, com a voz leve. — Vou ao banheiro lavar a mão.

Tristan sequer teve forças para contestar, seu orgasmo foi bruto o suficiente para deixá-lo petrificado por alguns minutos. Ficou encarando os pelinhos do tapete até que decidiu rolar preguiçosamente e se pôr de barriga para cima, removendo a camisa que ainda tinha no corpo, para diminuir o calor. Começou a encarar o teto, a mente era como um quadro em branco. Não conseguia pensar em absolutamente nada, parecia que Dominic tinha deletado sua memória.

O dominador saiu do banheiro, terminando de secar as mãos na bermuda de pano, e deleitou-se com a visão do garoto nu e destruído no chão.

— Ei, bebê... — chamou com a voz doce, ajoelhando-se ao lado dele. — Me deixa te limpar — deslizou um lenço umedecido que trazia nas mãos, sobre o pau gozado de Tristan, mas o *brat* sorriu genuinamente, virando-se de lado, e aí deslizou a mão para capturar o membro ainda duro de seu domador.

— Me deixe retribuir, por favor... — pediu com os olhinhos brilhando.

O moreno deslizou os dedos pelo punho dele, numa quase restrição. Não impediria o garoto de massagear seu pau coberto, mas também não o deixaria tão livre para fazer como bem quisesse.

— O que você acha... — começou a sugerir — de me assistir batendo uma pra você, hum? Eu gosto muito de te admirar... e seria ainda mais lindo ver sua carinha toda suja com a minha porra — provocou com a voz sedutora. Nem parecia que estava falando algo tão obsceno, usando aquele tom tão gentil.

Tristan resfolegou, umedecendo a boca, excitado outra vez. Sentiu-o levar o dedão até a borda de seus lábios, deslizando-o, e logo foi mordiscado.

— Porra... — Dominic resmungou inquieto. — Como eu queria te colocar uma *spider gag* e foder fundo a sua garganta, sem que você pudesse me parar... — declarou direto, encarando-o com intensidade.

— E por que não coloca? — ele abusadamente retrucou com a voz baixa, soando tão sedutor quanto o moreno. — Quero sentir você inteiro, até ficar sem fôlego.

Dominic deu um sorriso lateral e orgulhoso para, em seguida, deixar um selar na testa do alfa.

— A *spider gag* é perigosa, bebê... — explicou. — Nós ainda não transamos dentro de uma sessão, e não sei bem o limite de tempo que você pode aguentar sem ar. A *spider gag* acaba tendo nuances fortes de *breath play*, e você não vai poder falar com meu pau enterrado na garganta, para que diga sua palavra de segurança.

— Eu não posso apenas dar dois tapinhas nas suas coxas, quando precisar que pare...? — indagou, massageando mais gostoso o pênis alheio, no intento de persuadi-lo na maior cara de pau.

— Melhor não — o outro respondeu quase abalado, mas então se afastou e sentou-se sobre o estofado de couro; abandonou o lenço umedecido na mesinha de canto, jogando para trás os fios lisos da franja sem gel, e então apoiou os cotovelos nas próprias coxas, cruzando as mãos uma na outra, de forma controlada. — Vamos fazer sua primeira sessão com apetrechos em breve, bebê. Não fique tão ansioso. Roxy e seus submissos estarão no quarto ao lado, prontos para ajudar, caso algo ruim aconteça.

Tristan imediatamente armou um biquinho contrariado, com a expressão comicamente indignada. Ele se levantou do chão e empurrou levemente Dominic para trás, fazendo-o descruzar as mãos e encostar-se ao sofá, para que pudesse sentar-se livremente em seu colo, massageando seus ombros, enquanto o encarava de perto, estando por cima dele.

— Como me pede pra não ficar ansioso? Tem ideia de quanto estou esperando por isso? Tem noção de como é difícil acordar e ir dormir debaixo do mesmo teto que você, sem fazer nadinha? — perguntou chateado. — Dominic, não existem motivos para que a gente precise ter pessoas aqui, eu confio em você. Não é como se fôssemos estranhos um para o outro, sei que você não vai ultrapassar nenhum limite. É só pegarmos leve na primeira vez. Não é como se a gente não tivesse começado as práticas. Já começamos. Fizemos *wax play* e você já me amarrou e estapeou um bocado de vezes. Por favor... Por favor... — pediu tão manhoso quanto podia, estava claramente implorando.

— Mas, bebê... Se eu fosse um aproveitador, um abusivo, não deixaria isso explícito de cara — explicou. — Uma pessoa abusiva não dá muitos indícios de como ela é realmente, pelo contrário. Esse tipo de gente atua de modo tão convincente que se passam por verdadeiros príncipes encantados. E se você estiver enganado em relação a mim, uh?

Tristan fez um bico ainda maior. Sabia que Dominic estava certo, mas duvidava muito daquela possibilidade. Naquele momento, o ruivo parecia uma criança birrenta, sentado no colo de seu domador, enquanto ele alisava carinhosamente suas coxas, fitando-o de baixo, com devoção clara no olhar; estava completamente enfeitiçado e afetado por Wolfgang, sentindo coisas que há muito não sentia.

E assim Dominic não era capaz de resistir. Ele ficou encarando aqueles olhos de pedra ametista tão pidões, o rostinho infantil, o bico montado na boquinha fina e deliciosamente beijável. Realmente, não havia motivo para toda aquela preparação, não eram desconhecidos, afinal. Estavam até sob o mesmo teto, ficar adiando era apenas uma tortura das grandes.

— Ok, vamos lá pra cima — ele finalmente concordou.

Tristan deslizou de seu colo, animado, quase sem acreditar que havia conseguido. Dominic lhe estendeu a destra e então enlaçaram os dedos, subindo em direção ao segundo andar. O dominador o levou para a suíte, onde sentou Tristan na ponta da cama e foi até a cômoda, capturando uma caixinha de veludo quadrada e preta.

Tristan observava tudo com atenção, os olhos brilhando. Claro que o pau duro aparecendo pelo tecido fino da bermuda de Dominic atraía seus mirantes como um ímã, mas tentava ver o que tinha nas mãos dele, principalmente. E quando o dominador abriu a caixinha frente aos seus olhos, ele segurou um sorriso e sentiu o coração palpitar:

— Essa é a *minha* coleira? — perguntou extasiado, a voz completamente deleitosa. Com os olhinhos arregalados, parecia pedir permissão para tocar o objeto de couro vermelho descansando na caixa de veludo preto.

Dominic assentiu, movendo a cabeça para cima e para baixo, com um sorriso genuíno estampando os lábios grossos, enquanto dava permissão para que seu mais novo submisso tocasse o acessório.

— Comprei na cor vermelha, para combinar com seu cabelo. E preferi esse modelo com rebites, ao invés do modelo liso tradicional, justamente porque queria que sua coleira fosse tão única quanto seu jeitinho...

Tristan sentiu as bochechas arderem e não conseguiu olhar para ele, então manteve os olhos na coleira estilosa em suas mãos, analisando-a, dessa vez, sem conseguir impedir o músculo da face de se repuxar em um sorriso lindo.

— Ela é minha *mesmo*? Ou se a gente terminar, vou precisar entregá-la de volta? — perguntou curioso. E então, ficando mais sério, finalmente o encarou. — Li em um blog que quando um sub e um Dom rompem a relação, a coleira é devolvida.

— A devolução da coleira representa o rompimento da relação D/s entre aquelas duas pessoas, sim — explicou. — Mas não vamos discutir isso agora, porque não vamos terminar nada, se nós mal começamos. — Ele olhou doce para o ruivinho, deslizando o indicador pelo queixo furadinho, suave como o toque de uma pluma.

— Mas você sempre enjoa dos seus submissos — insistiu, com um toque de chateação na voz. — Você não passa mais que três meses com ninguém, então não é como se estivesse longe, já começamos isso há semanas, então...

— Você está errado. Nós começamos isso há três anos — disse firme, encarando-o intensamente. — Eu te quis desde a primeira vez que te vi, Tristan. Eu sempre guardei o que sentia pra mim, porque adoro você e não queria correr o risco de estragar as coisas. Gosto de você e gosto da nossa amizade. Você me faz bem, eu já falei... Quero estar com você. *Só com você.*

Tristan mordeu o lábio e sentiu o rosto queimar. Desviou seu olhar para o chão e ficou lutando contra si mesmo para não se jogar na cama e começar a girar, sacudindo os braços e as pernas, dando gritinhos animados de excitação.

— Vou colocar a coleira em você — Dominic avisou, gentil, enquanto se punha atrás dele e pegava o objeto de couro, posicionando-o no pescoço esguio. — Esses rebites não são apertados, percebe? Escolhi assim, justamente pra não te machucar, caso você se mexa de mau jeito ou algo assim... — comentou, enquanto fechava o acessório na nuca de fios crescidos, e deu um beijinho nela, carinhoso, arrepiando os pelos do corpo de Tristan que, depois de suspirar e fechar os olhos, quis confirmar:

— Agora é oficial, certo? — murmurou. — Eu sou seu e você é meu.

— Pertencemos um ao outro — Dominic respondeu ao pé do seu ouvido, sedutor, massageando-o nos ombros.

— Eu quero você — o ruivinho cochichou de volta, inebriado.

Dominic levantou-se num movimento rápido e elegante, parando na frente do garoto que estava sentado na ponta da cama. Com o abdômen trincado exposto, brincou com o elástico da cueca em sua cintura, posicionada bem na altura do rosto alheio.

Tristan ficou encarando aquele volume escondido embaixo dos tecidos, ao mesmo tempo que observava bem as entradinhas nas laterais do abdômen do ex-militar. Aquilo era sexy pra caralho. Fazia sua boca salivar. O corpo de Dominic não era grande, mas era tão perfeitamente esculpido e belamente detalhado, o deixava embasbacado e preso num tesão fodido, o baixo-abdômen era muito liso e esticado, veias grossas e saltadas enfeitavam-no, como a moldura de um quadro.

— Você quer me servir, meu bebê? — Sua voz era aveludada e a expressão provocadora.

— Quero tudo o que você quiser, *coronel*...

— *Tsc, tsc, tsc*... — Ele estalou a língua nos dentes, sacudindo a cabeça de modo reprovador, enquanto deslizava tudo o que vestia pelo quadril de uma só vez.

— *Meu senhor*. Eu quis dizer *meu senhor* — foi rápido em corrigir-se.

— Bom garoto — parabenizou.

E aquela frase fez Tristan sentir uma corrente imaginária percorrer por todos os seus poros, os olhos presos no caralho pesado que pulou em seu rosto.

Apoiou as mãos nas coxas duras de Dominic e levou a língua até a glande arroxeada, lambendo-a devagar. Mirou o rosto do dominador que, ao primeiro contato com sua boca, suspirou e apertou os olhos.

— Eu não disse pra você me tocar ainda, apressadinho — a voz melodiosa tinha tom repreensivo brando.

Imediatamente, Tristan afastou seus lábios dali, para encarar o dominador com expectativa, aguardando suas ordens, e mordendo o lábio para tentar se controlar.

Dominic apoiou um joelho ao lado de seu quadril, e depois o outro, sentando-se em seu colo e apoiando as mãos nos ombros largos.

Tristan já começava a ficar duro de novo, o que não era difícil agora que tinha Dominic sentado em cima dele e a bunda gostosa roçando abusada sobre seu membro.

O dominador encostou suas testas e segurou uma das mãos do garoto, levando-a até seu membro duro.

— Me toca — ordenou, autoritário, mas exalando um suspiro.

Tristan apertou a carne dura do sexo alheio na palma, ainda sem desviar seu olhar do dele. Subiu e desceu a mão com cuidado, observando bem as expressões no rosto do outro, embebedando-se nelas.

O tempo travou. Eles ficaram se encarando intensamente, numa guerra de olhares, para descobrir quem desviaria primeiro. Mas foi ao mesmo tempo que os lábios se encontraram, encaixando-se com facilidade, um buscando desesperadamente pelo outro.

Tristan não conseguiu evitar um suspiro profunso, deslizando a destra sobre seu caralho e sentindo a carne tesa pulsar na palma. Não era fácil se comportar quando tinha Dominic tão sedento sobre o seu corpo daquele jeito, livre para apalpá-lo com tanta vontade que o fazia querer derreter.

E é claro, Dominic tinha o pau duro e pronto para fodê-lo. Tristan não havia se esquecido disso. Alguma coisa acontecia dentro dele quando sentia o dominador duro para si e por si. Era um tipo de orgulho. Sentia-se desejado ao extremo.

Abrindo os olhos levemente, pôde observar a face daquele que o dominava. Continuou a masturbá-lo, sentindo um imenso prazer nas feições desejosas e nos gemidos grossos que Dominic soltava, rebolando inquieto sobre seu colo. Suas bocas não desgrudavam nem por um segundo. Não queriam se afastar sequer para tomar ar, o que os deixava ainda mais sem fôlego.

Dominic chegou o corpo mais para frente, encaixando sua entrada exatamente em cima do pênis duro do ruivinho, sem parar de beijá-lo de jeito nenhum; abriu os olhos também e a canhota apertou com jeito o pescoço enfeitado com a coleira vermelha de rebites, adorando ver o acessório nele. Só aquela peça já lhe causava um tesão tremendo, porque além de visualmente sexy, representava a submissão consensual de Tristan a ele. E nada o instigava mais do que aquilo. Acabou apertando levemente o pescoço do *brat* com a ponta dos dedos, recebendo um gemido aprovador em resposta, que o fez sorrir.

— Você gosta, não é? Adora ficar sem ar, ser enforcado, ficar sob o meu controle... — indagou provocador, sondando o terreno.

— Gosto... porra, é claro que gosto — respondeu Tristan, com um suspiro, encarando-o. — Faz o que quiser comigo... Me deixa ser seu brinquedinho... — disse em tom levemente manhoso, mas, ainda assim, intenso como fogo.

O dominador gemeu e revirou os olhos, ficando louco e rebolando com mais afinco. Em resposta, o *brat* abusado passou a punhetar o membro grosso mais rápido e mais apertado, deslizando o dedão sobre a glande e espalhando a lubrificação.

Mas aquilo não era o suficiente.

Então, audacioso, levou a mão aos lábios, onde lentamente esticou a língua para lamber a palma, como um felino. Dominic o observou, hipnotizado. E aí o viu levar a palma lubrificada de volta ao pênis teso que imediatamente começou a pulsar mais forte dentro da mão grande.

— Puta que pariu, garoto... — grunhiu num meio rosnado mesclado a um gemido excitado pra cacete.

Tristan sorriu descaradamente. O ruivinho não estava para brincadeira.

— Quero te dar tanto prazer, Dom... Goza na minha mão.

— Não é assim que se pede, seu malcriado — Dominic brincou, dando um aperto mais forte nas laterais do pescoço dele.

— Por favor, goza pra mim, *meu senhor*... Eu *imploro*... Me deixa sentir sua porra — corrigiu, falando arrastado.

Com um sorriso aprovador, Dominic deslizou a mão do pescoço para os fios de cabelo vermelho, tomando o controle, e direcionou o rosto do garoto para um de seus mamilos intumescidos, deixando claro o que precisava agora.

Sugando o ar, Tristan abocanhou o mamilo entre os lábios, deslizando a língua com vontade, ao que o dominador arqueou a coluna e jogou a cabeça para trás, gemendo de prazer. Cada gemido dele era como uma pontada no âmago do submisso, completamente satisfeito em dar tanto prazer ao seu *dono*.

— Isso... assim, bebê — sussurrou, respirando rápido e rebolando. — Agora bate mais rápido... — ordenou suave.

E assim Tristan obedeceu, apertando o pênis duro na mão e movimentando-a aceleradamente ao redor dele, enquanto sugava mais forte o mamilo para dentro da boca, mordiscando e sugando, enlouquecido.

Foi aí que o dominador gozou, o cacete teso pulsando desesperado na destra do *brat*, escorrendo sêmen entre os corpos suados.

Aos poucos, Dominic foi deixando de rebolar, e volveu o rosto para fitar o companheiro que ainda apertava a sua glande na ponta, esperando os últimos resquícios de porra serem expelidos, assim como havia feito com ele, momentos antes, lá embaixo. Maldoso, levou a canhota para trás do próprio corpo e capturou o falo duro do rapaz, direcionando a cabecinha para sua entrada, deslizando-a ali, e por isso, recebeu um olhar surpreso e vacilante de Tristan.

— É isso que você quer, *bratzinho*? — perguntou baixinho, soando provocador, embora estivesse tão destruído pelo orgasmo forte que sua voz estava ofegante. — Quer foder o *seu alfa*, uh?

— Sim! — ele devolveu, em tom meio desesperado. — Sim, por favor, *meu senhor*.

— Então, vou quicar bem gostoso em você... — respondeu com um sussurro. — *Mas não hoje* — declarou, e aí se levantou do colo do garoto, que arregalou ainda mais os olhos lilases e brilhantes, e fez uma carinha de coitado, assim como um cachorro caído do caminhão de mudanças.

— Ah, Dominic... isso não se faz! — Cruzou os braços e fez um bico. — Isso é maldade, poxa! Por que está me castigando assim?

Dominic limitou-se a uma risadinha sacana e matreira, jogou os fios de cabelo para trás e o encarou divertido.

— Porque tenho quase certeza de que você é um masoquista, então não vou conseguir te manipular a obedecer, ameaçando te machucar — foi direto. — Preciso de uma carta na manga. Sei que você nunca fodeu um alfa macho e está louco por isso, então...

— Você é ardiloso — Tristan resmungou, chateado, mas entendendo.

Dominic deu uma piscadinha zombeteira e limpou o esperma que sujava ele e Tristan, com a cueca abandonada no chão. Depois se jogou de costas na cama, relaxado, e fez um sinal para que o ruivo fosse até ali se deitar com ele, o que o garoto fez sem oferecer resistência. Dominic trouxe a cabeça de cabelos vermelhos para seu peito, acariciando os fios tingidos entre os dedos, enquanto ambos tentavam recuperar as respirações.

— Você ainda está me devendo uma gozada na cara — Tristan disse naturalmente. — Era pra gozar na minha cara, Dominic.

Dominic riu, pouco surpreso.

— Faremos isso na próxima, não vou esquecer — prometeu risonho.

— Você realmente sempre cumpre o que promete?

Sentiu o peito de Dominic vibrar com uma risada gostosa.

— Claro que sim, Tetê... Sou um homem de palavra, afinal — disse com alguma seriedade. — Se eu disser que vou te fazer gozar só te fodendo, cumprirei minha palavra — finalizou rindo.

— Você fala putaria o tempo todo. — Tristan riu, inclinando-se para olhar no rosto dele. — Isso faz parte de você?

— E você por acaso é algum tipo de santo? — debochou. — Ainda me lembro da nossa febre. Até parece que não grudou no meu pescoço como um leãozinho manhoso, e disse: *me fode, por favor, me rasga inteiro e...*

— Tá bom, Dominic, eu já entendi! — interrompeu, tapando-lhe a boca.

Dominic apenas gargalhou mais alto, vendo que, finalmente, fez Tristan sentir vergonha.

— Sempre gostei de *dirty talk*... — comentou depois de empurrar a mão dele, parecendo perdido em algum lugar de suas lembranças. — Quando era adolescente, cheguei a pensar que fosse algum tipo de depravado. Eu sentia uma necessidade gritante de dizer coisas grosseiras e vulgares quando ficava excitado. Você pode imaginar o problema que foi...

— Por quê? — o ruivo indagou curioso, fitando-o com certa surpresa, pois Dominic estava se abrindo, afinal. — Você assustou algum namorado com isso? Seu ex-noivo?

— Com Louis, eu precisava me controlar, mas não era como se ele repudiasse ouvir algumas sacanagens. Como eu disse, todos têm fetiches, mesmo que ainda não tenham se dado conta da maior parte deles — explicou. — Quis dizer durante a adolescência mesmo. Quando comecei a fazer sexo, depois que passei pela primeira febre.

— Eu não perdi a virgindade em uma febre — Tristan revelou com uma careta.

— Mesmo? — Dominic o fitou surpreso. — Minha primeira febre foi logo depois que completei 14 anos.

— Uau, isso é realmente cedo. A minha primeira febre foi aos 16. Eu não queria perder a virgindade em uma febre, planejei perder antes. Então, cheguei a ficar com duas pessoas, um beta e uma alfa, quando tinha 15 anos. E eu gostava muito dessa alfa, romanticamente falando. Acho que ela foi meu primeiro amor correspondido. Então, nós decidimos que ela seria minha primeira parceira de febre também. Só que meus pais arrumaram um maldito ômega e me fizeram... Você entendeu. Eu perdi a virgindade com ela, mas não passamos a minha primeira febre juntos.

— Eles te obrigaram a passar uma febre com alguém que você não queria? — Levantou o rosto para encarar Tristan, seriamente preocupado.

— Não quero falar sobre isso agora. Vai acabar o clima e não quero estragar nosso momento — resmungou. — Mas, honestamente, não suporto meus pais. E esse é apenas um dos motivos. Sabe, não é à toa que, mesmo vindo de uma família rica, eu tenha um trabalho de merda e more naquele chiqueiro. Odeio tanto minha família que prefiro passar por algumas necessidades a ter que lidar com eles. Meus pais me fizeram realmente mal, e quando eu te contar, você talvez entenda.

— Ei... — Dominic sussurrou, fazendo um carinho acolhedor nos fios tingidos. — Eu não te julgo, meu bem. Eu tive uma família realmente amorosa, embora fosse um pouco ausente por causa do trabalho. Mas ainda assim, sei que você teve seus motivos. Não se preocupe com o que vou achar, ok? — finalizou, dando um beijinho no topo de sua cabeça.

Tristan sentiu-se extremamente confortável, voltando a relaxar o corpo em cima dele. O pau ainda duro e abandonado fazia suas bolas inchadas incomodarem; queria bater uma para aliviar, mas não queria sair dali agora.

— Volte a me contar sobre você — pediu. — O que aconteceu na primeira vez que pegou pesado nas sacanagens? — Estava curioso.

Dominic deu uma gargalhada.

— Hum... Eu estava com um ômega. O mesmo com quem tinha passado minha primeira febre — contou.

— Espere — Tristan interrompeu. — Estou curioso com uma coisa. Você ficou com muitos ômegas antes de perceber que não gostava deles?

Dominic franziu o cenho.

— Não. Logo depois da primeira febre, eu fiquei com uma alfa lindíssima que era amiga de escola da Roxy. Ela era um pouco mais velha e... foi completamente diferente. Não tentei ficar com ômegas outras vezes, o cheiro realmente não me atrai.

Tristan imediatamente se mexeu, incomodado.

— Já disse que isso não se aplica a você — foi rápido em refutar.

Tristan piscou os olhos rapidamente, um pouco aéreo.

— Claro, claro. Eu acredito em você.

— Eu sentia necessidade de dizer obscenidades e transar de um jeito bruto — continuou Dominic. — Todo mundo meio que ficava surpreso, acho que pensavam que eu era um maníaco ou algo assim — contou, rindo. — Mas me conte você: quando percebeu que tinha genes ômegas? Foi assim desde sempre, ou...?

— Não. Na verdade, antes da primeira febre, nem eu mesmo sabia sobre os genes ômegas. Eu tinha olhos vermelhos e cheiro normal, de alfa... era um cheiro de madeira de cerejeira forte. — Viu Dominic encará-lo atento. — Eu já me sentia atraído por outros alfas, é claro, então os genes não têm nada a ver com isso, eu acho. Quando a primeira febre veio foi... assustador. Não sabia o que estava acontecendo, meu corpo não deveria reagir daquele jeito... como um ômega. Eu senti que... talvez fosse culpado, por ter me relacionado com aquela alfa por tanto tempo a ponto de... eu não sei. Meu corpo se confundir e querer mudar de classe? Meus pais ficavam repetindo isso o tempo todo.

Dominic arqueou uma sobrancelha, porque é claro que aquilo não existia. Nenhum corpo, espontaneamente, decidia mudar o gênero ou subgênero meramente por contato sexual com outros de mesma classe.

— Eu fiquei muito manhoso e... o cheiro frutado de cereja apareceu e nunca mais foi embora — completou.

— Foi por isso que você nunca foi o ativo na relação com um alfa?

— Depois da febre, quando fui ficar com um alfa, ele não me deixava ser o ativo. E então, nenhum deles deixou, nenhuma vez. Sempre me diziam que eu tinha *nascido para ser penetrado*, sabe-se lá diabos o porquê. Aparentemente, não sou *durão* o suficiente — revirou os olhos.

— Você prefere penetrar? — o mais velho indagou atento.

— Eu prefiro... *dar*. — Tristan soltou uma risadinha envergonhada. — Honestamente, sou um pouco preguiçoso... então, desde que eu não precise ter muito trabalho... — Ele coçou a nuca, sem jeito. — Mas tanto faz, sabe? — Deu de ombros. — São sensações diferentes que me agradam do mesmo jeito.

— Quando você for bonzinho o suficiente... — Dominic sussurrou, rolando Tristan para o lado e se pondo sobre ele. — *Vai poder me foder*. Mas você sabe, não vai comandar nada, só vai obedecer.

— Por favor — o ruivo disse rindo. — Adoro você no comando. Faça quando achar melhor, *coronel*. Vou esperar ansioso.

Dominic deu um sorriso aprovador e inclinou-se sobre ele, lhe deixando um beijo suave na bochecha antes de sugar seu lábio inferior, puxando a carne entre os dentes, fazendo Tristan gemer e segurá-lo pela cintura.

— Assim não vou ficar mole nunca, Dom. E isso vai ser ruindade, se você não for me fazer gozar de novo — disse quando ele soltou sua boca.

— E quem disse que não vou te fazer gozar de novo? Só falei que hoje você ainda não vai me foder. — Riu em tom zombeteiro. — Mas ainda vamos *brincar* muito, temos a madrugada toda, bebê... — E aproximando-se do pé do ouvido, provocou: — Ainda vou te foder inteirinho...

— E o que a gente tá esperando? — Tristan devolveu, rindo em meio a um suspiro. — Acho que a gente realmente deveria tomar um banho antes. E trocar esses lençóis. — Fez uma careta.

Dominic também sorriu, com a expressão serena e realmente contente. Ele estava feliz. Feliz pra caralho.

— Eu adoro você — disse inesperadamente, até para si mesmo, encarando o mais novo, de modo maravilhado.

Tristan ficou com o rosto vermelho. Não sabia responder bem ao afeto, embora sentisse a mesma coisa por ele.

— Não me faça repetir o que já falei lá embaixo, não sou bom com palavras — resmungou sem jeito, mas sem tirar o sorriso bobo do rosto.

Dominic lhe deu um selar na testa, fazendo um carinho em sua bochecha, com a mão direita.

— Você é o namorado mais doce que já tive, sabia? — disparou, arrependendo-se no segundo seguinte pelo modo como o havia chamado, e seus olhos foram dobrando de tamanho.

Tristan imediatamente arregalou os olhos também, surpreso.

— Sou seu namorado? — exclamou, abismado. — Como...? O quê...? Você nunca pediu nada, Dominic! — ralhou.

— Eu... hum... *Droga*. — Sem saber como escapulir, o ex-tenente-coronel preferiu se fazer de doido e deu um sorriso falsamente desacreditado. — O que você acha que eu quis dizer quando falei que queria que nossa relação fosse exclusiva? — Fingiu-se indignado.

— Pensei que você queria dizer que a gente teria uma relação de D/s fixa e exclusiva, mas que fora dela era outra coisa.

Dominic bufou e sacudiu a cabeça, como se faz ao ver uma criança fazendo malcriação.

— É claro que não. Nós não temos apenas uma relação dentro do BDSM, temos? Temos uma relação fora disso também. Até somos parceiros de febre.

— Corta essa, você não me engana.

— Nós somos *um casal*, além de sermos Dom e sub... ou melhor, domador e *brat*. A não ser que você não queira, Tristan — o tom foi claramente manipulador.

— Talvez eu não queira — provocou o ruivo, dando de ombros.

O mais velho levantou-se devagar, sentando-se no colchão; ficou encarando o chão, parecendo meio perdido. Tristan aproveitou para levantar-se também e ir em direção ao banheiro, mas vendo que o outro não o acompanhava, parou no vão da porta, cruzando os braços.

— Não vai me dar banho? E o meu *aftercare*, Dominic? — brincou.

O dominador piscou atordoado; levantou-se e caminhou até ele, ainda meio aéreo. Tristan o estava deixando confuso. Mas quando chegou à porta, o alfa mais alto não se moveu. Não entrou no lavatório, tampouco cedeu passagem. Por isso, Dominic o encarou de cenho franzido, tentando entender qual era a dele.

— Depois o bobinho sou eu, não é? — Tristan sorriu, e aí, segurou o rosto de Dominic entre suas mãos, de forma delicada, encarando-o docemente, antes de lhe dar um beijo estalado na boca.

Eles fecharam os olhos e apreciaram o sabor dos lábios um do outro, para depois se afastarem lentamente, fitando-se.

— Eu já disse que *gosto de você*. Como não vou querer ser seu namorado ou qualquer outra coisa sua?

Dominic fez uma expressão irritadiça e cruzou os braços.

— Não tenho culpa se você fica me confundindo — disse com uma voz reclamona engraçada, que Tristan estava se acostumando a ouvir com certa frequência.

— Eu é que não tenho culpa de você não saber interpretar bem minhas ações — devolveu.

— Você tem que dizer as coisas claramente, garoto! — rebateu.

— Já disse que não sou bom com palavras, mas que coisa!

Dominic bufou, empurrando-o da entrada, fazendo o rapaz ir para dentro do cômodo.

— Entre na banheira, seu malcriado do caralho! — Estapeou-lhe a bunda.

Tristan entrou e sentou-se na cerâmica fria; o domador o seguiu e ligou o chuveiro acima da cabeça dele, o que fez com que ele desse um pulinho para tentar fugir da água.

— Ei, isso tá gelado! — reclamou.

— Isso é um castigo leve pra você aprender a não me irritar, nem a ficar me confundindo de propósito — ralhou, apertando os olhos para ele, que se sentava à sua frente.

— Tá falando do quê? Você faz a mesma coisa. Sabia que quase me fez chorar quando veio com aquele papo de: *Eu nunca me apaixono por ninguém, desde que Louis me abandonou*? — imitou a voz do outro, de maneira cômica. — Pensei que nunca seria correspondido, entrei em pânico, tá legal? Isso não se faz, você é mais cuzão do que eu, Dominic — defendeu-se.

— *Argh*, esse moleque... — Dominic resmungou teatralmente. — Não tenho culpa de você ser lento demais pra conseguir interpretar o que eu falo.

— Não sou lento, você é que gosta de ficar de joguinho!

— Você vai ver o joguinho... — o moreno devolveu, afastando as pernas de Tristan e se pondo entre elas. — Já disse que você anda extremamente abusado? — indagou em tom repreensivo.

— Não é minha culpa que você seja um dominador bonzinho demais, só porque tenho olhos bonitos... — cantarolou infantilmente, dando uma chave de perna na cintura de Dominic e trazendo-o mais para perto.

— Então, você não perde por esperar, garotinho. Vou te foder sem nenhum carinho. — E voltou a grudar a boca na dele.

— Eu quero ver... — o garoto provocou, abusado, entre os lábios do domador.

Tristan gostava de brincar com fogo.

Teria de aceitar quando se queimasse.

# 15

# Castiga-me

— Dominic, estamos atrasados! — Tristan gritou ao pé da escada transparente.

— Já tô quase pronto, não se preocupe — ele respondeu do segundo andar, a voz soando como se viesse de dentro de uma garrafa, ao longe.

O mais novo bateu o pé no chão, impaciente, bufando irritado. Era a primeira vez que eles estavam indo juntos a algum lugar e, embora já estivesse ciente da demora de Dominic para se arrumar, nunca precisou esperá-lo para nada. As vezes que o ex-tenente-coronel o levava até o trabalho não havia aquela demora, pois como a loja de conveniências ficava muito próxima à casa, Dominic ia com a roupa que estivesse usando no momento, ainda que fosse um simples moletom, mas naquela ocasião, particularmente, havia decidido se arrumar.

Agora, sofrendo pela inquietação irritante de ter que esperá-lo, Tristan finalmente havia encontrado um defeito sério no alfa que, anteriormente, considerava perfeito. E na opinião dele, demorar a se arrumar era um defeito grandão!

Fitou a casinha onde Minzy estava contido a contragosto, deixando clara sua indignação com a prisão injusta. O gato miava de forma insistente, contribuindo para que Tristan sentisse uma vontade louca de colocar Dominic nos ombros e arrastá-lo para fora, tal qual um neandertal. Por isso, se virou em direção à escada mais uma vez, para chamá-lo:

— Por que você tem que se arrumar tanto? — reclamou. — Nós só vamos levar Minzy pra castrar! Não é um desfile de moda, é um evento muito triste! Ela nunca mais vai poder dar uma trepadinha.

Imediatamente, Dominic apareceu no topo da escada, ainda com a camisa aberta no peitoral, dedilhando os botões, antes mesmo que Tristan terminasse de falar. Passou as mãos pelos fios escuros, ainda sem gel, jogando-os para trás, para então zombar:

— *Por que você tem que se arrumar tanto, Dominic?* — repetiu, fazendo uma voz totalmente distorcida e zombeteira, deixando o ruivo com cara de tacho. — Um alfa deve estar sempre bonito e apresentável, Tristan — declarou enquanto abotoava calmamente a camisa clara.

— Eu também sou um alfa, mas estou pronto há vinte minutos — retrucou. — E não tô feio, não!

Desde que se declararam um para o outro, Tristan vinha dormindo no mesmo quarto que Dominic. Foi algo natural. No início da madrugada, quando Dominic o buscava no trabalho e voltavam juntos para casa, o mais velho o levava pelas mãos até o banheiro da suíte, tomava banho com ele, depois desciam, jantavam e subiam para o quarto outra vez; aí assistiam à TV e conversavam nos braços um do outro — geralmente Tristan nos braços de Dominic — e então adormeciam juntos. Pela manhã, acordavam abraçados. Um perfeito grude clichê de início de namoro.

Além do mais, as roupas de Tristan sempre estavam em cima da cama da suíte, esperando-o, quando ele chegava em casa. O próprio Dominic separava as roupas de dormir do namorado, para que o garoto pudesse vesti-las quando saíssem do banho. E o ruivo sequer reparava que aquela era uma atitude de total cuidado e dominância do outro para com ele; que tudo o que o Dominic fazia era de caso pensado e de modo sutil. Tão sutil que passava despercebido à sua cabecinha desligada.

Dominic era um belo manipulador... e um dominador sensacional.

Mas um fato é que Tristan o observava acordar todas as manhãs, girar pelo quarto, por minutos a fio, fazendo as próprias coisas, sem que conseguisse entender por que diabos ele demorava tanto, se era só tomar banho e vestir uma roupa.

Dominic jogou a cabeça para trás e gargalhou divertido, fechando os últimos botões da roupa com os dedos, antes de devolver:

— Isso é porque você nasceu lindo, não precisa de muita coisa para parecer bem — disse tranquilamente. — Você fica bonito até acordando com a cara amassada e os cabelos para o alto.

— Você fala como se fosse feio... — Tristan franziu o cenho.

— Claro que não. Sou lindo e cheiroso — devolveu, com a expressão confiante. — Mas você é um sortudo do caralho, porque é ainda mais bonito que eu — terminou, dando-lhe as costas antes de sumir no corredor do segundo andar.

Tristan riu, descrente.

— Obrigado pelo elogio, mas se não chegarmos à clínica veterinária em... — checou as horas em seu relógio de pulso — dez minutos, Minzy vai perder a consulta. E aí vamos ter que remarcar. E isso pode levar dias! Um dia a mais, solto por essa vizinhança, e Minzy pode engravidar umas dez gatas diferentes!

— Vai colocando ele no banco traseiro do carro, as chaves estão penduradas na entrada da garagem — a voz de Dominic soou abafada lá do andar de cima.

Tristan, então, sorriu maldoso, como um vilão de filmes infantis, só faltou a risada macabra. Seu cérebro apitou imediatamente, dando-lhe ideias para tirar a paz do dominador, do jeitinho que ele gostava.

Rapidamente, pegou a casinha onde Minzy estava trancafiada, capturando a chave do carro, e disparou para a garagem. Abriu a porta traseira do veículo luxuoso, colocou a casinha no banco de couro e enfiou o indicador entre as grades, oportunidade em que o bichano o segurou com as patinhas e mordiscou sem muita força.

— Ei, se comporte aí dentro, Minzy. Não posso lidar com você e Dominic ao mesmo tempo, fica numa boa, ok? Você não vai sentir dor. Quando acordar do procedimento, só vai sentir falta de um pesinho entre as pernas. Mas vai continuar sendo minha filhotinha, não se preocupa, tá?

Ele se afastou em seguida, fechando a porta traseira do automóvel preto para abrir a da frente; contudo, não entrou pelo lado do passageiro. Sorrindo malandro, sentou-se no banco do motorista, clicou no controle automático para que a porta elétrica da garagem se abrisse e, enfiando a chave na ignição, deu partida no carro. Com um dos braços apoiados no banco do carona e a canhota apertando o volante, cuidadosamente deu ré no automóvel, até posicioná-lo na direção da rua em que seguiriam.

Rindo como uma criança prestes a aprontar, capturou o telefone no bolso da calça de moletom para, então, ligar para o celular de Dominic, que atendeu após quatro toques.

— *Eu já tô indo!* — o moreno resmungou na linha. — *Pare de gastar gasolina à toa e desligue o motor, Tristan* — ordenou, mas o submisso nem um pouco submisso prontamente ignorou.

— Sabe, dá uma olhadinha na janela — disse, fitando aquela direção, alguns metros acima.

Dominic olhou e, quando viu o carro do lado de fora, pronto para partir, com Tristan ao volante, arregalou os olhos e levou uma das mãos ao peito.

— *O que você pensa que está fazendo?* — indagou, com a voz aumentando três oitavas, de forma aguda.

— Oh? O que é isso? O carro está andando sozinho? — Tristan zombou, pisando levemente no acelerador, fazendo o automóvel avançar alguns metros, lentamente.

— *Tristan Wolfgang, você não é louco!* — Dominic protestou em pânico.

— Infelizmente, sou meio doido, sim, sabe disso — respondeu tranquilamente. — Se eu fosse você, saía agorinha pra não perder a carona.

*Carona* era totalmente o oposto à realidade, tendo em vista que:

1. O carro era de Dominic, ele é quem levaria Tristan de carona até a clínica veterinária.
2. Dominic é quem pagaria pelo procedimento no animal. Logo, se Dominic não fosse, não faria sentido, a não ser que Tristan pudesse pagar o procedimento com lágrimas. Mas ele era um pentelho implicante e zombeteiro, de marca maior.

O moreno não respondeu. Apenas saiu de casa desesperado, descendo as escadas com pressa, sem sequer ter finalizado a aplicação do gel no cabelo, e atravessou a porta da garagem em menos de meio minuto.

Quando o viu na calçada, com a face cômica de pavor, o ruivo sorriu, ainda mais satisfeito, e pisou com um pouco mais de força no acelerador, assistindo ao mais velho também acelerar o passo e, afobadamente, alcançar o veículo, abrir a porta do carona e jogar-se para dentro do carro em movimento, esbaforido.

— Você quer morrer? — Dominic perguntou retoricamente, com a face desacreditada e olhos vermelhos pegando fogo.

Tristan fingiu que nem era com ele, dando de ombros para, então, clicar no controle automático que repousava em suas coxas, fechando a porta da garagem; em seguida, voltou as mãos ao volante, trocou a marcha e acelerou.

— Ei, ei, ei! Tá fazendo o quê? — o moreno ralhou. — Pare o carro e troque de lugar comigo, você não vai dirigir!

— Dom, relaxa — rebateu despreocupado, quase sonolento de tão calmo. — Eu dirijo desde os 16 anos, não tem com o que se preocupar.

— E daí?! — Dominic gritou com o tom fino que sua voz adquiria quando ficava indignado com algo. — Não importa, você não pode dirigir o meu carro!

— E por que não? — provocou, encarando-o de forma desafiadora, logo após dobrar a primeira esquina. — Já disse que já sei dirigir há quase uma década!

— Não! — negou outra vez, com a voz teimosa, mas obviamente já tinha perdido aquela batalha.

— Sinto saudade de dirigir. Sempre fui ótimo motorista, mas depois que saí da casa dos meus pais, as coisas ficaram difíceis financeiramente, então nunca tive dinheiro pra comprar um carro novo — comentou, sem tirar os olhos da direção em que seguiam. — Tive que vender tudo meu para pagar pela mudança, alguns móveis e o depósito de três meses de aluguel adiantado.

Aquele foi o choque de realidade que Dominic não esperava. Viu-se sem palavras. Desconfiou que Tristan tivesse usado aquela carta na manga para manipulá-lo, como todo submisso fazia, o que o deixou mordido, porque odiava não estar no controle da situação por motivos claros.

— Hum — murmurou, contrariado, ao mesmo tempo que se sentia mal de querer privá-lo de dirigir, dado os fatos narrados. — Ao menos, coloque o cinto de segurança, Tristan, seja menos imprudente — pediu.

Mas ao constatar que o mais novo não movia um músculo para obedecer, ele bufou e esticou-se por cima do garoto, com cuidado para não bloquear sua visão, e puxou o cinto por cima dele, transpassando o corpo musculoso do *brat* e conectando-o no lugar devido. Quando o ex-militar se afastou, Tristan lhe deu uma olhadela rápida, sorrindo:

— Obrigado, *namorado*.

Cara de pau.

Dominic bufou alto e, olhando para frente, colocou o próprio cinto de segurança. Emburrado, cruzou os braços e fez um bico do tamanho do mundo. Odiava ser contrariado, mas o vizinho parecia ter nascido para atentá-lo.

Naquele momento, Dominic não estava achando o comportamento de Tristan *bonitinho*. Estava ficando irritado.

— Você fica cada vez mais abusado. Isso vai ter volta, Tristan.

O outro apenas riu, como se não levasse a sério o aviso.

— Vai rindo, pivete... vai rindo — debochou Dominic. — Você vai ser punido por isso. Nada está passando batido.

Tristan parou o carro no sinal vermelho e aproveitou para fitar o dominador, no banco ao lado, que o mirava pelo canto dos olhos, bastante mal-humorado. Ele não se atreveu a rir daquela vez, mas ainda estava achando engraçado.

— Eu sou um bom submisso, Dominic.

O moreno voltou-se para ele, exasperado. Com isso, acabou soltando um rosnado.

— Como assim, meu filho? — perguntou desacreditado, a voz tomando um tom gutural. — Você é uma peste! — acusou. — Não obedece a nenhuma ordem, precisa de um porquê pra tudo, faz qualquer coisa pra me provocar e... — Ele bateu com as mãos nas coxas, perplexo. — E ainda me faz gostar disso! — concluiu.

Tristan reprimiu uma risadinha, curvando a lateral dos lábios.

— Tá na hora de um repertorio novo pra me xingar, Dom — brincou, sem medo da morte. — *Brat* já caiu na rotina, e eu sou um *brat* mesmo. É onde me encaixo, pelo que venho estudando.

O dominador bufou pesado, descansando a cabeça no encosto do assento, enquanto massageava as têmporas.

— Onde foi que eu errei? — resmungou. — Olha só como você me fez sair de casa!? Não pude nem terminar de passar o gel no cabelo ou um corretivo. Olha isso aqui! — bradou, apontando para o rosto limpo, onde uma pequena marca de espinha manchava a pele quase imaculada, na área da bochecha.

— Te acho mais bonito assim. Você é lindo naturalmente e sabe disso, não sei pra quê tanto alarde. — Deu de ombros, virando o carro numa esquina.

Dominic apenas estalou a língua no céu da boca, resolvendo encerrar aquela discussão inútil ali. O malcriado seria devidamente punido em breve. Precisava ser *corrigido*, afinal estavam se relacionando em um jogo de BDSM ou não?

Dominic vinha estudando *muito* sobre a melhor forma de disciplinar um *brat*, pois um submisso atendia a palavras e ações de modo diferente. Por ser a primeira vez que conduzia um *malcriado*, era muito cuidadoso em reprimi-lo, mas aquilo havia realmente sido *uma afronta* de Tristan que, ok, podia só estar brincando, mas Dominic temia que se fizesse mais uma vista grossa para aquele comportamento, acabaria deixando-o abusado além dos limites. Ele sempre faria o que quisesse, sem receber nenhum tipo de represália. E então, a relação dos dois deixaria de ser uma de dominação e submissão, porque Tristan não estaria se submetendo a alguém, verdadeiramente.

Como um *brat*, o garoto só obedecia quando queria, quando lhe era conveniente; quando sabia que teria alguma recompensa, como gozar, por exemplo. Tanto que seus maiores vislumbres de submissão foram durante o sexo. Contudo, Dominic precisava ensiná-lo a obedecer ao menos com um pouco mais de frequência, na relação como um todo, não só no ato físico.

Ele abriu o porta-luvas, pegando os óculos de sol que sempre deixava ali dentro, e os colocou no rosto, no intuito de esconder o rosto sem maquiagem e amassado de sono. Depois, abaixou o para-sol para alinhar os fios de cabelo do topete. Observando Tristan dirigir com apenas uma das mãos e o outro braço relaxado na janela aberta, não pôde evitar um grunhido reprovador.

— Você poderia, pelo menos, dirigir com mais responsabilidade, sabe — disse com a voz contrariada. — Não é seguro dirigir sem as duas mãos no volante, pode causar um acidente.

Tristan, malcriado, apenas assobiou, ignorando completamente o aviso, o que apenas fez Dominic respirar fundo, tentando manter a calma. *É a natureza dele, Dominic*, repetia mentalmente. *Não dê tanta atenção a isso, ele não faz exatamente de propósito, é algo mais forte que ele, e você está ciente disso. Nada que uma lição não seja capaz de controlar*.

— Já chegamos, vamos lá — Tristan anunciou despreocupado após dez minutos na direção, enquanto estacionava. Depois, guardou a chave e saiu do carro, abriu a porta traseira e pegou a caixinha do gato.

Dominic continuou emburrado, andando com os braços cruzados e com uma expressão desdenhosa no rosto — não que Tristan pudesse vê-la, já que o outro usava óculos escuros enormes, que tapavam quase metade do rosto, de qualquer modo.

Subiram a pequena escadinha do estabelecimento e o sinalzinho soou com a entrada. Tristan foi andando na frente, em direção ao balcão da recepção, e ali repousou a caixa onde agora cochilava Minzy.

— Boa tarde — cumprimentou a recepcionista. — Eu marquei para castrar minha gatinha, às 12h.

— Boa tarde, bem-vindos. Qual o seu nome? — indagou a ômega, abaixando suavemente a cabeça em respeito aos dois alfas.

— Tristan Wolfgang.

— E o nome do bichinho?

— Minzy.

— Ok, um momento — ela voltou a dizer, digitando no computador à sua frente. — Aqui está. Tristan Wolfgang, marcado para castrar uma gatinha fêmea, às 12h, com o Doutor Boccaccio — finalizou com um sorriso.

— Não, não, não. É *gatinho*... gatinho macho — falou, meio contrariado.

A ômega franziu o cenho em confusão.

— Ah, desculpe-me. Minzy não é um nome feminino? Você disse *gatinha*...

Dominic, que até então observava a cena calado, se aproximou mais e empurrou Tristan levemente para o lado, tomando a frente ele mesmo.

— Ele queria que o gato fosse gata, então batizou assim — foi direto.

Tristan o encarou de olhos apertados, fingindo-se de bravo, pelo modo que o outro havia falado dele. A recepcionista apenas riu e sacudiu a cabeça levemente.

— Não tem problema — a ômega amenizou. — É que a castração de gatos machos é um procedimento mais rápido e, consequentemente, mais barato. Vocês não precisarão esperar tanto. O gatinho está em jejum, como pedido pelo telefone?

— Sim, deixei doze horas sem comida e sem água — Tristan respondeu.

— Ótimo — assentiu, puxando a caixa do gato, e deu uma rápida checada nele. Então, entregou ao dono uma prancheta com papel e caneta, para que Tristan assinasse o termo de responsabilidade. — Como será a forma de pagamento?

— Pode passar o valor no meu cartão, por favor — Dominic pediu, tirando a carteira do bolso.

Depois de toda a burocracia necessária, os dois deixaram a clínica veterinária, já que o procedimento duraria cerca de uma a uma hora e meia e, durante esse meio tempo, os dois foram procurar um restaurante para almoçar, pois já eram 11h da manhã.

— Aonde está indo? — indagou Dominic, ao ver o namorado ir em direção ao carro.

Tristan o fitou confuso, com aquela expressão fofinha de garoto perdido, que fazia sempre.

— Indo para o carro, ué — respondeu, piscando lentamente.

— Carro para quê? Vamos a pé. Tem vários restaurantes por aqui.

— Ah, não, Dominic. Vamos de carro, não quero andar — resmungou.

O ex-tenente-coronel não disse nada, apenas o encarou de cima a baixo e o tomou pelo braço, enroscando-o ao seu, para arrastá-lo dali. E Tristan caminhou sem deixar de reclamar. Andaram apenas um quarteirão, logo encontrando um restaurante bacana, onde entraram e sentaram-se à mesa. Estavam sentados de frente um para o outro, e Dominic abandonou o sapato do pé esquerdo para, descalço, deslizar o dedão pelo pé de Tristan, num carinho sutil por baixo da mesa, enquanto lia o cardápio, atenciosamente. Tristan deu um leve sobressalto ao sentir o toque, e olhou rapidamente para debaixo do móvel, levantando a toalha que o cobria. Ao notar que era o pé de Dominic acariciando delicadamente o seu, ele engoliu em seco e passou a fitar o chão, com os olhinhos perdidos.

Não era incomum que Dominic lhe fizesse carinho, mas agora que tinham finalmente se declarado um para o outro e deixado definido que o que tinham era um *namoro*, além da relação de Dom e sub, os carinhos do domador eram ainda mais frequentes, e Tristan não sabia se ficava tenso ou se derretia; as mãos suavam frio, a boca secava, o coração acelerava no peito. Porque a verdade era que, a cada carinho que Dominic lhe dava, Tristan se via mais afogado naquele mar de emoções profundas. Um simples carinho do ex-tenente-coronel o fazia sentir-se especial, adorado, querido... *amado*.

E ele sabia que aquilo poderia não ser um carinho exclusivo seu. Dominic já havia dito que era carinhoso com seus submissos, então a mente de Tristan tentava deturpar as ações de Dominic para convencê-lo de que não eram nada demais. De que ele não era realmente especial e que, a despeito de Dominic dizer que estava sentindo algo a mais por ele, as coisas podiam mudar a qualquer momento. Não seria a primeira vez, e na metade dos seus vinte e quatro anos, Tristan sabia muito bem. Precisava cortar suas ilusões para que não ficassem muito maiores do que a realidade.

Às vezes, gostava de algumas pessoas, namorava, curtia, mas era tudo passageiro. Alguns romances eram muito intensos, outros nem tanto. Uns, mais tranquilos; outros, conturbados — e quanto maior o nível de seu sentimento, mais possessivo o garoto ficava, fazendo desses relacionamentos os piores, pela sua total falta de maturidade para lidar com as próprias inseguranças. Ele sabia que seus ciúmes estavam diretamente ligados ao seu medo de rejeição, então não era como se pudesse controlar muita coisa.

Nunca chegou a ser abusivo com ninguém, mas criava discussões absurdas que terminavam em um Tristan furioso e rompendo as relações no calor do momento.

Com o tempo, ele começou a reprimir os sentimentos negativos. Não falava sobre seus ciúmes com seus parceiros, temendo que as coisas ficassem embaraçosas, seu mecanismo de defesa automático era sofrer em silêncio até que a dor o intoxicasse e ele não visse alternativas a não ser se afastar para não explodir toda a merda no ventilador.

Pessoas não eram perfeitas, e ele menos ainda. Mas era algo que cuidadosamente vinha tentando melhorar em si mesmo. Algo lhe dizia que se ele fizesse qualquer ceninha ciumenta com Dominic, as coisas terminariam mal. O dominador havia confessado também ser um pouco possessivo, mas até agora não havia tomado nenhuma atitude ridícula, e Tristan estava certo de que ele dificilmente faria algo assim.

Dominic, por sua vez, estava com a cabeça fervilhando de dúvidas, por isso pediu licença e foi ao banheiro, onde usou o telefone para ligar rapidamente para Roxy:

— *Mirradinho, a que devo a honra?* — a voz metálica atendeu, soando, como sempre, debochada.

— Preciso da sua ajuda. É sobre o Tristan. O que você sugere para disciplinar um *brat*?

— *Ora, ora... O grande Alpha Dom precisa de conselhos de dominação? Acordei em um universo paralelo?*

Dominic bufou e encarou a porta fechada.

— Não ferra, Roxanne. Você sabe que tenho pouquíssima experiência com *brats*, diferente de você. Me ajuda logo!

— *O que ele fez dessa vez?*

— Eu estava demorando a me arrumar, e tínhamos hora marcada para levar o gato ao veterinário. Para me forçar a sair logo de casa, ele pegou as chaves do carro e foi na frente!

— *Ele te largou em casa?* — ela grunhiu, desacreditada.

— Quase. Não acho que tinha essa intenção, mas, ainda assim... ele pegou o meu carro e se recusou a sair do volante! Veio dirigindo o caminho todo e ainda tentou me manipular com uma história triste, sobre ter vendido o próprio carro e nunca mais ter tido a oportunidade de dirigir, o que ele aparentemente gosta muito. — Fez uma careta contrariada, olhando-se no espelho.

Roxy explodiu em uma gargalhada divertida do outro lado da linha.

— *Agora, posso entender por que logo você precisa de ajuda* — falou, entre risadas. — *Esse garoto é mais esperto que você! Vai ser um desafio do caralho.*

— Você não tem uma conclusão mais óbvia? É claro que ele é um desafio, por que acha que passei três anos interessado? Eu, por acaso, gosto de coisas fáceis?

— *Para submissos? Sim. Para relacionamentos amorosos? Não. Você ficou irritado?*

— Claro que fiquei!

— *Ainda está agora?*

— Não... só estou... incerto. Sei que preciso disciplina-lo, mas não sei bem se isso precisa ter a natureza branda de um castigo ou a seriedade de uma punição. Quero dizer, ele fez de propósito, para me afrontar, não há dúvidas.

— *Olha, Mirradinho...* — Roxy começou, enquanto aparentemente estava no trabalho, o irmão podia ouvir o barulho das compras sendo bipadas nos computadores de sua loja na galeria do centro. — *Ele é um brat, então é claro que sempre vai sair da linha de propósito. O que vai determinar se você deve aplicar um castigo ou uma punição é a forma como você se sentiu com a desobediência. Ele te magoou? Te feriu?*

— Não é pra tanto... foi só uma provocação, embora tenha me deixa irritado, pois foi totalmente fora de hora — murmurou, alisando o topete de cabelos escuros na frente do espelho, que não estava ficando tão firme quanto gostaria, por culpa do namorado e suas patifarias naquela manhã. — Tristan gosta de fazer essas coisas, parece... que faz parte da natureza dele.

— *Então, o discipline.*

— Tenho medo de que uma repreensão o magoe.

— *Ah, Dominic, fala sério!* — Roxy retrucou, exasperada. — *Desde quando você tem pena de um submisso? Seu fetiche número um não era o sadismo, porra?*

— É diferente! — ele resmungou, coçando a sobrancelha. — Eu nunca estive *apaixonado* por um submisso, Roxanne! Nunca tive medo de que disciplinar um submisso fosse afastá-lo de mim, mas estamos falando do Tristan, ele entrou nesse universo agora, ainda não está acostumado, pode interpretar as coisas errado e levar para o pessoal! Depois de todos esses anos, eu finalmente tenho uma chance com ele... Não quero pôr tudo a perder se ele me levar a mal.

— *Mirradinho, presta atenção: Tristan pode ser um submisso novato, mas ele não é leigo, é? Você mesmo já disse que fica orgulhoso em vê-lo estudando sobre BDSM quase toda semana. Ele quer fazer parte do nosso mundo, Dominic. Deixe que ele faça.*

O moreno suspirou e assentiu, molhando o rosto na pia.

— É... você está certa.

— *Eu sempre estou. Sabe que os genes mais inteligentes vieram pra mim, não é? Infelizmente, deixei pouco restando pra você naquele útero, por isso você veio assim... um alfa. Pobre coitado. Muitos músculos e pouco cérebro.*

Dominic gargalhou antes de se despedir e voltar ao salão do restaurante. Se precisava disciplinar Tristan, de uma forma que o rapaz entendesse que aquilo era necessário ao jogo deles na relação de BDSM, então ele tinha uma ótima ideia para uma punição, que não seria dura demais, mas seria suficiente para deixar Tristan ciente de seus erros.

Ao sentar-se à mesa, Dominic chamou o garçom com um movimento, o que despertou Tristan do transe em que havia se metido e, um pouco atordoado, viu o atendente assentir e começar a se aproximar.

— Eu não escolhi nada ainda — Tristan avisou.

Mas Dominic o encarou de modo neutro.

— Eu vou escolher o que você vai comer — disse simples.

Tristan fez um bico e uma caretinha indignada.

— Mas quero escolher o que vou comer, Dominic, você nem sabe do que eu gosto — resmungou.

O alfa encarou-o com uma das sobrancelhas arqueada.

— Você já está lá em casa há tempo suficiente para que eu note suas preferências — disse com propriedade. — Além do mais, mesmo que eu não soubesse, você não está merecendo escolher nada, por isso se considere sendo *punido*.

O rapaz fez uma expressão contrariada.

— Isso não é justo!

— Justo? — Dominic repetiu debilmente, soltando uma risada sarcástica depois. Mas o garçom chegou à mesa, e o domador ignorou Tristan, dando atenção ao atendente.

— Boa tarde, senhores — o funcionário cumprimentou, com um pequeno aparelho eletrônico a postos e, olhando para os dois rapazes, abaixou a cabeça apenas para Dominic, sem entender qual era a classe de Tristan, pois estranhou os olhos lilases. Ele inspirou o ar, nada disfarçadamente na direção do ruivo, antes de arregalar os olhos e abaixar a cabeça também, o que constrangeu Tristan, como sempre acontecia. — P-prontos para pedir?

— Sim. Para mim, uma porção do prato dois, com salmão — disse o moreno, e depois apontou para Tristan. — Para ele, uma porção grande do prato três, com molho. E por favor, uma taça de vinho branco, não muito doce, da safra que você me recomendar, está boa.

— Duas taças? — indagou.

— Não, uma só. Alguém aqui não pode beber álcool porque *decidiu* dirigir hoje, não é mesmo? — Ele encarou Tristan com um sorriso debochado, fazendo-o encolher-se na cadeira.

O garçom assentiu e após um leve aceno de cabeça, retirou-se.

— Não é melhor pedirmos a sobremesa junto? — Tristan sugeriu timidamente. — O restaurante está cheio e temos só quarenta minutos restantes... Eu quero uma tortinha de chocolate.

Dominic assentiu e então fez sinal para que o garçom retornasse à mesa.

— Por favor, traga junto à comida, uma salada de frutas — ordenou ao garçom, quando este se aproximou. Depois, o dispensou, com um movimento de mão, e em seguida pegou seu celular no bolso, começando a teclar nele distraidamente.

Tristan franziu o cenho e o fitou confuso após ser abertamente ignorado.

— E a minha tortinha?

O moreno rolou os olhos da tela do celular, para mirar o mais novo e seus orbes lilases brilhantes, sentindo-se tentado a parar com aquela coisa de punição e mimá-lo muito. Mas não podia. Realmente não podia. Uma hora ou outra, Tristan passaria dos limites, por isso precisava imediatamente começar a discipliná-lo.

— Eu vou comer a salada de frutas, mas não tem sobremesa pra você — disparou, encarando-o com seriedade. — Já falei que está sendo punido. Você sabe que, no nosso tipo de relação, suas desobediências terão consequências.

O mais novo ficou surpreso. Imaginou que uma punição fosse algo como ficar sem receber carinho ou *aftercare*. Mas tirar sua sobremesa já era sacanagem. A sobremesa era muito importante!

Chateado, Tristan deslizou na cadeira, ficando com a postura toda errada, com uma carranca contrariada no rosto. Viu Dominic digitar algo furiosamente na tela do próprio telefone, imaginando que ele estaria conversando com alguém, o que apenas o deixou mais irritado e enciumado, pensando que o domador poderia estar papeando com, talvez, Calebe, a ponto de ignorar sua presença ali. De novo aquela paranoia ciumenta em sua cabeça, que ele tinha ciência de ser totalmente sem sentido, realmente. Mas seu bico não deixou de ficar maior.

Após alguns minutos, o garçom chegou com o pedido, e Dominic logo começou a comer, sem fazer a menor menção de lhe dar a comida na boca, coisa que, embora num primeiro momento Tristan não aprovasse tanto, agora fazia parte da rotina do casal, e ele não pôde evitar sentir falta daquele carinho, mal-acostumado com o mimo.

*Aquilo estava cada vez mais chato*, pensou cabisbaixo. Ele ficou remoendo, até que, enquanto estava na metade da refeição, resolveu perguntar:

— Toda vez que eu aprontar alguma coisa que você não goste vai ser assim?

Dominic levantou o rosto para ele, achando adorável a forma como o lado direito de sua bochecha estava estufado por conta da comida.

— Como já sabe, existem diferenças suaves entre os conceitos de castigo e punição — explicou. — O castigo é aplicado quando um sub, sem intenção, não se comporta. A punição já é mais séria, e funciona, principalmente, quando o sub desobedece de propósito, consciente de seus atos. Como o que você fez essa manhã. As duas tem intenção de disciplinar o submisso.

Tristan fitou-o, pensativo por um momento, a cabeça lentamente absorvendo a informação, para então assentir em entendimento.

— Além disso — Dominic continuou —, existe o fato de que eu nunca castiguei ou puni um *brat* dentro do BDSM antes. Sempre fui um dominador, não um domador. Confesso ter ficado um pouco incerto sobre como disciplinar você. Acabei pedindo a opinião de Roxy, pois ela lida com *brat*s com certa frequência. Mas ela é bastante sádica, muito mais do que eu. E embora eu também goste, sim, de observar e causar a dor, você é novo nisso, e não quero que entenda mal. Mas preciso puni-lo por isso, bebê, me desculpe. — Ele capturou, com carinho, a mão do ruivo sobre a mesa, vacilando. — Faz parte da dinâmica D/s que você seja punido quando se comportar mal na nossa relação. E como, inevitavelmente, estamos numa relação fixa que não envolve apenas sessões esporádicas... Qualquer coisa que você faça de errado, mesmo fora de uma sessão, terá represálias.

Tristan sentiu as bochechas queimarem de vergonha, notando que, por mais que tenha sido divertida para ele, a brincadeirinha com o automóvel impactou de forma oposta.

— Desculpa, Dom — murmurou com um biquinho e o olhar baixo. — Era só uma brincadeira.

— Eu sei — o moreno o tranquilizou, apertando mais sua mão sobre a mesa. — Você ainda pode, e deve, dizer sua palavra de segurança, caso sinta que estou ultrapassando seus limites, mesmo num castigo. Nós ainda não definimos a nossa, mas podemos usar a palavra padrão: *vermelho*, como já conversamos uma vez. Como você mesmo já apontou, sou um Dom bonzinho demais com você — disse sério, apertando os olhos para ele. — Não quero transformá-lo num mimadinho.

Tristan deu um muxoxo cabisbaixo, antes de voltar a comer sem o mesmo apetite. Estava realmente chateado. Se aquela era uma punição, estava funcionando.

Dominic, ao absorver o humor do garoto, não sentiu prazer algum. Ele era o tipo de sádico que apenas gostava da dor fingida, da dor prazerosa, a dor no limiar do prazer. Sempre a nível físico, não psicológico. Por isso, o que acontecia agora não o agradava em nada, mas era sua obrigação discipliná-lo. Se não o fizesse, em algum momento Tristan realmente passaria dos limites em suas provocações, o que poderia gerar uma situação irreversível na relação deles, o que queria evitar, afinal estava realmente apaixonado pelo garoto, um sentimento forte demais se desenvolvendo, um gostar genuíno, e prova disso era a vontade de fazer carinho nele vinte e quatro horas por dia.

Então, ele voltou a acariciar o pé de Tristan com o seu, chamando a atenção do garoto, que primeiro se sobressaltou levemente, para então o fitar e relaxar, dando um meio-sorriso, sem jeito.

— Não estou me divertindo em fazer isso, pode ter certeza. Mas não é só o submisso que tem limites, meu bem. O dominador também tem os dele. E se eu não for capaz de te disciplinar agora, futuramente você poderá ultrapassar os meus, prejudicando a nossa relação. E não quero que isso acabe mal. Na verdade, não quero que acabe nunca. Realmente, gosto e me importo demais com você — confessou, subindo a destra para os cabelos macios do *brat*. — Gosto muito mesmo — repetiu baixinho, encarando-o de um jeito nitidamente abobado.

Aquilo pegou Tristan de jeito. Uma avalanche de sensações surgiu dentro dele, soterrando sua mente como um monte pesado de neve. Uma pontada de esperança encheu seu peito, aliviando o coraçãozinho magoado, ao menos um pouco.

— Tudo bem... eu entendo, Dom — concordou respeitosamente, com a voz suave.

— Que bom — o mais velho murmurou, deixando um último carinho nos fios ruivos do garoto, para então se afastar e voltar a comer em silêncio.

Tristan pôde notar que o silêncio era, também, uma parte da punição, e estava odiando cada segundo dela.

Quando foi o momento da sobremesa, Dominic preferiu não olhar na direção dele, pois sabia que o ruivinho salivava, olhando para suas frutas. E se ele visse aqueles olhinhos pidões, iria se desmontar na hora. Porque esse era o poder que Tristan Wolfgang tinha sobre ele, e Dominic já estava mais que ciente.

Após pagar a conta, o ex-tenente-coronel o acompanhou de volta à clínica veterinária, caminhando lado a lado e tendo a mão delicadamente pousada na curvatura das costas do mais novo de modo protetor, o que não passou despercebido a Wolfgang que, embora chateado, ainda adorava a proximidade do corpo dele e o modo territorialista como o dominador se portava com ele.

— Nossos amigos vão jantar lá em casa, no final de semana — Dominic informou, enquanto recuperavam o felino na clínica.

— Que amigos? — Tristan o encarou, indagativo. Não se lembrava de terem amigos em comum.

— Minha irmã Roxanne, seu amigo Nero e o sub malcriado deles.

— Ah — soltou surpreso. — Tudo bem — assentiu, abrindo a porta do estabelecimento antes de descer as escadas.

Caminharam até o estacionamento lateral, indo em direção ao carro do ex-militar. Tristan destravou as portas com a chave automática, depositando a caixinha com o gato sedado no banco detrás. Mas, em seguida, ao invés de entrar pelo banco do motorista, entregou a chave nas mãos de Dominic e, em silêncio, deu a volta no carro, entrando pelo lado do carona, e colocou o cinto de segurança em volta do corpo, imediatamente.

O domador sorriu contido, satisfeito em ver que a represália estava funcionando como esperava, mirando Tristan cabisbaixo, sentado no banco ao seu lado.

— Dom... me desculpe de novo? — falou baixinho, sem encará-lo. — Realmente não pensei que te irritaria tanto, era só uma brincadeira, não ia realmente partir sem você. — Levantou o rosto para encará-lo nos olhos carmesim. — Vou tentar não exagerar nas coisas a partir de agora.

Amolecido, Dominic deslizou a destra pela coxa do garoto, sem malícia. Esticou o corpo e puxou a cabeça do alfa em sua direção, para lhe deixar um selar na testa descoberta.

— Você precisa dirigir no caminho de volta, porque bebi vinho ainda agora — avisou. — No final da semana, vamos praticar BDSM pela primeira vez, na minha masmorra — disse quando se afastou, para descer do carro.

— Mesmo? — Tristan pulou no banco, para trocarem de lugar.

— Mesmo. Nós já temos praticado, você sabe. — Sentou-se no banco do passageiro, enquanto Tristan entrava de novo pelo lado do motorista. — Mas digamos que tudo até agora foi um treinamento. Dessa vez, você vai se entregar ao Alpha Dom *de verdade* — murmurou, deslizando uma das mãos pelo queixo de Tristan, que o fitava hipnotizado, pois qualquer menção àquela masmorra o deixava em êxtase. Estava doido para começar as coisas de verdade.

— Como o *meu senhor* quiser — respondeu manso, apertando o volante entre os dedos.

Dominic sorriu. O que ele lhe daria, no final de semana, mostraria o verdadeiro *domador* dentro de si.

O submisso malcriado seria, efetivamente, domado.

*E de uma forma fodidamente deliciosa.*

O sininho da loja de conveniências soou. Tristan estava nos fundos, colocando o celular para carregar na tomada, mas pôde ouvir perfeitamente a voz de Ethan Nero cumprimentando Kara e imediatamente engatando uma conversa com ela.

Após verificar que o aparelho carregava, para que dali a pouco pudesse avisar a Dominic que fosse buscá-lo, Tristan caminhou para frente da loja, encontrando Nero com um sorriso grande nos lábios, enquanto ria de algum assunto com sua colega. Do lado de fora, a neve caía em flocos finos e de forma leve, como plumas no ar, típico do inverno, enfeitando o chão de concreto com um tapete branco de gelo.

— Você não tem mais o que fazer, não? — implicou, encostando-se à parede de braços cruzados.

— É assim que você me cumprimenta, ingrato? — Nero retrucou, batendo a neve que se amontoou em seus ombros. — Faz semanas que não nos vemos, Tristan. Você deveria estar com saudades! E o que quer dizer com *não ter mais o que fazer*? Eu já trabalho o dia todo — resmungou com um bico.

— *Eu já trabalho o dia todo* — Tristan repetiu, zombando da voz do outro. — Já que trabalha tanto, vai pagar por esse miojo que tá fazendo no micro-ondas, né? — perguntou, apertando os olhos.

Kara deu uma risada, cobrindo a boca com as mãos.

— Eu não tenho nada a ver com isso, viu? — foi rápida em dizer. — O Senhor Bum é um mão de vaca do caralho, por mim, você pode comer e beber o que quiser e sair sem pagar, Nero. Mas se ele descobrir, Tristan vai pro olho da rua — alertou, dando de ombros.

— Ei, por que só eu vou pro olho da rua? — o garoto indagou com um biquinho e olhos levemente esbugalhados. — Você também compactua com isso!

— É, mas o Nero é seu amigo. Seu *melhor* amigo — Kara respondeu. — Eu o conheci através de você, então não é como se a culpa fosse cair pra cima de mim. Além do mais, quando você não está, Nero costuma pagar pelo que consome.

Tristan virou o pescoço em velocidade recorde para o amigo, fazendo uma careta indignada.

— Você é um cara de pau, viu, Ethan Nero?

O *switcher* abriu um sorriso maior do que o sol, fazendo graça, e disparou em direção ao micro-ondas, que apitava no canto, indicando o miojo pronto.

— Aquele velho nem tem como saber — Nero comentou, soprando o miojo instantâneo preso no talher. — A não ser que tenha colocado câmeras escondidas por aqui.

— Minha nossa, será? — o alfa se virou alarmado, olhando em volta, nos cantinhos do teto e entre os armários.

Kara pôs-se a rir ainda mais, enquanto limpava o balcão.

— Ele não colocou, Tristan — ela respondeu. — Se tivesse, já teria descoberto o tanto de maços de cigarro que a funcionária da manhã furta.

— Menos mal — ficou aliviado. Então, decidiu dar a volta no balcão, e a primeira coisa, que viu, foi a roupa estranhamente colorida que Nero usava, fazendo-o montar uma careta debochada, porque Nero nunca usava tons que não fossem neutros. — Cara... Por que está se vestindo assim? Alguém reprogramou a sua cabeça?

— Não enche, cabeça de *ketchup*! — Nero exclamou, tendo Kara se curvando pelo balcão, para espiar sua roupa também. — Você não é nenhum ícone *fashion*, tá legal? Roupas três vezes o seu tamanho não são exatamente uma beleza se você quer saber, parece um desleixado — acusou, fazendo o amigo encarar as próprias roupas que usava, largas como se pudessem abrigar três cópias dele por dentro. — Além do mais, são roupas de grife, se você quer saber. *Sebastien Leblanc* dos pés à cabeça, tá legal?

— Você ainda parece uma árvore festiva — o malcriado retrucou, tirando a sacola da lixeira. Já estava quase na hora de encerrar seu expediente, então tinha que fazer sua parte na arrumação, para não sobrar muita coisa para Kara na hora que acabasse seu turno.

— Você diz isso agora, mas se tiver a oportunidade de ter *Sebastien Leblanc*, não vai parar de usar. Não se esqueça de que quando morava com os seus pais, você também adorava comprar roupas caras! — contrariou.

— É claro, o dinheiro não era meu! Queria dar prejuízo a eles mesmo.

— Aliás, tente pedir ao seu dominador. Ele tem grana pra isso e aposto que vai adorar te mimar.

— Você está com um trabalho que paga tão bem assim, Nero? — indagou Kara, ainda sem entender coisa alguma do que eles falavam.

— Ah, eu não ganho mal, mas não a ponto de usar uma marca dessas de milionário — o outro respondeu. — Só que meu namorado é como um daqueles *CEOs* problemáticos de livros de romance *dark*. — Riu.

— Ah! Bastien é apelido de Sebastien? — Tristan indagou, parando na porta dos fundos, antes de sair para levar o lixo para fora.

— Sim, a *Sebastien Leblanc* foi fundada pelo avô dele, de mesmo nome, um século atrás. Sebastien é um figurão da indústria da moda, e eu nem sabia disso quando estávamos juntos antes, mas agora que começamos a namorar realmente, sei das coisas.

— Então, você decidiu andar que nem um pirulito pra agradar a ele, é? — o ruivo zombou. — Que cachorrinho obediente. Pensei que fosse ao contrário, e ele fosse quem faz as coisas pra agradar a você, já que é seu submisso...

Nero revirou os olhos em resposta à provocação do mais novo. Já Kara não entendeu nada.

— Você é um pé no saco, Tristan — devolveu. — Foi Roxy quem escolheu minhas roupas hoje, ela dormiu lá em casa, e eu não quis desobedecer.

Tristan franziu o cenho, encarando o amigo.

— Ela escolhe suas roupas? — perguntou, estranhando.

— Sim. Ela é minha *domme*, afinal — respondeu. — O Alpha Dom não escolhe as suas?

Tristan passou um minuto inteiro encarando o nada, com os olhos de pedra ametista arregalados e um biquinho nos lábios, com a expressão totalmente chocada, enquanto repassava todas as noites em que

Dominic já chegava em casa arrastando-o para o banheiro, e ele via sua roupa de dormir já em cima da cama.

— Dominic Von der Guth, aquela cobra sorrateira! — exclamou exasperado, ao se dar conta de que Dominic fazia a mesma coisa com ele, e o bobão nem reparava.

Kara encarava os dois, sem entender nada *mesmo* daquele assunto. E Nero, por sua vez, começou a rir tanto que teve que parar para tossir e enxugar as lágrimas dos cantinhos dos olhos. Era isso que o *switcher* mais admirava em Wolfgang: a capacidade que o rapaz tinha de ser engraçado sem ao menos se esforçar.

— É tão sutil que você nem percebia, não é? — Estava aos risos.

Tristan bufou.

— Não, não percebia mesmo — respondeu meio emburrado. — Quando eu chego em casa do trabalho, minhas roupas de dormir e até minha cueca já estão me esperando em cima da cama. Então, ele me arrasta pro banheiro e me dá banho...

Foi só aí que Tristan se deu conta do que havia falado, vendo a expressão indagativa de Kara, e aí se consertou:

— Quero dizer, ele toma banho comigo. Nós tomamos banho juntos — repetiu envergonhado, virando-se para os fundos do estabelecimento, aproveitando a deixa para jogar o lixo fora, na rua detrás.

Dominic era realmente sorrateiro e manipulador. Não de um jeito ruim, mas de um modo sacana. O ruivinho se via fazendo suas vontades, sem nem notar. Tinha que admitir, o sujeito era bom naquilo. Realmente bom. Ele o fazia de bobo, fácil, fácil.

*Bobinho.*

Rindo quase desacreditado, o alfa entrou no estabelecimento outra vez, sentindo uma súbita saudade de Dominic. Não se viam desde mais cedo, quando ele o deixou no trabalho. Estava doido de vontade de voltar para casa, jantar com seu namorado e dormir agarradinho a ele. Isso, é claro, não sem antes confirmar que o moreno realmente escolhia suas roupas, propositalmente, de modo a exercer sua dominância.

Sorriu bobo. Então, apanhou seu celular, carregando na tomada, e abriu o aplicativo de mensagens, clicando na conversa com Dominic, que já lhe havia enviado algumas mensagens.

**Me avisa quando eu puder te buscar, bebê.**
**Já estou com saudades ☹☹**
**É muito duro passar a noite longe de você ☹**

A boca de Tristan só faltava rasgar, num sorriso completamente bobo. Resistindo a um impulso de dar um beijo na tela do celular, o alfa respondeu:

**pode sair de casa em dez minutos, mô**
**também já estou com saudades ☺**
**quero ficar agarradinho com você!**
**e eu tô com fome, coronel**
**alimente o seu monstrinho, por favor**

Ia deixar o celular no lugar e voltar para frente da loja, mas Dominic ficou *online*, e em menos de cinco segundos, começou a digitar, então Tristan aguardou.

**Fiz carne, porque sei que você gosta. Não fui cozinheiro no quartel, mas me viro bem, você sabe!**

Tristan sorriu e bloqueou a tela, sabendo que não era necessário resposta. Já, já, eles iriam se ver. Quando voltou à parte da frente da loja, pegou oa conversa de Nero e Kara pela metade:

— Um trisal... um alfa, um beta e uma ômega... — ela dizia desacreditada. — É tipo o melhor de dois mundos. Você é tão sortudo, que estou com inveja!

— Mas e quanto a você e o meu amigo Adam? — disparou Nero, de boca cheia. — Você e ele tiveram aquele encontro?

— Ah... — Kara sorriu envergonhada, ficando instantaneamente corada e deixando as covinhas em suas bochechas aparecerem. — Foi ótimo. Adam é um cara divertido. É um ômega muito desbocado, mas é tão bonito o rosto... — finalizou com um suspiro, encarando o nada.

Tristan e Nero se entreolharam um tanto, antes de caírem na gargalhada, fazendo Kara se engasgar. Os dois amigos continuaram rindo cúmplices quando o sino da lojinha soou, indicando uma nova entrada. Tristan virou os olhos para a porta, ansioso, e com um sorriso no rosto, mas murchou como um balão, ao encontrar um desconhecido ali, ao invés de seu dominador. Foi como uma pontada em seu pobre coração.

O garoto se posicionou atrás do caixa, esperando o cliente ir pagar pelo que comprasse, e aproveitou para anotar no livro de registros a quantia com a qual estava deixando o caixa, ao fim de seu turno, além dos outros procedimentos de fechamento. Finalizou a compra de modo cordial e gentil, para então adicionar os novos valores no registro e enfim sair dali.

— Ei, cereja com caule — chamou Nero, lhe estendendo um pacote grande e vermelho. — Comprei isso pra você — disse com um sorriso.

Tristan se aproximou para receber o pacote, com as duas mãos estendidas, e assim que o capturou, arregalou os olhos, com um sorriso brilhante no rosto.

— Um pacote gigante só de confetes de chocolate vermelhos! — exclamou feliz da vida, quase chorando de emoção. — Obrigado, Neno! — declarou satisfeito, dando um abraço desengonçado no amigo.

— Encontrei numa *bomboniére* daquela galeria do centro, a Roxy tem uma loja lá — contou. — Tinha pacotes de todas as cores. Aparentemente, existem mais pessoas como você, com essa mania de comer apenas uma cor de confetes de chocolate... — Sacudiu a cabeça levemente em reprovação.

A essa altura, Tristan já havia rasgado o pacote e enfiado um punhado cheio dos confetes de chocolate vermelho na boca.

— *Hummm*... — murmurou, com a bochecha esquerda mais cheia que a outra, enquanto mastigava, revirando os olhos de prazer. — Finalmente, posso comer na fartura, sem ter que ficar catando os de uma cor só. Isso é quase como um orgasmo.

— Me dá um pouquinho? — Kara estendeu a mão.

— Sai pra lá! — O malcriado afastou o pacote dela e, para garantir, acabou se afastando uns bons metros, de modo a proteger seu alimento, com uma pose comicamente defensiva.

Kara apertou os olhos para ele.

— Egoísta! — ralhou e foi até a prateleira de confetes de chocolate, abrindo um pacote para si mesma. — Também não vou te dar os confetes vermelhos daqui.

— Não me importo — o alfa devolveu, sacudindo os ombros em desdém. — Tenho um pacote inteiro pra mim — terminou, enfiando outro punhado das bolinhas de chocolate na boca.

O sino da porta soou, mais uma vez. E agora, finalmente, era Dominic, que usava calça, tênis, jaqueta e uma camisa preta de banda de rock que Tristan bem conhecia, porque era sua, tinha dormido com ela na noite anterior. E naquele dia, mais cedo, ao trocar de roupa para ir ao trabalho, acabou deixando-a amarrotada em cima da cama, porque, é claro, ele continuava um bagunceiro fodido. Torcia para que o dono da casa não entrasse em seu quarto emprestado tão cedo, porque o cômodo parecia uma zona de guerra, já que só entrava lá pra se arrumar.

— Oi, bebê — o moreno disse com a voz suave, abrindo um sorriso meigo para Tristan.

— Oi, meu bem — respondeu, levando mais um punhado de confetes de chocolate à boca.

Dominic, aí, mudou drasticamente a expressão e franziu o cenho, seu olhar descendo do rosto dele diretamente para o pacote vermelho em suas mãos. Ele se aproximou, em câmera lenta, levando os lábios cheios à bochecha do *brat*, dando-lhe um beijinho delicado. Mas, espertamente, sua destra capturou o pacote vermelho das mãos dele, se aproveitando da guarda baixa.

— Eu disse ainda há pouco que passei as últimas horas cozinhando carne pra você, Tristan — reclamou, com o rosto decepcionado. — Não acredito que se entupiu de chocolate antes do jantar.

Tristan arregalou os olhos e abriu a boca, desconcertado e sentindo-se culpado demais da conta, porque ele nem mesmo tinha pensado nisso.

— Mas... e-eu vou jantar direitinho — justificou-se.

— Como vai jantar bem se já comeu esse tanto de doce? — repreendeu. — Se eu soubesse, não teria perdido três horas cozinhando, com a ajuda de Roxy ao telefone. Deveria ter deixado você se virar fazendo miojo — disse em tom amargo.

— Até parece que não sabe que eu como igual a um bebê recém-nascido, de hora em hora... — o ruivo murmurou contrariado. Não gostava de ser chamado a atenção, principalmente na frente dos outros. E ele sentia os olhares de Nero e Kara queimarem em cima dele e de Dominic, cheios de curiosidade.

Dominic pareceu gostar menos ainda daquela resposta, então suspirou e olhou fundo nos olhinhos de pedra ametista.

— Estou dizendo isso para o seu bem. Você concorda que eu sou melhor para escolher algumas coisas para você ou não, Tristan? — perguntou sério.

— Não combinamos que você poderia controlar o meu cardápio — resmungou, contrariado.

Dominic fechou o semblante.

— Eu sei. Desculpe-me. — Ele se afastou um pouco e devolveu o pacote. — Só... me sinto um bobo de ter gastado tanto tempo preparando o jantar pra você.

Envergonhado, Tristan coçou a nuca, sentindo todo o peso das ações de Dominic. Ele não cozinhava por *hobby*, e sim porque gostava de cuidar dele. Ele também se sentiria mal se tivesse feito algo para Dominic à toa. Como a coisa de ser acordado, Tristan entendia que havia motivo para que se levantassem no mesmo horário: para que aproveitassem melhor o tempo juntos, enquanto estivesse morando na casa dele.

Assim como agora.

Embora Tristan fosse um alfa de 24 anos e meio, que podia perfeitamente optar por comer um pacote de confetes de chocolate ao invés de jantar, sua racionalidade dizia que era uma puta sacanagem encher a barriga com aquilo, quando Dominic tinha preparado algo tão gostoso, com tanto cuidado e carinho, porque Dominic claramente fazia de tudo para dar-lhe o melhor tratamento e hospitalidade que podia.

Naquele momento, Tristan se arrependeu e entendeu que cometeu um erro. Mais uma vez, Dominic estava certo. Ainda que obedecer a alguém, em plena vida adulta, fosse um saco.

— Desculpe, Dominic — pediu envergonhado e com a voz baixinha. — Você está certo. Prometo que vou comer direitinho a comidinha que você fez pra mim, tá? — Foi manhoso, acreditando que o pequeno bico, que costumeiramente fazia com os lábios, fosse ajudar a convencê-lo.

Então, o moreno foi baixando a guarda e deixando um sorriso satisfeito e orgulhoso moldar-lhe os lábios, antes de segurar o rosto de Tristan e deixar um beijinho na ponta do nariz arrebitado e outro no pescoço.

— Está desculpado — respondeu suavemente, fazendo carinho na nuca do seu garoto. — Vamos pra casa — pediu, afastando-se.

Tristan comemorou internamente, porque *quase* sempre conseguia dobrar Dominic com um biquinho manhoso.

O ruivo se virou para tirar o avental e foi para os fundos da loja. Só aí, foi que Dominic notou os betas ali. Ele acabou ficando sem jeito de os dois presenciarem sua bronca em Tristan, então pigarreou e sorriu forçado.

— Boa noite — cumprimentou gentilmente.

— Boa noite — os betas abaixaram a cabeça e devolveram em uníssono, porém em tons diferentes. Kara falou em tom meio desconcertado, devido à dinâmica que presenciou entre os alfas. Já Nero tinha um pequeno sorriso divertido no canto dos lábios, afinal sabia sobre a relação D/s acontecendo ali.

Tristan voltou dos fundos da loja, enfiando o celular e o carregador nos bolsos do casaco largo de moletom que agora vestia.

— Boa noite, *Coronel Von der Guth* — o *switcher* cumprimentou, e abaixou mais a cabeça para o alfa, mas de modo bem-humorado, agora que conhecia tantos detalhes da vida íntima do admirado Alpha Dom. — Não fique tão bravo com o Triz, fui eu quem deu os confetes de chocolate pra ele. Foi mal.

Dominic o encarou sem expressão, tentando decidir entre dar um peteleco na testa do cara, por estar atrapalhando suas medidas disciplinares com o ruivinho, ou se apenas entendia aquilo como algo não proposital. Preferiu a segunda opção e então mudou de assunto:

— Tudo certo pra depois de amanhã? — indagou, referindo-se ao jantar que fariam no final de semana.

— Eu não perderia por nada — Nero confirmou.

— Vamos? — Tristan chamou, a caminho da porta. — Tchau, bundões. — Disparou uma piscadinha aos amigos, antes de sair.

Dominic se despediu com um aceno de cabeça, e seguiu o namorado porta afora, ambos andando devagar, pisando com cuidado na mediana camada de neve cobrindo o chão.

Não tão sutilmente, Dominic enroscou seus dedos nos de Tristan, passando, então, a caminharem de mãos dadas. Ainda não tinham feito aquilo na rua.

O ex-tenente-coronel teve uma sensação quase arrebatadora no peito quando as mãos se encaixaram e sentiu Tristan apertar sua canhota, demonstrando apreciar o toque. A sensação da palma quentinha e macia contra a sua o deixava fraco. E o moreno achava incrível o modo como Tristan enfraquecia seu corpo, sua mente e suas barreiras, de forma tão intensa e fazendo tão pouco.

Estava indiscutivelmente apaixonado pelo vizinho. E o sentimento não o preocupava, pelo contrário: era quente e acalentador, o fazia sentir como se, finalmente, encontrasse água, após muito tempo no deserto.

Dominic, às vezes, se pegava pensando se em circunstâncias diferentes, talvez até mesmo em outras dimensões e universos paralelos, eles se apaixonariam do mesmo jeito; algo lhe dizia que sim. Que não importava a situação, o tempo, ou os costumes: eles sempre se encontrariam, se atraindo como ímãs, em qualquer realidade que os dois pudessem existir.

Talvez coincidentemente ou por puro destino, Tristan caminhava com um sorrisinho apaixonado estampado no rosto, pensando exatamente sobre a mesma coisa: que estava tão caidinho por Dominic Von der Guth que provavelmente, em outras dimensões, ele estivesse apaixonado como naquela.

Além disso, estava na hora de *realmente* admitir uma coisa: ele *sempre* esteve apaixonado por Dominic.

Amor não era algo imediato como o interruptor de uma lâmpada. Era semelhante às raízes de uma árvore, que vão crescendo e se arrastando pela terra, até o momento em que conseguem fincar a planta no chão. E Tristan teve três benditos anos para regar aquela planta.

Ele sabia o que estava acontecendo dentro do próprio peito, embora teimasse negando o tempo todo, por medo de não ser recíproco. E era frustrante. Magoava. Ninguém gostava de admitir sentimentos por uma pessoa que claramente o bloqueava como Dominic fazia.

Por conta disso, Tristan jamais admitia para si mesmo o que sentia pelo vizinho. Mas ele sentia *muito*. Mentir e negar para si próprio foram meios de autopreservação. Só que agora não existiam mais barreiras. Não quando Dominic estava na sua frente, de braços abertos, retribuindo seus sentimentos em dobro, ainda que aparentasse cautela.

De qualquer modo, era bom demais. E Tristan pensava que, ainda que ele fosse amaldiçoado a ser um animal, uma fera ou um demônio, de qualquer modo, seu coração bateria mais forte pelo sujeito de lábios carnudos, maxilar cortante e olhos vermelhos. Ser ou não ser era uma questão de ponto de vista. E na sua visão, Dominic seria sempre a pessoa mais atraente que já tinha visto, em todos os sentidos.

— Vai indo pro banheiro do meu quarto — Dominic pediu, tirando o casaco do rapaz, enquanto ele empurrava as botas para fora dos pés, quando entraram em casa. — Põe a banheira pra encher e tira a roupa. Já te encontro lá, vou só buscar sua roupinha no outro quarto — finalizou, dando-lhe um beijinho na nuca.

Tristan se virou com um sorrisinho sarcástico e, voltando-se de frente para o outro, sorriu abusado:

— Quer dizer que você vai ficar escolhendo minhas roupas e nem pergunta se eu deixo, é? — indagou.

Dominic piscou um par de vezes, para então abrir um sorriso tão sarcástico quanto o do *brat*.

— Você é meio lento, né? Demorou esses dias todos pra reparar — zombou, antes de empurrar o alfa para que fosse em direção às escadas transparentes.

Tristan começou a fazer um biquinho indignado, mas antes que dissesse alguma coisa, Dominic se explicou:

— Eu fiz e você não reclamou. Se não quiser, não faço mais. Algumas coisas não posso simplesmente pedir, porque você vai negar por pura birra. Então, faço de forma sutil e vejo se você gosta. E você não pareceu se importar muito, pelo contrário... — deixou no ar, quando chegaram ao andar de cima.

— Eu sei, só quero implicar — comentou despreocupado. — E isso porque a sua irmã, a Roxy, escolheu uma roupa terrível pro Nero vestir. Quer dizer, não tem nada a ver com a personalidade dele, sabe? Senti como se estivesse tentando mudá-lo. E as roupas são da grife do tal Bastien! Ele é herdeiro da Sebastien Leblanc. Sabia que o sub deles é um herdeiro milionário?

Dominic fechou os olhos, rindo dos comentários do garoto. Tristan realmente não tinha filtro, falava o que vinha à cabeça e pronto. Aquilo deveria causar problemas, e certamente causaria, na relação deles em algum ponto, mas não deixava de ser engraçado, Dominic admirava a coragem. Ele mesmo acabava sendo meio falso com as pessoas ao redor, pois não queria ser rude ao criticá-las em sua sinceridade.

— Eu sei, Roxy me contou sobre ele. No que Nero trabalha mesmo? Trans-alguma-coisa? — indagou.

— Transferência de Dados. Eu também não entendo muito o que ele faz, mas é alguma coisa de informática e tecnologia. O pai dele é cirurgião cardíaco, é de família nobre — terminou rindo. — Mas é sério... Você não acha que quando um Dom se encarrega de vestir seu submisso, ele deveria levar em consideração os gostos e a personalidade do sub? Quer dizer, a ideia não é deixar seu sub desconfortável, é?

— A ideia é que o dominador *exerça o controle*, Tristan. O submisso não precisa *gostar* da roupa que o Dom escolher para ele, porque o que ele gosta é da sensação de estar sendo cuidado, de saber que não precisa se preocupar sequer com uma coisa básica, como o que vai vestir. Nero está incomodado?

— Não parece, mas deveria estar. — Ele o encarou com seriedade nos olhos lilases. — Nero perde um pouco do jeito quando se apaixona.

— O que quer dizer?

— Quero dizer que ele se deixa manipular, perde a própria personalidade. Não seria a primeira vez. Ele gosta de agradar às pessoas e passa por cima de si mesmo para isso. Eu o conheço.

— Acha que a relação entre eles não é saudável?

Tristan estalou a língua no céu da boca, pensativo.

— Não posso dizer nada com certeza. Ele parece feliz, de qualquer modo.

— Então, por enquanto, vamos nos ater a isso. Nero já é praticante há algum tempo, tenho certeza de que irá sinalizar sua *domme* caso algo o desagrade. Vai lá encher sua banheira, vai... — desconversou, abrindo a porta do quarto de hóspedes onde estavam as roupas de Tristan.

E foi aí que Tristan entrou em pânico, porque Dominic não ia gostar do que veria ali. Na ponta dos pés, o ruivo tentou sair de fininho, mas Dominic abriu a porta rápido demais e, ao acender a luz, arregalou os olhos e se voltou para o namorado:

— Parado aí! — exclamou. — Tristan, pelo amor de deus! Passou um tornado por aqui?

O mais novo riu, sem jeito.

— Ah, é que... — tentou se explicar, coçando a nuca. Mas desistiu. — Não tenho justificativa pra isso. Eu sou assim — confessou, sacudindo a cabeça.

Dominic suspirou cansado.

— Há embalagens de confetes de chocolate por todos os cantos — falou, andando pelo cômodo. — E confetes de chocolate também! Tristan, por que você não guardou isso na cozinha? — questionou, levantando um pote cheio de chocolates coloridos.

— Ah... é que eu esqueci. Eu não como confetes de chocolate coloridos. Gosto só dos vermelhos — disse, sacudindo o pacote que Nero lhe dera, em frente ao rosto.

Dominic fez um biquinho quase imperceptível, incomodado por não saber daquilo.

— Você nunca me contou isso. Nunca nem te vi comer os confetes de chocolate antes de hoje — resmungou. — Se eu soubesse, tinha comprado um montão de pacotes desses daí pra você...

Tristan sorriu fofinho, apertando os olhos com doçura.

— E já que é assim — continuou —, estou confiscando os confetes de chocolate coloridos de você. Estou roubando pra mim — Dominic determinou, pegando o pote transparente com os chocolates e abraçando-o contra o peito, de modo protetor, assim como Tristan fez ao fugir de Kara.

Ele sorriu e gargalhou, para então dar de ombros.

— Pode fazer como quiser, Dom, já disse que os coloridos não importam, só os vermelhos. Agora, vem me dar banhozinho, que eu tô cansado...

— Banho? — Dominic devolveu. — Primeiro, você vai limpar esse quarto. E enfiar essas roupas no armário. Minha nossa, quando você fez essa bagunça, garoto, se nem dorme por aqui há tempos? Há três dias, entrei aqui pra pegar um bocado das suas roupas e não estava desse jeito.

Tristan deu de ombros, começando a apanhar as coisas pelo chão.

— Eu sei lá. Acho que foi hoje à tarde. Não me faça perguntas difíceis, Dominic.

O moreno bufou, passando por ele, e tomou o pacote de suas mãos.

— Vou colocar isso no armário da cozinha — avisou. — E vê se não deixa mais restos de comida no quarto. Isso dá bicho. Já pensou se uma barata passa na sua boca quando você estiver dormindo?

— Então, esse seria um problema entre mim e a barata — devolveu, impaciente com o sermão.

Dominic partiu os lábios, indignado.

— Esse seria um problema meu também! Eu beijo essa boca aí, garoto!

— *Argh*, nessas horas, sinto muita falta do Nero... — murmurou.

— Como é? — O ex-tenente-coronel se encheu de ciúmes e apertou os olhos naturalmente pequenos.

Mas é claro que Tristan fez de propósito, tanto que sorriu matreiro com a língua entre os dentes.

— Nero ia lá em casa toda semana. E aí ele já entrava recolhendo as coisas e arrumando minha bagunça. Eu nem precisava de empregada — declarou com um sorriso vitorioso.

— Isso é se aproveitar das pessoas, sabia? — o mais velho retrucou.

— Tô nem aí — ele devolveu, dando de ombros.

— Que bom que você é malandrinho, mas aqui não tem empregado, não, ok? — ralhou. — Arrume sua bagunça. — E abandonou o quarto, deixando Tristan sozinho com sua tarefa. Mas não sem antes lhe dar um olhar enviesado e repreensivo, que fez o mais alto continuar a rir sozinho.

Catando as bolinhas coloridas pelo chão, junto às embalagens vazias e rasgadas, Tristan murmurou:

— Ficar com ele é tão divertido. — Riu. — Olha só o biquinho que esse cara faz quando o contrario... Parece um lobinho filhote, uma coisinha fofa... — Deu um suspiro abobado.

Não havia mais dúvidas: Tristan nasceu para irritar Dominic e tirar um ótimo proveito daquilo. O dominador se derretia todo quando o ruivinho o afrontava, embora fizesse um bico gigante e uma careta irritada, mas era aquilo o que mais o atraía no alfa: ele o instigava.

Tristan gostava de agradar-lhe, mas sem deixar de ser quem era, sem perder a própria essência ou contrariar os próprios instintos.

Tristan Wolfgang era original e destemido.

Fofo e inocente.

Ao passo que, quando se tratava de sexo, era manhoso e safado, um bocado audacioso.

Dominic estava irreversivelmente apaixonado por ele e era mais do que recíproco.

# 16

# Cilha-me

Aquele era o grande dia. Finalmente, Tristan estaria dentro de uma masmorra, praticando BDSM de modo padrão e *bastante* visual. É claro, já sabia que tinha praticado BDSM com Dominic incontáveis vezes, e não só envolvendo sexo, como quando fizeram *wax play*. Mas a masmorra era *outra coisa*. O visual era *muito importante* e deixava as coisas mais quentes, consequentemente mais reais, o que tornava Tristan ansioso para experimentar.

Dominic também se sentia mais ansioso que de costume. A sessão que teria hoje com Tristan, na masmorra, seria mais teatral, encarnaria o Alpha Dom por completo e enfeitiçaria Tristan profundamente, como vinha almejando há tanto tempo. Sabia que somente se sentiria saciado por completo quando estivesse em uma masmorra com ele, entre correntes e algemas, lençóis caros e luzes quentes.

Ah, sim, Dominic havia pensado muito sobre aquilo. O que planejava para o malcriado era delicioso, principalmente porque já tinha notado as nuances exibicionistas em seu menino. Tristan gostava tanto de se exibir, como observar. Ele era como os dois lados de uma mesma moeda: exibicionista de um lado, *voyeur* do outro.

Com os cabelos vermelhos tipicamente armados, Tristan se levantou naquela manhã, já calçando suas pantufas velhas de unicórnio. Estava chegando o fim de dezembro, e o frio era insistente, só o aquecedor da casa de Dominic, ligado no máximo, era capaz de deixar as coisas confortáveis lá dentro.

Dominic não estava na cama de casal, e Tristan podia sentir o cheiro forte do café ficando pronto no andar de baixo. Olhando para o relógio na mesinha de cabeceira, se deu conta que sequer era manhã: já passava do horário de almoço. O dominador o deixou dormir por mais tempo, provavelmente o queria descansado para mais tarde.

Estalou os ossos preguiçosamente, bocejando, com a cara toda inchada e os olhinhos remelentos. Caminhou até o banheiro e se observou no espelho. Pensou que deveria ter feito algo nos cabelos revoltos. Não estava muito bonito. Mas o dono do cabelo tinha um belo rosto e, assim, o estrago não ficava tão evidente.

Imediatamente, ele foi tirando o pijama: um shortinho curto de tecido leve e casaco moletom. Fazia parte do seu arsenal de conquista: adorava provocar Dominic, porque queria que ele o agarrasse a cada segundo que estivessem juntos, mas o maldito militar era resistente à beça, e Tristan tinha pavor do que todo aquele autocontrole era capaz. Conseguia manipular Dominic mais facilmente fazendo beicinho do que andando de shortinho pela casa, no frio.

De banho tomado e de volta às pantufas, desceu as escadas, animado. O casal almoçou junto, na sala, onde Dominic acabou jogando uma partida de alguma coisa de zumbis junto a ele, no videogame, mas desistiu depois de perceber que era realmente ruim naquilo, então, desinteressado, preferiu ler um livro.

No cair da tarde, o mais novo já estava bufando de tédio. Os dedos estavam doloridos de tanto apertar o controle, de modo que preferiu dar uma pausa e se voltar ao namorado, estirado no sofá. Virou o rostinho curioso num ângulo engraçado, para descobrir o título da obra que ele lia: *AS SUBCULTURAS DA SUBMISSÃO – Brats e Outros Malcriados*. Com uma risadinha do ruivo, a atenção de Dominic foi levada até ele, que abaixou o exemplar para fitá-lo.

— O que foi?

— É bonitinho, Dom. Você fica aí estudando o jeitinho certo de lidar comigo, quando nem eu sei lidar comigo mesmo. Você é muito cuidadoso — comentou meio sem jeito, dando o que o moreno já reparou ser um dos seus movimentos tímidos: aquele onde o garoto entortava a boquinha para o lado, reprimindo um sorriso enquanto falava.

Dominic sorriu, doido de vontade de apertá-lo nas bochechas e dizer o quanto seu amorzinho era fofo, enchê-lo de beijos, fungadas no pescoço e muito carinho. Mas ele ainda não sabia lidar bem com a explosão de sentimentos dentro dele, e temia assustar Wolfgang se fosse meloso o tempo inteiro. Então, nada disse, voltou seu olhar ao livro, sem realmente prestar atenção, já que sabia que em menos de meio minuto Tristan reclamaria de uma coisa nova.

— Ei... — ele murmurou, abaixando o livro do ex-militar, exatamente como nos vídeos de gatinhos que pedem atenção ao seu dono com a patinha peluda e pequena. — Me dá atenção, Dominic. Acabei de dizer algo fofo e você me ignorou! — Fez bico.

— Eu estou lendo, Tristan — respondeu com um sorriso dolorido. Porque o que queria mesmo era se jogar em cima dele, sentir o cheirinho de neném do corpo robusto e ter aqueles braços fortes e musculosos agarrando-o.

— Mas eu quero você agora — ele murmurou, todo tristinho e manhoso. — Você pega muito pesado. Eu nem fiz nada. Você já me puniu pelo lance do carro — reclamou, cruzando os braços.

Dominic deu uma gargalhada, fechando os olhos pequenos. Qual era a daquela maldita mania de Tristan, de querer fazê-lo morrer de amores, sendo teimosinho? Mas que coisa! Ele nem mesmo se entendia, sempre detestou ser contrariado, ter gente questionando-o ou batendo de frente, mas quando o cara ruivinho fazia, era tão, tão, *tão* bonitinho! Ficava em dúvida se tinha se apaixonado por conta disso, ou se era ao contrário e achava bonitinho por estar apaixonado.

— Você já armou muita coisa de lá pra cá — declarou. — Não estou te punindo, só estou lendo um livro. Eu deveria castigá-lo pela bagunça que fez no quarto e o monte de confetes de chocolate espalhados por lá. Aliás, encontrei um monte de confetes coloridos espalhados pelo resto da casa também. Principalmente, na porta de entrada. O que é, hein? Você vai à janela e atira os coloridos na rua achando que não vou ver?

Tristan deu uma gargalhada e prendeu a língua entre os dentes. Dominic já estava mais que acostumado com aquela expressão do garoto. Tudo nela gritava: *pivete arruaceiro*.

— Afinal, por que você não guarda os confetes de chocolate coloridos pra mim? — insistiu.

— Quer mesmo? Pensei que era só da boca pra fora. Você nem gosta de açúcar.

— Às vezes, um docinho cai bem.

O ex-militar abandonou o livro e deslizou até o tapete, empurrando o namorado no chão, para deitar-se com a cabeça no peitoral dele; agarrou sua cintura fina e jogou uma das coxas por cima do corpo grande.

O ruivo sorriu contente. Primeiro, por estar finalmente agarradinho com seu *namorado*; segundo, porque o tinha convencido com tão pouca birra.

Viu a coxa grossa do mais velho aparecendo pelo tecido curto do short, então apoiou a mão ali, fazendo carinho na perna firme, subindo e descendo a destra, sentindo o músculo definido e a carne durinha desnuda em sua palma. Ficaram um pouco em silêncio, enquanto Tristan sorria como um bobo, olhando para o teto.

— Dom, posso te fazer uma pergunta?

Dominic deu de ombros.

— Você... já esteve apaixonado por algum submisso?

Ele suspirou antes de responder:

— Eu acho que já te contei que não. Depois do Louis, não me apaixonei por mais ninguém.

— Por quê?

— Eu não sei por que não me apaixonava pelos subs que tinha — foi sincero. — No começo, eu até ficava um pouco balançado, me sentindo um tanto encantado. Mas, depois, minha cabeça parecia travar. Não pelo BDSM, e sim porque... fiquei traumatizado pelo romance. Ser tratado do jeito que fui, por quem eu mais amava, foi uma facada nas costas — referiu-se ao abandono do ex-noivo.

Tristan se sentiu mal por ele, mas ao mesmo tempo algo doeu nele mesmo com aquela frase. Louis Yang havia sido o grande amor da vida de Dominic, aparentemente. Não que Tristan esperasse que ele fosse vir a ter um papel tão grande assim na vida dele, mas, ainda assim, era um tanto incômodo. Fazia com que pensasse que, talvez, Dominic tivesse um limite até onde poderia sentir alguma coisa.

Tristan nunca teve um grande amor em sua vida. Todos os amores iam até o mesmo limite, alguns mais fortes que outros, mas nada daquele tipo que *só se sente uma vez*. E saber que Dominic já havia passado por essa experiência antes dele, o deixava receoso. Como sempre, incomodado com teorias conflitantes, mudou o rumo do assunto:

— Você deveria ter me agarrado antes, sabia? Como não desconfiou que eu era tão safado quanto você? Não via como eu te olhava? — disse, brincalhão. — Caramba, Dominic, eu te dava mole o tempo todo!

O ex-militar riu tão alto que acabou jogando o corpo para trás, deitando-se no tapete, mas não sem antes dar um tapinha fraco no ombro do *bratzinho*, que ria tanto quanto ele.

— Ainda bem que você é, né? — devolveu, insinuativo, quando se recuperou da gargalhada. — Acho que tirei a sorte grande, porque você é todo perfeitinho. — E deu um beijinho na bochecha dele.

Tristan o empurrou de volta ao tapete, rolando o corpo por cima de Dominic, e aí, o teve à sua mercê.

— E ser perfeitinho inclui exatamente o quê? — provocou.

— Hum... deixe-me ver... — Von der Guth fingiu estar pensativo, segurando-o na cintura. — Significa gostosinho, manhosinho, cheirosinho e...

— Malcriadinho? — indagou risonho, com uma sobrancelha arqueada.

Dominic sorriu, levantando o tronco para deixar um beijinho nos lábios finos de Tristan, que retribuiu, segurando o rosto que cabia perfeitamente bem entre suas palmas grandes.

Às vezes, a diferença de tamanho entre eles era chamativa; em outras, nem tanto. Mas era uma graça, para qualquer um que visse, aquele ruivo grandalhão ser dominado só com um olhar por um moreno menor que ele e de postura graciosa.

Trocaram um beijo romântico e calmo, sem a costumeira afobação que a quentura em seus corpos obrigava normalmente — o que não significava que o fogo da relação tinha abaixado, pelo contrário. Relacionamentos amorosos, geralmente, levavam os casais a uma onda de luxúria incontrolável nos primeiros meses. Depois, a coisa amornava, mas Tristan e Dominic ainda estavam na metade do segundo mês, desde a febre. O fogo não dava indícios de que diminuiria tão cedo.

O restinho da tarde correu suave; os dois ficaram estirados no tapete, conversando, conhecendo-se mais a fundo, trocando histórias de infância. Tristan até mesmo descobriu que Dominic já tinha sido atacado por um *canibal*. Ou era isso que o mais velho insistia em convencê-lo:

— Eu tô falando sério, Tristan! — exclamou com a voz tipicamente resmungona, o que só levou o mais novo a pensar: *Será que sou mesmo o único bebezão por aqui?* Mas preferiu não verbalizar. — Ele era uma criança canibal, quase arrancou meu dedo fora com os dentinhos de leite!

Tristan mal podia respirar sem engasgar-se numa risada gostosa.

— Talvez o menino não tivesse tentado arrancar seu dedo a dentadas, se você não estivesse tentando roubar o biscoito de dentro da boca dele, não acha?!

— Mas eu era criança! — defendeu-se.

— E ele também, ué!

— Mas...

— Mas nada, Dominic. Você tentou roubar o biscoito de dentro da boca de outra criança. Estava babado e mastigado, que nojo! Por que não roubou o pacote?

— Eu... não sei — o moreno respondeu, vencido.

— Você era mandão desde criança, né? Era o chefe da quadrilha mirim... — Tristan supôs, com um sorriso.

Dominic riu, sem poder mentir.

— Sim. Eu mandava, e minha matilha obedecia. — Sacudiu a cabeça, convencido.

A campainha tocou. Sequer haviam notado que o sol já tinha ido embora por completo, dando lugar à noite. E com ela, a chegada de suas visitas.

— Dom, você não pediu a comida...

— É que você me distraiu — retrucou, com um sorrisinho no rosto. — Eu acabo me esquecendo de tudo quando tô com você.

Tristano encarou, de modo sério, analisando-o. Até que puxou uma almofada do sofá e a atirou no rosto dele.

— Larga de ser um conquistadorzinho barato, viu?

O dominador gargalhou, achando uma graça, sequer se incomodando com a agressão de almofada. Levantou-se para abrir a porta e então cumprimentou Roxy e seus submissos. Conhecia ambos da The Cave, embora não tivesse muita intimidade com nenhum dos dois.

— Triz... — Nero cumprimentou sem chegar perto. Então, se voltou para Dominic: — Posso dar um abraço nele?

Dominic o analisou por um momento e acenou positivamente com a cabeça. Mas Tristan não gostou muito e, após o abraço, cruzou os braços, com uma sobrancelha arqueada. Nem reparou muito num certo alfa de cabelos rosa-bebê, fitando-o de cara feia no canto da sala.

— Por que você tá pedindo isso pra ele, Nero? Eu não perdi meu direito de consentir nada não — ralhou.

Dominic sorriu, divertindo-se, e esperou que Nero lhe explicasse.

— Ah, Triz, é uma questão de etiqueta no BDSM. Não é de bom tom que um dominador toque ou se aproxime demais do submisso de outro, seria desrespeitoso. Pedir permissão ao seu dominador pra que eu abrace você é padrão de comportamento respeitoso. Você tinha dito que estava estudando direitinho a liturgia, pensei que soubesse — disse em tom repreensivo, apertando os olhos.

Tristan ficou sem jeito. Realmente, ele se lembrava de ter lido sobre aquilo. Era tradicional e ligado aos bons costumes dentro da comunidade, um dominador pedir permissão ao outro, antes de se dirigir ao submisso dele. Era um costume ligado ao respeito e à hierarquia.

— Você sabe como Tristan pode ser pirracento — Dominic comentou em tom brincalhão com Nero, enquanto deslizava os dedos entre os do ruivo, pegando-o pela mão e se voltando para ele: — Venha, vamos nos aprontar. — Então, se direcionou à Roxy: — Pede a comida!

— Tudo bem — a ômega respondeu.

Ela encarou Tristan fixamente nos olhos e deu um sorriso oblíquo. O ruivo não pôde deixar de notar que Roxy, mesmo ômega, não havia abaixado a cabeça para o irmão alfa, e tampouco o faria para ele. Ali, ela era a *Domme Roxy*, e não uma ômega que devia algum tipo de submissão social aos alfas.

— A propósito, Tristan — ela disparou. — Nós já nos conhecemos, embora não tenhamos sido apresentados formalmente. Sou Roxanne Von der Guth, e esse carrancudo de cabelos cor-de-rosa é meu submisso e do Nero. Na The Cave, ele usa o pseudônimo de *Purple brat*. Sabe como é... vive roxo por ser um subzinho malcriado, e ainda por cima adora — lançou, sorrindo provocadora.

Foi só aí que Tristan reparou no alfa. Era o tal Bastien. Ele o encarava com uma expressão não muito convidativa, o que fez o ruivo sentir-se meio perdido. Será que ele ainda tinha ciúmes pelo dia da *play party* na The Cave? Será que ainda se incomodava por ele ter fingido ser o sub de Nero?

Viu a coleira no pescoço do alfa de cabelos cor-de-rosa. Não era como aquelas usadas nas sessões. Era algo suave e sutil, como um simples acessório comum: uma gargantilha de veludo roxo, com dois pingentes na ponta; um era a letra R, e o outro, um E.

Voltou-se, então, para Nero. Ele usava apenas um fino cordão de prata, com o pingente R pendurado, exatamente como o de Bastien.

É, Tristan constatou que não sabia quase nada sobre as coleiras. Sabia que existiam vários tipos e significados, leu um pouco por alto, mas ainda estava um bocado confuso. Ele sempre se esquecia de pedir a Dominic que explicasse melhor. Fez uma anotação mental para questionar sobre isso depois. Tinha tanto a aprender!

— Prazer em conhecê-los, sou Wolfgang — cumprimentou, abaixando respeitosamente a cabeça apenas para Roxy, e não para Bastien, porque considerando a hierarquia BDSM, Roxy era quem estava acima dele, a despeito de ser ômega, e Sebastien, um alfa. — Podem me chamar pelo primeiro nome, Tristan.

A ômega deu um aceno e um sorriso de aprovação — Tristan era esperto o suficiente para respeitar a liturgia. Como esperado, o outro *brat* não se curvou a ele, tampouco. Ao invés disso, ele cumprimentou com cara de quem comeu e não gostou:

— Bastien — declarou apenas, sem dizer seu nome todo.

— Então, já escolheu seu *nickname*? — Roxy indagou a Tristan, puxando assunto. — Não pode chegar lá se apresentando com seu nome de verdade.

Ele a observou melhor agora, às claras, fora da boate. Roxanne tinha os cabelos descoloridos em um platinado lindo, na altura da cintura. Era parecida com Dominic, pois tinha o maxilar fino, olhos pequenos e os lábios grossos. Embora usasse uma camiseta sem mangas e uma calça jeans com tênis, as unhas *stiletto* e os lábios pintados de vermelho lhe davam uma aura sedutora e misteriosa, muito parecida com a do irmão. *Lembrava muito uma cobra preparando-se para dar o bote ao menor movimento.*

— Ainda não conversei sobre isso com ele — Dominic interrompeu. — Vamos falar disso daqui a pouco no jantar. Agora, preciso aprontá-lo — avisou. — Vem — chamou novamente o namorado, puxando-o pela mão, em direção às escadas. E assim que chegaram ao andar de cima, encarou Tristan de frente, seriamente. — Vamos começar nosso jogo. *Agora*.

Tristan ficou perdido, piscando repetidamente os olhos lilases.

— O que quer dizer?

— Quero dizer que... — Dominic o rodeou, a serpente preparando seu ataque, e parou atrás dele, apertando com força a cintura fina, os lábios tocando a orelha quente para sussurrar: — Você vai fazer tudo o que eu mandar, sem questionar. *Quero que me obedeça, Tetê.*

— Como? — Ele suspirou, sentindo-se bêbado naquela névoa de sedução que o ex-tenente-coronel era mestre em criar.

— Primeiro, eu vou te deixar duro. *Muito duro*. Depois, vou prender um vibrador em você e controlá-lo à distância. — Deixou uma sequência de beijos suaves ao longo do ombro e pescoço do ruivo. — Será que você aguenta, hum?

Tristan mordeu o lábio, nervoso e excitado.

— Vai me provocar enquanto estivermos jantando? — concluiu.

Dominic sacudiu a cabeça para cima e para baixo, em afirmativo.

— Uhum... — Mordiscou a nuca macia, arrastando suavemente o cabelo vermelho para o lado. — *Vou te provocar na frente de todo mundo.*

Tristan resfolegou. Aquilo parecia *perigoso*. E ele gostava *muito* do perigo.

— *Vou fazer tudo o que o meu senhor quiser* — aquiesceu, soando como música nos ouvidos de Dominic. — Vai me fazer gozar? — perguntou, manhoso.

— Só se você for um bom garoto — devolveu, lambendo o lóbulo de sua orelha. — Preciso que você tome um remédio pra ereção — esclareceu. — Não tem como ficar o jantar inteiro de pau duro. E quando digo duro, quero dizer duro mesmo. Cem por cento. Você vai entender depois, mas preciso que me diga se tem algum problema com isso, porque preciso te dar a pílula agora, pra que ela comece a fazer efeito no tempo certo.

Mordendo o lábio, o alfa mais novo indagou:

— Por quanto tempo a que você tem aí funciona? — Riu safado, passando a língua entre os lábios.

Dominic devolveu o sorriso, a expressão sacana montada.

— Faz efeito depois de meia hora e perdura por quatro ou seis horas... Em alguns casos, a ereção se mantém por doze horas inteiras. Já usou alguma vez?

— Sim... já foi necessário — o ruivo comentou com uma careta.

Dominic sentiu forte curiosidade em perguntar-lhe por qual motivo já havia consumido aquele tipo de medicamento, mas preferiu guardar para um momento oportuno.

— Então, você não tem nenhum problema de coração, nem está no grupo de contraindicados para esse tipo de remédio, certo?

— Tá tudo bem, Dominic. Já conheço esse tipo de pílula. Pode me dar.

Dominic ainda o estudou cuidadosamente por um tempo, antes de puxá-lo para o banheiro e pegar a caixinha de remédios no armário embaixo da pia. Abrindo uma embalagem branca com letras coloridas, entregou um comprimido azul ao garoto, que o engoliu direto, pegando um pouco de água da torneira com as mãos em formato de concha para engolir. Depois, Tristan sorriu lascivo, encarando o namorado de cima a baixo, para então dizer:

— Eu tô com um pouco de pena de você, Dominic. Vai ter que foder comigo até o efeito passar. Tem certeza de que aguenta doze horas sem cansar? Talvez seja melhor você tomar um comprimido também... — provocou.

Dominic apertou os olhos.

— Não me atente, seu abusado! Tire a roupa e entre no chuveiro. Ande — finalizou a ordem desferindo um tapa estalado na nádega do rapaz, que deu um pulinho com o acerto, para então sorrir e obedecer.

O domador entrou debaixo do chuveiro com ele, e tomaram banho juntos. Depois, o enrolou na toalha e secou cada pedacinho do corpo bonito, quase se perdendo nele, apreciando aquele rapaz corpulento e tão definido. Ah, nem as estátuas gregas pareciam tão belas como o corpo do alfa com os cabelos que pareciam uma juba de leão. Mas ele precisava segurar o tesão mais um pouco. Já, já teria o garoto à sua mercê, do jeito que tanto ansiava.

No quarto, com os dois nus e de banho tomado, Tristan começou a enchê-lo com perguntas, e assistiu-lhe pegar uma caixa dentro do armário, junto a uma pequena sacolinha de papelão.

— O que vamos fazer?

— Sei que você gosta de se exibir, garotinho fingido... — ele começou.

Tristan não conseguiu impedir o pequeno sorriso de lado, entortando a boca. Ele era mesmo, e aquilo ficava óbvio para quem convivia consigo. Principalmente pelo tanto de vezes que andava seminu pela casa, propositalmente para atiçar Dominic.

— Você vai vestir isso — o moreno ditou, apontando para a caixa em cima da cama. — Abra e veja. Se você achar que atravessa seus limites, preciso que me diga claramente. E então, nós faremos outra coisa.

Tristan abriu a caixa, vendo uma porção de tecidos com babados vermelhos. Puxou a roupa, esticando-a frente aos seus olhos. Então, os arregalou e abriu a boca, em choque.

— Uma fantasia de *boneca*? — Soltou uma gargalhada desacreditada.

— É demais pra você?

Após pensar por um breve momento, analisando a roupa, tentou visualizar como ele, todo grandão daquele jeito, ficaria numa roupinha tão pequena e cheia de babados. Então, finalmente declarou:

— Estou de acordo. É só isso? — Ele sorriu, debochado. — Isso é mole, Dom. E você? Não vai ter problemas com aquele monte de gente lá embaixo olhando pra mim, hein? — Virou-se para Dominic e agarrou-o pela gola da camisa, puxando-o mais para perto. — Aposto que a popa da minha bunda vai ficar aparecendo...

Dominic sorriu e lhe deu um tapa na nádega, antes de apertá-lo na cintura e lamber seu pescoço lentamente.

— Não tenho problema nenhum, porque *todo mundo sabe que você é meu. E eu adoro exibir minhas coisas*.

Tristan sentiu o pau pulsar, o sangue correr rápido por dentro das veias. Nada o instigava mais do que *se sentir uma propriedade do Alpha Dom*. Especialmente quando Dominic se mostrava tão orgulhoso do que tinha.

— Vista-se agora.

Sob seu olhar atento, Tristan vestiu a peça minúscula. Era um vestidinho bem curto, com saia rodada e mangas bufantes. Seu peitoral musculoso ficava aparente demais, a cintura fina marcada e as coxas grossas apareciam bem. Era como usar o vestido de uma pirralha magricela de 11 anos. Ele caminhou até o espelho e, ao ver a própria imagem, deu um risinho sem-vergonha.

— Porra, eu fico gostosinho nisso — murmurou para o próprio reflexo.

— *Você é todo gostosinho sempre* — o Alpha Dom declarou, fitando-o pelo espelho. — Agora, falta uma coisinha... — Ele, então, estendeu uma calcinha de renda, menor que a própria palma.

*Era vermelha e do tipo fio dental.*

Tristan quase grunhiu. Ele se sentiria como carne exposta no açougue, e a ideia o atiçava. Amaciava seu ego ser observado com desejo, almejava ser como um artefato raro.

— Me dá isso aqui — disse, tentando tirar a peça das mãos do namorado.

Dominic afastou-a, rindo sacana.

— Não é tão simples assim, Tetê — comentou divertido. — Ainda precisamos fazer uma coisa, antes de você usar sua *calcinha*...

Dominic se posicionou atrás dele, deslizando a ponta do nariz em seu pescoço e a destra por sua coxa. O garoto observava todos os seus movimentos pelo espelho, e conteve um gemido ao ter seu pênis semiereto agarrado pela mão firme de Dominic, já que ainda estava sem roupa íntima alguma.

Dominic mordiscou seu pescoço, distribuindo sucções na pele alva, que ainda possuía uma ou outra marquinha escura de chupões das fodas brutas que deram durante a semana. A mão se movia com destreza no pau de Tristan, que mordia o lábio com as carícias, sentindo-se enrijecer rapidamente.

Com o dominador atiçando-o com vontade, ele empurrou o quadril para trás, sentindo Dominic ainda mole. Então, tentou capturar o pênis alheio com a canhota, mas o moreno foi rápido em segurar seu punho com firmeza, impedindo-o.

— Você apenas fará o que eu mandar, me entendeu? — avisou com a voz claramente perigosa, sem deixar de masturbar o caralho do outro.

— Sim, *meu senhor* — respondeu, tentando reprimir um suspiro.

Provocadoramente, o domador começou a deslizar o próprio membro na bunda do *brat*, endurecendo junto a ele, lentamente, e sentindo-o cada vez mais atiçado, de olhos fechados.

O ruivo sentiu-o dar a volta em seu corpo e deslizar para o chão à sua frente. Ao abrir as pálpebras, encontrou Dominic, que o fitando nos olhos, pôs a língua grande para fora e o lambeu lentamente na glande.

Tristan resfolegou, o corpo ficando pesado. Levou os dedos para os fios de cabelo de Dominic, que continuou lambendo-o na cabecinha, como se fosse um pirulito, sem a menor intenção de abocanhá-lo por completo; desceu com a língua quente por toda a extensão, sentindo as veias saltadas e a pele fina do membro em seu paladar, levando o ruivo à loucura.

Contudo, parecia bom demais para ser verdade.

E era.

Subitamente, Dominic se afastou, deixando o submisso malcriado sozinho na frente do espelho. Ao se pôr de pé, encarou-o com um sorriso fodidamente sádico nos lábios. Capturou a sacolinha sobre a cama e virou-se com um objeto pequeno nas mãos, meio arredondado, com algum tipo de material delicado e macio.

— Isso é um vibrador *bullet*? — O *brat* perguntou, surpreso.

Dominic se aproximou, com um sorriso quase diabólico, de tão satisfeito. Além do mais, ele ainda estava nu, desde o banho, o que era uma provocação maior ao raciocínio sexualmente sensível de Tristan.

Segurando a pequena cápsula vibratória, com delicadeza, Dominic encaixou o vibrador arredondado exatamente abaixo da fenda da glande, envolvendo o pênis e o brinquedo com uma fita adesiva cinza, deixando-os presos um ao outro.

Não surpreendentemente gostando demais daquilo, Tristan entendeu o motivo de Dominic querer que ele ficasse duro durante o jantar: era para que o estimulador ficasse acoplado ao seu pênis, com a fita. Caso broxasse, o aperto se desfaria. Mas tendo tomado a pílula azul, sua ereção perduraria por horas a fio.

Então, notou que, estranhamente, o pequeno vibrador em formato de cápsula, possuía algo semelhante a uma antena de silicone, mesmo material que o resto do brinquedo erótico.

— Ainda que você não me obedeça, terei controle sobre cada uma das suas sensações, como já te avisei. — Dominic deu o comando pelo próprio celular que estava conectado ao vibrador sem fio.

Imediatamente, a cápsula começou a vibrar, presa à glande de Tristan. Ele grunhiu, sentindo um arrepio delicioso percorrer por toda sua espinha e baixo-abdômen; estava excitado pra um santo caralho!

— E, só pra constar, bebê... *Você não pode gozar*. Se gozar, ganhará um castigo — avisou em tom maldoso.

O ruivo deu um pequeno gemido, sentindo seu corpo queimar. Que grande filho da puta era aquele Alpha Dom. Tão malvado. O quão sádico alguém podia ser para fazer aquilo? Tristan tinha certeza de que terminaria aquela noite com um novo castigo na lista de espera. Porque era claro que gozaria sentado à mesa. Principalmente, porque sabia que aquela era a velocidade mínima do brinquedo, e conhecendo Dominic como conhecia agora, estava ciente de que ele aumentaria a potência durante a refeição, só para foder com seu juízo e autocontrole de vez. E Tristan era muito, muito ruim em se controlar. Mas a grande questão é que Dominic também era exibicionista, e enquanto fizesse de tudo para que Tristan cedesse, ele mesmo ficaria na borda do descontrole.

— Agora, vista sua calcinha — ordenou em tom ditador. — E não se esqueça das suas meias — terminou com sorriso irônico, antes de desligar o vibrador. Apenas um minuto antes de saírem do quarto, Dominic posicionou Tristan outra vez em frente ao espelho, para repousar a já conhecida coleira de couro vermelho e rebites prateados em seu pescoço.

Finalmente, Tristan estava pronto. Usava a coleira vermelha bruta, como a de um cachorro *rottweiler*, o vestido vermelho curtinho de saia balão, a calcinha fio dental por baixo e meias 7/8 brancas, enquanto Dominic usava só um conjunto de moletom preto confortável.

Ao descerem novamente para o primeiro andar, os olhares sobre Tristan foram de surpresa. Ele viu o sorriso de aprovação sutil em cada rosto, e aquilo alimentou o seu ego.

Roxy portava um sorriso sacana, afinal parte daquilo foi ideia sua. Já Nero portava um sorrisinho zombeteiro, exatamente como os que um irmão dá ao outro, quando sabe que ele vai se ferrar.

Bastien, entretanto, continuava com uma expressão não muito amistosa, fitando Tristan, de cara feia — o que o ruivo prontamente ignorou, afinal ele sabia o motivo, era bastante óbvio. Mas se Bastien seria irracional e descontrolado o suficiente para sentir ciúmes dele ali, quando Tristan estava junto ao seu parceiro, então isso não era problema dele, os dominadores de Bastien que lidassem com aquilo.

— Vocês demoraram tanto que o restaurante já entregou a comida — anunciou Roxy, desligando a televisão pelo controle remoto. — Você tá uma gracinha, Tristan — zombou.

— Obrigado. Agradeça depois aos meus pais por eu ter nascido, assim, tão bonito.

A careta que Roxy fez ao ter uma resposta daquelas foi impagável. Nero escandalosamente riu de boca aberta, jogando o corpo em cima de Bastien, e até ele teve que soltar uma gargalhada contrariada.

Dominic caminhou até a irmã, com um sorriso convencido no rosto e, desferindo três tapinhas amigáveis em seu ombro, declarou:

— Eu te avisei. Tudo o que contei sobre Tristan não era exagero. Você podia ter dormido sem essa.

Nero só recuperou a postura quando Roxy o encarou, séria.

Caminharam para sentar-se à mesa da cozinha, onde a mesa já estava posta. Ao notar que só havia quatro cadeiras, embora a mesa fosse levemente comprida, Tristan buscou o olhar de Dominic, confuso:

— Dom, vai ficar faltando um lugar.

— Não vai não, bebê — o moreno respondeu, afastando uma cadeira para o lado oposto e deixando que apenas uma delas ficasse daquele lado, onde se sentou, com um sorriso maldoso. — Você vai se sentar bem aqui — anunciou, dando dois tapinhas na própria coxa.

Tristan sequer sabia onde enfiar a cara naquele momento, mas um sorrisinho brotou em seus lábios, reforçado pelo sorriso debochado de Nero. Ele deu um pequeno revirar de olhos, e foi até Dominic, sentando-se cuidadosamente em seu colo, ainda meio duvidoso. Imediatamente, o outro enroscou sua cintura, posicionando-o de modo mais confortável, de ladinho, deixando espaço para que pudesse mexer na comida sobre a mesa.

Começaram a jantar, mas Dominic não o deixava comer sozinho. Dava tudinho na sua boca. E não é como se Tristan não gostasse, por dentro, estava adorando. Ele demorou a admitir, mas gostava de ser alimentado, só morria de vergonha de fazer aquilo na frente de outras pessoas.

O trio junto a eles, porém, agia com normalidade diante daquela dinâmica, porque eram velhos conhecidos dela. Do outro lado da mesa, Roxy tinha uma das pernas por cima da coxa de Bastien, assim como Nero, que ocupava a outra, os dois apoiados no *brat* grandão com cara de poucos amigos e cabelos cor-de-rosa suave.

Tristan acompanhava a conversa com atenção, mas os ombros duros ressaltavam que estava ansioso, à espera de algo. À espera do próximo movimento do Alpha Dom.

Viu-se preso à conversa de Dominic e Bastien, que mostrava, por cima da mesa, na tela de seu telefone, o vídeo de dois cachorrinhos brincando. O primeiro era um labrador cor creme; o segundo, um pinscher marrom e estressado.

— Esse é o Muralha. Não é lindo?

— O Oliver Élio é muito mais — Nero comentou de boca cheia.

Tristan espiou a tela junto a Dominic e negou com a cabeça.

— Desde quando pinscher é um bicho bonito, Nero? O labrador é muito mais! — disparou.

Bastien piscou repetidamente os olhos, franzindo o cenho, antes de dizer:

— Oliver Élio é o labrador.

— O quê? Então, seu pinscher se chama *Muralha*?

A mesa ficou em profundo silêncio, antes de Tristan irromper com uma gargalhada escandalosa, batendo palmas e sacudindo-se no colo de Dominic. Isso até Bastien fechar a cara e disparar:

— Tá rindo de quê? Soube que você chama seu gato de gata!

Imediatamente, o ruivo fechou o semblante e encarou Bastien, como um inimigo.

— Que foi? Você quer brigar, é?

— *Eeer...* Roxy! Por que você não mostra o Cubinho pro Tristan? — Nero foi rápido em desconversar, antes que os dois começassem a discutir seriamente, porque a personalidade de Bastien era terrível.

— Quem é Cubinho? — Tristan indagou de boca cheia.

E assim que ele fez a pergunta, todos na mesa, com exceção de Roxy, fizeram expressões de desespero, incluindo Dominic, que lhe deu um aperto na cintura e choramingou rente ao seu ouvido:

— Ah, não, bebê, por que você fez isso?

O alfa ficou totalmente confuso, mas antes que pudesse questionar o que estava acontecendo, Roxy pôs os braços para cima, levantando-se da cadeira com uma expressão muito orgulhosa e convencida no rosto; meteu a mão no bolso traseiro da calça jeans, pegando o próprio celular, para aí entregá-lo a um Tristan totalmente perdido.

— Dá *play* pra conhecer a criatura mais maravilhosa que já andou por esse mundo — ela declarou somente, apontando o telefone com as cumpridas unhas vermelhas.

Tristan, que tinha um dos braços em torno dos ombros de Dominic, para se segurar em seu colo, segurou o telefone grande com a canhota e deu play no vídeo. Um cachorrinho *poodle* nadava na piscina, com óculos escuros e uma boia colorida ao seu redor.

— *Awn*, ele é tão bonitinho! — disse maravilhado.

Dominic, que tinha colocado o rosto no ombro do namorado para que pudesse ver o vídeo junto a ele, deu uma risadinha.

— Não é à toa que o cachorro do Bastien está apaixonado pelo Cubinho... — a loira comentou, fazendo graça.

— Não tá nada — devolveu Bastien. — Eles são só amigos.

— Me desculpe, Bastien — intrometeu-se Dominic. — Mas o Muralha realmente está apaixonado pelo Cubinho. Eu vi. Seu pinscher só para de latir quando o Cubinho se deita do lado dele.

Caíram numa risada gostosa, enquanto Bastien continuava teimando que não era assim, e que seu cãozinho ainda era um neném para ficar por aí se apaixonando. Até que Tristan se deu conta:

— Ei, espere aí... — comentou de cenho franzido. — Os dois são machos?

— Sim — Nero comentou rindo.

Então, Tristan se virou para o namorado, com o rostinho indignado:

— Você disse que Minzy não podia ser uma gatinha, porque ficava por aí com outras gatinhas, Dominic. Você me enganou, eu acreditei em você e...

Só que enquanto dizia isso, o ruivo começou a dar tapinhas no ombro do domador que, então, cessou a risada, para encará-lo como se estivesse sendo desafiado. Foi aí que, em silêncio, o moreno apanhou seu aparelho celular em cima da mesa.

E Tristan se deu conta de que estava fodido.

Quando o brinquedo começou a vibrar tão próximo à sua glande, ele conteve um gemido e mordeu o lábio. Ninguém, na mesa, pareceu notar, e se notaram, fingiram que não. Então, continuaram o assunto, com Nero tirando sarro da cara do amigo, por ter passado a vida inteira teimando em tratar o gato como gata, só porque queria ser do contra.

Dominic agia como se nada estivesse acontecendo, dissimulado que só. Ele continuava a comer sozinho e a beber o seu suco, conversando com os outros, enquanto Tristan estava imóvel em seu colo, o corpo totalmente tenso, a ponto de quase se derreter com o movimento torturante e delicioso em seu membro sensível. Dominic fingia não estar dando atenção às reações do garoto, mas pela visão periférica, capturava cada tremelique que o corpo forte dava sobre seu colo.

O aroma de cereja se sobrepôs, aos poucos, ao cheiro de madeira. Aquela foi definitivamente a coisa que deixou Tristan alarmado, engolindo em seco, antes de perceber que Bastien e Roxy encaravam-no curiosos, mas não de um jeito ruim. Eles pareciam apreciar o que sentiam.

Ainda quieto, Dominic mexeu no celular novamente, sob o olhar atento do *brat*. Uma gota de suor brotou na têmpora de Tristan, quando a velocidade do brinquedo aumentou. E não só vibrava com mais intensidade, como o ritmo das vibrações parecia diferenciado, ora ficando mais forte, ora mais suave, exatamente como Dominic fazia com a língua, quando o chupava.

Tristan engoliu em seco. Por causa do remédio para ereção, seu pênis estava mais sensível que o normal, e qualquer pequeno movimento o deixava mais necessitado. E ficou ainda mais no momento que Dominic se mexeu e o posicionou melhor no colo, encaixando a bunda do namorado em cima de seu caralho duro e coberto.

— Mas e aí, qual vai ser seu *nickname*? — Nero indagou.

— Hein? — o ruivo indagou atordoado. Embora seu rosto não demonstrasse muita coisa, era impossível se concentrar numa conversa, ao mesmo tempo que tinha suas partes íntimas tão deliciosamente estimuladas.

— O costume é usar *nicknames*, pseudônimos, pra que possamos nos apresentar aos membros da comunidade BDSM — respondeu Roxy. — Como o Dominic, por exemplo, que usa o *nick* Alpha Dom.

— É tipo... o-obrigatório? — Tristan tentava, com todas as suas forças, interagir normalmente. Não queria dar aquele gostinho a Dominic.

— É pra que as pessoas mal-intencionadas não te exponham — quem respondeu foi Bastien, ainda em tom azedo que usava para se dirigir a ele. — A comunidade BDSM é muito fechada e de difícil ingresso. Não é qualquer um que pode ir entrando...

— E mesmo com isso, Dominic acabou sendo exposto — comentou Roxy, com uma careta.

Tristan queria muito perguntar como, afinal, o tenente-coronel Von der Guth havia sido descoberto. Mas o maldito aumentou a velocidade do vibrador, propositalmente, por não querer entrar no assunto. Então, em dois segundos, a atenção do mais novo desviou-se daquela questão.

— O meu é bem simples — comentou Nero. — *Rope Switcher* — contou, com um sorrisinho oblíquo. — Gosto desse nome. Soa bem. Porque *Rope*, em inglês é corda. E, sabe, o *shibari* é minha coisa favorita, tanto quando atuo como dominador, tanto quando submisso...

— Conte o seu apelido pra Tristan, Roxy — pediu Dominic.

Ela deu um sorrisinho convencido e jogou os cabelos claros por cima dos ombros antes de dizer:

— *Domina Roxy*. Quase nenhuma *femme dom* usa *Domina* no *nickname*. A maioria prefere *rainha*, *princesa*, *senhora* ou *deusa*. Prefiro coisas menos populares, pois causam mais impacto. — Ela sorriu e bebeu mais de seu copo.

— Então, nós temos Domina Roxy, Rope Switcher, Purple brat e o Alpha Dom. Falta eu, né? — Tristan indagou, tentando interagir na conversa e não se deixar levar pelas sensações em seu corpo. — Sou eu mesmo quem escolho ou o meu dominador?

— É você mesmo, neném — respondeu Dominic, em sua nuca. — Se quiser, eu te ajudo com isso depois — ofereceu. — Mas é muito importante que o submisso escolha seu próprio nome, porque não é só sobre ocultar quem você é fora do meio, na vida baunilha, mas, também, sobre o seu alter ego. Quando estamos no BDSM, estamos em um jogo erótico que é extremamente lúdico, somos personagens de dominador e submisso, é a nossa segunda face, a persona que escondemos do mundo. A escolha do *nick*, por você mesmo, te ajudará psicologicamente a desassociar da sua persona submissa ou da sua persona na vida baunilha, de modo mais eficaz. Por isso, se o seu dominador escolher o nome do seu alter ego, o nome pode acabar não dando voz à persona oculta dentro de você.

— Poderia ser um *nick* fofo, porque mesmo sendo irritante, você é engraçadinho, Triz... — sugeriu o beta, de modo humorado. — Posso perguntar uma coisa? — dirigiu-se a Dominic. — Já ouvi muitas histórias sobre o famoso Alpha Dom, mas agora quero ouvir direto da fonte, porque você é meio que uma lenda na The Cave — declarou animado. — Você dominou o seu Dom, tipo, do nada?

Dominic deu uma risada gostosa, inclinando-se de leve, para fitá-lo.

— Ele já havia me dito, desde o começo, que tinha interesse em experimentar se submeter, mas que não confiava em outros dominantes pra isso — respondeu. — Só que como eu era iniciante e ele meu mentor, quis testar comigo. Então, nós chegamos a inverter os papéis algumas vezes, em sessões particulares. Foi combinado.

— Oh... Do jeito que todo mundo fala, faz parecer que você pegou o cara de surpresa mesmo — comentou Bastien. — Soava meio exagerado demais, na minha opinião...

Enquanto os outros engatavam uma nova conversa, o ruivo estava enlouquecendo no colo do namorado. Tanto que não conseguia mais sequer prestar atenção no que acontecia ali, tinha perdido o fio da meada. Ele ouvia as vozes, mas não distinguia o que elas diziam.

Ah, Tristan estava prestes a surtar. Estava com tanto, mas tanto tesão! Fora o fato de que estava na frente de terceiros, e eles sequer pareciam notar a tortura que Dominic aplicava em seu corpo naquele momento.

O mais difícil era sorrir e conversar normalmente, quando estava morrendo de vontade de gozar. E o membro duro de Dominic cutucando-o bem na entrada da bunda vestida com nada além do fio dental, era enlouquecedor. Já que usava um vestido, a pele de sua traseira encostava diretamente no tecido da calça de moletom de Dominic.

Mas a mente do *brat* insistia em não poder deixar Dominic vencer, de jeito nenhum. Ele precisava ganhar, sair por cima. Não podia permitir que Dominic tivesse controle tão malditamente fácil. Principalmente porque suas emoções influenciavam diretamente em sua libido. Quanto mais apaixonado e entregue ficava, mais Tristan se submetia a tudo. Ele queria se deixar levar, segurar na mão daquele em quem confiava e seguir para onde quisessem. Só que seu coração era sensível demais e ele sabia. Então, achava que precisava se controlar, por mais difícil que fosse.

Tristan era transparente, mas era o tipo de pessoa ruim demais em expressar seus sentimentos, por um simples motivo: ele os considerava uma fraqueza. Deixar que uma pessoa soubesse o quanto possuía poder emocional sobre si era o mesmo que ensinar como destruí-lo quando bem entendesse.

É claro que, quando estava frente ao moreno, o garoto não conseguia esconder nada. Nem mesmo dizer uma mentirinha. Até porque era muito, muito ruim em mentir, tanto quanto era ruim em explicar o que sentia com palavras. Então, tudo acabava em um Tristan de olhinhos arregalados, gaguejando. Simplesmente, não era capaz de resistir a Dominic, e não conseguia esconder sua fraqueza diante dele. Por isso, era tão importante vencer seu dominante, naqueles embates imaginários.

Embora no início tivesse se dado por vencido, sabendo que gozaria fácil, desobedecendo às ordens de Dominic, agora ele se via irritado, ao se dar conta do sorrisinho presunçoso no rosto dele, quando fingia que nada demais estava acontecendo, ao passo que se deliciava sadicamente com as reações do mais novo em seu colo, querendo gozar e sem ter permissão para tal.

Ah, o diabo trabalhava de modo ardiloso, mas Dominic Von der Guth trabalhava ainda mais. E adorava aquilo. Adorava ver Tristan contorcer-se, tentando negá-lo, sem sucesso. Adorava assistir a ele tentar desobedecer-lhe e fraquejar, bem diante dos seus olhos. Amava o poder que tinha sobre ele, porque sabia que causava nele o mesmo efeito que ele causava em si.

O ex-tenente-coronel era um bobo por Tristan Wolfgang. Faria tudo por ele e mais um pouco. As coisas que vinha sentindo pelo alfa de genes ômegas chegavam a seu peito como uma batida de trem furiosa. Ao invés de vir aos poucos, vinha tudo de uma só vez, numa sensação quase sufocante.

Mas ora, Tristan não foi classificado como *brat* tão imediatamente à toa. Ele gostava do embate e de devolver qualquer tipo de provocação na mesma moeda por mais que às vezes se deixasse levar. Agora, especialmente, ele lutava contra seus instintos, para que não fosse vencido. Daria o troco a seu dominante. Ele não o domaria agora.

Foi aí que o Alpha Dom quase viu estrelas. O maldito *brat* estava disfarçada e audaciosamente rebolando no seu pau. Fingia que estava movendo o corpo porque gesticulava durante a conversa, em que contava alguma coisa, mas era só um pretexto para deslizar as nádegas durinhas no pênis alheio.

*O feitiço tinha se voltado contra o feiticeiro.*

Não satisfeito, Tristan levou sorrateiramente as mãos para os lados do próprio quadril e puxou levemente o tecido da fantasia, de modo que não só a bunda, como o início de suas costas ficassem visíveis para o alfa embaixo dele.

A sanidade de Dominic quase se esvaiu.

*Que garotinho filho da puta!,* sua mente gritava, enquanto ele mordia o lábio e apertava as mãos em punho, tentando se controlar para não segurar Tristan pela cintura e intensificar o contato daquela bunda em seu membro semiteso. Principalmente vendo o maldito fio dental naquela bunda, tão enfiado na entrada a ponto de deixar a pele vermelhinha pelo atrito forte do tecido elástico.

Mas o Alpha Dom não era bobo. Lidar com um sub que não se submetia fácil, embora fosse novidade para ele, ainda assim, não o deixava na mesma posição de um dominador iniciante. Ainda mais com o monte de estudos que vinha fazendo sobre as melhores formas de lidar com um *brat*. Aplicaria seus conhecimentos agora. Até porque, Dominic nasceu com o dom da provocação intrínseca em seu ser. Aquilo era parte dele. A afronta, a disputa, o prazer de fazer o outro se curvar a ele. Tudo aquilo lhe era fodidamente prazeroso e isso sim era uma novidade: as sensações que o *brat* lhe causava. Por isso, o domador estava disposto a virar o jogo.

Aumentou a vibração da *bullet* para a máxima, rindo ao ouvir Tristan gaguejar no meio da fala, enquanto contava alguma coisa engraçada. E é claro, agora não tinha mais como disfarçar que alguma coisa acontecia com ele. Os outros três já tinham se dado conta.

Roxy era a única que sabia exatamente qual brinquedinho estava sendo usado no sub. Era inegável o sadismo em si, que dizia que ela precisava ajudar seu irmão a castigar o malcriado mais um pouquinho. Dominic era muito mole com aquele grandalhão, ela julgava.

— Tristan? O que houve? Você está passando mal? Quer uma água? Talvez tirar a roupa, ligar o ventilador? — debochou.

Todos se encaravam segurando risinhos, enquanto Tristan tentava responder, mas seu olhar estava completamente perdido e desfocado, falando coisa com coisa. Nem ele mesmo entendia o que estava dizendo, embora estivesse dizendo alguma coisa.

— É que... Eu tô... Tá tudo bem, sabe, as coisas estão ótimas, minha saúde tá incrível, eu tô parecendo desconfortável? — falou acelerado, apertando o tecido da fantasia entre seus dedos com toda a força... — Deve ser impressão sua, é que eu... Não sei, tô legal mesmo...

— Mesmo, Triz? — Nero entrou na brincadeira. — Que coisa, você tá parecendo suado, igual quando fica com febre. Seu rosto tá até meio corado. Tá com calor?

— Fica quieto, mercenário — Tristan sussurrou.

O garoto suava e os cabelos compridos colavam na nuca; a coleira de couro grosso em sua garganta parecia pesar três toneladas naquela hora, dando uma sensação sufocante, embora não estivesse nada apertada.

— Ah, Triz, você não deveria se comportar assim, eu ainda sou o seu melhor amigo, só estou preocupado com o *bebê*... — rebateu Nero, em tom fingido e repleto de sarcasmo.

— Bebê — chamou Dominic, por trás dele. Tristan se virou de cara feia, querendo socá-lo. — Pega aquela alface pra mim, ali do outro lado da mesa. Mas não quero que peça ao Bastien. Quero que se estique e pegue pra mim.

Quase tremendo, o mais novo obedeceu. Ao menos seria uma trégua da sensação do pau duro de Dominic cutucando sua bunda. Mas enquanto se esticava preguiçosamente por cima da mesa, sentiu a mãozinha sagaz do mais velho arrastar o fio dental da sua calcinha para o lado.

O ruivo fechou os olhos, quase se deixando cair de bruços por cima da mesa, desistindo de tudo. Queria dar tchau para as visitas e implorar para que Dominic o fodesse ali, de bruços na mesa. Sequer notou que estava quase fazendo isso, o peitoral grudando na superfície lisa e por cima de todas as travessas de comida.

— Você não me parece bem, Tristan — foi Bastien quem provocou, mexendo nos fios de cabelo cor-de-rosa. — Está com uma carinha de doente. Ou talvez assim de perto, você seja realmente feio... — comentou maldoso.

— Bastien! — A repreensão veio intensa de Nero.

Tristan abriu os olhos, sem dar um puto de confiança para a provocação do outro *bratzinho*. Resolveria com ele depois. Tratou de pegar a vasilha com alface e voltar a se sentar.

Malvado como Dominic era, havia sorrateiramente puxado a calcinha do sub para o lado, enquanto tirava o próprio pau teso para fora da calça, com a outra mão, segurando-o certeiro pela cabecinha, de modo firme, discreto e bem direcionado. E quando Tristan voltou o corpo para trás...

— Porra — o ruivo xingou baixinho, com os lábios crispados. Acabou largando a vasilha de salada na mesa e segurando as laterais do móvel com tanta força que os nós de seus dedos ficaram brancos.

Nero acabou olhando curiosamente para baixo, no exato momento em que o pau ereto de Dom se perdia pela saia do vestido, indo de encontro à entrada sedenta de Tristan, deslizando cada centímetro com facilidade. Meio sem jeito por ter visto o que não devia, mas perfeitamente atiçado, Nero voltou o olhar para Roxy e soltou um risinho safado.

— Tem certeza mesmo que está bem, amor? Quer um pouco de água? — indagou venenosamente Dominic, ao passo que se sentou mais ereto na cadeira e rodeou a cintura do namorado com os braços, puxando o corpo dele para baixo e fazendo seu caralho ir mais fundo dentro da cavidade quentinha. Ele podia ficar louco, mas deixaria Tristan ainda mais. Se o outro queria sentar, agora teria que *sentar de verdade*.

— Eu tô bem — o ruivinho rosnou irritado. Ou o que ele achava ter soado irritado, mas sua sentença pareceu como a de um filhotinho de leão.

Dominic começou a se mover lentamente embaixo dele, rebolando o quadril em círculos, intercalando com estocadas curtas e suaves, devagarzinho, ainda disfarçando. Não era porque todo mundo ali já estava ciente do que acontecia que ele simplesmente foderia Tristan abertamente na frente de todos. Não naquele dia. Na The Cave, quem sabe?

O ruivo queria gemer, ridiculamente excitado. Devido à movimentação lenta, podia sentir o cacete rígido pulsando necessitado dentro dele, podia sentir cada pedacinho da extensão massageando com cuidado e vagareza dentro de si, deixando-o louco. E para piorar toda a situação, a maldita *bullet* estava ali, tremendo tão perto de sua glande que já estava dolorida. Precisava gozar imediatamente.

— Então, Triz, já que você está bem, porque não pega uma água gelada pro seu amigo, hein? Por gentileza — divertiu-se o beta.

Tristan quase grunhiu de nervoso. Não queria ser pego em flagrante, fodendo na frente de todo mundo. Embora ele soubesse que todo mundo ali estava ciente do que ocorria, ainda seria muito humilhante ser pego, porque todo mundo ali sabia que o cheiro doce mesclado ao amadeirado era dele. O cheiro ômega de cereja vinha dele. Um alfa.

— Por que não pega você mesmo? Por acaso nasceu sem mão? — devolveu, de modo mal-educado e irritadiço.

— Ah, Dominic... — comentou Roxy. — Seu sub é muito mal-educado. Talvez você deva me emprestá-lo para que eu o discipline. Eu faria com todo o prazer...

Do outro lado da mesa, Bastien bufou e fechou a cara, cruzando os braços antes de fitar Tristan com desdém. Mas ninguém pareceu lhe dar atenção. Exceto Nero, que o encarou preocupado.

Tristan respirou fundo, segurando com ainda mais força no tampo da mesa.

— Ele não vai me emprestar para ninguém, não sou um objeto — rebateu o *brat*.

Dominic estava achando uma gracinha seu leãozinho pondo as garrinhas para fora, como já era de costume, e defendendo seu território tão bem.

— Bom, ele já disse que não concorda — comentou tranquilamente, enquanto se movia lentamente dentro dele, como se nada estivesse acontecendo. — E de qualquer forma, não é como se eu quisesse emprestá-lo. Ele é meu brinquedinho exclusivo, e sou muito ciumento com ele — disse com um traço de humor na voz.

— Ele disse que não é um objeto, portanto não pode pertencer a alguém, nem mesmo a você — alfinetou Bastien, com um bico nos lábios, do outro lado da mesa.

— Então, você não me pertence, Tetê? — indagou provocadoramente Dominic, dando um beijinho na nuca suada do submisso, enquanto apertava com mais possessão o corpo forte contra o seu.

Tristan fechou os olhos, tentando se concentrar numa resposta malcriada, mas apenas resultou numa percepção mais aguçada dos movimentos gostosos em sua traseira, assim como na vibração abrasadora em seu pênis. Se aquilo não parasse logo, ele ia vir, e com força. Ia perder aquela maldita disputa e, de quebra, ganharia mais um maldito castigo.

— Dominic, eu acho que já está bom de a gente jantar — ele declarou com a voz fraca. — É melhor a gente ir lá pra cima agora, né?

— Quem dita o momento sou eu — o ex-militar retrucou, a voz lentamente ficando mais ríspida. — Mas se você quer dizer isso como uma sugestão, ponha-se em seu lugar e demonstre respeito. Você sabe como se referir ao seu Dom.

Ele, então, maliciosamente deslizou a palma por uma das coxas de Tristan, tocando-o pela virilha, até que apanhou o sexo duro em sua destra, movendo-o de um jeito muito, muito gostoso.

Tristan, por um triz, não soltou um gemido desesperado. Eram carícias demais para que pudesse se controlar. Ele ia gozar, estava quase lá. E ouvir Dominic falando naquele tom autoritário e grosseiro, bem rente à sua nuca, era demais para que suportasse.

— *Meu senhor*, por favor — corrigiu-se. — Eu não tô...

Mas então o dedo de Dominic passou a deslizar na uretra melada de tanta pré-porra. Ele não podia ver, mas tinha certeza de que a cabecinha babada já devia estar roxa, estrangulada. E aí, ele não aguentou mais. A porra quente jorrou, sujando toda a mão do coronel e escorreu pelas coxas.

Claro, ver o seu *bratzinho* gozando tão gostoso daquele jeito, além de estarem na frente de tanta gente, deixava Dominic em estado crítico. Não podia enxergar o rosto de Tristan, mas podia apostar que o garoto estava com a boquinha aberta, os olhos lilases apertados e o cenho franzido, enquanto seus dedos longos apertavam a quina da mesa.

E imaginando a expressão tão conhecida de seu *bratzinho*, ao mesmo tempo em que sentia o gozo melado na mão, o ex-tenente-coronel também não se aguentou. Seu caralho latejou naquele interiorzinho quente e apertado. Apoiou a testa nas costas do garoto e mordeu o próprio lábio entre os dentes, inalando aquele cheiro inebriante dele. Sua palma acabou apertando o pênis grande nela, sentindo-a vibrar junto ao *bullet*, enquanto ele se despejava dentro do namorado.

— Esse cheiro... — comentou Bastien, atordoado. — Minha nossa... — disse de olhos arregalados, e levantou-se da cadeira.

Roxy deu uma risadinha satisfeita, encarando fixamente o casal. Já Nero, apertava o próprio cacete teso dentro da calça, com a destra, sorrateiramente. O cheiro de Tristan era insuportavelmente gostoso, mas o de Dominic tinha conseguido deixá-lo tonto... Maldito alfa e seu delicioso cheiro de almíscar.

— Agora, sim... podemos... subir — declarou Dominic, com a voz entrecortada. E então, um sorriso completamente sádico se apossou de seus lábios.

Tristan tinha perdido. Tinha gozado forte, desobedecendo-lhe. E uma desobediência daquelas merecia um castigo. Um *bom* castigo.

Então, ele que se preparasse.

Dominic faria com que pedisse arrego.

# 17

# Aos Seus Pés

Enquanto subiam as escadas, Tristan ia sentindo como se uma avalanche estivesse acontecendo em seu peito.

Era agora. Era finalmente o momento.

Seu coração martelava, seu sangue pulsava por dentro das veias, a visão já ficava embaçada. Teve que começar a fazer controle da própria respiração, para acalmar a ansiedade que o atingiu.

— Você já pensou em alguma *safeword* só sua? — Dominic lhe perguntou, parado na porta da masmorra, com o trisal posicionado em frente à porta da suíte, esperando para ouvir qual seria a palavra de segurança dele.

Tristan sacudiu timidamente a cabeça em negativa, porque nunca tinha pensado em uma palavra própria para si.

— Então, depois você pode pensar em uma, com calma. Nós podemos continuar usando a palavra padrão, *vermelho*. Se não quiser que eu pare a sessão por completo, apenas que pegue mais leve, como num *spanking*, por exemplo, diga *amarelo*.

Ele assentiu, movendo a cabeça para cima e para baixo, em concordância.

— Preciso que seja mais verbal, Tristan.

— Sim, senhor, eu entendi. Direi *amarelo*, caso queira que pegue mais leve; *vermelho* se quiser que a gente interrompa tudo.

Inicialmente, Tristan pensou que se referir a Dominic daquele jeito formal frente a outras pessoas, principalmente aos seus amigos, seria algo estranho, lhe daria vergonha, ou faria sentir-se levemente diminuído, mas quando viu o sorriso aprovador nos rostos de Roxy e Nero, que também eram dominadores, foi que entendeu: não era vergonha alguma. Era *sexy*. Qualquer um na posição de dominação ficava facilmente seduzido por aquela pequena palavra.

Então, se voltou para o Alpha Dom, encontrando-o com um olhar ainda mais orgulhoso e um brilho quase animalesco nos olhos. E a aprovação de Dominic Von der Guth mexia com o ego de Tristan de maneira arrebatadora. Sentia os pelos da nuca arrepiarem e o baixo-abdômen formigar. Era um prazer que alimentava além de sua carne: dominava sua mente.

Ele acabou deixando a excitação transparecer quando repuxou os lábios para o lado, num sorrisinho fechado e totalmente safado, o que Dominic correspondeu, com um olhar afiado e a carne do lábio inferior presa entre os dentes, encarando o namorado lascivamente, de cima a baixo.

— Nós estaremos no quarto ao lado, Triz — Nero avisou, com um sorriso cúmplice. — Não hesite em nos chamar... Mas duvido que vá precisar —

finalizou, dando uma olhada brincalhona em Dominic, antes de lançar uma piscadinha ao amigo e entrar no quarto, arrastando Bastien pela mão.

O *Purple brat* ainda empacou no portal, encarando Tristan de modo irritado, para então dizer:

— O cheiro dele é muito gostoso, *Rope*... Você vai me chupar pra aliviar meu problema, né? Meus instintos estão gritando pra avançar nesse feioso... E eu nem gosto de alfas! — resmungou.

Tristan, de pé no corredor e obviamente tendo tudo dito assim, bem na sua cara, arregalou os olhos, mas o que sentiu foi diferente de constrangimento. Engolindo em seco, notou certa satisfação em seu ego: Bastien, que não gostava de outros alfas, estava excitado pelo seu aroma, possivelmente pelo cheiro ômega.

— Fique calado, você está de castigo, Bastien — Nero praticamente rosnou e, com um puxão firme na lapela de sua camisa, finalmente o arrastou para dentro do quarto.

Roxy ainda permaneceu ali, fitando Tristan de modo curioso por mais um par de segundos, antes de sorrir matreira e dizer:

— Eu tô com pena de você, criança. — Ela entrou na suíte de Dominic, onde já estavam seus dois submissos, batendo à porta ao final.

Como já era de se esperar, Tristan sentiu-se levemente assustado, mas aquilo apenas o deixava ainda mais excitado e ansioso. Por isso, olhou para o rosto de seu dominador, esperando uma nova ordem.

— Tire toda a sua roupa, menos a coleira. Remova também a *bullet*. Fique ajoelhado aos pés da cama, de cabeça baixa, e me espere. Vou me preparar pra você — disse sério, mas mantendo aquele tom rouco e provocador em sua voz. — Quando eu entrar na masmorra, não serei mais o seu vizinho gentil, nem o seu namorado... Serei o seu *domador* e *senhor*. Nós não teremos romance. Eu irei te humilhar e te machucar. *Esteja pronto pra entrar no jogo* — avisou.

Tristan quase soltou um assobio. Seu coração acelerou, batendo tão forte no peito que teve medo de que Dominic o ouvisse. Passando a língua entre os lábios, inspirou e expirou o ar demoradamente antes de disparar, com um riso sacana:

— Sim, meu senhor. Mas, antes, posso pedir uma coisa? — perguntou.

O Alpha Dom o encarou curioso e deu um aceno positivo de cabeça, para que prosseguisse.

— Usa seu quepe da farda. Por favor!

Dominic o fitou com um sorrisinho de lado e uma das sobrancelhas arqueada.

— Isso te excita? — quis confirmar, mesmo já sabendo a resposta.

— Se me excita? — devolveu o ruivo. — Eu já bati muita punheta pensando em você de farda, *coronel*... — Sorriu de modo luxurioso, nada acanhado, porque sabia o poder que tinha sobre Dominic, e isso gerava nele *muita autoconfiança*.

— Entre no quarto — Dominic ordenou somente, ainda com um sorrisinho insistente.

O mais novo se virou para entrar na masmorra, torcendo para que tivesse seu pedido atendido. De modo afoito, ele correu para frente do espelho, quase escorregando no tapete felpudo. Tirou a maldita fantasia de modo desengonçado e quase caiu no processo.

Estava pensando seriamente em se tornar um submisso bonzinho e nunca mais na vida agir de modo malcriado ou tentar provocar Dominic. Isto é, se vê-lo irritado não lhe desse tanto prazer. Então, provavelmente ele continuaria sendo um *brat* safado.

Hoje, nem tanto. Hoje, Tristan Wolfgang estava disposto a ser o submisso mais obediente que o ex-militar já conheceu na vida. Faria cada pequena coisinha que ele ordenasse desde que não ultrapassasse seus limites — estes que Tristan vinha descobrindo aos pouquinhos, já que era novo naquilo. Ao menor sinal de desconforto real, ele sabia que não hesitaria em pedir para parar.

Checou o próprio corpo no espelho. Estava bonito como sempre. Seu pênis continuava ereto como nunca, imponente em meio à pélvis recentemente depilada. A cápsula vibratória estava desligada, mas ele ainda era capaz de recordar a sensação, quando olhava para ela. E subitamente, com a visão, recordou-se da expressão sádica de olhos apertados e desafiadores de Dominic Von der Guth.

Ao arrancar a última camada do adesivo, prendeu o lábio entre os dentes e grunhiu, segurando o próprio membro nas mãos, e deu pulinhos nervosos.

Tirar aquilo doía pra cacete!

Ele suspirou, ansioso. Caminhou até a ponta da cama, no canto do cômodo, e ajoelhou-se, ficando de frente para porta, e descansou sobre os calcanhares. Mal podia esperar pelo momento que o dominador entrasse por ela... O que demorou certo tempo, talvez, dez minutos ou mais. E enquanto isso, Tristan aproveitava para observar cada detalhe no quarto-masmorra.

O cômodo parecia infinitamente menor e menos imponente do que a primeira vez que entrou nele, quando se mudou para a casa de Dominic, após a febre. Fazia pouco mais de um mês, mas já tendo começado a relação D/s com o Alpha Dom, convivendo com todas aquelas questões acerca das práticas, vinte e quatro horas por dia, sete dias na semana, a masmorra não parecia mais uma coisa de outro mundo.

A sensação que tinha agora era a de um lugar familiar e que lhe passava conforto. Era como se quisesse fazer parte da mobília, tão em casa se sentia. E pensando bem, Tristan poderia ser considerado um adorno do local. Era tão propriedade do Alpha Dom quanto tudo que ali havia. E ele se orgulhava disso — ainda que houvesse alegado não ser um objeto, minutos atrás, só para fazer birra com Roxy.

Foi aí que Dominic entrou no cômodo iluminado pela suave luz vermelha, como uma entidade. Sua presença era forte, abrasadora, parecendo deixar o ar mais denso. Sua pele úmida pós-banho brilhava na leve penumbra.

O ruivo se atreveu a mirar o homem imponente, deparando-se com a visão mais maravilhosa que poderia encontrar: Dominic Von der Guth estava seminu, usava uma cueca de látex brilhoso, assim como um par de luvas curtas de mesmo material. Compondo a aparência da cueca, havia um fino zíper prateado, por onde o pau poderia ser colocado para fora e fazer o serviço, sem que a peça precisasse ser removida; assim como na parte detrás, onde também existia um zíper idêntico, com a mesma finalidade.

O corpo esbelto de pele leitosa se movia com a graça de um predador — e ele, de fato, era. As linhas dos suaves músculos definidos apareciam provocadoramente por baixo da camada de pele macia, com algumas gotículas de água e levemente arrepiada pela temperatura gelada do quarto no final de dezembro, causando em Tristan uma sensação de fraqueza. Os cabelos pretos estavam cobertos pelo quepe da farda militar da aeronáutica.

*Ele acatou o pedido.*

O *brat* quase chorou e juntou as mãos dizendo: *Obrigado, obrigado, obrigado, meu senhor!*, pois não só Dominic usava o quepe, como o cordão militar de aço inox estava pendurado no pescoço, com a plaqueta colando-se bem no meio do peitoral firme.

Ao mirar os olhos de serpente intensos, Tristan estremeceu. Dominic tinha uma expressão completamente nova no rosto. Aquela, ele jamais tinha tido o prazer de ver, mas agora que via, sentia como se uma carga de adrenalina houvesse sido injetada diretamente em suas veias, que refletiria em seu membro livre, caso já não estivesse completamente duro, pela pílula azul que havia tomado.

— Eu te dei alguma porra de permissão para que me olhasse, *seu merdinha*? — o ex-militar foi ríspido, com uma expressão de superioridade inegável. E aquele tom fez o âmago do ruivo formigar em resposta.

Era excitante pra caralho que aquele moreno doce, de voz manhosa, usasse um tom tão rude naquele momento, vestido naquela minúscula peça pornográfica, e ainda o insultando como fazia. Por pouco, Tristan não se levantou de onde estava e partiu para cima dele, apertando seus dentes na carne branca do pescoço cheiroso, mordiscando-o.

— Não. Me desculpe, meu senhor — respondeu imediatamente, abaixando rapidamente o olhar e entortando a boca para o lado, ao reprimir um sorriso ladino excitado. Agora, via apenas os pés de Dominic, e porra... até seus pés eram bonitos!

O dominador deu as costas e afastou-se mais um pouco, finalmente se sentando em uma das poltronas de couro preto, próxima à cruz de Santo André. De cabeça baixa, Tristan podia ver que o ex-tenente-coronel estava esparramado no móvel, com as pernas abertas, de modo despojado, confortável, com os cotovelos apoiados nas laterais do estofado.

Enquanto Dominic permanecia em silêncio, apenas o som das respirações deles preenchia a masmorra, o que ocasionava uma expectativa ainda maior naquele em posição de submissão. Tristan era até mesmo capaz de ouvir as batidas aceleradas de seu próprio coração martelando no peito, a pressão sanguínea aumentando, seus poros expulsando suor, a pele ficando mais quente. Foi aí que teve certeza de que a espera fazia parte do jogo. Causava uma forte ansiedade àquele que se submetia, por estar exposto e à mercê de seu superior.

— Engatinhe até aqui — finalmente o domador ordenou.

Sem olhar para cima, o ruivo espalmou as duas mãos no chão e, lentamente, se arrastou até a poltrona, sempre fitando o tapete vermelho felpudo por onde passava, nunca o alfa, porque duas desobediências seguidas não seriam boa ideia.

Enquanto engatinhava, tanto o pênis duro quanto o quadril de Tristan balançavam com a bunda durinha empinada no ar, a coluna lindamente curvada, os músculos das costas ondulando e os braços flexionando-se com vagareza, expondo o quão bem trabalhado era seu corpo alfa.

Dominic mal podia acreditar que tudo aquilo era seu. Tristan Wolfgang, o alfa de personalidade atrevida e cheiro mesclado, era somente seu. Não só o corpo, mas a mente do garoto lhe pertencia. Era a ele que o rapaz atendia e obedecia. Tristan foi domado pelo Alpha Dom. Submetia-se a ele e só a ele. Era sua propriedade, seu brinquedinho. E fora da relação D/s, o garoto de cabelos tingidos era seu namorado, seu amorzinho e seu bebê.

Droga, estava tão apaixonado que doía! Dominic vivia para ver o sorriso fofinho brotar no rosto daquele alfa. Tristan estava de joelhos no chão, mas era Dominic quem estava aos seus pés.

Parado de quatro, frente ao alfa, o *brat* atrevido e devidamente encoleirado começou a subir o olhar teimosamente pelas pernas lisas, mas se travou e voltou o olhar para o chão, ao ouvir o moreno estalar a língua nos dentes, em um som tipicamente reprovador.

— Você precisa aprender a obedecer e demonstrar mais respeito, Wolfgang... — o mais velho disse em tom de repreensão branda. — Meninos bonzinhos ganham as mais gostosas recompensas — declarou com a voz provocadora, em tom rouco.

Tristan engoliu em seco, mordendo o lábio e aspirando o ar até seus pulmões inflarem. Seu pau ficava cada vez mais duro, se é que era possível, e cada segundo que passava era como uma tortura deliciosa, uma expectativa nervosa.

Permaneceu ali, observando os pés de Dominic. A dualidade do dominador era irritantemente perfeita, e ele parecia ter sido esculpido para deixar o pobre Tristan louco de tesão e morrendo de amores, como um bobo.

Vendo que o outro encarava fixamente seus pés, o Alpha Dom sorriu de lado, satisfeito, tendo a ideia perfeita para um bom começo de sessão.

Levantou o pé direito, lentamente, deslizando-o pela lateral do corpo do sub ainda de quatro, que estremecia pelo leve contato, a pele sentindo cócegas. Até que o moreno flexionou o joelho, deslizando a ponta do dedão pela bochecha de Tristan que, sem nem se dar conta, inclinava-se em direção ao membro, como se aprovasse o toque, semelhante a um cachorro pedindo carinho. E talvez fosse mesmo, a coleira vermelha incrustada de pinos de aço em seu pescoço, o assemelhava a um.

— Olhe pra mim — Dominic ordenou, o tom suave, mas ainda autoritário.

Tristan obedeceu, subindo lentamente o olhar pelo corpo alheio, notando que, assim como ele, o Alpha Dom não tinha sequer um pelo no corpo, naquela ocasião, havia se depilado por completo. Viu os mamilos marrons rígidos pelo frio, os músculos do abdômen trincados pela posição sentada e o pênis meio duro sendo esmagado dentro do tecido brilhoso do látex, com a cabecinha escapulindo para fora. Isso fez o ruivo sorrir, entortando a boca: porque reparou que o domador se lembrava de que ele tinha uma preferência por látex e não couro, de modo que estava usando a peça daquele material, no intuito de agradar-lhe, mesmo que lhe tivesse dado aquela inocente informação há muito tempo. Sem falar do bendito quepe branco na cabeça, que o deixava com uma postura ainda mais excitante.

Tristan estava tão seduzido por ele que doía. Doía forte em seu interior, queimava como brasa.

Quando os olhos do sub encontraram os de seu *dono*, foi como fogo ateado à gasolina, uma complexa combustão. Tristan estava sedento. Queria Dominic por inteiro, queria satisfazê-lo, ansiava vê-lo revirar os olhos por sua causa. E o desejo de Dominic não era diferente: queria lambuzar Tristan com sua porra, ansiava ouvir os gemidos manhosos do garoto em seu ouvido, queria sentir a pele dele queimar encostada na sua.

Mas não poderia.

Não naquela sessão.

Tristan merecia mais um pouco de medidas disciplinares, não merecia? Mais castigos? Ah, Dominic Von der Guth fazia preces silenciosas, para que seu autocontrole exemplar não vacilasse justamente agora. Mal haviam começado, e o moreno já estava louco para comer aquele cuzinho apertado, puxando os fios ruivos com força entre seus dedos, pouco se fodendo para a merda de castigo. Queria Tristan e o queria agora, implorando por ele.

Respirando fundo em busca de algum controle, tomando as rédeas de sua própria mente fértil, o dominador deslizou o dedão do pé para mais perto dos lábios finos de Tristan e ordenou:

— Chupa.

Tristan viu o dedo ali, pairando a centímetros de sua boca. A pele do dominador cheirava a sabonete. Ainda incerto, separou os lábios, colocando a ponta da língua para fora, até que esta tocasse o dedão alheio, de modo experimental. Buscou o olhar de seu dono, que lhe deu aprovação e incentivo, com um curto e quase imperceptível menear de cabeça, para que continuasse.

Mais instigado, Tristan acolheu o dedo para dentro da boca, dando uma chupada suave, de olhos fechados. Ouviu Dominic soltar um pequeno gemido dengoso; imediatamente, abriu os olhos, para mirar o domador, sua boca abandonou o dígito com um baixo som de *ploc*.

Um gemido provavelmente queria dizer que o domador estava gostando, mas Tristan não fazia ideia de qual era a sensação de ter um dedo do pé chupado. Então, sem fechar os olhos dessa vez, cuidadosamente segurou-lhe o tornozelo e o pé, antes de cobrir o dedão com a boca outra vez.

Viu o ex-tenente-coronel cerrar os olhos e jogar a cabeça levemente para trás, com os lábios separados, emitindo uma pequena lamúria com a garganta, ao mesmo tempo que descia a mão para o próprio pau desperto, apertando-o por cima da cueca de látex.

Naquele momento, algo explodiu no interior do *brat*. Uma sensação gloriosa de satisfação em estar agradando seu dominador o atingiu. Queria ouvir aquelas lamúrias e ver a expressão no rosto de Dominic para sempre. Porra, era tão delicioso, tão satisfatório, em tantos sentidos...

Tristan passou a chupar o dedo do Alpha Dom com mais afinco, sempre atento às expressões de seu mentor. Agora, o moreno o encarava de volta, com um pequeno sorriso no cantinho da boca, deixando claro, em suas expressões, o quanto gostava do que seu submisso lhe dava.

O ruivo deslizou os lábios pelo peito do pé alheio, dando pequenos beijinhos curiosos na pele, enquanto suas mãos massageavam-no. O pé de Dominic era grande, mas ainda era menor que o seu.

— Já está bom — o ex-tenente-coronel declarou satisfeito, afastando-o delicadamente. Ele se inclinou, chegando o rosto muito próximo ao do garoto, que agora se mantinha de joelhos, com as mãos espalmadas nas próprias coxas pálidas. — Quero que vá até a parede de acessórios e me traga a chibata. Você se lembra das nossas aulas? É uma vara fina, com um pequeno corte de couro na extremidade, em formato de coração.

Tristan assentiu calmamente, e quando Dominic se afastou, voltando a se encostar no sofá, o garoto se levantou do chão, virou-se de costas e caminhou até a parede com os diversos acessórios pendurados nela. Passando os olhos atenciosamente pelos objetos de formatos e tamanhos diferentes, capturou finalmente entre os dedos delicados a haste colorida em vermelho e branco listrada; numa das pontas, estava o recorte de couro vermelho em formato de coração. Por mais fofo que pudesse parecer, o alfa tinha total ciência de que servia mesmo era para machucar.

Voltou os orbes brilhantes para Dominic, mostrando o acessório em suas mãos, e recebeu um pequeno menear de cabeça, confirmando seu acerto. Era aquilo mesmo. Então, o ruivo disparou ligeiro até ele, ajoelhando-se aos seus pés novamente, e estendeu-lhe o objeto apoiado nas duas palmas, de forma educada.

O moreno sorriu, capturando a peça, para então deslizar o pedaço de couro por sua bochecha até o queixo, enquanto Tristan aguardava suas ordens ansiosamente.

Quando viu o olhar sádico de Dominic sobre si, o mais novo sentiu seu membro fisgar. Doeria, ah se doeria. E aquilo o excitava ainda mais.

Dominic levantou-se graciosamente do sofá, analisando a chibata listrada em suas mãos enluvadas. Posicionou-se atrás de Tristan e puxou fracamente sua coleira, dando sinal para que se levantasse. Direcionou-o para a cruz de Santo André, onde o prendeu de frente para si, pelos punhos e tornozelos. Com o olhar afiado sobre o corpo de seu garoto, o ex-tenente-coronel o provocou, deslizando a ponta de couro da chibata pelas laterais das pernas dele, encarando-o exatamente como uma presa prestes a ser abatida.

Tristan resfolegou, mordendo os lábios, sem sequer conseguir parar de fitar os olhos profundos de seu domador. Estavam presos nas esferas um do outro, quase como se conversassem pelo olhar.

— Por que gosta tanto de me desafiar, alfa? — o mais velho indagou altivo, resvalando a tala de couro nos testículos dolorosamente inchados de Tristan. — Responda! — ordenou, batendo a tala na lateral do quadril dele, num movimento sagaz.

Tristan sugou o ar entre os dentes; sentiu, literalmente, o já conhecido misto de prazer e dor no açoite. A chibata causava uma dor estalada e rápida, algo como um beliscão. Em reflexo, sua perna tentou subir e não pôde, devido ao tornozelo preso. Ele abriu a boca, franzindo o cenho, para em seguida dar um sorriso ladino.

— Porque você fica um tesão irritado, Dom — respondeu sinceramente, o encarando brincalhão.

— Só por isso? Ou você me provoca pra apanhar depois? — perguntou, fitando-o de cima a baixo.

— Não, meu senhor. Só te provoco porque me dá tesão te ver irritado. Você é sempre muito gentil... Te ver irritado me faz ficar de pau duro. — Sorriu com o lábio inferior preso entre os dentes, e deu de ombros, do jeito que podia, mesmo estando preso na cruz de madeira.

Dominic o encarou de modo intenso, a ponto de fazer o *brat* sentir-se febril. Seu corpo estava queimando por dentro. Nunca tinha sentido tanto tesão com alguém assim. As milhares de fodas e gozadas que tinha dado, ao longo de seus vinte e poucos anos de vida, não eram absolutamente nada se comparadas ao que sentia com o ex-militar.

Era inegável que apenas Dominic lhe causava aquele tipo de sensação tão intensa, como se pudesse explodir de tanta agitação. Tinha certeza de que aqueles sentimentos eram o tipo de coisa que levaria qualquer um a pecar. Como um passe direto ao inferno.

— Sabe, garoto... — o moreno começou a dizer, com a voz tranquila, deslizando o olhar, com volúpia, pelo corpo musculoso. — Você se acha muito espertinho, mas eu sou mais. — Deu um sorriso convencido. — Quando me desobedecer, irei te castigar. E como aposto que você é um masoquistazinho de merda, vou te dar a dor... mas não do jeito que você quer. — E aí desferiu uma chibatada rápida e curta no falo duro do outro, bem na cabecinha do pênis.

Tristan fechou os olhos e deu um gritinho dolorido. Não tinha sido gostoso, era ruim, bem ruim. Não era uma dor muito forte, mas incomodava, não era nada prazerosa. Seus joelhos se remexiam inquietos, tentando fechar as pernas para, de alguma forma, conseguir proteger o pau dolorido que pulsava agoniado, mas era impossível, estava contido.

— Doeu, bebê? — foi zombeteiro.

— Sim, meu senhor — o ruivo moveu a cabeça, assentindo freneticamente, a voz soando como um pequeno gemido. — Por favor, chega de castigos, hum? — reclamou com um biquinho completamente fofo.

Dominic quis morder aquele bico, enquanto o segurava pelas pernas e arremetia forte contra o cuzinho apertado. Ah, ser firme com Tristan era incrivelmente difícil, mesmo para o Alpha Dom, que era totalmente controlado e disciplinado. Mas o alfinha mexia com ele de uma forma que ninguém havia mexido antes. Nem mesmo o ex-noivo que, até então, pensava ter sido o grande amor de sua vida, lhe causou sensações tão fortes.

— Ah, você acha que já está bom? — Dominic perguntou debochadamente. — Você não tem que achar nada, seu *brat*. Quem decide sou eu. E já sei onde você gosta e desgosta de sentir dor. Então, antes de me provocar de sacanagem, saiba sempre o que te aguarda. Não serei bonzinho todas as vezes. — Sorriu de modo sádico. — Você ainda merece um castigo por ter gozado lá embaixo, sem permissão.

Tristan engoliu em seco. Sua cabeça sequer estava raciocinando direito. Ele realmente não provocava no intuito de ser castigado, apenas provocava e confrontava Dominic por achar divertido contrariá-lo. Ele ficava bruto e rude, e Tristan amava aquele lado avesso de seu domador.

— Sim, meu senhor. Me desculpe por ser tão insubordinado — respondeu levemente envergonhado, mas nem tanto, afinal ele gostava de ser assim.

Viu-o lhe dar as costas e descansar a chibata na parede de acessórios. Respirou aliviado com isso, afinal não teria mais aquele objeto aparentemente inocente machucando-o dolorosamente.

O ex-tenente-coronel voltou para frente, segurando um açoite de haste grossa e curta, com várias tiras de couro na ponta, como uma franja. Buscando na memória pelo nome, Tristan lembrou: chamava-se *flogger*. E este era um dos que havia se sentido mais impelido a experimentar, quando o dominador lhe mostrou nas aulas que tiveram no começo de tudo.

Dominic soltou o objeto em cima da poltrona de couro e estalou o pescoço, arrepiando os finos pelos no corpo de Tristan. Ele levantou um braço e depois o outro, como se estivesse se espreguiçando. Foi só aí que Tristan entendeu que ele estava *se alongando*, para o que quer que fosse fazer com aquele *flogger*. Os braços giraram em círculos no ar, foram esticados por cima do corpo, para frente, para trás, de todas as formas possíveis, o que o sub observava atenciosamente, afinal observar Dominic era terrivelmente excitante. Aquele corpo... não havia palavras suficientes para descrever a perfeição. Por último, desceu o tronco, de costas para ele, fazendo a cabeça ficar entre as pernas, onde tocou os próprios pés. E claro, a posição fez com que sua bunda coberta pelo tecido brilhoso ficasse totalmente voltada para o rapaz, que deu um sorriso assanhado, sentindo seu lado animal contorcer em desejo. Sabia que Dominic estava fazendo aquilo de propósito, deixando o rabo todo aberto para ele daquele jeito. De cabeça para baixo, Dominic sorriu, assistindo a Tristan querer se soltar das algemas na cruz, avançar para cima dele e devorá-lo.

— Você é todo gostoso, meu senhor. Com todo o respeito — o subzinho atrevido não se aguentou e disse com a voz rouca.

Dominic levantou-se devagar, segurando o quepe na cabeça, e sacudiu os ombros com um sorriso no rosto, para aí se virar e caminhar até estar com o peitoral colado no de Tristan e a boca rente à dele também.

— É? E você gostou do que viu? — atiçou.

— Muito, meu senhor... — confessou, arrastando os lábios pelo do Dom. — Muito mesmo...

— De qual parte, exatamente? — incitou mais. — Conta pra mim, bebê...

Tristan revirou os olhos e sugou o ar entre os dentes. Estava ficando louco. Que talento era aquele que Dominic possuía para deixá-lo assim?

Mexeu um pouco o pescoço, colando seus lábios finos na orelha do domador:

— Amei imaginar o seu cuzinho aberto pra mim — disse com a voz rouca ao pé do ouvido. — Não sabe o tanto de vontade que eu tô de te foder, Dom.

Ouviu o dominador gargalhar com o rosto em seu pescoço e então apertar sua cintura fina entre os dedos enluvados, o tronco vibrando pela risada curta.

— Você quer, é? O quanto você quer? — perguntou num sussurro quase diabólico. Sabia que estava deixando Tristan desesperado e não era pouco. O cacete duro do mais novo não parava de expelir pré-gozo, pressionado entre suas barrigas.

— Eu quero muito, meu senhor. Muito mesmo. Estou quase enlouquecendo com isso... — Estava com a libido em ebulição.

Dominic afastou um pouco os rostos, para fitá-lo.

— É uma pena, bebê... porque eu já disse que você só vai me comer, quando se comportar direitinho. E você não tem sido um bom menino, tem? — acusou, arqueando uma das sobrancelhas, em clara provocação, junto a um sorrisinho maldoso.

O ruivo quase rosnou desapontado. Mas era culpa dele mesmo, e sabia disso. Naquele momento, entendeu que Dominic usaria aquilo como arma. E isso mudava as coisas. Se quisesse foder seu alfa... ah, teria de ser o mais comportado possível. O maior submisso que esse mundo já viu.

— Tenho sido um mau menino, meu senhor — respondeu com um biquinho.

— Então, já que sabe disso, peça desculpas — ordenou em desafio.

— Me desculpe por ser assim. Prometo que a partir de agora serei muito, muito bonzinho, pra que eu possa te dar prazer do jeito que meu senhor espera.

— Muito bem, garotinho — devolveu, levando os lábios até a bochecha do sub e dando-lhe um beijo estalado de aprovação.

Foi aí que Dominic sentiu a boquinha abusada de Tristan aproximar-se de sua orelha de novo, para dizer manhoso:

— Prometo que quando meu pau estiver dentro de você, vou te fazer gozar mais que nunca, enquanto você quica gostoso em cima de mim, meu Domzão.

Dominic fechou os olhos com força e pressionou a pélvis contra a dele, apertando a cintura fina entre suas palmas enluvadas, os dois cacetes tesos se roçando. Aquelas palavras afetaram-no de um jeito totalmente abrasivo. Porque, sim, estava morrendo de vontade de se foder no caralho do outro, fazia tempo. Estava louco de vontade de sentar nele, tendo seu corpo como um brinquedinho. Faria com o pau de Tristan o mesmo que fazia com seus dildos coloridos expostos na estante de vidro.

Dando uma mordiscada fraca no ombro do ruivo, ouviu um gemido e afastou-se, deixando um tapa forte na outra coxa que não foi açoitada pela tala antes. Soltou seus tornozelos e depois os punhos, sob o olhar atento de Tristan.

— Você vai ficar preso de costas agora, se vire — disse, e o ruivo obedeceu. — Essa bundinha arrebitada vai ganhar um carinho da *flogger*... — zombou, já alisando as nádegas durinhas do namorado.

Tristan deleitou-se quando escutou o barulhinho do zíper da cueca minúscula de látex sendo aberto, pensando que Dominic o foderia de novo naquele dia, preso na cruz de madeira. E ele estava ansiando por isso, pois parecia que a foda lenta dada à mesa, no andar de baixo, já tinha acontecido há muitas horas — o que não condizia com a realidade. Nem mesmo uma hora havia se passado desde então, mas o alfa estava completamente sedento.

Dominic roçou o caralho duro na entrada do submisso, enquanto gemia manhoso no ouvido dele, querendo atiçá-lo até o limite. Segurava o falo teso pela cabecinha, movendo o quadril enquanto arrastava a glande na entrada do ânus alheio.

— Eu quero te foder tão gostoso, *meu ruivinho*... — falou arrastado, com a voz manhosinha.

O *brat* mal podia se manter de pé, sua cabeça girava, porque era assim que Dominic conseguia dobrá-lo: a voz doce, ronronada, no meio de uma esfregação. Ele rebolava o quadril para trás, de encontro ao membro de Dominic, sentindo o baixo-abdômen fisgar com os gemidos manhosos que o moreno soltava ao pé de seu ouvido.

— Então, fode — respondeu tão alterado quanto. — Fode agora, por favor...

No entanto, com uma risadinha sádica, o mais velho afastou-se e foi até a poltrona capturar o *flogger* outra vez em sua mão enluvada. Ajustou o quepe na cabeça, enquanto Tristan o espiava inquieto por cima do ombro. Prendeu a alça que compunha o cabo do *flogger* no próprio punho, dando-lhe maior segurança nos movimentos, para que o açoite não escapulisse acidentalmente.

As tiras eram finas e não muito longas, havia cerca de dez. Quanto mais finas, maior a sensação ardida e menor a sensação de impacto. As pontas possuíam cortes na diagonal, tendo o mesmo intuito: o de arder na pele.

Deu uma leve girada no punho, para deixar a mão, que açoitaria Tristan, mais solta; estudou, concentrado, a bunda bonita e a parte de trás das coxas grossas. Sua respiração estava calma e controlada, como deveria ser.

— Olhe para frente — ordenou, aproximando-se mais, até que estivesse a cerca de um metro e meio dele.

Tristan rapidamente obedeceu, esperando ansioso. Dominic encarou seu corpo por mais um momento, antes de levar o braço direito para trás e voltar com ele de modo certeiro e rápido, desenhando um oito horizontal no ar e acertando a nádega direita de Tristan com as tiras do *flogger*.

Dessa vez, Tristan franziu fortemente o cenho, assobiou de dor e o corpo se lançou contra a cruz, mas não era uma dor ruim. Era excitante pra caralho.

A primeira impressão em sua pele foi a de ter tomado um tabefe rápido. Em seguida, mudou para algo pungente, mais aflitivo. E a ardência era a parte mais gostosa.

O ruivo soltou uma risada completamente masoquista e dolorida, sentindo tudo dentro dele vibrar de prazer. Era aquilo que vinha procurando. Era aquilo que vinha buscando a vida toda, sem saber. Era revelador o prazer que sentiu naquilo.

Virou-se para encarar seu domador, por cima do ombro, com um sorrisinho contido.

— Está tudo bem? Posso continuar? — o Alpha Dom indagou, preocupado.

O mais novo sorriu e jogou o pescoço para trás, aliviando a tensão em seus músculos.

— Continua, por favor.

Em poucos segundos, as tiras da *flogger* cortaram o ar, indo de encontro à outra nádega, fazendo-o sibilar com a dor, mas ele gostava dela.

Girando o punho e a *flogger* como num símbolo do infinito, o dominador açoitava rápida e repetidamente as nádegas branquinhas, fazendo com que apenas as pontas deslizassem na pele. Rapidamente, a bunda de Tristan exibiu as marcas vermelhas das tiras, como arranhões, e num movimento mais forte, um pequeno filete de sangue surgiu na pele.

Tristan parecia aguentar bem e gostar daquilo. Os gritinhos dolorosos, que soltava, eram bem contidos, como se ele se negasse a demonstrar o quanto machucava. Parecia apreciar uma dor mais ardida, ao invés da dor mais forte e intensa, então Dominic fazia de modo calculado para agradar a seu garotinho masoquista.

O olhar de Dominic sobre a pele marcada era intenso. Os mirantes vermelhos estavam injetados e seu interior se contorcia em um prazer sádico com a dor alheia, o próprio pênis duro pingando pelo zíper aberto da minúscula cueca apertada.

Desceu alguns leves golpes para as laterais das coxas do garoto, um pouco de cada lado, embebedando-se em seus gritinhos doloridos. Cuidaria dos machucados em sua pele com o maior prazer depois, mas melhor ainda, teria a visão da pele marcada por dias.

A cada açoitada, Tristan tremelicava num curioso misto de dor e prazer, os pés saindo do chão e os joelhos se levantando, tentando, de algum modo, curvar e proteger o corpo em reflexo.

Não foram muitos golpes, mas o suficiente para Dominic se divertir e abandonar o objeto novamente sobre o estofado. Aproximou-se outra vez do mais novo e ajoelhou-se no chão, contemplando o bumbum na altura de sua face. Distribuiu beijinhos carinhosos por toda a pele marcada das nádegas do *brat*, acariciando suavemente com as mãos, escutando a respiração pesada de Tristan — que apenas permanecia de pé por causa dos punhos presos outra vez nas algemas de couro.

A visão da entrada ainda gozada fez Dominic afastar suas bandas com delicadeza e meter a língua ali, num beijo melado, ao passo que Tristan gemia em resposta, porque aquele sempre seria o lugar mais sensível de seu corpo.

— Você está bem? — o dominador perguntou, depois de se levantar, enquanto alisava os ombros tensos do submisso.

— Sim... Sim, meu senhor — respondeu com a garganta seca.

Dominic liberou seus punhos e puxou-o pelo círculo de aço acoplado à coleira — que era o elo que devia prender-se a uma guia.

Parando em frente ao expositor de vidro, apanhou uma algema descartável — que consistia numa fita fina de nylon, algo mais rústico.

Com os punhos presos novamente, mas agora atracados um ao outro em frente ao corpo, o ruivo viu Dominic tirar da estante algo que era um dos seus maiores anseios: os clipes de mamilo. Tristan tinha extrema sensibilidade em seus biquinhos marrons, e qualquer coisa ali já era sentida intensamente.

O moreno encarou-o, esperando que se opusesse ao uso do acessório, mas Tristan não o fez. Então, o dominador conectou a coleira à corrente de aço dos clipes e, logo em seguida, prendeu os clipes nos biquinhos já eriçados, fazendo com que a coleira e os clipes ficassem unidos pela corrente dupla.

Tristan franziu o cenho pela dorzinha aguda; as duas pequenas peças presas aos bicos mais pareciam garras.

Outra vez, o domador enfiou o dedo no pingente circular da coleira, para arrastar o sub para onde queria. Mandou o alfa ajoelhar-se ao pé da cama e este o fez, obediente. A dor na pele machucada das nádegas incomodava pelo atrito ao sentar-se em cima delas, então montou uma caretinha dolorida no rosto, sem perceber. Mas Dominic notou, e sorriu debochado com isso.

— Está doloridinho, meu bem? Quer interromper a sessão, uh? — questionou com um sorriso matreiro.

Tristan apertou os olhos para o domador, de modo desafiador, pronto para devolver a gracinha à altura. Mas de súbito, lembrou-se de que prometeu se comportar. Queria muito foder Dominic, e se não fosse um bom garoto, jamais teria aquela recompensa. Nem tão cedo foderia seu macho alfa. Por isso, engoliu sua resposta malcriada, respirou fundo e suavizou a expressão, ainda que estivesse se roendo por dentro.

— Estou bem, meu senhor — declarou. Seu interior fervilhava para xingá-lo com meia dúzia de palavras chulas, mas estava usando o máximo de si para se calar, afinal.

Claro, o Alpha Dom não deixou aquilo passar despercebido. Era um ótimo observador, afinal de contas. Wolfgang nunca foi exatamente um enigma — ao contrário dele mesmo, que se portava quase como uma esfinge frente ao vizinho, esforçando-se ao máximo para não ter seus mistérios revelados, num passado não muito distante da relação dos dois.

Sabendo que o havia manipulado perfeitamente bem a se comportar, com a ameaça de nunca o deixar penetrá-lo como o ruivo ansiava, Dominic o tinha na palma das mãos. E querendo testar o já fraco autocontrole do companheiro insolente, o Alpha Dom deslizou a destra enluvada pelo maxilar firme do namorado, até capturar seu rosto entre os dedos, enquanto, com a canhota, passou a, vagarosamente, se masturbar na frente dele.

— Sabe, *amor*... — sussurrou, encarando os olhinhos lilases, sem parar a masturbação no próprio sexo. — Você é muito malcriado, porque tem essa linguinha ferina. Talvez, o modo mais fácil de fazê-lo se comportar, seja ocupando sua boca... — Sorriu maldoso. — Então, pra te ajudar a cumprir a promessa, vou te calar de um jeito delicioso. Ponha a linguinha pra fora — ordenou, firme.

Segurando um sorrisinho excitado, o rapaz obedeceu.

Dominic deslizou a pontinha do pau melado na língua de seu sub, limpando todo o pré-gozo da glande. Tristan o encarava profundamente — já que não tinha sido proibido de novo, tampouco seria agora, porque o Dom gostava da forma lasciva e quente que seu submisso o encarava, totalmente faminto, como um animal selvagem e necessitado.

Subitamente, no entanto, Dominic retirou o membro teso de sua boca, sorrindo sacana ao virar-se de costas, com a bunda volumosa pairando em frente ao rosto do submisso. Encarando-o por cima do ombro, enquanto descia lentamente o zíper na traseira do short de látex, avisou:

— *Você vai se calar, porque sua língua vai estar ocupada demais me fodendo inteiro.* — E então, agarrou os fios da franja desbotada entre os dedos enluvados, ao passo que imediatamente direcionava o rosto dele em direção à sua entrada sedenta por aquele beijo. — Chupa direitinho, como um bom menino, Tetê... — provocou, sem alterar o tom de ordem explícito em sua voz.

Tristan foi à loucura. Clamou a todos os deuses e santos existentes em seu mundo e até mesmo em universos paralelos. Foi com gosto que passou a língua molhada entre os lábios, umedecendo-os, para em seguida metê-la no buraquinho enrugado de seu dominador, gemendo ao sentir a textura daquela área tão íntima do outro na boca.

Com a destra, o moreno segurava os fios de Tristan; com a canhota, afastava a banda esquerda da própria bunda, para ficar mais aberto e facilitar as carícias do alfa em sua traseira. Gemia despudorado com o beijo, amava recebê-lo na mesma intensidade que amava dar um daqueles. E toda vez que ele rosnava deliciado, Tristan grunhia de volta, fazendo com que o som de sua garganta reverberasse numa vibração gostosa na bunda de seu senhor.

Aquela era a definição de prazer mútuo. Tudo entre os dois era mútuo, afinal. Tristan adorava o que estava fazendo. Metia a língua, necessitado, forçando entrada no orifício pequeno. Alternava com lambidas na carne franzida, babando tudo o que podia ao redor. E aquilo só o fazia imaginar com mais intensidade como seria ter seu pau enterrado ali dentro. Tinha certeza de que seria como ir ao inferno e queimar.

— Ah... Tetê... — clamou o mais velho, com a voz totalmente errática. — Não consigo parar de pensar nesse teu pau grande me rasgando todo, pulsando dentro de mim...

O ruivo soltou um uivo fino contra a pele dele, quase como um chorinho de cachorro. Tentou levar as mãos para masturbar o próprio caralho duro que latejava entre as pernas, mas o maldito Dominic havia prendido seus dois punhos um ao outro com a maldita da algema de nylon. Ficava impossível masturbar-se e ainda corria o risco de ser pego em flagrante, tocando-se sem permissão.

— Meu bem... eu posso gozar só com sua língua me fodendo — o dominador declarou, maldoso. Não estava mentindo, mas queria atiçá-lo.

Desesperado, Tristan afastou o rosto do quadril de Dominic, aproveitando que o aperto em seus fios suavizou, e inspirou o ar que sequer havia notado que lhe faltava... Tinha se sufocado deliciosamente naquela bunda.

— Por favor, por favor, senta em mim — implorou. — Senta no meu pau, me faz gozar, meu senhor, por favor, não tô aguentando mais — pediu com a voz chorosa.

Dominic sorriu ainda mais sádico que antes, deliciando-se com seu gracioso desespero. Aquilo alimentava seu ego a ponto de quase o fazer explodir. Tinha Tristan Wolfgang bem como queria.

Por isso, terminou de tirar a cueca de látex, abandonando-a no chão. Tirou o quepe, para jogar os fios da franja para trás e aí ajustar a peça na cabeça novamente. Passando a língua entre os lábios carnudos, ele sorriu, apreciando o desespero daquele que se submetia, ficando mais excitado ainda com o poder que tinha sobre ele naquele momento. E principalmente, em como o disciplinaria de uma vez por todas, dando-lhe um dos castigos mais frustrantes que se podia dar...

— Pra você não dizer que sou rígido além da conta, vou te dar algo que estava devendo — disse, naquele tom de voz rouco, que deixava Tristan doente de tesão, o membro piscando.

Com os olhos cor de sangue semicerrados, o Alpha Dom retirou a luva com os dentes, lenta e insuportavelmente erótico, o que só contribuía para que a mente de Tristan ficasse cada vez mais insana. Assistir ao moreno puxando a ponta da luva que cobria cada dedo, lentamente, até arrancar a peça por completo e praticamente cuspi-la no chão, deixava o ruivo hipnotizado.

Dominic lambeu a palma para lubrificá-la de saliva e levou-a para o próprio sexo duro, deixando-se latejar na mão enquanto a deslizava pela extensão grossa, de veias dilatadas, sem tirar os olhos do *brat*.

Tristan precisou morder o lábio para descontar um mínimo do calor desenfreado que percorria seu corpo. Era como assistir pornô ao vivo, vendo-o com a pele já brilhando suavemente de suor, masturbando o próprio caralho necessitado bem na altura de seus olhos. Tristan sentia-se exatamente como uma criança vendo os doces na mesa do bolo, mas sem poder comer nenhum antes dos parabéns.

*Pobre bratzinho.*

Sua pulsação estava acelerada e o rosto ardeu, vidrado na imagem de Dominic, piscando rápido para não perder o foco daquela figura gloriosa.

O moreno gemeu, aumentou a velocidade da punheta ao passo que agarrou os fios vermelhos e, direcionando sua glande frente ao rosto do submisso malcriado, alertou:

— É melhor fechar os olhos, bebê...

Pouco depois que Tristan cerrou as pálpebras, sentiu os jatos de porra quente atingirem seu rosto, os lábios entreabertos, queixo, peitoral e cabelos. Tudo na altura do peito para cima. Só aí entendeu o que Dominic queria dizer com *algo que lhe estava devendo* — era a gozada na cara, como havia pedido a ele, dias atrás.

Sorrindo de forma audaciosa, mas ainda de olhos fechados, Wolfgang passou a língua macia entre os lábios sujos, esticando-a para alcançar também o queixo e tudo o que pudesse à sua volta, sentindo o gosto do sêmen de Dominic em seu paladar.

Assim que se viu livre do torpor orgástico, o dominador limpou, com o dedão, uma gota do líquido esbranquiçado na pálpebra do namorado que

— Você pode fazer mais do que isso... — inesperadamente instigou.

O efeito foi certeiro: Dominic desferiu mais dois tapas, um de cada lado do rosto, dessa vez, mais fortes, recapturando sua mandíbula entre os dedos rapidamente, obrigando o garoto a encará-lo nos olhos.

— Você não manda aqui, Tristan — comentou, com uma voz extremamente calma que sequer combinava com sua expressão dura. — Acha que pode me vencer? — indagou retoricamente e então se sentou sobre o corpo maior, encaixando imediatamente o caralho duro do *brat* entre suas carnes, mas sem se deixar ser penetrado. — Eu sempre ganho esse jogo, garotinho teimoso... Sempre. — E com um sorriso, passou a deslizar lentamente sobre o falo teso do rapaz, que sequer teve tempo de pensar em algo para responder, pois sua garganta estava ocupada demais em gemer ao sentir o atrito delicioso daquele rabo gostoso bem onde estava mais necessitado e sensível.

Foi aí que gemidos abafados, que até então Tristan não havia escutado, começaram a ficar mais altos.

Virando o rosto para a parede, em choque, o ruivo reconheceu um deles: eram as lamúrias de Nero, no quarto ao lado. O maldito *trisal* havia esquecido que estavam ali para protegê-lo caso algo desse errado. Ao invés disso, estavam usando a suíte do anfitrião para transar.

Como se combinados aos movimentos cada vez mais acelerados sobre o cacete do submisso, os gemidos ficaram mais escandalosos no cômodo ao lado.

— *Que delícia do caralho...* — ouviu Roxy dizer. — *Essa é a única coisa que um bostinha como você pode fazer com a boca.*

Ele apurou os ouvidos, fofoqueiro. Queria saber para *quem* ela dizia aquilo.

— *Caralho, fode mais forte, Nero* — a voz grave era de Bastien.

Um tapa *muito forte* soou, seguido de um resmungo dele.

— *Só posso te comer rápido, quando você fizer sua domme gozar, mas se continuar abrindo essa porra de boca pra reclamar o tempo todo, não acho que você seja capaz, seu inútil.*

Dominic sorriu, excitado. Passou a mover-se ainda mais desesperadamente sobre o caralho teso do outro, que sugava o ar entre os lábios abertos, com o peitoral musculoso subindo e descendo rapidamente.

O moreno soltou os clipes dos mamilos de Tristan e os substituiu por seus dedos e língua, chupando de um lado, enquanto beliscava o outro com a ponta dos dedos, tendo de empurrar os braços dele para cima, para dar-lhe espaço.

Tristan queria tocar o seu alfa, mas suas mãos estavam unidas pelos punhos, num aperto forte da algema de nylon, e quando o domador empurrou seus braços e os posicionou na altura da cabeça, o rapaz resmungou, sabendo que, agora, mais ainda, seria impossível tocá-lo. Ele gemeu mais forte, tendo tantos estímulos ao mesmo tempo.

— *Você é só um depósito de porra, Bastien* — a voz de Nero soou ácida, causando um arrepio em Tristan pelo tom autoritário de escárnio.

— *Ah, nosso alfinha não passa de uma cadelinha sedenta, não é?* — disse Roxy, de forma arrastada.

— *Ele é como um puto* — Nero completou. — *Um puto sujo.*

Barulhos de tapas fortes soaram de novo e, em seguida, um gemido lânguido de Bastien — provavelmente estava gozando.

Dominic rebolou tão acelerado sobre seu submisso que este quase viu estrelas. Ouvir as lamúrias, gemidos e humilhações dos amigos, além dos sons agressivos, estava deixando o casal louco.

Com um sorrisinho afetado, o mais velho levantou o tronco e deslizou mais rápido sobre o pau teso. Soltou um pequeno gemido, ao senti-lo pulsando entre suas bandas. Mais excitado ainda ficou quando foi capaz de sentir as veias saltadas no cacete abaixo de si perfeitamente, mesmo que não estivesse penetrando-se, apenas deslizando sobre a extensão.

— Porra, como eu queria você inteiro dentro de mim — suspirou. Quase não podia manter a pose durona e inabalável. Não quando seu próprio ânus parecia piscar com o mero contato contra o sexo alheio.

— Então, faz — Tristan sussurrou, choroso. — Por favor, *meu senhor*, me deixa te foder gostoso...

Dominic apenas sorriu e passou a deslizar com mais afinco, soltando lamúrias de prazer, de olhos fechados e com os lábios separados. Apenas ao sentir aquela extensão pulsante em contato à sua área sensível, estava louco, querendo engoli-lo de forma gulosa.

— Dominic... Dominic! — o ruivo exclamou desesperado.

Estava quase lá.

E então, o maldito desceu de seu colo, deixando-o a ver navios outra vez.

— Não, Dominic, Dominic, por favor, por favor, *por favoooooor*, não faça isso comigo — choramingou, desesperado.

O ex-militar sorriu e, aproximando-se do ouvido do submisso, declarou um: *Eu avisei, Tristan* — antes de se levantar e sair do quarto sob os protestos agoniados do submisso castigado.

Dominic sorria como se tivesse ganhado na loteria. Sabia que depois dessa, o malcriado pensaria sempre duas vezes antes de desobedecer-lhe. Ficar sem gozar já era ruim, mas ficar sem gozar, tendo ingerido um estimulante de ereção era... maligno.

Ele ficou cerca de meia hora na cozinha, onde recolheu as louças, guardou o resto da comida na geladeira, lavou e organizou tudo. Tristan precisava ficar sozinho na masmorra, sofrendo com as mãos literalmente atadas, sem poder se masturbar, enquanto portava uma ereção dolorosa e, de quebra, ouvia os gemidos eróticos do trisal no quarto ao lado. E eram tão altos que até mesmo da cozinha, Dominic era capaz de ouvi-los também.

É claro, os gemidos da sessão dos três namorados não faziam parte do plano inicialmente, mas funcionaram como um excelente bônus para castigar e disciplinar seu subzinho malcriado pra cacete.

Totalmente nu, mas com um pano de prato pendurado no ombro, o moreno tinha suas mãos espalmadas no balcão da cozinha agora limpa, gostar apenas de confetes vermelhos. Algumas coisas, eu só posso saber se você me contar.

— Você quer que te conte mais o quê? Eu já te digo tudo, não tenho nem filtro pra isso. Daqui a pouco, vou te chamar de *querido diário*, para de charme — rebateu, fazendo bico.

Dominic grunhiu, fingindo-se de bravo.

— Garotinho malcriado! — reclamou, mordiscando seu ombro.

Tristan resmungou, mesmo gargalhando.

— Não sou nada.

— É sim!

— Não sou nada, Dominic!

— Alguém já está quebrando a promessa de obediência.

Tristan arregalou os olhos e ficou branco como papel.

— Não, não, Dominic. Sou um subzinho obediente e bonzinho, me desculpa, é que eu sou doido — atropelou-se nas palavras. — Vou até beijar seu pézinho de novo pra provar isso, olha aqui ó... — Ele virou na cama e encheu os dois pés do alfa de beijos, fazendo gracinhas, enquanto Dominic ria um bocado.

— Sai daí, garoto!

— Você tem os pés gorduchos, parecem dois pãezinhos. É fofo! — declarou com um sorriso meigo.

— Garoto, você quer morrer? — tentou ameaçar seriamente, mas sua boca repuxava num sorriso lateral contido.

— Não tô mentindo, tô até olhando nos seus olhos, caramba! Seus pés são gordinhos, sim! E são fofos — acusou, jogando-se em cima dele.

— Sabe o que é fofo aqui? Você!

— Eu não sou fofo. Você é fofo.

— Não, não. Você que é fofo — o ex-militar insistiu.

— Dominic, seja coerente, ok? Há meio minuto, você disse que eu era malcriado.

O dominador forjou uma expressão ultrajada, fazendo uma careta tosca, e levou a destra ao peito, de forma dramática:

— Não acredito que você está usando minhas palavras contra mim!

— Quem perdoa é juiz — o ruivo respondeu sagaz, dando de ombros como se fizesse pouco caso.

O ex-tenente-coronel não conseguiu formular uma resposta à altura. Abriu e fechou a boca, tentando inutilmente criar um argumento para tentar dar a última palavra naquela discussão sem sentido, mas não conseguiu. Wolfgang era impossível.

O mais novo, sorrindo de orelha a orelha com a falta de contestação, gargalhou divertido e recolheu o pacotinho amassado de confetes no colchão.

— Vem cá, Dom, vou te dar um confete pra você ficar calminho, tá? Um docinho deixa qualquer um contente. — Estendeu o confete colorido em direção aos lábios fartos do alfa, que o capturou com a boca, fazendo uma carinha contrariada. — Você tá muito fofo com esse biquinho, Dominic — provocou. — Vou morder ele...

— Eu que vou morder o seu, você também tá com biquinho, sempre faz um — devolveu com a voz reclamona costumeira.

O fato era que sabia que, quando estava com Tristan, os dois pareciam dois garotinhos manhosos. A única diferença entre eles, de fato, era que um deles gostava de mandar, e outro terminava obedecendo, porque desistia de contrariar. Tristan o deixava tão, mas tão derretido, que era quase impossível para Dominic não ser recíproco aos atos dele. Definitivamente, ficar apaixonado deixava as pessoas frouxas.

— Então, morde — atiçou o ruivo, com uma expressão matreira.

Dominic avançou em seus lábios, deixando uma mordidinha leve na boca franzida, que se unia num pequeno bico risonho.

— Você é muito meu bebê... — falou de modo apaixonado, fitando os olhinhos cor de violeta e a testa entre os fios de cabelo vermelhos que caíam suavemente; observou as sobrancelhas expressivas e o nariz arrebitado. Desceu o olhar, fascinado, pelos lábios bem desenhados, as mandíbulas fortes que deixavam o rosto de Tristan num limbo entre a aparência infantil e o visual maduro. Era dono de uma beleza exótica e completamente estonteante. Dominic tinha certeza de que o rapaz poderia ter quem quisesse aos seus pés. Ter sido escolhido por ele, em meio a tantas outras pessoas, o fazia sentir-se especial.

— No dia em que você disse que estávamos namorando desde quando pediu para sermos exclusivos... Você estava jogando verde, não é? — perguntou Tristan, apertando os olhos, desconfiado. Então, Dominic se entregou, deixando as bochechas inflarem e seu rosto ficar vermelho, até explodir numa gargalhada. — Eu sabia! Dominic Von der Guth, sua cobra sorrateira! — exclamou, indignado, tentando afastar-se, mas o domador o segurava com força pela cintura, enquanto ria.

— Ah, Tristan... Tenta entender o meu lado? — justificou, entre risadas. — Fazia um bom tempo que eu não pedia ninguém em namoro. Minhas relações não eram românticas, eram apenas relações D/s e nada além disso. Eu estava morrendo de medo de parar na sua frente e dizer: *Olha, eu tô apaixonado por esse seu jeitinho abusado e fofo pra caralho, namora comigo?*

— Era só dizer, Dominic!

— Mas estava com medo de você não aceitar meus sentimentos, Tetê... — defendeu-se, fazendo manha.

— Você é um manipuladorzinho safado! — acusou, nem tão bravo assim. Era mais um charme, por achar divertido entrar naqueles embates bobos.

— Ah, não fiz por mal. Só vi a chance e aproveitei. E você disse sim! — Apontou um dedo acusador no rosto do alfa de cheiro doce. — Você é meu namorado agora, nem pense em voltar atrás, Wolfgang. Eu não aceito um término. Não, não, não... — avisou, sacudindo a cabeça.

Agora era o ruivo quem sorria, sentindo as bochechas arderem. Porra, aquele calorzinho em seu peito, quando estava com Dominic, era tão irritante! Irritante de um jeito que dizia: *Olhe bem o poder que ele tem sobre você... Num estalar de dedos, poderá partir seu coração* — era para isso que a mente de Tristan sempre o guiava. Talvez fosse uma forma de fazê-lo ser mais cuidadoso nas relações, sabendo que nem sempre tudo era tão lindo quanto parecia; ou talvez realmente fosse só uma paranoia de sua cabecinha traumatizada. Não tinha como saber ao certo. Mas a partir daquele minuto, decidiu que confiaria no *seu alfa*. Estavam felizes, afinal. Não tinha por que algo dar errado, não naquele momento, pelo menos.

Então, decidiu, de forma madura e racional que quase nunca usava na vida, que deixaria apenas as coisas fluírem e aproveitaria ao máximo os sentimentos bons e quentes que o ex-militar lhe proporcionava. Se, em algum momento, seus caminhos tivessem que divergir, ao menos guardaria boas lembranças daquele tempo. Porque, ao longo da vida, pessoas são constantemente esquecidas, passageiras, mas jamais nos esquecemos do modo como cada uma delas já nos fez sentir.

Durante a madrugada, batidas foram dadas à porta do quarto-masmorra. O casal ainda estava acordado, conversando e rindo um do outro. Aquele era um *aftercare* perfeito para Tristan: comer as coisas que gostava, ganhar carinho do namorado, fazê-lo rir e rir de volta, além de dar e receber mil e uma confissões de sentimentos mútuos. Aquilo o fazia sentir-se amado, querido, protegido. Entregar seu corpo e coração, nas mãos de Dominic, foi a melhor decisão que tomou desde que decidiu morar longe dos pais, afinal. E, ao longo do tempo, previa que acabaria entregando todo o resto, se continuassem tendo algo tão intenso, recheado de carinho e respeito assim.

Como não possuíam roupas extras guardadas na masmorra, os dois ainda estavam nus. Tristan estava enrolado no lençol vermelho, então foi ele quem se levantou para abrir a porta, deparando-se com Ethan, que portava um sorrisinho matreiro.

— Veja só o mais novo subzinho malcriado de BDSM aqui, oficialmente — declarou rindo. — Vai lá embaixo fechar a porta pra gente, Triz — pediu.

O ruivo concordou preguiçoso, fechou a porta do quarto e acompanhou o amigo escada abaixo, enquanto Roxy e Bastien se adiantavam, indo mais à frente.

— E aí, o que você achou da sua primeira experiência em uma masmorra? É bem diferente, né? — O beta começou a conversar animado, como um adolescente conversando com o melhor amigo sobre sua primeira vez. Afinal, aquele tempo todo, Tristan era alguém de fora da comunidade, então por mais que fosse capaz de conversar com ele sobre aquele universo, era diferente agora, pois Tristan saberia exatamente do que ele estaria falando.

— Ah... — o ruivo respondeu com um sorrisinho infantil. — Eu realmente sou um masoquistazinho de merda. — E então, ambos se olharam, até explodirem numa gargalhada confidente.

— Sabe, a parede da suíte é fina demais — Nero comentou entre risos. — A gente já sabia que sua primeira sessão seria mais voltada para o S/M, mas ouvir você, apanhando e gostando, deixou o Bastien atiçado. E quando ele fica atiçado, a deusa loba que me perdoe... — Sacudiu a cabeça.

— Vocês ouviram a gente? — Tristan ficou surpreso. — Nós também ouvimos vocês!

— Ah, eu imaginei — devolveu risonho. — Aliás, deve ter sido difícil receber um castigo de não gozar, enquanto ouvia todo o sexo no quarto ao lado, né? Foi mal — falou, mas não se sentia mal realmente, achava mais que merecido, afinal o amigo era mesmo um malcriado insolente.

— Sonso — Tristan rebateu apertando os olhos. — Mas aí, qual é a do seu subzinho, afinal, hein? Que cara chato! A próxima vez que ele implicar comigo, a gente vai sair no soco. Você o deixa avisado — resmungou, segurando o lençol vermelho que tampava sua nudez.

— Oh, Triz, tão agressivo... — zombou. Sabia que Tristan era verdadeiramente briguento e que a implicância de seu submisso era ridícula. Mas Bastien era impossível de controlar, e se eles dois entrassem num embate, não sabia se tentaria separá-los ou apenas se sentaria com um balde de pipoca para assistir à luta.

— É sério, qual é a dele? Ciúmes de mim? Fala sério! Até parece que ele nunca precisou usar um amigo como parceiro de febre antes. Todo mundo passa por isso em algum momento da vida.

— Bastien é um caso complicado, mas não é muito diferente de você — devolveu. — Vocês, alfas, têm esse instinto ciumento mais que as outras classes, credo. Por isso, eu acabo me sentindo mais confortável com a Roxy. — Sacudiu a cabeça de modo reprovador. — A gente tá tentando disciplinar ele, Triz, mas Bastien é pior que você... Se parar pra pensar, não é muito diferente do seu ciuminho com o ex-parceiro de cio do Dominic também.

— Nem me fala desse cara. Só de pensar nele já me sinto irritado — murmurou.

— Olha aí, o sujo falando do mal lavado... — repreendeu.

— É diferente. Esse cara não era só parceiro de febre, *era submisso dele* — disse a última parte num sussurro e olhando em volta da sala.

— Por que você tá sussurrando? — Nero perguntou em igual sussurro, olhando em volta do cômodo, como um idiota.

— Porque não quero que o Dom me escute falando sobre isso.

— Ah, é! Isso me lembra de algo que queria te contar. Eu ouvi uma conversa da Roxy com o Calebe ao telefone. Parece que ele está fora do país, a trabalho, e vai passar um bom tempo morando fora.

— Hm... Então, não preciso me preocupar com esse cara. Fico tão aliviado! — Suspirou, levando a destra em direção ao peito, de forma dramática.

Quando o beta estava prestes a responder, a buzina do carro, estacionado na frente da casa, soou, com um Bastien ao volante encarando os dois de forma brava. Nero suspirou, aparentando cansaço.

— Eu tenho que ir. Mas olha... Só tenta controlar seu ciúme com o Dominic, ok? — disse preocupado. — Roxy disse que o Von der Guth é ciumento, como a maioria de vocês alfas é mesmo, mas ele é muito controlado, mesmo quando tinha aquele noivo. E, Triz, não só pelo que ela me conta, mas também pelo que observei hoje, o Alpha Dom parece realmente estar apaixonado por você. Ele é super cuidadoso, é visível que não te trata só como submisso. Então, se controla, tá legal? Você sabe como gente ciumenta, pegando no pé, é irritante e cansativo. Eu nem vou pra casa da Roxy hoje, porque o Bastien tá me irritando, então prefiro deixá-la lidar com ele sozinha. Você sabe que faz bem quando segue meus conselhos, né?

— Eu sei. Pode deixar — murmurou o ruivo, todo encolhidinho.

Trocaram um abraço com tapinhas nas costas e então Tristan fechou a porta, voltando para o andar de cima.

— Demorou, bebê — Dominic comentou, deitado na cama, enquanto mexia no celular. — Agora, quer fazer o quê?

— Quero mais comida. — Ele se jogou no colchão ao lado do moreno.

— Como assim mais comida? — Dominic ficou indignado, arregalou os olhos e abandonou o celular entre os lençóis. — Garoto! Você jantou, lanchou e comeu confetes!

— Meu buchinho nunca enche — respondeu com falsa seriedade na voz. — Comidinhas são muito importantes pra manter o Tristan feliz.

Com isso, logo a expressão do domador se transformou num sorriso divertido.

— Eu não aguento com o tanto que você é fofo, que saco. — Deu-lhe um abraço apertado. — É cada vez mais difícil não me apaixonar por você, Tristan — declarou subitamente, enfiando o rosto no pescoço dele e deixando a voz abafada.

As bochechas do rapaz arderam. Sentiu-se tão bobinho, mas tão, tão contente que não tinha como responder.

— Se está tão apaixonado assim, então prove — aproveitou-se.

O moreno levantou o rosto para encará-lo.

— Provar como?

— Me faz gozar.

— Não adianta, Tristan — negou solenemente, sacudindo a cabeça. — Sua ereção vai continuar aí, até o efeito do remédio passar.

— Então, ao menos, me dê mais comida — devolveu.

— Cara de pau! — Dominic sorriu e voltou a enfiar o rosto na curvatura de seu pescoço. — Pede o que quiser no aplicativo de comida, mimado do caralho.

— Ah, meu domzão é tão bom pra mim... — brincou, sorrindo satisfeito.

Talvez, aquela relação estivesse planejada pelo destino.

Talvez, fosse obra do acaso.

Não importava.

Só importava o fato de que, agora, Dominic era de Tristan, e Tristan pertencia a Dominic, e eles estavam realmente felizes assim, como há muito não acontecia em suas vidas separadas.

Era a primeira vez que passaria uma data comemorativa com Dominic, então queria estar o mais bonito possível. Tristan era extremamente cuidadoso com sua aparência, assim como Dominic.

Na cozinha, Dominic colocou o bolo colorido à sua frente, cortou uma fatia para cada e encheu as canecas de café. Tristan abocanhou a fatia quase inteira com uma mordida só, claramente faminto. E não era nenhuma novidade que estava sempre faminto, mas de manhã ficava muito mais, e Dominic já dividia o mesmo teto com ele há tempo suficiente para reparar naquilo.

Dominic precisou ir até o banheiro da suíte buscar uma toalha, quando percebeu que a tinta começava a escorrer da cabeça de Tristan pelas costas e que poderia acabar manchando a casa inteira, deixando parecida demais com a cena de um crime. Mas ao entrar no banheiro, quase caiu para trás. O piso estava completamente molhado, e respingos de tinta vermelho-cereja coloriam a pia. Suspirando cansado, pela milésima vez só naquela manhã, pôs-se a limpar o cômodo.

Morar com Tristan era exatamente como ter um filho. Ele sujava e bagunçava as coisas, não lavava a louça, não forrava a cama, sequer se lembrava de lavar as próprias roupas. Mas como o moreno não andava fazendo muita coisa para passar o tempo, às vezes, lavava para ele. E isso era porque não queria que o outro se tornasse um mimado, imagine só se quisesse.

O tempo que gastou limpando o banheiro não foi muito, então desceu para comer, mas encontrou Tristan sentado no tapete da sala, em frente à TV, com o pratinho de bolo no colo e a caneca de café no chão, enquanto apertava furiosamente os botões do controle do *videogame*.

Após resgatar seu próprio café e bolo na cozinha, Dominic sentou-se no sofá de couro vermelho e pegou seu livro sobre submissão de *brats* na gaveta da mesinha de canto; abriu na página marcada, enquanto bebericava a caneca.

Depois que Tristan subiu para enxaguar os cabelos, desceu para o almoço.

— Uau — Dominic murmurou, meio embasbacado. — A cor está tão forte agora, tão brilhante — comentou, aproximando-se do namorado, para laçá-lo pela cintura e ficarem com os rostinhos próximos. — Já disse o quanto você é lindo? E o quanto esse cabelo cor de cereja te deixa mais lindo ainda? Eu adoro como ele é cheio e rebelde, como a juba de um leão da selva.

— Eu sei que sou lindo. E todo mundo tem inveja do meu cabelo. — Passou os dedos pelos fios recém-tingidos, convencido. — Não sei como conseguiu resistir a mim por três anos... — debochou, agora, alisando os ombros do mais velho. — E ainda por cima, tenho uma personalidade ótima... quase sempre.

Dominic gargalhou, jogando a cabeça para trás, para aí voltar dando selinhos por todo o rosto do namorado, que sorria de volta, deixando-se ser beijado e descabelado, enquanto o abraçava de volta.

— Foi realmente uma tortura, acredite — confessou. — A minha sorte é ser muito disciplinado, do contrário, teria atacado você na primeira oportunidade.

— Que bom que desistiu de resistir, Dom — respondeu, pegando o rosto afilado do namorado entre as palmas, e deu-lhe um longo beijo carinhoso.

Quando se soltaram, aos suspiros, ficaram presos no olhar um do outro. Era cada vez mais difícil refrear o que sentiam. Era, basicamente, como pular de um avião sem ter a menor certeza se o paraquedas funcionaria. Alguém sempre saía machucado — era o que Tristan pensava. E ele sabia que seria ele, mas não havia jeito de se afastar de Dominic, nem em um milhão de anos.

Dominic também pensava naquelas coisas. Mas havia chegado à conclusão de que Wolfgang era a última pessoa no mundo que o magoaria. Então, se jogava tranquilamente, certo de que se seu paraquedas não abrisse, o ruivinho o salvaria. Tinha convicção disso. E essa, talvez, fosse a diferença mais forte entre eles: enquanto um se preparava para o pior, o outro esperava sempre um resultado positivo.

— Tenho algo pra você — o mais velho anunciou, afastando-se com um sorrisinho suspeito. — Só deveria entregar depois da meia-noite, certo? Mas quero te ver usando agora. — E então, entregou uma caixa grande cinza.

Tristan a recebeu de mãos estendidas, completamente desconcertado. Não havia comprado nada para ele, porque não tinha dinheiro sobrando para presenteá-lo com algo que realmente pudesse gostar. Dominic tinha gostos caros e sofisticados, e um presente realmente interessante, para ele, custaria mais caro que um mês inteiro de salário.

— Poxa... tô com vergonha. Não comprei nada pra você — disse cabisbaixo.

A expressão tristonha em seu rostinho era tão fofa que Dominic sequer conseguiria se sentir decepcionado com aquilo, mesmo se quisesse. Então, sorriu meigo, e levantou a manga do casaco, para que pudesse apertar uma das bochechas de Tristan entre os dedos; depois deslizou a palma para a nuca do garoto, fazendo o carinho suave costumeiro.

— Você já me presenteia todos os dias — disse com uma voz tão doce que o de cabelos cor de cereja sentiu o coração palpitar de forma errática.

— Corta essa, Dominic. Tá falando isso só pra que eu não me sinta mal.

— Não tô não. — Encarou-o fundo nos olhos. — É sério, Tetê. Ficar com você foi a melhor coisa que me aconteceu nos últimos anos. Mesmo dormindo e acordando abraçado com você, mesmo te tendo o tempo todo comigo, meu coração palpita, minhas mãos suam, meu corpo fica mole... E eu não costumo ser meloso assim.

Tristan ficou sem palavras. O que não era uma novidade, realmente. Ele sentia com toda a intensidade do mundo, mas a oratória não era sua praia. Era realmente difícil expressar-se.

— Não vai abrir o presente?

Piscando meio atordoado, Tristan sorriu levemente e então o abriu. A caixa cinza abrigava calçados felpudos cor laranja e marrom. Com a boquinha aberta em surpresa, Tristan os puxou delicadamente para fora da caixa.

— Pantufas de leão! — exclamou, sorrindo de orelha a orelha, enquanto alisava a pelagem macia. Os dois pés tinham o rosto de um leão na ponta, com a juba laranja, o focinho e os bigodes.

Ele rapidamente tirou as pantufas surradas de unicórnio que calçava, para substituir pelas novas, e se levantou animado, andando de um lado a outro da sala, testando os pisantes.

— São realmente macias. É como andar nas nuvens. — Sorriu deleitoso.

— Ainda bem que você gostou — Dominic respondeu sorrindo. — Agora podemos jogar fora suas pantufas velhas — disse, colocando-as dentro da caixa de embalagem das novas para irem ao lixo.

Com isso, Tristan parou de sorrir e correu para tomar a caixa das mãos dele.

— Não, não, não, Dominic! Eu não posso jogar fora as pantufas. Sei que elas são velhas e já são até duras de pisar, não esquentam nada e ainda têm furos na sola. Mas elas têm valor sentimental pra mim — disse timidamente. — Foram um presente do Nero.

O mais velho piscou um par de vezes, antes de entender. E agora ele estava ainda mais sem jeito do que antes, quando Tristan não reagiu à sua declaração romântica.

— Me desculpe. Eu não... Não sabia que elas eram tão importantes assim.

Por dentro, seu interior estava fervilhando com um calorzinho ciumento.

Tristan o encarou atentamente, notando a careta que o alfa se esforçava muito em reprimir, mas sem conseguir com total sucesso. Então, sorriu divertido.

— Está com ciúmes? — perguntou, sentando-se ao lado dele no sofá.

— Eu não — mentiu de pronto. Mas sob o olhar afiado de sobrancelhas arqueadas, cedeu, sacudindo a cabeça. — É, eu tô sim. Mas é errado.

— Nós não podemos escolher sentir uma coisa ou não. Com o ciúme é o mesmo. É um sentimento natural, ninguém decide se sente ou não sente.

— Eu sei que não podemos evitar. Mas nós podemos controlar a forma que lidamos com ele. E eu definitivamente não posso me permitir ser um ciumento descontrolado que surta com coisas fúteis por pura possessividade. Se você é meu, é porque deseja ser, e não simplesmente porque eu quis assim. Desse modo, quando você não quiser mais ser, não poderei fazer nada para impedir, então... Só vou remoer meu ciúme aqui na minha cabeça, até convencê-la a se aquietar, fique tranquilo. — Deu um sorriso fraco.

Tristan sorriu doce e deu um beijo estalado na bochecha macia do namorado. Dominic era tão maduro e racional que dava inveja. Se fosse Tristan em seu lugar, provavelmente, não teria confessado o ciúme, mas permaneceria o resto do dia emburrado, como um *crianção*.

— Obrigado, Dom. Sabe, Nero é realmente meu melhor amigo do mundo. Ele realmente fez muita coisa por mim — contou, cuidadoso. — Ele deu forças pra que eu me mudasse da casa dos meus pais, me ajudou a procurar apartamento, a achar um emprego, e até já me emprestou dinheiro quando precisei. Ele já me defendeu dos meus pais quando foi necessário, também. Ele vive arrumando minha casa, como já te contei. Pode parecer que me aproveito dele por isso, mas a verdade é que Nero sabe que sou péssimo em me cuidar sozinho. Realmente, não gosto de lidar com responsabilidades, ter compromissos e tarefas pré-agendadas, eu queria só... ter alguém que me guiasse. Tipo quando você é criança e não precisa olhar pros dois lados antes de atravessar a rua, porque seus pais vão olhar por você e te puxar pela mão, de modo seguro.

Dominic sorriu compreensivo e acariciou os fios vermelhos.

— Sabe como nos conhecemos? — ele continuou a contar. Dominic sentou-se mais confortável, para ouvir a história. — Nero é filho do cardiologista-chefe do General South Hospital.

— Uau! Esse é um dos hospitais mais caros da cidade.

— Sim — assentiu, desconfortável. — E o Doutor Nero era amigo próximo dos meus pais.

— Eles eram colegas de trabalho? — indagou confuso.

Tristan sacudiu a cabeça em afirmativa, meio encolhido.

— Meu pai é o diretor do hospital.

Dominic arregalou os olhos, de um modo tão estranho que parecia um desenho animado em uma cena absurda. Vendo sua expressão, o ruivo revirou os olhos, com leve impaciência.

— É, todo mundo fica em choque assim mesmo.

— Sei que você já disse que seus pais são ricos. Mas mesmo assim, por que você...? — Dominic sequer conseguia pôr em palavras.

— Por que vivo como um pé-rapado? — Tristan deu de ombros. — Eu quis assim, Dominic. É bem melhor que ser forçado a passar a febre com ômegas escolhidos por sua própria família. É melhor do que ter os mais diversos tipos de testes, e agulhas sendo enfiadas em você, o tempo todo, numa busca incansável de *cura* para os genes ômegas, em nome da ciência ou qualquer merda que seja — disse em tom extremamente amargo.

Dominic, cada vez mais chocado, ouvia tudo com o corpo rígido.

— Tê...

— Me deixe terminar, antes que a coragem me escape — interrompeu, respirando fundo. — Toda vez que eu entrava em febre, era a mesma briga. Eu queria um alfa. Meus pais queriam me forçar a passar com ômegas. Era muito difícil encontrar pessoas dispostas a passar as febres comigo, por causa do meu cheiro híbrido...

— Como alguém pode não gostar do seu cheiro? — Dominic deu um rosnado. — Eu nem me atraio por ômegas, mas sou completamente obcecado pelo seu cheirinho.

— Não é que as pessoas não gostem, mas elas ficam meio horrorizadas, como se eu fosse uma aberração de circo ou algo assim. Não é muito comum ter os genes desregulados, você sabe.

— Foi por isso que você... já teve que tomar remédios pra ereção? — perguntou temeroso.

— Sim — Tristan respondeu com um suspiro cansado. — Claro que, nas febres, era impossível broxar. A febre faz o sangue circular para o pênis, sem parar, exatamente como o efeito do remédio. Mas eu ainda era forçado a transar com ômegas em período normal.

— Quando você diz forçar...

— Nada físico, quero dizer. Ninguém podia me forçar fisicamente, eu sou forte o bastante pra me defender, você sabe — explicou. — Eles me forçavam psicologicamente. Me manipulavam. Diziam que o certo era que eu sentisse desejo por ômegas e betas apenas, e que isso fazia parte da minha *doença de genes*.

— Você não podia ficar apenas com betas? — perguntou, num misto de irritação e descrença.

— Não só podia como ficava. Mas meus pais insistiam que se eu ficasse com ômegas, isso iria *ajudar* no processo de *cura*, pois meu corpo iria se convencer a gostar do cheiro deles e a me atrair. Então, eu acabava bastante manipulado por isso. Não queria ter repulsa a ômegas, afinal. E quando transava com alfas, escondido, claro, eles sempre pareciam me ver como algo inferior. Principalmente, alfas machos que nunca me deixavam penetrá-los, eu sempre tinha que ser o passivo. E não é como se eu não gostasse de ser, porque você sabe que gosto até demais... Só não gosto de ser visto como incapaz de alguma coisa, por conta de uma classe genética.

— Porra, isso é fodido — Dominic comentou exasperado, alisando as têmporas com os dedos, como se saber de tudo aquilo o deixasse com dor de cabeça. E deixava mesmo. Era completamente revoltante que fizessem isso com qualquer pessoa no mundo. Principalmente, se tratando de alguém tão doce como Wolfgang, que nem em um milhão de anos mereceria passar por algo parecido. — E onde Nero entra nessa história?

— Hum, bem... — Tristan pigarreou. — Tanto meus pais quanto eu, estávamos sempre à procura de parceiros de febre pra mim. Eu só procurava por betas, é claro. Meus pais buscavam pelos dois. Como era bem difícil encontrar ômegas e betas em todos os períodos, meus pais brilhantemente decidiram que se eu me casasse com um beta, tudo estaria resolvido. Não haveria mais a preocupação de buscar por parceiros novos pra mim, quatro vezes ao ano, e caso o tratamento de alinhamento de genes não desse certo, ao menos eu estaria com algum beta, que não seria de todo ruim para a imagem deles.

— Então, eles te apresentaram a Ethan Nero... — Dominic assumiu.

— Sim. Eu e ele nos tornamos muito amigos, os melhores. Nossos pais estavam animadíssimos pra gente realmente ficar juntos.

— Mas isso quer dizer que vocês já foram noivos?

— Minha nossa, não. — Arregalou os olhos lilases. — Nossos pais nos queriam juntos, mas não foi um casamento arranjado nem nada. A parte das febres já estava resolvida, eu as passava tranquilamente com ele, mas por uma grande ironia do destino, a gente não se apaixonou. É um pouco estranho, porque eu o vejo como um irmão mais velho.

— Isso não trouxe problemas ao Nero? — indagou curioso.

— Um pouco. O pai dele estava realmente ansioso pra que ele se casasse com alguém de família rica, especialmente sendo alguém de cargo tão alto no hospital onde ele trabalha.

— Ah, claro. Típico. — Revirou os olhos. — Por que você não resolvia o problema, apenas tomando os inibidores? Quero dizer, sei que eles são realmente muito caros pra sua condição financeira atual, mas seus pais podiam facilmente financiar isso, quando você morava com eles.

— Eu não podia tomar — explicou. — Eram incompatíveis com o tratamento de alinhamento de genes.

— Então, ao invés de optarem pela coisa mais fácil e menos dolorosa, que era puramente te dopar nos cios, seus pais te faziam de cobaia científica, por puro preconceito de não aceitarem um filho que gostasse de alfas e que tivesse os olhos e o cheiro diferentes?

Tristan deu de ombros, não querendo demonstrar o quanto realmente se ressentia daquilo. Mas é claro, o rapaz era bem transparente. Era nítida a sua expressão magoada. Então, Dominic o abraçou, enchendo o corpo forte de carinho.

— Sempre vou cuidar de você, Tetê. Nem que pra isso eu acabe agindo como um pai. Agora, você tem alguém pra atravessar a rua de mãos dadas com você.

Tristan sorriu grande, uma leve vontadezinha de chorar fazendo arder os olhos, mas engoliu. Detestava ser tão emotivo assim.

— Você é realmente incrível. — Sorriu, fazendo o furinho em seu queixo desaparecer.

Subitamente, o mais velho perguntou:

— Meu bem... Você gosta de crianças?

Os alfas caminhavam pelo shopping abarrotado de pessoas, em pleno feriado. Tristan ainda estava meio confuso com o que fariam, exatamente, mas ao menos seu buchinho estava sendo empanturrado de comidinhas gostosas desde a véspera. Não satisfeito com o monte de pratos que Dominic havia preparado, o ruivo ainda comeu sua metade toda do bolo, atrevendo-se a comer a de Dominic também — claro, tirando todos os confetes coloridos e jogando-os fora, porque Dominic tinha enjoado com duas fatias.

— Isso não vai ficar meio caro? — perguntou ao dominador.

— Você acha que as crianças não merecem? — Dominic parou de andar.

— Claro que merecem — respondeu aturdido, piscando os olhos brilhantes. — Mas... não é melhor comprar em um lugar mais barato? Quer dizer, é uma quantidade de roupas e brinquedos bem grande... E você está desempregado.

— Eu vou arrumar um emprego novo já, já — foi teimoso. — E tenho desconto nessa loja, de qualquer modo. O gerente é... um conhecido lá da The Cave.

Tristan arqueou uma sobrancelha, já cruzando os braços.

— Que tipo de conhecido?

Dominic sorriu sem jeito.

— Ele já foi meu submisso — disse baixinho.

O queixo de Tristan caiu. Não que já não imaginasse, mas não esperava ter que lidar com nenhum ex-caso de Dominic, assim, tão cedo. O de cabelos cor de cereja era péssimo em esconder aquele sentimento ruim.

— Mas não se preocupe, bebê — falou meloso, enlaçando a cintura alheia. — Nós só ficamos juntos por cerca de três meses, e não era nada sentimental. Já tem alguns anos, inclusive. Não precisa ter ciúme, tá?

Tristan bufou.

— Três meses é muito tempo, mais que eu e você — retrucou. — E eu não deveria ter vindo de coleira pra marcar meu lugar na frente do cara?

Dominic sorriu, fechando os olhos vermelhos.

— Você não é um mero submisso de BDSM. Você é meu namorado. Vou apresentá-lo como tal. — Então, lhe deu um beijo na boca e o puxou pela mão, entrelaçando os dedos.

Tristan seguiu emburrado pelos corredores do shopping, ficando com a carinha ainda mais brava ao entrar na loja. Era uma loja de departamentos imensa que ocupava dois andares e vendia brinquedos, produtos de higiene, chocolates, biscoitos, produtos de casa, de limpeza, eletrônicos e eletrodomésticos, mas tudo coisa de gente classe média. Nada era muito barato.

Dominic o puxou por entre os corredores, olhando para todos os lados, até finalmente cutucar alguém. Um alfa com um corpo bem mais forte que o de Tristan, parrudo, porém de mesma altura.

Imediatamente, todos os alarmes soaram em sua cabeça, deixando-o extremamente mal-humorado. Principalmente quando a mão de Dominic abandonou a sua, para capturar o corpo musculoso do alfa num abraço, cheio de cumprimentos amigáveis. Amigáveis demais. Tristan queria dar um soco nos dois. Ou talvez em si mesmo. Ao menos, assim, sua carranca se desfaria.

— Tristan, este é o Haru — o moreno apresentou, e com toda a movimentação, tinha ficado com os cabelos um tanto bagunçados.

— Olá, prazer em conhecê-lo. — O fortão estendeu a mão em cumprimento.

Não se deixando intimidar — afinal, Tristan era um alfa também, não era? — ele estendeu a mão de volta, enquanto estufava o peito como um bendito pombo, e empunhava força demais naquele aperto.

Haru sorriu sem jeito e desviou os olhos dos mirantes agressivos e julgadores do ruivo, encolhendo-se levemente ao soltar-lhe a canhota — o que Tristan estranhou. Tinha realmente conseguido impor medo naquele brutamontes?

— Uau! — Dominic exclamou com a destra sobre o ombro do ex-submisso, a boca aberta e os olhos comicamente arregalados. — Tá levando a sério essa coisa de musculação, né? Você tá grande.

Incomodado, Tristan pigarreou nem um pouco disfarçadamente, fazendo Dominic afastar-se rapidamente dele, sorrindo amarelo, ao notar o desconforto do namorado com toda aquela aproximação.

— Eu sou o namorado do Dominic — o ruivo disparou.

Dominic piscou algumas vezes, antes de sair de seu estado de transe, para então sorrir tenso outra vez.

— Ah, sim, Haru. Este é Tristan Wolfgang, meu namorado. — Então, olhou para os lados, checando se havia mais pessoas próximas, para então sussurrar em tom brincalhão e bastante orgulhoso: — Ele é meu submisso também, mas é um *brat*. Acredita que estou aprendendo a ser um domador por ele?

Haru abriu um sorriso surpreso, olhando de um para o outro.

— Sério? Então, você realmente gosta dele! Ah, Dominic, finalmente alguém conseguiu derreter esse coraçãozinho de gelo, hum? — brincou.

— Você não sabe o quanto. — Alisou Tristan na nuca. — Então, acho que vou escolher as roupas das crianças. A diretora do orfanato me disse que só tem uma dúzia de crianças menores de 10 anos lá. O resto é pré-adolescente. Tristan, você pode escolher os brinquedos com o Haru, enquanto vou pegando as roupas nas araras?

Meio a contragosto, o mais novo respondeu:

— Tá legal. — E foi seguindo o funcionário em direção à sessão de brinquedos, enquanto Dominic partia para o lado oposto.

— É muito bacana isso que o Dominic faz, de comprar roupas e brinquedos todos os anos pra dar de presente às crianças do orfanato, não é? — Haru puxou assunto, amigável.

Aos poucos, Tristan foi desfazendo a carranca. Mas não porque seu ciúme havia passado, e sim porque os brinquedos começaram a chamar muito sua atenção. Ele imediatamente começou a pegar alguns nas mãos e analisá-los, jogando os que aprovava no carrinho de compras que o funcionário arrastava.

— É. Bem legal. Dominic é um cara ótimo — respondeu, evasivo. Então, finalmente tomou coragem e se voltou para o alfa, com os olhos apertados em uma desconfiança inegável. — Não quero ser rude, mas preciso perguntar: qual a sua relação atual com o Dominic?

Haru ficou com as bochechas coradas, antes de arregalar os olhos e tossir, totalmente sem jeito.

— Não aja assim. Eu e ele não temos mais nada. — E aí abaixou a gola da camisa de seu uniforme, mostrando, então, um fino cordão de prata, com um cadeado delicado como pingente. — Eu já tenho um dominador.

— Isso não me parece uma coleira — Tristan rebateu, jogando uma dezena de bonecas para dentro do carrinho.

— Você sabe que existem diversos tipos de coleira, certo? — Haru indagou com uma expressão atenta.

Tristan encolheu-se, levemente sem jeito, por não saber detalhadamente sobre aquilo. Claro, ele já sabia que qualquer acessório serviria como representação da relação D/s, mas por um momento quis afrontar o outro e disse besteira. Então, precisava se justificar de algum modo que o fizesse parecer menos inexperiente na frente do que ele erroneamente julgava ser um rival:

— Dominic falou que existem vários tipos, mas não me explicou com exatidão. Ele só me deu uma coleira pra usar nas sessões. Nunca me deu a tal da coleira social, sobre a qual li nos fóruns de BDSM, para mostrar no mundo baunilha e fora das sessões — revelou em tom magoado.

Haru suspirou totalmente empático.

— Sabe, ele não te tomaria como namorado se não estivesse totalmente louco por você — disse em tom confidente. — O Moon tentou por anos e não conseguiu nadinha dele.

Tristan piscou os olhos um par de vezes, confuso.

— Moon? Quem é Moon?

— Calebe Moon, é claro. A amizade colorida dele.

— O que quer dizer com o Calebe tentou por anos? — indagou.

— Ah, você sabe... — Haru deu de ombros. — É claro que Calebe é totalmente apaixonado pelo Dominic. Eles são amigos há uma vida, são parceiros de cio e ainda são dominador e submisso. É claro que ele ama Dominic romanticamente. E ele destrói qualquer um que se ponha entre os dois com a mesma facilidade com que se espanta uma mosca — comentou em tom nitidamente magoado.

— Suponho que você diga isso por experiência própria — comentou como quem não quer nada. Se tinha uma coisa que Tristan era, era fofoqueiro. Ele sabia como arrancar informações alheias, sem parecer desesperado demais.

Haru bufou.

— Calebe joga sujo. Você deve tomar cuidado com ele. Aliás... se você e Dominic estão namorando... isso quer dizer que eles dois não estão mais juntos? — perguntou de cenho franzido.

— Sim — respondeu Tristan, firme. — Acho que confio no Dominic. Se ele disse que tá só comigo, então ele tá só comigo.

— Você acha que confia ou realmente confia? — o beta retrucou, arqueando uma das sobrancelhas.

E após um par de segundos, o alfa respondeu mais decidido:

— Realmente confio. Não tem por que ele mentir pra mim, seria uma ideia burra. Mas se eu descobrir que ele está mentindo... Ah, não sei como vou me segurar pra não arrancar os olhos dele fora e comer no café da manhã — disse em tom raivoso.

Haru riu nervosamente, fechando os olhos.

— Uau, que agressivo. Acho que foi por isso que você conseguiu domar o Dominic. Ele não te domou, você foi quem o domou.

— Hum — Tristan resmungou, com um ar superior. — Mas e aí, me conta melhor essa coisa do Calebe. Dominic nem fala nada do cara, ele pensa que sou bobo.

— Provavelmente, só não quer te causar um ciúme desnecessário. Porque, acredite: se tem uma coisa que ele não sente pelo Calebe é amor romântico. No máximo é amor de amigo.

— Aí... tem como você me explicar com mais clareza, uh? Por favorzinho! — apelou, fazendo sua maior expressão de coitadinho.

Haru riu, sacudindo a cabeça em negativa, achando Tristan bem peculiar. Ele não agia como um submisso, mas também não tinha nenhum tipo de postura dominante. Era... exótico. Como todo *brat* que conheceu.

— Você precisa prometer que não ouviu nada de mim, ok? — Exigiu. Tristan assentiu freneticamente com a cabeça, sacudindo os fios ruivos. —

Tudo bem. Como eu disse, Calebe joga sujo. Depois de ficar com Calebe algumas vezes, Dominic noivou com o melhor amigo dele, com quem ficou por um tempo. Eles não chegaram a casar, então quando terminaram, Dominic voltou a ficar com Calebe. Como Dominic já era envolvido com BDSM, ele apresentou a comunidade a Calebe. E então, se tornou o *mentor* dele. Dali foi um pulo para que a relação de Dom e sub acontecesse. Contudo, Dominic sempre deixou claro que a relação jamais seria romântica, mas Calebe pensava que, com o tempo, Dominic notaria ter sentimentos por ele. Você sabe que, embora Calebe tenha sido o submisso de Dominic todo esse tempo, ele jamais foi o único, certo?

O ruivo balançou a cabeça em concordância, mas era a mais bela mentira. Porque ele não sabia tão bem assim.

— A questão é que toda vez que Dominic aparecia com um irmão de coleira pra Calebe, ele se fazia de doce e amoroso com o novo *irmãozinho*, mas, na real, ele só manipulava o outro submisso, até conseguir induzi-lo a fazer algo que Dominic desaprovasse e terminasse a relação.

— Tipo o quê? Que coisas? — o ruivo questionou ansioso, já roendo a pele do dedão.

— Bom, posso dizer o que ele fez comigo — disse sombriamente. — *Calebe me seduziu*. Me fez juras de amor. Me fez acreditar que estava apaixonado por mim e que eu deveria terminar a relação com Dominic pra que a gente pudesse ficar junto.

— Dois submissos juntos? Sério? — indagou, com uma caretinha confusa.

— É nisso que você prestou atenção? Isso não importa. E eu sou *switcher* se quer saber. O negócio é que quando devolvi a coleira a Dominic, Calebe deu pra trás e disse que eu tinha entendido errado. Que o que ele tinha prometido era ficar comigo, ao mesmo tempo que se submetia a Dominic.

— Dá pra fazer isso? — Tristan questionou, mais confuso e curioso ainda.

— Claro que dá.

— Ei, já escolheram os brinquedos? — Dominic aproximou-se, empurrando um carrinho lotado de roupas.

Infelizmente, aquele papo estava terminado.

— Sim! — Haru respondeu rápido, para que ele não desconfiasse do teor da conversa que estavam tendo ali.

— Então, acho que podemos pagar — o ex-tenente-coronel declarou sorridente.

O caminho todo de volta para casa foi com Dominic tagarelando, enquanto Tristan dirigia. Ele parecia tão contente em poder levar todos aqueles presentes de Última Lua Cheia do Ano, mais uma vez, às crianças do orfanato, e estava tão contente por poder visitá-las que não conseguia parar de falar sobre elas, ainda que Tristan estivesse mais quieto que o normal e não muito atento ao que dizia.

— E tem a Sunhee! Ela é tão fofa, Tristan! — declarou animado. — Ela é uma alfinha de cinco anos, mas é tão miudinha que parece ter três. E ela é toda educadinha. Uma vez, a irmãzinha ômega dela ficou insistindo pela minha atenção, bem na hora em que SunHee estava me mostrando seus desenhos. Fiquei sem saber o que fazer. Como eu ia explicar, pra pequena ômega, que estava a fim de ficar um pouco com a Sun? E então, a alfinha colocou a mãozinha gorda no ombro da outra e disse delicadamente: *JangMi, querida, Dominic está tendo um momento comigo agora. Se você puder, nos dê licença, por favor, sim?* Tristan, juro que quase caí rolando no chão, não sabia se ficava com pena da ômega e dava um sermão em SunHee ou agarrava as duas e enchia de beijos. Elas são *tãaaaaaao* lindinhas — disse com a voz melosa e olhar morno.

— Isso é legal. É fofa a sua relação com as crianças do orfanato — Tristan comentou, meio aéreo. Sua mente estava presa em tudo que Haru havia contado sobre a relação de Dominic com Calebe, e aquilo não parecia nada bom. Algo em sua mente avisava que, se as coisas eram daquele jeito, certamente Calebe iria ressurgir das cinzas em algum momento. Ele não cederia fácil assim. Não entregaria Dominic de bandeja a outro. Então, estava bastante preocupado, afinal.

— Por que tenho a impressão de que você está totalmente fora de órbita? —Dominic finalmente reparou em sua expressão perdida.

— Eu? Nada. Tô só... meio pensativo.

— E no que você tá pensando? — Alisou a coxa do namorado.

— Nos tipos de coleiras — mentiu. — Você ficou de me explicar melhor, mas não o fez.

— Ah! — Dominic aumentou os olhos. — Tinha esquecido completamente. Ok, vamos lá: A coleira vermelha de rebites, que te dei, é um tanto grosseira. Não é o tipo de coleira pra se usar por aí, ela chama muita atenção e é desconfortável. Então, o ideal é que você use só durante nossas sessões. Ou quando formos à The Cave. Talvez até aos *munch's*, mas acho que chama atenção demais, e ninguém vai realmente a caráter aos *munch's*.

— O que é um *munch*? — questionou, estranhando o nome.

— *Munch* é um encontro dos membros de uma Masmorra, fora do cenário BDSM. É quando a gente se encontra pra um almoço, usando roupas normais do dia a dia, sem todo aquele teatro. A intenção é que a gente conheça uns aos outros e possa fazer amizades. A gente costuma usar aqueles codinomes pra manter as identidades em sigilo, no clube. Como o meu, por exemplo, que é *Alpha Dom*. Pouquíssimas pessoas sabem que me chamo Dominic Von der Guth, apenas aqueles que frequentam a Masmorra há muitos anos.

— Oh... Isso é novidade. Quando vamos a um *munch*? — indagou genuinamente curioso, movendo um pouco o rosto para encará-lo.

— Em fevereiro, vai rolar um. Nós iremos, com certeza. Quando a Kiko tiver uma data definida, vai mandar os convites. Mas voltemos às coleiras. — Ele arrumou a postura no banco, substituindo-a por uma mais séria, ereta, a aura dominante dando as caras. — Como você pode perceber, a coleira que te dei é uma coleira demonstrativa. Ela representa que temos uma relação, mas você não a utiliza o tempo todo. Mas, como nós dois somos, de fato, um casal, e você está sendo iniciado no BDSM agora... Ela também figura como uma coleira de treinamento. Eu sou seu dominador e mentor. Eu escolhi uma vermelha, não só porque combina com seus cabelos, mas também porque a liturgia aponta uma coleira de couro vermelho ou preto para uma relação D/s similar a um namoro. E é isso que nós temos, certo? Você é meu namorado. Meu amorzinho — disse com um sorriso fofo, dando um aperto leve na coxa grossa de Tristan.

O ruivo sorriu bobo, já esquecendo completamente a coisa sobre Calebe.

— Então, foi por isso que você me zoou naquele dia, por eu ter achado que só havia coleiras representando casamento, né? — indagou.

— Sim. — Ele riu. — A questão do encoleiramento no BDSM é muito séria. Se você anda ficando com um submisso e não estão realmente sérios numa relação, a coleira é apenas demonstrativa. Se a relação é fixa, mas não necessariamente vocês são exclusivos ou têm sentimentos românticos um pelo outro, essa é a coleira certa. Já quando a relação começa a ficar mais séria, como um namoro, por exemplo, aí vem a coleira de treinamento. Claro, não necessariamente se aplica a uma relação de namoro. Mas é uma hipótese de cabimento, entende? Já a coleira de casamento seria equivalente a um anel de noivado. Aí, sim, funciona pra quando existe uma relação mais séria, com sentimentos e total entrega de um para o outro. E por serem as coleiras consideradas mais importantes, são entregues numa cerimônia, chamada Cerimônia das Rosas, que equivale a uma cerimônia de casamento.

— Você já foi a uma cerimônia dessas?

— Poucas. Não é com frequência que dois *BDSMers* se apaixonam tão intensa e sinceramente a ponto de se casarem. Estar apaixonado pelo seu submisso, e o submisso pelo dominante, é algo raro.

Ele o encarou doce, mas intensamente.

— Mesmo que a gente não tenha chegado a esse nível, já me sinto bastante sortudo pelo que temos — Tristan confessou, com os olhos brilhando. — Eu já disse como me sinto em relação a você — declarou de um jeito tímido, desviando o olhar rapidamente para o lado de fora, enquanto entrava na rua de casa.

— Eu também — o moreno respondeu-lhe, se aproximando, e deixou um beijo estalado em sua bochecha.

Assim que chegaram em casa, o casal organizou as sacolas na sala. Embrulhariam os presentes no dia seguinte, para que, na festa do Ano Novo, pudessem levá-los ao orfanato e presentear as crianças. Comeram e tomaram banho juntos, como sempre. E é claro, não foi só um banho que aconteceu. Tristan recebeu um boquete tão bom que saiu do chuveiro com as pernas bambas. E Dominic adorava o efeito que causava nele.

Ele também explicou sobre o resto das coleiras, de forma resumida. Avisou que compraria algum acessório para que pudessem usar em conjunto, como um casal, algo que funcionasse como uma coleira social — aquela que ele explicou ser a coleira que seria usada todo o tempo, como um anel de compromisso, mas que estava pensando em algo especial ainda.

Então, Tristan agora sabia que, além das três que o domador já havia falado, havia a Coleira de Posse, que era referente a uma relação de Escravo e Dono, algo realmente profundo, em que o submisso se tornava propriedade do dominante, como uma mercadoria, mero objeto e sem poderes decisórios sobre si mesmo, entregando todo o poder de sua vida nas mãos de seu Dom — de modo consensual, claro.

Tristan gostava quando Dominic o chamava de sua propriedade e seu brinquedinho, mas era só um modo de falar. A relação deles não chegava a ser extrema daquele jeito, mas Dominic aconselhava a jamais julgar o modo como a relação de outros *BDSMers* se daria. A menos que houvesse sinais claros de abuso físico, emocional e psicológico ali, não deveriam fazer comentários e/ou dar pitaco nas relações alheias. Porque, uma vez que a relação fosse consensual, tudo na relação também seria, cabendo apenas ao casal decidir sobre, nunca a terceiros.

Havia também a chamada Coleira de Casa — quando um submisso era iniciante e não estava apto para uma relação BDSM ainda, mas frequentava um clube/masmorra, no intuito de aprender e habituar-se à comunidade. Sendo assim, este tipo de coleira lhe seria dada pela organização da Casa, impedindo os dominadores de se aproximarem. Algo semelhante ao que Nero havia feito consigo, quando o levou à The Cave.

Existia também a Coleira Virtual — o que basicamente consistia em perfis em redes sociais, que os praticantes utilizam para exibir seus fetiches e práticas na internet, na maior parte das vezes não revelando seus rostos. E na descrição do perfil, deveria haver explicitamente o nome do dominante a quem o submisso pertencesse. Esta última, os dois concordaram em utilizar também, adicionando os nomes um do outro em seus perfis. Tristan escreveu um nada sutil *Bratzinho do Alpha Dom* em seu perfil de fotos. Já Dominic, entrando na onda, intitulou-se como *dono do Cherry brat*, o que era muito apropriado.

Novamente, eles não tinham uma relação de Dono e Escravo, mas Dominic curtia se referir a Tristan como seu, e o ruivo adorava, porque era exatamente assim que se sentia. Amava pertencer a ele. E não se via pertencendo realmente a mais ninguém. Para Tristan, a questão de pertencer a Dominic não era de dependência emocional — como era comum acontecer com muitos em posição de submissão — era algo como sentir-se em casa, ter uma sensação de familiaridade e estar bem no lugar certo, com a pessoa certa.

A cada dia, mais se via admirado com a pessoa de Dominic: um alfa extremamente carinhoso, bondoso, preocupado, que mesmo estando em situação financeira delicada — ainda que não revelasse abertamente ao ruivo, mas que o danado bem sabia, pois não era bobo — fazia questão de ajudar os menos favorecidos, não só em questão material, mas também fazendo visitas e dando um pouco de seu tempo e atenção àquelas crianças tão carentes de afeto.

Se antes Tristan já era total e completamente enfeitiçado pelo vizinho dócil e misterioso, agora o rapaz se via frente a um precipício, do qual não tinha a opção de pular ou não: cairia em queda livre, de qualquer forma. Cairia de amores por Dominic e era inevitável.

Todavia, os sentimentos crescendo latentes em seu coração deixavam-no com medo. Muito medo. Principalmente agora que vinha descobrindo coisas sobre o tal Calebe e a relação aparentemente obsessiva que o submisso nutria por seu ex-dominador. Tristan queria não se preocupar, mas era quase impossível. Principalmente se tratando de alguém tão ansioso como ele.

Por conta disso, ele se revirava de um lado para outro na cama, sem conseguir dormir. Sua cabeça realmente se negava a desligar, mesmo sabendo que aquela era uma preocupação boba. Foi assim que o alfa decidiu abandonar o namorado na cama, dormindo como uma pedra, e descer as escadas, com a intenção de comer alguma coisa e tentar passar o tempo jogando *videogame*. Mas uma coisa sobre coincidências é que elas tendem a acontecer com certa frequência — e sobre coisas que você menos espera. Porque enquanto esperava a quarta partida do jogo começar, ouviu o irritante barulhinho de notificações do celular de Dominic.

Olhando para todos os lados, notou o aparelho do ex-tenente-coronel abandonado no sofá vermelho de couro. Sentindo uma sensação ruim na boca do estômago, capturou o aparelho entre os dedos longos. A tela estava acesa. Ele não tinha a senha, e vendo o que via agora, agradecia por realmente não ter. Porque bem ali, na tela bloqueada, já era possível ver o teor da mensagem recebida:

C

**CALEBE:**
**Tô morrendo de sdds do meu senhor 😔**
**Te amo!**

# 19

## Revele

— Tetê? — Dominic chamou, sacudindo o alfa levemente pelo ombro.

Tristan estava sentado no banco do carona, enquanto Dominic se encontrava de pé ao lado de fora, segurando a porta aberta, mas o garoto parecia ter paralisado no banco, perdido em seus próprios devaneios.

— Uh? — Ele sacudiu a cabeça atordoado. — Ah, desculpe.

— Você anda estranho há dias. O que foi, amor? Fala comigo... — pediu doce.

— Eu tô bem, juro. Não tem nada acontecendo — mentiu pela provável sexta vez na última semana. — Só tô pensando numas coisas da vida.

Dominic bufou, cansado. É claro que tinha alguma coisa incomodando seu garoto, mas Tristan era durão demais para abrir o bico e contar. Fazia jus à fama de alfas serem fortes e valentões.

— O que Haru andou te falando, Tristan? — finalmente indagou preocupado. Seu ex-submisso poderia perfeitamente ter deixado escapar alguma coisa sobre Calebe na jogada. E ele não queria de jeito nenhum que Tristan soubesse que sua relação com Calebe era tão longa, porque sabia que contar que Calebe, além de amigo e parceiro de febre, costumava ser seu submisso há anos, levaria seu ruivinho a pensar que ele próprio não era especial. Que era só mais um. Qualquer coisa dessa natureza. Porque Tristan estava acostumado à rejeição, e agora que Dominic sabia sobre parte de seu passado familiar, as coisas estavam bem claras. A rejeição familiar, por conta de seus genes ômegas, havia influenciado Tristan a ser uma pessoa insegura e inconstante.

— Por que ele me contaria alguma coisa? — o mais novo rebateu cinicamente. — Tem algo que esteja escondendo e eu não possa saber?

Dominic engoliu em seco. Não era a hora. Não era o momento mesmo. Faltavam poucas horas para o Ano Novo, e os dois estavam na porta do orfanato, cheios de sacolas nas mãos para presentear as crianças, Tristan ainda dentro do carro, com apenas uma das pernas para fora. Definitivamente, não queria estragar a festa, entregando ao namorado uma informação que ele tinha certeza de que deixaria o garoto emburrado. Que Tristan era muito ciumento, não era segredo algum.

— Nada que possa trazer problemas pra nós dois, ok? — sondou. — O que importa é que nós estamos juntos agora. Sou apenas seu e você é apenas meu, certo?

Tristan assentiu, com a postura quieta. Por dentro, estava totalmente decepcionado com a insistência de Dominic em omitir uma informação daquelas. Sentia como se seu namorado o estivesse fazendo de bobo. E aquilo o deixava cabreiro pra caralho.

— Então... — Dominic insistiu. — Somos apenas um do outro — finalizou como se aquilo fosse suficiente. E deveria ser. Mas se tratando de amor, as pessoas tendiam a não ser racionais o bastante. Se conseguissem, não permaneceriam em relações ruins, perigosas e tóxicas.

Tristan pulou para fora do carro, arrastando algumas sacolas junto. Dominic já havia levado uma boa quantidade para a porta.

Desde a mensagem de Calebe, o *brat* se via nervoso além do normal. Não queria confrontar Dominic e questioná-lo sobre aquilo. Estava ciente de que o ex-tenente-coronel detestava cenas de ciúmes e brigas. O próprio Nero o alertou a evitar esse tipo de coisa se não quisesse perdê-lo.

Em relação a Calebe, não sabia se era aquilo que estava acontecendo mesmo ou se estava sendo apenas paranoico. Nero disse que Dominic estava só com ele, não disse? Não havia deixado claro que Calebe sequer estava no país? Mas e se essa fosse uma meia verdade? E se Dominic estivesse com ele apenas enquanto Calebe não voltava? E se quando o outro chegasse, as coisas voltassem a ser como antes? E se... Dominic o forçasse a aceitar Calebe como seu irmão de coleira, no maior estilo: *aceite isso ou terminamos aqui*?

Segundo Haru, Dominic não tinha nenhuma relação romântica com Calebe. Mas e se tivesse? Ninguém passava tanto tempo assim com uma pessoa sem criar algum sentimento. Impossível.

Meio travado, Tristan sentiu um beijo carinhoso em sua bochecha, seguido de um sorriso de lábios cheios, antes de Dominic dar um rápido sinal com a cabeça para que ele o seguisse. Completamente aéreo, o ruivo apenas se moveu, sequer dando atenção à pessoa que abriu a porta e os cumprimentou. Não notou quando tiraram a maior parte das sacolas de suas mãos, para ajudá-los, e montes de crianças começaram a rodear os dois, totalmente fofas e animadas, pulando como pulguinhas.

Tristan só voltou à realidade quando sentiu puxões insistentes na parte inferior de sua jaqueta. Não fazia ideia de como Dominic havia descoberto que queria aquela roupa, mas ele a deixou esticadinha em cima da cama, fazendo com que o ruivo a encontrasse assim que saísse do banho. Talvez tivesse reparado nele namorando o manequim que a expunha em uma das lojas do shopping, dias atrás. Era sempre muito atento aos anseios e quereres de seu submisso.

O alfa abaixou a cabeça e se deparou com uma criatura miudinha, com franjinha reta e escura emoldurando um *par de olhos lilases*. Ela tinha bochechas muito gordinhas e lábios rosados, fazia um biquinho enquanto puxava o tecido da jaqueta, chamando-lhe insistentemente a atenção. Ao se deparar com aquela criança, abaixou-se, pondo-se agachado no chão de grama macia do pátio do orfanato, e abriu automaticamente um sorriso para ela.

— Oi — disse doce, fitando a menina em expectativa.

— Oi. Qual o seu nome? Você tem o olho estranho igual ao meu! — respondeu com sua vozinha meiga.

Imediatamente, o sorriso de Tristan retraiu, como uma bola de aniversário murchando. Ela era igual a ele e nem mesmo sabia o que significava.

— *Err*... não sou como a maioria — se viu sem jeito e um pouco perdido.

A pequena aproximou o narizinho arrebitado de seu pescoço e o inspirou para, então, se voltar para ele com um sorriso enorme e banguela, com duas janelinhas frontais na arcada dentária — o que só contribuía para deixá-la mais meiga.

— Seu cheirinho é tão gostoso e diferente. É de cereja, bem docinho. Eu amo cereja, sempre como no lanche da escolinha — declarou em tom cúmplice. — Mas alfas não têm cheiro doce. Tô confusa.

Imediatamente, Tristan sentiu toda a sua armadura desmontar, abrindo um sorriso tão grande que fazia seu nariz franzir. Ele deslizou os dedos longos pelo cabelinho fino e macio da garota, que fechou os olhinhos e sorriu de volta para ele, aproveitando o carinho.

— Como consegue sentir tudo isso? Alguém aqui tem narizinho sensível? — disse brincalhão, dando um pequeno apertão no nariz da garota.

Ela sorriu e se sacudiu, livrando-se do beliscão.

— Eu consigo sentir qualquer cheiro — respondeu com a expressão convencida. — É porque sou especial... A Tia Sol me disse que sou muito, muito especial... Se eu te contar, você guarda segredo? Tem gente que me acha estranha por isso, sabe? Porque meus olhos são diferentes...

— Claro que guardo seu segredo. Me dá seu dedinho aqui. — Então, pegou aquela mãozinha minúscula e gordinha, entrelaçando aquele projeto de dedo mindinho no seu e, conectando os dedos, selou a promessa.

— Por fora, eu sou ômega... mas, por dentro, sou alfa — sussurrou, com a outra mãozinha na lateral da boca, cobrindo-a. — Não sei o que são genes, mas Tia Sol disse que é algo especial que me faz ser quem eu sou. Eu não entendo bem quando ela diz essas coisas de adulto, mas parece legal.

Tristan quase rasgou o rosto de tanto sorrir. Estava absolutamente surpreso e maravilhado. Essa era uma das garotinhas de quem Dominic havia contado dias atrás.

— Posso sentir seu cheirinho? — perguntou a ela, que sacudiu a cabeça com veemência, concordando.

Ele pôs o nariz no topo de sua cabecinha e inalou os suaves fios castanhos, dando um sorriso ao sentir que a garotinha tinha cheiro de goiaba. Ainda não era possível sentir o cheiro amadeirado da goiabeira, mas ele sabia que isso também só duraria até a primeira febre, na adolescência, assim como aconteceu com ele. Era um azar que ela já tivesse os olhos tão reveladores desde criança, diferente dele, que teve os olhos e o aroma puramente alfa até seu primeiro cio.

— Você tem um cheiro muito bom! Muito, muito cheirosa! — elogiou sorrindo, enquanto voltava a acariciar os fios macios entre seus dedos longos. Ele não gostava mesmo de cheiro ômega, mas o cheiro de uma criança era suave demais para enjoá-lo, não era um problema. Apenas ômegas adultos tinham o cheiro forte o suficiente para deixá-lo desconfortável. — A propósito, meu nome é Tristan, e o seu?

— Meu nome é JangMi, tenho 4 anos — respondeu com a vozinha infantil. — Aposto que você tem uns 15, é todo grande.

Tristan sorriu mais uma vez, encantado.

— Tenho 24. Quase acertou. Você é muito inteligente, amiguinha! — Deu pequenos cutucões na barriguinha estufada dela, o que acabou se transformando em uma competição de cócegas, em que ambos se cutucavam, morrendo de rir.

— Ei, aqui estão vocês! — a voz de Dominic soou atrás deles, fazendo com que se virassem para encará-lo. Ele vinha todo sorridente, andando com o corpo meio inclinado para a esquerda, já que em seu braço direito carregava uma garotinha muito parecida com JangMi, no colo. Ela tinha as bochechas e rostinho muito parecidos com a ômega de genes alfas, porém seus cabelos eram um pouquinho mais longos e a testa não era coberta por uma franja, seus fios estavam partidos ao meio, expondo a fina sobrancelha falhada. Tinha os olhos vermelho-intensos.

— Ah, não... — JangMi murmurou com uma careta.

Tristan se virou para ela curiosamente.

— O que foi, pequena?

— Lá vem o Dom com a SunHee.

— Ah, você conheceu a JangMi! — o alfa exclamou, deixando os dentes brilhantes à mostra, num de seus mais lindos sorrisos.

Tristan dançou os olhos por toda a figura firme de Dominic, que trajava um conjunto social elegante de tecido tão fino que parecia mover-se como água sobre a pele. Dominic era tão lindo que fazia o coração do pobre Tristan apertar.

— Tristan, esta é a SunHee, irmã da JangMi — o domador declarou. — SunHee, esse é o meu namorado, que falei pra você. Olha como o cabelo dele é legal! — disse, pondo a menina no chão e apontando para Tristan.

A garotinha deu um sorriso matreiro e aproximou-se dele, que permanecia agachado na grama. Ela estendeu a pequena mãozinha e tocou os cabelos vermelhos do alfa, pondo a língua entre os dentes.

— Dá vontade de comer seu cabelo! — exclamou, com os olhinhos carmesins se fechando.

— Sai, ele é meu! — JangMi ralhou. — Você já tem o Dominic, larga o Tristan — falou, afastando a mãozinha da outra, com um empurrão.

— Feia! — SunHee gritou.

— Você que é feia, sua lambisgoia! — a outra devolveu.

— O que é uma lambisgoia? — Tristan indagou, olhando confuso de uma para a outra.

— Eu não sei, mas não quero ser uma — respondeu SunHee.

— Chega, chega, chega! Tem Dominic e Tristan pra todo mundo — o moreno se intrometeu, apartando a briga, e pegou JangMi no colo. — E você venha ficar um pouco com seu amigo. Não está me trocando pelo Tristan, não é?

— Você sempre me troca pela Sun — a pequena ômega devolveu enfezada, cruzando os bracinhos no colo do mais velho, que danou a rir da postura zangada.

— Não seja assim, sabe o que eu trouxe pra vocês? Presentes!

— Espero que o meu seja uma arminha de água, pra eu afogar a cara dessa feia! — JangMi respondeu, fazendo uma careta para a irmã, por cima do ombro de Dominic.

— JangMi! — Dominic repreendeu, mas o tom risonho em sua voz o denunciava.

— Por que você e sua irmã brigam tanto, SunHee? — foi Tristan quem indagou.

A pequena voltou a mexer em seus fios vermelhos, distraída, parecia encantada com a cor.

— Porque a Mi é ciumenta. Às vezes, parece uma alfa rabugenta — contou com o nariz franzido. — Ela é mal-educada, por isso todo mundo gosta mais de mim. Não tenho culpa de ser mais inteligente — disse séria.

Tristan segurou-se para não rir, SunHee era muito diferente da irmã. Ela era menor, exatamente como Dominic havia lhe dito dias atrás: tinha cinco anos, mas era tão miudinha que parecia ter três, enquanto a irmã, que era um ano mais nova, parecia mais velha. SunHee não falava como uma criança, parecia mais uma minipessoa, um adulto que encolheu. Além do mais, a menina tinha cheiro de café forte. Definitivamente, era uma alfa, Tristan sorriu ao constatar.

As horas assim passaram. Todos no orfanato em clima de paz e festa, apenas esperando a virada do ano. Os dois alfas não ficaram a sós um minuto — revezavam a atenção entre JangMi e SunHee, para que elas não brigassem entre si, assim como Tristan ia conhecendo mais crianças do orfanato.

Um garotinho alfa derrubou pudim em seu macacão, e Tristan acabou ficando responsável por trocar sua roupinha, com a ajuda de uma das tias do orfanato. Naquele momento, ele notou que, por mais que adorasse crianças — e se desse muito bem com elas, era claro —, nunca havia se visto sendo o pai de uma. Ele nunca quis um filho. Sempre teve o maior cuidado do mundo, para que não engravidasse ninguém.

Isso porque sabia da imensa responsabilidade que era ser pai. Não era algo passageiro, era uma responsabilidade para toda vida. E tal responsabilidade ultrapassava o limite material, ela alcançava níveis psicológicos. Sabendo, por experiência própria, de todo o tipo de traumas que os progenitores podiam causar às suas crias, Tristan sentia pavor daquilo. Então, agradeceu aos céus, que nem ele, nem Dominic fossem capazes de ter um filho juntos.

Ainda assim, Tristan observava aquelas crianças e tinha vontade de dar a elas todo o amor do mundo. Elas mereciam, afinal. Sabia o quanto pais poderiam ser cruéis, e ser pai não obriga automaticamente alguém a amar seu filho, embora devesse. Não sabia a história sobre o abandono de cada um dos pequenos por ali, mas sentia empatia por cada um deles. Afinal, por mais que não tivesse sido dado para a adoção, Tristan sentiu a rejeição parental, de qualquer modo.

Estava perdido em pensamentos, observando as crianças correrem afoitas pelo parquinho, segurando os mais diversos potes de comida na mão — que derrubavam na grama, todo o tempo, enquanto saíam em disparada com suas perninhas curtas.

— Faltam cinco minutos pra meia-noite, preparem-se! — a voz de um dos responsáveis soou alta em meio à barulheira das comemorações.

Havia muitos doadores e auxiliares do orfanato ali, todos pegando as crianças pelas mãozinhas e levando-as para a área aberta onde ficavam mais visíveis os fogos que seriam soltos na virada.

Tristan sentiu o característico aroma de almíscar do namorado, antes mesmo que sentisse seus dedos gélidos se entrelaçarem nos seus. Dominic o abraçou delicadamente por trás, com uma das mãos em sua cintura e espalhou selares com os lábios macios, na pele de seu pescoço, fazendo-o suspirar.

— Dizem que as pessoas, com quem passamos a virada do ano, acabam ficando com a gente durante o ano todo... — Dominic tinha a voz suave.

Tristan sorriu de leve, mas o sorriso não chegou aos seus olhos. Toda a história que Haru havia lhe contado, além da mensagem que tinha visto sem querer no celular de Dominic, estavam deixando-o aflito, incomodado. Ele detestava ser daquele jeito. Ser o tipo de pessoa que sofre por antecipação, que sente ciúmes até da própria sombra. Mas ele possuía aquele pensamento latente de que nunca seria o suficiente para alguém. Sequer tinha sido para os seus pais, como seria para qualquer outra pessoa?

O pior de tudo era que aquele sentimento de traição que se alastrava por suas veias podia ser facilmente refreado, se Dominic simplesmente abrisse o jogo com ele e dissesse: *Ei, eu gosto de você, mas Calebe sempre estará na minha vida, então ou você o aceita ou cai fora*. Tristan, ao menos, poderia se afastar agora que seus sentimentos ainda estavam crescendo. Seria como cortar o mal pela raiz antes que algo mais perigoso acontecesse. Algo como... *amor*. E ele se conhecia bem o suficiente para saber que seus sentimentos por Dominic estavam caminhando para isso.

Dominic ainda o tratava melhor do que qualquer um já o tinha tratado na vida. Ele lhe dava carinho, atenção, o respeitava, alimentava, mimava, dava presentes... E como se não bastasse, lhe proporcionava as melhores fodas de sua vida. Era simplesmente a pessoa mais perfeita com quem já havia se envolvido. Conversavam na maior facilidade, gostavam das mesmas coisas, tinham uma intimidade fodida e automática, como se se conhecessem de outras vidas... Apaixonar-se por Dominic Von der Guth era algo inevitável.

Dominic, por outro lado, não estava completamente alheio à bagunça que acontecia no interior do namorado. Ele sabia que o ruivo havia arrancado alguma informação de Haru, e agora se sentia burro demais por tê-los apresentado. Na verdade, sentia-se pior por ainda não ter aberto o jogo de uma vez com Tristan e contado toda a verdade sobre a relação que possuía com Calebe. Deveria ter esclarecido as coisas. Esconder nunca era uma boa opção, ele sabia disso desde quando estava com Louis. Se tivesse contado ao noivo sobre suas preferências para obter prazer desde o começo, talvez não tivesse perdido tanto tempo num relacionamento sem futuro.

Ele também estava aflito. Não sabia o quanto tinha chegado aos ouvidos de Tristan, nem o quanto daquilo ele havia interpretado corretamente. Tampouco sabia se, quando os dois se confrontassem — e aquilo aconteceria mais cedo ou mais tarde —, o namorado lhe daria ouvidos e acreditaria em seus motivos. Estava preocupado com aquilo um bocado, mas não tinha coragem de simplesmente vomitar as palavras, era muito controlado, aguardava o momento propício para todos os seus movimentos, atitudes e respostas. Era um estrategista tão nato quanto treinado.

Sua intuição gritava que ele estragaria tudo. E Dominic não queria perder Tristan. Àquela altura, já estava tão apaixonado pelo garoto de cheiro doce e personalidade explosiva que não se perdoaria, caso o afastasse de si. Não queria perder outra pessoa pelo mesmo motivo de antes. Não queria perdê-lo por causa de algo relacionado ao BDSM. Não queria perdê-lo de modo algum.

As pessoas começaram a gritar a contagem regressiva, em coro. Dominic soltou o namorado para ficar na sua frente e segurar seu rosto entre as palmas, encarando-o intensamente.

— Quero que fique comigo por muito tempo — disse de modo apaixonado. — Prometa que não vai me deixar — pediu, num quase sussurro, deixando sua armadura cair por terra.

Tristan assustou-se levemente com a declaração. Os olhos vermelhos de Dominic pareciam agoniados, como se escondessem algo. E aquilo não era bom. O ruivo estava amargurado, de qualquer forma. Então, ao invés de sentir-se nas nuvens com a fala dele, apenas sentia um gosto ruim na garganta.

*Cinco, quatro, três, dois...* As vozes contavam em coro.

Tristan não respondeu. Ao invés disso, puxou Dominic com as mãos em sua cintura, trazendo o corpo menor para si, à medida que ele deslizava as mãos de seu rosto para rodear seu pescoço com os braços e, na ponta dos pés, para que driblassem a pequena diferença de altura, tocaram os lábios. Beijaram-se apaixonadamente, como se pudessem confessar seus verdadeiros sentimentos através daquele beijo. Beijaram-se com desespero, grudando os peitorais, colando os corpos ao máximo, quase como se um pudesse entrar no outro.

O beijo era tão intenso que, se não estivesse escuro — apenas com a iluminação vindo fraca e colorida dos fogos de artifício queimando no céu —, poderia ser considerado obsceno, principalmente por causa do ambiente cheio de crianças, embora estivessem em um cantinho mais afastado do restante do pessoal. Mas como ninguém dava atenção — todos estavam preocupados em desejarem *Feliz Ano Novo* uns aos outros e se abraçarem contentes —, eles permaneceram naquela troca de carinho e promessas silenciosas.

O beijo começou a ficar profundo demais, intenso demais. As línguas molhadas escorregavam uma na outra de forma veloz, era quase impossível parar.

Dominic afastou os rostos alguns centímetros, findando o beijo, enquanto engolia o ar com força, assim como Tristan; os dois sem fôlego após tudo. Ainda com os rostos tão perto que podiam sentir a respiração um do outro golpear a face, sussurrou em tom sôfrego:

— Não me deixe... Acredite sempre em mim quando eu digo que estou louco por você, Tristan. Você é perfeito pra mim... Por favor, fique comigo.

O rapaz suspirou e fechou os olhos, encostando suas testas e deslizando as mãos pela lombar do outro alfa.

— Então, por favor, não me machuque — pediu, com todos aqueles sentimentos presos em seu coração. — Não me faça de bobo, não minta pra mim. Eu quero tanto você...

O moreno abriu seus mirantes, encontrando Tristan com os dele ainda fechados. Deslizou os lábios para a bochecha macia e beijou-o ternamente. Em seguida, abaixou a cabeça e a encaixou no vão entre o pescoço e a clavícula dele, juntando-os num abraço quentinho e amoroso. Ficaram assim por minutos sem fim, apenas sentindo o corpo um do outro nos braços, sentindo os batimentos cardíacos intensos contra a caixa torácica, que sabiam ser ocasionados pela presença um do outro.

Quando os dois já estavam sorridentes e sentindo-se aliviados pelas confissões mútuas, o celular de Dominic vibrou no bolso da calça. A contragosto, ele se afastou para atender, já que continuavam soltando fogos ali e fazia muito barulho. Distanciou-se até um ponto mais silencioso, onde ainda ficava à vista do namorado, que o acompanhava com um olhar sério.

Tristan sabia quem era.

Ele viu de relance quando Dominic puxou o telefone com a tela brilhante e o nome de Calebe reluziu; havia virado o aparelho de modo rápido, fazendo sinal de que se afastaria, mas pedindo que o esperasse ali.

Tristan permaneceu encarando-o intensamente, com um tanto de raiva relampejando nos olhos cor de violeta. Esperava, do fundo do coração, que Dominic fizesse uma careta, que gritasse ao telefone com o outro, que desligasse e fosse ficar com ele.

Mas o que viu partiu seu coração mais um pouco.

Assistiu ao rosto tenso de Dominic se transmutar num sorriso sincero, enquanto magicamente se esquecia de sua presença e começava a jogar conversa fora com o outro, alisando o topete levantado e cheio de gel, enquanto olhava para o céu, sempre sorrindo até os olhos se fecharem e, vez ou outra, gargalhando.

Tristan engoliu em seco e uma lágrima escorreu de seu olho. Sua intuição nunca mentia.

Sempre soube que o amor doía. Via muitos alegarem que não era o amor que machucava, mas, sim, as próprias pessoas que o faziam. Contudo, ele não compartilhava desse raciocínio agora. Para ele, o amor machucava, sim. Quando se estava apaixonado dessa forma tão intensa, não somente o que a pessoa amada fazia ou dizia atingia seus sentimentos. O próprio sentimento em si era doloroso. Saber que você amava alguém que poderia ir embora de sua vida a qualquer momento era angustiante.

Então, Tristan secou a lágrima fujona, às pressas, já que Dominic voltava rapidamente até onde ele estava.

Mas não foi rápido o suficiente. O alfa percebeu.

— O que foi, amor? — Fez uma careta preocupada. — Fala pra mim, bebê...

— Era *ele*, não era? — Tristan perguntou, a voz fraca. — Quando Calebe voltar para o país, você vai voltar com ele, não vai?

Imediatamente, Dominic soube que Roxy havia vazado aquela informação para Nero. Sentiu o coração apertar ao ver os olhinhos magoados de seu garoto. Mas de qualquer modo, como diabos o ruivo podia estar pensando uma coisa dessas? Não estava ouvindo tudo o que ele vinha dizendo e declarando ao longo dos últimos meses?

— Tristan, Calebe é meu amigo há uma década. Ele apenas me ligou pra desejar um bom Ano Novo e contar como andam as coisas. Ei... — chamou, tocando-o no maxilar, quando Tristan virou o rosto para o outro lado.

— Me fala que você não está só passando um tempo comigo, Dominic... Me fala que não sou seu novo passatempo, só até Calebe voltar... — disse agoniado e com a mandíbula trincada de raiva, mas em tom pesaroso, enquanto mais lágrimas escorriam de seus olhos grandes.

Dominic sorriu triste e secou as lágrimas fujonas da pele pálida, antes de encostar suas testas e olhar bem fundo em seus olhos, para dizer:

— Eu estou só com você. Quantas vezes preciso repetir que sou seu, Tristan Wolfgang? Eu sou completa e inteiramente seu. Só me separo de você, se você não me quiser mais. Você pode entender? Calebe é só meu amigo agora, nada além disso.

— Por quanto tempo ele foi seu submisso, Dominic? Uma década, também? Por que você me tira como bobo? Está fazendo igual a eles... como meus pais.

Era assim que Tristan se sentia? Era essa a impressão que passava? Que o taxava de bobo?

— Por favor, não diga isso... — pediu, sentindo seus olhos arderem. — Jamais te magoaria ou te trataria como seus pais fizeram, por favor, não me acuse disso, Tristan. Dói — declarou choroso.

Tristan suspirou e soltou um soluço do choro que travava na garganta.

— Então, por que...?

— Exatamente porque queria evitar isso! — Exasperou-se. — Queria evitar que você se sentisse a segunda opção ou que pensasse que estou com você apenas porque Calebe está viajando. Não queria que pensasse que propus que tivéssemos uma relação dentro do BDSM, inicialmente, por estar sem ele. Você não vê como me sinto com você, uh? Não sente como meu coração bate forte, toda vez que estamos juntos? — declarou firme e com a voz alterada, enquanto puxava a destra grande do ruivo, e a posicionou em cima de seu peito, bem onde seu coração batia nervoso e descontrolado, fazendo o peitoral duro vibrar. — Já te disse que só amei uma única pessoa na vida, e as coisas não acabaram bem. Depois disso, fiquei tão magoado que nunca mais consegui me deixar levar outra vez. Meus sentimentos eram rápidos e passageiros, desapareciam em um punhado de semanas...

— Mas Calebe sempre estava ali com você — o ruivo teimou, mal-humorado, sentindo aquele sentimento tóxico corroê-lo.

— Porque Calebe aceitava o que eu era! Ele aceitava meus limites, minhas condições. Ele aceitava estar comigo enquanto ficávamos com outras pessoas. Ele sabia que não passava de pura diversão, apenas de uma relação fetichista, em que tiramos proveito disso e nada além. Ele me viu chorar por Louis e me viu chorar por você. Ele me ofereceu o ombro e...

— Porque ele é apaixonado por você, Dominic! — declarou duro.

— Não é assim. — Dominic sacudiu a cabeça. — Calebe acha que sente algo por mim, mas ele não sente de verdade. A real é que ele sempre queria tudo o que Louis tinha, essa é a única coisa que o fazia pensar sentir algo por mim. Mas ele não sente, Tristan. Ele não sente mais, porque ele sabe que não pertenço mais a Louis... Eu pertenço a você.

Tristan resfolegou, tentando encontrar qualquer traço de mentira naquele rosto malditamente perfeito. Não encontrou nada que fizesse seus instintos soarem negativamente. Encontrou apenas angústia, sinceridade e... carinho. Dominic o fitava de modo maravilhado, admirado e apaixonado.

— Não minta mais pra mim... Por favor, não minta mais pra mim. Se quiser que isso dê certo, não me esconda mais nada — pediu do fundo do coração.

Dominic sorriu aliviado, sacudindo a cabeça, e deu um beijo estalado em sua bochecha direita, outro na esquerda, um na testa e outro no queixo furadinho. E então, começou a espalhar infinitos beijos por toda a pele exposta do alfa, que acabou sorrindo em meio às lágrimas.

— Não vou mais mentir, meu amor. Prometo. Olha pra mim. — Puxou o queixo de Tristan, fazendo seus olhares se unirem. — *Ninguém vai te machucar, meu bebê.*

# 20

# Overdose

Dominic acordou realmente feliz naquela manhã. Ele e Tristan tinham aproveitado todo o dia anterior em uma sessão absurdamente gostosa. Ele sentia que finalmente havia encontrado alguém à altura.

Logo de início, soube que Tristan era bom de cama, mas a paixão era realmente o melhor tempero para o sexo. E apaixonado como estava, tinha certeza de uma coisa: Wolfgang era a melhor foda da sua vida. Ponto final.

Isso facilitava as coisas para ele? Nem um pouco. Pegava-se pensando que se, talvez, um dia, o garoto não o quisesse mais, ele entraria num estado catatônico. Sua vida não teria mais aquela graça. Pois, onde diabos encontraria alguém como Tristan? O alfa de genes ômegas era único. Sua personalidade, sua aparência, seu cheiro, sua foda. Tudo nele era diferente e ridiculamente perfeito para Dominic. Encaixavam-se como as peças de um quebra-cabeça.

Dominic passou o decorrer do dia em seu notebook enviando currículos. Havia sido convidado para uma entrevista nos próximos dias, para trabalhar na torre de controle de voos do aeroporto internacional. Era do outro lado da cidade, mas se tudo desse certo, ele estava mais que disposto a aceitar o cargo. Possuía qualificação para a profissão, e o salário certamente não era ruim. Estava animado.

Outra coisa que fazia sua animação ir às alturas era que, naquele dia, Tristan tinha ido trabalhar de manhã, para cobrir a folga de uma funcionária. Isso significava que, já, já, seu amorzinho estaria em casa e ficariam juntos pelo fim da tarde e resto da noite. Dominic só queria ficar agarradinho com ele, talvez levá-lo até o centro para comerem algo gostoso. Qualquer coisa ao lado de Tristan era satisfatória.

Quando o sol estava prestes a se pôr, ele saiu de seu quarto e desceu as escadas, em busca do celular. Ia perguntar por mensagem, se já poderia buscar Tristan no trabalho — não que fosse necessário, mas ele adorava fazê-lo, dava uma sensação gostosa, e o *brat*zinho também adorava. Vinham os dois bem alegrinhos, de mãos dadas pela rua, subindo a ladeira. Mas assim que chegou ao andar de baixo, deparou-se com o ruivo já em casa. Sequer tinha ouvido o barulho da porta ou coisa assim. Provavelmente, porque estava ouvindo música.

— Dominic... precisamos conversar — o garoto disse em tom calmo e sério, sentado à ilha da cozinha.

Dominic se pôs em alerta, imediatamente, ao ver seu aparelho celular sobre a bancada, posicionado perto da mão de Tristan. Engoliu em seco, mesmo que não estivesse fazendo exatamente nada de errado ou sendo infiel, de algum modo. Mas temeu pelas mensagens insistentes de Calebe.

O mais novo soltou o ar, um pouco mais forte que o normal, ao vê-lo sentar-se no banco alto de madeira na sua frente, com uma expressão cuidadosa.

— Bebê, você sabe que já pedi pro Calebe parar de me chamar de *senhor* um bocado de vezes — foi metralhando. — Já até digitei mensagens pra ele na sua frente, falando de você. O que quer que ele esteja dizendo, é só provocação. Está sendo difícil pra ele aceitar que você não é só mais um irmão de coleira passageiro, e sim meu namorado e único submisso...

Tristan revirou os olhos e bufou, já meio impaciente com aquele assunto.

— Quem disse que te chamei aqui pra falar sobre esse otário? — perguntou retoricamente. Então, olhou em volta, capturou o aparelho de Dominic e o entregou a ele. — Mas, por falar no diabo, ele já fez três ligações e mandou um montão de mensagens, se você quer saber. — Revirou os olhos outra vez, em puro fastio. — Não gosto disso. Mas vou fingir que não é comigo. O negócio que quero conversar é outra coisa...

Com a atenção do mais velho, ele jogou uma pequena chave prateada em cima do balcão.

— Onde você a encontrou? — indagou, de cenho franzido. — Essa chave estava guardada em um lugar seguro. Estava mexendo nas minhas coisas?

— Essa não é a chave original, é a cópia que estava com Nero. A chave original do meu apartamento continua com você, enfiada sabe-se lá onde — respondeu direto. — Quero saber por que continua mentindo, Dominic — acusou impaciente.

— Mentindo sobre o quê? Não sei do que está me acusando agora — murmurou em tom de voz afetado.

Irritado com toda aquela ladainha, Tristan se levantou do banco, estapeando as próprias coxas de frustração, para então bufar alto e passar as mãos pelos fios de cabelo tingidos e também pela face, antes de voltar a encará-lo.

— Você não consertou nada no meu apartamento! Nada! Eu já disse que não faço questão nenhuma que você conserte coisa alguma, posso só prender o sanitário no chão outra vez e remendar o que der, já está bom...

— O que foi fazer lá dentro? — rebateu o outro, tentando fugir do ponto principal. — Tem alguma coisa faltando pra você aqui em casa, pra que tenha sido necessário ir até lá?

— Dominic, você tá de sacanagem? — o ruivo devolveu exasperado. — Aquela é minha casa! Já faz dois meses e meio desde a febre, e meu apartamento continua do mesmíssimo jeito que deixamos ao sair! O que está acontecendo? — finalizou com a voz tristonha e cansada, só querendo entender o que diabos se passava na cabeça do alfa.

— Eu... — Dominic tentou responder, o olhar perdido, encarando tudo ao seu redor, mas não conseguia decidir de uma vez sobre expor seu íntimo tanto assim ou não.

— Dom, eu sei que você tá ruim de grana, tá legal? Você pode tentar pagar de fodão o quanto for, mas qualquer um consegue entender que, por mais que você costumasse ganhar bem e tenha uma boa poupança guardada, já está desempregado há meses. Provavelmente, não gastou tudo de lá pra cá, mas obviamente reformar aquele apartamento todo vai fazer um rombo nas suas economias e te prejudicar. E olha, não é como se o apê realmente precisasse de algo tão grande como uma reforma. A gente não quebrou nenhuma parede ou coisa assim. Foram só alguns objetos e... armários. Vou precisar de travesseiros novos também. Mas isso é tudo. Então, por favor, não insista nisso. Não precisa ficar me enganando, dizendo que o apartamento já tá quase pronto, pra me enrolar e ganhar tempo. É sério, não precisa.

— Não é só isso. — O moreno suspirou, vencido. — É que... — Bufou, sacudindo a cabeça, frustrado. — Porra... — Ele sacudiu a cabeça e mordeu o lábio, lutando contra o que quer que quisesse dizer. — A verdade é que eu não quero você longe de mim. Eu não... Não consigo — confessou em tom choroso. — Dói. É como se fôssemos voltar à relação distante de antes, e enquanto você está aqui, é como se estivéssemos no nosso próprio mundinho.

Tristan ficou surpreso, arregalando levemente os olhinhos lilases.

— Dominic... — Foi até ele, parando entre suas pernas, para então pegar o rosto afilado entre suas palmas. — Não vou estar longe de você, só vou estar do outro lado da rua, seu doido — amaciou a voz, os olhos julgadores imediatamente se suavizando.

— Eu sei... — o mais velho resmungou, puxando o tecido da camisa larga do namorado entre os dedos, na altura da cintura, aproveitando para trazê-lo para mais perto. — Mas você não vai dormir do meu ladinho, nem morar comigo, nem depender de mim e decidir as coisas comigo... É diferente. Você nem vai discutir comigo no mercado, sobre a marca de amaciante que devemos comprar pra usar nas roupas de cama! — Essa era uma coisa que ele e Tristan faziam com frequência: discutir sobre as marcas de arroz ou sabão em pó. Eles pareciam um casalzinho de velhos.

— Realmente, não consigo entender — o garoto admitiu, completamente confuso. — Nós estamos sendo forçados a viver uma relação 24/7, já que eu moro sob o seu teto e, mesmo que você já tenha deixado claro não curtir uma relação dessas e tenhamos combinado que a nossa não seria assim, está dizendo que quer que eu continue morando aqui na sua casa, quando posso perfeitamente morar na minha e continuarmos juntos a maior parte do tempo, já que moro, literalmente, no prédio da frente; é só atravessar a rua.

— Mas, bebê... — resmungou. — A partir do momento em que nós estivermos morando em casas diferentes, mesmo que vizinhos, a nossa relação vai mudar — disse com a voz reclamona usual. — E eu gosto do jeito que as coisas são agora — terminou manhoso, com um bico gigantesco no rosto bonito, enaltecendo sua faceta dual, ora dominante e rígida, ora manhosa e carente.

— É claro que vai mudar, enquanto moro aqui, nós vivemos uma vida de casados, mas quando eu voltar pra minha casa, seremos mais como namorados — respondeu de forma paciente. — E é isso que somos, não é? Namorados. Não casados. Você não quer uma relação 24/7, e eu não quero uma relação de total troca de poder. E você disse que uma relação 24/7 é, necessariamente, de total troca de poder...

— Isso não importa, nós dois fazemos nossas próprias regras. Você pode continuar morando sob o meu teto, podemos continuar tendo uma relação 24/7, mas que você limita meu poder sobre você e...

— Dominic, por quê? Por que você está cismado com isso? Você nem gosta de uma relação tão forte dessas, você...

— Eu não *gostava*, Tristan, o verbo no passado, dá pra entender?! — exasperou-se, aumentando o tom de voz, calando-o inevitavelmente. — Com outros, eu não gostava... Mas, com você, eu quero. Com você, eu quero tudo, poxa... — Os olhos vermelhos e a voz pidona de Dominic estavam fazendo o pobre Tristan quase derreter ali no chão e pular em seu colo, dizendo: *Ok, eu caso! Me dê a aliança!*

— Dom, você quer isso mesmo? De uma hora pra outra? Realmente? — insistiu sério e nada convencido, recusando-se a acreditar que Dominic o queria tanto assim, porque aquilo parecia bom demais para ser verdade. — Não acha que estamos indo rápido demais? Quero dizer, nos conhecemos e somos colegas há três anos, eu sei, isso é um bocado de tempo, mas só ficamos pela primeira vez há três meses e moramos debaixo do mesmo teto há pouco menos que isso...

Sim, o pobrezinho vinha contando cada dia.

— Não tô entendendo aonde você quer chegar — o moreno comentou a contragosto.

— Estou querendo dizer que se a gente for com tanta sede ao pote assim, as coisas podem acabar na mesma velocidade que começaram. Você não tem medo? Não tem medo de que... Eu não sei... Acabe tendo uma espécie de *overdose de Tristan* e acabe enjoando de mim? Você disse que era sempre assim... que ficava meio arriado pelos seus sub's, por um mês ou dois, mas que, no terceiro, a magia simplesmente sumia. Eu não quero ser mais um submisso passageiro, Dominic. Não quero acordar um dia e te encontrar sentado à mesa, com cara de paisagem, e aí me chamar pra conversar e explicar que não dá mais, que acabou, que quer a coleira de volta e...

— Por que é tão difícil você entender que tudo que já contei sobre meus submissos passados se aplicavam à relação D/s e apenas a ela? Eu não sou meramente seu dominador, domador, mentor, ou como diabos queira chamar. Sou seu namorado, droga! Isso não te diz nada? Nós temos sentimentos um pelo outro, eu gosto de você, venero você, eu te a... — Ele subitamente se calou, arregalando os olhos, ao passo que assistia a Tristan se afastar três passos, com a expressão apavorada no rosto.

Os dois ficaram se encarando, num clima totalmente tenso, os ouvidos zunindo pelo silêncio repentino e constrangedor que se instalou entre eles.

Para Tristan, era como se o moreno o tivesse espetado com uma agulha, bem na bunda. Para Dominic, era como se tivesse acabado de revelar o seu segredo mais profundo, o qual não poderia, de modo algum, ser revelado naquele momento. E não era por não ter certeza sobre. Ele tinha. Dominic tinha a certeza de que, inevitavelmente, *amava Tristan*. Mas aquele não era o momento adequado e agora ele temia tê-lo assustado e estragado tudo.

Dominic pigarreou, desconcertado, e tentando retomar seu tão precioso controle, fingiu que aquela última parte da conversa sequer havia acontecido. Não iria dizer aquelas palavras agora, por mais que seu interior estivesse simplesmente explodindo para dizê-las há semanas.

— Isso que você tá dizendo, em relação ao tempo, em relação a tudo estar indo rápido demais... é uma grande besteira — declarou confiante, aprumando-se no banco, vendo Tristan soltar o ar e parecer mais relaxado, de volta à questão principal da discussão. — Veja só, em poucos meses, já me vejo fisgado por você, enquanto os anos que passei como parceiro de Calebe nunca me fizeram sentir nada além de amor fraternal e, é claro, atração física — disse sacudindo a cabeça de forma meio pensativa, o que soou um tanto cômico.

Tristan ficou sem palavras. Seu único argumento era aquele. Ele não se via realmente incomodado em viver com Dominic, o outro não o fazia sentir-se um peso, nem uma visita ou coisa assim, pelo contrário, Dominic o consultava para todo o tipo de coisa que fizesse em relação à casa. Dominic fazia como que se sentisse tão dono da casa quanto ele, então era mais que absolutamente confortável conviverem juntos.

Contudo, algo no interior do alfa dizia que eles estavam muito apressados. E, na experiência dele, tudo que vinha fácil, ia embora mais fácil ainda.

Bem, aquilo não queria dizer nada, era apenas uma superstição. As coisas não aconteciam de forma padrão e linear, cada caso era um caso, mas, para alguém tão paranoico quanto Tristan, seria melhor prevenir do que remediar. Queria ser cauteloso naquele momento crucial, enquanto Dominic estava sendo absolutamente sentimental. E isso era quase como uma inversão de papéis, já que Tristan era do tipo impulsivo e sem noção, que não media as consequências de nada, enquanto Dominic era do tipo cuidadoso, calculista e controlado. Só que claramente, se tratando daquela relação, nenhum dos dois se comportava realmente como o esperado.

Um fato sobre a vida é que as pessoas, de forma geral, nem sempre se comportam do modo que deveriam, tampouco tomam decisões de acordo com seu *perfil*. Ocasionalmente, uma pessoa, que é considerada *certinha*, toma uma atitude moralmente reprovável, enquanto aquele considerado *má companhia* poderia perfeitamente agir de forma ética. Pessoas não eram como máquinas pré-fabricadas com determinadas reações para cada situação. Pessoas eram imprevisíveis.

— Realmente, acho que deveríamos desacelerar um pouco as coisas — o garoto murmurou com a voz incerta.

Tristan queria ficar ali do jeito que estavam, morando juntinhos. Queria muito. Mas sua cabeça martelava e chegava a doer de tanto que sua consciência dizia: *Ei, isso está rápido demais. Ele vai enjoar de você. Tome o controle das coisas enquanto pode.*

Pobre Tristan. Sempre tão paranoico e acostumado à rejeição que sequer conseguia aproveitar um bom momento.

Dominic sentiu a frase dele como um tapa na cara. Realmente, não esperava que o namorado fosse apontar aquelas coisas agora. Eles estavam tão bem. E desde a situação do Ano Novo havia explicado melhor as coisas a Tristan, embora não tivesse explicado exatamente a forma que tinha terminado com Calebe — até porque isso não era exatamente da conta dele. Então, se estava tudo bem, por que o garoto arrumava um problema novo agora?

Foi aí que Dominic se deu conta de que, talvez, ele o estivesse assustando. Que talvez Tristan não fosse o elo mais fraco daquela relação: talvez ele fosse. Dominic Von der Guth, o alfa em total controle de suas ações e sentimentos, o grande Alpha Dom, agora era só um bobão apaixonado, que havia entregado seu coração tão blindado nas mãos de um garotinho imaturo e completamente doido das ideias.

Se ele se arrependia? Talvez. Agora que estava se sentindo rejeitado, então... mais ainda. Todavia, ninguém o havia feito sentir-se tão bem e feliz como Tristan fazia. Então, não era justo julgá-lo por não estar caindo de amores na mesma velocidade que ele. O ruivo era mais jovem e menos preocupado com as coisas, menos responsável. Ele parecia ser o tipo de pessoa que queria apenas viver e aproveitar a vida do melhor modo que pudesse, e não alguém com metas e objetivos como Dominic. Certamente, ter um compromisso tão sério com alguém não era um dos seus sonhos mais imediatos, e foi isso que Dominic concluiu.

Com isso, começou a imaginar que, provavelmente, estivesse exigindo de Tristan mais do que o rapaz queria dar. E se odiava que fizessem aquilo com ele, por que estava fazendo com Tristan? Não fazia sentido. Estava sendo irracional. Seus sentimentos estavam nublando sua lógica.

Então, ele se empertigou e levantou o queixo. Havia decidido fazer o certo, afinal. Forçou-se a dar um sorriso compreensivo, antes de declarar:

— Vou te ajudar a arrumar suas coisas.

— Vai chover bem feio hoje. — Tristan olhava para o céu, ao atravessarem a rua carregando os montes de bolsas e a mala com suas coisas. — Olha como tá cheio de nuvens cinza...

— Vai fazer frio, então — respondeu o outro. — Vou dormir com você e te esquentar... — Aproveitou-se.

Tristan o encarou por cima do ombro, enquanto digitava a senha no painel do prédio, totalmente risonho.

— Você não perde uma chance, né? — provocou.

— Sou um alfa que vai atrás do que quer — rebateu, dando de ombros.

Os dois riram cúmplices, o clima mais ameno que antes. Não iriam deixar uma decisão, por precaução de Tristan, se pôr entre eles. Não era exatamente uma coisa ruim. As preocupações do mais novo eram totalmente válidas, afinal.

— Minzy... *Psiu, psiu...* — chamou o moreno, olhando em volta e segurando a porta. Rapidamente, o gato peludo correu por entre suas pernas, entrando no prédio, atrás de seu dono.

— *Ain*, que preguiça!— Tristan resmungou assim que abriu a porta e viu a bagunça na sala.

— Você ainda pode ficar lá em casa... — Dominic murmurou em seu ouvido, implicante.

O ruivo revirou os olhos e pôs as bolsas no chão, teimoso. Foi em direção à cortina caída dos trilhos e arrancou o resto dela dali, exibindo a claridade do fim de tarde.

— Consegue arrumar os carretéis nos trilhos? — perguntou.

— Se você tiver pecinhas novas, acho que sim.

O garoto pegou uma maleta embaixo da pia da cozinha, onde guardava algumas ferramentas.

— Estão aqui. Vou dar um jeito lá no banheiro, enquanto isso.

E assim passaram boa parte das horas. Cada um arrumando um canto, colando coisas quebradas, consertando tudo. Dominic varreu cada cantinho da casa, e Tristan seguiu passando pano em tudo o que podia. Haviam levado uma boa quantidade de copos, canecas e pratos da casa de Dominic para lá também, além dos travesseiros. Dominic ligou a geladeira na tomada e abriu a porta, enfiando garrafas de água lá dentro.

— Eu tenho que ir ao mercado antes que feche. — Tristan fitou o relógio da parede.

— Uhum — o outro murmurou, fechando a geladeira, e caminhou para sala, como quem não queria nada. — Olha ali o que o Minzy está fazendo, Tristan! — exclamou com a face cômica, de olhos exageradamente arregalados, apontando o dedo para o fundo do corredor.

Dominic fingia mal pra um cacete. Só um tapado, como Tristan, para cair numa daquelas. O ruivo correu em disparada, e o mais velho aproveitou para capturar as chaves em cima do balcão e sair porta afora, trancando-o dentro do apartamento.

— Ei! — Tristan deu meia-volta, chegando bem na hora em que Dominic bateu a porta na sua cara. — Dominic, volta aqui! — ralhou, batendo os punhos na madeira.

— Vou ao mercado e você espera aí — a voz abafada por trás da porta respondeu.

— Você não pode gastar dinheiro! — Tristan devolveu exasperado. — São minhas compras! Minhas!

— Até daqui a pouco, bebezinho. Se comporte! — zombou.

Tristan grunhiu de raiva e saiu batendo o pé pela casa.

— Dominic Von der Guth, aquela cobra sorrateira — resmungou enquanto colocava água e ração para o gato, nos potinhos. — Ele sabe que não pode ficar gastando assim, que porra ele tá querendo? — ia dizendo bravo, reclamando para as paredes e para Minzy. — Imagina só se ele gastar o dinheiro todo e aí não arrumar um emprego, o que a gente vai fazer? Ele vai vir morar aqui? Vou ter que sustentar ele? Ah, não! — Ele arregalou os olhos. — Não tenho dinheiro pra bancar um *playboy* desses, *hum-hum*, nem pensar! O *sugar daddy*[1] aqui é ele, não eu... — reclamava enquanto carregava as bolsas para o quarto. — Ele que não invente ideia. Vai ver só se eu não o ponho pra trabalhar numa lojinha de conveniências também... Não vou sustentar ninguém não. Vê se pode?! Não tenho filho pequeno!

E o garoto continuou murmurando mil e uma reclamações, até abrir a primeira bolsa de couro. Nela, havia roupas de Dominic, além de produtos de higiene, cuecas, um par de chinelos e esse tipo de coisa.

— Tudo bem, ele é seu namorado. É lógico que vai deixar coisas dele na sua casa, Tristan. Não pira — repreendeu-se.

Deixou aquela bolsa de lado e abriu a segunda. E então, um sorriso despontou em sua face, todo bobo. Fuçando a bolsa, viu que não havia se esquecido de algo essencial: seus brinquedinhos fetichistas.

Era mais como um kit básico de BDSM. Havia dois pares de algemas de couro vermelho, uma *ball gag,* uma venda, sua coleira vermelha de rebites dentro da caixinha de veludo, a guia da coleira, também vermelha, uma palmatória pequena de madeira, um chicotinho todo preto com a ponta cortada em formato retangular, uma corda macia, lubrificante, pomada para hematomas, gel de massagem, hidratante, bolinhas tailandesas e, por último, uma *flogger*. Mas não uma *flogger* qualquer: era um gato de nove caudas. O que basicamente era uma *flogger* com as tiras de tecido bem finos, quase como uma franja. Tristan não fazia ideia de qual seria a sensação dos açoites daquela ali, mas imaginou que, pela textura, provavelmente seria mais macio e menos cortante.

Coitadinho... estava pensando errado, mas, um dia, ele seria corrigido. Literalmente.

Sabendo que o Dominador demoraria um bocado a voltar, pendurou uma nova cortina na janela da sala, tomou banho e foi se deitar no quarto, embaixo dos edredons. A noite tinha acabado de cair, e o céu parecia ainda mais fechado. Preocupou-se que começasse a cair um temporal e Dominic pegasse chuva na rua. Principalmente, porque sabia que o outro tinha muito medo de trovões, e do jeito que o céu estava, tinha certeza de que iam rolar alguns, junto à tempestade que estava a caminho.

Pegou no sono enquanto assistia a uma de suas séries favoritas. Só acordou quando sentiu beijinhos em seu pescoço, junto ao peso de um corpo em cima do seu e o cheirinho familiar de almíscar.

— Voltei — Dominic murmurou ao pé do seu ouvido.

— Você é um bundão... — o ruivo devolveu com a voz grossa de sono, sentindo Dominic rir em seu pescoço e então o olhar de pertinho, o rosto pairando acima do seu.

---

1 A relação sugar daddy x baby boy se baseia em um casal com considerável diferença de idade, na qual, geralmente, o mais velho sustenta financeiramente o mais novo.

— É, mas o bundão aqui comprou mais ração pra Minzy, produto de limpeza, sabonete, xampu, espuma de barbear, prestobarba e muita, mas muita comida.

— Que comidas comprou? — Abraçou-o pela cintura.

— Pães de forma, biscoitos salgados, biscoitos doces, leite, várias caixas de cereais, barras de chocolate, pacotinhos de suco, carne, muita carne, arroz, macarrão, mais carne, frango, queijo, muitos confetes de chocolate e duas garrafas de vinho. Também trouxe dois engradados de cerveja. — Ele ia enumerando tudo nos dedos.

— Uau! — Surpreendeu-se. — Isso é muita comida. Você sabe que eu cozinho mal, certo?

Dominic gargalhou e deixou um beijinho em sua testa.

— Sei sim. Mas quem vai fazer a comida pra você sou eu. O neném precisa de alguém pra cuidar dele, certo? — disse fofo.

— Uhum... Você está certo... — resmungou, dando um risinho sem jeito.

— De qualquer forma, comprei bastante comida congelada também. Tem refeição pronta, tipo lasanha e miojo. Mas vou fazer comidinha pra você sempre. Não quero que se alimente mal — estabeleceu, sinceramente preocupado.

— Hum... Você cuida tão bem de mim — murmurou com a voz abafada no pescoço de Dominic, onde começou a atacar com beijinhos manhosos. — Como vou conseguir viver sem você depois?

Imediatamente, o moreno arregalou os lumes e afastou-se para encará-lo nos olhos.

— Que papo é esse de *viver sem mim*? Tá dizendo que vai me dar um fora? — Ele se viu inevitavelmente assustado, o peito batendo acelerado.

— Não foi isso que eu quis dizer — o mais novo respondeu com um bico. — É que... nós não vamos ficar juntos pra sempre. Tudo, um dia, acaba — disse com o olhar baixo, sem querer encará-lo.

— Sim, esse é o padrão. Mas saiba que, pra se ver livre de mim, vai ter que me dar um pé na bunda, Tristan. Porque eu não me vejo terminando com você, de jeito nenhum.

— Você sempre enjoa dos seus submissos... — insistiu, teimosamente.

— Não enjoei de você, e olha que você já testou bastante a minha paciência — zombou e apertou o nariz dele entre os dedos, rindo fofinho.

E os dois ficaram se olhando, rindo e trocando carinhos, como bobos.

Bobinhos apaixonados, eram isso. Aquilo podia ser visto à distância.

A chuva começou a bater na janela, fazendo um barulho forte e estrondoso no ambiente. O garoto se levantou para fechá-la, na mesma hora que um trovão e um relâmpago soaram.

No mesmo minuto, Dominic deu um pequeno pulinho de susto e encolheu-se todo, com uma expressão tão tensa que inevitavelmente deixou Tristan preocupado.

— Ei, ei... Eu tô aqui, amor — ele o chamou, deitando novamente na cama e abraçando-o bem forte.

— Merda — o moreno sibilou, abraçado a ele. — Hoje não é o meu dia... Primeiro, você abandona minha casa, e agora isso — falou com a voz reclamona típica.

— Eu estou aqui com você, não estou?

Dominic assentiu, parecendo muito com uma criança.

— O que aconteceu com você, Dominic? Conta pra mim... Quero te ajudar a superar isso, sim? Juntinhos — disse, deslizando o nariz pelos cabelos escuros e levemente crescidos, que estavam lisos e suaves, sem o gel.

Dominic suspirou e então se deitou de lado no colchão, ficando bem de frente para Tristan, os dois em mesma posição, fitando-se nos olhos.

— O meu primeiro dominador não foi aquele cara que submeti publicamente na The Cave — revelou.

Tristan ficou confuso e um pouco chocado, porque não esperava que o assunto fosse começar daquele jeito. Sob seu olhar atento, Dominic continuou:

— O primeiro foi... um alfa que conheci na internet, uns dois meses antes de dizer *sim* a meu primeiro Dom de fato.

Tristan arqueou uma sobrancelha.

— Sei o que você está pensando: *o quão idiota devo ser para ir de encontro a alguém assim, tão pouco confiável*. Bem, eu era jovem... tinha 18 anos e me achava invencível. Esse cara... chamavam-no de *O Estripador*. O nome, por si só, já deveria ser um indício, mas aquilo era BDSM, e eu achava que aquele nome era só pra botar banca. Ele não era muito mais velho que eu, tinha 23 anos, então pensei: *que mal tem*? Eu não via perigo nele. Nós entramos em uma relação de submissão erótica. Eram só sessões esporádicas, não havia nada fixo. Até que um dia, ele passou dos limites.

— Como? — Tristan indagou, temeroso.

— Eu estava voltando do quartel para casa. Era tarde da noite e chovia um bocado. Eu lembro que os relâmpagos me assustavam, mas eram o que me fazia enxergar melhor as ruas, porque um poste tinha despencado e o bairro inteiro estava sem luz.

— Por que essa história está parecendo muito com o início de um filme de terror? — murmurou, temeroso.

— Porque foi um. Três alfas me rodearam num campo de futebol a dois quarteirões de casa. Me jogaram dentro de uma van e me deixaram sem saber o que estava acontecendo por três horas. Me levaram para um galpão nas redondezas. Eu estava apavorado. Até que, finalmente, eles se revelaram.

— Foi ele? O dominador?

Dominic assentiu com a cabeça, com um olhar sombrio.

— Ele era adepto de BDSM extremo. Na época, eu ainda não sabia sobre as diversas vertentes, nem sabia que o BDSM podia não ser praticado de modo *são, seguro* e *consensual*. Aquele sequestro era... um fetiche. Um fetiche que, em momento algum, eu disse que estava de acordo.

— Fetiche com sequestro?

— Sim. É relativamente comum entre praticantes mais... ousados. Fora do SSC. Ainda assim, os praticantes costumam *combinar* tudo antes, mas não foi o que o Estripador fez. Ele me pegou de surpresa. Disse que, assim, *pareceria de verdade*. Isso é porque era um sequestro de verdade, porra.

— Dominic... — ele murmurou, de olhos arregalados e coração martelando no peito. — Você foi...? Sabe...?

— Não. — Dominic sacudiu a cabeça, negando, e o rapaz respirou aliviado. — Mas eu iria. Tenho certeza de que iria. Eu era ingênuo, mas malandro, de alguma forma. Eu o convenci de que estava tudo bem e de que aceitava aquele *play*, desde que fôssemos só nós dois, porque ainda não me sentia confortável para ter sexo com tanta gente ao mesmo tempo... Especialmente aqueles *amigos* dele que me olhavam de um jeito tão nojento que dava náuseas. — O olhar dele se fechou ainda mais. — Eu o convenci de que *cooperaria* melhor se ele mandasse os amigos embora.

— E ele?

— Ele caiu. Mandou os caras embora. Eu deixei que ele começasse as coisas. E quando menos esperou, arrebentei a cara dele de soco. Honestamente, eu poderia tê-lo matado. Mas tudo que eu conseguia pensar era que minha vida poderia ser destruída. Então, eu só... o abandonei por lá. Não estava morto nem nada, eu não tinha essa coragem. O rosto dele tão ensanguentado e com um lado amassado pelos meus próprios punhos me assombra até hoje.

— E depois? Ele não foi atrás de você?

— Ah, ele foi... — Dominic deu-lhe um sorriso seco. — Ele não fazia ideia de que, antes de tudo aquilo, eu já estava negociando uma relação com outro dominador, embora ainda não houvesse aceitado...

— Aquele que você submeteu?

— Exato. E a maior prova de lealdade que eu precisava dele, me foi dada. Dom Kade fez com que ele fosse não só expulso da Masmorra, como proibido de entrar em todos os clubes de BDSM do país. Ele uniu uma boa quantidade de submissos que passaram por poucas e boas com esse cara, e acabou fazendo-o ser extraditado e condenado à prisão, fora do país. Ele não era daqui.

— É por isso que você se assusta tanto com trovões? Porque chovia e relampejava naquele dia?

— Sim — ele murmurou. — Toda vez que escuto, mesmo sabendo que não estou lá, é como se estivesse. Me traz as mesmas sensações por um momento. Eu me lembro de tremer muito e sentir meu coração palpitar tão forte que doía, enquanto tentava abrir o cadeado do galpão, com as mãos sujas de sangue. Meus dedos escorregavam, e a cada segundo que passava, eu temia que ele se levantasse e retaliasse. Quando abri a porta, um relâmpago ainda mais forte apareceu e precisei correr na chuva até em casa.

— Vem aqui... — Tristan disse meloso, abraçando-o de forma extremamente cuidadosa, como se Dominic fosse de porcelana e a qualquer momento pudesse quebrar. — Estou aqui com você. Eu te protejo. Nunca pense que deixarei acontecer qualquer coisa com você...

Dominic segurou-se forte para não derrubar algumas lágrimas, emocionado. Mas respirou fundo e selou os lábios do outro, inalando seu cheiro mesclado. O cheiro de Tristan sempre o acalmava. Olhar para seu rosto, também.

— Eu sei... Muito obrigado por isso, meu amor.

— Eu não imaginava que fosse algo tão surreal assim — comentou. — Fico feliz que tenha me contado. Muito mesmo. Agora, posso cuidar melhor de você, certo?

— Sim, você pode — Dominic concordou, com um sorriso bobo. — Você cuida de mim e eu de você — disse, apertando o nariz alheio novamente.

Tristan sorriu e subitamente mudou de assunto, propositalmente, para que saíssem daquele campo delicado e voltassem à normalidade.

— Dom, assiste a uma série comigo? É a minha favorita...

— Sobre o que é?

— Conta a história de um garoto medroso que começa a ver fantasmas, porque ele tem um dom...

— É de terror? Eu não gosto de terror — confessou sem jeito.

O outro riu de sua carinha assustada.

— Não, medroso — zombou. — É de comédia. Só dá um leve medinho às vezes. Mas o protagonista é um bobalhão. Você morre de rir com ele. O paspalho se apaixona pelo fantasma que assombra a casa da avó.

— Isso me parece meio triste... Amar alguém com quem você nunca poderá ficar, nem mesmo tocar...

— Quem disse que eles não podem se tocar? O protagonista é um médium sinistro. Ele pode tocar os fantasmas, como se fossem uma pessoa viva. Eles podem transar!

Dominic arregalou os olhos, surpreso.

— Eles transam? Um cara vivo e uma alma penada?

— Uhum. — Estava com uma carinha maliciosa.

— Isso não é tipo... nefasto?

— Um bocado. Há consequências...

— E aí? — perguntou curioso.

— E aí que acontecem consequências infernais, por assim dizer.

— Tipo o quê? O garoto vai pro inferno ou algo assim?

— Se eu te contar, você vai dizer que é *spoiler*.

Dominic riu da carinha que o ruivo fez. Parecia, a ele, uma história interessante, já que tinha um enredo peculiar, misturado à comédia e ainda rolavam cenas quentes. Além do mais, era importante dar atenção às coisas que Tristan gostava. Então, decidiu que assistiria com ele. Seria uma nova paixão para dividirem entre si.

— Vamos assistir, então. Mas só se você prometer assistir à minha série favorita também.

— Fechado! Primeiro, a gente assiste à minha e depois à sua!

E então, capturou o controle da TV, ao passo que Dominic se aconchegava em seu peito, todo encolhido. Dominic amava ficar nos braços de seu alfa. Tristan era grande e tinha o peitoral forte e macio. Dominic se sentia seguro ali. Como se Tristan fosse capaz de defendê-lo do mundo. Ele o via como alguém confiável, a quem pudesse mostrar suas fraquezas.

— Vai ter o *munch* da The Cave semana que vem. Aquele que te falei, aonde os membros da Masmorra vão, para se conhecerem fora do cenário...

— Quero ir. Vai me levar? — perguntou manhoso.

— Sim, coisinha fofa. — Deu um beijinho no peito desnudo. — E você vai com sua coleira social. Já escolhi uma, mas não sei se você vai querer usar...

— O que é?

— Pensei que a gente poderia fazer um furo igual na orelha, juntos. No mesmo lado e com o mesmo brinco...

— Mesmo? — Ele o fitou maravilhado. — Eu quero. Quero muito!

— Você gostou da ideia? Então, vamos fazer! — respondeu, contente. — Mas ainda acho pouco... Quero dizer, pra nós dois, significa muito, mas não é algo óbvio que os outros vejam. Então, pensei em mais uma para reforçar. Algo bem clássico... como um par de anéis — soltou cuidadoso.

Tristan arqueou uma das sobrancelhas, totalmente surpreso e incerto.

— Você quer me dar um anel... Tipo anel de namoro?

— Uhum, mas o nosso significaria, além da nossa relação amorosa, a nossa relação de dominador e submisso.

Tristan mordeu o lábio inferior, pensativo e analisando a proposta. Aquilo era muito. Não muito no sentido de que ele ainda não estivesse pronto. Era muito no sentido de que Dominic realmente gostava dele tanto quanto dizia. E isso deixou o ruivinho sem uma reação imediata, o que assustava o mais velho, que aguardava ansioso e temeroso.

Após o que pareceu uma pequena eternidade, Tristan sorriu e o beijou nos lábios intensamente.

— E então? — Dominic perguntou quando findaram o beijo, perdido em seu rosto.

— Eu quero. Quero muito — a voz era doce entre os lábios moldados num sorrisinho suave.

— Ah... — Ele levou uma mão ao peito, dramaticamente. — Você ainda vai me matar um dia, sabia?

— Você não pode morrer antes da minha febre alfa, Dominic. Pode aguentar aí. Não pode morrer antes de me dar uma coisinha... — provocou malicioso, deixando implícito sobre a que se referia.

— É isso que você quer, uh? — Estalou-lhe um tapa na bunda, apertando-a depois, de modo dominante. — Depois que conseguir me foder é que vai me largar?

Tristan gargalhou e ainda aproveitou para subir no colo dele.

— Se toca. Depois que eu te comer, não vou querer outra coisa... Seu gostoso — disse, enquanto dava uma reboladinha.

— E isso significa que vai parar de dar pra mim, uh? — Dominic entrou no jogo, desferindo outro tapa na bunda durinha.

— Nem de brincadeira — rebateu. — Você fode gostoso demais pra que eu me recuse a alguma coisa... — E aí avançou nos lábios de seu alfa, outra vez.

Dominic girou-o no colchão, ficando entre as pernas dele, sem parar o beijo, tomando o controle. Mas ao contrário do que Tristan pensava que faria, ele, aos poucos, foi parando as carícias.

— Que foi? — o ruivo perguntou contrariado. — Vamos transar!

Dominic riu, jogando-se para todos os lados. Wolfgang não tinha mesmo filtro nenhum. Era como uma criança, que dizia o que dava na telha, na hora que queria.

— Agora, não — disse rindo. — Nós temos uma série inteira pra assistir, não? Duas, aliás. E confesso que ainda tô um pouquinho cansado de ontem... Você me deu um trabalho... — falou em tom malicioso.

— E daí? Eu sento em você.

— Não quero você no controle. Você anda muito abusado — disse com os olhos apertados.

— Então, senta em mim!

— Tristan! — exclamou, rindo um bocado. — Se eu estou cansado, vou ter que te deixar comandar. E daí é um passo pra você tomar gosto pela coisa e querer me dominar também.

— Ah... Eu ando sentindo umas vontades, sabe...

— Não. Nem vem — respondeu resoluto.

— O que custa me ensinar? — resmungou. — Você era um submisso.

— Não tente me manipular. Já falei que não.

— Mas... Você quer dizer nunca? Tipo, uma carta fora do baralho? — reclamou de cara feia.

Dominic suspirou, já de saco cheio. Tristan era abusado, se ele provasse um pouco de dominação, acabariam seus limites. Os dois provavelmente acabariam se tornando um casal de *switchers*, as coisas ficariam confusas. E Dominic realmente não curtia submeter-se. Mas talvez pensasse no assunto. Em ensinar, um dia. Mas do seu jeito e com suas condições.

— Um dia, quem sabe... Mas não na nossa relação — estabeleceu. — Apenas em uma sessão. Porque eu sou seu dominador e sempre serei. Você não me domina. Eu domino você. Ok? É assim que gosto da nossa dinâmica. E a qualquer momento que você se sentir insatisfeito, deve me falar.

— Eu nunca pensaria em te dominar na relação. Nem sei como fazer isso. Não tenho jeito, eu acho. Nem vontade. Mas no sexo... ando tendo certas fantasias, de umas semanas pra cá — comentou em tom maldoso e bem sensual, a voz rouquinha, os olhos pidões tentando enfeitiçar sua vítima.

— Então, um dia, eu ensino... Num futuro bem, *beeem* distante — prometeu rindo. — Agora, me dê o controle.

Eles passaram o resto da noite vendo os episódios da série do médium e do fantasma. Comeram e acabaram ficando tão cheios que, de fato, não fizeram nada. Dormiram abraçados, sentindo o cheiro um do outro.

Tristan andava revelando desejos de trocar de lado. De querer experimentar dominá-lo. Ah, Dominic Von der Guth estava fodido...

No melhor sentido da palavra.

# 21

# Limites

**t** me ajuda! eu tô pirando!

**e** O que houve?

*NERO FOFINHO LIGANDO...*
CHAMADA REJEITADA

**t** não me liga, idiota! ele vai ouvir...

**e** A casa tem dois andares, cara.

**t** não estamos na casa do Dominic,
estamos no meu apartamento!

**e** Ahh... E aí? Conta logo, que nervoso, seu bosta ☹

**t** eu usei a chave que peguei com
vc, pra vir aqui.
E descobri que o Dominic não arrumou nadinha!
nada!

**e** Ah, Triz. Não briga com o cara. Ele deve tá sem dinheiro, tá desempregado, ainda sustentando um pequeno cracken como vc.

**t** calado 🔪
agora presta atenção
eu confrontei ele
e aí falei que não queria que consertasse nada
que a única coisinha que queria
era que ele parasse de mentir pra mim 😭

**e** Que vergonha, Alpha Dom pego no pulo pela 2ª vez, pq a 1ª foi na the cave! É só por isso que você tá surtando, ou ele fez algo errado? Se ele tiver machucado o bebê, eu amasso ele!

pior!!!
ele disse que tava escondendo isso
pq não queria que eu fosse embora!!!!!
ele não queria que eu deixasse de morar com ele!!!

Tristan... Como diabos isso parece *pior* pra você? Vai à merda. Boa noite.

esperaaaaaaaa!!! tem mais!

Sem tempo, irmão 😴 😴 😴

Nero, isso é sério! no meio do discurso pra me convencer, ele disse: "adoro vc, venero vc, eu te a..." ELE QUASE DISSE A PALAVRA COM A!!!!!!!!

MENTIRA???????????

viu como é sério? seu otário!

E AÍ E AÍ E AÍ?????????

ele não chegou a dizer, só arregalou os olhos e se calou
tb não dei mta abertura pra que ele fosse em frente pq me assustei pra caralho
e isso ficou bem explícito quando eu dei tipo uns 20 passos pra trás...
ok, foram só 2, mas vc entendeu 😳

Ué 😳 Vc não gostou disso? Quer dizer, você não chegou nesse momento ainda? Não sente o mesmo? Eu podia jurar q você tava caidaço por ele 😳

e eu tô 😩 mas vc sabe que estrago tudo q ponho a mão...

e Ah, neném, não fica assim, poxa 😩 Dessa vez pode dar certo. O Dominic parece um cara super cabeça. Já falei que os sentimentos dele por vc transbordam pelo olhar. Dá pra ver à distância que ele é louco por vc, sabia?

mas eu tenho tanto medo de estragar tudo... TANTO! t

e Ok. Então chegamos à conclusão que vc o ama. Certo?

amo, amo de verdade , como não amar um cara lindo, fofo, cheiroso, que me trata como um príncipe e é simplesmente a melhor foda de toda a minha vida miserável???? eu o amo, amo tanto que fico assustado... principalmente depois que concluí que não comecei a amar ele agora... eu amo Dominic desde sempre. E ISSO, SIM, É ASSUSTADOR. t

e Então pare de se autossabotar! Poxa, o cara falou que te ama... Ok, ele QUASE falou q te ama. Se vc não tivesse arregalado esses zoião e feito a cara de desespero que tenho certeza que fez, talvez ele tivesse ido em frente. Mas nunca iremos saber. Então faz o seguinte: tenta dar mais abertura pra que ele se sinta confortável o suficiente pra se declarar. Pelo que Roxy fala, o Dominic tem o coração bem machucado 😔 Então quando ele fizer... não dá uma de maluco, ok? Medo, todos nós temos. Mas entrar numa relação é isso. É entrar de cabeça, mesmo sabendo que pode bater com ela no chão.

tô me jogando nisso faz tempo mas nunca pensei que ele fosse corresponder assim, e se ele tiver correspondendo mesmo, não sei, eu vou ficar doido, eu vou fazer besteira, eu sempre faço merda qnd tô feliz e... t

PARA!
SÉRIO, PARA.
VAI DAR TUDO CERTO.
SEM PARANOIA.
FAZ UMA MEDITAÇÃO!

😠😠😠

É sério, TRIZ. Por que você insiste em se autossabotar o tempo inteiro? Seu único inimigo é você.

e pra vc não é óbvio? me saboto pq não acho que mereço! o que vc esperava? passei a vida INTEIRA escutando dos meus pais que eu era DEFEITUOSO. Então, quando coisas boas acontecem ou alguém demonstra ter afeto demais por mim, é a voz deles que escuto na minha cabeça, Nero. ninguém pode me culpar por isso.

Sofrer por antecipação só dá problema, pq é assim q vc mete os pés pelas mãos. Fica frio! Seus pais não são exemplos de nada, porque eles não podem sequer ser considerados pessoas. Pode ter certeza que todo mundo ao seu redor te tem em estima muito elevada, especialmente eu e o Von der Guth.

tá... vou tentar ficar numa boa 😞
mas não posso prometer nenhuma mágica

Mais tarde passo lá na loja pra te ver e te dar um abraço, seu bebezão 👶 ❤

vc vai é roubar comida, q eu sei...
sonso!

😂😂😂 Te amo e até amanhã ❤

— A cara dele nem treme... — Tristan resmungou sozinho. Depois, bloqueou a tela do aparelho, suspirou e apanhou a caneca de leite quente, que esfriava em cima da mesinha de canto ao lado do sofá para bebericar o conteúdo morno.

*Eu vou enlouquecer!*, gritou mentalmente.

Fazia um punhado de dias que havia voltado para o apartamento. E em nenhum segundo sua cabeça parou de rebobinar a cena na casa de Dominic, onde ele quase disse que o amava.

E se fosse verdade? Tristan estava em pane.

Quando Dominic tentou voltar para casa naquela tarde, o ruivo não sabia como dizer que não queria que fosse. Como explicar que havia batido o pé para que morassem separados, mas ao mesmo tempo ter a cara de pau de dizer que o queria ali, junto a ele, em sua casinha simples? Que já tinha se acostumado tanto com a presença dele que dormir sozinho apertava seu coração? Sem chances de explicar aquilo sem parecer um desequilibrado que nem sabia o que queria. Em bons momentos, Tristan já se enrolava todo numa explicação, que dirá contradizendo-se. Estava num ponto que nem ele mesmo entendia mais. Dominic bagunçava sua cabeça, que já era um bocado desorganizada.

Por isso, tinha convencido Dominic a dormir lá outra vez — usando sexo como artimanha — mas o moreno já havia pegado no sono há horas, enquanto Tristan continuava pilhado, agitado, exatamente como ficava antes de uma febre alfa, o que era estranho, considerando que sua febre ômega tinha acabado de acontecer e ele não estava nem perto de passar pelo período alfa. Sua testosterona estava enlouquecida.

Buscou por seu notebook e sentou-se com ele no sofá, decidindo estudar um pouco mais o universo que vivenciava agora. Já havia se tornado uma prática. Pelo menos três vezes na semana, Tristan se pegava lendo e pesquisando BDSM mais a fundo. Já conhecia um bocado de acessórios e o jeito certo de usá-los — mas dava mais atenção às descrições das sensações de cada um deles, afinal ele é quem estaria na posição de submissão; ele é quem teria os acessórios sendo utilizados nele, de modo que precisava saber melhor sobre isso do que sobre a forma de utilizá-los em terceiros — porque Dominic provavelmente não o deixaria dominá-lo, nem em um milhão de anos. O ruivo estava certo de que a promessa do outro, sobre trocar de posições numa sessão um dia, havia sido só para calá-lo, já que Tristan podia ser bem insistente quando cismava com algo.

Tinha clicado em um artigo sobre as peculiaridades de uma relação D/s com *brats*, mas acabou não lendo, pois dormiu com o *notebook* ligado no sofá, todo contorcido numa posição estranha, de bruços. Só acordou com o peso de certo alfa em cima dele, que mordiscava a sua nuca e sussurrava:

— Acorda, bebê...

Tristan deu um sorriso gigante antes mesmo de abrir os olhos.

— Não acredito que me deixou dormir sozinho... — Dominic murmurou manhoso.

— Desculpa, fiquei sem sono — fez carinha de coitado e se virou para abraçar o namorado. — Bom dia... — Sentiu o cheirinho de sabonete quando enfiou o rosto na curvatura do pescoço dele, e sussurrou: — Você já tomou banho, *humpf*... Agora, não posso te arrastar pro chuveiro comigo — terminou com um bico.

— É uma ideia tentadora, mas preciso ir para me arrumar. Tenho uma entrevista importante hoje — explicou.

— Oh. Boa sorte. A vida de pobre não é pra você. Eu nasci pra ser um *baby boy*, e você o meu *sugar daddy*...

Dominic soltou uma gargalhada gostosa e encheu o rostinho inchado do outro de beijos estalados.

— Então, por que você vive tentando escapulir dos meus mimos? — Ficou curioso.

— Porque só quero ser mimado, se isso não te deixar morrendo de fome depois! — Fez uma expressão exasperada, como se o outro lhe questionasse o óbvio. — Mas, com você trabalhando, é bom ir preparando a carteira. Quero tudo o que mereço, tá ok? E eu mereço muita coisa... — terminou com o nariz empinado.

O alfa precisou abafar a risada no peito de Tristan, pois nesses momentos sua postura quase se esvaía.

— Certo. O bebê vai ganhar muitos mimos. O que você quiser, meu amor — disse todo apaixonadinho. — Sabe que sou um bobão por você, né? Leve todo o meu dinheiro.

— É melhor que seja mesmo... Não posso ser otário sozinho — murmurou com um risinho de lado.

Dominic o encheu de beijos estalados no rosto, até finalmente sair da casa, deixando Tristan sozinho.

— Ah, Kara, fala sério! — o ruivo exclamou, exasperado.

— Fala baixo, pelo amor dos santinhos da lua! — a chefe respondeu, tendo as bochechas um tanto coradas, enquanto olhava ao redor.

— Mas não tem ninguém aqui — o ruivo sussurrou.

— Não importa. É da minha vida sexual que estamos falando.

— Eu não tinha previsto isso, você sabe — comentou meio desconfortável. — Você e Adam tinham tudo pra dar certo.

— Tínhamos, eu sei. — Bufou, tristonha. — Mas... nossas personalidades sexuais não batem.

— Por que vocês não tentam algo pra... apimentar? Pode funcionar. Tipo umas algemas, umas roupas de látex, você sentando nele e enchendo ele de tapa na cara, até ele implorar pra...

— Garoto! Muita informação. Não quero mais conversar com você. Vou lá atrás conferir a lista de reposição de produtos. — Ela foi para os fundos da loja, encarando Tristan como se fosse totalmente louco.

— Hum... baunilhona — ele resmungou, apoiando o queixo na mão e o cotovelo no balcão.

Aquele fim da manhã estava especialmente frio. Uma leve garoa caía lá fora, e o ar-condicionado da loja de conveniências o estava fazendo tremer um bocado. Tristan detestava trabalhar naquele horário, mas havia trocado de turno para que pudesse sair com Dominic no almoço e voltar ao fim da tarde.

— Só queria estar em casa com meus pezinhos dentro das pantufinhas de leão, enquanto assisto a Dominic fazer comida pra encher meu bucho — sussurrou sozinho.

Ao fim do expediente, Tristan estava todo caidinho. E para piorar, Nero havia mandado mensagem dizendo que precisava encontrar Roxy, pois estavam no meio de uma crise com Bastien; e seu namorado não dava nenhum sinal de vida desde que saiu de casa.

No caminho para o apartamento, fez algo que não fazia há algum tempo: roeu as unhas. Dominic reclamaria um bocado, mas em parte era culpa dele, veja só.

Ao chegar à sua calçada, notou as luzes frontais da casa de Dominic apagadas, o que significava que não estava em casa. O garoto começou a entrar num misto de irritação e preocupação. Então, entrou diretamente em seu prédio.

Mas ao abrir a porta do próprio apartamento, deu de cara com um mar de sacolas e caixas de incontáveis marcas, espalhadas em sua pequenina sala de estar — sem contar o grande sofá preto aveludado que ele só havia visto em lojas de mobília caríssimas. De quem diabos era aquele estofado? Nunca teve dinheiro para comprar um daqueles.

No meio do cômodo, havia um Dominic sorridente e cheiroso, usando bermuda e camiseta casuais, com os fios molhados pós-banho e braços abertos.

Passando os olhos rapidamente pelo lugar, Tristan avistou uma pilha alta de *cards* de jogos em cima da estante, abaixo da TV. Imediatamente, arregalou os olhos e correu até lá, ignorando Dominic — mas por uma boa causa: precisava conferir se, de fato, havia jogos novos ali. E havia. Uns vinte.

— Dominic, Dominic, você é doido, doido, doido... — sussurrou desacreditado, conferindo jogo por jogo. — Isso deve ter custado uma fortuna!

Dominic o abraçou por trás, sorrindo.

— Alguém disse que quando eu tivesse um emprego, poderia mimar meu bebê o quanto quisesse... — sussurrou sugestivo.

O ruivo arregalou os olhos e abriu a boca, surpreso.

— Oh, minha nossa. Minha nossa, cacete... — murmurou, olhando ao redor, deslumbrado. E, subitamente, pegou seu domador no colo, tal qual o maior dos *brats* faria. — *Yeeeeeeeeey!* Parabéns, Dom! Parabéns, parabéns, parabéns!

— Garoto, me põe no chão! — Ele sacudiu as pernas fortes no ar, enquanto ria e tentava se segurar no tronco de Tristan, que lhe surrupiava selinhos.

— Me desculpe, *coronel*, mas não vou obedecer — disse com um sorrisão aberto.

Dominic não conseguia se soltar, então ficou distribuindo soquinhos brincalhões no peitoral ridiculamente duro do outro alfa. Ah, malditos alfas. Por que sempre tão fortes?

— Comprei um monte de roupinhas despojadas de adolescente gótico pra você, do jeitinho que você gosta. E roupas de cama. E fronhas. E cortinas. E um celular novo. E óculos de sol. E produtos de cabelo e perfumes importados.

— Dom! — exclamou chocado, ainda com o namorado no colo, que o fitava com olhos brilhantes.

— Nem o triplo de tudo isso faz jus ao que eu sinto por você, Tetê... — declarou manso, encarando-o no fundo dos olhos.

Tristan lentamente o soltou, sem desconectar os olhares. De frente um para o outro, segurou delicadamente o rosto anguloso do moreno em suas palmas, e iniciou um beijo lento e intenso.

Sorrateiramente, Dominic enfiou a mão no bolso da própria bermuda, tirando dali uma caixinha de veludo, e esgueirou a mão entre os dois, até conseguir enfiá-la entre seus rostos ao se separar um tantinho do namorado, interrompendo o beijo.

Os olhos de Tristan brilharam e um sorriso infantil surgiu no rosto bonito, antes de capturar a caixinha em suas mãos. Ao abri-la, deparou-se com um par de anéis prateados, que consistiam numa cobra belíssima enroscando-se ao dedo, com olhos vermelhos.

— Isso é um rubi? — indagou, cutucando a pedrinha brilhosa.

— Sim, prata e rubi.

— Eu tenho um namorado e dominador rico e com um bom emprego, que me dá joias de presente, num dia de semana — disse com uma falsa expressão pensativa. — Acho que posso me acostumar com isso, sabe...

Dominic riu, cerrando as pálpebras pequenas e jogando a cabeça para trás. Ninguém poderia negar o quanto estava genuinamente feliz. E assim Tristan se pegou hipnotizado por aquele sorriso, aquele rosto, o som daquela gargalhada. Antes que pudesse pensar muito, disparou em voz baixa e sussurrada:

— Eu amo quando você fica feliz...

Aos poucos, o ex-militar foi cessando a risada até encará-lo outra vez. Deslizou lentamente a língua entre os lábios, mirando-o com a intensidade de mil sóis em brasa.

— Essa não é só uma joia, Tristan... Não é um mero adorno. Esse é o símbolo da nossa relação, nos dois âmbitos dela. Como dominador e submisso. E como um casal de namorados — declarou, deslizando o polegar no rosto do outro, que o encarava atento. — Você é meu e eu sou seu. Nós nos pertencemos de todas as formas que um casal pode se pertencer, e também nos pertencemos dentro de um jogo psicológico, num tipo de relação em que praticamos a dominação e submissão em busca de prazer e satisfação mútua, tanto sexual quanto mental. Você me serve e, em troca disso, te dou tudo o que você quiser de mim. De corpo e alma.

Tristan mordeu o lábio fino, segurando a respiração. Aquilo tudo era tão intenso. Do jeito que só via em filmes, livros e histórias antigas. Nunca achou que essa coisa fosse verdadeira, no mundo real. Ninguém amava tão intensamente assim e tinha a sorte de ser retribuído...

A despeito de sua reação de alguns dias atrás, agora esperava que Dominic dissesse que o amava logo, com todas as letras, para que pudesse dizer também. Ele sentia que era o momento de finalmente se declarar, especialmente depois de conversar com Nero.

Mas, ah, se tinha uma área em que Wolfgang definitivamente se recusava a ser submisso, era no amor. Não queria estar naquela posição: a de ser a pessoa que ama mais. O elo mais frágil. Aquele que se declara primeiro. Não, não. Precisava se segurar até que o outro lhe dissesse as três palavrinhas primeiro.

Ele sorriu e pegou a aliança menor, para colocá-la no dedo do namorado, mas Dominic o travou.

— O dominador usa o anel no dedão, e o submisso, no mindinho. O menor é seu. — Ele encaixou a aliança miúda no dedo dele e beijou a peça carinhosamente, entrelaçando suas mãos.

— Se eu sorrir mais um pouquinho, acho que vou rasgar minha cara... — Tristan sussurrou, antes de pegar a aliança maior e colocá-la no dedão de Dominic.

— Eu também comprei os brincos. Vem cá.

Ele o puxou pela mão até o quarto, onde parou em frente ao espelho.

— O que você acha desse? — indagou, segurando o pequeno brinco prateado na altura da orelha.

Tristan estava logo atrás, observando o reflexo deles.

— Eu gosto — declarou satisfeito, pegando o outro par do brinco e o segurando na orelha, como Dominic fazia. — Mas, e se atrapalhar na cicatrização? Fizemos os furos há três semanas, ainda não estão cem por cento, é muito recente...

— Acho que podemos arriscar — o moreno disse, já retirando o pequeno brinco de bolinha que perfurava seu lóbulo e que havia sido utilizado originalmente no furo.

Não deveriam mexer na joia agora, mas ah... Iriam ao *munch* da The Cave num dos melhores restaurantes da cidade. Todo mundo estaria lá. E o dominador queria deixar bem visível o quão avançada era sua relação com seu submisso, a ponto de usarem anéis de casal e brincos combinando, além da clássica coleira. Até porque o Alpha Dom não era bobo. Ele, mais do que ninguém, estava ciente do quão atraente Tristan era, de como seu cheiro era formidável, de como suas expressões meigas e, quase sempre, fofinhas como as de um inocente, chamariam muito a atenção de outros dominantes. Mas Tristan era seu. E naquela relação, Dominic seria capaz de sair a dentadas com outros, como um lobo, para proteger quem lhe pertencia.

Então, pegou a pecinha brilhante que consistia numa pequena argolinha de aço. Ajudou o ruivo a trocar seu acessório também e então os dois estavam prontos para o *munch* com os membros da Masmorra... exceto pelos pés de Tristan. O garoto quase saiu de casa com as pantufas laranja de leão. O par havia simplesmente se tornado um uniforme. Ele não usava mais chinelos ou meias dentro de casa, apenas as pantufas que ganhou de presente de Última Lua Cheia do Ano. Toda vez que olhava para elas, se lembrava de Dominic. E mesmo quando o moreno estava ao seu lado, aquilo lhe dava uma sensação gostosa. Porque Dominic estava por toda a parte, assim como ele estava por toda a parte da vida do moreno.

— Gostou das botas? Estão confortáveis? — Dominic observou o seu submisso sentar-se no banco do motorista em seu carro preto lustroso.

Havia dado um par de botas de couro preto para Tristan, porque além de bonitas, pareciam muito gostosas de calçar. O rapaz vestia uma calça jeans apertada e uma camiseta grande demais, que Dominic havia escolhido para ele, baseado nos gostos que já conhecia. Os cabelos estavam penteados e presos num coque de fios rebeldes que insistiam em soltar nas laterais, e tudo nele parecia tão *ele* que Dominic não conseguia parar de fitá-lo, encantado.

Ainda que estivessem usando anéis e brincos combinando, como itens de casal e claramente significativos sobre sua relação, Dominic ainda enfeitou o pescoço do rapaz com um fino cordão preto de veludo. Não passava de uma tira, mas havia um pingente nele com a letra D.

As pálpebras estavam enfeitadas com sombra terrosa, e por mais que gostasse de chamar atenção, dessa vez, Tristan não se sentiu confortável em mostrar os olhos; optou por uma lente vermelha, a fim de esconder a particularidade de seus genes. Dessa vez, não veria os membros da The Cave em uma boate escura, e sim à luz do dia, o que o deixava inseguro. Mas, seu cheiro alfa estava extremamente forte, Dominic quase se sentiu tonto.

O dominante, por sua vez, estava todo de preto, mas, incrivelmente, seu visual não parecia pesado. Usava um par de botas, calça e jaqueta de couro fechada, como um motociclista. Os cabelos estavam armados no topete costumeiro bem alinhado e vários anéis prateados adornavam os dedos. Os olhos carmesins também estavam delicadamente maquiados com um esfumado marrom-escuro, deixando seu olhar mais profundo.

— Então, me deixe te adiantar algumas questões de etiqueta. — Aprumou-se no banco. — Não faça perguntas pessoais demais a ninguém. Não pergunte onde a pessoa trabalha, com o que trabalha, onde mora ou o nome dela. Lá dentro, ela se chama como apresentar seu *nickname*. E ah, muito cuidado pra não encostar em ninguém sem permissão. Coisas simples, como encostar num braço, podem ser consideradas rudes. Também não fale muito alto. Se quiser se aproximar de um *submisso* para conversar, faça um elogio que não seja muito invasivo e se apresente imediatamente após isso, deixando claro o motivo pelo qual você está puxando conversa, e também que você já tem um dominador.

— Algo tipo: *Ah, sua coleira é bonita. Sou um submisso também, pode me chamar de Cherry. É a primeira vez que estou vindo a um munch com meu Dominador...*?

— Exatamente assim. E daí você começa a conversa. Puxa perguntas. Mas tenta sempre voltar suas questões ao BDSM, afinal é isso que todos nós ali teremos em comum. Não tenha medo de dizer que é um iniciante e que esta é sua primeira relação. Muita gente vai se dispor a te ajudar, a esclarecer dúvidas e tudo o mais. Claro, pode ser que alguém tente ser maldoso ou tente se aproveitar. Mas é só você dizer que seu dominador está ali, que a pessoa vai sossegar. Todo mundo evita confusão no *munch* pra não ficar mal na fita. Uma confusão no *munch* e você pode ser banido da Masmorra.

— Mas você vai me deixar sozinho no meio dessa gente?

— Claro que não, meu amor. Mas você é livre pra rodar pelo local e conversar com outros *submissos*. Afinal, é pra isso que o *munch* é realizado. Pra que os membros que frequentam uma mesma Masmorra se conheçam e tenham certa intimidade entre si, como um grupo unido.

— Certo. Escuta. Como devo me referir aos outros dominadores, afinal? Sei que muitos exigem ser tratados como *senhor* por todo e qualquer submisso, até mesmo por *switchers*. Você mesmo disse que eu deveria tratar um dominador com mais respeito, quando a gente se esbarrou na *play party* por acidente... — Ele sorriu com a lembrança.

— Sobre isso... — O moreno coçou a nuca, nitidamente desconfortável. — Não que eu queira ultrapassar os limites, mas vou pedir que você interaja apenas com outros submissos.

Tristan piscou rapidamente, surpreso, mas finalmente entendendo o porquê de Dominic dar tanta ênfase à palavra *submisso* quando o instruía sobre as pessoas com quem iria conversar.

— Não posso falar com dominantes?

Dominic sacudiu a cabeça, em negativa.

— Estamos em um período de popularidade muito alta na The Cave, o que traz muitos aproveitadores para o meio. Particularmente, temos tido alguns problemas com dominadores que não respeitam as relações dos outros membros da Masmorra. Eles não vão respeitar a sua coleira, Tristan. — Ele o encarou com o olhar pesado. — Lembre-se do que te contei sobre o sequestro. No BDSM, existe todo o tipo de gente, especialmente as perigosas. Não quero que corra perigo. E já disse que sou ciumento... Não quero ser obrigado a ver um dominante de araque me afrontando e dando em cima de você sem poder fazer nada, para não gerar confusão.

— Então... eu devo... me fazer de doido?

Dominic deixou uma gargalhada curta escapulir, antes de negar com a cabeça.

— Você pode apenas dizer a verdade: que seu Dom não te autorizou a conversar com outros Dom's.

— Para alguém que desrespeita as relações alheias de propósito, isso não vai atiçá-lo? A minha obediência a você? — indagou.

Dominic franziu o cenho.

— Eu não sei, Tristan. Você pode dar a explicação que quiser, desde que evite conversar com outros dominantes. Tudo bem?

— Isso é muito importante pra você?

— Sim, é muito importante pra mim. É só por agora, enquanto as pessoas na The Cave não te conhecem como *o submisso do Alpha Dom*. Devido ao meu *status* na Masmorra, existe um respeito maior por mim, mesmo entre membros mais desobedientes. Ainda assim, existem alguns que não respeitam nem mesmo a mim. Depois dos primeiros eventos, de acordo com o seu comportamento, irei liberá-lo para interagir com todos. Por agora, você só fala com um dominador se eu estiver junto. De acordo?

— Tudo bem. — Ele deu de ombros. — Mas quando acontecer, como devo me portar com um dominador que não é meu?

— Sabe, eu costumava ser bem tradicional, antes de você. Achava inadmissível que um sub não se dirigisse a mim como *senhor*. E eu conseguia manipular o submisso a me tratar como seu superior apenas com o olhar...

— Você é um mala — Tristan zombou.

Recebeu um tapa brincalhão na coxa.

— E, naquele dia, você me disse de cara: *Você não é meu dominador, não te devo respeito* — Dominic imitou a vozinha malcriada. — Juro que senti vontade de te castigar imediatamente. E depois, quando se recusou a ser meu submisso e entrou pra dentro do prédio, batendo a porta na minha cara, eu pirei. É sério, sequer consegui dormir naquela noite...

— Te deixei tão desesperado assim? — Surpreendeu-se, divertindo-se com as confissões do, agora, namorado.

— Argh... Eu não me sentia assim há muito tempo, Tristan. Não estou acostumado a ser rejeitado. Claro, alguns submissos fazem um pouco de charme e ficam um tempo maior que o necessário só flertando e negociando, antes de realmente aceitar servir um dominador. Mas você... Você me deixou inseguro. Pensei que me recusaria.

— E por que pensou isso se, quando nos encontramos na The Cave, você já sabia que eu estava a fim de você?

— Por vários motivos. O primeiro de todos por eu ter feito a burrice de ter te dado um fora lá em casa. Sabia que tinha te deixado possesso com isso. E, em segundo por causa do Nero. Se ele era seu amigo íntimo, pensei que sua escolha seria ele como Dom, não eu. E quanto mais pensava naquilo, mais agoniado eu ficava. Cheguei até a sonhar com você me ignorando algumas vezes — murmurou com um bico.

Sem segurar muito um risinho e com o ego inflado, enquanto trocava a marcha, Tristan respondeu:

— Sabe... Eu acho que se você não estivesse chateado com a coisa da sua exoneração, naquele dia, provavelmente, não teria dado em cima de mim. Talvez tivesse batido a porta na minha cara e me mandado ir comprar o achocolatado no mercado mesmo — disse, virando uma esquina.

Dominic deu uma gargalhada gostosa, cobrindo a boca.

— Com certeza, não, bebê — disse doce. — Assim que te vi na porta, comecei a te provocar pra te testar. Essa coisa de pedir açúcar emprestado é uma tática velha.

— Mas eu pedi achocolatado! — exclamou, indignado. — Era pra disfarçar, caramba.

Dominic sorriu mais ainda.

— Ah, disfarçou bastante, com certeza — debochou e deu de ombros. — Ainda assim, eu estava triste e você bem na minha frente, todo cheirosinho e arrumado, flertando abertamente e sendo um doce. Quando você confirmou o que eu já tinha noventa e nove por cento de certeza, que gostava de alfas, fiquei todo derretido. Sabe, não te agarrei pra calar sua boca. Te agarrei, porque achei que aquele era um sinal. Sinceramente, não sei quanto tempo mais aguentaria não investir em você. Era tão bonitinho quando você flertava comigo. Às vezes, eu ficava até arrepiado, se quer saber. Toda vez que voltava do quartel, a primeira coisa que eu pensava era: *Caramba, vou ter vários dias pra ir lá na lojinha flertar com aquele pivetinho gostoso.* Mas aí voltei a raciocinar, e um monte de coisas negativas veio à minha cabeça e acabei te dispensando. Nunca me desculpei apropriadamente por isso, meu bem. — O ex-tenente-coronel o encarou pesaroso. — Me desculpe, fui um idiota.

— Se eu não tivesse te desculpado, a gente não estaria aqui, certo? Então, esquece isso. Eu entendo seus motivos, Dom. Também sou inseguro com muita coisa.

O ruivo estacionou o carro na calçada, desligando o motor. Sorriu doce para Dominic e o puxou para um beijo calmo. Os dois estômagos davam guinadas, como se borboletas voassem lá dentro.

Dominic caminhou até a entrada do restaurante, ao lado de Tristan, mas com o braço esquerdo envolto na cintura fina do rapaz, numa clássica posição territorialista, mostrando aos demais que aquele alfa era seu.

Entraram no estabelecimento, informando uma palavra-chave à recepcionista elegante na porta, vestida em um terninho preto. Dominic explicou que ela não fazia parte da The Cave, era uma funcionária do restaurante que foi alugado especialmente para o *munch*, fechado apenas para os convidados que ganhavam o acesso na entrada, usando a palavra secreta informada no e-mail do convite enviado pela Kiko, aos membros da Masmorra. Também contou que, provavelmente, a recepcionista pensava que todas aquelas pessoas faziam parte de um fã-clube de alguma banda de rock ou algo assim, nada muito peculiar como práticas fetichistas e sexuais extremas incomuns.

A primeira impressão de Tristan foi de que o evento parecia mais com um almoço de família — uma família muito grande — ou um churrasco de domingo, talvez, um aniversário. Era bastante comum e ninguém ali estava vestido a caráter, em roupas fetichistas ou escandalosas demais, embora houvesse muita gente usando preto, couro e gargantilhas. Era tudo mais simples e despojado em comparação aos eventos na The Cave. Sentiu-se mais confortável e menos nervoso.

— Ora, ora... Finalmente, estou conhecendo o submisso que roubou o coração do *Alpha Dom*... — uma mulher de cabelos escuros e compridos cumprimentou.

Tristan demorou um punhado de segundos a reconhecê-la: era a alfa *dominatrix*, Kiko Watannabe, dona da The Cave. A mesma que Tristan assistiu brincar com sua submissa dentro de uma das salas de vidro, em sua primeira visita à Masmorra. Dessa vez, ela usava um vestidinho vermelho simples, cabelos presos num rabo de cavalo e sandálias. Não parecia nada ameaçadora e vampiresca como Tristan havia visto na The Cave.

— Olá — cumprimentou o *brat* acanhado. — É um prazer. — Ele abaixou a cabeça para ela, não porque era alfa, mas, sim, porque era uma dominadora respeitada, e ele não queria fazer feio.

De perto, a *domme* era ainda mais bonita. Os olhos vermelhos apertados demonstravam forte dominância. Ele sentiu até um arrepio. O olhar dela era intenso demais, assim como os de Dominic e Roxy.

— Igualmente. Vocês estão muito bem-vestidos. Brincos e anéis combinando... São o que estou pensando? — inquiriu, fitando o casal, com simpatia e astúcia.

— Sim — Dominic respondeu com um sorrisinho torto. E aí levantou a mão, mostrando o anel de cobra em seu dedo.

O olhar de Kiko alternou-se entre as mãos de ambos, e ela lhes deu um sorriso aberto.

— Vocês estão juntos na vida baunilha também?

Dominic parecia absolutamente orgulhoso, o peito estufado como um pavão que exibe suas penas.

— O anel e o brinco representam nossa relação D/s, assim como representam nossa relação romântica na vida baunilha, sim. — Ele deslizou a canhota nas costas do mais novo, orgulhoso.

— Bem... — Ela riu, em tom brincalhão. — Você é realmente uma graça... — dirigiu-se a Tristan. — Qual é o seu nome, coração?

— Escolhi ser chamado de Cherry, *senhora*. Cherry brat.

Tristan reprimiu um sorriso e abaixou a cabeça outra vez, antes de dar uma espiada em Dominic, que o encarava carinhosamente.

Ele preferiu dirigir-se a ela respeitosamente, porque Kiko era dona do clube. Dominic havia contado que nem mesmo ele sabia o nome de verdade dela, porque, assim como todos, Kiko também era o nome de sua persona no BDSM. Nero lhe contou que havia um boato, entre os frequentadores, sobre Kiko ser uma juíza federal e que por isso mantinha sua identidade escondida tão fortemente, a ponto de nem mesmo seus submissos fixos conhecerem os detalhes de sua vida baunilha. Outros diziam que ela fazia parte de algum tipo de máfia, mas soava dramático demais.

— Ah, muito bom. Combina com você totalmente. — Ela sacudiu a cabeça. — E é muito educado também, posso ver. Fico feliz que Dom não tenha desperdiçado minhas propostas à toa...

Antes mesmo de receber o olhar indagador de Tristan, Dominic explicou-se:

— Kiko me convidou para trabalhar como dominador profissional na The Cave. Não envolveria sexo, apenas sessões de dominação pura, além de mentoria a iniciantes submissos e dominantes, bem como demonstrações em *cenas*, mas nós dois já estávamos juntos. Então isso não é algo que eu gostaria de fazer.

Tristan sentiu um alívio tremendo no peito. Não que pensasse que Dominic fosse capaz de cometer tamanha traição, mas, ainda assim, era bom ter a confirmação de que, de fato, respeitava a exclusividade na relação deles, e não só da boca pra fora.

— Não acredito que você chegou primeiro — uma voz soando levemente entediada disse atrás deles.

Virando-se, encontraram Roxy junto a Bastien — este último parado um pouco atrás de sua *domme*. Usavam roupas casuais, todos os dois, mas Roxy estava com um vestidinho lilás de malha apertado que exibia muito bem o corpo ômega curvilíneo, de seios empinados e cintura fina. As unhas também eram lilases, mas afiadas como as garras de um lobo. Mesmo em cores tão suaves, Roxy parecia, definitivamente, *uma predadora perigosa*, tal qual um lobo em pele de cordeiro. Quando olhava para ela, Tristan sentia que seus olhos eram como os de sereia, que hipnotizavam e atraíam pescadores para o mar. O olhar dela lembrava *muito* o de Dominic, mesmo tendo cores tão diferentes.

— Que saudade de você... — Dominic disse com uma vozinha tão infantil à irmã que se Tristan não o conhecesse, teria estranhado.

O moreno deu um rápido abraço nela, mas Roxy — que era ousada o suficiente para usar seu apelido da vida baunilha dentro do BDSM também, tal qual seu irmão — não era muito fã de contatos físicos, então logo foi empurrando Dominic para o lado, um pouco brusca, enquanto resmungava. Ele não se abalou, abraçou-a de novo e permaneceu rindo, impassível.

Dominic usava *Dom* pela brincadeira com a posição de *dom*. Não achava perigoso usar um *nickname* tão próximo ao seu nome civil, pois no quartel era conhecido, por quase todo mundo, apenas pelo sobrenome *Von der Guth*. Já Roxy simplesmente não se importava, ela atuava como dominatrix de tempos em tempos, então preferia manter seu *nickname* igual ao da vida baunilha, por achar que os apelidos no BDSM eram um pouco bregas demais.

Depois que Kiko se despediu deles, Tristan deu uma espiada curiosa em Bastien. Ele não parecia incomodado com nada naquele dia. Teve certeza, então, de que ele só via problemas em sua amizade com Nero. Bom, isso provavelmente devido ao fato de que Nero e ele foram parceiros de febre por anos.

— Oi — murmurou o ruivo, com educação.

— Oi — o outro alfa tinha o tom seco e a expressão neutra.

— Onde está Nero? — Tristan indagou confuso.

Bastien cruzou os braços e afastou-se levemente em direção à geladeira de bebidas, sem nada responder.

— Nero e Bastien andam brigando. Então, Nero preferiu não vir ao *munch* hoje, pra não se estressar com ele — informou a dominadora. — Principalmente porque você estaria aqui, e Nero sabia que isso deixaria Bastien mais arredio...

Tristan revirou os olhos e bufou, cruzando os braços também, como seu aparentemente inimigo fez momentos atrás.

— Não é por nada, não, viu? Mas esse seu submisso é um babacão. Fala sério! — disparou.

— Bastien é complicado. — Roxy suspirou, com uma expressão cansada. — Ele é um doce quando tudo corre do jeito dele, mas quando não... é uma bomba-relógio. Não culpo Nero por não aguentar. Felizmente, sou um pouco mais paciente.

Tristan ficou um tanto preocupado. Até mesmo mandou uma mensagem a Nero, perguntando se ele estava bem. Desde o início, tinha aquela sensação de que as coisas entre aqueles três não eram muito saudáveis. E era muito fácil notar aspectos tóxicos entre um casal — ou um trisal — quando não se fazia parte dele. As coisas eram mais fáceis de serem compreendidas de fora, e Tristan estava de olho nisso.

Os três decidiram comer alguns petiscos dispostos na mesa de centro, enquanto Dominic o apresentava para, basicamente, todo mundo. Tristan recebia tantos elogios que suas bochechas ardiam. Elas ficavam naquele tom de rosa que parecia bastante com sua bunda depois de umas palmadas de Dominic, porque ele não estava acostumado. E a sensação de ter o ego amaciado daquele jeito era deliciosa. No fundo, estava adorando receber toda aquela atenção, afinal era um exibicionista de primeira, embora curtisse mais observar.

Em determinado momento, deixou que Dominic fosse com Roxy ao terraço aberto do restaurante, fumar cigarros, e alguém parou ao seu lado e o encarou com curiosidade. Era alguém quase tão alto quanto ele, cabelos escuros com a franja cortada rente aos olhos vermelhos e roupas casuais. Usava uma gargantilha bonita de veludo no pescoço, então Tristan facilmente o reconheceu como sub. E aí o rapaz falou com ele, finalmente:

— Acho que te conheço... É submisso do Rope, certo? Acho que você entrou com ele na última *play party* lá na The Cave...

Ah. Agora ele lembrava. Vagamente, mas lembrava. Era o cara da portaria da boate. No dia, ele trabalhava junto a uma fêmea alfa loira, toda vestida em látex vermelho, da cabeça aos pés. Tristan teve a impressão de tê-la visto por ali, rapidamente, mas era quase irreconhecível sem a maquiagem e usando apenas uma calça jeans e camiseta.

— Na verdade, o Ne... — Travou-se. Quase soltou o nome verdadeiro do amigo. Xingou-se mentalmente, resistindo ao ímpeto de bufar de frustração. — Digo, *Rope*. Na verdade, sou o melhor amigo dele. Meu dominador é... o *Alpha Dom*.

— Caramba! — o outro devolveu, de olhos arregalados e boca aberta, a expressão aprovadora de admiração estampada no rosto. — O *Alpha Dom* é um excelente dominante. Você é um rapaz de sorte. — Sorriu gentil. — Eu sou o Angel. Sou sub. Trabalho na The Cave há dois anos. Você é apenas sub também ou...

— Pode me chamar de Cherry. Você acharia estranho se eu te dissesse que sou um *brat*? — indagou só um tantinho ansioso.

— *Brat* mesmo? Ou *bratty sub*?

— Tem diferença? — Ficou confuso. Se sabia a diferença, não lembrava agora, era muita informação. — Desculpe, é que sou novo nisso. Esse é meu primeiro *munch*, e aquela *play party* foi minha primeira também.

— Ah, tudo bem, não esquenta. Eu ajudo. Então, é o seguinte: o *bratty* sub é um submisso comum — começou, puxando a cadeira e sentando-se confortavelmente ao lado de Tristan, que o encarava atento e genuinamente interessado. — *Bratty sub* é um submisso normalmente obediente, mas que, em uma ou outra ocasião, acaba se recusando a cumprir as ordens. Não por prazer, mas por birra ou o que quer que seja. Como uma criança, sabe? Mesmo os filhos bonzinhos têm seus momentos de rebeldia. Existem os *middle brats* também, são basicamente um meio-termo entre serem obedientes e malcriados. Já o puramente *brat* é aquele que está em posição de submissão, mas não aceita obedecer por obedecer. Esse não é o jogo dele.

O *brat* ama, verdadeiramente, provocar seu superior. Ele não quer se deixar ser dominado, ele quer ser *domado*. Ele gosta de irritar porque...

— Porque acha atraente quando seu domador fica irritado com ele — completou o ruivo, com um sorriso.

— Isso — Angel confirmou com a expressão animada. — Eu diria até que tem um pouco de sadismo nisso. — Ele encarou Tristan com um sorrisinho de quem sabia das coisas, como se pudesse lê-lo profundamente. — A meu ver, o *brat* sente prazer na irritação do seu domador, porque sabe que mesmo sendo alguém difícil de lidar, o domador continua ali, sem desistir dele, tentando conquistá-lo e controlá-lo. É por isso que relações com *brats* são tão controversas: afinal, quem controla a relação numa situação dessas? O Dom? Hum. — Ele deu uma gargalhada debochada. — Evidente que as divisões ficam extremamente confusas nisso aí...

— Então, esse sou eu. Amo quando o Dom fica irritadinho. A expressão dele é bem sexy, sabe? Ele é assim todo pitiquinho e tão cuidadoso comigo. Não dá pra sentir medo dele — desatou a falar. — O que ele vai fazer que eu não vá gostar? Espancar a minha bunda? Eu gosto! Me amarrar e foder meu rabo tão forte que vai me deixar ardido por dias? Eu gosto! Me deixar sem gozar e me usar de depósito de porra? Eu amo! O que ele poderia fazer?

O outro alfa jogou a cabeça para trás e caiu na gargalhada.

— Garoto, você... Minha nossa! — tentava dizer em meio à crise de risadas. — Você é *brat* da cabeça aos pés! Já deu pra ver em cinco minutos de conversa.

— Ah, é o que todos dizem... — Riu Tristan, com a língua entre os dentes. — Escuta, me veio outra dúvida agora. É sobre os tipos de submisso. E eu tô confuso com a coisa do *SAM* versus *BRAT*. Queria perguntar ao Dom, mas já que estamos aqui, pode me ajudar?

— Ah, essa é uma dúvida clássica.

— Eu li que um SAM é um tipo de sub puramente masoquista. SAM é uma sigla pra *Smart Ass Masochist*, certo? Li que significa *masoquista espertinho*. Então, ele desobedece e faz de tudo para aporrinhar o dominador dele e receber punições e castigos tanto físicos quanto psicológicos, porque ele aprecia a dor... — começou a linha de raciocínio.

— Sim, é resumidamente isso mesmo. Como você já deve saber, as relações de dominação e submissão comumente têm nuances fortes de masoquismo e sadismo e vice-versa, mas são dois institutos separados. Você pode ter uma relação apenas D/s, sem SM. Mas um SAM é necessariamente um masoquista em submissão, que aprecia desobedecer justamente pra apanhar ou sofrer castigos psicológicos.

— Hum... Bem, é que eu também provoco muito meu domador, sabe? E eu sou um *masoquistazinho de merda*, como ele, às vezes, me chama. Gosto da dor física moderada, sou apaixonado por chicotes, tapas, arranhões, um pouco de humilhação e puxões de cabelo. E ao mesmo tempo, sou um masoquista emocional fodido. Quando sofro por amor, então, me sinto tão... vivo. Eu não sei, é um tesão estranho... Às vezes, me pego imaginando... o *Alpha Dom*... transando com outras pessoas. É com isso que fantasio.

Mas morro de ciúmes dele. Tipo, muito mesmo. Só de pensar nele, com outra pessoa, sinto vontade de me rasgar de nervoso... Tudo bem se eu falar disso com você? Desculpe, eu comecei a falar tanto, sem nem te conhecer direito...

— Não se preocupe. Estranho seria se você achasse saber de tudo e não quisesse aproveitar a situação para agregar mais conhecimento sobre o nosso meio. É a coisa mais normal do mundo se abrir sobre seus fetiches quando conhece alguém na comunidade. — Ele sorriu genuinamente, e Tristan percebeu que Angel era sincero ali, sem intenções obscuras. — Você já leu sobre o fetiche *Cuckold*?

— Hum... Não consigo me lembrar desse termo — foi sincero.

Estava sendo bastante simples conversar com o sujeito que só tinha conhecido realmente há quinze minutos. Estava num *munch* de BDSM, afinal. Ninguém ali era metido a tímido conservador ou algo assim. Todo mundo conversava sobre questões ainda mais extremas. Tristan podia ouvir um grupo de dominadores, sentados numa mesa mais ao canto, falando coisas bem explícitas e sujas, em tom de voz bastante alto. Pessoas comuns, pessoas baunilhas, diriam que aquilo era uma baixaria, uma pouca vergonha. Mas, para os membros da Masmorra, era algo natural. Eles se reuniam para isso.

— Sabe como acontece nas casas de *swing*?

— Troca de casais?

— Sim. Há casais em que um deles curte ver seu parceiro transando com outra pessoa. Ou curte transar com um desconhecido, enquanto seu parceiro assiste. Esse é o fetiche que chamamos de *Cuckold*. É uma gíria pra *corno*. Bom, não ser corno realmente, afinal é uma prática consensual no fim das contas. Mas você concorda em assistir ao seu companheiro transando com outra pessoa na sua frente, porque isso te excita. É diferente de simplesmente tomar um chifre. Ser *cuckold* não significa ser traído realmente, já que é tudo combinado entre o casal.

— Caramba... Será que tenho isso? — indagou-se Tristan, em choque. — Mas só gosto de fantasiar, sabe? Acho que se eu vir o meu alfa com outra pessoa, tenho um ataque do coração.

— Você pode tentar uma vez só pra tirar a dúvida. — Deu de ombros. — Mas quanto à questão do seu masoquismo emocional, ele é o que te faz sentir tesão em imaginar seu dominador transando com outra pessoa, certeza. Porque te dói pensar nisso, te machuca. Te dói imaginar ser trocado assim, na sua frente. E a dor emocional alimenta seu fetiche. — Angel bateu palmas, como se tivesse chegado à conclusão de tudo. — Profundo, não?

— Muito! Você é psicólogo? — Tristan devolveu, com os olhinhos arregalados.

— Bom, não, embora eu tenha muita vontade de cursar Psicologia, pra entender mais a área sexual psicológica. Mas eu já tenho quatro diplomas e três restaurantes pra cuidar... — divagou sobre a própria vida, pensativo.

Tristan quis perguntar se ele era *chef* de cozinha ou apenas dono de restaurantes, mas lembrou-se dos conselhos de Dominic sobre não perguntar da vida pessoal de ninguém por ali.

— Nunca parei pra pensar muito nisso. Já vi o... *Alpha Dom* numa sessão com outra pessoa na minha frente. Naquelas salas de vidro...

— Nos aquários? Ele costuma fazer bastantes sessões exibicionistas.

Tristan sentiu seu peito se apertar e o estômago formigar. Aquela sensação de ciúmes era sufocante. Mas ele sabia que, bem no fundo, ficava excitado com aquilo. Tendia a pensar que era apenas o reflexo de seu psicológico fodido. Que era mais uma coisa que tinha nascido ao contrário. Mas, agora, via que aquilo era uma coisa normal, um fetiche. Ele não estava quebrado, não tinha vindo com defeito. Era só algo que o excitava e fim. Não planejava pôr o fetiche em prática intencionalmente, mas ao menos tinha uma boa base pra começar a pesquisar sobre isso agora.

— Então, afinal... Sou um SAM ou um BRAT? — indagou um pouco confuso com tanta informação nova.

— Me diga o que você acha. Ninguém pode te dizer o que você é, além de você mesmo. Pense nas características todas que te falei. Una-as e vá pelo caminho lógico. É quase como um cálculo matemático. Vamos exercitar sua mente... — instigou.

— Hum... Um SAM, então, desobedece pra apanhar. Ele só quer apanhar, ou sofrer. O *brat* não. O que motiva o *brat* à desobediência é ver seu domador irritado. Ele só gosta de irritar o outro, não de... machucar a si mesmo, embora ele possa ser masoquista também. Tudo depende da intenção, é isso?

— Exatamente. Então, você é um *brat*, porque sua intenção é irritar seu domador, não sofrer.

— Mas eu gosto um pouquinho de sofrer e apanhar, sabe... — Tristan murmurou.

— Se é só um pouquinho, isso não te faz um SAM. E a coisa de você ser masoquista alimenta seu fetiche *cuckold*. Mas se, em algum momento, suas motivações para desobediência mudarem, e você provocar pra apanhar e ser punido...

— Então, serei um SAM. É tipo à beira de um precipício, né?

— Quase isso. — O outro riu.

— Sobre o que os garotinhos alegres estão conversando? — uma voz brincalhona masculina, em leve tom de deboche, disse próximo a eles.

— Helsing! — Angel virou-se para encarar o alfa recém-chegado. — Pensei que estivesse perdido nas calças daquela ômega...

O outro sorriu brincalhão, jogando os cabelos pretos e curtos para trás, num movimento parecido com o que Dominic costumava fazer. Mas nele ficava diferente. Não era um diferente ruim, contudo. Era só uma mistura estranha de sensação familiar, com desconhecido, duas coisas opostas que se encaixavam nada intencionalmente. Tinha a pele em tom marrom, não era preto nem branco, parecia ter ascendência em algum país do Oriente Médio.

— Angel, Angel... Você continua negando sua paixão por mim. Por que não admite logo?

O submisso balançou a cabeça, rindo da provocação dele.

— Cherry, este é o *Tamer* Helsing — apresentou o outro.

— Helsing? — indagou o ruivo. — Tipo como em Van Helsing[1]?

Ele sabia que *Tamer* era outro termo para um domador de *brats*, mas Helsing foi o que realmente lhe chamou a atenção.

— Sim, como um caçador de vampiros. — Ele riu. — A diferença é que caço *bratzinhos* safados e desobedientes para discipliná-los e castigá-los de um jeito bem gostoso... — disse maldoso, fitando Tristan dos pés à cabeça, com malícia.

Tristan poderia ter se sentido desconfortável. Mas não se sentiu. Pelo contrário, sentiu seu ego inflar absurdamente sob o olhar do outro. Sentiu-se como uma presa, e a sensação era fodida de boa. Era gostoso ser desejado. Além do mais, ele sabia que estava desobedecendo ao Alpha Dom ao se dirigir a outro dominador. Havia respondido sem querer, de modo automático, e agora era a hora de calar a boca, mas como se sua cabeça quisesse prová-lo que verdadeiramente era um *brat*, sentiu anseio urgente de provocar seu dominador. Queria vê-lo irritado. Sua intenção não era feri-lo, nem ferir a si mesmo, apenas ver a irritação nos olhos de serpente. O quão rude Dominic seria capaz de fodê-lo se o desobedecesse bem ali, na cara dura?

Segurou um sorrisinho de canto. Piscou algumas vezes e olhou à sua volta, para se certificar de uma coisa: que Dominic havia *visto*, mas não *escutado* aquilo.

Dominic, naquele momento, estava um tanto mais à frente, ao pé da escada, segurando uma taça de vinho escuro e encarando o tal domador ao lado de Tristan, com o cenho franzido, enquanto Roxy conversava animadamente com outras pessoas no grupo que estavam.

Tristan sentiu o coração bater forte e reprimiu um sorrisinho ansioso. Observou melhor o novo integrante da conversa: os cabelos refletiam um brilho azulado de tão escuro. Tinha a pele pálida como a de quem não costumava ver o sol com frequência, embora não fosse branco. Usava uma roupa toda preta por baixo de um blazer vermelho de cetim, muito elegante. Era um sujeito extremamente bonito e um tantinho mais alto que ele.

— Como sabe quando um submisso é do tipo *brat*? — indagou, abusado, ciente de que Dominic podia perfeitamente *vê-lo* dirigir a palavra a quem não deveria.

— Bem, primeiro de tudo, pra mim, *brats* não são submissos. Estão em posição inferior, mas não se submetem. Se deixar submeter e fazer malcriação são coisas opostas — disse o alfa, apertando os olhos bem maquiados, ao ruivo, analisando-o, mas com um sorrisinho persistente no rosto, claramente gostando do que via.

— Eu discordo — Tristan se opôs. — Nós, *brats*, estamos em posição de submissão, ainda que joguemos de modo diferente em troca de nos rendermos — disse cheio de confiança, repetindo os ensinamentos de seu dominante e mentor.

---

1 Personagem da obra “Drácula”, de Bram Stoker.

O moreno riu, jogando a cabeça para trás, e voltou com um sorriso ainda maior no rosto, algo como... admiração.

— Esse é o segundo ponto. É fácil identificar um *brat*. Vocês encaram os dominantes nos olhos — rebateu, mirando-o provocadoramente. — Vocês batem de frente, expõem opiniões e não têm medo do castigo ou represália. Soube que você era um dos meus à distância. Sabe, eu poderia domá-lo muito bem... — Deu um gole na bebida em seu copo.

O outro alfa, Angel, observava tudo com interesse e um sorriso divertido, como se estivesse prestes a buscar um balde de pipoca para apreciar a situação.

— Não preciso que você me dome, já tenho um ótimo domador que é também meu namorado e me trata com carinho e respeito, além de fazer todas as minhas vontades — respondeu, com um sorriso debochado. — Mas obrigado.

Helsing riu com vontade, passando novamente as mãos pelos cabelos curtos, achando Tristan divertidíssimo, ainda mais interessado no garoto peculiar.

— Posso aceitar isso. É claro que uma joia rara, como você, já teria sido capturada — respondeu-lhe.

— Ele é o sub do *Alpha Dom* — intrometeu-se Angel, com um risinho na cara. — Se eu fosse você, tirava o cavalinho da chuva...

— Oh... Então, um dos dominadores mais tradicionais e exigentes da The Cave rendeu-se a um malcriado? — disse surpreso, como se pensasse em voz alta. — Isso não me parece propício. Dominadores como ele não aguentam provocações por muito tempo. Eles gostam de coisas fáceis, de rendição...

— E você o conhece? É amigo íntimo dele, por acaso? — indagou Tristan, com uma sobrancelha arqueada.

— Não. Eu e ele não temos opiniões muito parecidas pra que apreciemos a amizade um do outro. Mas conheço o estilo dele... Dominadores tradicionais podem até flertar com o outro lado, experimentar um pouco da malcriação. Mas uma hora eles se cansam. É muito trabalhoso. E então, eles tentam disciplinar um *brat*, forçá-lo a obedecer e a tornar-se algo que não é. É quase como cortar a língua de um falastrão por se recusar a calar a boca.

— Bem, se não o conhece, não fale sobre ele — alfinetou o ruivo. — *Meu senhor gosta do meu jeito*, das minhas imposições, e eu o atiço o suficiente com isso. Não se preocupe, estou em boas mãos — declarou, levantando o queixo suavemente marcado.

— Bem... — O domador ainda achava tudo aquilo muito divertido, sem demonstrar sequer um mínimo de irritação com as falas arrogantes de Tristan. — Estou nisso há muito tempo pra saber as diferenças entre um domador de verdade e um Dom comum. Mas saiba que gostei muito de você, Cherry. Amo *brats* e adoro alfas. Então, quando as coisas não derem certo entre vocês, me procure. Estarei de braços abertos pra te receber.

Tristan deslizou a língua dentro das bochechas, tentado a retrucar, porque não sabia bem se havia sentido aquilo como uma ofensa ou um elogio. Mas antes que pudesse formular uma frase boa o suficiente, Dominic já estava ao seu lado, segurando-o forte pela cintura. O moreno deu um beijo em seu pescoço, fazendo-o se arrepiar dos pés à cabeça.

Claro, Tristan estava, sim, gostando de ser cortejado por outro domador, ele era bonito, cheiroso — tinha aroma de pinheiro branco —, era charmoso e... um alfa. Mas nada se comparava a Dominic, pois o ex-militar era quem tinha seu coração e sua total devoção, de corpo e alma.

O ruivo não estava irritado com as investidas de Helsing, afinal quem ficaria irritado com uma pessoa sedutora demonstrando interesse? Só um louco. Mas não daria mais corda, porque estava com Dominic, e ninguém mais interessava além dele. Queria apenas vê-lo nervosinho pela desobediência, é claro.

— Vejo que fez amizades, bebê — Dominic lhe falou, ignorando os presentes e encarando-o de um jeito que Tristan não conseguia identificar, porque não parecia irritado, como esperado, nem satisfeito, tampouco. Ele parecia robótico, sem emoções. — Vamos pra casa? Quero ficar sozinho com você... — disse com a voz rouca e provocante, fazendo o ruivo morder os lábios e fitá-lo safado. — Oh, me desculpem. — Simulou, nitidamente, fingindo notar os outros dois, ao redor, somente naquele momento. — Angel, como está? — Deu um aceno de cabeça. — Boa tarde, Helsing.

Angel abaixou a cabeça frente ao *Alpha Dom*, como um perfeito submisso faria. Já o outro domador foi mais adiante:

— Adorei conhecer seu novo submisso, Dom. Rapaz interessante, muito divertido, devo dizer. Cuide bem dele. — Foi simpático e usou a mesma aura provocadora que usou com Tristan poucos minutos atrás, comprovando que não usava aquele jeitinho apenas com submissos, Tristan concluiu.

— Sim, encontrar meu Cherry foi uma grande sorte. Ele é meu namorado e o estou iniciando em nosso mundo — deixou claro o *status* da relação, que ia além do BDSM. E então, propositalmente, movimentou a mão com o anel, próxima a de Tristan, tendo acertado ao perceber o olhar do outro domador passear entre as mãos de ambos, notando as peças. — Vou me despedir da Kiko e de alguns amigos e já venho te buscar, bebê — sussurrou no ouvido dele.

— Bem, espero que possamos nos tornar amigos, Cherry — disse Helsing, assim que Dominic se afastou. — Tenho um bocado de experiência na peculiar dinâmica do domador e *brat*, posso ser um bom mentor pra você. Não leve minhas provocações a mal, não quis ser desrespeitoso. — Sorriu, mostrando uma fileira de dentes tão brancos e alinhados que Tristan se viu um tanto hipnotizado pela aparência perfeita do cara. Os olhos dele pareciam ímãs, não podia negar.

— Talvez — respondeu. — Mas precisa prometer que não vai tentar nada além disso.

— Não se preocupe — respondeu rindo. — A propósito, me chamo Frederic.

Tristan quase respondeu dando seu nome de volta.

*Quase.*

Mas rapidamente foi capaz de notar a jogada alheia.

— Não vou te dizer o meu nome. É cedo demais, alfa. Você precisa merecer — brincou, dando um sorriso amigável.

Helsing gargalhou novamente. Havia, de fato, ficado encantado com o jeito de Tristan. Domá-lo parecia claramente desafiador, e era disso que um domador gostava.

— Esperto... Uma joia rara, como eu disse — elogiou. — Bem, você está no *chat* da The Cave? — perguntou.

— Hum... ainda não — respondeu meio sem jeito, lembrando-se de já ter visto o tal *chat* no aplicativo de conversas no celular de Dominic. Se não estava autorizado a conversar com dominantes da Masmorra, talvez Dominic ainda não o quisesse no *chat* também.

— Ah, não se preocupe — Angel foi quem respondeu dessa vez. — Você já conhece a Kiko, certo?

Tristan sacudiu a cabeça em afirmativa.

— Então, ela logo irá pedir seu contato ao seu senhor para adicioná-lo nos grupos, tanto o grupo geral, quanto no de *brats*. Esse é um grupo novo, antigamente unia todos os submissos, mas depois que Lady Kiko se envolveu com alguns *brats*, ficou encantada. E agora ela adora novos *bottons* desse tipo na Masmorra. Por isso, fez um grupo especialmente pra eles. Já, já, você entra e então vai poder conhecer mais alguns como você — disse gentil.

— Então, quando for adicionado, conversaremos melhor, Cherry — avisou o domador.

— Vamos? — disse Dominic, surgindo repentinamente, de novo. Dessa vez, entretanto, seu tom parecia rosnado, o maxilar travado.

Sentindo que, talvez, o tiro tivesse saído pela culatra, Tristan despediu-se dos novos conhecidos e saiu do restaurante. Havia gostado dos dois alfas, pareciam divertidos e dispostos a ensiná-lo várias coisas — a despeito das provocações do tal Frederic.

Mas Dominic não compartilhava do mesmo pensamento.

Dirigiu no caminho de volta para casa em silêncio. Um silêncio que tentou ser quebrado por Tristan várias vezes, sem sucesso. Dominic apenas lhe respondia com *ahams*, *hums* e *talvez*. E com isso, Tristan estava ficando aflito. Queria vê-lo irritado, sim, mas ter Dominic frio assim não era seu objetivo.

— Por que está calado, Dominic? Diz de uma vez — disparou ao entrarem com o carro na garagem.

O moreno bufou, tentando inutilmente se conter. Seus olhos queimaram e Tristan podia ver a mágoa estampada neles, surpreendendo-o negativamente.

— Por que me desobedeceu, *Cherry*?

Ele sentiu um gosto amargo na garganta. Aquela era a primeira vez que Dominic o chamava pelo *nick*, estava falando especificamente *com seu submisso*. Dominic não parecia só *irritado*, como gostaria. Dominic parecia *ferido*.

— E-eu... — Ele mordeu o lábio, apreensivo. — Achei que fosse te deixar irritado e... sabe que te acho sexy quando fica irritado. — Tristan abaixou a cabeça, envergonhado.

Dominic arqueou uma das sobrancelhas, com uma expressão desacreditada no rosto.

— Você não me irritou, Tristan. *Você me feriu*. Fez a mesma coisa que... — Ele fechou os olhos e respirou fundo, tentando controlar a língua.

Mas Tristan percebeu e sentiu-se atacado. Como Dominic podia pensar que ele retribuiria as investidas de outra pessoa? Ele não era tão mau-caráter assim.

— Fiz o mesmo que quem? Seu ex-submisso? — alfinetou.

Dominic fitou-o com pesar.

— Fez como o meu *ex-noivo*. Queria que a nossa relação fosse mais excitante? Por isso, deixou aquele merdinha dar em cima de você bem na minha frente?

— E-eu... — balbuciou, confuso com as próprias ações. — Não foi essa a minha intenção!

— Ah, não? Tem certeza? Porque o que vi, foi diferente. Eu vi cada uma das suas reações, Tristan. Você *gostou* de tê-lo flertando com você.

— Você não *ouviu*! Se tivesse ouvido a conversa, saberia que...

— Mas *eu vi suas reações*, Wolfgang — disse com o olhar frio, de um jeito que causou calafrio em Tristan. — Não precisei *escutar* nada da conversa, porque *ações dizem mais que mil palavras*, nunca ouviu dizer?

O ruivo olhou para todos os lados da garagem, nervoso, buscando uma saída, mas não havia. Ele não tinha contado com o fato de que Dominic era extremamente observador, e ele, extremamente transparente. Provavelmente, não tenha conseguido mesmo disfarçar o quanto a atenção de Helsing havia amaciado seu ego.

— Eu avisei, Tristan. Avisei que não gostava de joguinhos de ciúmes. Eles não me trazem boas lembranças. Não me excitam. Apenas me magoam.

— Mas eu já disse que não estava tentando fazer ciúmes, só queria te irritar, falando com um Dom!

— Não importa *por que* você fez, importa apenas que fez! — aumentou a voz, mas o tom continuava gélido.

Ele desceu do carro, e Tristan desceu logo atrás, agoniado.

— Dom...

— Esse cara dá em cima dos submissos dos outros, e Kiko sabe disso. Ela não o bane da The Cave porque nunca teve nenhuma prova concreta, nenhum caso sério, nenhuma denúncia, pelo contrário, os poucos *brats* da Masmorra costumam venerar o *Tamer Helsing*.

Tristan apertou os olhos e sua cabeça começou a ser invadida com uma ideia que não deveria. Pelas reações de Dominic, tinha uma boa ideia de onde vinha sua inimizade, e não gostou nadinha daquilo. Não foi Dominic quem havia pedido que ele não ficasse com ciúmes quando o visse conversando com qualquer outra pessoa na The Cave?

— Ele já deu em cima de algum submisso seu, Dominic? — indagou sério.

— Sim — o outro respondeu.

Dominic tinha um autocontrole impressionante, mas ver Helsing tão próximo de seu garoto havia o deixado absurdamente enciumado. Mal conseguia segurar-se. Antes era fácil, não tinha sentimentos românticos por seus submissos, não os namorava, não era completamente louco por nenhum deles, não tinha medo de perdê-los, como tinha medo de perder Wolfgang. Então, era fácil controlar sua possessividade. Mas agora... Tudo, que ele acreditava ser, parecia se quebrar bem em frente aos seus olhos. E ver que Tristan havia feito de propósito era ainda mais angustiante, porque Tristan havia acabado de cruzar um limite seu sem perceber.

— Ele já deu em cima do Calebe? — insistiu o ruivo, tentando arrancar informações.

Dominic bufou, ficando cada vez mais decepcionado. Tristan tentaria inverter as coisas e faria tudo ser sobre o ciúme *dele*.

— Já — respondeu somente, dando corda para ver até onde ele poderia chegar com aquilo.

Tristan, por sua vez, deu uma risada sarcástica, revirando os olhos, antes de partir para dentro da casa, sem nada responder.

Dominic era controlado, sábio e sensato. Se não pudesse mais controlar a si mesmo, como diabos controlaria um submisso? Foi por isso que ele apenas o seguiu para dentro de casa e, ao alcançá-lo já em frente à porta da suíte, avisou:

— Quero dormir sozinho hoje.

Tristan, que invertia as coisas na própria cabeça e se achava a vítima da situação, cometeu o erro de, impulsivamente, retrucar:

— Se não for pra ficar junto, então prefiro ir pra minha casa.

Ele conseguiu um olhar ainda mais frio de Dominic, que o fitando de cima a baixo, decepcionado com seu comportamento combativo, sussurrou:

— Faça como quiser.

Depois, passou por ele no portal e entrou no quarto, para trancar-se no banheiro, deixando-o ali sozinho.

O alfa permaneceu estático, tentando assimilar tudo que tinha acontecido. Como diabos os dois haviam chegado àquele ponto? O que havia dado nele? Por que não ficou calado? Por que tinha passado dos limites daquele jeito?

Tristan ficou tão confuso quando sua cabeça paranoica enfiou Calebe no meio de tudo. Pensar que Dominic tinha uma espécie de rixa com o tal Helsing, por terem disputado Calebe no passado, o havia deixado morrendo de raiva. Ao contrário de Dominic, ele ainda era muito imaturo quanto ao controle de seus sentimentos e sequer fazia ideia de que, na verdade, o Alpha Dom tendia a *emprestar seus submissos frequentemente a outros dominadores*, incluindo Calebe, pois apesar de territorialista, para Dominic, tudo aquilo não passava de uma brincadeira, uma encenação. Ninguém realmente lhe pertencia e jamais poderia pertencer, porque para que isso acontecesse, ele também precisaria se entregar de corpo e alma.

No BDSM, se um dominante se sentisse atraído pelo sub de outro, poderia simplesmente pedi-lo emprestado ao seu Dom, e este, caso o submisso concordasse, o emprestaria — afinal, no BDSM, os subs possuíam um conceito de propriedade, diferente das relações baunilhas e, principalmente, as românticas, em que ninguém era propriedade de ninguém.

Mas Helsing nunca pedia um submisso alheio emprestado; ele já partia diretamente para o ataque e flertava abertamente, induzindo os submissos a abandonarem seus Dom's para ficarem com ele, e isso era uma afronta aos bons costumes — o que irritava Dominic profundamente, pois ele era, sim, um praticante mais tradicionalista, acreditava que os costumes e questões de formalidade deveriam ser respeitados. Por isso, havia pedido a Tristan que não falasse com outros dominadores por enquanto. Muitos eram como Helsing, e alguns ainda piores.

Dominic emprestava seus submissos todo o tempo, assim como pegava submissos emprestados de outros colegas da The Cave, e era assim que as relações D/s funcionavam quando não havia romance entre os praticantes — o que era noventa e nove por cento das vezes — e ele aproveitava para exercer sua dominância, ao fazer certas exigências para emprestar seus subs a outros dominantes, como limitar as práticas a serem feitas, por exemplo.

A questão era que as únicas vezes que Dominic sentiu ciúmes verdadeiramente na vida foram com seus namorados. Não no BDSM. Ali, não era bem uma questão de território, mas, sim, sentimental, de sentir-se ameaçado, de ter o coração partido. Dominic odiava sentir ciúmes, mas Yang o provocava como o Diabo, adorava jogar. Essa era a verdade: seu antigo grande amor o via como um depravado, mas era o verdadeiro sádico naquela relação. Yang gostava de vê-lo sofrer, e Dominic detestava ser colocado naquela situação tão desconfortável. O relacionamento deles foi tóxico desde o primeiro segundo, e Dominic sabia disso. Não queria se ver de novo naquilo. Desde então, passou a detestar a coisa do ciúme. Não que já tivesse sido fã algum dia, mas aquilo se tornou um trauma.

Tristan não era vítima nenhuma ali. O garoto tinha feito tempestade num copo d'água e se colocado à frente de tudo, mais uma vez, mesmo após Dominic dizer-lhe claramente que estava magoado. Então, por que subitamente Dominic se tornou o vilão?

— Calma, essa é a primeira briga de verdade de vocês. Não é o fim do mundo... — o ex-militar murmurou para si mesmo, sentado na quina da banheira, alisando os cabelos, frustrado.

Mas se não era o fim do mundo, por que sentia como se fosse o início do fim?

# 22

# Mestre dos Fantoches

Ethan Nero estava cansado. As noites não eram mais para dormir e os dias eram inteiros dedicados ao trabalho. Um trabalho que fazia mecanicamente, claro. Não conseguia sequer concentrar-se apropriadamente.

Ah, mas ao menos poderia conversar com Tristan hoje, não poderia? O amigo estava perdido nos próprios problemas, mas tinha certeza de que ao longo da noite, provavelmente, iria escutá-lo também.

Tristan não tinha muito jeito com as palavras, mas era bom de reclamação. Todavia, nada disso fazia do mais novo alguém que não fosse bom em ouvir. Era ótimo, na verdade.

Quando estacionou o carro na calçada de Tristan, viu Dominic parado na varanda da casa da frente, com um cigarro preso entre os dedos, soltando fumaça branca pelos lábios. Achou de bom tom ir até lá cumprimentá-lo. E embora não fossem amigos íntimos, informações demais sobre ele chegavam até seus ouvidos, o que o fazia sentir-se como se quase fossem amigos de infância.

— E aí? — cumprimentou, parado na calçada.

— Boa noite, *Rope* — respondeu Dominic, meio desanimado. Estava com olheiras abaixo dos olhos. Nada absurdo demais, como as dele, mas demonstravam claramente uma noite maldormida. — Ele já te chamou pra fazer minha caveira, é?

Nero sorriu de leve, assentindo.

— Não quer me contar a sua versão também? Assim fica mais fácil de fazer a cabeça dele a seu favor...

— Ele errou feio. — Suspirou cansado, dando mais um trago no cigarro. — Eu fiz um pedido a ele, como seu dominador, que não foi respeitado. Qual é, *Rope*, ele concordou em não conversar com outros Dom's no *munch*, para abertamente me desobedecer. De propósito ainda! Mesmo eu tendo avisado que temos algumas maçãs podres na Masmorra e que eu queria protegê-lo delas, por enquanto. Tristan não está acostumado com nosso meio, acha tudo deslumbrante e pode ser feito de bobo com facilidade...

— Ele é um *brat*, Dominic. Esse tipo de comportamento é de se esperar.

— Não nesse caso. — Ele o encarou sombriamente. — Eu *avisei* a ele que não gostava de ceninhas de ciúmes. Eu avisei. — Sacudiu a cabeça, exasperado.

— Esse era... um limite seu? — indagou, incerto.

Dominic assentiu com a cabeça.

— Você explicou isso a ele?

— Sim, eu expliquei.

Nero encarou-o, confuso.

— Não é isso que Tristan está pensando. Ele enfiou na cabeça que você tem uma rixa com Helsing, por causa do *Honey slave*, seu submisso fixo... Seu *ex*-submisso fixo — corrigiu-se. — Eu também não vou muito com a cara do Helsing. — Juntou-se. — Esse alfa vivia dando em cima do Bastien quando estávamos juntos pela primeira vez. Da segunda, ele não se atreveu, mas acho que foi mais por causa da Roxy... As pessoas tendem a ter muito respeito ou medo dela. Ele é do tipo que atira pra todos os lados e jura que pode submeter até mesmo um dominador.

Dominic sorriu amargo.

— Roxy não gosta do jeito como ele se acha todo superior quando se trata de *brats*. Ele pensa que é, eu sei lá, um especialista? É um arrogante — disse com uma expressão de desprezo. — A questão é que Tristan está se comportando de forma irracional. Não gosto disso. Ele inverteu as coisas em benefício próprio, pra tentar me manipular e me fazer sair como o vilão da história. Estou decepcionado com ele. Não achei que Tristan agiria assim. Ele não parece esse tipo de pessoa.

Nero entortou a boca, porque não queria concordar com ele, pois sabia que Tristan não fazia por mal. Era uma reação natural dele, que precisava melhorar, é claro, mas Tristan tinha defeitos como todo mundo e, às vezes, metia os pés pelas mãos.

— Ele sequer deve ter percebido que fazia isso, Dom. A cabeça do Tristan é tão confusa. Ele tem muita dificuldade em lidar com a rejeição e...

— Eu também tenho — Dominic o cortou. — Mas nem por isso ajo como um criançāo. Tristan tem quase 25 anos, não 15. Não é assim que vamos manter uma relação.

Nero arregalou os olhos, em choque.

— Você... vai terminar com ele? — indagou, surpreso.

Dominic franziu o cenho e encarou-o de volta, sem entender sua reação.

— Eu não disse isso. Essa foi nossa primeira briga séria depois de estabelecermos essa relação. Não é o fim do mundo, mas não sou eu quem devo me desculpar por aqui. Estou tirando um tempo para minha mágoa passar e deixando que ele possa pensar sobre o que fez.

Nero continuou fitando-o, e Dominic acabou abaixando a guarda, porque não conseguia se manter falando sobre Tristan daquele jeito seco por muito tempo.

— Seu amigo, ele... — Sacudiu a cabeça, exasperado. — Eu sou tão louco por ele, Nero. Tanto. Só que Tristan inventou essa paranoia sobre Calebe, naquela cabecinha vermelha, e é difícil dialogar com ele quando começa com isso.

Nero suspirou, entendendo.

— Tudo que envolver minimamente o seu ex-sub vai fazer o Tristan pirar. Diria que esse é o Calcanhar de Aquiles na relação de vocês — falou, compreensivo. — Sabe que quando Calebe voltar do exterior, provavelmente, sua relação com Tristan vai se tornar um inferno, não sabe?

— Claro que não! Calebe jamais faria isso. Ele é meu amigo, afinal. Ele não vai fazer nada pra me magoar, sabe que estou apaixonado pelo Tristan. Não é como os meus outros submissos. Ele não vai me ferrar assim.

— Não estou falando de Calebe. — E arqueou uma sobrancelha, com uma expressão sugestiva que logo o alfa entendeu.

— Ah... Você quis dizer que Tristan é quem vai causar os problemas. — Assimilou. — Você o conhece melhor que eu. Acha que vai ficar tão ruim assim?

— Um bocado. — Deu de ombros, com uma expressão pesarosa. — É melhor que você se abra realmente com ele sobre Calebe, antes que Tristan crie um cenário, na própria mente, e você não possa mais convencê-lo do contrário, porque esse garoto é teimoso.

— Acha que Tristan cruzaria outro limite? Como me pedir pra me afastar de Calebe?

— Não abertamente — Nero respondeu. — Ele sabe que esse não seria um comportamento adequado. Mas ele daria indícios de incômodo. Te trataria mal quando você falasse de Calebe ou quando fosse vê-lo. Arrumaria um jeito de te fazer ciúmes... Esse tipo de coisa infantil. Estando na mesma posição que você agora, bem... Eu escolhi o meu amigo — disse em tom triste, mas resoluto, dando um suspiro.

— Roxy contou sobre isso. Sinto muito que você e Bastien tenham terminado. — Deu-lhe uma afagada no ombro, gentilmente. — Bastien me parece um bocado abusivo, muito mais imaturo que Tristan. Ele é mais descontrolado, não é? Quer dizer, você e Tristan poderiam ter ficado juntos, se quisessem. Confesso que já tive ciúmes de você, mas se vocês quisessem ficar juntos, ficariam. As famílias de vocês aprovariam. Tristan poderia voltar pra mansão dos pais e tudo.

— Eles não têm exatamente uma mansão, é mais um duplex de luxo bem grande. — O beta riu.

— Que seja. Mas a coisa é que desde que você começou a relação com Bastien e Roxy, e Tristan começou a ficar comigo, vocês dois mal se viram pra que Bastien ficasse tão arredio assim.

— Não consigo entendê-lo... Não tente você também. — Ele negou com a cabeça. — Eu já desisti. Literalmente, desisti. Só espero que ele não seja idiota o suficiente pra estragar minha relação com a Roxy agora...

— Você sabe que, agora que romperam, é bem provável que ele faça a Roxy escolher entre vocês dois, certo? Ele certamente não vai suportar que a *Domme* dele fique com os dois ao mesmo tempo. Ou é um trisal ou é nada.

— É isso que está me matando — tinha a voz sombria. — Sei que a escolha de Roxy não será eu.

Dominic nada respondeu. Ele também sabia que a escolha dela seria pelo *brat* alfa, afinal. Não Nero. Roxy era louca pelo beta, mas o que sentia por Bastien era um bocado mais intenso. Era coisa de lobo. Uma conexão que ela repudiava e não conseguia controlar, porque Roxy detestava sentimentos fortes demais.

— Isso não é justo — comentou. — Você tem seus próprios problemas pra lidar agora, não deveria ter que lidar com os meus e de Tristan. Desculpe-nos...

Nero sacudiu a cabeça em negativa, levantando-se, e limpou a traseira da calça com as mãos.

— Não se preocupe. Amigo é pra essas coisas. Quero dizer, nós dois não somos amigos exatamente. — Franziu o cenho, apontando para eles mesmos. — Mas você sendo namorado do meu melhor amigo, e eu sendo seu cunhado...

— É, eu sei. Sabemos coisas demais um do outro. — Dominic deu um sorriso sincero. — É quase como se fôssemos amigos íntimos também.

— Então... amigos? — sugeriu o *switcher*, estendendo a destra, todo simpático.

— Amigos. — O moreno sorriu, apertando a mão esticada, e trocaram tapinhas nos ombros um do outro.

— Ei, não se preocupe. Vou tentar acalmar as coisas lá dentro, tá legal? O pirralho é um cabeçudo teimoso, mas depois que a raiva passa, ele vem como um cachorrinho caído do caminhão de mudanças, com o rabo entre as pernas. Ainda mais depois que eu esfregar na cara dele que ele está errado.

— Estou torcendo pra que você consiga. — Dominic suspirou. — Ainda não tentei conversar com ele. Eu o estou evitando há três dias porque sei que isso pode virar uma discussão séria. Estou tentando evitar até... ter certeza do que fazer.

Nero sorriu abertamente, exibindo uma fileira de dentes brancos bem alinhados e um sorriso brilhante, que fez Dominic realmente notar o quão bonito era. Não costumava reparar demais nele, porque Nero nunca esteve no seu radar, mas, porra, que beta bonito!

— É. Tristan sempre te descreve como evasivo mesmo. — Riu um pouco. — Agora vou lá pro apê. Meu bebê deve estar arrancando os cabelos fora.

— Ou, ou, ou... Que história é essa de *seu bebê*? — Dominic fingiu-se indignado em tom brincalhão. — Ele é *meu* bebê!

— Alfa, eu cheguei primeiro, tá legal? — rebateu Nero, em mesmo tom, apoiando as mãos nos quadris. — Vamos fazer assim: agora que somos amigos, ele é *nosso* bebê e compartilhamos a guarda, pode ser?

Dominic apertou os olhos em sua direção, para então assentir, dando um sorriso suspirado.

— Posso aceitar isso, beta.

Nero lhe deu um tapinha amigável no braço e partiu em direção ao prédio.

Ao subir as escadas, encontrou um Tristan já emburrado, parado na porta do apartamento, aguardando-o como uma esposa traída.

— O que vocês dois tanto conversavam? Está se voltando contra mim, Ethan Nero? Está flertando com o inimigo, hum? — reclamou, todo teatral.

Nero gargalhou, entrou na sala e fechou a porta.

— Então, você estava de novo como um fofoqueiro na janela, é?

— Não é fofoca se vocês estavam no meio da rua — rebateu o ruivinho, sacudindo os ombros para cima e para baixo, desdenhoso. — Agora, vem fazer a comida pra gente, tô com fome. — Foi puxando o outro para a cozinha, para depois o largar atrás do balcão e sentar-se do outro lado.

— Ei, por que não faz você mesmo? — Nero reclamou em tom indignado, completamente fingido, afinal já esperava isso dele.

— Argh. É que três meses com Dominic me mimando, fizeram me esquecer até mesmo de como fazer um arroz, sabe...

— Você é um sonso. — O beta sacudiu a cabeça, começando a preparar a comida e os *drinks* que passariam a noite bebendo.

Minzy, o gato, esfregou-se entre as pernas de Nero, antes de ser pego no colo.

— Então, como foi seu aniversário semana passada? Queria ter comemorado com você... — disse Tristan, mudando subitamente de assunto.

— Não foi dos melhores. — Nero suspirou triste, e abandonou o gato no chão, indo lavar as mãos na pia, para começar a preparar a refeição. — Eu e Roxy ficamos juntos, saímos pra jantar e tivemos uma boa sessão.

— Você me parece triste. E o mala do Bastien? Não estava junto?

— Eu e Bastien... terminamos.

— Oh! — O ruivo arregalou os olhos. — Mas... você ainda está com a Roxy?

— Eu e Bastien não estávamos dando certo. Mas eu e Roxy ainda nos damos bem. Criamos uma amizade muito forte. Às vezes, acho que somos mais amigos que amantes — disse, pensativo.

— Então, você e ela estão juntos, mas ela continua com o Bastien, certo?

— Uhum. Eu e Bastien somos apenas irmãos de coleira agora. Não sou mais dominador dele. Nem namorado.

— Cara. Que chato. Por que vocês terminaram? O que o panaca fez?

— Olha... — Nero suspirou, encarando-o. — Bastien tem muito ciúmes de você. Desde o começo, você sabe. Mas a coisa chegou a um nível insuportável e ele me fez escolher entre vocês dois. Jamais vou admitir ser colocado contra a parede daquele jeito... como se eu fosse submisso dele, e não o contrário.

Tristan arregalou os olhos um bocado, de boca aberta.

— Mas, por favor, não se sinta culpado — seguiu. — Sei que é uma situação desconfortável pra todo mundo, mas... Eu não iria abandonar meu melhor amigo por namorado nenhum. Você é minha família, Triz.

O alfa ficou com os olhinhos marejados.

— Você também é minha família, Neno. A única que tenho. — Estava meio choroso.

Após um tempo se encarando emocionados, Nero sacudiu o corpo, tentando sair daquele clima emotivo.

— Bem, vai ser bem complicado no aniversário de Roxy, na próxima semana. Vamos ter que dividir o dia ou algo assim. Porque eu e Bastien não vamos conseguir ficar juntos num mesmo ambiente sem discutir e estragar o momento, então... — Bufou.

— Posso falar com Dominic, de repente a gente faz alguma coisa na casa dele, sem aquele cara de bunda — referiu-se a Bastien.

Nero gargalhou, porque Tristan tinha zero papas na língua.

— E você... Está pretendendo parar de birra com seu namorado que dia? Está demorando demais, você sabe — acusou.

Tristan piscou os olhos repetidas vezes, confuso.

— Não estou fazendo birra. Eu vacilei sem querer, não pensei muito sobre o que estava fazendo. Mas nada me tira da cabeça que ele está assim por causa do Calebe.

— Tristan, olha... — Ele esfregou a testa. — Dominic sempre emprestou seus submissos a outros dominadores. Inclusive Calebe. Não acho que ele tenha ciúmes do cara ou que isso tenha alguma coisa a ver com ele. Tem a ver *com você*, Tristan. Você ultrapassou um limite dele.

Ele encarou o amigo ainda mais abismado.

— Mas eu não queria deixá-lo com ciúmes de verdade!

— Mas deixou. E, convenhamos, Tristan, mesmo para um *brat,* o que você fez foi desrespeitoso. Precisa aprender os limites entre *provocar* seu dominador e *magoá-lo*. São coisas diferentes.

Tristan abaixou a cabeça, pensativo.

— Eu deveria pedir desculpas, não é?

— Deveria, sim. — Nero o encarou com repreensão nos olhos dourados, fazendo Tristan encolher-se.

— Tudo bem. — Ele suspirou. — Vou pensar sobre isso.

Nero sacudiu a cabeça, exasperado.

— Pensar? Minha nossa, como você é imaturo, Triz. Você está errado. Não estou invalidando sua paranoia, porque você pode, sim, achar que essa história tem a ver com o Calebe, mas você não deve agir com seu Dom assim. Ainda mais sabendo que Dominic não está acostumado a lidar com um *brat* e foi você quem quis entrar numa relação de troca parcial de poder com ele, não foi? Se não aguenta, então mude os termos da relação. Simples assim. Mas se você aceitar dar o poder na mão de um dominante, não é justo que tente mudar as regras sem um acordo e ainda achar que deve sair impune. Você aceitou não estar no comando dessa relação. Ele também te domina e controla tudo o que diz respeito ao cenário BDSM. Se não vai respeitar o que você mesmo estabeleceu, então o BDSM não é pra você.

Tristan engoliu em seco, porque estava fazendo *tudo errado* e estava sendo chamado atenção por um praticante experiente. Isso o fez sentir-se burro.

— Além do mais... — continuou Nero — quase nenhum dominador vai com a cara desse Helsing. O cara atira pra todos os lados e não respeita os subs comprometidos. E ele se acha o único capaz de saber lidar com *brats*, é um sem noção.

— Como assim *atira pra todos os lados*?

— Ele dá em cima de todo mundo, ué. Aposto que deu em cima de você.

Tristan sentiu-se desconfortável sob o olhar atento do outro e, sem dizer nada, moveu-se na cadeira. Mas Nero o conhecia como a palma da mão e assimilou tudo, sem que ele precisasse dizer nada.

— Ah, fala sério! — O beta bateu com as mãos nas próprias coxas, se dando conta. — Você flertou com ele?

— Bem, não, quer dizer, mais ou menos não, quem não flertaria? O cara é um gostoso! E ele é educado! Ao menos foi educado comigo. Ele não passou dos limites nem nada — defendeu-se. — Eu não acho que cheguei exatamente a flertar com ele ou dar muita corda, mas tê-lo me cortejando daquele jeito fez com que me sentisse especial, fiquei lisonjeado. Quero dizer, tô namorando, mas não tô morto, né? Onde tá escrito que, depois que a gente arruma um namorado, precisa odiar qualquer um dando em cima da gente? Minha única obrigação é recusar. Não me olhe assim, não é como se eu quisesse ficar com ele nem nada, mas é bom se sentir desejado, certo?

Nero continuou encarando-o com reprovação, o que fez Tristan murchar, porque a resposta era claramente negativa.

— Helsing não só já deu em cima de Calebe, como do Bastien, da Roxy, até mesmo da Kiko — foi enumerando com os dedos. — Ele dá em cima até de dominadores, simplesmente, não tem rédeas e decoro, não respeita a liturgia ou os bons modos. Você escolheu a pior pessoa possível para usar de arma.

— *Ahá!* — Tristan levantou o indicador para cima. — Então, quer dizer que o Calebe tá no meio dessa história, sim...

— Você tá de sacanagem, né? Porra, não é sobre isso, Tristan — disse, exasperado, e sacudiu a cabeça de um lado para o outro. — Olha, não acredito que vou dizer isso, mas... é melhor que vocês terminem essa relação.

Tristan encarou-o de um jeito magoado e insultado.

— Você está sendo tóxico, Tristan. E Dominic percebeu isso. Não espere que ele engula esse tipo de comportamento porque ama você. Dominic já tem trinta anos, não é um garotinho e certamente não vai ter paciência com quem se comporta como um.

Tristan suspirou, vencido, e apertou o botão do liquidificador com as bebidas misturadas a frutas. Depois que desligou, voltando a ter silêncio, finalmente falou:

— Acho que fui um pouco... injusto, então.

— É, foi sim. Agora vamos beber e encher a pança de comida pra que eu afogue minhas mágoas. Depois você se resolve com seu macho, tá legal? Agora é hora de ajudar seu amigo.

Duas horas depois, eles já estavam bem mais do que *alegrinhos*.

— É sério, essas imagens ficam vindo à minha cabeça o tempo todo! — disse Tristan, já meio alterado, bebericando a batida alcoólica pelo canudinho que dava várias voltas antes de chegar à ponta.

— Oh, Triz. Por essa eu definitivamente não esperava — Nero respondeu um tanto chocado, o rosto suado e a pele corada, pelo tanto de batidas que já havia bebido. Ele tinha amarrado as tranças longas em um coque volumoso no topo da cabeça. — Quer dizer, você é tão ciumento... Nunca pesquisei muito sobre *cuckold*, mas sempre pensei que o pré-requisito pra esse fetiche era a pessoa não sentir ciúmes, mas sim prazer em ver seu parceiro transando com outro, enquanto ele assiste como um *voyeur*...

— É o que parece mais lógico — comentou, jogando os cabelos cor de cereja para trás. — Mas eu andei pesquisando bastante esses dias, depois de conversar com o Angel lá no *munch* e descobri que muitos *cuckolds* são masoquistas emocionais, e o fetiche deles em ver seu parceiro ficar com outra pessoa, bem na sua frente, nasce da dor emocional que a traição irá causar...

— Cara, isso é fodido. Que doideira! Você não acha que... sabe, esse seu masoquismo seja o que te impulsiona a criar atrito nas suas relações? Tipo uma autossabotagem?

— Hum... Você acha? — indagou meio acanhado. — Eu não acho realmente estranho, quero dizer, quando penso nisso, em Dominic com outra pessoa enquanto observo... É *doloroso*. Mas é uma dor estranha, que gera uma angústia esquisita e faz meu pau formigar. Sabe? Eu me sinto meio atiçado... Às vezes, fico em dúvida se eu não seria outro tipo de submisso... um SAM...

— Não acho que seja para tanto. — Nero o encarou sério. — Eu desconfio que o Bastien, este, sim, seja um SAM. Você não faz ideia de como o comportamento dele pode ser... *problemático*.

— Está dizendo que SAMs são problemáticos?

— Não tenho uma opinião bem formada mas... a maioria sequer consegue se manter dentro do *são*, *seguro* e *consensual*. O Bastien é um deles. Ele vinha apresentando certos *kinks* com os quais eu não me identificava nem sentia vontade de fazer. — Ele engoliu em seco. — Acredite, ser um SAM é muito pior do que isso. — Nero pigarreou e decidiu voltar ao foco do assunto: — Você pensa em pedir pro Dominic experimentar esse *kink* com você? — perguntou curioso, coçando o queixo com uma curta barba por fazer.

— Eu não sei. Provavelmente, não. Sei lá, imaginar a coisa toda na minha cabeça é um tesão, mas, na prática, não sei não... Talvez eu brochasse e começasse a chorar no meio da casa de *swing*. Imagina o mico?

— Tristan? — Ele riu com força, jogando-se contra o sofá, já que ambos estavam sentados aos pés do móvel, no chão frio.

— Não ri de mim, seu bunda mole!

— Calma, bebezão. — Nero estendeu as mãos, em gesto de rendição, com o copo na mão. — Não estou rindo de você, e sim da ironia que é isso. Mas olha, por que você não tenta algo mais fácil primeiro, tipo um *ménage-à-trois*?

— Sexo a três? Não acho que seja a mesma coisa.

— E não é. Mas num *threesome* tanto você quanto seu parceiro vão transar com o *convidado*. Então, a possibilidade de sentir ciúmes e ficar desconfortável é bem menor do que você ficar de canto, apenas assistindo ao seu homem ficar com outra pessoa na sua frente. — Deu de ombros.

Tristan pensou por um instante. Se alguém entendia bem de fodas em trio, esse alguém era Ethan Nero, afinal não só havia namorado a três, como também teve uma relação D/s a três com as mesmas pessoas.

— Você não sentia ciúmes quando o Bastien ficava com a Roxy? Ou a Roxy com o Bastien? — perguntou curioso, então. Estava começando a ficar um pouco quente, com toda a bebida alcoólica, já um pouquinho alterado.

— No começo, sim, muito. A primeira vez que vi a Roxy com o Bastien, minha nossa, eu quis morrer. Você não se lembra de que cheguei aqui, às 11h da manhã, todo arranhado e roxo de chupões, querendo desabafar?

— Você chegava aqui desse jeito com bastante frequência, seu safadinho... — zombou.

O outro riu da piadinha infame, sacudindo a cabeça em negativa, mas sem reprovação no olhar, apenas humor.

— Justo. — Admitiu. — Mas estou me referindo à vez que eu te liguei a madrugada toda, e você estava dormindo. Foi quando o Bastien apareceu com uma coleira com o nome da Roxy. E aí eu peguei três submissos na The Cave, incluindo o Angel, e os levei pra um motel temático de BDSM. Aquele que costumo ir sempre, já que não tenho uma masmorra em casa...

— *Aaah*, aquele perto da churrascaria que vende o melhor espetinho de carne, né?

— Uhum. Esse aí. — Levantou-se para encher o copo com mais bebida, na bancada da cozinha. — Eu fiquei tão possesso que fodi por nove horas seguidas, com os três, sendo que um deles, a ômega, lembrava *muito* a Roxy, sabe? Ela tinha aqueles olhos azuis afiados e um cabelo tão loiro que beirava o branco. Argh, fui tão sádico... E quanto mais eu machucava, mais ela me dava aquele olhar sofrido, e eu odiava. Eu queria vê-la me fitar com ódio, com desprezo, como a Roxy fazia...

— Então, por que você não ficou com um dominador, ao invés de três subs? — Tristan indagou confuso.

— Porque, naquele dia, eu estava tão magoado que não me sentia à vontade de me submeter a alguém. Queria apenas dominar, me sentir poderoso, provar a mim mesmo que eu era o máximo e poderia ter quem quisesse nas mãos.

— Uau. Intenso... Vivo me perguntando qual é a sensação. De dominar, quero dizer. Eu sempre preferi me deixar ser controlado, sabe, só seguir o fluxo das coisas. Liderar algo é muita responsabilidade, deve ser cansativo...

— E é. Não são flores. — Voltou a sentar-se de frente para o amigo, no chão. — *Com grandes poderes, vêm grandes responsabilidades*, já dizia o tio do Homem-Aranha. Eu nem sei como tive fôlego para dominar tantas pessoas por tantas horas.

— Normal, ué, você é um beta. — Deu de ombros. — Sua classe tem muito mais disposição pra horas ininterruptas de sexo, afinal vocês nasceram superaptos a aguentar as febres dos ômegas e alfas. A natureza nunca erra. Imagina que esquisito seria se betas não aguentassem tanto assim... ômegas e alfas teriam que, obrigatoriamente, passar os cios uns com os outros, nunca com betas.

— É verdade, eu nunca tinha pensado nisso — concordou, coçando o queixo.

— Mas e aí, quando foi que você deixou de sentir ciúmes deles dois juntos?

— Sinceramente? Só depois daquele dia na The Cave, quando você foi comigo. Naquele dia, eles não estavam mais juntos. E quando eles vieram me dar explicações, dizendo que tinham feito aquela *cena* juntos, mas que não estavam em nenhum tipo de relação, eu percebi que não conseguiria escolher entre um e outro dessa vez. E aí a gente começou a se agarrar ali na parede, depois fodemos a três, a noite toda, então... foi aí. Foi bem aí que eu os vi juntos e fiquei cheio de tesão, porque eu estava incluso. Eu desejava duas pessoas ao mesmo tempo, que me desejavam de volta e se desejavam também entre si. Honestamente, é bem mágico, se você quer saber. Você sente tudo em dobro.

— É, aposto que raiva também — Tristan caçoou, vendo o amigo concordar com a cabeça. — Mas então, se eu fosse fazer um *threesome* com o Dominic, quem eu convidaria?

— Eu sou um ótimo candidato! — O beta deu uma piscadinha zombeteira. — Fala sério, não canso de imaginar como seria o Dominic todo mandão e com aquele olhar superior, segurando nós dois pela guia da coleira e mandando cada um chupar uma das bolas que ele tem embaixo daquela pirocona grossa e... *Ouuuuch*! — soltou um grito, quando sentiu o pé do Tristan acertá-lo no braço.

— Como você sabe que a rola do meu namorado é grossa, hein, seu talarico raspa canela? — disse em falso tom indignado, já meio bêbado.

— Ah, Triz, fala sério! — Ele riu desesperadamente, engasgando-se com a bebida. — O cara fazia sessões exibicionistas nas salas de vidro em quase todas as festas, como eu não ia manjar aquele pintão dele? Só nunca me joguei pra ele por causa do Calebe. Sabia que esse cara era problema, então preferi nunca tentar nada com o Alpha Dom, mas falta de vontade não foi. — Deu de ombros. — Seu namorado é gostoso e você também, meu filho, aguenta!

Tristan sacudiu a cabeça em negativa, gargalhando. Nero sempre conseguia fazê-lo rir e sentir-se bem consigo mesmo. Era o tipo de amizade que te dava três tapas na cara e te sacudia pelos ombros, lembrando o quão maravilhoso e único você era e o quanto você precisava ter ciência disso.

— E você me confessa isso no mesmo dia em que resolveu me informar que os dois agora são *amigos*? — Apertou os olhos, sem realmente se sentir incomodado.

— Ué, é só pra você ficar ligado... — provocou.

— Seu muquirana, fura-olho! — o ruivo grunhiu, brincalhão, subindo no colo do beta para tentar beliscá-lo nos mamilos.

Um pouco alterados pela bebida alcoólica, que não era das mais suaves, as coisas começaram a ficar um pouco alegres demais.

Acabaram caindo no chão, com os rostos bem próximos e ofegantes, até que o famigerado olhar cheio de tensão se pôs entre eles.

As bocas foram se aproximando, e então...

Os dois explodiram em gargalhadas frenéticas. Escancararam as bocas para rir bem na cara um do outro, os rostos ficando vermelhos e as veias saltando.

Tristan foi o primeiro a rolar no chão e virar o rosto para o teto.

— Por que isso pareceu tão nada a ver? A gente sempre se beijou, era natural...

— Eu não sei, mas também não consigo mais te ver com atração — Nero respondeu rindo, também fitando o teto, com as mãos sobre a barriga, sereno.

— Você acha que tem algo a ver com a gente estar mais próximos do que nunca, ultimamente? — divagou.

— Provavelmente. Antes, você não fazia parte do meu mundo oculto, só me ouvia falar sobre BDSM e minhas relações fetichistas, mas nunca podia entender as coisas completamente. Agora, é como se a gente se entendesse ainda mais que antes.

— Oh, que droga. Eu planejava casar com você se a gente chegasse aos 50 anos solteiros — disse em falso tom de lamentação.

— Por que diabos eu chegaria aos 50 solteiro? — Nero retrucou, indignado.

— Você, eu não sei. Mas eu, com certeza seria por causa do jeitinho acalorado de lidar com as coisas. Sabe como é...

— Você quis dizer esse seu jeitinho imaturo e tóxico, né, Triz?

— Cala a boca, macho. — Jogou a mão para o lado, desferindo um soquinho leve no estômago dele. — Fala de mim, mas não vê que o comportamento do Bastien é bem pior.

— Claro que eu vejo. Não acabei de dizer? Eu terminei com ele.

— Nossa, eu realmente não deveria beber longe de Dominic. Quer dizer, quando bebo, fico com fogo no cu. Imagina só se esse pequeno momento que tivemos aqui tivesse vingado. Porra, eu teria acabado de trair meu namorado... — disse em tom preocupado. — Não sou o tipo de cara que briga com o namorado, sai ficando com todo mundo e depois usa a desculpa de que *estávamos dando um tempo*.

— É, você tem mais vocação pra ser o chifrudo do que o chifrador — Nero concluiu. — E eu seria um cuzão de fazer isso algumas horas depois de prometer ser amigo do cara. Ah, o álcool mexe com a mente das pessoas, realmente. Mas ao menos agora a gente sabe que o clima entre nós evaporou por completo, depois de quase sete anos de amizade colorida. — Deu de ombros.

— Bem observado. Ai, como vou chegar no Dominic agora?

Nero arregalou os olhos.

— Como assim? Você vai contar isso pra ele? Por quê? A gente nem fez nada, só trocamos uns olhares, nossas bocas nem se encostaram, tá louco? — disse tudo em tom alarmado.

— Não, não isso. Nem tem necessidade de contar uma coisa dessas, nada aconteceu. Eu quis dizer ir lá me desculpar com ele pela nossa briga do outro dia. Isso realmente me fez perceber o quanto tô amando esse cara...

— E você já não sabia? — indagou confuso. — Já tinha até me contado...

— Sim, eu já sabia que o amava. Mas acabei de perceber que jamais teria coragem de traí-lo com quem quer que fosse. Eu o amo tanto que a cada dia mais sinto que essa coisa é irreversível, e isso me dá medo... Intensidade demais atrapalha. É a lei da vida. É sempre assim. Tenho vivência.

Nero, subitamente, farejou o ar, e aproximou o nariz do ombro de Tristan, franzindo o cenho.

— Seu cheiro alfa está muito forte.

Tristan se cheirou também antes de dar de ombros de um jeito estranho.

— Tristan, você deveria ir ao médico, isso não é comum... Mal posso sentir seu cheiro ômega. É só esse cheiro forte e seco amadeirado sem nenhuma nota doce...

— Não estou me sentindo mal. É sério, não se preocupa comigo, porque tá tudo bem. E meu cio alfa já está muito perto. — Tristan se levantou num pulo, e disparou para o banheiro.

Nero ficou pensativo. Mesmo bêbado sabia que isso era muito estranho e não indicava coisa boa.

E conhecia seu melhor amigo bem demais para ter certeza que *Tristan estava escondendo algo.*

Tristan acordou suando. Estava com febre. Levantou-se cambaleando e foi direto ao banheiro, olhando-se no espelho.

Aquela, definitivamente, não era uma febre de cio. Não era o mesmo tipo de dor. Era um mal-estar diferente, e ele *sabia* que tinha algo errado.

Tirou as roupas e entrou debaixo do chuveiro gelado para aliviar. Depois, tomou dois comprimidos antitérmicos e decidiu ficar na sala e não fazer barulho no quarto, até que o remédio fizesse efeito, já que um Nero muito triste e muito bêbado dormia esparramado em sua cama.

Depois de discutirem e decidirem no *ímpar ou par* quem ficaria com a cama, Tristan ganhou, mas deixou o amigo dormir no colchão ao pé do móvel — o que não durou muito tempo, já que a onda do álcool fez o beta entrar em prantos ao lembrar-se do término com Bastien, e então subir na cama para ficar abraçado a ele, como um coala triste, bêbado e carente.

O alfa pegou o celular e sentou-se no sofá. Uma pequena garoa caía lá fora, molhando as janelas de vidro, mas sem muito barulho. Isso lembrava o Dominic. Garoas podiam ser o início de tempestades, e estas sempre vinham acompanhadas de trovões — o ponto fraco do alfa.

Ao desbloquear a tela, viu que não havia sequer uma mensagem de Dom, e isso o deixou chateado. Tinha mandado várias, mas Dominic lhe estava dando castigo de silêncio, e aquilo era sofrido.

Seria muito problema largar Nero ali sozinho e sair na chuva, agora que o mal-estar já havia passado?

Não, não seria.

Então, colocou um casaco com capuz na cabeça e guardou o celular no bolso, assim como sua coleira vermelha, que cuidadosamente pegou no quarto, deixando o apartamento com a chave para dentro. Ninguém entraria ali, de qualquer forma.

Saiu do prédio e atravessou a rua, correndo para escapulir da chuva fraca — o que obviamente não funcionava, seu moletom ficou todo manchado com as gotinhas de água.

Já na varanda de Dominic, tocou a campainha e esperou. Demorou um pouco até que a porta se abrisse, revelando um alfa de cara amassada, descabelado e de olhinhos vermelhos semicerrados que imediatamente se arregalaram ao se dar conta de quem estava ali.

Dominic deu espaço para que o outro entrasse, ficando assim encurralado na porta, após fechá-la.

— Oi — Tristan disse baixinho, segurando o sorriso, já querendo despontar em seus lábios. Caramba, estava com tanta saudade! Ficar sem ver o outro de pertinho assim fazia parecer tão mais importante vê-lo agora... Era como alguém que encontrava água após dias com sede no deserto.

— Oi — Dominic devolveu, fitando-o com cara de bobo. Também queria sorrir, mas daria uma lição no *bratzinho* agora. Não podia deixar uma malcriação daquele tamanho passar batida.

— Desculpe. Fui um escroto. — Tristan fez cara de coitado.

Dominic quase apertou aquelas bochechas fofas.

Quase.

Mas resistiu bravamente.

— E pelo quê você se desculpa exatamente? — perguntou sério e calmo. — Por ter tido um ataque de ciúmes por cima do meu ataque de ciúmes? Por ter tentado me manipular e colocar as coisas ao seu favor quando você claramente escolheu me desrespeitar? Ou por não ter pedido desculpas nenhuma vez, durante esses três dias? — Arqueou uma das sobrancelhas bem-feitas.

— Desculpa por tudo isso aí que você falou. — Estava olhando para os próprios pés, sem coragem de fitá-lo.

Dominic permaneceu um minuto inteiro em silêncio, olhando-o tão intensamente que o rapaz se sentiu constrangido.

— Tudo bem. Eu desculpo — respondeu somente.

Ficaram se encarando mais um bocado. E é claro, muito mais inclinado à submissão do que à liderança, como era realmente, Tristan esperava que o moreno tomasse as rédeas e o beijasse, selando o acordo de paz.

Mas Dominic não o fez.

Então, após respirar fundo e morder os lábios, já se sentindo embaraçado, Tristan avançou para beijar-lhe a boca e fazer o que o alfa não fazia.

Todavia, seus lábios pousaram na bochecha esquerda dele, que virou o rosto para o lado, escapulindo.

Tristan ficou tenso e arregalou os olhos de pedra ametista, com uma expressão perdida.

— Dom...? — reclamou.

*Ele iria mesmo rejeitá-lo?*

Dominic se voltou para ele novamente e afastou-o com leveza, indo para longe, até parar no meio da sala e encará-lo com as mãos na cintura.

— Te perdoo depois de te disciplinar.

— Ah, não, Dominic... — o mais novo choramingou.

— Ao aceitar uma relação de Dominação e submissão, você concorda com os castigos e punições quando desobedece, Tristan Wolfgang — fez questão de lembrar. — Você é muito espertinho e só quer as partes boas. Quer ser mimado, ganhar presentes, comidinha feita, roupa lavada, carinho e, na hora do sexo, quer ficar paradinho enquanto eu faço o trabalho todo...

— Ei!

— E eu gosto assim — o moreno o pausou, esticando a mão no ar, para impedi-lo de interromper. — Contudo... as partes ruins fazem parte do combo. A disciplina é o ponto principal. Nesse tipo de relação, você concorda em ser castigado quando desobedece sem querer, e punido quando o faz de propósito. O que você fez não foi mera provocação. Você foi desrespeitoso. Então, o que você acha que merece? — Apertou os olhos, testando-o.

Oh-oh. Tristan estava fodido. Conseguia ver na expressão de Dominic exatamente o que ele estava pensando e a resposta que queria ouvir. Tristan não merecia ser castigado... merecia ser punido, porque ele sabia que estava errado e, mesmo assim, insistiu no erro.

— Eu fui malvado e mesquinho — confessou, com uma vozinha fina, quase irreconhecível. Um sonso, se pode dizer.

— E...? — o dominador instigou.

— E eu mereço ser *punido* — confessou a contragosto.

Um sorriso orgulhoso e satisfeito despontou no rosto anguloso de Dominic.

— Muito bem. Vamos para a masmorra — ordenou e deu as costas, subindo as escadas transparentes.

Tristan começou a suar frio. O remédio já havia abaixado sua temperatura corporal, sua transpiração agora tinha outro motivo: ansiedade e o medo do desconhecido. Não sabia o que Dominic faria com ele em seguida, e aquilo o atiçava.

Ao menos estava tranquilo por notar que aquele — ainda — não era seu cio, já que se fosse, não poderiam praticar o BDSM naquele momento. Teriam que se trancar em casa por alguns dias, e Dominic teria de satisfazer seu período, sem utilizar-se das práticas de dominação e submissão, por não haver perfeita sanidade em Tristan.

— Vai me deixar sem gozar de novo? — perguntou com a voz baixa e tímida, quase humilde.

Ah, mas o domador sabia que era tudo uma grande farsa. Tristan era tão, tão sonso...

— Vou fazer o que eu quiser, e você vai aceitar caladinho — disse, fitando-o por cima do ombro com um olhar de falso desprezo, abrindo a porta do quarto onde ficava a masmorra. — Só quero que abra a boca pra gemer e responder o que eu perguntar, fui claro, seu malcriado?

— Sim, meu senhor — respondeu Tristan, de cabeça baixa, enfiando as mãos grandes dentro do bolso do casaco, e mordeu o lábio, afobado.

Dominic acendeu as luzes, agora em cores diferentes de antes.

— Azul? Trocou as lâmpadas vermelhas pelas azuis? — o ruivo indagou surpreso.

— Eu te dei permissão pra falar, sua peste? — o mais velho rosnou, encarando-o irritadiço.

Tristan encolheu-se, arregalando os mirantes, pois sabia que havia realmente saído da linha. Deu um muxoxo quase inaudível, porque sabia que, no fim, ele não iria gostar do que viria.

O dominador fechou a porta e parou no meio do quarto, analisando o lugar, provavelmente calculando bem o que faria, já que foi pego de surpresa.

— Tire a roupa toda — ordenou sem olhá-lo.

— Hum... Gosto mais quando você as tira. Pecinha por pecinha... — provocou, ardiloso, tentando esquivar-se.

Dominic sugou o ar entre os dentes. Não, não estava perdendo a paciência. Estava ficando excitado. Mais uma vez, seu corpo provava o quanto, pela primeira vez na vida, alguém conseguia instigá-lo através da teimosia. Sentiu seu baixo-abdômen repuxar, dando os primeiros sinais de excitação.

— Se oponha a qualquer coisa mais uma vez, e vou te punir de verdade. É isso o que quer? — perguntou o ex-militar, voltando-se para o sub, com uma sobrancelha arqueada e um olhar mortal.

— Não, meu senhor.

— Então, faça logo o que eu mandei. Agora.

Tristan assentiu e retirou o casaco úmido. Depois, lentamente, abaixou a calça de moletom. De canto de olho, sabia que Dominic o observava atento, sem mover um músculo, apenas apreciando seu show. Então, removeu a camisa branca, deixando o peitoral desnudo.

Viu os orbes vermelhos de Dominic se perderem em seu abdômen trincado, como de costume. Dominic amava os músculos definidos dele, e ele sabia disso, amava ser admirado pelo corpo bem construído.

Finalmente, tirou a cueca, revelando o pênis grande parcialmente ereto, os pelos crescidos da pélvis deixando-o com uma aparência ainda mais selvagem.

O domador lambeu os lábios.

— Trouxe sua coleira? — perguntou com a voz rouca, recebendo um aceno positivo do ruivo, que se abaixou para pegá-la dentro do bolso do casaco jogado no chão. — Ótimo — disse, tomando-a em suas mãos para colocá-la no pescoço do submisso. — Agora, vá até o expositor e pegue a *spider gag*, uma venda e um dildo. Escolha o que achar melhor — mandou, apontando para o local com o queixo.

Ao recebê-los, Dominic atirou-os em cima da cama e então abriu a gaveta da mesinha de cabeceira, capturando uma bisnaga de lubrificante e uma corda.

— Senta aí — ordenou, e rapidamente o ruivo acomodou-se sobre o colchão macio.

O dominador deslizou a corda em volta do tronco forte do rapaz, calmamente, restringindo os movimentos dos braços, com várias voltas. Deixou os punhos unidos para trás, de modo que Tristan não pudesse usar os braços para nada.

Tristan o encarava curioso e prendia a respiração, tenso e ansioso. Sentia uma mescla de euforia, medo e excitação. Queria perguntar o que Dominic faria, mas sabia que não teria resposta. Então, ficou quieto, sabendo que Dominic não faria nada odioso, com certeza. Confiava nele demais como seu dominante.

O mais velho o encarou com um sorriso claramente satisfeito, checando seus nós na corda grossa, para então se afastar com o dildo e o lubrificante nas mãos, já retirando as próprias roupas, levando menos de um minuto para se pôr completamente nu.

— Sabe, Tristan... — começou a dizer com aquele tom debochado sutil em sua voz melodiosa. — Eu não sei mais o que fazer pra te disciplinar. Não parece que você deseja me foder tanto assim, não é, bebê? Já que nunca obedece...

— Eu quero muito, meu senhor... — Tristan resmungou, tentando explicar-se.

— Calado! — o moreno ralhou. — Já falei pra você só abrir essa porra de boca quando eu mandar, não falei? Essa foi uma pergunta retórica — disse rude.

— Sim, senhor. Me desculpe. — Tristan abaixou a cabeça, constrangido, o coração acelerado, mas absolutamente excitado, o pau desnudo começando a inflar em velocidade recorde.

Ele pensava: *Sou tão bonzinho. Até mesmo quando meu alfa é rude. É isso que tenho que aguentar e ainda assim dou a ele meu amor. Sou uma pessoa incrível. Isso é devoção de verdade.*

Ah, a forma como a mente de um submisso trabalhava era sempre assim, egocêntrica, tendendo a se pôr em uma posição de vítima, que lhe soava tão nobre, a ponto de justificar seus impulsos, aceitando estar em posição inferior somente por isso: para sentir-se melhor sobre si mesmo.

— Como eu dizia... Só vou te deixar me foder quando você for bonzinho e comportado o suficiente. Mas sabe qual o problema nisso tudo, amor? — Dominic zombou, encarando o garoto fixamente, enquanto espremia uma boa quantidade do lubrificante em dois de seus dedos estendidos. — O problema é que assim eu também sofro, entende? Também fico com meu rabo sedento, sem ter um pau bem gostoso enterrado dentro dele... — instigou, fazendo beicinho e uma fingida expressão de coitado.

Tristan sugou o ar, dilatando as narinas, e sentiu o desespero puro se apossar dele. Dominic não ia fazer o que ele estava pensando, ia? Ah, não. Esse seria o auge da tortura. Mais do que no dia de sua primeira sessão. O ruivinho começou a resfolegar, observando cada movimento do ex-tenente-coronel com uma carinha chorosa.

— Então, você sabe... — continuou o ex-militar, ajoelhando-se na poltrona de couro, ficando de costas e fitando Tristan por cima do ombro. — Vou ter que aliviar minhas vontades sozinho, já que você não colabora.

Com um sorriso oblíquo, Dominic curvou-se para frente, apoiando-se nas costas da poltrona com a canhota, ao passo que levava a destra com os dedos lubrificados diretamente à sua entrada exposta.

Tristan soluçou, franzindo o cenho e mordendo o lábio. Seu pau já estava tão duro que era desesperador. E o pior de tudo era que estava imobilizado, incapaz de se tocar enquanto via o ex-militar dedar a si mesmo, preparando-se para receber aquele consolo rosa de dezoito centímetros no próprio ânus, que o fez escolher pessoalmente.

— Se arrepende, bebê? — sussurrou, provocador, a voz arrastada, efeito das carícias que realizava com a ponta das digitais em suas paredes internas. — Se você fosse um menino bonzinho, seriam seus dedos aqui. E depois sua linguinha quente, me lambendo todo, antes de me foder gostoso...

— Dom... — Tristan choramingou agoniado, remexendo o quadril, impaciente, buscando qualquer maldito alívio. — Por favor...

— Isso, implora. Implora pra me foder — disse. — Quero que se humilhe e se arrependa amargamente por não ser você aqui me comendo.

— Acho que vou morrer — dramatizou. — Vou dizer minha palavra de segurança — contrariado, fez o outro alfa retirar os dedos de dentro de si mesmo para fitá-lo, desafiador.

— Pode dizer quando quiser. Você não vai me foder do mesmo jeito — declarou firme e perverso.

E então, com um sorrisinho delicioso, capturou o dildo e o melou de lubrificante, levando a glande de borracha até seu buraquinho enrugado.

Ele pensava que, honestamente, aquela era sua última chance de disciplinar o submisso abusado. Se penetrá-lo era o que o garoto mais queria, essa era sua única e maior arma para forçá-lo a obedecer. Mas se nem assim o maldito malcriado cedia, bem... Então, ele não teria conserto.

O domador não aguentava mais a vontade de se acabar no pau de seu submisso. Já estavam juntos há meses e ainda não haviam se entregado cem por cento. Sentia aquela coisa faltando, porque, para ele, o sexo tinha poucos limites. Algo como trocar posições na hora de penetrar era fundamental, e eles até agora não haviam feito, única e exclusivamente por culpa do próprio Tristan, que não entrava na linha de uma vez.

Ele gemeu e mordeu o lábio, enquanto empurrava o brinquedo lentamente para dentro de si, soltando gemidinhos de dor a cada centímetro, rasgando-o.

Tristan estava suando de novo. Sentiu uma gota grossa escorrer por uma de suas têmporas, escorrendo de seu pescoço para o peitoral, passando pela barriga, até se acumular ali, em seu umbigo. Estava quase hiperventilando.

Quando viu o brinquedo entrar quase todo no ânus de Dominic, ele grunhiu. Daria qualquer maldita coisa para ser o seu pau no lugar daquela porcaria de borracha. Tinha certeza de que satisfaria seu homem muito mais do que aquela merda. Queria reclamar pra caralho. Mas o moreno já tinha ordenado duas vezes que ele só falasse quando solicitado. Então, o *brat* fez um esforço colossal para se manter com a língua dentro da boca.

De fato, Dominic era ótimo em torturá-lo sexualmente, não lhe dando o que queria, pois ele não fazia por merecer. Tristan nunca esteve em uma relação assim, mas agora que estava, vivia se perguntando como não entrou nisso antes. Sequer se imaginava mais em relações baunilhas. O BDSM era seu destino desde sempre. Combinava perfeitamente com ele. Eram aqueles joguinhos de poder e os embates de força imaginários com seu domador que o instigavam até o limite do prazer, pois exercitavam sua mente.

Olhando para seu submisso malcriado por cima do ombro, Dominic começou a movimentar lentamente o dildo dentro de si mesmo, gemendo provocadoramente no processo.

Tristan foi à loucura.

Dominic podia ver de longe a cabecinha inchada do pau de seu garoto brilhando de pré-gozo, ficando roxa e estrangulada de tão duro que o rapaz estava ao vê-lo se masturbar, então estocava-se com o pênis de silicone ao mesmo tempo que rebolava contra o brinquedo.

Sobre uma coisa não tinha mentido: estava realmente sedento por um pau gostoso dentro dele. Não aguentava mais as malcriações de

Tristan, justamente porque esse era o empecilho para que pudesse se acabar no namorado abusado.

— Ai, bebê... Como eu queria que fosse você aqui dentro de mim... — falou, ronronado, a expressão de prazer em seu rosto era absurdamente pornográfica, desafiando a sanidade mental do ruivinho sedento e desesperado.

Alguns dominadores acreditavam que gemer para um submisso os colocava em posição inferior. Como se não pudessem demonstrar prazer. Para o *Alpha Dom* era justamente o contrário: ele usava e abusava de gemidos manhosos para despertar mais tesão ainda em seus submissos, mostrando que o desejo era recíproco.

O mais novo choramingou outra vez, mordendo o lábio com tanta força que pensou estar prestes a arrancar um pedaço.

— Veja como cabe tudinho em mim, amor... — o moreno sussurrou. — Olha como eu engulo tudo, até o talo. — Enfiou o dildo todo, até a base, dando um gemido dolorido. — Seu alfa é guloso, bebê... Imagina o que eu não iria fazer com o seu pau.

— Meu senhor, por favor, eu imploro, por favor, *por favooooor*, *por favooooor*! — Tristan grunhiu desesperado, sentindo seu tesão alcançar a estratosfera, o pau latejando tão forte que doía.

— Você quer? — Dominic indagou com a voz manhosa, enfiando o caralho de borracha mais veloz dentro de si. — Quer me comer, quer, amor? — disse arrastado.

— Quero mais do que qualquer coisa nessa vida, meu senhor, por favor — choramingou.

— Então, por que não se comporta, amorzinho? Por que insiste em magoar seu dominador? Eu não sou bom pra você, uh? — provocou mais.

— Por favor, Dom, não tô aguentando mais... — disse com uma voz sofrida e chorosa. Seu pau doía. Doía de verdade. O pobre coitado parecia que ia explodir de tesão, porque Dominic passivo, para ele, era como um sonho, um prêmio que precisava conquistar desesperadamente, mas não tinha forças para acatar o exigido para tal conquista.

— *Ahn*... que gostoso... — Dominic gemeu manhoso, ignorando-o, enquanto jogava a cabeça para cima e se fodia mais rápido no dildo rosa. — Queria tanto gozar com o pau do meu *bratzinho* socando fundo em mim...

— Meu senhor, eu faço o que o senhor quiser, por favor! — Tristan gritou agoniado.

Doido para gozar e com um tesão infernal deixando seu corpo febril, Dominic sentiu-se prestes a ceder. Isso até ouvir o garoto murmurar:

— *Cobra sorrateira*...

E então, quase não pôde acreditar. Não que fosse novidade Tristan chamá-lo assim ou soltar umas tiradas engraçadinhas e malcriadas. Mas puta merda, um gesto de insolência justamente quando estava sendo disciplinado? Aquilo era o cúmulo! Esse garoto ria na cara do perigo! Tristan Wolfgang definitivamente não queria fodê-lo o suficiente, pelo visto.

O dominador, então, retirou o dildo e saiu da poltrona, caminhando a passos rápidos e furiosos em direção a Tristan, que arregalou os olhos.

— Vou acabar com sua marra, malcriado do caralho — rosnou.

Ele o puxou pelo aro da coleira. Com destreza, foi desamarrando os nós da corda, soltando os braços musculosos, até finalmente o deixar livre.

— Ponha a venda — comandou, puxando-o para se levantar, enquanto pegava a *spider gag* e a venda, abandonadas no colchão. — Agora, você vai engolir uma rola de verdade.

Após ser obedecido e contemplar os olhos do Tristan serem cobertos pela venda de tecido preto, Dominic se pôs atrás do *brat*, empunhando a *spider gag*, para posicioná-la em seu rosto e fechá-la atrás da cabeça.

Sem poder ver coisa alguma e tendo a mordaça de aço — que parecia uma aranha — arreganhando sua boca, Tristan começou a sentir saliva escorrer involuntariamente por seus lábios, sem poder controlá-la por conta da *gag*. Sentia um arrepio gostoso com a respiração de Dominic em sua nuca, seus pelos se eriçavam, sem poder ver o que acontecia ao redor, sem poder observar os próximos movimentos dele. Era essa tensão que o *bondage* proporcionava ao restringir os sentidos: deixava o submisso como uma presa, vulnerável e prestes a ser deliciosamente abatida.

— Ajoelhe-se.

Tristan imediatamente obedeceu, com cuidado, sentindo as mãos de Dominic ajudarem-no a se equilibrar. Seu coração batia acelerado de expectativa.

— Você não tem como dizer sua *safeword*, caso precise. Então, se precisar que eu pare, dê três tapinhas na minha coxa. Fui claro? Afirme com um movimento de cabeça para *sim* ou para *não*.

Tristan fez o movimento para cima e para baixo, afirmativo.

— Muito bem, alfa. Agora, vou foder sua boquinha toda, até o talo do meu pau — declarou, com a voz absolutamente provocante e rouquinha, o desejo avassalador audível no tom de voz enquanto se masturbava, deixando que ele pudesse ouvir a fricção melada de sua mão punhetando o próprio pênis grosso.

Dominic segurou-o pelos cabelos de um jeito bruto e deslizou a glande inchada em sua língua, suspirando audível. Tristan não podia mexer a boca, a *spider gag* a transformava apenas num buraco para meter. Mas ele foi devagar, enfiando pedacinho por pedacinho, e tirando apenas para acostumá-lo outra vez. Até que enfiou tudo, assistindo ao rapaz se engasgar de primeira.

— Oh... pensei que fosse mais guloso, bebê. Não aguenta? — zombou.

Tristan emitiu um grunhido — indecifrável, claro.

O alfa, então, voltou a deslizar seu caralho grosso na boquinha quente, fodendo-a, literalmente, até o talo, deliciando-se com as engasgadas do outro e suas lamúrias mudas. Empurrava o quadril para frente e para trás, forte, bruto, sem delicadeza, apenas querendo gozar de uma vez. Podia ver o cacete completamente duro do mais novo, abandonado entre suas pernas — e aí pegou o exato momento em que o garoto tentou levar as mãos até o próprio membro.

— *Tsc, tsc, tsc*... Nada de se masturbar, meu bem. Sem as mãos — ordenou, o sadismo bem audível em sua voz delicada e provocadora, quase sussurrada.

Voltou a foder sua garganta, assistindo à saliva em abundância escorrer pelos cantos da boca e pelo queixo furadinho. Ah, sim, aquela era uma das coisas mais interessantes na *spider gag:* como ela fazia a pessoa se babar inteira, sem comando nenhum do próprio corpo, totalmente submissa e à mercê do dominante.

Dominic não duraria muito daquele jeito. Ia gozar como um condenado. E então, sua mente brilhante para maquinar castigos e torturas sexuais, sugeriu uma magnífica ideia...

Sorrindo apenas, como o próprio diabo o faria ao vencer a batalha do apocalipse, retirou-se da boca do submisso.

Decidiu tirar-lhe a mordaça, primeiramente. A venda, removeria depois. Precisava deixar o ruivo sem nenhuma dica do que faria a seguir. Ele sorria de orelha a orelha, bastante orgulhoso de si mesmo. Dominic havia, inegavelmente, nascido para controlar o prazer e a mente de alguém. Fazia de qualquer pessoa um fantoche. E ele era o mestre.

Pegou uma pequena toalha no armário e efetivamente retirou a *spider gag* do garoto, passando a secá-lo, enquanto o ruivo movia os lábios de um jeito engraçado, pois estavam dormentes e ele não era capaz de senti-los imediatamente. Era provável que nem fosse capaz de falar por alguns minutos, o maxilar estava dolorido, ainda que a coisa toda não houvesse durado sequer quinze minutos.

— Levante-se. — Dominic deu as mãos a ele, ajudando-o a se pôr de pé, já que continuava a não enxergar nada, com a venda nos olhos.

Dominic empurrou-o na cama, de bruços. Deitou-se por cima e distribuiu beijos na nuca, descendo pela linha da coluna, vendo o ruivo contorcer-se no colchão. Violou a entrada exposta com a língua, chupando-o e enchendo aquele rabo de tapas estalados, que ressoavam no silêncio do quarto espaçoso, adorando as reboladas que o submisso malcriado dava em seu rosto.

O atrevido gemeu, puxando os lençóis, sentindo o músculo aveludado estimular tão deliciosamente sua área sensível. Porra, estava com um tesão do caralho! Tinha adorado a brutalidade, estava vendo estrelas de tanto prazer, a libido quase explodindo seu cérebro.

E aí foi virado de frente, rudemente, de súbito.

Dominic segurou o falo teso do alfa, masturbando-o enquanto deixava o ar quente de seus lábios anteciparem-no, dado a proximidade de sua boca com o membro rígido. Via o baixo-abdômen de Tristan vibrar, as veias marcadas ali por baixo da pele dando, àquela parte do corpo, uma aparência extremamente sexy. E sem muita demora, o abocanhou, chupando-o com vontade, deslizando a língua pela fenda escorrendo pré-sêmen, de novo, de novo e de novo, levando-o à loucura. Tristan também não gozava há um bom tempo. Não duraria dois minutos.

— Dom... — sussurrou, levando as mãos para o cabelo do alfa, segurando os fios macios. — Eu vou... Tô quase... — Suspirou.

O maldito dominador, no entanto, estapeou sua destra, impedindo-o de tocá-lo. Começou a sugar mais rápido, para cima e para baixo, enfiando o caralho do outro até o fundo da própria garganta vez ou outra, e quando não, masturbava o resto com a mão experiente.

Dominic pôde sentir o sangue correr rápido por baixo das veias do pau do rapaz, que latejava sobre sua língua.

E foi aí que ele abandonou a felação.

O corpo de Tristan tremeu sob seu olhar, o cenho franzido após o abandono.

— Dominic, por favor... de novo não, por favor... — sussurrou como se choramingasse, rebolando o quadril no ar, em busca de qualquer contato contra seu cacete a ponto de bala que havia acabado de ter o orgasmo interrompido.

— Calado — Dominic rosnou. — Fica de quatro — ordenou.

Imediatamente, o ruivo deu um sorriso travesso e cheio de alívio. Dominic finalmente o foderia, certo? Então, deu um pequeno salto animado, pondo-se com os joelhos e cotovelos apoiados na cama, todo esticadinho.

— Quer que eu empine mais? — provocou. — Gosto de ficar bem arreganhadinho pra você, meu senhor... — Ousou ainda mais.

Ah, pobre coitado. Não importava o quanto conhecia Dominic, ele nunca esperava pelo pior que aquela mente suja poderia aprontar.

Alheio às intenções do domador — malignas, diga-se de passagem — o mais novo pôde ouvi-lo perfeitamente caminhar até um dos armários e remexer nos acessórios dentro dele. Foi só aí que um arrepio desconfortável subiu por sua coluna, anunciando que as coisas poderiam não acontecer exatamente como ele pensava.

— Dominic... — chamou cabreiro, com seriedade na voz.

O dominador aproximou-se e desferiu um tapa ardido na lateral de sua coxa, repreendendo-o.

— Demonstre respeito, porra! — bradou.

— D-desculpe, meu senhor — gaguejou. — Você não vai me bater para me punir, vai? — E sua voz soou audivelmente temerosa, enquanto ele se virava no colchão e sentava-se nele, ainda às cegas, os olhos vendados.

Atento, como sempre, Dominic ficou tenso.

— Por quê?

— Esse é um limite meu, senhor — disse em voz baixa, completamente acanhado. — Gosto que me bata pra me dar prazer, mas não quero que me bata pra me punir. P-por favor. — Ainda que estivesse com os olhos tapados pela venda, e não pudesse ver seu dominante, tinha o rosto voltado para baixo.

Dominic percebeu imediatamente que o submisso falava sério. Ele o estava informando um limite seu. E assim como tudo em Tristan, esse seu limite também era oposto à maioria: enquanto surras faziam parte de castigos e punições noventa e nove por cento das vezes, para um masoquista, ela seria prazerosa, então machucar alguém que apreciava a dor era um presente. Contudo, para Tristan, por mais que adorasse sentir sua pele açoitada em todo o lugar por seu disciplinador, uma coisa ele não aceitava: tê-la sendo usada contra si.

Ciente, Dominic apoiou um joelho na cama e segurou delicadamente a mandíbula do namorado, aproximando-o do seu, fitando-o atentamente, ainda que este não o pudesse ver.

— Não se envergonhe em alertar claramente sobre seus limites — disse com a voz branda. — Mesmo que em meio a uma sessão, um castigo ou até uma punição. E nunca se desculpe por isso. É um direito seu, de se negar a certas coisas, tudo bem? — Tristan assentiu com um pequeno menear de cabeça. — Ótimo. Eu nunca irei te punir ou castigar com agressões físicas, sim? No máximo, posso te causar uma leve dorzinha genital, então? Como já faço normalmente? — perguntou.

— Sim, Dominic. Mas só um pouquinho. O suficiente pra eu parar, certo?

— Certo — respondeu-lhe. — Você confia em mim, bebê?

— Muito, meu senhor. Muito mesmo — disse em tom acanhado.

Dominic se deixou sorrir de lado, os olhos brilhando, já que Tristan não poderia ver as reações que sua declaração lhe causou.

— Confia mesmo? — quis repetir.

— Com a minha vida.

— Ótimo. — Satisfeito, afastou-se com cuidado. — Agora, volte pra posição que ordenei.

Tristan virou-se no colchão e pôs-se de quatro novamente, dessa vez, se empinando apenas um pouco. Aquela espera gerava uma ansiedade tremenda, e ele sabia que era isso o que tornava tudo tão mais gostoso no final.

Sentiu Dominic tocar seu punho esquerdo e envolvê-lo em corda macia, fazendo o mesmo com o direito e também com seus tornozelos, o que impediria que ele se movimentasse muito além daquilo.

— Amarrei as cordas no dossel da cama — avisou. — Você não vai ter como sair dessa posição, no máximo, poderá escorregar os joelhos no colchão e ficar de bruços, entendeu?

— Sim, senhor.

— Bom menino.

Foi aí que Tristan sentiu alguma coisa buscar passagem em sua entrada: o dedo de Dominic. O dominador o deslizou ali, algumas vezes, antes de enfiar mais um, e mais outro, dedando-o lentamente.

Após um pouco daquilo, o ruivo ouviu uma fricção molhada, e então um pau enterrando-se lentamente nele. Mas não era o pau de Dominic. Era um de borracha. Um dildo. Ele podia saber, porque um pênis de brinquedo era sempre muito mais duro do que um caralho de verdade.

— Vai me comer com essa coisa falsa, ao invés de me foder de verdade? — indagou, com manha. — Isso é maldade, Dom...

Foi aí que Dominic desamarrou a venda de seus olhos, deixando-o ver tudo ao redor. Após algumas piscadas para se readaptar à luz azulada do quarto,

Tristan virou o pescoço por cima do ombro, para que pudesse ver o que Dominic fazia. E o que ele encontrou, deixou-o no estado de mais puro choque.

*Ah, cacete. Não vou aguentar, não vou, não vou...* Foi tudo o que ele pensou.

Com um sorriso vitorioso, Dominic começou a se pôr de quatro, as nádegas muito próximas uma da outra. E, então, segurando o dildo duplo encaixado dentro de Tristan, o moreno penetrou-se com a outra ponta, soltando um gemidinho ao se ver completamente cheio, de novo.

— Eu não mereço ficar sem isso, só porque meu *bratzinho* não consegue se comportar, não é, bebê? — atiçou. — Então, é assim que as coisas vão ser. Se você não me obedecer, a partir de agora, além de não me foder, eu também não vou comer você. Vamos nos saciar apenas com esse vibrador compartilhado — disse, fitando o rosto do outro por cima do ombro. E aí ele ligou a vibração dos dildos, através do controle.

Imediatamente, Tristan sentiu o músculo da bunda gostosa de Dominic em contato com a sua, rebolando.

— Você vai me matar... — resmungou.

— Mexa-se, querido. Mostre o que pode fazer — o outro devolveu, com a voz sedutora.

Não foi preciso dizer duas vezes. Tristan jogou o quadril para trás e para frente, repetindo o ato lentamente e, aos poucos, foi aumentando a velocidade. Dominic fez o mesmo, os dois no mesmo ritmo lento que se acelerava gradualmente. As bundas começaram a se chocar, primeiro com sons de estalos suaves, depois mais ocos... Até que se transformaram em sons duros e altos, os dois se movendo como serpentes, cada um buscando o próprio prazer, com vontade.

Tristan tinha o cenho franzido, a boca aberta escapulindo gemidos guturais, a cada vez que o perfeitamente moldado pênis de borracha roçava seu ponto sensível.

— Mais rápido, bebê... Seu alfa gosta de ser fodido com força, hum?

Tristan ficou até zonzo. Apertou a corda em suas mãos, buscando melhor equilíbrio, e passou a jogar o quadril para trás ainda mais rápido, mais forte, mais intenso. Aquilo era bom demais. Bom pra caralho. Uma delícia do cacete. Ele nunca tinha feito algo assim. O pensamento sequer havia cruzado sua mente alguma vez. Sempre foi adepto do revezamento, e quando não, era só porque seus parceiros se recusavam a ser penetrados.

Ah, Dominic era o rei da foda. O alfa não tinha medo de testar os limites do prazer, não hesitava em descobrir cada ponto erógeno do próprio corpo e do corpo de seu parceiro. Para ele, o céu era o limite. E era isso que o fazia tão bom naquilo: a falta de medo de experimentar. E Tristan sempre lhe despertava essa gigantesca vontade de tentar de tudo, de uma forma que submisso nenhum já havia feito.

— Que delícia... Porra! — Dominic gemeu grave, jogando a cabeça para trás e sentindo seu corpo queimar de excitação. A cada roçada do dildo perto de sua próstata, o ex-militar lembrava o quanto adorava fazer aquilo.

— Me dá mais... Me dá mais, por favor, meu senhor... — o outro grunhiu necessitado. Como diabos ele nunca havia feito aquilo antes? Era maravilhoso.

Os dois moviam o quadril de forma ritmada, tentando fazer o brinquedo acariciar seu próprio ponto de prazer, e o movimento acabava empurrando mais a outra ponta do dildo para dentro do parceiro. Trabalhavam em conjunto.

— Aí! — O dominador resfolegou, levando a canhota para trás e agarrando a coxa direita de Tristan. — Bem aí! — Passou a rebolar mais desesperadamente contra o quadril do outro.

— *Ahhh*, meu senhor, como você pode ser tão gostoso de todas as maneiras? Você vai me deixar louco assim, Dom... — ele sussurrou com a voz entrecortada pelo esforço da foda.

— Vou gozar tão gostoso pra você agora... — Dominic disse alterado, usando a destra para se punhetar rápido e forte, ao mesmo tempo que se empurrava para trás, com intensidade.

Dominic sentiu a deliciosa pressão em seu ponto de prazer, junto à sensação de preenchimento. Seus ouvidos zuniram e suas pálpebras pesaram. Com um gemido grosso, ele sentiu o orgasmo chegar antes mesmo de ejacular.

Apenas segundos depois, o alfa se desfez, a própria porra melada escorrendo entre os dedos e a palma, abundante. A sensação de gozar tendo a próstata estimulada era um tipo de orgasmo muito mais forte, tudo era mais sensível e durava mais tempo.

Quando a última gota de sêmen escapuliu, Dominic sentiu como se tivesse sido tombado. Era como se aquele orgasmo tivesse sugado tudo de si, estava fraco, até um pouco sonolento. Com suavidade, retirou o dildo de dentro — a outra ponta permaneceu vibrando ininterruptamente dentro de Tristan.

— Não faça isso comigo de novo, Dom, eu tô implorando — disse, sacudindo o quadril para um lado e para o outro, desesperado. — Não me deixa na vontade, *por favoooor*...

Dominic deu uma risadinha divertida, enquanto limpava a mão gozada na toalha, sentindo suas pernas fracas. Mas não, ele não deixaria Tristan na mão daquela vez, aquela não era a punição.

Tristan observou aquela coisa gigante na mão do alfa: um aparelho rotativo, um massageador, em formato de microfone, do tamanho de um antebraço.

— Ah, porra... — Tristan grunhiu, enfiando a cara toda no travesseiro para abafar seus resmungos. — Isso é tortura demais...

Dominic gargalhou sadicamente, ligando o aparelho branco na tomada. Composto por um cabo grosso e longo e uma grande esfera vibratória na ponta, Dominic ligou o botão do aparelho, observando o topo começar a vibrar em sua potência mais forte.

— Não se atreva a gemer ou emitir qualquer palavra, meu bem — avisou, com a voz séria e provocadora, aproximando-se do garoto, ainda de quatro na cama. — Se você gemer ou fizer qualquer som, vou ficar uma semana sem falar ou trepar com você.

Foi aí que Tristan engoliu em seco, sabendo que o dominador falava muito sério.

— Sim, senhor. — Suspirou. — Vou obedecer.

Dominic posicionou a esfera vibratória bem na glande do pênis duro do ruivo, pressionando-o entre o brinquedo e sua barriga. Tristan crispou os lábios, deixando-os pálidos, tamanho o esforço para não deixar escapulir qualquer barulho. Sua garganta vibrava junto, o som rouco morrendo antes de chegar aos lábios. Aquilo era insano, completamente insano! Que maldade do caralho, estimulá-lo com um vibrador no ânus e outro na glande, e proibi-lo de gemer ou até mesmo grunhir? Só uma mente perversa como a do maldito Dominic era capaz disso. Mas, ah, o alfa malcriado sabia que merecia.

Tristan enfiou a cara mais fundo no travesseiro macio que, para piorar sua situação, tinha o cheiro gostoso de almíscar. A vibração em sua glande e próstata simultaneamente, junto ao esforço de se conter, causava uma sensação aguda nos nervos.

Dominic respirou fundo e começou a contar mentalmente: *Um... dois... três... quatro... cinco... seis...* E com a maior calma do mundo, ele cantarolou em sua própria mente até a casa dos vinte: *Vinte e sete... vinte e oito... vinte e nove...*

Ele sabia que era agora. Tristan já estava desesperado para gozar desde o começo, só não tinha gozado antes porque não podia se tocar, e o movimento dos quadris, dos dois balançando juntos, quando dividiram aquele dildo, atrapalhava sua concentração, certamente.

*Trinta... trinta e um...*

Ali estava.

Tristan começou a deslizar os joelhos no colchão, fazendo seu corpo descer e sair da posição para ficar de bruços, mas Dominic em momento algum vacilou e deixou que a varinha mágica saísse do lugar; acompanhou o movimento cuidadosamente, vendo o gozo branco do namorado pingar no lençol vermelho, antes mesmo que seu corpo terminasse de cair ali.

Tristan estava derrotado.

— Caralho... — disse o mais novo, a voz entrecortada, recuperando o fôlego, quando virou o rosto para o lado, sugando ar. Tinha ido a nocaute. Porém, recebeu apenas o silêncio de Dominic, em resposta.

O dominador desligou os dois brinquedos, retirando-os do contato com o corpo de Tristan, deixando-os descansar sobre a mesa de cabeceira, para em seguida soltar os tornozelos e punhos do sub das amarras.

Tristan imediatamente se deitou de barriga para cima.

— Eu gostei... das luzes... — puxou assunto.

Mas, outra vez, Dominic não disse nada.

Apenas limpou sua barriga suja de sêmen, pegou as roupas do garoto no chão e começou a vesti-lo, exceto pelo casaco úmido, pois não queria que seu bebê ficasse doente. Vestiu sua própria calça, sem se dar ao trabalho de vestir uma camisa ou cueca por baixo.

— Vem... — Puxou Tristan pela mão, que parecia aéreo como um bêbado, após gozar tão forte, tão rápido e tão gostoso.

— Fiquei com tanta saudade de você, meu Domzão... — Tristan declarou todo manhosinho e grudento, rodeando-o com os braços, enquanto desciam as escadas. — Me desculpe de novo, eu sou um burro! — Suspirou.

Tristan só se deu conta do que estava acontecendo, quando pararam em frente à porta.

— O quê...?

— Vá pra casa — Dominic ordenou.

— Mas e você?

— Eu vou ficar aqui.

— Está me expulsando?! De novo? — reclamou, indignado e com um olhar desacreditado.

— Seu amigo está dormindo na sua casa. Não é educado fazer isso com a visita. Ele vai ficar chateado se acordar e você não estiver lá. É isso que faz com seus amigos? Abandona?

— Mas é o Nero! É só eu mandar uma mensagem pra ele dizendo pra passar aqui quando acordar, não tem nada demais. Quero dormir com você... é o meu *aftercare* favorito. — Fez um biquinho manhoso, as sobrancelhas unidas.

— Não — disse firme. — Você vai pra casa. Vai dormir sem mim. Sua punição é ficar sem *aftercare*. Submissos malvados não merecem recompensas. Agora vá. — Despachou-o, abrindo a porta.

— O quê... Você não... Não...

Ele nem sabia o que responder.

— Não posso te deixar sem *aftercare*? — Dominic cruzou os braços. — É claro que posso, meu bem, você sabe disso. — Escorou-se no balcão da porta. — Já estudou sobre isso, sabe que é um dos métodos disciplinares mais comuns.

Tristan passou pelo portal com os olhos arregalados, sem acreditar no quanto tinha se ferrado. Tinha se fodido todo. Manhoso e grudento como era, achava insuportável a ideia de não ficar agarradinho com seu homem depois de gozar.

— Você é muito ruim — resmungou, antes de cruzar os braços fortes que pareciam querer explodir na camisa apertada.

Dominic quase salivou com a visão. Ah, como amava alfas fortes, eram deliciosos! Mas sem se deixar abalar, o dominador se manteve firme:

— Quero você e Nero aqui às 10h para tomarmos café juntos.

— Mas 10h é muito cedo! Não pode ser meio-dia?

— 10h em ponto, Wolfgang! — exclamou sério. — Não dez e cinco, nem dez e seis. Dez em ponto. E *ai* de você se não obedecer...

E aí bateu a porta na cara dele.

Simples assim.

É, Tristan... ser um malcriado tinha seu preço.

Estava mais ciente do que nunca daquilo agora.

— Ah, Dominic, você não sabe o quanto esse garoto resmungou. — Nero entregou o amigo. — Ele me acordou quando o sol estava começando a raiar... — Deu uma mordida em seu queijo quente. — E aí começou a reclamar, reclamar e reclamar. E tive que aguentar tudo isso de ressaca...

— Eu te dei remédio! — o mais novo grunhiu. — Era sua obrigação, tá legal? Pra que serve um melhor amigo, se não pra perder o sono ouvindo nossas lamúrias? Eu hein! Você me fez passar a noite toda te ouvindo reclamar daquele amargurado do Bastien!

Nero estava prestes a retrucar, mas Dominic o interrompeu, pedindo que lhe passasse a manteiga.

— Tristan disse que você está trabalhando pertinho de mim — Nero acabou mudando de assunto. — O que acha de almoçarmos juntos algumas vezes? — sugeriu animado.

— Eu adoraria! — Dominic respondeu simpático, mas quando ia dar continuidade à conversa, seu celular vibrou e tocou em cima da mesa.

O ex-militar franziu o cenho ao ver o nome e a foto na tela do aparelho, assim como Tristan, que encarou a tela com a expressão impenetrável.

— É o Calebe — o moreno disse o óbvio. — Se importa se eu sair pra atender? — perguntou atencioso.

— Claro que não. — Tristan sorriu doce. — Vai lá.

Dominic sorriu de volta, orgulhoso e uniu a canhota do submisso à sua, deixando um beijo estalado nas costas da mão alheia, antes de sair da mesa e ir para a varanda, pela porta da frente.

Assim que o corpo do alfa sumiu no corredor, Tristan fechou a cara, com uma expressão rancorosa no rosto.

— Eu bem percebi sua falsidade daqui, sonso... — o beta comentou baixinho, bebericando seu café.

— Ai, esse Calebe, porra, ele me tira do sério! Todo dia essa porra, quando não é ligação, são mensagens — grunhiu, puto da vida.

— Olha, tente pensar positivo, certo? De repente, Calebe e Dominic agora vivem uma relação como a nossa, sabe? Sem atração física ou qualquer coisa dessa natureza — sugeriu, dando de ombros.

— Ah! — Tristan debochou, rindo de lado, cheio de sarcasmo. — Nem você acredita nisso. Eles estão juntos há tempos demais.

— Minha tia foi casada por quinze anos com o primeiro marido, e ela se separou porque disse que ao longo dos anos foram perdendo o tesão um pelo outro, ué... Isso acontece.

Antes que ele pudesse responder, Dominic voltou para a cozinha, tomando novamente seu lugar, com uma expressão pensativa, o que automaticamente deixou o mais novo em alerta.

— O que foi? — Tristan questionou a Dom.

— Calebe disse que vai voltar mais cedo do exterior. Ele não explicou muito bem o motivo, mas não vai lecionar na academia de dança até o fim do semestre, como tinha planejado. Não disse exatamente a data, mas me pediu pra arrumar uma diarista pra limpar o apartamento dele antes que volte.

Agora, sim, Tristan sabia o motivo de Calebe ter uma postura tão elegante e parecida com a de Dominic. Era bailarino. Um bailarino profissional.

— Hum... — o mais novo murmurou, engolindo em seco. A desgraça vinha mais rápido do que ele esperava. Acabou ficando em estado de choque, fitando o próprio prato com os olhos desfocados.

— Ei, meu amor... — Sentiu a voz suave do moreno ao pé do seu ouvido, e então uma das mãos macias tocar o seu rosto, com delicadeza e doçura, puxando-o para fitá-lo no fundo dos olhos lilases. — Nada vai te machucar e nem ninguém vai nos separar, bebê. Você sabe disso, não sabe? — Lançou-lhe um olhar esperançoso.

Tristan piscou um pouco atordoado, pondo seu raciocínio a todo o vapor. Não importava se Calebe tentaria ir contra os dois, ele precisava confiar em Dominic, caso contrário, por que estava com ele, afinal? Ele mesmo não havia dito, mais cedo, que confiaria sua vida a Dominic?

Ademais, não poderia fazer como o irracional Bastien, que deu um ultimato ao namorado, fazendo-o escolher entre o melhor amigo de anos e ele. Principalmente, porque Tristan sabia, bem no fundo, que o certo era escolher o amigo, e que essa atitude era um bocado abusiva, dentro e fora do BDSM. E também porque, ainda que Dominic o escolhesse, ao invés do amigo — e ele não fazia ideia realmente de qual seria a escolha do Alpha Dom — ainda assim, isso seria um grande erro. Então, respirando fundo, ele se forçou a sorrir e a acreditar nas próprias palavras.

— Eu sei, Dom. Confio em você.

Confiar em Dominic como seu dominador, ele confiava mesmo. Mas como namorado? Havia confiança o suficiente naquela cabecinha insegura e paranoica?

Imediatamente, Dominic partiu para um beijo apaixonado que fez Nero grunhir, imitando barulhinhos de nojo.

— Ah, minha nossa, uma boiolagem dessas bem na frente da minha salada? Que horror! — Fez uma careta brincalhona, fazendo o casal sorrir entre o beijo e se afastar para encará-lo.

— Que salada você tá comendo, talarico? Isso aí é pão de forma com queijo e presunto — retrucou.

— Aprende a brincar, seu selvagem! — Deu-lhe um chutinho na canela e levantou-se para levar o prato sujo para a pia.

— Então, hoje eu entro mais tarde e saio mais tarde também — disse Dominic, acariciando os fios vermelhos no topo da cabeça de seu garoto. — Mas antes da meia-noite chego em casa, ok?

— Uhum. Pode deixar. Vou te esperar.

— Vai ficar mesmo aqui em casa o dia todo?

— Sim, tô de folga e não tem nada pra fazer na minha, o Nero deu uma organizada quando a gente acordou. E quando vocês saírem, vou tirar um soninho, não dormi direito essa noite, né? — Riu maldoso.

— Certamente — Dominic devolveu em igual tom, limpando a boca no guardanapo de papel. — Até mais tarde, meu príncipe — ele o chamou com um novo apelido carinhoso, antes de dar um beijo estalado em sua testa e levantar da cadeira.

— Eu também vou indo. Tchau, bebezão — disse Nero, dando um beijo estalado no topo de sua cabeça.

Tristan ficou ali, dando tchauzinho para os seus dois caras favoritos do mundo antes de voltar a comer.

*Meu príncipe*, essa era nova. E o tinha deixado todo derretido. Dominic era tão carinhoso e atencioso. Era tudo o que ele sempre havia sonhado. E dessa vez, ele decidiu de verdade: *Eu vou entrar na linha!*

Não era como das outras vezes que decidia se comportar e, cinco minutos depois, lá estava ele aprontando. Não, desta vez, ele faria de tudo para agradar ao seu alfa. Primeiro porque queria fodê-lo. Segundo, porque de jeito nenhum ele aguentaria ficar só nos brinquedinhos com o dominador — tinha sido absolutamente delicioso, era impossível negar —, mas o que Tristan queria mesmo era sentir a pele na pele, Dominic enterrando-se nele, e ele dentro de Dominic. Terceiro, ele realmente queria mostrar ao dominador que ele era a escolha certa, não Calebe.

Ele saiu da mesa e jogou-se no sofá da sala, com o celular em mãos, e, de pronto, digitou:

**COMO SER UM SUBMISSO BONZINHO?**

# 23

# A Marca

— Sabe, parece que você tem um colar roxo no pescoço — Tristan escutou Agnes, sua colega de trabalho, comentar despreocupada, enquanto limpava as mesas da loja. — Senhor Bum não vai gostar nada disso.

— E o que ele tem que se meter na minha vida pessoal? Eu, hein — retrucou, contabilizando o dinheiro do caixa.

O que Dominic fez na noite anterior, durante a sessão, foi uma boa tortura. Para cada gemido que o garoto deixava escapar, o dominador chupava sua pele do pescoço com mais força. E ele havia adorado, claro. Ficava um bocado orgulhoso ao ver as marcas feitas pelo *seu dono*. Era um sentimento de orgulho. De posse. De pertencer a Dominic Von der Guth, de ser exclusivamente dele.

— Não é essa a questão. É que não pega bem exibir essas marcas no trabalho, garoto — ela explicou, pacífica. — Só... Eu sei lá, põe uma echarpe ou algo assim.

— Tá — resmungou. — Amanhã, faço isso. Já tá quase na minha hora, Kara vai entrar no próximo turno.

— Eu sei — a alfa de cabelos escuros e compridos disse com um risinho, que não passou despercebido, fazendo Tristan a encarar desconfiado.

— Desembucha! O que tem entre você e a feiosa?

— Digamos que eu e Kara estejamos nos conhecendo...

— Mas vocês já se conhecem há anos — retrucou inocente.

— Estamos nos conhecendo de forma mais *íntima* — explicou com a voz maliciosa.

— Você tá transando com ela? — Tristan indagou de olhos arregalados.

— É pra ser um segredo, fala baixo. A funcionária nova está lá em cima, e ela é linguaruda.

— Ah, mas eu também sou linguarudo, você sabe.

— É, mas você vai prometer ficar com esse bico fechado, porque preciso que seja meu espião. Vai ficar de olho na Kara pra mim pelas próximas semanas. Quero saber se dá pra levar ela a sério ou se ela ainda vai ficar se engraçando com aquele seu amigo ômega.

— Ah, o Adam? *Pff*... Duvido. Acabou a magia, e isso foi tudo o que ele me falou. Adam tá pegando uma alfa, prima da vizinha dele — deu com a língua nos dentes.

— Eu adoro sua sinceridade, garoto — ela devolveu rindo.

— Juro que não entendo o que vocês veem na Kara, ela é tão sem sal... — resmungou com um bico. — Só fala uns assuntos chatos, parece uma maconheira com o cérebro derretido e...

— Tristan, me poupe, tá legal? Todo mundo sabe que você tem raivinha dela por causa daquele dia.

— Não sei do que você está falando. — Ele se empertigou, todo fingido.

Todo mundo estava bêbado demais naquela ocasião, ninguém deveria lembrar daquilo... Certo?

— Então, vou refrescar sua memória — a morena disse cruzando os braços, um risinho sarcástico enfeitando os lábios tingidos costumeiramente com forte batom vermelho. — Eu, você, Kara e aqueles outros três ex-funcionários, na minha casa. Tinha cervejas, vodca e alguns baseados, música eletrônica tocando e você, muito doidão, dançando com a Kara... Você tentou beijar ela cinco vezes, Tristan.

— Eu nunca fiz isso! — Ele arregalou os olhos em choque. Mas, na verdade, só estava chocado que a colega se recordasse daquilo, porque tinha acontecido mesmo e ele se lembrava dolorosamente.

— Fez sim. E, todas as vezes, ela desviou o rosto. Você passou a festa inteira achando que ela tava se fazendo de difícil, mas ela só não queria ficar com você mesmo, porque tu és doidinho da cabeça, e vocês não têm nada em comum.

Tristan abriu a boca para retrucar, mas viu Dominic atravessando a rua pelo paredão de vidro da loja de conveniências, então tratou de murmurar:

— Esquece esse assunto. É sério, Agnes, isso nunca aconteceu!

A alfa deu uma risada escandalosa, ao mesmo tempo que Dominic entrava na loja, todo sorridente.

— Oi, boa noite — o ex-militar cumprimentou-a, simpático, e aí se voltou para o namorado: — Oi, neném — disse com um sorriso caloroso. — Por que está com as bochechas vermelhas? — indagou.

— Nada não... — olhou rapidamente para a alfa, que segurava o riso.

— Sei... — Dominic devolveu desconfiado, mas logo deixou de dar atenção àquilo. — Então, já pode ir embora?

— Uhum — o mais novo respondeu, retirando o avental antes de guardá-lo embaixo da bancada. — Vamos. Tchau Agnes — despediu-se, sacudindo as mãos grandes de forma meiga.

— Você é tão fofinho! — Dominic acusou, agarrando-o por trás, e encaixou o rosto em seu pescoço, enquanto caminhavam para o lado de fora.

— Não sou nada — ele negou, mas estava sorrindo.

Eles atravessaram a rua, andando colados daquele jeito, antes de o corpo de Dominic se retesar e ele tomar coragem para dar início a um assunto delicado.

— Tristan... Estou curioso sobre uma coisa. Por favor, não pense que quero ser rude. Não precisa responder se não quiser.

Tristan parou de caminhar para observá-lo com atenção.

— É que tenho sentido seu cheiro alfa muito mais forte que o normal. E o cheiro ômega quase desapareceu. É como se você estivesse prestes a entrar em febre alfa, mas... Já passou muito tempo, não é? Sua febre alfa está atrasada há duas semanas.

— Ah, relaxa. Não estou preocupado — disse sem dar importância, e voltou a caminhar em direção à casa.

— Olha... você passou mal depois da nossa única febre juntos.

— E daí?

— E daí que você tem genes ômegas...

— E...? — Ele se fez de desentendido.

— E que... Você não sabe mesmo aonde estou querendo chegar? — indagou-o, exasperado, enquanto tirava as chaves do bolso ao pararem na calçada de casa.

— Dominic, está tudo bem.

— Isso não pode ser algum desbalanceamento hormonal? Os genes ômegas mexem com seu corpo. Algo deve estar errado. Por que não vamos ao médico?

— Eu não! Dominic, tenho horror a hospitais, você sabe o motivo.

— Mas tô preocupado com você, amor...

— Mas eu não estou preocupado comigo — teimou, esperando Dominic destrancar a porta da casa. — Se eu começar a passar mal realmente ou algo assim, aí, talvez, eu vá até os caras de jaleco...

— Teimoso. — O mais baixo bufou, abrindo a porta. — Aposto que, quando estiver morrendo, vou ter que sair correndo do trabalho pra te levar até o médico — resmungou.

Tristan sentiu seu celular vibrar no bolso da calça, enquanto entravam na casa. Pegando o aparelho e desbloqueando a tela, encontrou algumas mensagens, dentre elas, uma de Angel, o alfa submisso da The Cave com quem havia feito amizade e já vinha batendo papo no *chat* desde então:

**Claro que Angel é só apelido, bobão 😊 Um dia te conto meu nome e você me diz o seu, mas por hora, vamos com calma hehe Olha só o que eu achei: o vídeo de uma *cena* do seu Dom, lá na The Cave. Ela é de alguns anos atrás. Não sei se devo te passar, porque você pode ficar enciumado demais com o passado do Alpha Dom. Mas... já que chegamos à conclusão de que você é *cuckold*, talvez seja interessante. É um bom material pra punheta, pelo menos. Então se você quiser...**

Ele mordeu a parte interna da bochecha, sentindo aquela sensação estranha se apossar de seu estômago; uma mistura de ciúme absurdamente doloroso, que ao mesmo tempo lhe causava certo tesão. Era um sofrimento esquisito, porque aquele incômodo na verdade o atiçava. O que era contrário ao suposto. Ele aguentaria ver aquilo? Bom, já tinha visto Dominic ficar com outra pessoa na sua frente, não já? E de qualquer modo, aquele vídeo era de anos atrás, então não deveria realmente ficar magoado em ver tal coisa, pois sequer estavam juntos nesse tempo.

Tomando a decisão, digitou de volta:

**É claro que quero ver! Manda.**

O novo amigo, que estava *online*, imediatamente lhe respondeu:

**O masoquismo, meu pai kkkkk Aqui: [*acessar link*] Mas olha, não suja pro meu lado não, hein, brat? Se você criar atrito com seu Dom por isso, não é culpa minha. Não fala que fui eu que passei.**

**E qual o problema se alguém souber que vc me passou isso? É algum vídeo secreto ou quê?**

**Não é isso... Se bem que, sim, é um vídeo que só quem consegue ver são os participantes do chat da The Cave. Você precisa entrar com o login e a senha, que a Kiko passou. E ele é protegido de downloads, não tem como baixar. É só que... eu tenho medo do Alpha Dom, ok? Ele é um pouco intimidante.**

**KKKKKKKKKKKKKKKKKKKK**
**Minha nossa, você é um franguinho!**
**E cagão 💩 pó pó pó póooo 🐓 O FRANGUINHO SUBMISSOO SE BORRA NAS CALÇAS!**

— Vem, bebê. A gente precisa terminar de enfeitar os *cupcakes* da festa da Roxy — Dominic chamou sua atenção.

— Tá legal. — Tristan bloqueou o aparelho e o enfiou no bolso, antes de seguirem em direção à cozinha. — De novo, por que a gente não liga pra uma confeitaria e encomenda um bocado desses bolinhos pra festa mesmo?

— Já disse — Dominic resmungou com um bico enorme nos lábios. — É tradição eu fazer os *cupcakes* de chocolate com morango no aniversário dela.

Tristan esticou o rosto num sorriso ao vê-lo com aquela expressão fofinha que o fazia parecer um filhote, com os lábios formando um adorável biquinho. Admirando a beleza dual de seu namorado e dominador, o garoto pegou os confeitos para começar a decorar os bolinhos já assados em cima da bancada, distribuídos em várias formas.

— E se forem poucos? Quero dizer, será: eu, você, Roxy, Nero e mais uns vinte convidados dela, né? Tem certeza de que só cem bolinhos são suficientes?

— Bem, eu sei que o *freezer* tá atolado de vodca, cerveja e refrigerante, vai ser difícil a galera preferir comer. — Deu de ombros. — Quero dizer, provavelmente, o pessoal vai ficar bem bêbado, então ninguém vai querer comer muita coisa pra não passar mal.

— Dá tempo de a gente tomar um banhozinho juntos, antes do pessoal começar a chegar? — perguntou o ruivo, lambendo os dedos sujos de glacê cor-de-rosa.

Dominic arqueou uma das sobrancelhas e lançou um sorriso sacana.

— Banho, dá. Mas se *banho* for um código pra *foder no chuveiro*, aí eu já não sei — disse rindo. — Ainda temos *cupcakes* demais pra enfeitar...

— Ai, qual é! — retrucou em tom brincalhão. — Roxy e Nero vão ser os primeiros a chegar, certamente. Deixe que eles terminem de confeitar isso, vai...?

— Tristan! — rebateu com certa indignação. — Não posso pedir à aniversariante que arrume a própria festa!

— Pode, sim, ela vai comer e beber de graça, então pode perfeitamente enfeitar esses negocinhos e encher alguns balões. Ou você está me dizendo que mima sua irmã também? — disparou com as mãos na cintura.

— E se eu mimar, o que tem?

— Mas quem tem que ser mimado sou eu! — reclamou com as bochechas infladas e os olhos arregalados. — Ela é uma *domme*. Dominadores não tem que receber mimos de nada... — resmungou com um biquinho infantil adorável.

Dominic se pegou rindo, olhando a carinha contrariada dele. E é claro, vê-lo fazer pirraça era uma das coisas que mais o deixava excitado. Não que precisasse de muito. Tristan já era sexy o suficiente para deixar o moreno cheio de fogo só de encará-lo.

Limpando as mãos no pano de prato, o mais velho sorrateiramente deu a volta na bancada e se pôs atrás da figura alta de Tristan, que permanecia concentrado, enfeitando os bolinhos com um pouco mais de força que deveria, deixando-os com uma aparência um pouco destruída.

Dominic o segurou pela cintura e deslizou o nariz pequenino na nuca bem aparada; o rapaz imediatamente se arrepiou e jogou a cabeça para trás, fechando as pálpebras e deixando um suspiro escapar por entre os lábios.

— Eu odeio gente mimada... — o moreno sussurrou, dando beijinhos no ombro de Tristan, apertando o corpo dele entre os dedos. — Mas não consigo dizer *não* pra você, consigo?

Tristan abriu um sorriso matreiro e lambeu os lábios, satisfeito. Virou-se para o namorado e esfregou o indicador sujo de glacê em sua boca, sentindo nostalgia sobre o episódio do iogurte, acontecido naquela mesma cozinha, meses atrás.

— Ora, ora... O jogo virou, não é mesmo? — provocou.

— De jeito nenhum. A diferença é que, dessa vez, vamos transar bem gostosinho e você não vai sair daqui triste comigo — Dominic respondeu em tom rouco, avançando para um beijo quente nele, que imediatamente agarrou seus fios escuros entre os dedos longos.

Sentindo o gosto doce entre o roçar de línguas molhadas, os suspiros rapidamente foram substituídos por arfares pesados e ereções instaladas dentro das calças, enquanto os alfas investiam um contra o outro, sedentos.

O barulho irritante do celular de Tristan começou a soar, vibrando na mão de Dominic, que apertava sua bunda. Bufando, afastaram-se para que o mais novo atendesse à ligação inconveniente. O nome de Nero brilhava na tela. Tristan atendeu à chamada, ouvindo-o informar que ele e Roxy estavam saindo de casa e já estavam a caminho. E depois de alguns *uhum*, *tudo bem*, *tá legal* e *até mais*, Tristan desligou o aparelho e abandonou-o na bancada.

— Eles já estão vindo. Temos, no máximo, meia hora — reclamou, com a carinha triste.

— Dá pra fazer muita coisa em meia hora — o moreno brincou em tom malicioso.

— De você, eu não duvido nada, Von der Guth — retrucou em igual tom.

— Então, vamos ganhar tempo — declarou, e de súbito se abaixou, pegando o alfa em seus braços para depois o apoiar em seu ombro, virado com a barriga para baixo.

— TRISTAN! — o dominador exclamou, vendo a distância que estava do chão, e as pernas de Tristan caminhando em direção às escadas. Dali, ele só conseguia ver a traseira do namorado, e de ponta à cabeça.

Não satisfeito, o malcriado lançou um tapa de mão cheia na bunda empinada.

— TRISTAN WOLFGANG! — ele rosnou, abismado pela audácia.

— Relaxa. Você sabe que sou forte além da conta — o abusado retrucou, subindo os degraus transparentes. — E além do mais, precisamos poupar tempo.

— Garoto, a gente vai cair da escada, você é louco? — disparou exasperado, com receio de mover-se e fazer com que perdessem o equilíbrio, atirando os dois na escada. — E o que me levar no colo, igual a um homem das cavernas, tem a ver com poupar tempo? — ralhou, invocado.

— Ah... você vai ver.

E, de fato, trinta minutos foram até tempo demais. Quando Nero e o aniversariante tocaram a campainha, o casal de alfas já estava de banho tomado e prontinho para receber os amigos. Bom, ao menos Tristan estava. Dominic tinha o belo costume de se atrasar como um noivo, arrumando-se como se fosse a algum desfile de moda.

Então, Tristan foi quem desceu as escadas e recebeu os amigos, ainda com os fios molhados — mas a maquiagem estava impecavelmente feita.

— Oi, oi! — um animado Nero cumprimentou na varanda, curvando rapidamente a cabeça, munido com um sorriso caricato, segurando duas enormes sacolas de aperitivos nas mãos.

Ele usava uma camisa branca de botão, aberta até metade do peito, deixando a pele e as clavículas salientes à mostra, junto à sua coleira social, com o pingente com a letra *R* pendurado no pescoço fino, e uma calça jeans toda rasgada.

Tristan deu espaço para que Nero entrasse na casa, dando-lhe um beijo na bochecha antes. E então, sobraram ele e Roxy ali na porta, olhando-se engraçado, porque ela não parecia nem um pouco a fim de curvar a cabeça para um alfa, como deveria, já que aquele encontro era familiar e casual e, hierarquicamente, ela estava abaixo dele, não acima, como no BDSM.

A dominadora estava toda de preto e mais básica do que Tristan estava acostumado a vê-la. Por isso, arqueou uma sobrancelha, indagador, e ignorou o fato de que ela não havia abaixado a cabeça para um alfa.

— Sério que a gente fez uma superprodução e você veio assim, como se estivesse indo à feira? — ele disse em tom ameno e brincalhão.

Roxy deu de ombros, com as mãos nos bolsos.

— Ah, vou beber que nem um tanque bebe gasolina, então não quero estragar nenhuma roupa cara quando começar a rolar pelo chão — justificou-se.

Tristan sorriu, e não pela primeira vez, Roxy reparava que ele era um bocado fofo. Jamais poderia julgar seu irmão por se apaixonar por um meliante tão charmoso daqueles. Em seu lugar, teria caído na lábia do *brat*, igualzinho. Até porque Roxy caía fácil nas graças de alfas abusados e encrenqueiros, e o namorado Bastien era a maior prova disso.

Ela se assustou quando, num movimento rápido, Tristan se abaixou e capturou suas pernas, pegando-a no colo.

— Parabéns! — o garoto cumprimentou, com um sorrisão na face e uma expressão de quem estava adorando aprontar.

Ela arregalou os olhos, surpresa, mas em meio segundo voltou a expressão para sua costumeira carinha entediada.

— Precisava me pegar no colo? — indagou.

— Não — o *brat* respondeu tranquilamente. — Mas fiz isso com Dominic ainda há pouco e ele só faltou infartar. Se bem que eu o coloquei nos ombros, mas dá quase no mesmo. Gosto de ver dominadores irritados — disse matreiro, caminhando com ela no colo até a sala.

— Ah, Triz... você não tem medo do perigo, bebezão... — Nero zombou, encostado com o cotovelo na bancada, enquanto abocanhava um dos *cupcakes* não terminados.

— Ei, quem disse que você já pode comer os doces? — Tristan reclamou indignado, soltando-a no chão, imediatamente, e correu para arrancar o bolinho das mãos do amigo... Mas apenas para levar a metade restante à própria boca, estufando a bochecha enquanto mastigava.

— Ora, seu... — o beta resmungou mais indignado ainda, enquanto assistia ao ruivo comer o doce que roubou.

— Fácil como roubar doce de criança — Tristan ainda teve a pachorra de zombar do amigo, com a boca cheia.

— *Awwwwn*, Dominic fez meus *cupcakes*! — a loira exclamou com os olhinhos azuis brilhando, para então entrar na cozinha, capturar um dos bolinhos e comê-lo animadamente.

— Bem, já vimos que os convidados não vão comer bolinhos — constatou Tristan, pegando os confeitos para terminar de enfeitar o restante, sendo imitado por Nero e Roxy, de pronto, sem que precisasse pedir.

— Sabe, *brat*zinho... — comentou Roxy, em tom tranquilo. — Já que meu namorado e o seu andam que nem duas mariazinhas fofoqueiras, conversando pelo *chat* o dia todo, a gente bem que podia ser amigo também, né? — propôs. — Quer dizer, a gente já meio que passou do limite da intimidade quando você me pegou no colo e agarrou a minha bunda — disse como quem não quer nada.

— Ousado, Triz. — O beta riu, enchendo a boca de granulados.

— Eles dois até saem pra almoçar juntos, todos os dias — continuou ela, referindo-se a Dominic e Nero.

— Ah, é. Vocês agora trabalham pertinho um do outro — Tristan lembrou.

— Uhum — ele confirmou. — E por falar em Dominic, uma coisa que nunca entendi foi por que ele comprou uma casa nesse bairro. Não que aqui seja um local de classe baixa, mas também não é lugar de gente rica — divagou Nero.

— É que ele e o noivo iam pagar juntos — Roxy esclareceu, com a bochecha suja de glacê. — Dominic deu a entrada, porque tinha dinheiro guardado, mas o Yang ia dividir as parcelas com ele. Pra casa realmente ser dos dois, sabe? Yang trabalhava num escritório pertinho daqui, além dos pais dele morarem nas redondezas também, então... foi por isso. Quando o cabeçudo pensou em vender a casa, esse catarrento aí se mudou pro prédio da frente... — Apontou para o ruivo com o queixo. — Aí, ele não quis mais sair. E demorou três anos pra enfiar a língua na garganta dele, olha a perda de tempo — debochou.

— Roxanne! — Dominic gritou animado ao pé da escada, e desceu até a cozinha, dando a volta no balcão para agarrar a irmã num abraço apertado. Roxy fingiu uma careta, só de implicância, mas estava adorando o carinho. Ela sempre gostava, embora fingisse que não.

— Chega, chega, muita frescuragem pro meu lado, sai pra lá — resmungou, afastando-o.

Dominic estava praticamente como a personificação de atentado ao pudor: usava calças e coturnos de couro preto, uma camisa cavada nas laterais que deixava à mostra parte das costelas, e anéis e pulseiras prateadas enfeitavam seus braços.

Tristan também estava deslumbrante de um jeito simples, todo vestido de preto, a blusa grande e larga combinando com a coleira fina de veludo preto, tão fina como um cordão se não fosse tão apertadinha. A única coisa chamando a atenção — além dos fios compridos e revoltos cor de cereja — eram os vários brincos de argola nas duas orelhas — havia feito mais um par de furos em cada uma, somando agora quatro brincos de cada lado, sendo um deles combinando com o de Dominic, como brincos de casal.

— E aí, tavam falando do quê? — Dominic entrou na conversa, enquanto pegava uma latinha de cerveja no *freezer*.

— Sobre a casa — delatou Roxy. — Nero quis entender como um rico mora em lugar de pobre.

Tristan caiu na gargalhada, e Nero ficou completamente constrangido.

— Porra, Roxy, por que você não cala a boca? — ele grunhiu, nervoso.

Mas imediatamente tudo parou e ficou em silêncio, pois ninguém esperava uma reação mal-educada de Nero com sua *Domme*. Ela, inclusive, o encarava com uma sobrancelha arqueada.

Tristan a viu dar a volta na bancada e, com o queixo levantado, a expressão altiva e dominante, colar seu corpo ao do beta, peitando-o, ainda que fosse muito mais baixa que ele.

Dominic e Tristan seguraram um risinho, assistindo à cena como se estivessem vendo um episódio de novela.

— Você quer morrer? — ela sussurrou entre os dentes, os lábios colados aos dele.

— Talvez a senhora deva me pôr no meu lugar, então — respondeu abusadamente o *switcher*.

Tristan ficou chocado com a resposta. Quando Nero e Roxy voltaram a ter uma relação, dessa vez como trisal, junto a Bastien, ele havia pensado que o beta iria se comportar como um *brat*, para agradar à Roxy, que no fundo era uma puta domadora. Mas Nero explicou que não. Que, na maior parte do tempo, ele e Roxy dominavam Bastien juntos, e apenas quando estavam sozinhos, ele se submetia a ela. E quando faziam, Nero continuava agindo como um submisso comportado e obediente, pois se sentia mais confortável assim.

— Eu vou ao banheiro lá de cima e te mostrar uma coisinha — ela disse firme e com a voz rouca. Até mesmo Tristan se arrepiou. Aquela era uma voz tão dominante que o deixou sem jeito e inclinado a certa excitação.

Ela se retirou, subindo tranquilamente as escadas.

— O que foi isso? — o ruivo perguntou. — Pensei que você continuasse a ser o sub bonzinho...

— Talvez ele esteja se aventurando a ser um *brat*, como você — zombou Dominic, com um sorrisinho debochado, enquanto bebericava sua cerveja. — Tristan Wolfgang, definitivamente, é má influência, *Rope*...

— Não é influência do neném — defendeu o beta. — É que... Sabe, eu não quero perder a Roxy, mas me sinto tão aflito depois de romper com Bastien. Tenho tanto medo de que Roxy termine comigo, que...

— A gente entende — Dominic interrompeu, penoso. — Não precisa se explicar. Vai lá, antes que Roxy decida te punir, ao invés de castigar. Ela odeia esperar.

Nero assentiu e subiu as escadas, atrás de sua *domme*. E quando desapareceu no andar de cima, Tristan bufou irritado, apoiando os cotovelos no balcão da cozinha.

— Fala sério! Esse Bastien é um merdão! Sabe o que seria bom? Se ele sumisse! Aquele cuzão ciumento do caralho...

— Você também é um ciumento do caralho — retrucou, ainda rindo.

— É, mas não sou um cuzão — resmungou o ruivinho.

— Não. Você é um fofinho... Quando não está empenhado em ser um surtado — declarou, abraçando-o e dando-lhe beijinhos com a boca gelada e com gosto de cerveja.

— Ai, sua boca tá com gosto amargo — reclamou com uma careta. Mas os carinhos manhosos foram interrompidos pelo barulho estrondoso da campainha.

— Vai lá atender os convidados, bebê — pediu Dominic. — Vou fazer a sua batida de frutas com vodca, pra você ter coisa docinha pra beber, tá bom? — Deu um último selar no bico do namorado.

O de cabelos cereja caminhou até a porta, alisando os cabelos compridos e sedosos, todo felizinho e pronto para a festa — isto é, depois que a aniversariante e seu amigo terminassem de trepar ou o que quer que estivessem fazendo no andar de cima. Mas sua expressão animada murchou assim que abriu a porta e deparou-se com uma das pessoas mais desagradáveis e inesperadas possíveis.

— Vai ficar me olhando com essa sua cara feia ou vai me deixar passar? Quero ver minha namorada — Bastien declarou, com um tom de deboche na voz. Seus cabelos estavam num tom de rosa mais vívido, provavelmente havia retocado. Combinava bem com a coleira de veludo roxo, em que, dessa vez, apenas repousava o pingente com a letra R, de Roxy, e não mais o E, de Ethan, acompanhando. Usava um terno elegante rosa-bebê, de tecido fluido e caimento largo, despojado, que Tristan podia apostar custar mais que um mês de aluguel de seu apartamento.

Em desespero, o garoto respondeu:

— Ah, é... Espera um pouquinho aí, já volto — bateu a porta na cara do outro alfa.

— Tristan! — ouviu o outro repreender, ao lado de fora.

— Não grita comigo, seu tosco! Se eu falei pra esperar, você espera quietinho aí! — retrucou.

Correu em disparada para a cozinha barulhenta, onde Dominic batia uma mistura de frutas e vodca no liquidificador, preparando coquetéis.

— Bebê, me ajuda aqui a colocar esses guarda-chuvinhas nos copos... — pediu, antes de ver a cara de pânico do ruivo. — Que foi? O que houve? — perguntou alarmado.

— Bastien está lá fora! E agora? O que eu faço?

— Ah, porra, que merda! — rosnou, descontente. — Não podemos deixá-lo entrar. Se Bastien estiver nessa festa, vai estragar o dia da Roxy. Ele e Nero não conseguem ficar num mesmo cômodo sem discutir.

— Eu sei! — o mais alto grunhiu. — Principalmente se eu vier junto no combo! Ele e Nero viviam brigando porque aquele cuzão tem ciúmes de mim. O que a gente faz?

O outro, lá fora, tocou a campainha de novo, mais escandaloso e impaciente. Tristan rangeu os dentes.

— Afinal, como diabos ele descobriu sobre a festa hoje? — indagou Dominic. — Roxy ficou ontem com ele, justamente pra que pudesse passar essa noite com o Nero. E Bastien sabia que a divisão era essa! Ele veio aqui de sacanagem...

— Oh... — O ruivo arregalou os olhos. E quando Dominic o mirou, questionador, o garoto coçou a nuca, extremamente sem jeito. — Eu meio que... postei uma fotinho no meu perfil, você fazendo os *cupcakes*... — confessou sem jeito. Sob o olhar repreensivo de Dominic, tratou logo de se justificar: — O que eu podia fazer? Ele nem me segue! Como eu ia adivinhar?

Dominic suspirou, cansado.

— Tristan, o cara te detesta. Ele e Nero constantemente brigavam por causa de você. Sério que não te passou pela cabeça que Bastien te *stalkeia*? — Tristan fez um biquinho e sacudiu a cabeça, em negativa. — Olha, se a gente expulsá-lo, é capaz de ele fazer escândalo lá na porta e começar a gritar o nome da Roxy ou algo assim. E aí ele vai estragar tudo do mesmo jeito. Então... eu tenho uma ideia. Talvez você não goste muito dela.

A campainha soou novamente, insistente. O ruivo revirou os olhos, puto. Bastien estava testando sua paciência.

— Fala logo, Dominic!

— A gente precisa dividir a festa em duas. Uma rolando aqui e outra na sua casa. Assim, cada um fica em uma.

O ruivo apertou os olhos em resposta.

— Você é doido? Isso não tem a menor possibilidade de dar certo, eles não são burros! E quando eles perceberem, vão começar a brigar, de qualquer forma, e estragar tudo...

— Ai, Tristan, eu não tenho nenhuma ideia melhor! — ralhou. — Se você tiver, fale agora. Caso não, trate de entregar essas formas de *cupcakes* ao Bastien e levar lá pra sua casa. Agora! Porque se ele apertar minha campainha mais uma vez...

A campainha tocou, estridente.

— É isso, chega. Eu vou socar a cara dele. — Tristan saiu batendo os pés com força no piso e foi em direção à porta, decidido e com o sangue fervendo de irritação, mas foi travado por Dominic, que o alcançou e se pôs na frente.

— A gente não vai estragar a festa da Roxy! Nem Bastien e nem você — disse entre os dentes. — Me ajuda! — E aí, respirando fundo, ele abriu a porta, pegando Bastien no flagra, com o dedo a meio caminho da campainha.

— Até que enfim — o rosado resmungou, abaixando a mão.

— Sabe, Bastien, isso é muito indelicado — repreendeu-o, cruzando os braços. Imediatamente, o rosado abaixou os olhos, fazendo um biquinho contrariado no rosto.

— É que eu pensei que esse daí tava tirando uma com a minha cara... — Apontou para o ruivo.

— Olha, a festa não é aqui. É no apartamento do Tristan. E Roxy ainda está a caminho. Então, se você for capaz de se comportar civilizadamente na casa do meu namorado, que é o anfitrião da festa, você pode ir. Caso contrário, você não vai participar — o moreno disse duro, o tom repreensivo bem forte.

— Tá legal. Eu me comporto — o rosado murmurou a contragosto.

— Ótimo — retrucou Tristan. — Vou buscar os tabuleiros e você vai me ajudar a levar.

Então, o ruivo despejou um bocado de travessas com *cupcakes* e os confeitos nos braços de Bastien — que pegava tudo de cara feia —, para que terminassem de enfeitar os bolinhos.

— Volta pra pegar mais coisas e deixa o Bastien lá — Dominic murmurou pro namorado, que assentiu e atravessou a rua, acompanhado pelo dito cujo.

— Por que a festa não vai ser na casa do Von der Guth? — questionou Bastien. — A casa dele é maior e mais elegante.

— E você por acaso sabe como é a minha? — devolveu irritado.

— Não, mas sei que você não é nenhum ex-militar condecorado. A não ser que as lojinhas de conveniência estejam pagando tão bem assim — disse soberbo.

Tristan respirou fundo, repetindo mentalmente: *Não estragar a festa da Roxy. Não estragar a festa da Roxy. Não estragar a festa da Roxy.*

— É, minha casa é minúscula. Provavelmente, meu apartamento todo ainda deve ser menor que o seu banheiro. Talvez você fique mais confortável indo embora pra sua mansão, não acha? — Sorriu irônico.

*Touché.*

O rosado rosnou baixinho.

— Posso aguentar. É aniversário *da minha namorada*, não posso faltar. — E então, sorriu mais falso que ele, que revirou os olhos e deu-lhe as costas, para subir as escadas do pequeno prédio.

Ao entrarem no apartamento, Tristan resistiu ao ímpeto de empurrar o outro alfa pela janela, enquanto ele passava os olhos pelo local, com carinha de nojo. O ruivo queria socá-lo, depois enfiar a cabeça dele no vaso e, aí, sim, jogá-lo pela janela.

— Vou buscar o resto das coisas — Tristan avisou emburrado. — Termine de enfeitar os *cupcakes* pro aniversário da *sua namorada* — enfatizou para que o outro lembrasse que aquilo era para agradar à Roxy, e não a ele.

Atravessou a rua correndo, dando graças por poder se livrar de Bastien por alguns minutos, ao menos. E assim que entrou na casa de Dominic, deparou-se com os três no meio da sala.

— Bem, vamos lá — Dominic bateu palmas para chamar atenção. — Roxy, leve a sacola de descartáveis, e Tristan, leve alguns engradados de bebida que caibam na sua geladeira.

E assim dividiram a festa em duas: uma no apartamento de Tristan, algo mais intimista, onde a maioria do pessoal intercalava em duplas para partidas de *videogame*, desde jogos de tiro, aos de luta, futebol, música e todo o resto com os quais Dominic o presenteou semanas atrás.

Já na outra casa, a comemoração era mais animada, com a sala transformada numa pista de dança, onde Dominic e Nero inesperadamente haviam se tornado a sensação da festa, parecendo até dançarinos profissionais.

*— Você fica muito gostoso nessa calça de couro.*

Dominic sentiu os lábios finos do namorado em sua orelha, segurando-o por trás e apertando sua cintura, em meio à pista de dança improvisada, enquanto se moviam no ritmo da música. Era um saco que ele e seu *bratzinho* só pudessem ficar juntos um pouquinho, porque toda hora o garoto precisava voltar à outra festa clandestina.

Dominic sorveu o último gole de bebida em seu copo, para se virar de frente para o namorado e envolver seu pescoço com os braços.

— Ei, leãozinho... — murmurou com a voz já meio embolada e um risinho sacana na face, sem parar de remexer os quadris. — Vem sempre aqui?

— Quase todo dia — respondeu o ruivo, entrando na brincadeira. — Já nos vimos antes?

— Ah, antes eu não sei, mas a gente pode se ver nu lá no meu quarto... — propôs o moreno, em tom safado.

Tristan gargalhou e prensou o corpo do mais velho com mais força contra o seu, apertando mais os dedos em sua cintura.

— Não posso deixar meu apê sem supervisão, sabe disso... — falou meio mole, o álcool fazendo efeito. — Roxy está lá agora, e se ela quiser vir pra cá, o apartamento vai ficar sozinho, não conheço nenhuma daquelas pessoas.

— E daí? Se alguém quebrar ou roubar alguma coisa, eu compro tudo novo! Te dou um apartamento inteiro!

— Precisamos conversar sobre esses seus gastos excessivos — o mais novo devolveu com falsa seriedade.

— Nem vem com isso. O dominador aqui sou eu, garotinho.

Foram interrompidos por Roxy, que os cutucou. Estavam sendo importunados vezes demais naquele dia. Talvez tivesse sido melhor não terem inventado festa de aniversário nenhuma.

— Ei, você tava demorando, então desisti de esperar e vim pra cá, não quero deixar o Nero sozinho, ele tá bêbado e chateado — a ômega falou. — Só tem mais quatro pessoas lá na sua casa, Tristan. O Bastien, aquele casal do seu trabalho e um ômega meio escandaloso. Acho melhor você ir lá, porque tá meio climão, eu acho.

— Ah, merda! — Tristan grunhiu. — Deve ser o Adam. A Kara e a Agnes passaram lá na festa, depois de saírem do expediente. A Agnes é alfa, ela vai ser extremamente territorialista por causa da Kara. Eu já volto. — E partiu em direção à sua casa, encontrando, realmente, as coisas meio estranhas.

Adam estava tomando uma cerveja *long neck*, enquanto Agnes, sentada no sofá ao lado de Kara, o fitava de rabo de olho.

— Triz! — Adam saltou do banco ao vê-lo, o tomando num abraço apertado.

— Oi. Vamos lá no quarto comigo — chamou, deixando Bastien com o casal na sala, jogando *videogame*. — Desculpe, eu não sabia que a Agnes ia aparecer, quando te chamei pra vir pra cá — declarou quando fechou a porta do cômodo.

— Não tem problema. Eu tô de boa. Ela que tá me dando umas encaradas tensas, porque, né... Vocês, alfas, credo — respondeu.

— Então... realmente você e Kara não têm mais volta, nem nada, né?

— Já disse que não. Eu tô até gostando daquela menina alfa com quem tô saindo. Ela é bem dominante e controladora na cama, sabe? E, minha nossa, eu fico excitado pra um caralho.

— Qual foi a sua incompatibilidade com ela? Você até agora não explicou.

O ômega revirou os olhos.

— Ai, tá legal — disse vencido, dando mais um gole em sua garrafa. — Ela quase não gosta de trepar. E quando trepa, é completamente submissa...

Tristan franziu o cenho.

— Sério?

— Uhum. E você sabe, eu gosto de alguém que possa me deixar de pernas bambas.

— Ah, então foi por *isso*... — finalmente entendeu o motivo pelo qual Kara nunca havia dado tanta bola pra ele daquele jeito, ao longo dos anos.

— Isso o quê?

— Nada não. — Ele sorriu amarelo para Adam. — Mas você não gostava dela? Achei até que tava meio apaixonado.

— O problema é que eu quero foder cinco vezes ao dia, meu filho, que coisa!

Tristan precisou cobrir a boca para abafar a risada escandalosa que queria soltar. Ouviram batidas à porta. Abrindo-a, Tristan deparou-se com Agnes ali.

— Ei, Triz, eu e Kara já vamos. O seu amigo de cabelo rosa já foi embora também, então...

— O quê? Bastien foi embora? — o ruivo indagou de olhos arregalados e aí correu até a sala, confirmando que o outro alfa havia mesmo ido embora do apartamento, finalmente se cansando depois de ficar prostrado na frente da TV após quatro horas de festa. E se ele havia saído dali, então só podia ter ido pra um lugar: a casa de Dominic Von der Guth. — MERDA! — o garoto grunhiu. — Gente, sai, sai, sai, desculpe, mas vamos saindo, preciso fechar o apê — avisou.

Na portaria, Agnes e Kara seguiram o próprio caminho, de mãos dadas, mas Tristan arrastou Adam junto. E assim que abriu a porta da casa de Dominic, deparou-se com uma cena que mais parecia o clímax de um episódio de novela: Bastien de um lado e Nero do outro, os dois se confrontando, com Roxy no meio, como se tentasse apartar os dois.

— Fala logo pra ele, Roxanne! — exclamou o rosado.

— BASTIEN! — ela rosnou, parecendo furiosa. — Eu já disse pra você ir pra porra do carro, antes que eu te arraste até lá!

— E eu já falei que não vou! — rebateu o alfa, com a voz grave e séria, alternando o olhar entre a ômega e o beta. — Ele fez a escolha dele, Roxy. Nero escolheu o amiguinho feioso dele ao invés da gente. Ele não nos ama! Ele secretamente é apaixonado por aquele alfa-cabeça-sangrenta!

Tristan viu Adam encará-lo com uma sobrancelha arqueada, como se quisesse dizer: *Esse daí bebeu mais do que devia, né?*

— Eu já falei pra parar, Bastien! Ou vou te punir por tanto tempo que...

Mas ela logo foi interrompida por Nero:

— Não. Deixe-o dizer, Roxy. O que eu preciso saber?

— Eu e Roxy vamos ficar juntos. Só nós dois — o rosado finalmente disse. — *Estou marcado, Ethan.*

Todos, na sala, levaram uma das mãos aos lábios, chocados. Não havia mais pessoas ali, além dos seis. A festa já tinha acabado naquele meio tempo e todos os convidados já haviam partido. No máximo, umas dez pessoas ainda estavam do lado de fora, conversando na calçada.

— O quê? — o *switcher* indagou, num fio de voz.

— Não é assim... — Roxy tentou justificar, mas parecia totalmente cabisbaixa e até mesmo apreensiva.

— É assim, sim — intrometeu-se Bastien.

Tristan suspirou triste, sabendo que o amigo estava pensando o mesmo que ele. Que a sua relação acabava ali. E o garoto estava angustiado de ver o melhor amigo, que considerava tanto, ter seu coração partido assim, bem na sua frente.

Havia um tipo de *marca* que era irreversível naquele mundo. Uma forma de marcar seu parceiro com seus feromônios, de modo tão intenso que era apelidado de *laço*. Quando no mesmo ambiente, era como se emitissem um tipo de sonar que fazia com que sentissem as emoções um do outro. Bastava uma mordida e a saliva correndo na corrente sanguínea. Era fatal se feita entre dois de mesma classe, mas super romântica para aqueles de subgêneros opostos, como um alfa e um ômega.

— Você estava escondendo isso esse tempo todo — disse Nero, com a voz tão frágil e quebradiça que era de dar dó. Até mesmo Bastien pareceu titubear ao notar sua expressão. — É por isso que seu cheiro está tão forte nele...

— Eu não... Não completei a marca. Não deixei que ele me mordesse de volta.

— Vai dizer que foi um erro, Roxy? — indagou Bastien, irritado. — Você disse que vamos completar a marca. Disse que vou ser *o seu alfa*.

Roxy, que já era muito branca, muito mais que Dominic, estava mais pálida que de costume e parecia pequena, pela primeira vez, aos olhos de Tristan, perdida.

— Você *prometeu* isso a ele? — Nero grunhiu, desacreditado.

— Me desculpe, Nero — foi Bastien quem declarou com a voz um bocado mais suave. — Não é como se tivéssemos escolha. *É coisa de lobo*. Mas mesmo que tivéssemos, você já fez a sua. — E aí, se voltando pra Roxy, avisou: — Vou te esperar no carro. — E saiu a passos rápidos dali.

Ao passar por Tristan, este pôde jurar ver o alfa de fios cor-de-rosa com os olhos marejados e o rosto se contorcendo no início de um choro. Então, teve certeza de que o sem noção tinha sentimentos, afinal, embora não deixasse de ser um babaca.

— Nero, por favor... — Roxy disse em tom que parecia contido, mas sua expressão denunciava seu real desespero.

— Vocês partiram meu coração — disse a ela, com a voz embargada e os olhos dourados molhados, deixando a primeira lágrima escorrer.

Ele levou os dígitos até a própria nuca, retirando o cordão com o pingente da letra R, que era sua coleira social e representava sua relação D/s com a ômega. Com a mão vacilante em tremor, entregou o acessório na canhota pálida de Roxy, que mordia o lábio inferior, tentando manter a postura, ainda que claramente estivesse destruída por dentro, com seu submisso lhe devolvendo a coleira, encerrando a relação ali. E ela sabia que o término não era apenas sobre a relação D/s.

— Neno... — ela murmurou. — Vamos tentar arrumar isso — pediu com a voz baixinha. — Os pais dele não aceitam nossa relação, e agora que cometi o erro de mordê-lo durante sua última febre... Por favor, eu estou confusa, os feromônios dele mexem comigo, nossa parte animal, nossa parte lobo se conecta, mas sabe que é com você que minha mente se encaixa...

Nero negou, sacudindo a cabeça, tristonho.

— Mas não o seu coração. — Ele sacudiu a cabeça, negando. — Eu só quero que vocês sejam felizes. Vocês dois, Roxy. Eu os amo. Do fundo do coração. Mas não vou ficar por perto para assistir. — E, então, deixando um beijo sofrido na bochecha da ômega, afastou-se, indo em direção à porta, deparando-se com Tristan e Adam. — Obrigado pela festa, Triz. E Adam, me desculpe por não ter conseguido falar com você. Vamos combinar de nos ver essa semana, ok? Vou precisar de vocês — murmurou a última frase bem baixinho.

Os amigos assentiram e abraçaram-no rapidamente, para então o deixar sair em disparada.

Tristan viu Dominic caminhar finalmente em direção à irmã e acolhê-la num abraço reconfortante. Seus olhares se encontraram e não precisaram dizer nada. Ambos entendiam a necessidade que Roxy tinha de ficar com ele naquele momento. Então, Tristan os viu subirem as escadas para o andar de cima.

Subitamente, o efeito do álcool já não parecia tão forte assim. Tristan estava meio alto, seu equilíbrio não era dos melhores, mas nada muito absurdo.

— Será que não é melhor a gente ir atrás do Nero também? — indagou Adam, aflito pelo amigo.

— Não. — Ele sacudiu a cabeça. — Nero vai preferir ficar sozinho hoje, chorando escondido. Ele é assim, você sabe.

Adam bufou, sem ter o que fazer.

— E a gente, o que faz? — perguntou. — Cheguei no final da festa, nem consegui ficar bêbado ou comer um docinho. Não queria ir embora...

— Você pode me fazer companhia. Sobrou bastante comida e bebida. A gente leva pro quarto de visitas lá em cima e passa a noite vendo séries. Dominic vai passar a noite toda consolando a Roxy, com certeza.

— Beleza. Alguém precisa dispensar o Bastien lá fora, né?

Tristan bufou, se dando conta.

— Eu faço isso. Bate lá na suíte do Dominic, primeira porta à direita. Pede pra ele uma muda de roupas pra mim e outra pra você, e duas toalhas. Aproveita e toma banho no banheiro do corredor, enquanto isso. Pode ir pro quarto de visitas. Mas não o do fundo do corredor!

— O do fundo é a tal masmorra, é? — perguntou com uma careta.

— É sim. — Riu da cara do amigo.

— Ai, que bizarrice do cacete — o mais velho murmurou, dando as costas.

Tristan sacudiu a cabeça e foi para o lado de fora, vendo que o resto dos convidados que estavam pela calçada já haviam se dispersado, exceto Bastien, ainda dentro do próprio carro, com o rosto vermelho de choro, as bochechas molhadas e o olhar perdido.

O ruivo deu duas batidinhas no vidro. O outro, pego de surpresa, rapidamente secou as lágrimas e desceu a janela do automóvel.

— Onde está Roxy? — perguntou o rosado, em tom rude.

— Cara, é o seguinte: Roxy está magoada. Diferente de você, ela realmente se importa com o Nero. Então, ela vai passar a noite aqui, com Dominic.

— Você não sabe de nada! — rosnou o outro *brat*.

— Cara, realmente cheguei a acreditar que você tinha terminado com Nero puramente por ciúmes da nossa proximidade. E eu já te achava cuzão por isso, mas agora te acho mais cuzão ainda — disparou, vomitando as palavras, cheio de raiva, apoiando-se na porta do carro. — Qual a necessidade de você ter vindo até aqui fazer essa cena toda? Não satisfeito em massacrar o coração do meu amigo, você ainda quis plateia pra isso? Não podia deixar eles curtirem o aniversário juntos, numa boa? Você passou a madrugada, a manhã toda e parte da tarde com a Roxy. Por que o Nero não podia ficar com ela ao menos essa noite? Isso foi baixo e maldoso demais, até pra você.

— Você não tem nada a ver com isso! — Bastien rosnou irritado, apertando o volante com tanta força que os nós de seus dedos estavam brancos.

— Uma ova que não! Tudo que envolve o meu melhor amigo tem a ver comigo! Vou te deixar uma coisa bem clara, Bastien — disse, apontando um dedo na face do outro, com a cara mais assustadora que podia, enquanto o vento noturno agitava seus cabelos vermelhos e revoltos: — Se você magoar meu amigo outra vez, eu vou arrastar tua cara no asfalto até você ficar sem pele! — rosnou.

Bastien apenas se contorceu numa careta e subiu o vidro da janela, fazendo Tristan afastar as mãos apoiadas rapidamente para não ter os dedos esmagados. E então, partiu, acelerando o carro. O ruivo levantou o dedo do meio, com as duas mãos, em direção ao carro, torcendo para que ele visse seu gesto feio pelo retrovisor.

— Cuzão do caralho — resmungou, voltando à casa, irritadiço, ainda meio cambaleante pelo tanto de bebidas que tomou.

Olhou a bagunça pós-festa, e só de pensar que além de arrumar ali, teria que arrumar seu apartamento também, lhe dava uma preguiça fora da conta. Preguiçosamente, caminhou até o som, desligando-o na tomada, assim como desligou a TV que reproduzia videoclipes psicodélicos para ajudar a galera a ficar mais doidona enquanto bebia e dançava.

No silêncio, pôde ouvir um barulhinho. Um telefone. Vinha da cozinha. Ele reconhecia o toque, definitivamente lembrava o celular de Dominic. E a coisa de ouvir o telefone do namorado tocando quando ele estava longe já era como um filme de terror na sua cabeça. Não trazia lembranças boas.

Seguindo o som, encontrou o aparelho na geladeira. Dentro da gaveta de legumes, especificamente, o que só mostrava o quão alterado Dominic havia ficado naquela festa.

O garoto pegou o aparelho, bufando ao ver o nome de Calebe. Ah, dessa vez, ele atenderia, definitivamente soltaria umas poucas e boas para aquele sem noção.

— Quem é? Isso são horas de ligar? — atendeu rude.

*— Err... Esse não é o telefone de Dominic Von der Guth?* — Calebe respondeu na linha.

— É sim. Aqui é o namorado dele.

*— Ah... o Cristian, né?*

Tristan quase rosnou. Algo lhe dizia que o outro errou seu nome na mais pura sacanagem, aquele sonso do caralho. Nada tirava de sua cabeça que Calebe Moon era uma cobra peçonhenta, que queria roubar seu dominador.

— É *Tristan* — corrigiu. — Tristan Wolfgang. E não acho que seja hora de ligar pros outros. São 4h da manhã — ralhou ainda em tom contido, embora fosse clara a repreensão.

*— Ah, foi mal. É que eu estava falando com Roxy pelo celular, minutos atrás, dando parabéns. Mas, de repente, o telefone desligou e só tá dando fora de área até agora. Então, tô ligando pro telefone do Dom, justamente pra falar com ela. Sei que vocês estavam dando a festa de aniversário aí na casa dele...*

— Ah. — O ruivo ajeitou a postura, sentindo-se meio bobo por ter dado aquele pequeno ataque. — Olha, não é uma boa hora. Teve o maior drama aqui na festa. Você sabe sobre a situação amorosa da Roxy, né? — disse, pegando água na geladeira.

*— Ah, sim. Vocês tiveram que fazer duas festas, pra que o tal Nero e o psicótico do Bastien não batessem de frente e estragassem tudo, certo?*

— É. Mas não deu certo. Aparentemente, Roxy e Bastien querem ser um casal sem o Nero... E aparentemente, também, Bastien achou oportuno revelar isso a Nero no fim da festa. Então, os dois foram embora chorando, e Roxy está lá em cima com Dominic, chorando também. Uma bagunça, bolhas de meleca pra todos os lados.

*— Ah, mas que merda. Queria estar aí pra poder ajudar...*

— É. Mas não se preocupe, Dominic está tomando conta disso — respondeu com a voz neutra.

*— Ok. Vou ligar pra Roxy amanhã, então. Obrigado por me explicar, Tristan* — dessa vez, disse o nome certo. *— Boa noite.*

— Boa — o garoto murmurou e encerrou a chamada, levando o copo de água à boca, pensativo.

O que ele esperava que Calebe dissesse? Que gritasse: *O Dominic é meu e vou tomá-lo de volta agora*? Certamente, não. O cara soou preocupado com Roxy, que também era sua amiga. E vendo o quão escrota era a situação causada pelos ciúmes de Bastien, e o quanto aquela coisa irracional e doentia havia estragado uma relação, ele pensou no quão irracional ele poderia estar sendo também. Sua última briga com Dominic, semanas atrás, havia sido por algo parecido — e havia tomado uma puta punição após isso.

Talvez... Talvez fosse o momento de se controlar. De realmente se controlar. Não só controlar suas ações, mas também controlar seus pensamentos ciumentos. Ele sabia que eram irracionais — embora nem sempre infundados. Se Dominic quisesse estar com Calebe, estaria. Se Dominic quisesse traí-lo, trairia. E provavelmente, o faria tão bem-feito que seria bem embaixo do seu nariz, e ele sequer desconfiaria, estava convicto disso.

Suspirando, o garoto fez uma nota mental de nunca dar o tipo de vexame que Bastien deu naquela noite. De nunca, sob hipótese alguma, tentar magoar Dominic, porque se o fizesse, talvez não pudesse voltar disso.

Seria chato engolir Calebe Moon, principalmente quando o ex-sub de Dominic, o tal Haru, lhe havia contado muitas coisas duvidosas sobre o caráter dele. Mas, ainda assim, sabia que toda história tinha dois lados. E que se Haru teve seu coração partido por Calebe, certamente o via como o vilão da história... Só que, na visão real da coisa, ele podia não ser vilão algum.

Resignado, Tristan pegou seu próprio celular e buscou pelo perfil de Calebe numa rede social — que já conhecia, afinal já havia *stalkeado* o cara um bocado de vezes, assim como Bastien certamente fazia com ele.

No fim, adicionou o loiro em sua lista de amigos, esperando ter seu pedido aceito. Sabia que ele voltaria ao país a qualquer momento, e seria insustentável manter as coisas numa boa se continuasse tratando-o como um oponente. Não queria que a problemática na relação do trisal se repetisse entre ele, Dominic e Calebe. Principalmente, porque não queria perder Dominic. E sabia que, assim como Nero fez, ele poderia escolher o amigo, ao invés dele. E aí as coisas ficariam feias.

Por isso, havia decidido fazer a coisa certa e agir de modo maduro.

Calebe poderia não ser tão mau, afinal.

Esperava não estar enganado.

# 24

# Paciente 00

— Sim... Assim, por favor, Dom... — o alfa gemeu necessitado, fincando as unhas na cintura do dominador, que ondulava cada vez mais voraz em cima dele, rebolando o quadril.

Os cabelos platinados do submisso estavam espalhados sobre o colchão, lhe dando uma aparência angelical, e a expressão sôfrega no rosto delicado tornava a cena semelhante a um quadro erótico, perdido em prazer.

— Implora... implora mais — Dominic ordenou, com a voz forte e altiva, rosnada e entrecortada, por conta do esforço da foda. — Implora, filho da puta! — Estalou um tapa na face do submisso, que soltou um gritinho dolorido e surpreso.

— Por favor, meu senhor, me deixa gozar — choramingou, desesperado. — Por favor, tira o anel do meu pau, tira...

— Não.

— Mas eu tô implorando, meu senhor.

Em câmera lenta, o rosto do dominador se virou para o lado, encontrando os olhos do voyeur. Sorriu malicioso e abaixou o rosto na altura da face do submisso abaixo de si para deslizar a língua por sua bochecha, sentando-se nele com mais força, deliciando-se na expressão sofrida daquele que lhes assistia, estagnado na poltrona mais afastada.

— Era isso o que você queria, bebê? — Dominic Von der Guth sussurrou em tom sádico, fitando-o nos olhos. — Queria me ver fodendo com esse merdinha bem na sua frente, hum?

Tristan resfolegou e mordeu o lábio, com força. Sua garganta estava fechada e nas bochechas havia o rastro molhado das lágrimas quentes e silenciosas que, o tempo todo, deslizavam pela pele. Cravou as unhas no braço do estofado de couro, contorcendo os dedos dos pés, sentindo seu pênis duro latejar, caído sobre a barriga. Seu coração doía, os olhos ardiam, sua mente estava afogada na mais pura agonia que já teve o desprazer de experimentar...

Exceto que, dessa vez, a dor era estranha e vergonhosamente prazerosa. Nunca, na vida, se viu em estado tão contraditório quanto este.

— Meu senhor... — o alfa de cabelos platinados sussurrou na cama, o corpo se contorcendo abaixo de Dominic, que sequer o encarava; seus olhos estavam presos no voyeur de cabelos cor de cereja.

— Responda, Tristan Wolfgang! — rosnou, claramente irritado, enquanto quicava com mais força no submisso embaixo dele. — Era isso o que você queria? Ser um corninho manso, hum? Um frouxo que sente prazer em ser humilhado e traído debaixo do próprio nariz? — Dominic tinha o tom malvado.

*Tristan não aguentou mais. Chorando e com o rosto vermelho de raiva, levantou-se da poltrona, batendo o pé. A coleira pesada em seu pescoço parecia sufocá-lo.*

*— Chega! Solta ele, Dominic! Agora! — bradou.*

*Mas o moreno apenas sorriu com deboche, e então escondeu o rosto na curva do pescoço de Calebe. Este, pela primeira vez, olhou para Tristan, no fundo dos olhos, fazendo o sangue do ruivo gelar enquanto o via abraçar o tronco de Dominic e deslizar as unhas por suas costas, do mesmo jeito que ele fazia.*

*— Eu te disse... Dominic é meu — o submisso falou. E sorriu de lado, confiante, revirando os olhos logo em seguida, perdendo-se em um gemido longo.*

*— Não! Dominic, solta ele! — Tristan grunhiu, nervoso e agoniado. — Não quero mais ver! VERMELHO! — gritou a safeword padrão.*

*O dominador continuava a foder com o sujeito. Ignorava Tristan como se ignorasse um fantasma. Era como se o ruivo, agora, fosse invisível.*

*— Dominic, por favor... Eu disse a safeword! — choramingou, desesperado. Tentou ir para cima do casal na cama, mas seus pés estavam fincados no chão, como em areia movediça. — Por favor... — implorou com a voz amargurada, as lágrimas rolando soltas pela face bonita. — Por favor, eu te amo... Solta ele! Eu não aguento ver, não aguento!*

*Os olhos de Dominic voltaram-se para ele outra vez, fitando-o com frieza, enquanto diminuía o ritmo das sentadas em cima de Calebe, apenas para que pudesse dizer com clareza:*

*— É uma pena... Pensei que fosse mais esperto, bebê. Calebe é meu há muitos anos... Você foi como todos os outros: um passatempo. Eu posso enjoar do meu Honey, de tempos em tempos... — Deu um selo estalado na bochecha do platinado. — Mas ele sempre será o número um pra mim. — E, sorrindo, tomou o queixo de Calebe entre os dedos para beijá-lo apaixonadamente nos lábios.*

*Tristan caiu de joelhos no chão, gritando. Suas cordas vocais quase rasgaram, mas nenhum som saiu.*

*Ele socou o chão duro abaixo de si, e tentou se levantar, mas era como se uma força invisível o puxasse para baixo.*

*Seus olhos ficaram cada vez mais turvos, até que não pôde enxergar mais nada.*

*Seu ser foi, então, tomado por uma escuridão claustrofóbica.*

De súbito, suas costas sentiram o impacto de algo duro e dolorido, fazendo-o, involuntariamente, soltar um grunhido de dor.

Continuava escuro ao seu redor, mas logo uma claridade forte e amarelada surgiu acima de sua cabeça, fazendo-o apertar os olhos pela sensibilidade quando viu aquele rosto, já conhecido, pairando sobre o dele:

— Bebê? — as palavras saíram pelos lábios carnudos de Dominic, que portava uma expressão preocupada na face sonolenta e inchada. A luz do abajur atrás dele assemelhava-se à auréola de um anjo. — Minha nossa! — grunhiu surpreso quando puxou Tristan pelos braços, levantando-o.

Sentindo a coluna pulsar de dor, o ruivo se deixou ser puxado para cima da cama, apoiando-se nos braços do dominador, que passou a alisar seu corpo inteiro, checando-o.

— Tá tudo bem? Você se machucou? Fala comigo! — Dominic comandou, imperioso e em tom absolutamente preocupado, que transbordava carinho, muito diferente do tom frio e provocador que saiu de sua boca bem-desenhada naquele sonho terrível.

Tristan não respondeu, apenas se jogou do outro lado da cama, sentindo o coração bater rápido, de um jeito doloroso. Parecia que a dor era sua constante amiga. Nem mesmo os lençóis macios pareciam confortáveis sob sua pele despida.

Deu as costas a Dominic, encolhendo-se no colchão e fitando o armário. Soluços tomaram-no, fazendo seu tronco dar solavancos que, em vão, o rapaz tentou segurar.

— Tristan? — Dominic chamou insistente, com a voz mais suave e muito mais preocupada. — Por que você tá chorando, amor? Por favor... — Abraçou o maior por trás, como se pudesse protegê-lo do mundo com seus braços. — Bebezinho, eu tô preocupado. Não chora... Já passou. Estou aqui com você. — Deixou um selo na nuca do namorado, que se aninhou mais a ele.

Tristan permaneceu em profundo silêncio por mais alguns minutos, enquanto Dominic sussurrava palavras doces em seu ouvido, e o acalmava com carinhos no peito.

O abraço reconfortante foi, aos poucos, levando embora a tensão e angústia. O coração acelerado foi regulando as batidas lentamente, até que apenas um pequeno aperto continuasse.

— Está mais calmo? — Dominic sussurrou com a voz baixinha, após um tempo.

Tristan, novamente, não respondeu. Não conseguia. Como poderia dizer que tinha sonhado com aquilo? Como poderia explicar que, nos últimos dias, havia assistido repetidamente ao vídeo de uma *cena* pública de Dominic na The Cave com seu ex-submisso e eterno amigo, Calebe Moon? Como explicaria que seu emocional problemático estava agora criando imagens ainda piores e mais dolorosas que aquelas já vistas? Como diria ao homem que todo santo dia lhe demonstrava amor que, em sua mente deturpada, ele o via como um maldito traidor, a despeito de todos os seus esforços?

Tristan não tinha coragem. Não só porque isso deixaria Dominic puto da vida, como o faria, com certeza, tomar uma implicância absurda de Angel, o submisso que costumava trabalhar como *hostess* nas festas da The Cave, por tê-lo enviado o tal vídeo em que Dominic fodia Calebe sem dó nem piedade, em meio a uma multidão de *voyeuristas*.

O ruivo sabia que deveria ter segurado mais sua maldita curiosidade. Sabia que aquele fetiche recém-descoberto em assistir ao seu homem, com outra pessoa, poderia causar-lhe uma dor maior do que ele podia ser capaz de aguentar. Mas, teimoso, insistiu em assistir àquela coisa.

Agora, seu emocional estava em frangalhos. E sequer podia desabafar com o namorado, pois sabia que ele ficaria decepcionado por Tristan não ter conversado com ele sobre o tal vídeo antes de assistir. Suspirando, cansado, Tristan se virou e abraçou Dominic de frente, que se pôs a alisar suas costas nuas, tendo-o dentro de seu abraço caloroso.

— Não precisa me contar se não se sentir confortável — sussurrou para Tristan, cheio de carinho. — Foi só um pesadelo. Seu alfa está aqui. Eu cuido de você... Sempre vou cuidar. Você é o meu amor — declarou com a voz baixinha e melosa.

Isso fez o coração do ruivo quase saltar pela garganta, agarrando a camisa do pijama do namorado entre os dedos firmes, retribuindo o abraço com mais força do que planejava.

— Ai, ai, aiii, Tristan... — o mais velho grunhiu, desconfortável. — Eu sou forte, mas não sou de ferro! Assim você vai me quebrar — falou com a voz mudando para o tom reclamão usual, que sempre fazia seus lábios se juntarem num biquinho fofo.

— Desculpe! — Afastou-se rápido, para que pudesse fitar o rosto do dominador. — Eu te machuquei? — Arregalou os olhos.

— Só um tiquinho... — Dominic fez um sinal de *pouquinho* com o indicador e o polegar.

— Fofo. — Tristan o abraçou de novo, dessa vez, com cuidado.

— Você tá bem? Suas costas ainda estão doendo? — perguntou. — Eu acordei com o barulho de você caindo no chão.

— Tá doendo um bocadinho — respondeu manhoso, sentindo-se incrivelmente aliviado por ter acordado daquele pesadelo.

— Fique de bruços, vou fazer uma massagem no meu neném — ordenou.

Tristan imediatamente obedeceu, sem contrariar. Virou-se e agarrou o travesseiro, esperando seu alfa cuidar de si, como sempre fazia.

Poucos segundos depois, o ruivo sentiu o peso de Dominic sobre sua bunda, montado nele. As mãos macias deslizavam pela pele de suas costas nuas, delicadamente, umedecendo a tez. Sentiu o cheiro delicioso do óleo de massagem invadir o ar, acalmando-o de imediato. Como se tivesse sido enfiado dentro de uma aura completamente relaxante e propícia.

— Tá doendo aqui? — Dominic indagou, apalpando-o perto do ombro.

— Não. Mais pra baixo.

— Aqui?

— Mais pra direita. Ai! Dói... — resmungou.

— Me deixa te levar ao médico, só pra checar se não machucou muito sério...

— Não começa — retrucou, com a bochecha esquerda amassada sobre o travesseiro macio.

— Mas, amor! — rebateu com a voz reclamona e indignada. — Você pode ter distendido um músculo e...

— Não, Dominic. Você sabe que não gosto de hospitais.

— Mas quando você passou mal depois da febre, eu te levei e você não se opôs.

— Foi diferente, eu estava passando tão mal que pensei que fosse morrer. Não acho que vou morrer agora.

— Não que você saiba! — o moreno devolveu.

— Dominic, tá doendo ainda. Você pode, por favor, continuar a massagem e encerrar esse assunto, hein?

— Não — ele devolveu, a negativa sendo referente a encerrar o assunto, já que suas mãos prontamente continuaram a massagear as costas doloridas do namorado. — Você precisa ir ao médico, Tristan. Se não for por ter batido as costas no chão, que seja para descobrir por que seu cio alfa atrasou, seu cheiro ômega simplesmente desapareceu há semanas, enquanto o cheiro alfa está forte como nunca esteve e nem deveria estar...

— *Vermelho*! — Tristan grunhiu.

Imediatamente, Dominic ficou estático, com os olhos arregalados.

— Como é? — balbuciou.

— Isso mesmo que você ouviu, Dominic Von der Guth. Vermelho! — repetiu, convicto. — Estou dizendo minha palavra de segurança.

— E você tá usando ela pra quê? Não estamos numa sessão — respondeu com certa indignação.

— Não é uma sessão, mas você está insistindo em algo que eu já disse que não quero debater, mas que coisa!

Dominic bufou, inconformado, e saiu de cima do namorado, deitando-se emburrado ao seu lado, fitando o teto.

— Dom, não faz charme... — Tristan pediu, com a voz manhosinha. — Tá esquecendo que o bebezão aqui sou eu, é?

— Não é charme — Dominic respondeu mais suave, encarando-o. E foi aí que o mais novo abraçou sua cintura e o puxou mais para perto. — Eu fico preocupado com você. Por que é tão difícil entender? Eu quero você com saúde. É meu dever como seu dominador *e* namorado.

— Não briga comigo não, poxa... Vamos ficar direitinho, hein? Eu ainda tô mexido com o pesadelo — manipulou.

Dominic imediatamente mudou de postura, abraçando-o de volta e reiniciando as carícias em suas costas, tendo-o, novamente, num abraço.

— Foi um sonho muito ruim?

— Muito. Um pesadelo. Mas não quero falar dele.

— Tudo bem, bebezinho. Você tá com fominha? Vou preparar alguma coisa pra você comer. Já tá quase na minha hora de acordar mesmo...

— Já está cedo assim? — o garoto retrucou preguiçoso.

— Sim. Essa semana peguei o primeiro turno, preciso sair às 6h, e já são 4h30.

— *Ain*... A gente nem vai se ver mais hoje, né? Quando eu sair do trabalho, você já vai estar dormindo.

— Infelizmente, sim. — Deu-lhe um beijo no topo da cabeça de fios tingidos. — Mas na sexta-feira você está de folga, certo?

— Uhum. — Balançou a cabeça em afirmativo, a bochecha esmagada contra o peitoral duro do alfa.

— Então, quando eu sair do trabalho, vou direto pra sua casa ficar com você. E até lá, vou morrer de saudadinha...

Levantou-se do banco e correu ao banheiro, em meio minuto. A ligação havia sido cancelada e refeita duas vezes, o que significava que o alfa insistiria em ligar até que conseguisse falar com ele.

Respirando fundo, Tristan atendeu, em meio ao banheiro vazio e completamente branco:

— Oi — disse, tentando não tremular a voz.

— *Bebê? Onde você tá?* — A voz do ex-tenente-coronel soou num misto de curiosidade e preocupação.

O coração do ruivo saltou, mas foi de desespero.

— E-eu? Hum... tô em casa, ué.

— *Que casa?* — Ele estava claramente desconfiado.

— Na minha — mentiu com a cara mais deslavada que podia.

Dois segundos de silêncio dele foram suficientes para que Tristan suasse frio. E com razão. Porque, logo em seguida, a resposta veio — e era mais assustadora do que o ruivo esperava:

— *Que engraçado* — Dominic disse sarcástico. — *Você se mudou? Porque tô bem aqui no seu apartamento e não tem ninguém. Nem mesmo o Minzy.*

Tristan ficou estático. Tinha sido pego na mentira. E agora?

Olhou para todos os lados. Queria fugir. Sair correndo. Esconder-se embaixo de uma pedra. Mas não havia escapatória, havia? Além do mais, ele era péssimo em mentir.

— *Tristan?* — Dominic chamou na linha, diante do silêncio. Isso o deixou definitivamente bravo. — *Tristan Wolfgang, onde você está?* — A voz soou dura dessa vez.

O mais novo engoliu em seco. O que faria agora? Mentir não era uma opção; dizer a verdade, tampouco. Ele precisava ter certeza de que não tinha fodido tudo, quando passou todos aqueles meses, desde pouco antes de começar a ficar com Dominic, *injetando em si mesmo um inibidor de aroma, escondido de todo mundo e sabendo que teria de lidar com as reações adversas em um futuro próximo.*

Bem, o futuro havia chegado.

Então, apenas seguiu seus instintos. E geralmente seus instintos levavam-no a dizer merda:

— Olha, você tá me sufocando, Dominic! Não é esse o combinado nessa relação.

— *Como é?* — ele retrucou em tom claramente ofendido. — *Você só pode estar fazendo piada...*

— Tô falando sério — mentiu, com o coração batendo rápido e um gosto amargo surgindo bem na garganta. — Eu não gosto disso, ok? Eu não gosto de me sentir vigiado e nem de ter que dar explicações a cada passo que dou.

A cada palavra que saía de seus lábios nervosos, o ruivinho sentia como se fossem adagas perfurando-o. Como uma cobra mordendo a língua e se intoxicando com o próprio veneno.

— *Você está mentindo* — afirmou, categórico. — *E é péssimo nisso. O que tá rolando, Tristan? A gente combinou de parar de esconder as coisas um do outro, lembra?* — Ele suavizou a voz, nitidamente tentando ser compreensivo e não se ofender com as respostas grosseiras.

Tristan engoliu em seco. Precisava ser mais crível. Além de não ser bobo, o ex-militar também o conhecia como a palma da própria mão.

— Eu já disse, Dominic. Se for pra me controlar assim, é melhor a gente... *dar um tempo*.

E é claro que suas intenções não eram realmente essas; queria apenas assustá-lo com isso para que Dominic parasse de fazer perguntas. Queria somente fazer com que recuasse. Mas se tratando de Wolfgang, o tiro sempre saía pela culatra.

— *Como quiser* — foi a resposta amarga e inesperada de Dominic, que imediatamente encerrou a ligação.

Apenas quando Tristan notou a linha muda foi que a ficha caiu: Dominic lhe tinha dado um gelo daqueles. O que só podia significar uma coisa: ele estava puto pra um santo caralho. E com certeza, magoado.

O ruivo fechou os olhos e respirou fundo, apertando o aparelho entre os dedos longos. Tinha como piorar?

*Tristan Wolfgang, consultório 207*, a voz robótica nos alto-falantes soou lá fora. Só isso foi capaz de, finalmente, tirar o rapaz do transe em que havia se metido. Nervoso, ele enfiou o aparelho de volta no bolso da bermuda e saiu em disparada pelo corredor, em direção ao consultório.

Esbaforido, abriu a porta da sala.

O médico levantou os olhos do computador, encarando-o por cima dos *oclinhos* meia-lua em seu rosto. Não era um olhar julgador, era apenas curioso. Ele não era muito velho, devia ter quarenta anos, tinha pele escura, cheiro doce e olhos azuis. Ele abaixou a cabeça para o alfa, respeitosamente.

A passos cuidados, Tristan sentou-se na cadeira acolchoada, frente ao médico em seu jaleco branco.

— E então? O que te traz aqui hoje, Senhor Wolfgang? — indagou.

Tristan se ajeitou na cadeira, apreensivo. Lembrar que teria de se resolver com Dominic depois só agravava mais seu estado ansioso.

— *Err*... É que... Eu acho que fiz besteira.

O médico franziu o cenho e espiou Tristan de cima a baixo, sem responder-lhe.

— Você sabe quem sou eu? — Tristan indagou, temeroso.

— Sim. Seus pais são gênios da Medicina, afinal. Você é o paciente zero-zero.

Tristan se empertigou na cadeira.

— Sim. Fui a cobaia para os tratamentos de alinhamento de genes dos Wolfgang — confirmou, em tom de desprezo. — E não quero que meus pais saibam que estou aqui — esclareceu com a voz firme.

O médico piscou um trio de vezes, desconcertado, fitando-o, e especialmente fitando *demais* o olho cor de violeta com a mancha vermelha. Tristan bufou.

— Ok. Sabe das minhas condições, então. Sabe que... pessoas como eu, recorrem a certos... *artifícios* para se encaixar...

O médico finalmente entendeu o seu olhar e aprumou a postura.

— O que usou? Foi injetável? Quantas vezes? Por quanto tempo? — Ajeitou os óculos e apoiou os cotovelos na mesa.

— Eu tenho... tenho injetado *inibidor de aroma, uma vez por semana, durante quatro meses e meio. Comecei mais especificamente em 2 de dezembro.*

O médico o encarou, boquiaberto.

Tristan desviou o olhar e mordeu a bochecha, constrangido.

— Me pergunto como diabos você ainda está vivo, bem em frente aos meus olhos — o médico iniciou, abismado. — Senhor Wolfgang, não seria melhor conversar com os seus pais e...?

— Se começar com isso, vou embora daqui. E o que quer que aconteça comigo, por não ter sido propriamente atendido, vai ser sua culpa. É omissão de socorro, você sabe — ditou, fazendo o médico vacilar.

— Wolfgang... Seu corpo deve estar à beira de um colapso. Essa mancha no seu olho não é comum. *Inibidores* são *betabloqueadores* usados apenas em casos extremos, quando pacientes passam pela febre enquanto estão internados em hospitais, por exemplo, e não têm condições de se satisfazer no período de acasalamento. *Ninguém* pode se automedicar com uma quantidade dessas de *betabloqueadores* intravenosos de modo rotineiro, e sair impune disso. Quais sintomas você vem tendo e há quanto tempo? — Encarou-o atentamente.

— Desde o começo. — Suspirou. — Sinto fraqueza, tonturas, fome em excesso, tenho tido pesadelos e... libido em alta. Também me sinto um pouco depressivo. Além disso, todo mundo reparou que meu cheiro ômega sumiu por completo. E ele não deveria sumir totalmente assim. Minha febre alfa, também, está atrasada há um mês e meio. *Estou com medo* — revelou, sem jeito.

— As reações adversas dos *betabloqueadores* dependem do tipo de receptor. No seu caso, por ter a condição de genes desalinhados... isso é grave, Wolfgang. Muito grave. Tudo que acontecer nessa consulta será privado, é sigilo médico-paciente, mas não garanto que seus pais não saberão de sua vinda ao hospital. Eles têm acesso à lista de pacientes. Seu nome está piscando na tela da recepção agora mesmo — disse cuidadoso.

— Eu sei. É um risco que preciso correr. Se formos rápidos, quando eles descobrirem já estarei fora daqui.

— Tudo bem — o médico assentiu, a contragosto. — Eu sou o Doutor Parker. Estudei seu caso e de todos os outros que passaram pelo experimento científico antes de encontrarmos a cura dos genes desalinhados. O senhor está em boas mãos, farei o possível para ajudá-lo. Ainda tem febres ômega?

— Sim, senhor. De ômega e de alfa, intercaladas.

— Qual foi sua última febre e a data?

— Foi uma febre ômega. Aconteceu no finalzinho de novembro e acabou no primeiro dia de dezembro. Por isso, calculo o atraso do cio alfa de um mês e meio, porque deveria ter vindo entre o final de fevereiro e início de março, mas já estamos na metade de abril.

Doutor Parker fez uma careta horrorizada. Tristan ficou ainda mais nervoso do que já estava.

— Acho que... no fundo... — Tristan desviou os olhos para o chão, envergonhado. — Uma parte boba de mim queria se convencer de que a falta de aroma significava que eu tinha me curado. Me livrado dos genes ômegas. Me tornado um alfa *de verdade*. Então, fiquei postergando a consulta até que... não pude mais fugir. Se minha febre alfa está atrasada, então...

— Se curar da doença de genes só com *betabloqueadores?* — O médico deu uma risada seca, sem humor. — Os *inibidores de aroma* servem apenas como método paliativo, senhor Wolfgang.

— Eu sei, foi burrice. — Ele esfregou a mão pelo rosto.

— A primeira vez que se injetou com *bloqueadores*... Foi logo depois da febre ômega, então, estou certo? No dia seguinte ao término?

— Sim, senhor.

— E houve algum efeito colateral?

Ele mordeu o lábio e desviou o olhar.

— Sim, teve. Tive sintomas parecidos com os de resfriado logo nos dias posteriores.

— E o que seu médico disse?

Tristan sentiu-se ainda mais constrangido porque, porra, como ele era irresponsável! Sabia bem que Doutor Parker deveria pensar a mesma coisa.

— Eu não... Não disse nada ao médico. Menti durante a anamnese e o induzi a acreditar que era só um resfriado. — Ao perceber o olhar pesado que o ômega tinha sobre ele, foi inevitável tentar se explicar: — Eu não queria que alguém soubesse o que eu tinha feito e nem a aberração que sou de verdade.

— O senhor sabe que isso não aconteceria, há o sigilo médico-paciente...

— Eu estava com alguém — revelou, e quase mordeu a língua. — Estava com... Tenho um parceiro. Um parceiro... alfa. — Ele pigarreou e o médico arqueou a sobrancelha.

— E seu parceiro não sabe da sua condição? Não vê a cor dos seus olhos, não sente o seu cheiro? Fez isso para esconder seu *problema* dele?

— Não é assim. Ele sabe. Eu só... — Tristan sacudiu a cabeça, cansado. — Só me senti inferior. Ele não se sente atraído por ômegas, nem eu. Eu não queria... que meu cheiro lhe desagradasse. A primeira dose não funcionou, o cheiro ômega se manteve tão forte como sempre. O cheiro ômega só foi começando a enfraquecer depois dos primeiros dois meses após o cio. Mas isso já era normal, considerando faltar apenas um mês para a febre alfa. Então, não pensei que pudesse ser assim tão sério, achei que meu corpo já estava tão ferrado que os *inibidores* não estavam surtindo efeito.

— Se seu parceiro não se agrada com seu aroma, senhor Wolfgang, então esse não é um parceiro com quem você deveria estar.

Ele dizia tudo em tom sério, como um sermão que Tristan já estava cansado de escutar. Estava sendo julgado como um inconsequente e sabia disso, sequer poderia reclamar, porque era verdade.

— A enfermeira colheu sua amostra de sangue antes da consulta?

— Sim, senhor.

— Ótimo. Daqui a pouco o resultado deve aparecer no prontuário digital do hospital. Agora, tire a camisa e deite-se na maca, Senhor Wolfgang.

O ruivo obedeceu, ficando apenas de bermuda sobre o colchonete. O médico o apalpou em toda a barriga, pôs o estetoscópio no peito, nas costas e no estômago. Deu batidinhas por todo o abdômen, perguntando se sentia dor a cada toque, o que Tristan negava tranquilamente toda vez. Ele checou seus olhos, garganta e ouvidos, apertou-o também nas juntas dos ossos. Checou tudo que estava ao alcance de seus olhos e suas mãos.

— Como esperado, sua pressão está baixa. Vou checar o resultado no sistema, do exame de sangue que você fez na triagem, e já vou te dar o diagnóstico.

Enquanto Tristan se vestia, o médico sentou-se em frente ao computador em sua escrivaninha, digitando um bocado de coisas, e leu atentamente o resultado do exame por quase cinco minutos, até pigarrear e voltar os olhos para o ruivo já sentado à sua frente, que o encarava cheio de expectativa. O médico parecia ponderar, escolhendo bem as palavras para explicar-lhe o que acontecia.

— Senhor Wolfgang... O senhor estava ciente de que os efeitos colaterais dos *betabloqueadores* poderiam ser graves. Certo?

— Sim. — Tristan engoliu a seco. — Sabia e me arrisquei. Sei que fui irresponsável e ninguém precisa me dizer. — Ele desviou o olhar, carrancudo.

Doutor Parker suspirou e, olhando-o com pesar, disse aquilo que sabia que seria considerado um ataque:

— Desculpe-me, Wolfgang, mas, como médico... A minha opinião profissional é de que... — Ele titubeou e passou as mãos delicadas pelos fios de cabelo ligeiramente grisalhos. — Não vejo alternativas viáveis, além de o senhor terminar o tratamento de alinhamento de genes.

— Como é? — o garoto aumentou a voz duas oitavas, indignado.

— O estudo clínico de alinhamento de genes começou com você. Seus pais se tornaram médicos ainda mais renomados após o sucesso do estudo. Hoje em dia, o tratamento funciona.

— *Eu. Não. Quero!* — disse pausadamente, tentando controlar a súbita raiva e memórias dolorosas sobre seu passado, surgindo em sua mente caótica.

— Você gosta de ter os genes ômegas?

— Não!

— Gosta de ter o cheiro de um?

— Mas é claro que não, porque acha que passei todo esse tempo me injetando?

— Então, por que a recusa? Seu corpo entra em conflito diariamente, está colapsando, Wolfgang. Ele passa informações e comandos opostos. E isso pode resultar em um dano grave. Um corpo não está preparado para receber essa quantidade de *betabloqueadores* constantemente. Sua saúde está em risco. É como um desastre de trânsito! A qualquer momento, você pode ter um derrame, uma trombose, paralisia cerebral e...

— Sim, mas não é como se eu fosse morrer por isso — alegou, irredutível, como se tudo que o médico houvesse listado nem fosse grande coisa.

— Seu exame de sangue não teve bons índices. Seu corpo está em colapso, Tristan — repetiu mais seriamente. — Podem ocorrer ainda mais efeitos colaterais em longo prazo, como, por exemplo, um remédio pra dopagem durante a febre não fazer efeito. Ou, de repente, uma febre que dure mais dias do que o normal. Pode te levar a infarto, demência, depressão... Pode causar alterações bruscas de humor, ainda mais bruscas do que as alterações das quais estou certo de que o senhor sofre. O descontrole emocional pode te levar a machucar alguém que você ama.

Tristan ficou calado. Ele sabia que o médico estava certo. Ele também tinha lido sobre as conquistas científicas obtidas por seus pais no campo de alinhamento de genes. E ele achava isso ótimo, realmente. Contudo, ter sido a cobaia do experimento, contra a sua vontade, além de as motivações de seus pais para isso terem sido muito mais preconceituosas do que pelo seu bem-estar, deixavam-no profundamente magoado e rancoroso com seus genitores. Não foi à toa que se desligou da família, cortando qualquer tipo de contato com estes que, inicialmente, tentaram a todo custo impedi-lo de se afastar, mas no fim, desistiram de fazer com que ficasse.

— Entendi. E depois?

— Bom, já te disse. Depois disso, será sua decisão dar continuidade ao tratamento de alinhamento de genes. Como seu médico, o aconselho fortemente a fazer o tratamento. Você será apenas um alfa normal, com dois únicos períodos de reprodução ao ano, sem cheiro doce, olhos lilases e sem outros problemas de saúde advindos disso. Se deixar como está e ainda insistir em injetar inibidores desse jeito... Tristan, ninguém poderá ajudá-lo.

Tristan permaneceu em silêncio, pensativo. Tão pensativo que suas sobrancelhas se uniram, e o maxilar ficou travado.

— Você não precisa decidir agora — retomou o médico. — Na verdade, o tratamento só é eficaz se feito em período de febre, então... precisamos esperar que sua febre alfa apareça, é só você parar de se injetar. Você pode ligar para mim, e encaminharei uma equipe médica de urgência na ambulância para trazê-lo, quando o cio começar. Até lá, vamos tentar cuidados paliativos, vou receitar alguns remédios que poderão estabilizar seus hormônios e aplacar parte das dores por algum tempo. Mas como eu disse, é paliativo. Vai minimizar o problema, mas não vai resolver — avisou, mexendo em sua gaveta. — Puxa, acabou meu bloco de receitas. Vou até a recepção pegar um novo, espere aqui.

Tristan apenas assentiu, o tempo todo calado. Viu o médico se retirar de modo rápido, enquanto sua mente estava a mil.

Aquilo não estava certo. Sentia-se como uma aberração. Sempre se sentiu. Nos últimos meses, desde que começou a relação com Dominic, sentia-se tão querido e desejado que quase se esquecia de suas peculiaridades genéticas. Mas agora, sabendo que sua saúde estava em risco, e que o certo a fazer era completar o alinhamento de genes... Bem, ele estava empacado.

Teria de rever todos os conceitos que havia criado em sua mente, até ali. E agora, seu ódio pelos genes ômegas era maior que nunca.

Após alguns minutos sozinho, torturado pelos próprios pensamentos, Tristan ouviu o clique da porta abrindo. Mas a pessoa que se pôs do outro lado da mesa, não era o médico. Pelo menos, não o Doutor Parker. Era outra...

A mulher de jaleco era uma caucasiana ômega esguia, de cabelos escuros, furinho no queixo, olhos grandes e azuis. Tristan conhecia bem aquele rosto e aquele cheiro de ylang-ylang. Tinha crescido com aquele olhar julgador direcionado a si. No bolso esquerdo do jaleco, no alto do peito, havia a logo do General South Hospital, além do bordado em azul-escuro com o nome: *Dra. Lea Wolfgang, Geneticista*.

Ela deslizou sobre a mesa a receita que o outro médico prometeu, deixando-a em frente a Tristan, que imediatamente capturou o papel e o enfiou no bolso, levantando-se para sair dali num pulo, a cara amarrada e uma raiva crescente no peito.

— Mesmo, Tristan? — ela indagou. — Nós não nos vemos ou nos falamos há três anos inteiros, e você continua de birra? Eu sou sua mãe! Te dei a vida!

— E quase a tirou também! — o ruivo rosnou de volta, exasperado.

— Não seja exagerado — ela o reprimiu.

— Exagerado? — repetiu, em tom muitíssimo ofendido. — Você se esqueceu de que ao final de cada sessão da sua porcaria de teste, eu passava o resto do dia vomitando, com náuseas, dor de cabeça, dor de estômago e...

— Efeitos colaterais — a ômega respondeu, cortando sua fala, os olhos frios. — Não muito diferente do que anda passando agora, não é? Olhe quantas pessoas você ajudou, Tristan. Olhe quantas vidas nós estamos salvando graças ao tratamento de alinhamento de genes.

— Salvar vidas? A única coisa que você e meu pai queriam era que eu não me relacionasse com outros alfas; não estavam pensando no meu bem, apenas no de vocês e na maldita descoberta científica que tanto queriam!

— Você continua sendo injusto — ela retrucou.

— E você continua uma bruxa! — o ruivo berrou de volta.

Imediatamente, a viu inflar as bochechas, e os olhos azuis se arregalarem. E então, um tapa estalou em seu rosto, virando-o para o lado oposto.

Sentindo o lado golpeado esquentar, voltou a encará-la, com ainda mais ódio que antes.

— Você não tem o direito de me agredir! — disse com um rosnado, a contragosto. — Nunca mais encoste a mão em mim! — terminou com o olhar frio, imediatamente lhe dando as costas.

— Tristan... — ela chamou com a voz incerta, encharcada de um arrependimento que ele sabia, mais do que tudo, que era fingido. O rapaz travou, mas não se virou para encará-la outra vez. — Eu... Me desculpe. Eu não queria te bater e...

— Queria, sim — interrompeu. — Não é como se fosse a primeira vez — acusou, voltando-se para ela.

— Eu não vim aqui brigar. Só... Eu e seu pai sentimos sua falta. — Ela tentou tocar seu ombro, mas Tristan se esquivou. Sem se abalar, Lea continuou: — Eu vi seu prontuário. Sabia que algo assim podia acontecer. Por favor, nos deixe retomar seu tratamento. É a sua saúde que está em risco aqui...

— Uau — o filho retrucou cheio de sarcasmo, agora, sim, encarando-a no fundo dos olhos. — Você realmente fica a cada dia mais fingida...

— Não seja assim! — repreendeu.

— O que você queria, *mãe*? Sério, me diz — Ele cruzou os braços, em pose claramente defensiva. — Queria que eu fosse o filho perfeito? Um médico, macho alfa, casado com uma bela e delicada ômega, como você e seu alfa, hum? Um casal *normal*? Aceito pela sociedade lupina? *Apenas subgêneros distintos devem se relacionar*, hum?

— Nós só queríamos o seu bem.

— É, eu tô vendo. Inclusive... — Aproximou-se e, abusadamente, a farejou. — Seu cheiro está misturado. Vocês nem esperaram muito tempo, para ter um novo filho, hum? — Afrontou, sabendo que o cheiro suave vindo dela se tratava de um feto em sua barriga.

Lea engoliu em seco e suspirou, parecendo procurar por palavras para explicar aquilo.

— Eu perdi o último. Por isso, não te contei. Era um pequeno alfinha, como você. E agora, nessa nova gravidez, estou apenas no segundo mês de gestação. Não queria te contar e correr o risco de perdê-lo outra vez.

— Quando você pretendia contar, então? Quando o moleque estivesse se formando na escolinha? — debochou.

— Você nem atende aos nossos telefonemas, Tristan! — Irritou-se.

— Isso é porque não quero falar com vocês!

Lea suspirou e mordeu os lábios, tentando ter alguma paciência. Conversar com o filho sempre foi um embate, desde a adolescência. Não conseguiam se entender de jeito nenhum. E, com o marido alfa, não era diferente. Não eram como uma família, eram como inimigos.

— Tristan, olha... Não estou pedindo que nos entenda agora. Mas, por favor, pense no tratamento. Você *precisa* fazer.

Tristan deu uma risada totalmente sem humor, seguido de um olhar desgostoso.

— Sim, você está certa. Seu filho grotesco está de saída. Espero que você não use seu novo filho para experimentos científicos, como fez comigo.

— Você sabe que eu só quis te consertar.

— Eu não estava quebrado! — rebateu, ferido.

E então, o garoto deu as costas, ouvindo a voz da mãe ainda dizer:

*— Quando você quiser melhorar é só vir até nós, filho. Nós estaremos aqui por você* — o que apenas o deixou mais magoado e indignado, pois a mãe realmente agia como uma vítima, uma pobre mãe que tinha um filho ingrato e rebelde.

— E-eu... — Nero calou-se. Não havia como fugir daquilo. — Me desculpe, Triz. — Ele abaixou a cabeça, pesaroso.

Tristan, chocado, olhava de Nero para Bastien, com a face em pânico, esperando desesperadamente que um deles gritasse que era pegadinha. Que aquela era apenas uma brincadeirinha dos dois pra cima dele. Mas ninguém desmentiu nada, fazendo a ficha cair.

— Neno? — Tristan chamou sussurrado. — Você... *Você me traiu* — acusou, chateado, com um bico nos lábios.

— Não, Tristan... Não é assim, por favor, me escute... — pediu, se aproximando.

— Não me toca! — O ruivo afastou-se, nervoso. — Você nunca foi meu amigo de verdade... Você só fingiu ser pra ficar à espreita, esperando qualquer momento de fragilidade, pra me conquistar sendo o bom moço!

— Não foi assim, Tristan! Eu sou seu amigo, seu irmão! — defendeu-se, agoniado.

— IRMÃO NÃO SE APAIXONA POR IRMÃO! — Ele irrompeu em lágrimas raivosas. Tinha muita coisa ruim acontecendo no mesmo dia, não conseguia mais aguentar. Seu emocional estava frágil como nunca, mesmo que parte disso fosse culpa da confusão de hormônios descontrolados dentro dele. Não bastava o pesadelo, a briga com Dominic, as péssimas notícias médicas e o encontro desastroso com a mãe, descobrir a traição do melhor amigo, a pessoa em quem mais confiava no mundo, era a gota que faltava para o copo transbordar.

— Isso foi no começo, Triz! Eu juro... Foi só no começo! Eu confundi as coisas. Foi só uma paixonite rápida, depois ela passou e eu vi que te amava como um irmão mais novo. Eu só queria cuidar de você e...

— Você é um mentiroso! Você me enganou! — Tristan acusou, com uma mágoa tão intensa que era quase palpável. — Não acredito que você nunca foi meu amigo, e que só esteve todo esse tempo ao meu lado por motivos egoístas... — Sacudiu a cabeça, reprovador. E embora a raiva em seu tom fosse latente, a mágoa era ainda mais clara.

— Espere aí — Bastien se meteu, com uma expressão estranha. — Você não sabia disso? Nero nunca te contou? — indagou de boca aberta.

— É claro que não sabia! Eu nunca teria mantido por perto uma pessoa apaixonada por mim sem intenção de corresponder! Isso não se faz!

— E foi por isso que mantive tudo em segredo! — Nero retrucou, nervoso, tentando se aproximar com as mãos estendidas, mas a cada passo que ele dava, Tristan recuava. — Tristan, eu não tinha opção. Eu sabia que você não ia retribuir meus sentimentos e me afastaria de você. Mas eu não queria me afastar, queria ser seu amigo! Se não podia ter o seu amor, queria ao menos sua amizade — justificou-se, emocionado.

— E aí você mentiu pra mim — Tristan devolveu, com a voz sem humor. — Mentiu e me tirou o direito de decidir. Parabéns por ser um egoísta do caralho! — E deu as costas, saindo do quarto.

— WOLFGANG! — o beta atirou-se no corredor atrás dele, chamando-o com certa raiva na voz. — Quem está sendo egoísta é você! Está agindo como se eu ter me apaixonado fosse algum crime! Como queria que eu agisse?

— QUERIA QUE TIVESSE FALADO A VERDADE! — Tristan gritou, esbaforido. — Você sabe que odeio mentiras, Ethan Nero. ODEIO!

— E aí o quê? Eu deveria ser sincero e afastar você de mim?

— Quanto tempo, Nero? — o ruivo questionou com a expressão dura.

— Uh? — o beta indagou confuso.

— Quanto tempo você ficou apaixonado por mim?

O *switcher* engoliu em seco, apreensivo. Sabia qual era a resposta, e sabia que ela não mudaria as coisas. Mas não podia mentir na cara dura mais uma vez, já que tinha certeza de que Bastien o desmentiria imediatamente, pois tinha seguido atrás deles e os fitava com reprovação na face bonita.

Suspirando e sabendo que aquele seria o xeque-mate daquela briga, confessou:

— Dois anos. Eu estive apaixonado por você por dois anos, desde um pouco antes de nos conhecermos oficialmente. Quero dizer, eu já te conhecia antes, mas ainda não havia sido apresentado a você.

Tristan assimilou, respirando fundo para tentar organizar seus pensamentos. E sua resposta foi como uma adaga no peito do beta:

— Aí está. Como todos ao meu redor, você mentiu e me enganou, me fez acreditar num amor falso.

— Mas eu te amo! — Nero correu ao seu encontro, finalmente sendo capaz de tocá-lo, segurando o mais alto pelos ombros, ao pé da escada. — Eu te amo como meu amigo, como meu irmão, meu confidente! Você é como minha alma gêmea, Tristan! E não é de um jeito romântico, por favor, acredite em mim! Você é meu melhor amigo... — E a última frase, disse chorando.

Tristan ficou em silêncio, sem conseguir encarar o rosto do moreno aflito. Não havia sequer o som das respirações de nenhum dos três, no corredor comprido. E com muito pesar, finalmente declarou:

— Eu acredito que agora sejamos nada mais que amigos. — Finalmente, olhou pra ele, bem no fundo dos olhos dourados. — Mas não sei se posso perdoar sua mentira. Pelo menos, não agora. Preciso ficar um tempo sozinho.

Então, delicadamente, afastou os dedos magros de Nero dos seus ombros, podendo finalmente descer livremente as escadas e sair do condomínio luxuoso, deixando um beta desesperado para trás, que ainda precisaria encarar um segundo *round* de discussões com seu submisso e ex-namorado — ou talvez atual.

Tristan definitivamente estava sozinho. Tinha brigado com Nero e com Dominic; agora, não tinha absolutamente ninguém para quem pudesse desabafar e contar suas angústias.

Era isso, então, que Doutor Parker havia tentado lhe dizer. Os genes ômegas faziam uma bagunça em seu corpo, enviando mensagens errôneas, que prejudicavam sua saúde, deixando-o descoordenado. E ele queria poder pensar melhor sobre isso se não fosse sua mente gritando, atordoada, sobre Dominic estar com Calebe.

O que diabos estavam fazendo juntos? E por que infernos Dominic estava com o ex, justamente após uma briga com ele? Não deveria estar em casa, esperando para confrontá-lo e resolverem as coisas? Ele não deveria, ao menos, ter lhe mandado mensagens ou tentado ligar de novo, o dia todo, após a discussão ao telefone? Mas não havia sequer uma notificação dele. Diferente de Nero, que já havia lhe enviado cerca de 102 mensagens de texto e áudio, além de tê-lo telefonado 15 vezes seguidas, obrigando o garoto a bloquear suas ligações. Já Dominic sequer estava *online* em alguma das redes sociais.

Tristan queria gritar de raiva e dor. Uma dor latente e flamejante, tão incandescente quanto as sensações que o mais velho lhe causava na cama.

Ele pegou o celular do chão, notando, infelizmente, sua tela rachada. Digitou milhares de textos para o alfa questionando-o, brigando, desculpando-se; cada uma das vezes que apagava a mensagem e digitava um novo texto, ele mudava a narrativa. Ia de acusador para culpado, em um piscar de olhos. Chegou a cortar superficialmente os dedos, ao teclar sobre a tela quebrada.

O telefone apitou, com uma notificação nova. O coração dele quase saiu pela boca. Tremendo, clicou nela, tendo um mau pressentimento quanto ao que veria ali.

E mais uma vez, seus pressentimentos estavam certos.

Era a rede social de Calebe, que ele havia seguido no dia da festa de Roxy, depois de falarem ao telefone daquela vez.

Era uma nova foto postada.

Ao constatar o conteúdo da imagem, os olhos do ruivinho se encheram de lágrimas.

Era uma foto de Dominic, sentado à mesa de um restaurante, com o queixo apoiado na destra.

Sobre a mesa, havia candelabros com velas, combinando perfeitamente com o estofado de couro em que estava sentado, e as paredes vermelhas no fundo; era um restaurante elegante e claramente um do tipo romântico... Como se Dominic e Calebe estivessem em um *encontro*.

O rosto de Dominic portava uma expressão doce e os olhos fitavam a pessoa por trás da câmera com admiração, um sorriso bonito no cantinho dos lábios cheios...

*A mesma expressão que ele direcionava a Tristan, costumeiramente.*

Seu coração estilhaçou, como vidro quebrado.

E como no pesadelo, Tristan se deixou tomar pela escuridão.

Continua em...

# PAIXÃO ABRASIVA

#cobrasorrateira

# AGRADECIMENTOS

*Se eu pudesse voltar no tempo, nos dias em que mostrei ao público, pela primeira vez, os capítulos desta obra, talvez tivesse mudado mais coisas. Na história, em mim mesma, em nós. Mas acredito que as coisas acontecem do jeito que precisam. Os caminhos encontram seus destinos ao final, e nós, meros mortais, somos incapazes de alterar demais o percurso até o ponto de chegada.*

*Talvez INCANDESCENTE não houvesse atingido a maturidade que eu desejava para ela, se não a tivesse escrito e reescrito tantas vezes e por tanto tempo, em diferentes épocas; se não tivesse escutado as opiniões e interpretações daqueles que puderam acompanhar tudo isso quando era nada mais do que um rascunho postado online, cheio de enganos.*

*Obrigada a quem acompanhou esta obra por tanto tempo e chegou até aqui, mesmo com todas as minhas falhas. Vocês também me fizeram sentir capaz de ser amada e amaram junto comigo.*

*Eternamente sua,*

***N. Belikov***

VIOLENTO
PRAZER

PRAZER

Rio de Janeiro/RJ
**editoraeuphoria.com.br**